Tausend Jahre Österreich

Eine biographische Chronik

◆

Band 1:
Von den Babenbergern
bis zum Wiener Kongress

Band 2:
Vom Biedermeier bis zur
Gründung der modernen Parteien

Band 3:
Der Parlamentarismus
und die beiden Republiken

Herausgegeben von
Professor Walter Pollak

Die Mitarbeiter des dritten Bandes:

Univ.-Ass. Dr. Alfred Ableitinger, Graz; Prof. Dr. Kurt Adel, Wien; Univ.-Ass. Dr. Wolfdieter Bihl, Wien; Dr. Georg Christoph Binder, München; Dr. Hans Bisanz, Wien; o. Prof. Dr. Kurt Blaukopf, Wien; Dr. Joseph Braunbeck, Wien; Univ.-Prof. Dr. Franz Brücke, Wien; Dr. Heinrich Drimmel, Wien; Arch. Dipl.-Ing. Dr. Günther Feuerstein, Wien; Prof. Dr. Helmut A. Fiechtner, Wien; Prof. Dr. Otto Antonia Graf, Wien; Univ.-Prof. Dr. Rudolf Haller, Graz; Prof. Dr. Jacques Hannak, Wien †; Univ.-Doz. Dr. Adolf Haslinger, Salzburg; Univ.-Prof. Dr. Erich Heintel, Wien; Dr. K. H. Hennings, Oxford; Gen.-Archivar a. D. Rudolf Kiszling, Wien; Prof. Rudolf Klein, Wien; Kammeramtsdirektor a. D. Viktor Kleiner, Linz; Univ.-Prof. Dr. Eric C. Kollman, Mount Vernon, USA; Univ.-Prof. LHStv. Dr. Hanns Koren, Graz; Bundeskanzler Dr. Bruno Kreisky, Wien; Prof. Dr. Gustav Künstler, Wien; Prof. Herbert Lange, Wernstein, OÖ. †; Dr. Edda Leisler, Wien; Univ.-Prof. Dr. Norbert Leser, Salzburg; Dr. Harald Leupold-Löwenthal, Wien; Dr. Dolf Lindner, Wien; Univ.-Prof. Dr. Otto Lutterotti, Innsbruck; Univ.-Prof. Dr. Franziska Mayer-Hillebrand, Innsbruck; Hofrat Dr. Rudolf Neck, Wien; Hofrat Dip.-Ing. Rudolf Niederhuemer, Wien; Univ.-Prof. Dr. Alexander Novotny, Graz-Wien; Dr. Jörn Oremus, Wien; Mag. Michael Pollak, Linz-Paris; Prof. Dr. Willi Reich, Zürich; Prof. Ludwig Reichhold, Wien; Univ.-Prof. Dr. Kurt Rothschild, Linz; Prof. Dr. Ernst Schönwiese, Wien; Ministerialrat Dr. Kurt Skalnik, Wien; Kristian Sotriffer, Wien; Hofrat Dr. Lee Springschitz, Klagenfurt; Univ.-Prof. Dr. Karl R. Stadler, Linz; Prof. Dr. Otto Stein, Berlin; Prof. Franz Taucher, Wien; Prof. Oskar Jan Tauschinski, Wien; Univ.-Prof. Dr. Bruno Thurnher, Wien; Univ.-Prof. Dr. Eugen Thurnher, Innsbruck; Reinhard Urbach, Wien; Prof. Dr. Theodor Veiter, Feldkirch; Dr. Robert Waissenberger, Wien; Dr. Hans Walenda, Hamburg; Prim. Dr. Fritz Wechselberger, Linz; Prof. Dr. Friedrich Weissensteiner, Wien; Univ.-Prof. Dr. Karl Wolf, Salzburg; Dr. Helmut Wyklicky, Wien; Dr. Paul Zablatnik, Klagenfurt.

TAUSEND JAHRE ÖSTERREICH

EINE BIOGRAPHISCHE CHRONIK IN DREI BÄNDEN

◆

Herausgegeben von
Professor Walter Pollak

Band 3:
Der Parlamentarismus und
die beiden Republiken

Genehmigte Lizenzausgabe

Ergänzungen: Dr. Sachslehner, Wien
Umschlag-Gestaltung: Bine Cordes, Weyarn
Herstellung: Peter Karg-Cordes, Weyarn
Druck und Bindung: Wiener Verlag GmbH, Himberg
ISBN 3-929626-29-2

Vorwort

Die Endphase der österreichisch-ungarischen Monarchie und die beiden Republiken in einem Band vereint darzustellen findet seine Rechtfertigung in der Tatsache, daß sowohl die politischen als auch die geistigen und kulturellen Strömungen des ausgehenden 19. und des beginnenden 20. Jahrhunderts konstitutiv für die Republik waren und geblieben sind. Menschen, die in den siebziger und achtziger Jahren des vorigen bis über die Mitte dieses Jahrhunderts hinaus gewirkt haben, verkörpern die Kontinuität dieses Zeitraumes. Das Problem der »Zeitnähe« hat bei der Bearbeitung dieses Bandes eine wesentliche Rolle gespielt. Je kürzer der Abstand zwischen den Lebenden und der Vergangenheit ist, umso schwieriger wird es, das Bleibende von dem zu trennen, was nur zeit- oder erlebnisbedingt bedeutend erscheint.

Die Entwicklung selbst hat hier Akzente gesetzt, die Herausgeber und Mitarbeiter zur Kenntnis zu nehmen hatten. Es ist nicht zufällig, daß alle österreichischen Nobelpreisträger, mit Ausnahme der beiden Friedens-Nobelpreisträger, Naturwissenschaftler gewesen sind. Die technisch-naturwissenschaftliche Leistung Österreichs in diesem Zeitraum kontrastiert den Ruf Österreichs in der Welt als den eines überwiegend musisch-künstlerischen Landes. Dieser Tatsache war bei der Auswahl der Persönlichkeiten Rechnung zu tragen. Der umstürzende Charakter der Zeitereignisse bedingte die stärkere Berücksichtigung politischer Persönlichkeiten, als dies in den beiden vorhergehenden Bänden geschehen ist.

Es seien hier ein paar Bemerkungen über die Methode der Auswahl gestattet. Die nachschöpferische Kunst, weltweit bekannt und den Ruf Österreichs tragend, wurde weitgehend vernachlässigt zugunsten von Bereichen österreichischer Leistung, die weniger bekannt sind und daher stärker ins Bewußtsein gerufen werden sollten. Es fehlen also hervorragende Schauspieler, wie Josef Kainz, Alexander Girardi, Alexander Moissi, die Familie Thimig, Hansi Niese, Hans Moser, Werner Krauß, Sänger von Weltruf, wie Leo Slezak und Maria Jeritza — um nur einige wenige Namen als Beispiel zu nennen. Botaniker, wie Julius von Wiesner, Gottlieb Haberlandt, Hans Molisch und Richard Wettstein, von denen die weiterwirkende Leistung der Disziplin bis weit herauf in unser Jahrhundert getragen wurde, glaubten wir zugunsten des technischen Themenbereiches zurückstellen zu dürfen, umso mehr, als die Grundlegung der Botanik in Österreich im zweiten Band mit Franz Unger und Anton Kerner von Marilaun behandelt worden ist. Es wurden bedeutende Journalisten, wie J. Szeps, Moritz Benedikt, Friedrich Funder und Friedrich Austerlitz, nicht berücksichtigt, obwohl sie zeitgeschichtlich eine sehr interessante Stellung eingenommen haben. Valentin Podgorc, der Kärntner Slowene, steht als Beispiel für die Minderheiten in Österreich und vertritt gewissermaßen auch die Stelle eines Martin Miloradić, der Ähnliches für die Kroaten im Burgenland geleistet hat. Der Leser darf in diesem Zusammenhang daran erinnert werden, daß die Absicht des Werkes nicht lexikalische Vollständigkeit ist, sondern der Versuch, das Bleibende sichtbar zu machen.

Der Herausgeber hat dem Verlag für seine verständnisvolle Entscheidung zu danken, den Umfang dieses Bandes zu erweitern, wodurch die Materialfülle einigermaßen bewältigt werden konnte.

Neben dem Namenregister für diesen Band findet der Leser als Orientierungsbehelf am Ende ein Gesamtregister für alle drei Bände und eine synoptische Zeittafel.

Für Anregungen und Hinweise zu diesem Band hat der Herausgeber vor allem zu danken: Dr. Ernst Glaser, Dr. Hilde Haider-Pregler, Dr. Maria Harbacher, Dozent Dr. Klaus Jarosch, Dipl.-Ing. Reinhard Keimel, Dipl.-Ing. Gerhard Maresch, Univ.-Prof. i. R. Erwin Mehl und Dr. Hans Seper.

Walter Pollak

Inhaltsverzeichnis

5 VORWORT

9 DAS ENDE DER MONARCHIE

29 Max Vladimir Freiherr von Beck / Alfred Ableitinger
33 Von Aehrenthal bis Czernin / Wolfdieter Bihl
39 Franz Graf Conrad von Hötzendorf / Rudolf Kiszling
46 Karl Lueger / Kurt Skalnik
50 Victor Adler / Karl R. Stadler
60 Franz Schuhmeier / Karl R. Stadler
64 Bertha von Suttner — Alfred H. Fried / Oskar Jan Tauschinski
67 Carl Menger / Kurt Rothschild
71 Friedrich Wieser / K. H. Hennings
79 Franz Brentano / Franziska Mayer-Hillebrand
83 Alexius Meinong / Karl Wolf
87 Christian von Ehrenfels / Georg Christoph Binder
91 Oswald Redlich / Alexander Novotny
98 Hugo von Hofmannsthal / Helmut A. Fiechtner
104 Arthur Schnitzler / Reinhard Urbach
109 Rainer Maria Rilke / Otto Stein
115 Georg Trakl / Otto Stein
118 Karl Schönherr — Franz Kranewitter / Eugen Thurnher
125 Gustav Mahler / Kurt Blaukopf
128 Hugo Wolf / Dolf Lindner
136 Otto Wagner / Otto Antonia Graf
143 Adolf Loos / Gustav Künstler
153 Josef Hoffmann / Günther Feuerstein
158 Gustav Klimt / Robert Waissenberger
163 Egon Schiele / Hans Bisanz
167 Albin Egger-Lienz / Otto Lutterotti
174 Robert Bárány / Jörn Oremus
177 Sigmund Freud / Harald Leupold-Löwenthal
184 Carl Auer von Welsbach / Rudolf Niederhuemer
188 Friedrich Hasenöhrl — Ernst Lecher — Robert von Lieben / Joseph Braunbeck

197 DIE ERSTE REPUBLIK

217 Karl Renner / Norbert Leser
226 Michael Hainisch / Friedrich Weissensteiner
232 Wilhelm Miklas / Friedrich Weissensteiner
236 Ferdinand Hanusch / Viktor Kleiner

242 Jodok Fink / Theodor Veiter
251 Valentin Podgorc / Paul Zablatnik
254 Otto Bauer — Friedrich Adler — Max Adler / Norbert Leser
274 Karl Seitz und seine Mitarbeiter / Rudolf Neck
291 Anton Afritsch / Franz Taucher
295 Wilhelm Reich / Michael Pollak
299 Ignaz Seipel / Heinrich Drimmel
303 Leopold Kunschak / Ludwig Reichhold
312 Robert Reininger / Erich Heintel
317 Ludwig Wittgenstein / Rudolf Haller
323 Viktor von Geramb / Hanns Koren
328 Karl Kraus / Franz Taucher
332 Franz Kafka — Robert Musil — Hermann Broch / Ernst Schönwiese
346 Josef Weinheber / Kurt Adel
352 Max Reinhardt / Edda Leisler
357 Arnold Schönberg und seine Meisterschüler Anton Webern und Alban Berg / Willi Reich
370 Guido Adler / Rudolf Klein
374 Anton Hanak / Kristian Sotriffer
378 Alfred Kubin / Herbert Lange
386 Herbert Boeckl / Lee Springschitz
391 Die Röntgenpioniere Österreichs / Bruno Thurnher
399 Karl Landsteiner / Jörn Oremus
403 Julius Wagner-Jauregg / Helmut Wyklicky
408 Otto Loewi / Franz Brücke
411 Richard Zsigmondy / Hans Walenda
414 Richard Kuhn / Hans Walenda
417 Max Perutz / Hans Walenda
420 Erwin Schrödinger / Joseph Braunbeck
423 Victor Franz Hess / Joseph Braunbeck
428 Fritz Pregl / Rudolf Niederhuemer
431 Wolfgang Pauli / Joseph Braunbeck

434 DIE ZWEITE REPUBLIK

443 Theodor Körner / Eric C. Kollman
450 Adolf Schärf — Oskar Helmer / Jacques Hannak
456 Leopold Figl / Ludwig Reichhold
460 Julius Raab / Ludwig Reichhold
466 Heimito von Doderer / Adolf Haslinger
472 Lorenz Böhler / Fritz Wechselberger
476 Franz Jonas / Bruno Kreisky
480 Namenregister
495 Verzeichnis der Abbildungen
498 Gesamtnamenregister
512 Synoptische Zeittafel

Das Ende der Monarchie

VON WALTER POLLAK

Das habsburgische Reich war bereits am 3. Juli 1866 auf dem Schlachtfeld von Königgrätz zugrunde gegangen, als die Auseinandersetzung um die Vorherrschaft in Deutschland zugunsten Preußens entschieden wurde, der Nationalstaatsgedanke über die übernationale Reichsidee triumphierte, in deren kontinuierlicher Nachfolge sich die Monarchie verstand. Die politischen Vorstellungen der Dynastie und des Adels lagen immer noch im Gottesgnadentum der Kaiserwürde und im Zusammenwirken von weltlicher und geistlicher Macht, dem Bund von Kaiser und Papst, als Quelle der hierarchischen Ordnung begründet. Dieses Weltbild war nun tödlich getroffen.

Der Ausgleich mit Ungarn im März 1867 war gewissermaßen die Todesurkunde des alten Reiches. Mit der notwendigen und folgerichtigen Kapitulation vor dem magyarischen Nationalismus hatte es sich selber aufgegeben. Was nun folgte, waren zwei selbständige staatliche Gebilde, die in freier Vereinbarung ihre Gemeinsamkeit anerkannten, eine Gemeinsamkeit, die alle zehn Jahre auf die Waage der Ausgleichsverhandlungen gelegt wurde, eine Quelle ständigen staatsegoistischen Streites um politische und wirtschaftliche Vorteile. Mit der Vergangenheit hatte das nichts mehr zu tun. Die Erinnerung daran war reduziert auf die gleiche Person als Herrscher: den Kaiser von Österreich hier und den König von Ungarn dort.

Es ist merkwürdig, daß die Zeitgenossen diesen umstürzenden Wandel, der die Grundlagen des Staates und sein tieferes Wesen völlig verändert hatte, kaum wahrgenommen haben; ausgenommen jene, die mit den neuen Problemen praktisch konfrontiert waren oder sich geistig damit auseinandersetzten. Das allgemeine Lebensgefühl war nach wie vor das der Bevölkerung eines intakten Großstaates. Dazu trug die Gestalt des *Kaisers Franz Joseph I.* wesentlich bei. Als strahlenden Jüngling hatten ihn die Dynastie und die Hocharistokratie an die Spitze des Reiches gerufen, um die Folgen der niedergeschlagenen Revolution von 1848 zu überwinden. Die unter seiner Ägide vorgenommenen Versuche, dem Reich eine neue Grundlage zu geben, scheiterten; seine Politik blieb glücklos. Er war schon zu Lebzeiten Anlaß zur Legendenbildung, und sein persönliches Schicksal erweckte das Mitgefühl der Zeitgenossen. Als er die bayrische *Prinzessin Elisabeth* heiratete, erfreute sich das Volk an dem »schönen Paar« auf dem Thron. Etwas von der romantisch-musischen, zur Exaltation neigenden Art der Kaiserin kam auch dem trockenen Monarchen zugute, wenn sich die Volksseele der Gerüchte und Legenden bemächtigte. Das änderte sich nicht, als die Ehe disharmonisch und tragisch umdüstert wurde. Mehr als die damit verbundenen politischen Ereignisse und Verhältnisse erregten die Schicksalsschläge, die den Monarchen trafen, die

Phantasie und das Mitgefühl des Volkes: am 19. Juni 1867 war sein Bruder *Kaiser Maximilian* von Mexiko standrechtlich erschossen worden, ein Opfer der politischen Ränke *Napoleons III.* wie des Ehrgeizes der habsburgischen Dynastie; politisch wie menschlich von besonderer Bitterkeit war der Selbstmord des *Kronprinzen Rudolf* in Mayerling am 30. Jänner 1889; am 10. September 1898 wurde *Kaiserin Elisabeth* das Opfer eines anarchistischen Attentäters; und als am 28. Juni 1914 *Thronfolger Franz Ferdinand* in Sarajevo erschossen wurde, schien es einen Augenblick lang so, als würde das Mitleid mit dem Kaiser, »der auch das noch erleben mußte«, die düsteren Schatten des Ereignisses verdrängen. Natürlich trugen Lesebuchgeschichten und servil herumgereichte Hofanekdoten zu dem legendären Bild bei, das sich das Volk, weitgehend ohne Unterschied der politischen Einstellung, machte, aber ausschlaggebend für die bunte Mischung von Dichtung und Wahrheit war auch seine Persönlichkeit. Der strahlende Jüngling war ein verschlossener Mann und schließlich ein ganz in sich gekehrter Greis geworden. Sein Lebenszuschnitt war kleinbürgerlich bis spartanisch, er fühlte sich selbst zeitlebens als Soldat und war ein gewissenhafter Beamter. Auf ihn angewendet, hatte das Wort vom Herrscher als Erstem Diener des Staates einen ganz und gar unheroischen Klang. Er lebte mit dem Reich, wurde mit ihm alt, und als er am 21. November 1916 die Augen für immer schloß, starb es mit ihm nach langem Siechtum.

Franz Joseph I. war aber auch die Symbolfigur jener konservativen Macht und ihrer Menschen, die sich aus den vom Mittelalter herrührenden hierarchischen Vorstellungen nicht zu lösen vermochten, dem Zeitgeist nicht oder nur zögernd und dann meist zu spät folgten und dadurch immer mehr reaktionäre Züge annahmen. Die konstitutiven Elemente der Zeit waren die Demokratie und der Nationalismus, Elemente also, die dem Geist, der das alte Reich getragen und erfüllt hatte, diametral entgegengesetzt waren. Die Tragik Österreich-Ungarns war es, daß der Liberalismus, der die Ablösung der alten Mächte eingeleitet hatte, selbst aber dem imperial-nationalstaatlichen Geist zutiefst verpflichtet war, angesichts der komplexen Verhältnisse in diesem politischen Gebilde weder in der Lage war, sich selbst vollkommen darzustellen noch dem Vielvölkerstaat eine neue feste Grundlage zu schaffen. Schritt um Schritt mußte er vor den neuen Kräften, den politischen Parteien, zurückweichen, kaum daß diese auf den Plan getreten waren.

Man wird sich daran erinnern müssen, daß die Vorstellung von der habsburgischen Vielvölkermonarchie als Idealtypus einer mitteleuropäischen Lösung niemals vollkommene Wirklichkeit gewesen ist. Von der Dynastie, ihren Interessen und ihrem Ehrgeiz ins Leben gerufen, folgte die Bildung des Reiches natürlichen geopolitischen Bedingungen; es entstand schließlich ein Großraum, in dem die Teile einander wirtschaftlich ergänzten; immer aber gab es Spannungen, zuweilen bis zur Zerreißprobe. Die Einheit war repräsentiert von der Dynastie, vom Adel, vom Klerus und einer dünnen Schicht von Großbürgern. Das Volk zählte nicht; es war noch eine amorphe Masse. Je mehr aber die Völker und die Klassen zu ihrem Selbstverständnis erwachten und eigenes Selbstbewußtsein entwickelten, umso deutlicher wurde das Versagen der alten Ordnung. Was diese aber trotz ihrer Unvollkommenheit war und noch mehr hätte sein können, offenbarte ein Prozeß, der sich parallel mit dem Niedergang der Doppelmonarchie vollzog und bis heute noch nicht zu Ende ist: die Reflexion in der Literatur, sowohl in der politischen wie in der schöngeistigen, als positiv kritische Analyse, aber auch als wehmütige Erinnerung, als handle es sich um ein verlorenes Paradies.

Die Weiterentwicklung der Demokratie, der schrittweise Ausbau des Parlamentarismus, hing aufs engste mit der sozialen Frage zusammen. Gerade hier aber hatte das liberale Bürgertum keine Initiativen entwickelt. Die Freiheiten, die es der Krone abgerungen und in der Auseinandersetzung mit dem Feudalismus erkämpft hatte, nützte es zur eigenen politischen, geistigen und wirtschaftlichen Entfaltung, war aber, nun selbst an der Macht, eifersüchtig darauf bedacht, die heraufkommenden Schichten, die Bauern, das Kleinbürgertum und die Industriearbeiter, von dem Genuß dieser Freiheit auszuschließen. Der geradezu fatale Glaube an die Bewährung des Tüchtigen im freien Spiel der Kräfte machte den Liberalismus blind für die im Gefolge der Industrialisierung auftretenden sozialen Gebrechen und Probleme. Nicht daß es unter den Liberalen niemanden gegeben hätte, der dafür aufgeschlossen gewesen wäre; aber die Stimmen der wenigen, etwa die *Josef Maria Baernreithers,* blieben ungehört.

Zunächst war die Weiterbildung der parlamentarischen Demokratie auch ein taktisches Mittel der Konservativen gegen den herrschenden Liberalismus. Das wurde bereits mit der Wahlreform des Ministerpräsidenten *Taaffe* von 1873 offenbar, als die Abgeordneten zum Reichsrat nicht mehr von den Landtagen, sondern direkt von den berechtigten Bürgern gewählt wurden; erstmals erlitt der Liberalismus eine empfindliche Niederlage. Dieser Druck auf den Liberalismus verstärkte sich, als 1885 der Wahlzensus von 10 Gulden jährlicher Steuerleistung auf 5 Gulden herabgesetzt wurde. Als Ministerpräsident Taaffe zusammen mit seinem Finanzminister *Steinbach* auf diesem Weg weitergehen wollte, um mit dem Wahlrechtsreform-Entwurf vom 10. Oktober 1893 weiten Kreisen der Bevölkerung das Wahlrecht zu geben, scheiterte er, weil ihm nicht nur die als »Vereinigte Linke« zusammengefaßten liberalen Gruppen, sondern auch die Konservativen die Gefolgschaft verweigerten. Den Konservativen war mittlerweile klargeworden, daß das erweiterte Wahlrecht nicht nur die Position des Liberalismus, sondern auch ihre eigene schwächen mußte. Erst die Badenische Wahlrechtsreform vom 14. Juni 1896 erhielt die Sanktion des Kaisers. Diese schuf neben den bestehenden vier Kurien als fünfte eine »allgemeine Wählerklasse«. Damit erhielten rund fünfeinhalb Millionen Staatsbürger das Recht, 72 Abgeordnete zu wählen. Daß damit noch lange keine Gleichheit des Wählergewichtes hergestellt war, ist aus den folgenden Zahlen ersichtlich: 5402 Großgrundbesitzer wählten 85 Abgeordnete, 583 Mitglieder der Handelskammern 21, 383 500 Bürger der Städte 118 und 1,37 Millionen Bewohner der Landgemeinden 129 Abgeordnete. Immerhin brachten es diese Wahlrechtsveränderungen mit sich, daß sich die neuen Parteibildungen in fortschreitendem Maße zur Geltung bringen konnten. Die vom Liberalismus abgespaltenen Deutschnationalen und Schönerianer zogen 1885 mit 23 Mandaten in das Abgeordnetenhaus ein und verbesserten ihren Stand bis 1897 auf 47. Die Christlichsozialen, die 1885 mit zwei Abgeordneten ins Parlament einzogen, verfügten 1897 bereits über 30. Die Sozialdemokraten eroberten 1897 erstmals 14 Mandate. Die radikalen Jungtschechen hatten von 1879 bis 1891 die gemäßigten Alttschechen vollkommen an die Wand gedrückt und 1897 mit 79 Mandaten (aus der Koalition von Alttschechen, Jungtschechen und tschechischen Feudalen) die Führung an sich gerissen.

Bei den ersten allgemeinen und gleichen Wahlen, die vom 14. bis 25. Mai 1907 stattfanden, erfolgte ein vollkommener Durchbruch der neuen Parteien. Die Christlichsozialen, verbündet mit den Altklerikalen, mit denen sie sich nach der Wahl auch vereinigten, eroberten 98 Mandate, die Sozialdemokraten aller Nationalitäten 87. Der Deutschliberalismus, der sich in verschiedene Gruppen aufgespalten hatte, die bei den Wahlen aber als gemeinsamer Verband kandidiert hatten, konnte nur mehr 79 Mandate erreichen. Der Nationalität nach waren im Abgeordnetenhaus (516 Mitglieder) 233 Deutsche, 107 Tschechen, 82 Polen, 33 Ruthenen, 24 Slowenen, 19 Italiener, 13 Kroaten und 5 Rumänen vertreten. Die Deutschen befanden sich also in der Minderheit. Die Hoffnung, daß das vom Volk direkt gewählte Parlament den Nationalitätenstreit würde überwinden können, erfüllte sich nicht. Im Gegenteil. Stärker noch als bisher wurde das Parlament zur Tribüne der Auseinandersetzungen der Nationalitäten.

Die Entwicklung der modernen Parteien, wie sie mit relativ geringen zeitgemäßen Veränderungen bis auf den heutigen Tag bestehen, geht auf die Gründung des »Wiener Arbeiterbildungsvereines« im Jahre 1867 zurück. Damals haben sich die Wiener Arbeiter für das politische Programm *Ferdinand Lassalles* gegen das Selbsthilfeprogramm von *Schulze-Delitzsch* entschieden, also den politischen Weg gewählt. Polizeiliche Verfolgung und innere Spaltung in Radikale und Gemäßigte haben die Arbeiterbewegung zu Macht- und Einflußlosigkeit verurteilt, bis sie an der Jahreswende 1888/1889 auf dem Parteitag in Hainfeld von *Victor Adler* geeint wurde. Mit ihrem umfassenden politischen Programm setzte die Partei den Massen der Arbeiterschaft ein Ziel, das über die Verbesserung ihrer sozialen Lage weit hinausreichte, sie zu politisch gleichberechtigten Bürgern machen sollte, denen vom Schicksal die Aufgabe gestellt war, die Gesellschaft der Zukunft zu gestalten. Daneben trugen zwei Faktoren zur Stärkung der Sozialdemokratie wesentlich bei. Einmal war es der Zustrom politisch interessierter und begabter Juden. Seit der Altliberalismus zerfiel, in dem das Judentum politische Heimstatt besessen hatte, und sowohl die deutschnationalen Gruppen wie auch die Christlichsoziale Partei antisemitisch waren, blieb der politischen Aktivität des österreichischen Judentums kein anderer Weg. Selbst gesellschaftlich noch nicht voll integriert, empfanden die Juden eine gewisse Affinität zum Schicksal des rechtlosen Proletariats. Dadurch gewann die Sozialdemokratie eine Reihe exzellenter intellektueller Führerpersönlichkeiten. Zum anderen gelang es in Österreich wie nirgend sonst, eine innige Aktionsgemeinschaft zwischen der Partei und den freien Gewerkschaften zu bilden. Die humanen Aspekte der Bewegung und der Umstand, daß sie weitgehend die freiheitlichen Traditionen des Liberalismus aufgenommen hatte, zog auch Vertreter des bürgerlichen Mittelstandes an, der sich zwischen dieser freiheitlichen Tradition und seinen Besitzinteressen zu entscheiden hatte. Ein Beispiel dafür war *Engelbert Pernerstorfer*, der lebenslange Freund Victor Adlers. Alle diese Faktoren machten die Sozialdemokratie für die Zukunft zur unbestrittenen Führerin der österreichischen Arbeiterschaft. Ihre innere Geschlossenheit war so festgefügt, daß sie zwei harte Schläge, die sie noch in der Monarchie trafen, beinahe unangefochten überstehen konnte. Zuerst, als im Jahre 1911 die tschechische Sozialdemokratie auf die nationalistische Linie der tschechischen bürgerlichen Parteien einschwenkte und die übernationale Einheit der Partei sprengte; und dann, als die Partei entgegen ihrer pazifistischen und internationalistischen Grundhaltung im Jahre 1914 ihr Ja zum Kriege sagen mußte.

Die Wurzeln der Christlichsozialen Partei reichen in den katholischen Konservativismus zurück, der aus Anstößen der Philosophie *Bolzanos* und im Kampf gegen den herrschenden Liberalismus ein stark antikapitalistisch gefärbtes Sozialprogramm entwickelt hatte, das schließlich von *Freiherrn von Vogelsang* im *Vaterland* vertreten wurde. Auf diesen katholischen Konservativismus, dessen aktivste Vertreter *Prinz Alois Liechtenstein* und *Graf Ekbert Belcredi* waren, geht die erste österreichische Sozialgesetzgebung des Ministeriums Taaffe in den achtziger Jahren zurück. Ihre eigentliche Form erhielt die Partei in Wien durch *Karl Lueger*, der seine spektakulären politischen Erfolge, gestützt auf das Kleinbürgertum, errang, das sich durch den kapitalistischen Liberalismus bedroht fühlte. Als sich die Partei nach den Wahlen im Jahre 1907 mit den katholischen Konservativen, die stark agrarisch orientiert waren, vereinigte, verlor die Partei zusehends an sozialpolitischem Profil. In ihrer späteren Entwicklung trat sie in zunehmendem Maße das Erbe liberaler Wirtschaftsauffassungen an.

Bei der Abspaltung der deutschnationalen Gruppen war zunächst *Georg Ritter von Schönerer* Initiator und führender Kopf. Später allerdings waren seine schroffe antiklerikale Politik, seine radikale Ablehnung des habsburgischen Vielvölkerstaates und sein gewalttätiges Temperament Ursache für die Aufspaltung der deutschnationalen Gruppen; es kam schließlich zu seiner politischen Isolierung. Hatte sich der alte Deutschliberalismus noch als führendes Element des Staates empfunden, so akzentuierten die aus seinem

Schoße entstandenen deutschnationalen Gruppen die politische Auseinandersetzung immer schärfer als Volkstumskampf. Sie folgten geistig jener Entwicklung, die auf tschechischer Seite mit dem Vordringen der Jungtschechen eingesetzt hatte, und nahmen immer mehr irredentistische Züge an.

Der Demokratisierungsprozeß vermochte den Nationalitätenstreit nicht zu dämpfen. Schon die Sprachenverordnung des Ministeriums Taaffe vom Jahre 1880 hatte gezeigt, daß Konzessionen nach der einen Seite heftige Reaktionen auf der anderen hervorriefen, die sich benachteiligt oder gar in ihrer Existenz bedroht fühlte. Die nationalen Spannungen wirkten unmittelbar in die Parteien hinein und führten sowohl bei den Deutschen wie auch bei den Tschechen zu Spaltungen. Im wesentlichen ging es um die Amtssprache, genauer: welche Sprache im Verkehr mit den Ämtern gebraucht werden durfte; um die Errichtung von Schulen und Gerichten; um die Schulaufsicht.

Die Emotionen steigerten sich zur Siedehitze, als Ministerpräsident *Badeni* 1897 seine Sprachenverordnung erlassen hatte. Entgegen dem Wunsch der Deutschen, Böhmen und Mähren in ein deutsches und ein tschechisches Verwaltungsgebiet zu teilen, sollten nach der Sprachenverordnung in beiden Ländern vom Jahre 1901 an nur noch Beamte eingestellt werden, die der deutschen und der tschechischen Sprache mächtig waren. Tumultuöse Parlamentsdebatten und stürmische Straßendemonstrationen führten zum Rücktritt Badenis am 27. November 1897. Als schließlich die Badenische Sprachenverordnung im Herbst 1899 aufgehoben wurde, hatten zwar die Deutschen erreicht, was sie wollten, dafür gingen aber die Tschechen zur parlamentarischen Obstruktion über.

An Plänen für die Lösung des Problems hatte es nicht gefehlt. Der rumänische Abgeordnete *Aurel Popovici* schlug die Schaffung von 15 national möglichst einheitlichen Gebieten vor. Auf sozialdemokratischer Seite beschäftigten sich *Karl Renner* und *Otto Bauer* besonders intensiv mit der Nationalitätenfrage. Renner dachte an eine deutsche, tschechische und südslawische »Nationsuniversität«, die alle Volkszugehörigen unabhängig von territorialen Gesichtspunkten erfassen und sich den kulturellen Aufgaben widmen sollte. Territorial hätten Landtage für die Alpenländer, die Sudetenländer, das Karstgebiet, Ungarn, Siebenbürgen und das Karpatenvorland errichtet werden sollen. Renner schwebte ein bundesstaatliches Verhältnis vor, das von einer Reichsvertretung und einer Gesamtregierung überdacht werden sollte. Dagegen erhoben sich von tschechischer und ungarischer Seite staatsrechtliche Bedenken, die zur Untermauerung eigener nationalistischer Ansprüche geltend gemacht wurden, letztlich aber immer darauf hinausliefen, Herrschaft über andere Völker zu behalten oder neu zu errichten. Auch mit den Traditionen der Dynastie und des Adels waren solche Ideen nicht in Übereinstimmung zu bringen. Ihnen folgte der Plan des *Thronfolgers Franz Ferdinand* und seines »Belvedere-Kreises«, den Dualismus der Monarchie durch den Trialismus zu erweitern, der einen neu zu schaffenden südslawischen Teilstaat vorsah. Dieser Plan hatte mit der energischen Gegnerschaft Ungarns zu rechnen, das mit seinen slawischen Gebieten, vor allem Kroatien, den wichtigsten Beitrag für einen solchen südslawischen Teilstaat hätte leisten müssen. Trotz der mehr als vagen Chancen dieses Planes, erregte er das tiefe Mißtrauen Serbiens, das eine Befriedung der österreichischen Slawen befürchtete und damit seine großserbischen Absichten durchkreuzt sah. Letztlich lag darin mit eine Ursache für das Attentat auf Franz Ferdinand in Sarajevo.

Im Zusammenhang mit dem Nationalitätenproblem und mit dem Antisemitismus, der damals sowohl zum deutschnationalen wie auch zum christlichsozialen politischen Vokabular gehörte und in breiten Teilen der Bevölkerung Wurzel geschlagen hatte, muß man an die Gestalt des Begründers des politischen Zionismus, *Theodor Herzl,* erinnern. Aus seiner Zeit heraus ist er nur vor diesem Hintergrund ganz zu verstehen. Als Student gehörte der in Budapest geborene Kaufmannssohn an der Wiener Universität einer deutschnationalen Studentenverbindung an, bis diese den Arierparagraphen einführte. In Paris wurde er als Korrespondent der *Neuen Freien Presse* während des Dreyfusprozesses mit dem französischen Antisemitismus konfrontiert. Er, der in jungen Jahren der Illusion vom organisierten Übertritt der Juden zum Christentum nachhing, sah in der Emanzipation der Juden keine Lösung. Einmal notierte er in seinem Tagebuch: »Antisemitismus (ist) die Folge der Judenemanzipation.« Er begreift die Juden als »eine historische Menschengruppe von erkennbarer Zusammengehörigkeit, die durch einen gemeinsamen Feind zusammengehalten wird« und schöpft aus der Geschichte ein stolzes Selbstbewußtsein: »Wir ... müssen ein hochbegabtes Volk gewesen sein, wenn wir 2000 Jahre hindurch erschlagen wurden und nicht umgebracht werden konnten.« Die Lösung, die ihm vorschwebt, ist eine nationalstaatliche, die er in der Schrift *Der Judenstaat* bis ins Detail konzipiert hat und für die er sich ein Jahrzehnt lang bis zu seinem Tod im Jahre 1904 rastlos einsetzte. Mit diesem Konzept, das ihn zum Vater des Judenstaates machte, ist Herzl ganz und gar ein Kind seiner Zeit und der politischen Atmosphäre Wiens, wo er als Journalist und Schriftsteller wirkte. Fast ein halbes Jahrhundert nach seinem Tod wurde Wirklichkeit, was er auf dem Basler Zionistenkongreß am 29. August 1897 als Forderung durchgesetzt hatte: eine »öffentlich-rechtlich gesicherte Heimstätte für das jüdische Volk in Palästina«.

Graf Eduard Taaffe war von 1879 bis 1893 Ministerpräsident; länger als alle seine Vorgänger und Nachfolger. Er besaß die Kunst des Lavierens und die Bereitschaft zu Kompromissen, ohne die dieser Staat nicht zu regieren war. Von ihm stammt das Wort vom »Fortfretten und Fortwursteln« als Kennzeichnung für eine Politik, die alle Hände voll zu tun hatte, trotz der drängenden Probleme und lärmenden Ereignisse gewissermaßen von einem Tag zum anderen zu bestehen, eine Politik, in der es keine weitreichenden und großen Perspektiven mehr gab, die einem Großstaat angemessen gewesen wären. Es lag auf der Hand, daß die Doppelmonarchie ihrem Ende entgegenging. Wenn das die meisten Zeitgenossen nicht wahrgenommen haben und manche Betrachter es auch heute noch nicht wahrhaben wollen, dann deshalb, weil in dieser todkranken Monarchie ein Lebensgefühl entfacht wurde und Leistungen vollbracht wurden, die auf der Höhe der Zeit standen. Das vielfach beschworene Bild von den Walzerklängen, zu denen auf einem Vulkan getanzt wurde, ist abgegriffen und zudem nur ein geringer Teil der Wahrheit. Diese manifestierte sich vor allem auf den sehr ernsten wissenschaftlichen und technischen Gebieten. Von der Euphorie eines Todkranken zu sprechen mag diesem Sachverhalt am nächsten kommen.

Die Monarchie hatte sich vom großen Börsenkrach des Jahres 1873 und seinen negativen wirtschaftlichen Auswirkungen allmählich erholt und gegen das Ende der achtziger Jahre den Staatshaushalt wieder ausgeglichen. Als Folge davon stellte sich eine Intensivierung der wirtschaftlichen und technischen Aktivitäten ein. Es sei hier nur ein Beispiel angeführt, das bis auf den heutigen Tag weltweit Geltung besitzt. *Ludwig Hatschek,* der Sohn einer Bierbrauerfamilie, die 1866 von Olmütz nach Linz übersiedelt war, gründete 1883 in Vöcklabruck die »Erste österreichisch-ungarische Asbestwarenfabrik Ludwig Hatschek« und versuchte jahrelang, ein dauerhaftes Dachdeckungsmaterial zu entwickeln. Schließlich gelangte Hatschek mit einer Verbindung aus Asbest und Portlandzement ans Ziel: Hatschek nannte das Ergebnis »Eternit«. Es hat sich seither die Welt erobert. Was 1901 in Österreich patentiert wurde, wird heute in mehr als 400 Fabriken auf allen Kontinenten erzeugt. Kurz vor dem Ersten Weltkrieg gelang die Herstellung von Druckrohren aus demselben Material. Der Erfinder Ludwig Hatschek war als Industrieller in seiner Zeit schon deshalb eine bemerkenswerte Persönlichkeit, weil er der sozialen Komponente in der Betriebsführung einen bevorzugten Platz einräumte. Seine Auffassung vom Verhältnis des Unternehmers zu seinen Mitarbeitern gipfelte in dem Satz: »Man kann keine Initiative, keine Begeisterung, keine Treue kaufen, diese Dinge muß man sich verdienen.«

Eine Reihe von technischen Pionierleistungen Österreichs ist in der breiteren Öffentlichkeit fast in Vergessenheit geraten. Der aus Mecklenburg 1852 nach Wien zugewanderte Mechanikermeister *Siegfried Marcus* hat schon 1870 erstmals einen auf einem Handwagen montierten Verbrennungsmotor mit dem »ersten Sprung des Petroleumdestillates«, also mit Benzin, als Antrieb verwendet. 1888 konstruierte er den ersten Wagen mit einem einzylindrigen liegenden Viertakt-Benzinmotor, mit magnet-elektrischer Zündung und Spritzbürstenvergaser. *Ferdinand Porsche,* der spätere Konstrukteur des Volkswagens, entwickelte bereits 1898 den Radnabenmotor für batteriebetriebene Automobile und war auch später mit zahlreichen Konstruktionen Wegbereiter des modernen Automobilbaues. Von ähnlicher Bedeutung für

Gustav Klimt, Oberösterreichisches Bauernhaus

den Automobilbau war *Hans Ledwinka,* der bei den Tatra-Werken das erste Auto mit rahmenlosem Fahrgestell, mit Schwingachse und luftgekühltem Zweizylinder-Boxermotor konstruierte und 1933 mit dem Achtzylinder-Tatrawagen das erste serienmäßig hergestellte Stromlinienauto mit luftgekühltem Heckmotor schuf, bei dem Getriebe und Differential in einem Block vereinigt waren. *Johann Puch,* der 1901 erstmals ein dreirädriges Fahrzeug mit Einzylindermotor auf der Hinterachse herausbrachte, wurde zum Pionier des Motorrades.

Wilhelm Kreß hatte schon 1876/1877 ein Flugmodell mit Zug- und Druckpropeller konstruiert und damit die Möglichkeit des Motorfluges bewiesen, der bis dahin für unmöglich gehalten wurde. Am 3. Oktober 1901 gelang ihm ein kurzer Flug über dem Wienerwald-Stausee, der deshalb dramatisch endete, weil das Dreidecker-Flugzeug mit einem zu schweren Daimlermotor ausgestattet war. Die Reihe der österreichischen Flugpioniere setzte sich mit *Richard Knoller* fort; er baute 1911 den »Göttinger Windkanal«, der zum Vorbild ähnlicher Einrichtungen in Europa wurde, und errichtete 1918 die erste Propellerprüfanlage in Fischamend. *Adolf Ritter von Pischof* übertrug Elemente des Autobaues auf die Flugzeugkonstruktion; unter anderem trennte er 1889 erstmals Motor und Propeller durch eine Kupplung. Der Zusammenarbeit von *Igo Etrich, Franz Xaver Wels* und *Karl Illner* verdankt der Flugzeugbau wesentliche Anregungen, unter anderem wurde der »Zanonia«-Flügel entwickelt, eine Form, die in ihren Flugeigenschaften dem Samen einer javanischen Pflanze vergleichbar war.

Im Jahre 1913 hatte *Viktor Kaplan* sein erstes Patent auf ein Laufrad mit verstellbaren Schaufeln erhalten. Die nach ihm benannte Kaplanturbine beruht auf der Idee, durch die Verdrehung der Laufradschaufeln das Laufrad der Änderung der Wassermenge anzupassen. Dadurch wurde es möglich, Flüsse mit mittlerem und kleinem Gefälle und stark wechselnder Wassermenge für die Stromerzeugung wirtschaftlich nutzbar zu machen. Die praktische Erprobung, die 1918 einsetzte, brachte noch Schwierigkeiten mit sich. Erst als 1925 in Schweden ein Laufrad mit einem Durchmesser von 5,8 Meter in Betrieb genommen wurde und klaglos funktionierte, war der Kaplanschen Idee der Durchbruch sicher.

Mit seinen beiden »zwangsläufigen Ventilsteuerungen« vom Jahre 1878 und 1891 hat *Alfred Collmann* die theoretischen Überlegungen von *Johann Radinger,* Professor der Wiener Technischen Hochschule, *Über Dampfmaschinen mit hoher Kolbengeschwindigkeit* in die Praxis umgesetzt. Mit den beiden »zwangsläufigen Collmannsteuerungen« wurden in Europa 4500 Dampfmaschinen ausgestattet, die zu jener Zeit einzige Kraftquelle der Industrie waren. *Hanns Hörbiger* hat das masse- und reibungsfreie Stahlplattenventil für Pumpen, Gebläse und Kompressoren erfunden, eine technische Leistung, die seine persönliche Liebhaberei, die »Welteislehre«, weit in den Schatten stellt.

Diese Entwicklung muß in engstem Zusammenhang mit dem Wirken *Wilhelm Exners* gesehen werden. Er hatte am Aufbau des gewerblich-industriellen Lebens des modernen Maschinenzeitalters in der österreichisch-ungarischen Monarchie mit all seinen nachfolgenden sozialpolitischen und volkswirtschaftlichen Veränderungen maßgebenden Anteil und war der führende Experte für das gewerblich-industrielle Schul-, Ausstellungs- und Musealwesen. Die Gründung des Technologischen Gewerbemuseums als Lehranstalt im Jahre 1879 und des Technischen Museums in Wien im Jahre 1908 ist ihm zu danken.

Sprechen wir heute von Österreich als einem Fremdenverkehrs- und einem Wintersportland, so muß man auch des aus Iglau stammenden und in Lilienfeld angesiedelten *Matthias Zdarsky* gedenken, der den aus dem Norden kommenden, im Flach- und Hügelland ausgebildeten Schilauf an das Gebirge angepaßt hat. Er ist der Erfinder der ersten Metall-Schibindung, er begründete mit seiner 1896 erschienenen »Lilienfelder Schilauftechnik« den Ruf Österreichs in der Methodik des alpinen Schilaufes, und er veranstaltete schon 1905 den ersten Torlauf. Der englische Schilauf-Experte *Sir Arnold Lunn* sagte von Zdarsky, er »wird von seiner Stellung als Vater des alpinen Schifahrens niemals entthront werden können«.

Die Wiener Medizinische Schule, die um die Mitte des Jahrhunderts einen überragenden Ruf in der Welt errungen hatte, fand nun um die Jahrhundertwende, und tief hineinwirkend ins neue Jahrhundert, eine würdige Fortsetzung. Eine der hervorragendsten Persönlichkeiten war der Billroth-Schüler *Anton Eiselsberg*, der nun seinerseits Schule machte. Schon 1893 wurde der 33jährige Chirurg als Professor nach Utrecht berufen, ging drei Jahre später nach Königsberg und wurde 1901 an seine Heimatuniversität nach Wien geholt, wo er bis an sein Lebensende wirkte. Er ist der Begründer der Neurochirurgie als selbständiger Wissenschaft und hat bahnbrechende Leistungen auf den Gebieten der Chirurgie des zentralen Nervensystems, der Schilddrüse und des Magen-Darmkanals vollbracht. Gemeinsam mit seinem Kollegen *Julius Hochenegg* richtete er an der I. chirurgischen Klinik in Wien eine Unfallstation ein, die zum Vorbild in aller Welt wurde. *Eduard von Hofmann* wurde von seiner Wirkungsstätte an der Universität Innsbruck 1875 nach Wien berufen und baute hier die Gerichtsmedizin, um zahlreiche methodische Details bereichert, zur selbständigen Disziplin aus. Der Ruf Wiens als »Mekka der Gerichtsmedizin«, der Hofmann zu danken ist, hat bis in unsere Zeit durch eine Reihe hervorragender Nachfolger, die seiner Schule entstammen, seine Gültigkeit bewahrt.

An den Universitäten Innsbruck und Wien wirkte der Mathematiker *Leopold Gegenbauer*, dessen Arbeiten auf dem Gebiet der Zahlen- und Funktionstheorie (Gegenbauersche Polynome) seinen internationalen Ruf begründeten. *Wilhelm Blaschke*, der als junger Mann als Professor nach Prag berufen wurde und ab 1919 in Hamburg lehrte, arbeitete auf den Gebieten der Differential- und dem der Integralgeometrie und begründete sein wissenschaftliches Ansehen mit seinen Arbeiten über die Geometrie der Gewebe. Der Zoologe *Leopold Adametz* schuf zusammen mit dem Bayern *Kronacher* die moderne Tierzuchtlehre. Der Meteorologe *Julius Hann* trug wesentlich zur Ausbildung der modernen Klimatologie bei; von ihm geht der weltweite Ruf der österreichischen Meteorologie aus. Er regte auch die Errichtung des Observatoriums auf dem Sonnblick an. Sein jüngerer Fachkollege *Max Margules,* als Privatgelehrter ein angesehener Theoretiker, widmete sich der Erforschung der atmosphärischen Gezeiten und entwickelte eine Theorie über die Polarfront und die Luftdruckwellen. — Die nach ihm benannten Lichtlinien zur exakten Bestimmung von Mineralen auf Grund ihrer optischen Eigenschaften entdeckte in Wien der Mineraloge *Friedrich Becke. Gustav Tschermak-Seysenegg* widmete sich der Erforschung der Silikatminerale und der Meteoriten und gründete 1871 die *Mineralogischen Mitteilungen,* die ab 1887 als *Mineralogische und petrographische Mitteilungen* erscheinen. Die österreichische Leistung in der Chemie ist durch vier Nobelpreisträger und viele andere international bedeutende Wissenschaftler ausgewiesen.

Das Haus der »Missionsgesellschaft vom göttlichen Wort« (SVD) in St. Gabriel bei Wien ist seit dem ausgehenden vorigen Jahrhundert zu einem Zentrum der Ethnographie geworden; von dort aus sind die wesentlichsten Anstöße für die bedeutende Entwicklung der Völkerkunde an den österreichischen Hochschulen gekommen. Eingeleitet wurde die Reihe bedeutender Gelehrter dieser Disziplin von *Pater Wilhelm Schmidt.* Er kam von der Linguistik her und führte mit seinen Arbeiten über die Sprachfamilien Südostasiens und der Südsee den Nachweis für Wanderbewegungen von Völkern ohne Schrift, was für die vergleichende Kultur- und Religionsforschung von großem Wert gewesen ist. Mit seinem Werk *Gliederung der australischen Sprachen* unternahm er den ersten Versuch, Ordnung in das schier undurchsichtige Gestrüpp zu bringen. 1906 gründete er *Anthropos — internationale Zeitschrift für Völker- und Sprachenkunde,* in der er im Jahr darauf ein phonetisches Alphabet veröffentlichte, das ein unentbehrliches Hilfsmittel wurde, die Sprache der Naturvölker in Schrift umzusetzen. Seine eigentliche Leistung sieht die Fachwelt in der Aufdeckung und Klarstellung der religiösen Alt- und Urkomplexe; die Revision des überkommenen Weltbildes von den Naturvölkern sei wesentlich für die Erkenntnis der menschlichen Natur.

Wilhelm Schmidt, der als Vater der »Wiener Ethnographenschule« gilt, hat mit seinem Werk über die Pygmäen den Anstoß zur Forschung auf diesem Gebiet gegeben. Auf seine Anregung gehen die Forschungen seiner Ordensbrüder *Martin Gusinde* in Feuerland und bei den Buschmännern Südafrikas, und *Paul-Joachim Schebesta* im Kongogebiet, auf den Philippinen und der Malaiischen Halbinsel zurück. Schmidts unmittelbarer Schüler und Mitarbeiter *Wilhelm Koppers* gab mit seinem Lehrer das große Werk *Völker und Kulturen* heraus und folgte ihm in der Leitung der Zeitschrift *Anthropos.*

Koppers forschte bei den Feuerlandindianern und bei den zentralindischen Stämmen der Jhabua-Gruppe des Bhil-Volkes. In diesem Zusammenhang ist auch der Ethnograph und Anthropologe *Rudolf Pöch* zu nennen, der als Pest-Arzt den ersten Nachweis über Zwergvölker in Neuguinea führte und die Gesänge der Papuas aufzeichnete, die im Wiener Phonogramm-Archiv verwahrt werden.

Die Arbeiten des Wiener Wirtschafts- und Kulturhistorikers *Alphons Dopsch* sind richtungweisend für die Wirtschaftsgeschichte. Ihm sind wesentliche Arbeiten zu danken, die die Geschichte von den wirtschaftlichen Bedingungen und Zusammenhängen her erst verständlich machen. Besonders für unseren Raum sind seine Forschungen über die ältere Sozial- und Wirtschaftsverfassung der Alpenslawen und über die Verfassungs- und Wirtschaftsgeschichte des Mittelalters wichtig. In seinem Werk *Wirtschaftliche und soziale Grundlagen der europäischen Kulturentwicklung aus der Zeit von Caesar bis auf Karl den Großen* stellt er, von der Wirtschaftsgeschichte ausgehend, die Kontinuität von der Antike zum Mittelalter dar. Der Wirtschaftshistoriker und Statistiker *Karl Theodor Inama-Sternegg* wurde 1884 von der Universität Innsbruck weg als Präsident der statistischen Zentralkommission nach Wien berufen. In dieser Eigenschaft konnte er dem Ausbau und der Weiterentwicklung der Statistik, die in Österreich seit 1749 als Lehrfach im Rahmen der Staatswissenschaften gelehrt wird, wichtige Impulse geben.

Als Nachfolger von *Franz Wickhoff*, der bereits die modernen historischen quellenkritischen Methoden der Kunstgeschichte nutzbar gemacht hatte, wurde der Kunsthistoriker *Max Dvorak* an die Universität Wien berufen. Er war der Initiator der geistesgeschichtlichen Betrachtung in der Kunstgeschichte. Mit der historisch-philologischen Methode, ausgehend von der Formengeschichte, strebte er größtmögliche Exaktheit in seiner Disziplin an. Seine wissenschaftlichen Grundanschauungen hat er in dem Werk *Kunstgeschichte als Geistesgeschichte* veröffentlicht. Unter seiner Führung hat die Wiener Kunsthistorische Schule einen Höhepunkt erreicht.

In gewissem Sinne waren die geistig-literarischen Strömungen jener Zeit ebenso wie die sich bildenden neuen politischen Parteien ein Aufstand gegen das etablierte liberale Bürgertum und die hergebrachten Formen. Um den Kunsthistoriker und Journalisten *Albert Ilg* hatte sich ein Kreis gebildet, der zwischen 1885 und 1894 Flugschriften unter dem Titel *Gegen den Strom* herausgab. Hier erschienen unter anderem die beiden Broschüren von *Adam Müller-Guttenbrunn — Wien war eine Theaterstadt* und *Lektüre des Volkes.* Die eine trug dazu bei, das volkstümliche, das moderne Theater populär zu machen, die andere gab den Anstoß, dem Volksbüchereiwesen eine breitere Grundlage zu geben.

Hermann Bahr, der zahlreiche Erzählungen und Romane und rund vierzig Salonstücke und Komödien geschrieben hat, ist nicht nur als Schriftsteller und Dichter erwähnenswert, mehr noch als Spiegelbild seiner Zeit und ihrer

Strömungen. Seine Bedeutung und seine Stärke liegen darin, daß er alle sich anbietenden politischen Richtungen und literarischen Stilformen durchlaufen hat, sich jeweils zu dem für wahr Gehaltenen bekannte und mit scharfer Feder dafür in die Schranken trat. Er begann seinen Weg als deutschnationaler Student, geriet dann in die geistige Nachbarschaft der Sozialdemokratie und endete schließlich bei einem barocken Katholizismus. Er selbst sagte von sich, daß er jeder Richtung angehörte, ehe sie Mode wurde. *Maximilian Harden* formulierte es so, daß Bahr ein Mensch war, »der immer in der Zukunft lebt, in der Temperatur des übernächsten Tages«. Im letzten Jahrzehnt des vorigen Jahrhunderts war er in Wien der Wortführer der Moderne, verfocht die Ideen der Secession und des modernen Theaters, ohne aber die Vergangenheit zu leugnen, was dieses »junge Österreich« wesentlich vom »jungen Deutschland« unterschied. Man könnte Bahr als einen Tatzeugen seiner Zeit bezeichnen, der das sensible Gespür für ihre Strömungen besaß. Ursprünglich war er von der Dekadenz des Franzosen *Maurice Barrès* tief beeindruckt, machte aber auch dessen Umkehr zum konservativen Denken mit. Seine zahllosen Schriften (u. a. *Überwindung des Naturalismus,* 1891, *Der neue Stil,* 1893, *Zur Kritik der Moderne,* 1890, *Secession,* 1907, *Expressionismus,* 1914) haben zumindest im gleichen Maße pamphletistischen Charakter wie den der kritischen Auseinandersetzung. Sie stellen auch heute noch interessante Zeitdokumente dar. Einige seiner Theaterstücke sind bis heute lebendig geblieben, weil sie, darin durchaus dem bajuwarischen Volkstheater verpflichtet, dem Schauspieler prächtige Rollen geben und sich durch schlagfertig pointierte Dialogführung auszeichnen, in der immer wieder geschliffene Aphorismen aufleuchten, die für sich selbst bestehen können. Zuletzt glaubte er das Österreichische in einer Verbindung von deutscher Kraft mit katholischem Geist zu erkennen, und daß es dazu berufen sei, am Ende des Ersten Weltkrieges Europa wiederherzustellen. Im Grunde ist er geistig eine tragische Figur gewesen, die mehr aus der Hoffnung und der Phantasie ihre Vorstellungen nährte denn aus nüchterner Erkenntnis; um das zu erkennen, braucht man nur sein Feuilleton über den jungen Kaiser Karl zu lesen, das er 1916 veröffentlicht hat.

Wie sehr die geistige Freiheit in diesem Österreich — trotz allem — eine echte Heimstatt besaß, wurde im Jahre 1907 offenkundig, als der Modernistenstreit in der katholischen Kirche seinen Höhepunkt erreichte und der Heilige Stuhl den Syllabus veröffentlichte und mit der gleichzeitigen Enzyklika *Pascendi dominici gregis* einen entscheidenden Schlag gegen die Modernisten führen wollte. Da die im Syllabus vertretenen Auffassungen geeignet waren, die Freiheit der Wissenschaft zu beeinträchtigen, weil sie weit über den theologischen Bereich hinaus bis zu den Naturwissenschaften hin wissenschaftliche Erkenntnisse, die nicht der kirchlichen Lehre entsprachen, verurteilten, ging eine Welle der Empörung durch das Land. Der Protest, aber auch der Streit des Für und Wider fanden nun auch ihren Niederschlag in den Zeitungen der verschiedenen politischen Richtungen. Die Tagespresse hat damals ein unbestreitbar hohes Niveau bewiesen. Die Wiener Universität trat zu einer Protestversammlung zusammen und beschloß eine Resolution, die mit den Worten beginnt: »Wir erklären ... daß wir entschlossen sind, mit allen uns zustehenden gerechten Mitteln auf das entschiedenste jeden Versuch zurückzuweisen, die Universitäten in Abhängigkeit von irgendeiner konfessionellen oder politischen Partei zu bringen, und daß wir erwarten, daß auch der Staat im eigenen Interesse dem nunmehr angekündigten Eroberungszuge einer Partei gegen die Universitäten nicht zurückweichen wird.« Damit war auf eine Rede des Bürgermeisters Lueger angespielt, der den Hohen Schulen mit der Beschränkung ihrer Freiheit gedroht hatte.

Als ein später Nachfahre des romantischen Geistes, der Christentum und Germanentum zu einer »beglückenden Einheit« verschmelzen wollte, wirkte in Wien der katholische Schriftsteller *Richard Kralik* und der von ihm gegründete Gral-Bund. Als Wortführer eines konservativen Katholizismus geriet er mit seiner Zeitschrift *Gral* in eine heftige Auseinandersetzung mit dem Herausgeber der in München erscheinenden katholischen Zeitschrift *Hochland, Muth,* der dem Modernismus zuneigte. Aus der geistigen Atmosphäre dieses Kreises sind zahlreiche Schriftsteller hervorgegangen; eine der bedeutendsten unter ihnen war *Enrica von Handel-Mazzetti.*

Im Wien jener Tage entfalteten sich sehr unterschiedliche schöpferische Kräfte nebeneinander, denen diese aufgeschlossene Stadt geistige Heimat war. Da wirkte neben dem Bohemien *Peter Altenberg,* diesem blendenden Feuilletonisten und Meister der impressionistischen Kleinkunst, der um hohe Sprachkultur bemühte *Richard von Schaukal,* dessen Lyrik, zunächst dem französischen Symbolismus verpflichtet, den weiten Bogen von dekadentem Ästhetentum zu volksliedhafter Schlichtheit spannt; und daneben der Lyriker und unbeirrbare Kulturkritiker *Albert Ehrenstein,* einer der Wortführer des Expressionismus.

Daß das Puppentheater, eine der ältesten künstlerischen Spielformen, das im 19. Jahrhundert zum Jahrmarktspektakel herabgesunken war, eine künstlerische Renaissance erfuhr, ist *Richard Teschner* und *Anton Aicher* zu danken. Aicher hat seine »Salzburger Marionetten« besonders durch die Einbeziehung von *Mozarts* Opern in seinen Spielplan zu hoher künstlerischer Perfektion geführt. Teschner hat, orientiert an ostasiatischen, vor allem javanischen Erfahrungen, die künstlerische Eigenständigkeit des Puppentheaters entwickelt.

Von hier aus wirkte der Jugendstil in die Welt und nach ihm die moderne Architektur; hier befruchtete zum erstenmal die Psychoanalyse *Sigmund Freuds* die Dichtung. Hier lebten Dekadenz und urwüchsige Vitalität eng nebeneinander. Es war kein Wunder, daß kaum jemand an die Todeskrankheit der Doppelmonarchie und an die Zwangsläufigkeit ihres Endes glauben wollte. Molltöne und kritisches Aufbegehren in dieser nuancenreichen geistigen Lebendigkeit wurden überhört oder nicht ernst genommen.

Seit Österreich-Ungarn im Jahre 1879 das Bündnis mit Deutschland eingegangen war, galt es als deutscher Vorposten im Südosten, was seine Lage im allgemeinen, vor allem aber auch die Auseinandersetzung im Inneren mit den Slawen nicht erleichterte. Andererseits war dieses Bündnis für die Doppelmonarchie als Rückendeckung lebensnotwendig, wenn es seine Position auf dem Balkan auch nur halten wollte. Österreichs Verhältnis zu Rußland, das seit dem Krim-Krieg nie mehr vollkommen harmonisiert war, wurde neuen Spannungen unterworfen, als die Monarchie 1885 im Serbisch-Bulgarischen Krieg zugunsten der Serben vermittelte. Als im Jahre 1903 der serbische *König Alexander Obrenowitsch* ermordet wurde und *Peter Karageorgewitsch* den Thron bestieg, hatte Österreich nur noch mit der immer vehementer werdenden Gegnerschaft Serbiens zu rechnen, das über die Grenze auf seine »unerlösten« südslawischen Brüder schaute. Die Annexion von Bosnien-Herzegowina (5. Oktober 1908) verschlechterte Österreichs Situation auf dem Balkan und verschärfte die innerpolitischen Gegensätze, weil sich die deutschen Parteien gegen die Annexion zur Wehr setzten; nur die Christlichsozialen, eben dabei, sich zu einer Staatspartei zu entwickeln, stimmten der Annexion aus Staatsräson zu.

Die südslawische Frage wurde für Österreich in zunehmendem Maße prekär. Nicht nur, weil in Serbien die radikale Partei und damit die großserbische Bewegung die Oberhand gewonnen hatte, sondern vielmehr noch wegen der intransigenten Haltung Ungarns gegenüber seinen slawischen Nationalitäten. Daran änderte sich auch nichts, als 1905 in Ungarn die Unabhängigkeitspartei einen überwältigenden Wahlsieg errang. Verstärkten sich nun die Tendenzen der völligen Loslösung Ungarns von Österreich, so geschah das gleiche von südslawischer Seite gegenüber Ungarn. Im Oktober 1905 traten in Fiume Abgeordnete des Küstenlandes und Dalmatiens zusammen und beschlossen eine Resolution, in der es hieß: »Jede Nation hat das Recht, frei und unabhängig über ihre Existenz und ihr Schicksal zu entscheiden.« Die Kroaten, die aus kulturellen und religiösen Gründen und auf Grund ihrer eigenen historischen Tradition zunächst für großserbische Pläne kaum anfällig waren, wurden durch die intransigente Haltung der Magyarisierungspolitik an die Seite Belgrads gedrängt.

Das Attentat von Sarajevo am 28. Juni 1914 auf Thronfolger Franz Ferdinand und seine Gemahlin *Herzogin Sophie von Hohenberg* war der auslösende Anlaß, der Funke, der den Brand des Ersten Weltkrieges entzündet hat.

Auf Grund der gemeinsamen Generalstabsplanung hatte zu Beginn des Krieges das österreichisch-ungarische Heer die Hauptlast des Kampfes mit Rußland zu tragen, um dem deutschen Heer den Rücken für einen raschen siegreichen Schlag gegen Frankreich zu decken. Österreich erlitt daher in den ersten Kriegsmonaten enorme Verluste an Menschen und Material, ohne daß das Ziel erreicht wurde: die deutsche Offensive in Frankreich blieb nach beträchtlichen Anfangserfolgen hängen. Spätere mit deutscher Unterstützung errungene Erfolge des österreichischen Heeres konnten diesen Aderlaß niemals mehr voll ausgleichen.

Die tschechische Frage, die schon die cisleithanische Reichshälfte und das junge Parlament erschüttert hatte, blieb auch im Krieg ein neuralgisches Problem. *Thomas Masaryk* hatte noch im Dezember 1914 das Land verlassen können und war in Paris politisch aktiv geworden. Schon im September 1914 war an der Karpatenfront das Prager Infanterieregiment 28 zu den Russen übergelaufen; während der Brussilow-Offensive im Sommer 1916 folgten Tausende slawische Soldaten, vorwiegend Tschechen, diesem Beispiel. Bei der Kerenski-Offensive im Juli 1917 standen den Truppen der Mittelmächte zum erstenmal geschlossene tschechische Brigaden auf russischer Seite gegenüber. Gestützt auf diese militärische Aktivität, konnte es der tschechische Nationalrat, der 1916 von Masaryk in Paris ins Leben gerufen worden war, erreichen, als Regierung und schließlich am Ende des Krieges als kriegführende Macht anerkannt zu werden.

Schon Ende 1916 haben die Mittelmächte, zu einem für sie noch günstigen Zeitpunkt, der Entente den Vorschlag gemacht, in Friedensverhandlungen einzutreten. Als kurz darauf, am 21. Dezember, der amerikanische *Präsident Wilson* an alle kriegführenden Mächte mit einem Friedensappell herantrat, schlugen die Mittelmächte eine Konferenz in einem neutralen Land vor. Der Vorschlag wurde als Kriegsmanöver abgelehnt. Ein Friedensappell *Papst Benedikts XV.* blieb ebenfalls ohne Echo. Als *Kaiser Karl* den Thron bestiegen hatte, kündigte er an, »in ehester Frist« zum Frieden kommen zu wollen. Er hatte guten Willen, bewies aber keine glückliche Hand. Seine Bemühungen gipfelten in der leidigen »Sixtus-Affäre«. Er war über seine beiden Schwäger *Sixtus* und *Xavier von Bourbon-Parma* mit Frankreich in Fühlung getreten und hatte in einem Brief an den französischen Ministerpräsidenten zugesagt, bei seinem Verbündeten für die Abtretung Elsaß-Lothringens zu wirken. Seinen Außenminister *Czernin* hatte er davon nicht in Kenntnis gesetzt. Als *Clemenceau* im April 1918 in der französischen Kammer den Sachverhalt andeutete, wurde er von Czernin öffentlich der Lüge geziehen. Darauf veröffentlichte Clemenceau den Brief des Kaisers. Die Folge war eine schwere Belastung des Verhältnisses zum Verbündeten.

Der Friedensvertrag von Brest-Litowsk am 3. März und der von Bukarest am 7. Mai 1918 brachten für die Mittelmächte nicht die erwartete Atempause. Trotz einiger Erfolge im Laufe des Jahres 1918 wurde ihre zunehmende Erschöpfung immer deutlicher. Die Not im Hinterland nahm überhand und führte zwischen 14. und 20. Jänner 1918 zu Streiks, vorwiegend im Wiener Neustädter Industriegebiet. Am 1. Februar meuterte die österreichisch-ungarische Flotte in Cattaro. Am 8. Jänner 1918 hatte Wilson seine 14 Punkte veröffentlicht, die Grundlage eines kommenden Friedens sein sollten. Die für Österreich wichtigsten Punkte darin waren der neunte, der für Italien Grenzen nach klar erkennbarem Besitzstand verlangte, und der zehnte, der die freieste Möglichkeit für die autonome Entwicklung der Völker Österreich-Ungarns vorsah. Freilich standen die Vorstellungen Wilsons in höchstem Maße unter dem Einfluß der Kriegsereignisse. Am 28. Juni trat Wilson nicht nur für die Autonomie ein, sondern verlangte die Befreiung aller slawischen Völker von der österreichischen und deutschen Herrschaft. Damit war das Schicksal der Monarchie besiegelt. Die unmittelbare Reaktion auf die Deklaration der 14 Punkte Wilsons bei den Tschechen im Lande war das Verlangen der tschechischen Parteien, eine staatsrechtliche Demokratie in den historischen Grenzen zu begründen, worauf sie sich am 1. Februar 1918 in Prag geeinigt hatten. Selbst in dieser dem Ende des Krieges entgegengehenden Phase muß man sich zwei Umstände vor Augen halten. Die Tschechen beriefen sich auf den Grundsatz des »Staatsrechtes«, haben also von vornherein das Staatsgebiet einschließlich der geschlossenen deutschen Sprachgebiete verlangt, womit sie sich in Gegensatz zum Wilsonschen Grundsatz des Selbstbestimmungsrechtes setzten, was bei der Gründung der deutsch-österreichischen Republik von Bedeutung war. Das politische Ziel der Alliierten wurde zuletzt vollkommen von der Vorstellung von der »Monarchie als Völkerkerker«, dieser jahrelang gebrauchten Phrase, bestimmt. Vergessen waren Bekenntnisse, wie die des tschechischen Führers *Karel Kramár:* es sei »die Tatsache nicht zu leugnen, daß die tschechische Nation in Österreich relativ noch unter den besten Bedingungen für ihre kulturelle, politische und wirtschaftliche Entwicklung leben kann«.

Kaiser Karl hatte am 30. Mai 1917 das Parlament wieder einberufen und am 2. Juli eine politische Amnestie erlassen. Am 14. September 1918 richtete er eine Friedensbotschaft »an Alle«. Das waren aber nur noch Gesten des guten Willens, die ohne Einfluß auf den Gang der Ereignisse blieben. Am 16. September 1918 wurde in Paris der selbständige tschecho-slowakische Staat proklamiert, dreizehn Tage später erklärte sich der tschechische Nationalausschuß in Prag für den selbständigen Staat. Die österreichischen Sozialdemokraten schlugen am 3. Oktober die Umwandlung der Monarchie in eine Föderation freier Staaten vor; die Christlichsozialen folgten wenige Tage später mit der gleichen Forderung. Es war ein vergeblicher Versuch, wenigstens den lockeren Zusammenhalt der Völker in einer wirtschaftlichen Einheit aufrechtzuerhalten. Am 6. Oktober setzte sich der Abbröckelungsprozeß mit einem Beschluß des kroatischen Nationalrates in Agram fort. Das Manifest Kaiser Karls vom 16. Oktober über den Umbau des Reiches in einen Bundesstaat erreichte die Adressaten nicht mehr. Die deutschen Parteien bildeten am 21. Oktober, gedrängt von den Ereignissen, die Provisorische Nationalversammlung für Deutsch-Österreich. Am 26. Oktober wurde das Bündnis mit dem Deutschen Reich gelöst, tags darauf erfolgte ein Sonderfriedensangebot Österreich-Ungarns, das faktisch nicht mehr bestand. Die tschechoslowakische Republik betrat am 28. Oktober die internationale Bühne, tags darauf erklärte der kroatische Sabor den Anschluß an das Königreich Serbien. Die deutsche provisorische Nationalversammlung gab sich am 30. Oktober eine provisorische Verfassung und erklärte Österreich als einen Bestandteil der Deutschen Republik. Am 11. November erklärte Kaiser Karl in einem Manifest, »auf jeden Anteil an den Staatsgeschäften« zu verzichten.

Das waren die Stationen der letzten Phase des Unterganges der habsburgischen Monarchie; das zwangsläufige Ende eines großen Reiches, das seinem inneren Gehalt nach bereits 1866 zu bestehen aufgehört hatte und gescheitert war, weil es die Probleme einer neuen Epoche nicht bewältigen konnte.

Am 12. November 1918 wurde vor dem Wiener Parlament die Deutschösterreichische Republik ausgerufen, ein Staat, von dem der französische Ministerpräsident Clemenceau wegwerfend sagte: »L'Autriche, c'est le reste.« Diesem »Rest« wurde im Friedensvertrag von St. Germain die Bürde des verlorenen Krieges auf die schwachen Schultern gelegt.

Max Vladimir Freiherr von Beck

VON ALFRED ABLEITINGER

Max Vladimir Freiherr von Beck ist mit der Durchsetzung des allgemeinen und gleichen Wahlrechtes in Österreich aufs engste verbunden. Der Gedanke, das Kurienwahlrecht zu demokratisieren, war eine von verschiedenen Alternativen, durch die manche hofften, der tiefen inneren Krise Altösterreichs wirksam begegnen zu können. Ministerpräsident *Graf Taaffe* hatte ihn 1893 in solchem Zusammenhang erstmals aufgeworfen. Unter wesentlich verschärften innenpolitischen Umständen erhielt der Plan dann 1900 neuerdings Aktualität. Auf die von der Regierung *Badeni* 1897 erlassenen Sprachverordnungen hatten die Deutschösterreicher mit totaler Obstruktion geantwortet — nach der Aufhebung dieser Maßregeln im Herbst 1899 »mußten« die Tschechen beweisen, daß ihr Wille und ihre Obstruktion nicht weniger mächtig waren. Dadurch war die Basis jedes Parlamentarismus zusammengebrochen und auch das konstitutionelle System des Zusammenwirkens von Volksvertretung und Regierung außer Kraft gesetzt worden. Ein Regiment, gestützt auf Notverordnungen, hatte ihm Platz gemacht. Nationale parlamentarische Klubs ließen sich nicht nur von keiner Regierung mehr diktieren, sondern auch nicht mehr überstimmen, wenn es um nationale Fragen ging. Bezeugte dieser Zusammenbruch des Parlaments die Lebensunfähigkeit der Verfassung? Welche sozialen, wirtschaftlichen und weltanschaulichen Kräfte vermochten Österreich in seiner bisherigen oder jenseits der bisherigen Verfassung zu tragen?

Am 18. Jänner 1900 wurde mit *Ernest von Koerber* ein neuer Ministerpräsident ernannt. Koerber suchte Österreichs Lebensgeister durch großzügige Investitions-, Wirtschafts- und Sozialpolitik zu erwecken und erzielte wirklich gewisse Erfolge sowohl in ökonomischer Hinsicht wie in Hinsicht auf die Verlebendigung Österreichs. Koerbers wirtschaftspolitisches Ziel entsprach seinem etatistisch-zentralistischen und aufgeklärt-bürokratischen Österreichbild. Ein weitgehend demokratisiertes Wahlrecht sollte diese Politik ermöglichen. Koerber ließ gleich nach Amtsantritt Gesetzentwürfe ausarbeiten, die *Kaiser Franz Joseph I.* ohne Befragen des Parlaments hätte oktroyieren sollen. Neben einer Sprachenregelung sahen sie eine Reichsratswahlordnung vor, durch die die Hälfte aller Mandate aufgrund eines allgemeinen, gleichen Wahlrechtes besetzt werden sollte, während ein Viertel von ihnen der zweiten Stimmabgabe von »Intelligenzwählern« und ein Viertel der zweiten bzw. dritten Stimmabgabe der Höchstbesteuerten, d. h. der Wirtschaftskreise, vorbehalten blieb. Es ist offenkundig, daß damit an die allgemeinen sozialen Interessen insbesondere des »kleinen Mannes« appelliert wurde. Die Schwäche dieser Konzeption liegt heute offen zutage: Den »kleinen Mann« außerhalb der nationalen Bewegungen gab es kaum mehr. Das gouvernemental-konservative Modell vom gewissermaßen »guten Volk« unterhalb der »nationalen Hetze« hatte um 1900 in der Realität keine Entsprechung mehr.

Koerbers Plan blieb freilich schon deshalb Plan, weil sich die ungarische Regierung entschieden weigerte, in Österreich einen Oktroy zu dulden. Von da an verschwand zwar die Idee, das Wahlrecht zu erweitern, um Österreich zu reformieren, nicht mehr, es stand aber fest, daß ein so gründlicher Wandel nur auf parlamentarischem Wege erfolgen dürfe.

In der Praxis bedingte dies jahrelangen Stillstand. Erst als 1905 die Mehrheitsverhältnisse im ungarischen Reichstag den Dualismus zu zerstören drohten und dagegen eine demokratische Wahlreform in Ungarn ins Auge gefaßt wurde; erst als in Rußland im Herbst 1905 die Revolution dem Zaren eine Verfassung abtrotzte, als Österreichs Slawen infolgedessen eine prorussische Stimmung erfaßte und der Austroslawismus jede Basis zu verlieren begann; und erst als damals die Sozialdemokratie sich die russische Bewegung zum Vorbild nahm: da rückte auf dem Tiefpunkt der Reichskrise die Wahlreform wieder als ein möglicher gemeinsamer Nenner der demokratischen und nationalen Bewegungen ins tagespolitische Blickfeld. Offenbar gegen den Rat von Koerbers Nachfolger, *Paul Freiherr Gautsch von Frankenthurn,* entschloß sich Franz Joseph, auch in Cisleithanien das allgemeine, gleiche Wahlrecht durch seine Regierung zu betreiben. Gautsch fügte sich dem kaiserlichen Befehl und legte am 23. Februar 1906 die Reformentwürfe vor. Der Wille allein entschied freilich noch nichts. Ende April scheiterte Gautsch mit seinen Vorschlägen, und auch sein Nachfolger, *Prinz Konrad Hohenlohe-Schillingfürst,* blieb nicht länger als vier Wochen im Amt. Für die Öffentlichkeit völlig überraschend, wurde am 2. Juni 1906 der Sektionschef *Max Vladimir von Beck* zum neuen Ministerpräsidenten ernannt.

Beck führte sich mit einer Konstruktion der Regierung ein, die zwar mancher bereits in Ansätzen versucht hatte, die aber niemandem gelungen war. Er machte keinerlei Versuche, über die parlamentarischen Formationen hinweg zu regieren, wie es Koerber erstrebt hatte, noch hielt er sich bei der Idee einer »neutralen« Beamtenregierung »über« den Parteien auf. Beck nahm, ohne daß ein Abkommen der Beteiligten notwendig geworden wäre, deutsche, tschechische und polnische Parlamentarier in sein Kabinett auf und machte damit, wo nicht förmlich so doch faktisch, die Parteien zu Hauptverantwortlichen der Entwicklung gerade in dieser bedeutenden Phase; er nannte seine Regierung eine »Ausgleichskonferenz in Permanenz«. Im Grunde bedeutete dieser Regierungsaufbau nicht weniger als den Verzicht auf die strenge Trennung von Exekutive und Legislative, die den »Konstitutionen« des 19. Jahrhunderts mit Rücksicht auf das »monarchische Prinzip« als Basis allen Verfassungslebens eigen gewesen war. Die Konstruktion enthielt für sich genommen schon ein gutes Stück Demokratisierung, nämlich die des Regierungsvollzuges; daß Beck für die Zeit nach den dringendsten Aufgaben die »Autonomisierung der Verwaltung« auch in den Kronländern zu seinem Programm machte, lag ganz auf derselben Linie, die Distanz zwischen Staatsapparat und Gesellschaft zu vermindern. Es war dies ein um die Jahrhundertwende in Europa vielfach für notwendig erkannter Zug. In Altösterreich erfuhr er durch Beck die eigentümliche und höchst notwendige Sonderform, daß alle maßgeblichen parlamentarischen Fraktionen, eben weil sie nationale Fraktionen vorstellten, an der Regierung in der Zentrale beteiligt wurden — nicht nur eine Mehrheitskoalition, die von einer Minderheit nationalen Charakters im Parlament kaum geduldet worden wäre. An die Stelle von nationaler Mehrheit und Minderheit setzte Beck wenigstens in der Regierung annäherungsweise nationale Parität.

Soweit man sehen kann, hat erst dieser Regierungsaufbau Beck instand gesetzt, den seit Koerbers Fehlschlag unausweichlichen nationalen Kompromiß für die Wahlreform zu erzielen. Denn wenn die nationale Frage vielfach eine soziale war, wie es neuere Forschung betont, so bedeutete die Verbreiterung des Wahlrechtes eine empfindliche Verschiebung der Position der einzelnen Nationalitäten im Abgeordnetenhaus. Im allgemeinen erlitten die Deutschen Einbußen im Verhältnis zu allen anderen, die Polen sehr fühlbare absolute gegenüber den Ruthenen und relative gegenüber den Tschechen, diese wiederum erfuhren insgesamt einen Aufschwung, aber doch keinen so starken wie Ruthenen, Rumänen, Kroaten und Slowenen, wenn man deren bisherige Stellung in Betracht zog. Bei dieser Ausgangslage mußten hartnäckige Verteidigung und übertriebene Erwartung die Reform gleichermaßen bedrohen. Es gelang Becks virtuosem und ausdauerndem Verhandeln und seinem außergewöhnlichen Realismus, der auch manche äußerst ungünstige Optik in Kauf nahm, wenn sie nur das Gesamtwerk förderte, das Einverständnis der cisleithanischen Nationalitäten über das neue Wahlrecht im Wahlreformausschuß noch vor dem Sommer 1906 zu erzielen. Das Verdienst der vehementen und doch maßvollen Unterstützung durch Sozialdemokraten und Christlichsoziale darf dabei nicht unerwähnt bleiben.

Allein neben den Völkern hatten auch noch Kräfte über die Reform mitzuentscheiden, die das Prinzip der Demokratisierung von Regierung und Volksvertretung überhaupt für bedenklich hielten. Außer in altliberalen Exponenten der Losung, »Besitz und Bildung« allein seien zur Staatsführung berufen, erwuchsen der Regierung nun im Thronfolger *Erzherzog Franz Ferdinand*, in konservativ-ständisch denkenden Adeligen und in mehr bürokratisch empfindenden Befürwortern eines über eigene, nicht vom Volk abgeleitete Autorität gebietenden Staates die Hauptgegner. Es bedurfte Franz Josephs persönlicher Intervention, um der Reform auch im Herrenhaus, der Bastion dieser Kräfte, eine Mehrheit zu verschaffen. Ende 1906 war es soweit, im Jänner 1907 erfolgte die kaiserliche Sanktion, im Frühjahr wurde bereits nach neuem Recht gewählt.

Der Regierung aber blieb die unversöhnliche Gegnerschaft der betont und aus Prinzip konservativen, vordemokratischen Kreise erhalten. Während Beck seine Regierung durch die Aufnahme zweier Christlichsozialer und anderer Vertreter der neuen Parteien umbildete, während er das ganze Jahr 1907 mit größter Energie und letztlich mit Erfolg am Abschluß eines wirtschaftlichen Ausgleiches mit Ungarn arbeitete, der dringend wieder gesetzlicher Grundlagen bedurfte, zog er sich auch in anderen Kreisen manche Kritik zu. Nationale Mißstimmungen in Böhmen, kulturpolitische bei den Christlichsozialen wegen der »Affäre Wahrmund«, schließlich die Opposition des Außenministers *Grafen Aehrenthal*, der nicht ohne Hinweis auf die bedrohlichen Konsequenzen der Demokratisierung dem Kaiser gegenüber den Primat der äußeren Politik in der Frage der Annexion Bosniens und der Herzegowina unterstrich: alle diese Momente verbanden sich im November 1908 erfolgreich zu Becks Sturz.

Stürzte mit Beck ein System, etwa das einzig hoffnungsvolle der auf das Interesse der Nationalitäten gegründeten Demokratisierung Altösterreichs oder jenes, das das spezifisch Altösterreichische aufzulösen im Begriff stand und denaturierte, was »Österreich« nun einmal war? Manche Zeitgenossen und manche Historiker haben den November 1908 so verstanden, und die Front, an der Beck damals fiel, ließ an Klarheit wirklich nichts zu wünschen übrig. Dennoch veranlaßt die Persönlichkeit Becks selbst gewisse Modifikationen so eindeutiger Antworten.

Beck, am 6. September 1854 geboren, entstammte einer Familie, in der besonders der Vater, Hofrat *Anton von Beck*, eine sehr bemerkenswerte Persönlichkeit vorstellte. Anton Beck hatte dem Kremsierer Reichstag angehört und sich dort, wie nachher, stets als Tscheche bekannt. Er darf als ein profilierter Vertreter der konservativen Spielart des Austroslawismus gelten. Die ganz eigentümliche Prägung, die Max Vladimir Beck durch diese Geistigkeit hätte erhalten können, empfing er aber nach seinem eigenen Urteil nicht. Nicht zufällig fiel es darum Becks Zeitgenossen wie seinem Biographen schwer, ihn weltanschaulich-politisch einzuordnen.

Vom Vater auf den Sohn Beck vererbte sich indessen das nüchtern-reale Beamtentum. Es ließ schon den Hofrat Beck gegen den frei vom Staat wirkenden Konservativismus des *Vogelsang*-Kreises Distanz empfinden, und es veranlaßte Max Vladimir Beck später im Ackerbauministerium, die betont agrarische Richtung der Vogelsang-Tradition zurückzudrängen. Nach seinen juristischen Studien war Beck 1880 ins Ackerbauministerium eingetreten und dort 1898 Sektionschef geworden. Zwar befriedigte ihn der rein fachliche Dienst nicht, und er versuchte vergeblich, in ein politisch interessanteres Ressort zu wechseln; eine bestimmte politische Ausrichtung trat an ihm deswegen aber durchaus nicht hervor.

Es überrascht deshalb weniger, um die Jahrhundertwende in Beck einen der engsten Vertrauten des Thronfolgers Franz Ferdinand zu finden. Beck hatte ihm seinerzeit Unterricht gegeben und manchen Dienst erwiesen. Im Jahr 1900 lag es an Beck, die komplizierte Eheangelegenheit Franz Ferdinands in die richtigen Bahnen zu lenken. Darauf stieg Beck zu einem politischen Berater des Erzherzogs auf, ohne daß man freilich sagen könnte, wie weit beide harmonierten oder differierten. Immerhin erhellt so viel, daß Beck damals nicht um eine demokratische Orientierung des Thronfolgers rang und daß er noch eine andere Art von Staatsführung für möglich hielt; erst 1903 zeichnet sich bei ihm eine ganz situationsbedingte Sympathie für die Aufnahme von Parlamentariern in die Regierung ab.

Seine politische Leidenschaft war gebändigt genug, ihn durchaus innerhalb des Korpsgeistes des politischen Beamtentums Altösterreichs zu halten, dessen formende Tradition und Fesseln eine politisch überragende Person unzweifelhaft gesprengt hätte. Gewiß blieb Beck nach seinem Sturz, was er als Ministerpräsident gewesen war: ein eindeutiger Verfechter parlamentarisierter Regierungen; er schrieb Zeitungsartikel darüber; er galt stets als eine klar abgestempelte politische Größe, auf die ebendeshalb sein Gegner von 1908, *Ottokar Graf Czernin*, im Sommer 1917 zurückzugreifen riet. Aber manche Wege blieben für Beck doch nicht betretbar. Vor allem für die 1907 und 1910 erwogene Kandidatur für das Abgeordnetenhaus vermochte er sich nicht zu entschließen. Natürlich hing nicht alles an diesen Kandidaturen. Jedoch unabhängig von den denkbaren Ausgangspositionen ist der Politiker Max Vladimir Beck, was man begreifen und würdigen muß, zum Kristallisationspunkt zweier Fronten — einer nach den Bedürfnissen des österreichischen Nationalitätenstaates modifizierten parlamentarisch-demokratischen und einer im altösterreichischen Sinne bürokratischen — nicht geworden, ja diese Fronten haben sich, vielleicht weil es an der frontbildenden Person vom Range Becks mangelte, gar nicht scharf ausgebildet.

Der Republik vermochte Beck nur mehr als Beamter zu dienen. Seit 1915

Präsident des Rechnungshofes, behielt er dieses Amt noch bis 1934. Soweit seine Kräfte durch den Beamtendienst nicht ausgeschöpft wurden, sah er nur mehr in »gemeinnütziger und karitativer Tätigkeit« sein Arbeitsfeld. — Am 20. Jänner 1943 ist Max Vladimir Freiherr von Beck, fast 90 Jahre alt, gestorben.

Von Aehrenthal bis Czernin

VON WOLFDIETER BIHL

Aloys Freiherr Lexa von Aehrenthal, dem böhmisch-altliberalen Adel entstammend, nach diplomatischer Tätigkeit in Paris und Petersburg Gesandter in Rumänien und Botschafter in St. Petersburg, suchte als k. u. k. Minister des Äußeren 1906 bis 1912 nach einer Periode der Unbeweglichkeit unter seinem Vorgänger, dem *Grafen Goluchowski,* den Spielraum Österreich-Ungarns in der großen Politik zu erweitern und vor allem dessen Stellung auf dem Balkan zu kräftigen. Als Außenminister hatte er auf die komplizierte innere Struktur Österreich-Ungarns Rücksicht zu nehmen, ohne diese direkt beeinflussen zu können. Er mußte — im Grunde ein Verfechter der »Politik der Kontinuität«, einer gesamtstaatlichen, konservativen und autoritären Reichspolitik, die wenig die Volksstimmen in Betracht zog — mit einer Reihe ungünstiger Faktoren rechnen: Rußland, mit dem Österreich-Ungarn auf Aehrenthals Initiative 1903 einen Ausgleich geschlossen hatte, arrangierte sich 1907 mit den Engländern. Die großserbische Propaganda gewann durch den Handelskrieg Serbiens, als dessen Protektor sich Rußland fühlte, mit der Donaumonarchie und durch das österreichisch-ungarische Sandschakbahn-Projekt neue Nahrung. In Rumänien war nur der König selbst ein unbedingter Anhänger der Mittelmächteorientierung. Die einzige Sicherung bedeutete für den Minister der Dreibund mit dem Deutschen Reich, mit dem das Habsburgerreich seit der Marokkokrise 1905/1906 die außenpolitische Isolierung teilte, und Italien, an dessen Loyalität er fest glaubte.

Um die Großmachtrolle Österreich-Ungarns stärker zur Geltung zu bringen, sollten die formell noch türkischen Provinzen Bosnien und Herzegowina in dem Augenblick annektiert werden, »da wir die Politik des Status quo am Balkan nicht mehr in ihrer vollen Strenge aufrechtzuerhalten gewillt sein würden«. Durch die jungtürkische Revolution (Juli 1908) wurde der Plan, das Provisorium der Okkupation in eine Annexion zu verwandeln, in das Stadium dringlichster Aktualität gerückt. Das fait accompli einer raschen Annexion sollte jungtürkischen und großserbischen Aspirationen und einer möglichen Internationalisierung zuvorkommen. Italien nahm eine positive Haltung zur bevorstehenden Annexion ein, der russische Außenminister *Izvol'skij* gab am 16. September 1908 in Buchlau seine grundsätzliche Zustimmung gegen eine wohlwollende Haltung Wiens zur Regelung der Meerengenfrage im russischen Sinne. Am 5. Oktober 1908 wurde die Annexion den Mächten bekanntgegeben, am gleichen Tag erklärte Bulgarien seine Unabhängigkeit. Izvol'skij, der durch ein Versehen verspätet informiert worden war, fühlte sich von Aehrenthal hintergangen, *Kaiser Wilhelm II.*, der zu spät von den österreichisch-ungarischen Absichten Kenntnis erhielt, war über den »Fähnrichsstreich« Aehrenthals empört. Izvol'skij leugnete den Buchlauer Akkord ab.

Das jungtürkische Komitee verhängte einen Boykott über österreichisch-ungarische Schiffe und Waren; die Panslawisten in Rußland und Serbien entfachten einen Sturm der Empörung, die englische Politik glaubte sich nach der Ablehnung der russischen Meerengenwünsche verpflichtet, Rußland diplomatisch soweit wie möglich zu unterstützen. Das Deutsche Reich deckte Österreich-Ungarns Aktionen, Frankreich verhielt sich zögernd, da es sich durch ein Wiederaufflammen der Marokko-Krise außenpolitisch gehemmt sah.

Im Laufe des Winters ergriffen Rußland und Österreich-Ungarn umfangreiche Mobilisierungsmaßnahmen; der k. u. k. Generalstabschef *Conrad von Hötzendorf* hielt einen Krieg gegen Serbien für aussichtsreich, Aehrenthal wollte aber einen Krieg nur im äußersten Notfall beginnen.

Die Türkei erklärte sich am 26. Februar 1909 gegen Zahlung von 2,5 Millionen türkischer Pfund (= 50 Millionen Kronen) zum Verzicht auf Bosnien-Herzegowina bereit; doch die Spannung unter den Großmächten ließ nicht nach. Italien, das Deutsche Reich und Großbritannien suchten zu vermitteln. In der zutreffenden Annahme, daß Frankreich nicht bereit sei, einen Krieg zu wagen, ließ Reichskanzler *Fürst von Bülow* nun Izvol'skij in ultimativer Form mitteilen, daß die deutsche Regierung im Falle der Verweigerung der russischen Zustimmung den Dingen freien Lauf lassen würde. Rußland, das seine Wiederaufrüstung noch nicht vollendet hatte, und Großbritannien wollten das Risiko eines Krieges nicht wagen; unter dem Druck der Mächte gab Serbien am 31. März 1909 eine Anerkennung der Annexion Bosnien-Herzegowinas bekannt. Österreich-Ungarn bezahlte diesen Augenblickserfolg mit der ab nun fast unheilbaren Störung der Beziehungen mit Rußland und Serbien, daran konnte auch die Räumung des Sandschaks Novipazar nichts mehr ändern.

Der Ausdehnungsdrang der Balkanstaaten war geweckt, das Geflecht der Ententebeziehungen wurde nicht gelockert, das slawische Verbundenheitsgefühl wurde gestärkt, die Tendenzen Serbiens, als Piemont für die Vereinigung aller Südslawen angesehen zu werden, wuchsen an — wahrlich ein Pyrrhussieg! Aehrenthals ausgesprochene Kabinettspolitik übersah die Volksmeinung in Rußland und Serbien, wie sie auch weder die südslawische Frage im allgemeinen noch die ungarische Nationalitätenfrage und die italienische Irredenta gebührend berücksichtigte.

Der italienisch-türkische Tripoliskrieg 1911/1912 offenbarte die bleibende

Egon Schiele, Frau mit zwei Kindern

Differenz österreichischer und italienischer Interessen in der Adria und auf dem westlichen Balkan, das Präventivkriegsdrängen des k. u. k. Generalstabschefs Conrad von Hötzendorf scheiterte nichtsdestoweniger an Aehrenthals unerschütterlicher Dreibundloyalität gegenüber Italien, das sich 1909 in einem Geheimvertrag Rußland angenähert hatte. Im Februar 1912 übernahm *Leopold Graf Berchtold* auf Drängen *Kaiser Franz Josephs* das schwierige und undankbare Amt des Ministers des Äußeren. Er entstammte dem mährisch-böhmischen Adel und war ein eher ängstlicher, skeptischer Charakter mit mangelndem Selbstvertrauen, der seinen staatsmännischen Weitblick und sein ausgewogenes Urteil nicht mit Energie und Robustheit durchzusetzen vermochte; er hatte sich gegen die Berufung zum Außenminister lange gewehrt. Sein Programm war das der Verteidigung, nicht das der Aktivität oder der Expansion; so suchte er durch Vermittlungsbemühungen die Auswirkungen des Tripoliskrieges von der Donaumonarchie fernzuhalten. Aber die Niederlage der Türkei entzündete den Balkankrieg, entflammte die nationalen Leidenschaften der Balkanslawen und dann den Kampf um die Beute zwischen ihnen selbst: Vom Oktober 1912 bis zum Mai 1913 führten Serbien, Bulgarien, Griechenland und Montenegro unter russischer Patronanz einen Koalitionskrieg gegen die Türken, in dem die Bulgaren bis vor die Tore Konstantinopels gelangten; durch deutsch-englische Vermittlung kam es zur Londoner Botschafterkonferenz und zum Londoner Vorfrieden (Mai 1913). Der Streit um die mazedonische Beute vertiefte den serbisch-bulgarischen Gegensatz; an die Seite der Serben traten die Griechen, Rumänen und Türken. Da Österreich-Ungarn für die Bulgaren, Rußland für die Serben Partei ergriff, drohte ein europäischer Krieg. Der deutsche Bundesgenosse, der für Berchtolds Bemühungen um Bulgarien nichts übrig hatte, vielmehr auf Rumänien und Griechenland setzte, und Italien hielten Wien von einem Eingreifen zugunsten Bulgariens ab. Das auf österreichisch-ungarisch-italienische Initiative geschaffene Albanien schob dem serbischen Drang zur Adria einen Riegel vor; das durch den Bukarester Frieden (August 1913) am schwersten getroffene Bulgarien sollte nach Berchtolds Ansicht Rumänien als Partner auf dem Balkan ersetzen. Die großserbische Propaganda ging aus dem Balkankrieg gestärkt hervor, andererseits führte die Tatsache, daß Italien seine Adriaansprüche durch ein Großserbien unter russischem Schutz durchkreuzt sah, die Verlängerung des Dreibundes herbei (Dezember 1912). Aber die Springflut nationaler Energien in den Balkanstaaten blieb Sieger über die beschränkende Vermittlung der Großmächte.

Nach den Schüssen von Sarajevo im Juni 1914 mußte sich Wien entscheiden. Der leidenschaftliche Drang Serbiens, unter russischem Schutz die Verwirklichung seiner südslawischen Ziele zu erreichen, mußte als tödliche Bedrohung für die Existenz des habsburgischen Vielvölkerstaates wirken. Nach dem Gebote der Selbstbehauptung war — in Wiener und Budapester Sicht — die Auflehnung Österreich-Ungarns gegen das ihm zugedachte Schicksal unvermeidlich. Der Entschluß, die serbische Gefahr unter allen Umständen zu beseitigen und dafür auch die Gefahr eines russischen Eingreifens und die Möglichkeit eines allgemeinen Krieges auf sich zu nehmen, hatte für Wien etwas so Zwingendes, daß selbst die Opposition eines *Tisza* mit dem Hinweis auf die Gewißheit der deutschen Rückendeckung überwunden werden konnte. Es war letztlich ein Entschluß zum Selbstmord aus Furcht vor dem Tode. — Die russische Politik hatte sich im Netze ihres unbedingten Unterstützungswillens für Serbien ebenso gefangen wie die reichsdeutsche Politik in demjenigen ihres Deckungsversprechens für Österreich-Ungarn.

Als es im Jänner 1915 im Zusammenhang mit der Neueinschätzung der italienischen Haltung zu starken Meinungsverschiedenheiten kam — *Graf Hoyos* und *Graf Forgách* traten für eine Nachgiebigkeit gegenüber den Forderungen Italiens ein, *Graf Tisza, Baron Burián, Graf Stürgkh* und der Kaiser selbst waren für einen harten Kurs —, legte Graf Berchtold sein Amt zurück. Er selbst schlug den ungarischen *Baron Stephan Burián von Rajecz* zu seinem Nachfolger vor.

Burián, der nach diplomatischen Diensten in Moskau, Sofia, Stuttgart und Athen 1903 bis 1910 das Amt eines gemeinsamen Finanzministers bekleidet hatte, galt als energischer, zielstrebiger Mann mit eigenständiger Meinung. Geschickt führte er die Verhandlungen mit dem deutschen Bundesgenossen um die Durchsetzung der austropolnischen Lösung, der Angliederung Kongreß-Polens an die Habsburgermonarchie. In fast eifersüchtiger Rivalität war Österreich-Ungarn bestrebt, seinen Rang als Großmacht durch Gebietserwerb in Polen und auf dem Balkan zu behaupten. Von den größten Folgen für die innere Geschlossenheit Österreich-Ungarns war der Tod Kaiser Franz Josephs am 21. November 1916.

Nachdem Burián die gemeinsame Friedensnote der Mittelmächte an die Alliierten vom 12. Dezember 1916 noch unter Dach und Fach gebracht hatte, ernannte der neue *Kaiser Karl I.*, der Großneffe Franz Josephs, *Ottokar Graf Czernin* zum Außenminister.

Ottokar Graf Czernin von und zu Chudenitz, aus ältestem böhmischem Adel, als Vertreter eines Programmes der Festigung der Autorität der Krone und des Staates gegenüber dem Parlament und den Parteien Berater des *Erzherzog-Thronfolgers Franz Ferdinand*, von diesem ins österreichische Herrenhaus berufen und im Oktober 1913 zum Gesandten in Bukarest vorgeschlagen, war, als er das schwere Amt eines k. u. k. Ministers des Äußeren übernahm, davon überzeugt, daß an einen Sieg der Mittelmächte nicht mehr zu denken sei. Mit dem jungen Kaiser, der den Krieg liquidieren und die Nationalitäten versöhnen wollte, teilte er die Überzeugung von der Notwendigkeit eines raschen Friedensschlusses. Czernin hielt unbedingt am Bündnis mit dem Deutschen Reich fest, er wollte aber die österreichisch-ungarische Stellung innerhalb des Zweibundes stärken, um durch Druck auf den deutschen Bundesgenossen dessen Kriegsziele zu mäßigen und als Vermittler den

Ausgleich mit den Gegnern zu ermöglichen. Bis August 1917 unternahm er erfolglose Versuche, den Bundesgenossen zu Konzessionen im Westen zu veranlassen, dafür bot er sogar ein um Galizien vergrößertes Kongreß-Polen an. Als die Friedenskontakte mit den Westmächten ergebnislos verliefen, dachte er auch an einen Sonderfrieden mit Rußland auf der Basis des Status quo ante. Im Mai 1917 stimmte er dem Kriegszielprogramm der Deutschen Obersten Heeresleitung zu; im Oktober 1917 vertrat er den Gedanken eines Völkerbundes und einer allgemeinen Abrüstung. Im Herbst 1917 — infolge der mangelnden Verständigungsbereitschaft beider Mächtegruppen, nach militärischen Erfolgen gegen Italien und der Auflösung der russischen Front — versteifte sich Czernin auf eine stärkere Betonung des Bündnisses mit dem Deutschen Reich, Polen sollte an das Habsburgerreich fallen, der Bundesgenosse sollte Kompensationen in Rumänien finden. Gleichwohl weigerte sich Graf Czernin, den Frieden mit Rußland in Brest-Litovsk an reichsdeutschen Annexionswünschen scheitern zu lassen. Der Friede mit der Ukraine (9. Februar 1918) sollte der katastrophalen Ernährungslage Linderung bringen, die Abtretung Cholms an die Ukraine führte aber zum Verlust der polnischen Sympathien.

Seit dem Sommer 1917 besaß der Minister, ein selbstbewußter, ungeduldiger Charakter, der die Lage realistischer einschätzte als der Kaiser, nicht mehr das volle Vertrauen seines Monarchen. Mit den Polen wegen Cholms verfeindet, den Tschechen und Südslawen als Verfechter des deutschen Bündnisses verhaßt, mit der ungarischen Opposition auf schlechtem Fuße, den pazifistischen Kreisen zu kriegerisch, den radikalen Deutschnationalen zu versöhnungsbereit — so war die Lage, als er wegen der »Sixtus-Affäre« am 14. April 1918 demissionierte.

Franz Graf Conrad von Hötzendorf

VON RUDOLF KISZLING

Von den Generalstabschefs jener Militärmächte, die am Ersten Weltkrieg beteiligt waren, hat *Feldmarschall Conrad* am längsten die Bürde dieses verantwortungsvollen Amtes getragen. Von Mitte November 1906 an mit einjähriger Unterbrechung bis zum Kriegsausbruch 1914 war er gemeinsam mit dem Kriegsminister für alle Kriegsvorbereitungen, für die Ausbildung des Heeres und für die Reichsbefestigung verantwortlich, und während des Krieges oblag ihm von 1914 bis zu seiner am 27. Februar 1917 erfolgten Enthebung vom Posten des Chefs des Generalstabes die Führung der Kriegsoperationen.

Conrad verfügte über ungewöhnlich scharfe Geistesgaben, die ihn befähigten, sich auch mit abseits seines Berufes liegenden Problemen der Wissenschaft, der Kunst und der Religion auseinanderzusetzen. Er war kein Meister der Redekunst, und auch die Debatte war nicht seine starke Seite. Deshalb bevorzugte er es, seine dienstlichen Anträge schriftlich vorzubringen, wobei ihm die Darlegung seiner Gedanken leichtflüssig und schon im ersten Entwurf druckreif aus der Feder floß.

Conrad erblickte am 11. November 1852 in Penzing bei Wien das Licht der Welt. Sein Vater war ein pensionierter Husarenoberst, seine Mutter, die ihren um dreißig Jahre älteren Gatten lange überlebte, nahm bestimmenden Einfluß auf die Erziehung des aufgeschlossenen, lernbegierigen und kunstsinnig veranlagten Knaben, dessen zeichnerische Begabung auf den Kunstmaler *Kübler,* den Vater seiner Mutter, zurückzuführen sein mag. Mit elf Jahren kam er in das Hainburger Kadetteninstitut und dann in die Wiener Neustädter Militärakademie, wo er 1871 als Leutnant ausgemustert wurde. Er besuchte die Kriegsschule und wurde dem Generalstab zugeteilt. Beim Okkupationsfeldzug 1878 und bei der Niederwerfung des Aufstandes in Süddalmatien 1882 zeichnete er sich besonders aus. Schon während seiner Dienstzeit als Generalstabshauptmann strebte er nach vollkommener Pflichterfüllung; das Persönliche trat gegen das Sachliche zurück. Seine Lebensauffassung wurde der »Aktivismus«, worunter Conrad angriffsfreudige Entschlußkraft, zielbewußten Tatendrang und unbeugsamen Willen verstand. Mitunter war ihm eine allzu weitgehende Vertrauensseligkeit gegen jedermann eigen sowie die Abneigung gegen glanzvolles Hervortreten.

Nach mehreren Verwendungen im Landesbeschreibungsbüro, als Divisionsgeneralstabschef in Lemberg und im Operationsbüro des Generalstabes wurde Conrad als Major in jenen Pflichtenkreis berufen, der ihm seiner ganzen Veranlagung nach besonders entsprach: er wurde Taktiklehrer an der Kriegsschule. Nun konnte er seinen Schülern seine Lehrmeinung vermitteln, die durch eigene Kriegserfahrung und durch Reisen auf die Schlachtfelder des deutsch-französischen, des russisch-türkischen und des serbisch-bulgarischen Krieges gefestigt war. Da Conrad selbst einige Werke taktischen Inhaltes veröffentlichte, die durchwegs auch im Ausland Anerkennung fanden, wurden seine Grundsätze für das Gefecht, insbesondere jene für die Infanterie, alsbald Gemeingut der österreichisch-ungarischen Armee.

Während seiner Tätigkeit als Regimentskommandant in Troppau schrieb er 1903 über *Infanteristische Fragen und die Erscheinungen des Burenkrieges.* Er vertrat die Aussichtslosigkeit der reinen Abwehr, hob die Schwierigkeiten eines frontalen Angriffes hervor, der nur in hierfür günstigem Gelände zulässig sei, und redete der womöglich stets anzuwendenden Umfassung das Wort. Er vertrat den Begriff des Kampfes um die Feuerüberlegenheit, der stets dem Sturmangriff mit dem Bajonett voranzugehen habe.

Mit seinem durch seine neuen taktischen Erkenntnisse modifizierten Ausbildungsvorgang erzielte Conrad bei weitgehender Einschränkung des Kasernhofdrills bei den Soldaten glänzende Erfolge.

Als Kommandeur der 55. Infanteriebrigade in Triest mußte er in seiner Eigenschaft als Stadtkommandant den Aufstand italienischer Hafenarbeiter mit Waffengewalt niederschlagen und gewann auf diesem heißen politischen Boden die Überzeugung, daß wegen der italienischen Ansprüche auf Triest und Trient die Austragung der bestehenden Gegensätze mit Italien unabwendbar sei.

Seit Herbst 1903 Feldmarschalleutnant und Kommandant der 8. Infanteriedivision in Innsbruck, erweiterte sich sein militärischer Gesichtskreis auch auf strategischem Gebiet. Er vertiefte sich hier in das Problem, das sich aus der keilartig in die oberitalienische Ebene hereinragenden Südtiroler Bastion dafür ergab, daß bei einem Krieg gegen Italien die in Ostvenetien stehenden italienischen Heeresteile im Rücken gefaßt werden könnten. Er betrieb die Grenzsicherung Südtirols durch eine den Alpinis gleichwertige Gebirgssondertruppe, die späteren Kaiserschützen, und befaßte sich mit der Anlage neuer Befestigungen in diesem Raum.

Erzherzog Franz Ferdinand setzte es durch, daß *Kaiser Franz Joseph* Conrad am 18. November 1906 zum Chef des Generalstabes ernannte.

Zu den wichtigsten Berufspflichten des Chefs des Generalstabes gehörten die Vorbereitungen für die möglichen Kriegsfälle. Hiefür erschien Conrad die freimütige Fühlungnahme mit dem Lenker der Außenpolitik als unerläßlich. Sehr bald ergaben sich aber grundsätzliche Meinungsverschiedenheiten, insbesondere hinsichtlich des von Conrad empfohlenen Vorbeugungskriegs, mit dem Minister des Auswärtigen, *Freiherrn von Aehrenthal,* die sich sogar bis zu unüberbrückbarer Gegnerschaft steigerten. Im Gegensatz zu der von Aehrenthal als ungefährdet angesehenen außenpolitischen Lage Österreich-Ungarns erkannte Conrad sehr bald die der Donaumonarchie und dem mit ihr verbündeten Deutschen Reich drohenden Gefahren.

Von den möglichen Kriegsfällen sah Conrad dem russischen mit der größten Besorgnis entgegen, fürs erste wegen der zahlenmäßigen Überlegenheit des Zarenreiches an Einwohnern, dann aber auch, weil er davon überzeugt war, daß Serbien und Montenegro Rußland Gefolgschaft leisten würden und Italien bestenfalls neutral bleiben, wahrscheinlich aber bald in der Reihe der Feinde stehen werde; auch der Bündnistreue Rumäniens stand Conrad seit 1913 skeptisch gegenüber. Deshalb schwebte ihm vor, mit den kleineren Staaten reinen Tisch zu machen, ehe sie vereint mit dem nach dem russisch-japanischen Krieg wiedererstarkten Zarenreich den Todesstreich gegen Österreich-Ungarn führen könnten. Er schlug schon im April 1907 vor, Italien niederzuwerfen, und wiederholte diesen Antrag im Herbst desselben Jahres während der Kaisermanöver in Kärnten. Er erkannte auch frühzeitig die von Belgrad aus in Bosnien und in der Herzegowina geschürte Autonomiebewegung, forderte ihre energische Bekämpfung und drängte auf die Einverleibung der beiden bisher nur okkupierten Provinzen. Seinen Plänen hätte es auch entsprochen, ganz Serbien zu erobern und die südslawische Frage — so wie es dem Thronfolger anfänglich vorgeschwebt hatte — innerhalb der Monarchie zu lösen.

Im Herbst 1908 kam es zur Annexion des Okkupationsgebietes, die aber den ganzen Balkan in Aufruhr versetzte und Rußland veranlaßte, gegen die Donaumonarchie eine drohende Haltung einzunehmen. Um für den Fall eines Zweifrontenkrieges die Absichten Deutschlands zu klären, nahm Conrad im Jänner 1909 die unter seinem Vorgänger völlig eingeschlafene Verbindung mit dem preußischen Generalstabschef wieder auf. So kam es Mitte März zu einer Vereinbarung zwischen Conrad und *General von Moltke* über einen im Kriegsfall aus Ostgalizien und aus Ostpreußen heraus zu führenden Zangenangriff gegen Rußland, wobei später der 50 km östlich von Warschau gelegene Ort Siedlec als Richtpunkt bezeichnet wurde. Nach Vereinigung der beiden verbündeten Heere und ihrem Aufschwenken nach Osten schwebte Conrad ein Vorstoß des österreichisch-ungarischen Heeres gegen Rowno und die Durchtrennung der durch das Sumpfgebiet des Polesie führenden Transversalbahn vor; nachher hätte ein Abdrängen der Russen gegen das Schwarze Meer erfolgen sollen. Vorgreifend sei erwähnt, daß dieser Operationsplan im Anschluß an den im Mai 1915 bei Gorlice erfolgten Durchbruch verwirklicht werden konnte — aber abgeschlossen war der Plan erst nach dem Vormarsch nach Odessa im Frühjahr 1918 und nachdem die Schlagkraft des russischen Heeres durch die Revolution von 1917 weitgehend geschwächt worden war.

Einen Operationsplan gegen Serbien fand Conrad bei seiner Amtsübernahme schon vor, der unter seinem Vorgänger, *General Graf Beck-Rzikowsky*, entworfen worden war und von Conrad gutgeheißen wurde, weil er einen von ihm stets bevorzugten Angriff aus zwei Fronten über die untere Drina und über die Save hinweg vorsah. Daß der Vorstoß durch die im Mündungswinkel dieser Flüsse gelegenen versumpften Mačva quer über alle Verkehrslinien verlief, war ein bewußt hingenommener Fehler, der sich im Herbstfeldzug 1914 in fataler Weise auswirken sollte, aber dem Oberbefehlshaber der selbständigen Balkanstreitkräfte, Feldzeugmeister *Potiorek*, zur Last gelegt wurde, der diesen Plan seinerzeit im Operationsbüro entworfen hatte.

Die größte Sorgfalt entwickelte Conrad bei den Vorbereitungen für einen Krieg gegen Italien. Um das italienische Heer in seinem in Ostvenetien vermuteten Aufmarschraum in die Zange nehmen zu können, sollten zwei Armeen vom Isonzo aus über den Tagliamento vorrücken. Eine dritte Armee hatte über das Gailtal die Verbindung zu der vierten Armee herzustellen, die in dem nach Conrads Entwürfen auf den Hochflächen von Folgaria und Lavarone durch Panzerwerke gesicherten Aufmarschraum zu versammeln war. Dieser Armee war zugedacht, über die Hochebene von Asiago in der Richtung über Schio und Bassano in die Venetianer Ebene vorzustoßen und dem italienischen Heer den Rückweg zu verlegen.

Als Italien am 23. Mai 1915 an die Donaumonarchie den Krieg erklärte, kam der vorstehende Plan nicht in Betracht, weil alle verfügbaren Kräfte bei der eben aussichtsreich begonnenen Offensive gegen Rußland eingesetzt waren. Da Conrad aber gegen Italien doch einen Schlag führen wollte, plante er, mit einer österreichischen und mit einer deutschen Armee von je zehn Divisionen gegen den — wie Conrad vermutete — nach Krain vordringenden Feind von der Save und von der Drau her einen Zangenangriff zu führen. Diese Idee war aber unausführbar, weil weder Österreich noch Deutschland Mitte Mai 1915 die gewünschten Divisionen verfügbar hatte. Auf *Falkenhayns* Rat wurden im letzten Augenblick die noch an der serbischen Grenze stehenden zwei Korps an den Isonzo geworfen, wo dann zweieinhalb Jahre lang die Front gehalten wurde.

Bei der Zusammenarbeit der beiden Generalstabschefs, die sich trotz gegenseitiger persönlicher Wertschätzung infolge ihrer Wesensverschiedenheiten und ihrer differierenden Ansichten über die Kriegführung überhaupt — Conrad redete immer der Offensive das Wort, indes Falkenhayn mehr der Ermattungsstrategie huldigte — nicht immer reibungslos gestaltete, ist zunächst hervorzuheben, daß Falkenhayn es nach dem Erstarren der Fronten in Frankreich allzulange abgelehnt hatte, das Schwergewicht der Kriegführung nach dem Osten zu verlegen. Wohl stellte Falkenhayn nach dem Verebben der winterlichen Karpatenkämpfe Mitte April 1915 eine ganze Armee zur Verfügung, um im Sinne einer früheren Idee Conrads das Durchbrechen der russischen Front bei Gorlice zu ermöglichen, was den Siegeszug der Verbündeten bis zur Linie Dünaburg—Pinsk—Czernowitz einleitete. Aber bei der Offensive einer deutsch-österreichisch-ungarisch-bulgarischen Heeresgruppe im Herbst 1915 gegen Serbien, bei der Conrad den Balkan bis an die Ägäis von den Feinden säubern wollte, wurde auf Befehl der deutschen Obersten Heeresleitung, die die Operationen lenkte, an der serbisch-griechischen Grenze haltgemacht. Ein Fehler, der sich Ende 1916 im besonderen für die Donaumonarchie höchst verhängnisvoll auswirken sollte.

Bei diesem Feldzug verschärften Meinungsverschiedenheiten und auch Prestigefragen die ohnehin schon spannungsgeladene Atmosphäre zwischen den beiden Heeresleitungen derart, daß die bisher rege persönliche Verbindung zwischen den beiden Generalstabschefs im Frühjahr 1916 ganz abriß. Zu dieser Zeit faßte Falkenhayn den unheilvollen Entschluß zum Angriff auf Verdun und lehnte die von Conrad erbetene Teilnahme an einer Offensive gegen Italien ab. Diese wieder als Zangenangriff geplante Kriegshandlung wurde mit einem tiefgegliederten, mit zwei Armeen hintereinander angesetzten Durchbruchsangriff über die Hochfläche der Sieben Gemeinden geführt, der aber noch vor dem Erreichen der Venetianer Ebene verebbte. Der unterstützende Vorstoß vom Isonzo her hatte ausbleiben müssen, weil — wie Conrad in seinen *Denkwürdigkeiten* grollend hervorhebt — die deutsche Heeresleitung ihre Unterstützung versagt hatte.

Da Rußland zugunsten der Italiener eine Entlastungsoffensive führte und Falkenhayns »Blutpumpe« bei Verdun ihre Wirkung versagt hatte, fanden sich die beiden Generalstabschefs doch wieder bei Luck, um die Einbrüche *Brussilows* an der wolhynischen Front abzufangen. Als am 27. August 1916 auch Rumänien der Habsburgermonarchie den Krieg erklärte, wurde Falkenhayn, der in der rumänischen Gefahr zuwenig Voraussicht bekundet hatte, seines Postens enthoben und an seine Stelle das Zweigestirn *Hindenburg-Ludendorff* gesetzt, mit dem Conrad in reibungslosen Beziehungen stand. Um nun alle bei den Vierbundmächten noch verfügbaren Reserven geschlossen zur Niederwerfung Rumäniens einzusetzen, wurde die vom Deutschen Kaiser auszuübende »Oberste Kriegsleitung« geschaffen, der sich auf ausdrücklichen Wunsch Kaiser Franz Josephs auch der den deutschen Oberbefehl bisher ablehnende Conrad unterordnen mußte. Im Zusammenwirken der vier verbündeten Armeen glückte es überraschend schnell, die Rumänen aus Siebenbürgen zu vertreiben und auch die Walachei zu erobern.

Während dieses Siegeszuges starb am 21. November 1916 Kaiser Franz Joseph. Er hatte Conrad sicherlich volles Vertrauen entgegengebracht, ohne damit auch tiefe Sympathie zu verbinden. Wegen der vielfach drängenden und ungeduldigen Art des Vortrages Conrads versagten gelegentlich die Nerven des Monarchen, ohne daß dies bei dem in seinem Gleichmut nicht zu erschütternden Generalstabschef eine Minderung der respektvollen Ergebenheit gegenüber seinem Kriegsherrn hervorgerufen hätte.

Als Franz Josephs Nachfolger den Thron bestieg, gestalteten sich die Beziehungen Conrads zu *Kaiser Karl* weniger harmonisch. Kein Wunder, daß der junge Monarch sehr bald eine gefügigere Persönlichkeit als Ersten militärischen Berater an seine Seite zog. Am 27. Februar 1917 wurde Conrad, der im November des Vorjahres zum Feldmarschall befördert worden war, seines Postens als Chef des Generalstabes enthoben und übernahm auf ausdrückliche Bitte des Kaisers das Heeresgruppenkommando in Tirol. Erst im Juni 1918 trat dort die Schicksalsfrage an ihn heran, als das österreichisch-ungarische Heer zur Entlastung der in Frankreich schon schwer ringenden deutschen Armeen einen entscheidenden Schlag gegen Italien führen sollte. Hiefür beanspruchten beide im Südwesten eine Heeresgruppe befehligenden Feldmarschälle, Conrad und *Boroević*, den Hauptangriff zu führen.

Bedauerlicherweise vermochte das AOK sich nicht zu einer ausgesprochenen Schwerpunktbildung aufzuraffen. Daher mißglückten die Angriffe der beiden Heeresgruppen, ganz besonders der Angriff Conrads, der — im Sinne seiner Lieblingsidee über die Hochfläche der Sieben Gemeinden geführt — unter schweren Verlusten schon am ersten Tage scheiterte. Unschwer entschloß sich der Kaiser, Conrad als Sündenbock zu opfern, und enthob ihn am 14. Juli 1918 seines Postens. Die Erhebung in den Grafenstand sollte die bittere Pille versüßen.

In tiefster Verstimmung und mit dem Gefühl, ein sinkendes Schiff zu verlassen, schied Conrad aus dem aktiven Heeresdienst. Als drei Monate später die Monarchie auseinanderbrach, nahm dies der Marschall ohne sonderliche

Gemütsbewegung hin und deutete die Ursachen für dieses weltgeschichtliche Ereignis mehrfach dahin aus, daß seinen Warnungen und Vorhersagen nicht genügend Gehör geschenkt worden war. Er zog sich samt seiner zweiten, während des Krieges angetrauten Gattin — die erste, die ihm vier Söhne geschenkt hatte, war 1904 gestorben — zunächst nach Innsbruck zurück und dann nach Wien. Er begann seine Tätigkeit als Chef des Generalstabes zu Papier zu bringen, ein fünfbändiges Werk, das inhaltlich aber nur bis zum Jahresende 1914 reicht, somit ein Torso geblieben ist. In seinem Notizbuch hebt er sehr oft seine deutsche Nationalität hervor und verurteilt das »schmähliche Verhalten der Nationalitäten« während und knapp nach dem Weltkrieg gegenüber der Donaumonarchie.

Die Kritik der Nachkriegszeit an der Tätigkeit Conrads bemängelt in taktischer Hinsicht, daß er in den ersten Schlachten die abstoßende Kraft der neuzeitlichen Schnellfeuerwaffen zuwenig berücksichtigt habe, wodurch bei dem stets bevorzugten Angriffsverfahren katastrophale Verluste an aktiven Offizieren und Soldaten eingetreten sind. Auch habe er bei den winterlichen Karpatenkämpfen 1914 den Truppen oft zu schwere Strapazen und Entbehrungen zugemutet.

In strategischer Hinsicht trifft ihn der Vorwurf, daß er nach der »Teilweisen Mobilisierung für den Kriegsfall Balkan« von den hiefür zuerst aufgebotenen Streitkräften die nach Südungarn bestimmte Armee mit der Bahn abrollen ließ, obwohl schon Meldungen über die russische Mobilisierung vorlagen. Auf Grund älterer, aber nicht mehr zutreffender Daten hielt er ein Umlenken dieser Armee nach Galizien noch nach fünf bis sechs Tagen für möglich, obwohl dies 1914 nicht mehr zutraf. Teile dieser Armee wurden dann in die Kämpfe gegen die Serben verstrickt und kamen zu den Schlachten um Lemberg zu spät.

Dieser Feldzug in Ostgalizien im Sommer 1914 wurde eingeleitet durch das Vordringen der beiden linken Armeen zwischen Weichsel und Bug gegen Norden in der Erwartung, sich bei Siedlec mit dem deutschen Ostheer vereinigen zu können, wozu es aber nicht kam und zunächst auch nicht kommen konnte. Die beiden rechten Armeen hatten nach Osten vorzustoßen; diese rechtwinkelig auseinanderstrebenden Vorrückungen trugen den Keim zur Teilung des Heeres und damit seiner Niederlage in sich.

Eine abwertende Beurteilung erfahren auch Conrads im Winter 1914/15 mehrmals unternommene Versuche, den Karpatenwall nach Norden zu überschreiten, wobei gleichzeitig die von den Russen eingeschlossene Festung Przemysl hätte befreit werden sollen, was infolge der Unterschätzung der winterlichen Gebirgsschwierigkeiten gleichfalls mißlang. Erst der Stoß über Gorlice brachte den richtigen Weg zur Aufriegelung aller Karpatenübergänge durch die den Nordhang entlang von West nach Ost geführte Offensive. In ihrer Fortsetzung mündete sie in den schon erwähnten erfolgreichen Kriegsplan gegen Rußland. Dagegen blieb den von Conrad über die Hochfläche von

Asiago geführten Angriffen gegen Italien stets der Erfolg versagt. Im Jahre 1915 kam er infolge seiner methodischen Durchführung nicht über den bewaldeten Höhenrand hinweg. Der Angriff vom 15. Juni 1917 gegen Engländer und Franzosen zerschellte schon am ersten Kampftag, was auch den Abschluß von Conrads Feldherrnlaufbahn zur Folge hatte.

Im Jahre 1924 erkrankte Conrad an einem schweren Gallenleiden, das sich nach einer Kur im Bad Mergentheim besserte. Ein Rückfall zwang ihn im Sommer 1925 neuerlich, das württembergische Heilbad aufzusuchen, jedoch diesmal versagten die Kunst der Ärzte und die Heilkraft der Quelle. Am 25. August trennten sich bei ihm Körper und Geist, nachdem er sich offenbar bis zuletzt mit dem Mehrfrontenkrieg beschäftigt hatte und noch im Verlöschen flüsterte: »Nun weiß ich, wie man es macht ... ich habe immer zuviel auf einmal gehabt.«

Das Geheimnis dieser letzten Erkenntnis hat der Feldmarschall aber ins Grab mitgenommen. Nach der Überführung des Leichnams nach Wien wurde er auf dem Hietzinger Friedhof mit großen militärischen Ehren zur letzten Ruhe gebettet.

Karl Lueger

VON KURT SKALNIK

Der Weg *Karl Luegers* aus der elterlichen Wohnung, wo er am 24. Oktober 1844 als Sohn des Veteranen aus den Kriegen gegen Napoleon und Saaldieners am Polytechnischen Institut, *Leopold Lueger,* und dessen Frau *Juliane* geboren wurde, ist bar jeder Dramatik. Früh muß sich die Begabung des Knaben gezeigt haben. Die Tore des vornehmen Theresianums hätten sich vor dem Sohn »kleiner Leute« sonst wohl kaum geöffnet. Das Studium der Rechte folgt und wird 1870 mit dem Doktorat abgeschlossen.

Wann der Entschluß Luegers reift, sich neben seinem Beruf als Rechtsanwalt aktiv am politischen Leben zu beteiligen, entzieht sich unserer Kenntnis. Auch die zeitgenössischen Biographen wissen auf diese Frage keine eindeutige Antwort. Der dritte Wiener Gemeindebezirk, wo Lueger zu Hause ist, gilt in jenen Jahren als politisch besonders »aktiv«. Zentrum der Bezirkspolitik ist der liberale »Bürgerklub«. Wohl als lästig empfunden, aber nicht besonders ernst genommen, wird die Tätigkeit der »Demokraten«, die in allen ehemaligen Vorstädten ihre Stimme zu erheben beginnen und die immer deutlicher werdende Oligarchie des Großbürgertums bekämpfen. Lueger nimmt Kontakt mit den Demokraten auf, allein der politische Start ist nicht glücklich. Persönliche Rivalitäten führen zu Luegers Wechsel zum Bürgerklub, der ihn auch 1875 erfolgreich für den Gemeinderat kandidiert. Lueger beginnt jedoch bald, zum wachsenden Mißvergnügen des Bürgermeisters *Cajetan Felder* und der Rathausmehrheit, jene zuerst mit Spott, bald aber mit wachsender Unruhe verfolgte Tätigkeit, verschiedene Fälle unzweifelhafter Korruption aufzudecken. Felder, obwohl persönlich integer, glaubt im Interesse seiner politischen Freunde schweigen zu müssen. Es gelingt ihm jedoch, Lueger in seinem Heimatbezirk Landstraße zunächst den politischen Boden zu entziehen. Lueger bricht mit der liberalen Rathausmehrheit, stellt sein Mandat zur Verfügung und sammelt seine Kampfgefährten in einer »Fortschritts- und Wirtschaftspartei«. Das »antikorruptionistische« Programm des politischen Einzelgängers findet aber bei der immer zahlreicher werdenden Schar jener Leute vom Grund, die unter das Schwungrad der im Zeichen des Liberalismus wachsenden Industrialisierung gekommen sind, ein starkes Echo. Als erster die Bedeutung dieser zum politischen Bewußtsein aufstrebenden Schicht erkannt zu haben, ist die Stärke Luegers. Auf sich selbst gestellt, tritt Lueger 1878 im dritten Wahlkörper als Kandidat der zahlreichen Opfer, die der große Börsenkrach des Jahres 1873 zurückgelassen hatte, auf. Er zieht wieder in den Gemeinderat ein, und bald flammt der alte Gegensatz zu Bürgermeister Felder mit neuer Heftigkeit auf. Als sich dieser eine formale Blöße gibt, stößt Lueger nach, und Dr. Felder gibt, persönlich schwer getroffen, seine Demission. Zu Felders Nachfolger *Newald* gewinnt Lueger zwar ein besseres persönliches Verhältnis; allein, da er nicht davon abläßt, in die Gemeindestube neue, unbequeme Initiativen zu tragen, sind die kommenden Jahre von harten Kämpfen erfüllt. In einer Reihe von Prozessen muß Lueger für viele seiner Behauptungen einstehen, gewinnt aber dadurch den Ruf eines furchtlosen Mannes, dem es mit der Vertretung öffentlicher Interessen ernst ist.

1885 kandidiert er für den Reichsrat. Die Wahlrechtsreform von 1885, die Herabsetzung des Wahlzensus auf 5 Gulden, hat den Anhängern Luegers unter den Gewerbetreibenden größeres Mitspracherecht gebracht und damit die Voraussetzung für seinen Erfolg gegeben. Bei dieser Kampagne machen nicht nur Luegers engere Freunde, die »Demokraten« und die »Gewerblichen Reformer«, sondern auch gemäßigte Deutschnationale genauso wie das Wiener tschechische Element — alle geeint durch ihren Kampf gegen den großbürgerlichen Wirtschaftsliberalismus — für Lueger Stimmung. Selbst aus der am Rande der Legalität sich formierenden sozialistischen Arbeiterbewegung schlagen dem »Volksmann« Sympathien entgegen. Hier hat man den großen »Anarchistenprozeß« vom März 1883, in dem Lueger als Verteidiger zweier Arbeiter erfolgreich plädierte, nicht vergessen. Mit einer knappen Mehrheit von 85 Stimmen zieht Lueger als Abgeordneter in das Hohe Haus am damaligen Franzensring ein. Hier kommt er gerade noch zurecht, um an der parlamentarischen Verabschiedung der Regierungsvorlage über die erste Kranken- und Unfallversicherung für Arbeiter teilzunehmen.

Der Start des neuen Parlamentariers ist gut; weniger erfreulich sind die Vorgänge auf dem politisch unruhigen Boden der Reichshaupt- und Residenzstadt. Innerhalb der verschiedenen oppositionellen Gruppen steht es mit der

Einigkeit nicht zum besten. Aus den Reihen der nur durch eine wirtschaftliche Abwehrhaltung zusammengeführten »Gewerblichen Reformer« löst sich unter Führung des Tirolers *Psenner* eine Gruppe, die sich von den Ideen des Vorkämpfers für einen christlichen Sozialismus, *Freiherrn von Vogelsang*, angesprochen fühlt. Am 7. März 1887 konstituiert sie sich in Wien als »Christlichsozialer Verein«. Im September des gleichen Jahres spricht Lueger, nach einigem Zögern, das erste Mal vor dessen Mitgliedern. Bald fühlt er inmitten der Gärung der Zeit den sicheren Boden der durch eine gefestigte Weltanschauung bestimmten Gruppe. Auf dieser soliden Basis will er alle in seiner politischen Nachbarschaft sich befindenden Gruppen und Grüppchen zusammenführen. Für dieses Kampfbündnis bürgert sich zunächst das Wort »Antiliberale Liga« ein, das jedoch bald durch den Namen »Vereinigte Christen« ersetzt wird. Nicht wenige sprechen einfach wegen eines Hauptakzentes der Propaganda von den »Antisemiten«. Erst nach 1890 taucht im Zuge einer geistigen Konsolidierung und organisatorischen Straffung immer öfter der Name »Christlichsoziale Partei« auf. Der erste entscheidende Schritt dazu war ohne Zweifel die schon erwähnte Rede Luegers im »Christlichsozialen Verein«. Ihm folgte die persönliche Begegnung Luegers mit Vogelsang im Jahre 1888. An dieser Zusammenkunft nehmen auch der Ordinarius für Moraltheologie *Schindler*, *Prälat Scheicher*, *Pater Weiß*, *Prinz Alois Liechtenstein*, *Ernst Schneider* und *Geßmann* teil. Aus diesem ersten Treffen werden regelmäßige Zusammenkünfte, auf denen im Wechselgespräch zwischen den Männern der Gesellschaftstheorie und jenen der politischen Praxis Fragen einer Änderung der sozialen Struktur aus dem Geist des Christentums erörtert werden.

1895, genau 20 Jahre nachdem Lueger das erste Mal in den Gemeinderat eingezogen war, tritt er an der Spitze der von ihm nicht nur geführten, sondern auch geformten Bewegung zum entscheidenden Gang in der Hauptstadt an. In mehreren Wahlgängen erringt seine Partei mehr als die Zweidrittelmehrheit aller Mandate (1896) des Wiener Gemeinderates. Den herrschenden Kreisen in der ungarischen Reichshälfte ist Lueger schon wegen seines wiederholten Eintretens für die Interessen der nichtmagyarischen Nationalitäten ein Stein des Anstoßes. Diesen Einflüssen gelingt es, die kaiserliche Bestätigung der Wahl Luegers zum Bürgermeister von Wien zu verhindern. Mehrmals wird der Gemeinderat aufgelöst, und die Führung der Geschäfte geht in die Hände eines Regierungskommissärs über. Luegers Popularität erreicht jedoch durch diese Sanktionen ein Ausmaß, wie es bis dahin ohne Beispiel war. Als seine Partei 1896 aufs neue verstärkt in den Gemeinderat einzieht und sich die Konturen einer gefährlichen Kraftprobe zwischen der Krone und der jungen Volksbewegung abzeichnen, verzichtet Lueger in einer Audienz bei *Kaiser Franz Joseph*, »dermalen« Bürgermeister von Wien zu werden. Als sein Platzhalter tritt *Josef Strobach* auf.

Das »Dermalium«, wie dieses Übergangsregime bald heißt, dauert aber kaum ein Jahr. Im Frühjahr 1897 wird Lueger Bürgermeister, nicht zuletzt unter dem

Eindruck des die österreichische Innenpolitik an sich schon schwer belastenden kommunalpolitischen Reformprogrammes, das zu seiner Zeit beispielgebend war und das auch vor der Nachwelt bestehen kann. Nach der von Lueger selbst ausgegebenen Devise: »Ich war immer der Meinung, daß das, was im öffentlichen Interesse gelegen ist, auch von öffentlichen Organen verwaltet werden soll«, wird mit der Kommunalisierung einer Reihe von bisher in privaten Händen befindlichen Unternehmen begonnen. Zur kommunalpolitischen Durchbruchsschlacht wird die Übernahme der bisher von einer englischen Gesellschaft betriebenen Gaserzeugung in die Hand der Gemeinde und der gleichzeitige Bau stadteigener Gaswerke. In einem jahrelangen Ringen hat sich hier Lueger gegen die massiv auftretenden Interessen des Großkapitals sowie gegen manchen Unverstand seiner Zeitgenossen durchzusetzen. Dem ersten Werk folgt die Kommunalisierung der elektrischen Straßenbahnen und der Ausbau ihres Liniennetzes und ihrer Elektrifizierung. Schulen und Spitäler, darunter das Lainzer Versorgungshaus, wachsen aus dem Boden. Eine zweite Hochquellenwasserleitung zur Versorgung der Wiener mit frischem Gebirgswasser wird angelegt, die Elektrizitätswerke werden gebaut. Die graue Steinwüste, in welche die Bodenspekulation der Gründerzeit die ehemaligen Vorstädte verwandelt hat, bekommt durch zahlreiche Parkanlagen grüne Flecke. Die Eingemeindung Floridsdorfs erweitert Wien über die Donau hinaus. Eine besondere Sorge Luegers gilt der ungeschmälerten Erhaltung des einmaligen Wald- und Wiesengürtels der österreichischen Hauptstadt, den er 1905 geschaffen hat.

Durch seine Persönlichkeit, seinen politischen Kampf und nicht zuletzt durch eine Reihe bahnbrechender wirtschaftlicher Schöpfungen ist der Name Dr. Karl Lueger von der Geschichte Wiens nicht zu trennen. Dieser Stadt galt die Sorge seines arbeitsreichen Lebens. Ein Politiker von Format mußte aber erkannt haben, daß die Zukunft der Stadt Wien untrennbar mit dem Schicksal des Vielvölkerstaates im Donauraum verbunden war. Die Sicherung seiner Pläne und die Stabilisierung seiner Schöpfungen rufen ihn daher immer wieder in das Abgeordnetenhaus, wo die Vertreter der Völker Österreichs ihre schicksalschweren Entscheidungen fällen. Alle Bestrebungen, die darauf hinzielen, die Existenz Österreichs in Frage zu stellen, müssen bei dem Wiener Bürgermeister auf erbitterten Widerstand stoßen. Daher die nie erloschene Feindschaft Luegers gegen die Alldeutschen mit ihrem Anschlußprogramm, daher auch sein entschiedenes Auftreten gegen jene ungarischen Kreise, durch deren Chauvinismus er den Vielvölkerstaat bedroht sieht, deswegen auch Luegers entschlossenes Eintreten für eine Revision des Ausgleiches vom Jahr 1867 und für die Gleichberechtigung aller Nationalitäten. Luegers staatspolitisches Bekenntnis kam in jenem Satz am besten zum Ausdruck, den er 1891 in einer parlamentarischen Wechselrede prägte: »Ich kenne in Österreich nur gleichberechtigte Nationen, ich sehe in jedem Tschechen, in jedem Slowenen meinen österreichischen Mitbürger.«

Am Parteitag von Eggenburg wird 1905 die Fahne der christlichsozialen Reichsreform, die in letzter Konsequenz den Umbau der Doppelmonarchie zu einer Föderation gleichberechtigter Staaten in Mitteleuropa vorsieht, entfaltet. Das allgemeine, gleiche und direkte Wahlrecht wird als ein Meilenstein auf dem Weg hiezu angesehen und 1907 miterkämpft. Die christlichsoziale Reichsreform selbst ist jedoch bekanntlich nie Wirklichkeit geworden. Luegers Krankheit und sein früher Tod raubten dieser Idee den Mann, durch dessen Persönlichkeit und politische Durschschlagskraft sie vielleicht in die Tat umgesetzt worden wäre.

Als er 1909 das siebente Mal zum Bürgermeister von Wien gewählt wird, bestreiten nicht einmal die Gegner, daß die Stadt Wien unter seiner Verwaltung einen großen Aufschwung genommen hat. Über die Bannmeile der Metropole hinaus hat sein Wort im ganzen Reich Gewicht. Die harten Kämpfe der Jugend, die aufreibende Arbeit des reifen Mannes haben jedoch ihren Tribut gefordert. Die böhmischen Bäder und das sonnige Lovrana werden Zufluchtstätten des von einem schleichenden Nierenleiden Gepeinigten. Das ganze Jahr 1906 ist erfüllt von einer großen Krise seiner Gesundheit. Die Ärzte konstatieren Zuckerkrankheit. Ein Blutaustritt in die Netzhaut schwächt außerdem das Augenlicht bis zur völligen Erblindung. Langsam wird es still um den großen Kämpfer, der alle seine Kräfte in der Auseinandersetzung mit einem Gegner, der nicht von dieser Welt ist, verzehrt. Zu Beginn des Jahres 1910 setzt das durch Wochen währende letzte Ringen ein. In den Morgenstunden des 10. März ist aller irdischer Kampf zu Ende.

Der Weg zum Grab aber wird nicht nur ein posthumer Triumphzug des Verstorbenen, er gestaltet sich zu einer der letzten Manifestationen des alten Österreich, ehe die Dämmerung einfällt. Allen voran erweist der Monarch, der — es ist erst 13 Jahre her — nur nach langem Zögern seine Unterschrift unter das Dekret gesetzt hat, das den Führer einer »zügellosen, sozialrevolutionären Bewegung« als gewählten Bürgermeister von Wien bestätigte, dem Toten die letzte Ehre. Und mit ihm Wien und die Völker Österreichs.

Victor Adler

VON KARL R. STADLER

Während in den größeren Staaten, wie Deutschland, Frankreich oder England, mehrere Ströme aus verschiedenen Traditionen und regionalen Unterschieden in der Arbeiterbewegung zusammenflossen, führten in Österreich die verspätete Modernisierung und die Konzentration der Industrie auf den deutschösterreichisch-böhmischen Raum zu einer überschaubaren Kompaktheit, die eine straffe Organisationsstruktur und damit das Übergewicht einer zentralen Führungsfigur frühzeitig begünstigte. Es war *Victor Adler*, der in den achtziger Jahren des vorigen Jahrhunderts durch die Art, wie er die Richtungskämpfe in den frühen Arbeiterorganisationen überwand, die österreichische Sozialdemokratie in einer Form schuf, die sie bis heute beibehalten hat: weitherzig genug, um Gemäßigten und Radikalen eine politische Heimstatt zu bieten, unverpflichtet im Streit zwischen orthodoxen Marxisten und Revisionisten, pragmatisch in der Tagespolitik und visionär in ihren letzten Zielen. Auf diese Weise konnte sie die schwere Krise des Ersten Weltkrieges überwinden, die drohende Spaltung in den Revolutionswirren verhindern und schließlich nach ihrer Zerschlagung im Jahre 1934 und nach elf Jahren Diktatur geläutert, aber im Kern unverändert wiedererstehen. Wenn sich auch durch den politischen und gesellschaftlichen Wandel die Aufgaben und die Taktiken des österreichischen Sozialismus geändert haben, in ihrem Charakter ist die SPÖ nach wie vor die Partei Victor Adlers.

Wie so viele spätere Führer der österreichischen Arbeiterbewegung entstammte auch Adler einer Familie des jüdischen Mittelstandes aus dem böhmischen Raum, die sich in Wien niedergelassen hatte. Am 24. Juni 1852 noch in Prag geboren, besuchte Adler dann in Wien das Schottengymnasium, wo *Engelbert Pernerstorfer* und *Heinrich Friedjung* zu seinen Mitschülern zählten. An der Universität studierte er zunächst Chemie, wandte sich aber bald der Medizin zu und wurde nach Abschluß seines Studiums Assistent an der Psychiatrischen Klinik. Er eröffnete seine eigene Praxis — in der Berggasse 19 am Alsergrund, wo nach ihm *Sigmund Freud* sechzehn Jahre leben sollte —, aber in Ermangelung zahlungskräftiger Patienten wurde Adler bald als »Armeleut-Doktor« mit dem sozialen Elend der Arbeiterschaft vertraut. Ein Versuch, in die neugegründete Gewerbeinspektion aufgenommen zu werden, schlug fehl, wohl weil der kritische Ton seiner Denkschrift über Probleme der Gewerbeinspektion und des Arbeiterschutzes seine sozialen Neigungen zu deutlich gezeigt hatte. Adler schloß sich im Jahre 1886 der Sozialdemokratie an, mit der er schon lange sympathisiert hatte.

Dies bedeutete den endgültigen Bruch mit der deutschnationalen Bewegung, in der er seine ersten politischen Schritte getan hatte. Im fortschrittlichen Bürgertum lebte noch die Idee der Revolution von 1848: die Idee der Einheit der deutschen Nation in einem demokratischen und sozialen Gemeinwesen, und sie begeisterte vor allem die studierende Jugend. Der Deutsch-Französische Krieg von 1870 gab dem nationalen Gedanken einen gewaltigen Auftrieb, der in der Gründung des »Lesevereins der deutschen Studenten Wiens« mit *Georg von Schönerer* als Ehrenmitglied und mit Adler und Pernerstorfer im Vorstand seine erste organisatorische Form fand. Dem »Leseverein« folgte nach seiner Auflösung Schönerers »Deutschnationaler Verein«, dessen »Linzer Programm«, unter Mitarbeit Adlers entstanden, neben seinem staatspolitischen Ziel — der Schaffung eines autonomen deutschen Gemeinwesens im Rahmen des habsburgischen Reiches — sowohl die freiheitlichen Forderungen der

48er-Revolution wie auch einen Katalog von Sozialreformen enthielt. Es stellte sich allerdings nur zu bald heraus, daß trotz aller nationalen Gemeinsamkeiten eine im Wesen bürgerliche Bewegung bei der Verschärfung der sozialen Spannungen den Klasseninteressen ihrer Gefolgschaft weitaus mehr Bedeutung beimessen sollte als den Forderungen der Arbeiterschaft. Als sich dann Schönerer zu einem radikalen Rassenantisemiten entwickelte, kam es zur Scheidung der Geister.

Adler hatte schon als Gymnasiast an seinem Judentum gelitten. Trotz der Frömmigkeit seiner Mutter war er nicht religiös erzogen worden, im Elternhaus herrschte bei aller Wahrung der Tradition der Geist der Assimilation vor, und um wenigstens seinen Nachkommen das Außenseitertum zu ersparen, beschloß er nach seiner Heirat, seine Kinder und sich selbst der Taufe zu unterziehen, jenem »Entréebillett zur europäischen Kultur«, wie es schon *Heinrich Heine* formuliert hatte. Für Adler war das Judentum eine unsichtbare Gettomauer, die ihn aus der Welt der europäischen Kultur ausschloß, in die er mit allen Fasern seines Wesens gehörte. Aber er war doch Kämpfer genug, sich nicht in der Verborgenheit einer wissenschaftlichen Tätigkeit der Herausforderung zu entziehen, und gerade als Führer einer gehaßten und verfemten Partei wurde er jahrelang zur Zielscheibe heftiger antisemitischer Angriffe.

Es sollte aber noch geraume Zeit dauern, bis Adler in der Bewegung wirksam werden konnte. Gegen ihn sprach, daß er nicht zur Arbeiterklasse gehörte und ein Intellektueller war, beides unverträglich mit dem natürlichen Klasseninstinkt der Unterdrückten und Rechtlosen, und daß er zwischen den damals bitter verfeindeten Gemäßigten und Radikalen zu vermitteln suchte, was ihm Mißtrauen und Gegnerschaft in beiden Lagern eintrug. Der große Wurf gelang ihm mit einer Massenversammlung gegen das von *Graf Taaffe* 1885 geplante Sozialistengesetz, an der zum erstenmal seit vielen Jahren Vertreter aller Richtungen teilnahmen und eine Resolution beschlossen, die von Adlers schöpferischem und ausgleichendem politischem Denken zeugte. Es ging ihm darum, beide Gruppen durch taktvolle Kompromisse zur Wiederbelebung einer Partei zu führen, deren Programm für alle annehmbar war. In diesem Programm mußten die Radikalen ihrer wirkungslosen Geheimorganisationen zugunsten einer legalen Partei mit offener Agitation entsagen und zugleich der Idee des individuellen Terrors als einzig wirksamer Kampfform. Die Gemäßigten mußten hingegen akzeptieren, daß die Methode des gesetzlichen Weges in einem Lande, in dem die Arbeiterbewegung fast keine Gesetzlichkeit besaß, andere Methoden nicht ausschließen dürfe. Adlers Formel, der Kampf der Arbeiterklasse sei »mit allen zweckdienlichen und dem natürlichen Rechtsbewußtsein des Volkes entsprechenden Mitteln« zu führen, überbrückte

Die Feier des 1. Mai 1890. Als Tag der Arbeit und als Demonstration für den Achtstundentag zeigte sie bereits die der Arbeiterbewegung innewohnende Kraft

Victor Adler, der erste Führer der österreichischen Sozialdemokratie, der die Partei in Hainfeld geeint und neubegründet hat

Franz Schuhmeier, der Typus des Arbeiterführers. Er stieg aus der anonymen Masse zu einer Art Volkstribun auf

Karl Lueger. Gestützt auf das Wiener Kleinbürgertum, brach er die Vorherrschaft des Liberalismus im Wiener Rathaus

Max Vladimir Freiherr von Beck hatte wesentlichen Anteil an der Einführung des allgemeinen, geheimen und gleichen Wahlrechtes

XIV. BEZIRK
Nieder mit dem Privilegien-Parlament!
ARBEITSPERSONAL
M.M. LABIN

die Gegensätze. Noch aber war die Frage des allgemeinen Wahlrechts zu klären, das angesichts des niedrigen politischen Bewußtseinsstandes der Arbeiterschaft von den Radikalen schärfstens bekämpft und als Ablenkung von der eigentlichen Aufgabe — der sozialen Revolution — verworfen wurde. Wieder gelang es Adler, die Radikalen zu überzeugen, daß man den herrschenden Klassen kein Monopol eines so wirksamen Propagandainstruments überlassen dürfe (»ohne sich über den Wert des Parlamentarismus irgendwie zu täuschen«) und daß die Arbeiterklasse sich das allgemeine Wahlrecht (»als wichtiges Mittel der Agitation und Organisation«) erkämpfen müsse.

Die Zusammenführung der verfeindeten Brüder und ihre Zustimmung zu dem Programm einer neuen Partei erforderte monatelange zermürbende Diskussionen und Auseinandersetzungen, in denen sich Adler auch eines eigenen Blattes, der *Gleichheit*, bediente, die er mit dem von seinem Vater ererbten Vermögen gegründet hatte. In einer Reihe von aufsehenerregenden Artikeln hat er in diesem Blatt das Elend der Wienerberger Ziegeleiarbeiter aufgedeckt und angeprangert. Mit Hilfe der *Gleichheit* unter Adlers Führung wurde nicht nur Wien wieder zum Zentrum der österreichischen Arbeiterbewegung, sondern es vollzog sich auch ihre Erneuerung: um die Jahreswende 1888/89, als sich dreiundsiebzig Delegierte aller sozialistischen Gruppen zu dem historischen »Einigungsparteitag« in Hainfeld einfanden, mit 69 gegen drei Stimmen bei einer Enthaltung Adlers Programmentwurf billigten und einstimmig »den Parteizwist für beendet« erklärten.

Kurz nach dem Einigungsparteitag erregte der Streik der Wiener Pferdebahnkutscher die Arbeiterschaft, als die Regierung bewaffnete Gewalt zum Schutz von Streikbrechern einsetzte und wilde Straßenkämpfe in der Residenzstadt tobten. Es ging darum, daß Kutscher und Kondukteure eine bescheidene Angleichung ihrer 16- bis 21stündigen Arbeitszeit an die der Pferde forderten, die bloß vier Stunden im Einsatz standen. In fünf Artikeln in der *Gleichheit* prangerte Adler die Ausbeutung der Straßenbahner an (»Menschenfleisch ist spottbillig in unserer Gesellschaft, Pferde aber kosten schweres Geld ...«). Der Zwölfstundentag wurde schließlich gewährt, Adler aber wegen »anarchistischer« Bestrebungen vor den berüchtigten Ausnahmesenat *Holzinger* zitiert. Wenn er auch vom Anarchismus freigesprochen wurde, so verurteilte ihn Holzinger doch wegen anderer Delikte zu vier Monaten strengen Arrest, verschärft durch einen Fasttag in jedem Monat. Es war nicht das erste und das letzte Mal: zwischen 1887 und der Jahrhundertwende stand Adler siebzehnmal vor Gericht und büßte insgesamt neun Monate Gefängnishaft ab. Er nützte jede Haft für Lektüre, Übersetzungen und andere schriftliche Arbeiten, zu denen ihm das Leben in Freiheit keine Zeit ließ.

Denn das Leben in Freiheit war ausgefüllt mit einer schier unendlichen

Die große Wahlrechtsdemonstration der Wiener Arbeiter im November 1905 war eines der wesentlichen Ereignisse im Kampf um das allgemeine Wahlrecht

Arbeitslast; vor allem dem mühseligen Aufbau einer Parteiorganisation mit unzulänglichen Mitteln und wenigen erfahrenen Mitarbeitern und die Vorbereitung ihrer großen Kämpfe. Hier war es vor allem der 1. Mai 1890, der auf eine Empfehlung der Internationale zum Fest- und Kampftag aller Arbeiter bei völliger Arbeitsruhe erklärt worden war; aber nur in Frankreich und in Österreich ruhte die Arbeit. Die machtvolle und doch friedliche Demonstration der Arbeiterschaft hatte der Partei großes Ansehen gebracht, aber wie sollte es nun weitergehen? An der Frage der Taktik schieden sich die Geister: auf dem Parteitag 1892 formierte sich die erste Opposition gegen Adler, dem sie vorwarf, kein Revolutionär zu sein. Adlers Antwort war bezeichnend und sollte für die weitere Entwicklung des Sozialismus in Österreich bindend sein: er lehnte es ab, sich dem »Götzendienst der Worte« zu unterwerfen, und erklärte, daß in jeder sozialen Reform ein Stück sozialer Revolution stecke, weil sie zugleich mit der Stärkung der physischen Kampffähigkeit der Arbeiter auch deren Denken umwälze, und diese Revolution der Gehirne sei »die einzige Vorbedingung für ... die soziale Revolution«. Trotz mancher bitteren Worte glaubte Adler — und auch das sollte für die Partei typisch bleiben — an die Funktion einer radikalen Opposition.

Adlers sachliche und doch leidenschaftliche Argumentation behielt die Oberhand gegenüber dieser wie auch der nächsten Oppositionsgruppe, die schon viel ernsthafter war, weil sie von bekannten Funktionären, wie *Anton Hueber, Wilhelm Ellenbogen* und *Franz Schuhmeier,* angeführt wurde. Diesmal ging es nicht um allgemeine Taktik, sondern um das konkrete Ziel des allgemeinen Wahlrechts, das nach Meinung der Linken durch einen Generalstreik erkämpft werden sollte — so wie es die belgische Arbeiterpartei im April 1893 getan hatte. Gegen das ungestüme Verlangen, auch die österreichische Arbeiterschaft solle »belgisch reden«, setzte Adler seine nüchterne Erkenntnis der gegebenen Machtverhältnisse. Wenn auch vereinzelte Demonstrationen oder Streiks zu großen Augenblickserfolgen wurden, fehlte doch noch die gesicherte Organisation und das fundierte Bewußtsein im Volk. Dies sollte sich bei den ersten Wahlen für die Badenische 5. Kurie im Jahre 1897 erweisen, als die Sozialdemokraten zwar 14 von den 72 Volksmandaten eroberten, davon aber kein einziges in Wien; Adler selbst gelang es erst 1905, bei einer Nachwahl in Böhmen in den Reichsrat einzuziehen, wo er sich sehr bald beträchtliches Ansehen erwarb. Aber sein geduldiges Bemühen um den Aufbau der Partei, seine unermüdliche Erziehungsarbeit an der österreichischen Arbeiterschaft, die sie zugleich aus der stumpfen Apathie herausreißen und doch vor unüberlegten Schritten bewahren sollte, trug schließlich doch ihre Früchte: im Gefolge der Beckschen Wahlreform, an deren Zustandekommen eine durch die russische Revolution von 1905 ausgelöste revolutionäre Stimmung in der Arbeiterschaft und die (nun auch von Adler gebilligte) Drohung mit dem Generalstreik einen großen Anteil hatte, zog die Sozialdemokratie 1907 mit 87 Mandaten als stärkste Partei in den neuen Reichsrat ein, hatten über eine Million Wähler (von etwa viereinhalb Millionen) für sie gestimmt. Damit war sie zu einer politischen Kraft im Staate geworden, mit der man rechnen mußte.

Es war Adlers nicht geringstes Verdienst gewesen, die österreichische Arbeiterschaft an den Staat herangeführt, die Sozialdemokratie zu einer »Staatspartei« gemacht zu haben. Nach anderthalb Jahrzehnten des Kampfes um das allgemeine Wahlrecht konnte nun die Partei nach dem Wahlsieg von 1907 ihre Kräfte auf die Neugestaltung Österreichs konzentrieren. Die Integration der Arbeiterschaft in den Staat, die heute kaum mehr angefochten wird, mußte damals vielen als nackter Opportunismus erscheinen, eine Sünde wider den Geist des Sozialismus. Für Adler gab es hier kein Dilemma; nur der falsche Opportunismus opfere das Ziel wegen augenblicklicher politischer Erfolge, während der echte Opportunismus dem Ziele nichts vergebe, wenn er sich ihm Schritt um Schritt nähere. Ohne von ihren Grundsätzen abzuweichen, mache die Sozialdemokratie »Politik allerdings nicht in der blauen Luft, nicht jenseits von Zeit und Raum, aber sie macht in jedem Moment proletarische Politik«. Es war nicht leicht, die Arbeiterschaft zur Mitarbeit in einem System zu gewinnen, das Adler selbst als »Despotismus, gemildert durch Schlamperei« charakterisiert hatte; aber trotz der unheilvollen Politik der Mächtigen mußte der Versuch unternommen werden: »Österreich ist keinem der Völker, die hier leben, recht, doch wir sind alle auf absehbare Zeit ... gebunden an diesen Boden, gebunden an diesen staatlichen Raum. Darum wollen wir allen diesen Völkern ein Vaterland erkämpfen ...«

Es verblieb weniger Zeit, als Adler gedacht hatte, bis zum Ausbruch des Weltkrieges, den die internationale Arbeiterbewegung trotz ihrer großen politischen Stärke nicht verhindern konnte. Im Parlament, in der Presse und in Versammlungen hatte Adler unermüdlich die Balkanpolitik der Regierung bekämpft, und noch auf dem Sozialistenkongreß in Basel hatte er 1907 gewarnt, daß »selbst ein siegreicher Krieg ... für das Staatsgefüge Österreichs den Anfang vom Ende bedeuten würde«. Bei Kriegsausbruch fand sich Adler in einem tragischen Gewissenskonflikt zwischen der Pflicht der Landesverteidigung gemeinsam mit den Schuldigen und der Pflicht des Kampfes der Arbeiterschaft gegen Krieg und Kapitalismus. Das unmittelbare Schicksal der österreichischen Arbeiterschaft, wenn russische Armeen nach Brünn, Budapest und Wien kommen sollten, lag ihm näher als prinzipielle Erwägungen: »Es gibt nur eines, was noch schlimmer als der Krieg ist, das ist die Niederlage.« Aber seine Entscheidung war schweren Herzens gefallen: »Es bleibt nichts anderes übrig, so furchtbar es ist, weil das Gegenteil noch schlimmer ist.«

Auf die politische Tragödie folgte die menschliche. Die Opposition innerhalb der Partei, die seine Kriegspolitik hervorrief, wurde von seinem Sohn *Friedrich Adler* angeführt, mit dem ihn ein besonders herzliches Verhältnis verband und der nun in einem Akt der Verzweiflung und des Protestes, der seiner zartfühlenden Natur gänzlich widersprach, den Ministerpräsidenten

Graf Stürgkh erschoß. Der Vater mußte erleben, wie sein Sohn zuerst zum Tode durch den Strang und dann zu achtzehn Jahren Kerker verurteilt wurde, aus dem ihn nach zwei Jahren Haft die herannahende Revolution befreite. Von den revolutionierenden Massen mit Begeisterung empfangen und von den Kommunisten eingeladen, die Führung ihrer eben gegründeten Partei zu übernehmen, stand Friedrich Adler nun zum zweitenmal vor einer Entscheidung, bei der es nicht mehr bloß um sein Leben, sondern um die Einheit der Partei in der anbrechenden Revolution und — wie wir heute meinen — um den Bestand Österreichs ging. Er lehnte ab; das Erbe des Vaters erfüllte sich im Sohn.

Victor Adler indes sollte es nicht mehr gegönnt sein, eine Rechtfertigung seiner Politik in der Republik Österreich zu erleben, als die politischen und viele der sozialen Ziele jener Partei verwirklicht wurden, die er geschaffen, betreut und erzogen hatte. Wohl aber erlebte er noch den von ihm so oft vorausgesagten Zerfall des Donaureiches, um dessen Bestand — als demokratischer Bundesstaat — er so zäh gerungen hatte. Bis zum letzten appellierte er als Leiter des Staatsamtes für Äußeres in der Regierung *Renner* an die Völker, nicht leichtsinnig aufs Spiel zu setzen, was vom rechten Geiste beseelt zu ihrer aller Nutzen sein würde, und noch auf seinem Totenbett sagte er resigniert: »Sie werden ja doch wieder einmal zusammenkommen müssen, es wird das beste für sie sein . . .«

Victor Adler starb am 11. November 1918, einen Tag vor der Ausrufung der Republik. Sein geschwächter Organismus, den er nie schonte, solange er sich noch zu einer Versammlung schleppen oder seinen Redaktionspflichten nachkommen konnte, versagte den Dienst, ein lange vernachlässigtes Herzleiden raffte ihn 66jährig dahin.

Franz Schuhmeier

VON KARL R. STADLER

In der Frühzeit der österreichischen Sozialdemokratie, etwa vom Einigungsparteitag von Hainfeld (Jahreswende 1888/89) bis knapp vor dem Ersten Weltkrieg, gab es eine einzige proletarische Führerpersönlichkeit, die über lokale Bedeutung hinauswuchs und möglicherweise eine Alternative zu *Victor Adler* darstellen konnte: *Franz Schuhmeier*.

Innerhalb der politischen Organisation war Schuhmeier tief verankert, er hatte seine eigene Zeitung und bald auch die kommunale und parlamentarische Tribüne zur Verbreitung seiner Ansichten und zur Popularisierung seiner Persönlichkeit. Der in ärmsten Verhältnissen am 11. Juli 1864 Geborene zeichnete sich schon früh durch einen unermüdlichen Bildungsdrang aus, der mit einer seltenen Rednergabe gepaart war. Als junger Papierarbeiter stieß er bald zur Sozialdemokratie und gründete zwanzigjährig den Rauchklub »Lassalle«, aus dem später der Arbeiterbildungsverein »Apollo« hervorging. Als Herausgeber der *Volkstribüne* und für zwei Jahre Reichsparteisekretär hatte er sich bereits einen Namen gemacht, als er 1900 in den Wiener Gemeinderat und 1901 auch in den Reichsrat gewählt wurde. Nach dem Tod *Luegers* folgte er auf dessen Sitz in den Niederösterreichischen Landtag. Als einer der proletarischen Sprecher der Partei war er zweifellos eine wertvolle Ergänzung für einen Intellektuellen wie Adler oder einen Bildungsbürger wie *Pernerstorfer,* die sich bei aller Empörung gegen soziales Unrecht und politische Willkür doch nie der Sprache des Volkes mit ihrer Grobheit und Schärfe bedienen konnten. Schuhmeier hingegen kannte keine andere Sprache; er war berühmt wegen seiner Schlagfertigkeit, seiner auf dem Wiener Lokalton beruhenden Beredsamkeit, seiner Härte im Geben wie im Nehmen, die ihn oft an die Grenze der Demagogie brachte. Der Volkstümlichkeit seines Gegenspielers Lueger stand er nur wenig nach, und überdies verband die beiden bei aller Gegnerschaft so manches Gemeinsame. Selbst die großbürgerliche *Neue Freie Presse* schrieb in ihrem Nachruf auf Schuhmeier: »Er hatte nichts von der theoretisierenden Art der meisten sozialdemokratischen Führer an sich, seine Argumente waren nicht auf den verwickelten Lehren von Karl Marx aufgebaut, er holte seine Worte aus dem unmittelbaren Empfinden des Wieners, aus dessen kräftiger Art, das Leben anzusehen, und aus seiner Denk- und Sprechweise, die gesunden Menschenverstand mit kernhafter Bildlichkeit des Ausdrucks paarte.«

Über die Wirksamkeit Schuhmeiers als Lehrer, Vorbild und Agitator haben wir nicht nur unzählige Aussagen seiner Anhänger, sondern kurioserweise auch die Vernehmungsprotokolle seines Mörders *Paul Kunschak,* eines Bruders des christlichsozialen Arbeiterführers. Der Attentäter, den widrige Familienverhältnisse zu einer äußerst labilen Persönlichkeit machten, scheint in Schuhmeier einen Ersatz für seinen brutalen Vater gesehen zu haben, einen weltanschaulich-religiösen Lehrmeister und das Führerideal seiner Jugend. Wie *Gerhard Botz* in seiner Studie über politische Gewalttaten aufzeigt, gelang Kunschak die normale Auflösung seiner Abhängigkeit von Schuhmeier nicht, als er sich unter dem Eindruck der Erlebnisse seiner Wanderjahre und dem Einfluß seines Bruders von Schuhmeier geistig entfernte; seine Abhängigkeit schlug in Haß um. Wie ein junger Arbeiter den bereits berühmten »Volkstribunen« erlebte, geht aus der Anklageschrift gegen Kunschak hervor: »Schuhmeier sei seinerzeit derjenige gewesen, der ihn mit den sozialdemokratischen Ideen bekanntgemacht habe ... Dieser habe gelehrt: ›Wer nichts hat, kann nichts verlieren, der kann nur gewinnen ...‹ Schuhmeier habe auch gesagt, die Arbeiter ziehen die Kinder nur zum Nutzen der Unternehmer auf, und habe ihnen geraten, mit aller Energie gegen die Unternehmer aufzutreten ...« Und vielleicht die bezeichnendste Charakterisierung der gesellschaftspolitischen Wirkung der sozialdemokratischen Agitation: »Ich habe dem Schuhmeier in erster Linie beizumessen, daß er mir zu große Selbständigkeit und Ehrgefühl und zu großes Selbstbewußtsein eingeimpft hat. Ich habe mir von keinem Chef einen Vorwurf machen lassen.« Daß all dies nur eine spätere Rationalisierung war, da Schuhmeier eher durch Zufall Kunschaks Opfer wurde, verringert nicht den Wert dieser Aussage.

Schuhmeier war, wie gesagt, kein Theoretiker; was er an sozialistischen Schriften las, übersetzte er sofort in die einzige ihm und seinen Klassengenossen zugängliche Sprache und setzte es in Beziehung zu ihren Lebensfragen. So in der frühen Aufklärungsbroschüre *In elfter Stunde*, 1892 erschienen, in der Schuhmeier Marxsche Erkenntnisse von der Rolle und vom Wert der menschlichen Arbeitskraft wiedergab, *Lassalle* über die »durchaus entmenschte Physiognomie der bürgerlichen Periode« zitierte und zu dem Schluß kam: »Das Verhältnis des Arbeiters zum Kapital ist die Leibeigenschaft des ›eisernen Jahrhunderts‹.« Seine Kritik an der bürgerlichen Gesellschaft war hart, aber nur zu berechtigt.

Aus den vorherrschenden sozialen Übelständen leitet Schuhmeier die Berechtigung der sozialdemokratischen Forderungen ab, die er in derselben Broschüre volkstümlich erklärt und in den einzelnen Punkten mit weiteren Anklagen untermauert. Was dem Leser von heute primitiv und demagogisch erscheinen mag, widerspiegelt bloß die soziale Lage und den Bewußtseinsstand der arbeitenden Menschen um die Jahrhundertwende, denn Schuhmeier war zwar ein kraftvoller Polterer, aber dennoch kein Radikaler. Er hatte noch den Fraktionsstreit miterlebt und wäre am Hainfelder Einigungsparteitag 1888/89 als »gemäßigter« Delegierter anwesend gewesen, wenn er nicht in polizeilicher Untersuchungshaft gesessen wäre — Folge der ersten von 25 Anklagen, die er erleben, und der 12 Verurteilungen, die er abbüßen mußte.

Mit Franz Schuhmeier stellte sich der österreichischen Partei zum erstenmal das Problem, das keiner Arbeiterpartei in der Frühperiode erspart geblieben ist: der Ausgleich zwischen den rationalen — meist aus dem Bürgertum stammenden — Intellektuellen und den aus der Tiefe emporsteigenden proletarischen Autodidakten. Nicht bloß um der Glaubwürdigkeit der Partei willen war Victor Adler stets bestrebt, »die führenden Köpfe aus der Arbeiterschaft herauszuholen und für ihr schweres Amt auszubilden«, wie er sich einmal *Renner* gegenüber äußerte. »Auch in ihrer Leitung muß die Arbeiterbewegung der Hauptsache nach von den Arbeitern selbst getragen sein.« Freilich mußte dafür ein Preis bezahlt werden; in einem Brief beklagte sich Adler bei seinem Freund *Kautsky* über einige seiner Mitarbeiter: »Dann erst Schuhmeier, der sich eine Sorte von Radau-Opportunismus zusammengebraut hat, die außerhalb von Wildwest unmöglich wäre, ein riesig geschickter Demagoge, dem aber jeder Sinn fehlt, unsere Probleme auch nur zu verstehen.« Zweifellos ein hartes Urteil, aus einer momentanen Depression erklärlich; wobei aber durchaus denkbar ist, daß der solcherart Charakterisierte diese

Worte gar nicht als eine Kritik empfunden hätte — in den Augen seiner Verehrer waren ja gerade diese Eigenschaften seine Vorzüge.

Eine besondere Rolle in Schuhmeiers Dämonologie nahm die katholische Kirche ein, die er nicht müde wurde, in den Spalten der *Volkstribüne* und in seinen zahllosen Reden ob ihres Bündnisses mit den herrschenden Klassen zu geißeln. »Das Wesen des Klerikalismus ist der Unverstand der Massen, das Wesen der Sozialdemokratie ist die Vernunft der Massen ...«, pflegte er zu sagen. In einer seiner ersten Reichsratsreden (die 1901 unter dem bezeichnenden Titel: *Gegen Jesuitismus, Pfäfferei und Aberglauben! Aus der Werkstatt des Clericalismus* veröffentlicht wurde) sagt er zwar dem Papsttum den Kampf an, welches seinen Weg in der Welt »durch Feuer und durch Blut« gemacht habe, zeigt sich aber toleranter als die ebenfalls antiklerikalen Alldeutschen: »Wir wollen nicht, daß die religiösen Gefühle für vogelfrei erklärt werden. Nur gleiches Recht wollen wir ...« Gerhard Botz hat in seiner Interpretation von Paul Kunschaks Motiven für den Mord an Schuhmeier auch die Veränderung seiner religiösen Anschauungen durch die Bekanntschaft mit Schuhmeier erklärt. Es ist durchaus möglich, wenn auch schwer beweisbar, daß Schuhmeiers Antiklerikalismus bloß die Kehrseite einer sektiererischen Religiosität war, die sich in seinem besonderen Interesse an religiöser und kirchengeschichtlicher Literatur und seiner Faszinierung von den Opfern der Inquisition, *Jan Hus* und *Giordano Bruno,* manifestierte. Auch daß er Großeltern in Schlesien hatte, jenem Zentrum religiösen Schwärmertums, und zwei Jahre bei seiner Großmutter lebte, gibt zu denken.

In diesem Zusammenhang ist oft auch von Schuhmeiers Antisemitismus die Rede, wenngleich eingeräumt wird, daß dieser nichts mit dem Antisemitismus der Schönerianer oder eines Lueger zu tun hatte. Mit dieser Einschränkung reduziert sich also Schuhmeiers Haltung zu jener typisch proletarischen Einstellung, die den jüdischen Kapitalisten als Klassenfeind bekämpft, den jüdischen Sozialisten aber als Führer und Lehrer akzeptiert. »Ottakringischen Atavismus« hat *Wilhelm Ellenbogen* seine »Koketterie mit dem Antisemitismus« in einem Nachruf genannt. Einmal sagte Schuhmeier: »Das Ausgebeutetwerden schmerzt, ob es römisch-katholisch oder jüdisch geschieht. Für die nationale und konfessionelle Frage haben wir kein Ohr, weil wir damit nur unsere eigenen Kräfte schwächen würden ...« Die nationale Teilung der Sozialdemokratie hielt er für keinen Nachteil; sprachlich getrennt zu marschieren, aber Schlachten vereint zu schlagen schien ihm durchaus möglich. Wohl aber wandte er sich gegen Pernerstorfers Vorschlag, die Partei möge eine deutschnationale Linie verfolgen, um die Deutschnationalen damit besser zu schlagen: »Ich glaube, daß derjenige Sozialdemokrat, der sich weniger auf den deutschen und mehr auf den proletarischen Standpunkt stellt, damit gewiß mehr Erfolg erzielen wird ...« Dies war die authentische Stimme der Wiener Arbeiterschaft mit ihrer gemischtnationalen Herkunft und ihrem gesunden Instinkt über die Prioritäten ihres Kampfes.

Am 11. Februar 1913 fährt Schuhmeier nach Stockerau, um bei einer Wählerversammlung zu sprechen. Nach seiner Rückkehr wird er im Wiener Nordwestbahnhof von dem Wirrkopf Paul Kunschak hinterrücks erschossen. Die Nachricht von seinem Tode geht wie ein Lauffeuer durch sein geliebtes Ottakring, durch ganz Wien. Sein Begräbnis, an dem Hunderttausende teilnehmen, gleicht dem eines Fürsten; ganz Österreich trauert. Der Attentäter wird zum Tode verurteilt; durch ein Gnadengesuch, das die Witwe Schuhmeiers unterstützt, wird das Urteil in lebenslänglichen Kerker verwandelt, und in den Umsturztagen 1918 erlangt er seine Freiheit wieder.

Aus der Vielzahl der Nachrufe und Würdigungen, die diesem ersten großen Arbeiterführer Österreichs galten, ragt Wilhelm Ellenbogens tiefempfundener — wenn auch kritischer — Nachruf im *Kampf* hervor. Darin heißt es: »In Franz Schuhmeier sah und liebte das Volk sich selbst, in ihm war es stolz auf sich selbst ... Und nun werden wir lange suchen müssen, bis wir wieder einen finden, dem es gegeben ist, auf den Saiten der Volksseele mit so genialer Kunstfertigkeit zu musizieren, der den geheimnisvollen Rapport mit ihr darum herstellen kann, weil sie, die Seele des Volkes, in ihm selbst singt und spricht, lacht und weint. Das war Franz Schuhmeiers Größe und Bedeutung.«

Bertha von Suttner — Alfred H. Fried

Friedensnobelpreis 1905 — Friedensnobelpreis 1911

VON OSKAR JAN TAUSCHINSKI

Zuweilen geschieht es, daß eine unbedingt geliebte Liebe den Begabten aus seiner gehobenen Mittelmäßigkeit herausreißt und in die Sphäre der Genialität versetzt. Dies ist das Teil der Friedenspolitikerin *Bertha Suttner* gewesen.

Als posthume Tochter des Feldmarschalleutnants *Franz Josef Graf Kinsky* kam sie am 9. Juni 1843 in Prag zur Welt. Ihre Mutter war nach damaligen Standesbegriffen nicht ebenbürtig, zudem eine offensichtlich oberflächliche Person, die das ihr anvertraute Familienvermögen binnen kurzer Zeit in Spielsälen verlor. Die Begleitumstände von Bertha Kinskys Jugendjahren hatten daher etwas leicht Fragwürdiges an sich, sodaß an die Ehe mit einem Hocharistokraten von Anfang an nicht zu denken war. Der Grafentochter blieb nur ein Ausweg: die Beschäftigung mit der Kunst. Sie war musikalisch und besaß eine hübsche Sopranstimme. Doch die Hoffnungen der Mutter, einen Opernstar aus ihr zu machen, schlugen ebenso fehl wie zwei Ehepläne. Mit neunundzwanzig glaubte Bertha Kinsky an der Seite eines deutschen Aristokraten, der selbst Sänger war, das persönliche Glück zu finden und zugleich eine Laufbahn als Sängerin beginnen zu können. Doch der junge *Prinz Adolf Sayn-Wittgenstein* starb plötzlich an Herzschlag.

Um der Enge und Hoffnungslosigkeit ihres Lebens zu entkommen, sah sich Bertha Kinsky mit dreißig genötigt, einen »nicht standesgemäßen« Beruf zu ergreifen. Sie hatte inzwischen als Autodidaktin ihre Bildung vervollständigt, sprach fließend Englisch, Französisch, Italienisch, war literarisch und philosophisch belesen und hatte ein abgeschlossenes Musikstudium. So wurde sie Erzieherin und Gesellschafterin der vier Töchter des *Barons Suttner* in Wien. Innerhalb der drei Jahre, in denen sie diesen Posten bekleidete, keimte und erblühte die Liebe zwischen ihr und dem um sieben Jahre jüngeren Sohn des Hauses, *Arthur Gundaccar Suttner*, einem sympathischen und intelligenten, aber ein wenig verbummelten Studenten. Da die Eltern des jungen Mannes ihre Zustimmung zur Ehe der beiden nicht geben wollten, verließ Bertha Kinsky das Haus und gedachte, Sekretärin des in Paris lebenden schwedischen Gelehrten *Alfred Nobel* zu werden, dessen Stellenangebot sie in der Zeitung gelesen hatte. Doch sie blieb nur zehn Tage in Paris und trat ihren Dienst gar nicht an. Die Liebe zu Arthur Suttner zwang sie, nach Wien zurückzukehren. Hier heiratete sie ohne Wissen der Familie am 12. Juni 1876. Das junge Paar verließ gleich nach der Trauung Österreich. Bei der Fürstin des kaukasischen Ländchens Mingrelien, einer Freundin Bertha Suttners, fand es gastliche Aufnahme. In der Fremde, in der es galt, sich zu bewähren, und in der von gegenseitiger Liebe geschaffenen Atmosphäre reiften sie heran. Bertha arbeitete als Musikpädagogin, Arthur in verschiedenen Berufen, darunter — ohne es gelernt zu haben — als Architekt. Beide begannen zu schreiben, zuerst als Korrespondenten und Feuilletonisten für österreichische und deutsche Zeitungen, später als Romanciers. Als sie nach neun Jahren nach Österreich heimkehrten und in Harmannsdorf (NÖ.), auf dem Landsitz der Familie Suttner, ständigen Wohnsitz nahmen, waren beide bereits als Autoren bekannt und auf gutem Weg zur literarischen Karriere.

Nahezu alle belletristischen Werke Bertha Suttners haben soziale und politische Auseinandersetzung zur Grundlage. Die Gestalten in ihren Büchern sind Träger von Ideen und Weltanschauungen oder typische Vertreter unterschiedlicher gesellschaftlicher Übereinkünfte — aber niemals Menschen, die individuell, alogisch reagieren, niemals lebendige, unberechenbare Geschöpfe. Darum ist alles an ihrem schriftstellerischen Lebenswerk, was Handlung, Erlebnis, Gefühl wiedergibt, verblüht. Lebendig erhalten hat sich jedoch über achtzig und mehr Jahre der geistige Schwung ihrer Dialoge und Diskussionen. Alle in die erzählende Prosa eingebauten politischen Essays und Traktate sind auch heute noch aktuell.

Der Roman *Die Waffen nieder!*, der ihr den Weltruhm brachte, hat alle charakteristischen Vorzüge und Mängel ihrer Schreibweise, aber den beiden Hauptgestalten, die nicht minder klischiert als ihre übrigen Romanfiguren sind, widerfährt ein Schicksal, das der großen Masse der Leser zu Herzen ging. Das Thema: persönliches und überpersönliches Unglück durch Kriege, ein Problem, das alle betrifft, wurde darin zum erstenmal so spektakulär dargeboten, und die eingebauten pazifistischen Aperçus und Sentenzen hatten noch mehr Brillanz und Brisanz. Damit ist der Erfolg dieses künstlerisch unwesentlichen, aber politisch eminent wichtigen Buches und in der Folge auch der Erfolg des von der Autorin mit dem Einsatz eines starken Herzens geführten Kampfes um die Friedensidee erklärt und begründet. Das Buch entstand 1888/89, nachdem Bertha Suttner ein Jahr zuvor in Paris die ersten Kontakte zu den schon bestehenden Friedensorganisationen gefunden hatte. *Die Waffen nieder!* wurde zu einem der Bestseller der Jahrhundertwende.

Mit dem Echo, das dieses Werk auslöste, änderte sich das Leben seiner Schöpferin. Aus der Nur-Schriftstellerin wurde mehr und mehr die Friedenspolitikerin, die Aktivistin, Rednerin, Delegierte, die nebenbei auch literarisch tätig war. Einer Anregung des italienischen Mitbegründers der »Interparlamentarischen Union«, *Pandolfi,* folgend, nahm Bertha Suttner Kontakte mit österreichischen Politikern auf, um die Teilnahme Österreichs an der Friedenskonferenz, die 1891 in Rom abgehalten werden sollte, in die Wege zu leiten. Im Zusammenhang damit veröffentlichte sie am 3. September 1891 in der *Neuen Freien Presse* den Aufruf zur Gründung einer österreichischen Gesellschaft der Friedensfreunde. Dieses *Manifest* ist ein noch heute aktuell gebliebenes Meisterwerk der Journalistik. Wenige Wochen später war die »Österreichische Friedensgesellschaft« gegründet, und Bertha Suttner, deren Präsidentin, vertrat Österreich-Ungarn als Delegierte bei der Konferenz in Rom. Ein Jahr darauf führte sie bei der Friedenskonferenz in Bern sogar den Vorsitz.

Während ihres Aufenthaltes in der Schweiz traf sie *Alfred Nobel* wieder, und es ist mit Sicherheit anzunehmen, daß der erfinderische Multimillionär seinen Friedenspreis auf ihre Anregung gestiftet hat, obgleich sie selbst immer betonte, sie habe ihn nur in dem bereits gefaßten Entschluß bestärkt.

In das Jahr der Gründung der »Österreichischen Friedensgesellschaft« fällt auch die für den Beitrag Österreichs zur Friedenspolitik der Welt sehr bedeutende Bekanntschaft des Ehepaares Suttner mit dem jungen *Alfred Hermann Fried.* Der damals 27jährige Wiener, der in Berlin lebte, schlug die gemeinsame Redaktion einer dem Frieden gewidmeten Zeitschrift vor. Diese Zeitschrift erschien von 1892 bis 1899 unter dem Titel *Die Waffen nieder!.* Bertha Suttner war Herausgeberin, Alfred H. Fried Leitartikler. Von 1899 bis 1914 wurde die Monatsschrift von Fried allein unter dem Titel *Friedenswarte* weitergeführt, doch Bertha Suttner hat bis zu ihrem Tod für jede Nummer meisterliche *Randglossen zur Zeitgeschichte* geschrieben. Mit ihrer Hilfe gründete Fried 1892 die »Deutsche Friedensgesellschaft« in Berlin.

Bei der ersten Haager Friedenskonferenz (1899), an der sich sechsundzwanzig Staaten beteiligten und deren Ergebnis die Gründung des Haager Schiedsgerichtshofes war, bildete Bertha Suttners Salon den gesellschaftlichen und politischen Mittelpunkt der Tagung.

Im Dezember 1902 starb der kaum zweiundfünfzigjährige Arthur Suttner und hinterließ seiner Frau ein Testament, dessen Inhalt ein Dokument der Menschlichkeit ist. Der begabte Schriftsteller und Gründer der »Liga gegen den Antisemitismus«, der sein Leben lang im Schatten der berühmteren und vehementer auftretenden Gattin gestanden war, ist durch seine charakterlichen Eigenschaften, seine aufrechte liberal-demokratische Gesinnung, seine emsigen Sekretärsdienste, vor allem aber durch seine unwandelbare Liebe zu Bertha Suttner an allen ihren Leistungen aktiv beteiligt gewesen. Nach seinem Tod hat sie zwar das begonnene Werk mit verbissener Konsequenz weitergeführt, aber doch eben nur fortgesetzt und mit Fleiß, Energie und Verantwortungsbewußtsein zur Reife gebracht. Der von Arthur Suttner erweckte geniale Impuls, mit dem die Dreiundvierzigjährige begonnen hatte, Politik zu machen, hat sie mit seinem Tod verlassen. Zwar erhielt sie 1905 selbst den Friedensnobelpreis (als erste Frau ungeteilt und als erste Österreicherin), zwar führten zahlreiche Vortragstourneen sie quer durch Europa und zu wiederholten Malen auch nach den USA, zwar wurde sie gefeiert und verehrt, aber all dies waren nur die späten Folgen einer vergangenen genialischen Lebensphase. Das große Spiel gegen die Kriegstreiber hatte sie verspielt. Der schlimmste Schock und die tiefste Erniedrigung sind ihr allerdings erspart geblieben, weil sie sechs Wochen vor dem Ausbruch des Ersten Weltkriegs, am 21. Juni 1914, starb.

Fried, der 1911 mit dem Nobelpreis ausgezeichnet worden war, mußte in die Schweiz emigrieren, um seine Tätigkeit weiter ausüben zu können. Er kehrte erst nach dem Krieg zurück. Keineswegs einverstanden mit dem Versailler Friedensvertrag und dessen üble Folgen genau voraussehend, gab er 1920 einen *Weltprotest gegen den Versailler Frieden* heraus. Dieser Protest verhallte ungehört. Fried starb siebenundfünfzig Jahre alt am 21. Mai 1921, entmutigt und ad absurdum geführt, in seiner Heimatstadt Wien. Sein 1905 veröffentlichtes *Handbuch der Friedensbewegung* und die 1908 erschienenen *Memoiren* der Bertha Suttner geben die Etappen der humanitären Leistung dreier Menschen wieder, die auf kurze Distanz zum Scheitern verurteilt war, aber auf lange Sicht vielleicht doch jene Früchte tragen wird, die die große Optimistin Bertha Suttner erträumt hat.

Carl Menger

VON KURT ROTHSCHILD

Die »Österreichische Schule der Nationalökonomie« verdankt ihr Entstehen der Leistung eines Mannes: *Carl Menger.* Der am 23. Februar 1840 in Neu-Sandez (Galizien) geborene Menger war einer der originellsten Denker in seinem Fach. Seine Leistung bestand nicht so sehr darin, umfassende und

»endgültige« Formulierungen der Volkswirtschaftslehre zu verfassen; vielmehr produzierte er eine Unmenge neuer und fruchtbarer Anregungen, die seinen Schülern reichlich Stoff für weitere und detaillierte Studien boten. Es ist gerade dieses skizzenhafte Herangehen an die prinzipiellen Probleme seiner Wissenschaft, verbunden mit einer toleranten Gelehrsamkeit, welche die Unvollständigkeit des bereits Erreichten jederzeit anzuerkennen bereit ist, was die Werke Mengers auch heute noch äußerst lesenswert macht und was einen immer wieder erstaunt erkennen läßt, wie viele moderne Entwicklungen von Menger bereits berührt und vorausgeahnt wurden.

Mengers wichtigster Beitrag zur Nationalökonomie lag in der Neuformulierung der Wertlehre, in der Schaffung der »Grenznutzentheorie«, obwohl er selbst dieses Wort — das von seinem Schüler *Wieser* geprägt wurde — nie benützt. Das imposante Gebäude, das die klassische Nationalökonomie seit *Adam Smith* aufgebaut hatte, krankte an einer ungenügenden Klarheit über die Vorgänge des Marktes und der Preisbildung. Man sprach von einem »natürlichen« Preis, der durch die Kosten bestimmt sei, und einem »Marktpreis«, der gemäß dem Stand des Angebots und der Nachfrage um den natürlichen Preis fluktuierte. Was aber diese täglichen Schwankungen beeinflußte und warum z. B. lebensunwichtige Diamanten höher gewertet werden als das lebensnotwendige Brot, dies waren Fragen, die einer genaueren Analyse bedurften. Wie so oft in der Wissenschaft, wenn ein Problem »in der Luft hängt«, stießen mehrere Gelehrte fast gleichzeitig und gänzlich unabhängig voneinander auf eine ähnliche Lösung. In diesem Falle waren es der Engländer *Jevons,* der Schweizer *Walras* und schließlich Menger, der seine Wertlehre in seinem Werk *Grundsätze der Volkswirtschaftslehre (Erster allgemeiner Teil)* im Jahre 1871 veröffentlichte.

In dieser Wertlehre, die Menger, abgesehen von einer längst vergessenen Schrift des Deutschen *Heinrich Gossen,* praktisch aus dem Nichts schöpfte, geht er von dem Individuum und seinen Bedürfnissen aus. Eine Sache hat Wert, weil ein Individuum sie zur Befriedigung eines Bedürfnisses gebrauchen kann. Wir werden aber jeder Einheit eines Gutes nur dann einen Wert beimessen, wenn von ihrem Besitz die Befriedigung irgendeines Bedürfnisses noch abhängig ist. Obwohl z. B. Luft für eines unserer dringendsten Bedürfnisse benötigt wird, kommt ihr kein wirtschaftlicher Wert zu, da sie in so großen Mengen vorhanden ist, daß die Hinzufügung oder Wegnahme einer Einheit für die Gesamtbefriedigung belanglos ist. Luft ist daher ein »freies Gut«, im Gegensatz zu den »wirtschaftlichen Gütern«, die nur in so geringen Mengen vorhanden sind, daß jede ihrer verfügbaren Einheiten noch zur Befriedigung eines Bedürfnisses herangezogen werden muß und daher Wert besitzt.

Knappheit wird somit der Wesenszug alles Wirtschaftens und die Grundlage des wirtschaftlichen Wertes. Dieser ist ferner bei allen wirtschaftlichen Gütern von der Intensität des Bedürfnisses und der Menge der vorhandenen Güter abhängig. Diese beiden Faktoren stehen in einer Beziehung zueinander, die durch das »Gesetz vom abnehmenden Nutzen« gekennzeichnet ist. Ein Bedürfnis kann normalerweise schrittweise befriedigt werden. Nun ist es eine psychologische Tatsache, daß in den meisten Fällen die Intensität des Bedürfnisses mit zunehmender Befriedigung abnimmt. Je größer daher der zur Verfügung stehende Vorrat eines Gutes, desto geringer der »Nutzen« und daher der Wert einer weiteren Einheit dieses Gutes. Daraus folgt schließlich, daß jeder Einheit in einem gegebenen Gütervorrat jener Wert zugemessen wird, der der »letzten«, d. i. der am wenigsten wichtigen Einheit zukommt; denn nur auf diesen Nutzen muß verzichtet werden, sollte eine Einheit verlorengehen oder abgegeben werden.

Ausgehend von dieser Wertlehre wird dann schrittweise die Theorie der Volkswirtschaft aufgebaut. Die Verschiedenheit in der Bewertung von Waren durch verschiedene Menschen (deren Bedürfnisse und Gütervorräte voneinander abweichen) ergibt die Grundlage für den Tausch. Dieser erfährt seine höchste Entwicklung im Markt, wo Käufer und Verkäufer mit verschiedenen Wertskalen (Nachfrage und Angebot) zusammentreffen und deren gegenseitiges Bieten schließlich zu einem Preis führt, der auf diese individuellen Wertskalen und die Kaufkraft der Beteiligten zurückzuführen ist. Dabei nimmt Menger auf die Unterschiede Rücksicht, die sich daraus ergeben, ob der Preis unter freier Konkurrenz oder unter Monopolbedingungen gebildet wird.

Nicht alle Güter dienen aber der menschlichen Bedürfnisbefriedigung. Manche, wie Rohstoffe oder Maschinen, werden nur für die *Herstellung* von Gebrauchsgütern benötigt. Die Bewertung dieser Güter »zweiter, dritter und höherer Ordnung«, wie sie Menger im Gegensatz zu den unmittelbar benötigten Gütern »erster Ordnung« nennt, wird letztlich von der Nachfrage nach den Finalgütern, also auch von den Bedürfnissen bestimmt. Damit versuchte Menger auch eine Theorie der Zurechnung zu schaffen, indem er — die spätere Grenzproduktivitätstheorie bereits vorausahnend — alle Einkommensarten allein aus den Bedürfnisskalen und der damit verbundenen Wertlehre ableiten wollte.

Dieser letztere Schritt zeigt bereits die Schwächen, die Mengers grandiose Konzeption mit den meisten frühen Grenznutzentheorien gemeinsam hat. Nämlich ein Bemühen, die Erklärung des gesamten Wirtschaftsgeschehens auf die neue, verfeinerte Analyse des Preises und der Preisbewegungen aufzubauen. Gerade der Arbeits- und der Kapitalmarkt wie auch der Konjunkturablauf besitzen aber so viele wirtschaftliche und soziologische Besonderheiten, daß die Erklärung ihrer Bewegungsgesetze aus den Elementen der Grenznutzentheorie nicht gelang und wohl auch nicht gelingen konnte.

Menger war nicht nur der Schöpfer einer Fülle neuer Ideen, er war auch ein Pionier der theoretischen Nationalökonomie als solcher. Die historische Gebundenheit gewisser Aspekte der klassischen Nationalökonomie, die vielfach britische Erfahrungen verallgemeinerte, sowie die revolutionierenden

Erkenntnisse der marxistischen Theorie hatten in der deutschen bürgerlichen Volkswirtschaftslehre zu einer starken Abkehr von der Wirtschaftstheorie geführt. Die überall vorherrschende »historische Schule« negierte die Möglichkeit einer allgemeinen Theorie der Volkswirtschaft; vielmehr müsse sich die Volkswirtschaftslehre auf die Beschreibung und das historische Verständnis konkreter Wirtschaftsentwicklungen beschränken.

Das Vorherrschen solcher Ideen war kein fruchtbarer Boden für die Aufnahme von Mengers Theorien. Und in der Tat begegnete er in Deutschland fast ausschließlich feindlicher und verständnisloser Kritik. Dies ging so weit, daß Menger erst für die Berechtigung seiner Arbeit kämpfen mußte. Es entbrannte der berühmte »Methodenstreit«, der in dem brillanten Werk Mengers *Untersuchungen über die Methode der Sozialwissenschaften und der Politischen Ökonomie insbesondere* (1883) seinen Höhepunkt fand. Mit dieser Arbeit, die auch heute noch sowohl wegen ihres Inhalts als auch wegen ihrer meisterhaften Polemik gelesen zu werden verdient, beseitigte Menger die Vorherrschaft der »historischen Schule« und etablierte die Gleichberechtigung der historischen und der abstrakt-analytischen Betrachtungsweise.

Ein Überblick über Mengers wissenschaftliche Leistungen wäre unvollkommen ohne einen Hinweis auf seine wichtigen Schriften über das Geld. Diese Schriften, die aus einer Reihe von Artikeln, Memoranden zur österreichischen Währungsreform und einer theoretischen Abhandlung im *Handwörterbuch der Staatswissenschaften* (Artikel *Geld)* bestehen, versuchen die Gedankengänge seiner neuen Werttheorie auf die Entstehung und die Funktion des Geldes auszudehnen. Sie sind deshalb von besonderer Wichtigkeit, weil sie einen weitgehenden Einfluß auf die moderne Geldtheorie ausübten.

Mengers Leben war einem großen Ziel gewidmet: der Wissenschaft zu dienen. Als Lehrer und Gelehrter diente er diesem Ideal zeit seines Lebens. Nachdem er in Wien und Prag studiert hatte, habilitierte er sich 1872 an der Wiener Universität — im gleichen Jahr wurde er Ministerialsekretär —, wo er schon im folgenden Jahr Professor der Politischen Ökonomie wurde. Von 1876 bis 1878 wurde er zum Lehrer des *Kronprinzen Rudolf* bestellt, und auf den Reisen, die er mit ihm nach England, Frankreich und in die Schweiz unternahm, konnte er seine Erfahrungen wesentlich erweitern. Bereits 1903 zog er sich vom Lehramt zurück und lebte in den knapp zwei Jahrzehnten, die ihm noch beschieden waren, ausschließlich der Forschung.

Trotz der feindlichen Kritik, der Menger in jüngeren Jahren — insbesondere in Deutschland — begegnete, war es ihm doch gegönnt, noch zu Lebzeiten seine großen Leistungen für die Wissenschaft anerkannt zu sehen. Er war nicht nur lebenslänglich Mitglied des Herrenhauses und ein Mitglied der Akademie der Wissenschaften in Wien; auch das Institut de France, die Akademie der Wissenschaften in Rom und die Royal Society in Edinburgh nahmen ihn in ihre Reihen auf. Wenige Tage nach seinem 81. Geburtstag starb Menger am 26. Februar 1921 in Wien.

Friedrich Wieser

VON K. H. HENNINGS

Friedrich Freiherr von Wieser zählt zu den bedeutendsten Ökonomen und Sozialwissenschaftlern Österreichs. Er war einer der führenden Köpfe der sogenannten Österreichischen Schule der Ökonomie und hat in Lehre und Forschung den Gang seiner Wissenschaft nicht nur in Österreich maßgeblich beeinflußt.

Friedrich Wieser entstammte einer alten österreichischen Militärbeamtenfamilie. Sein Vater, *Leopold Freiherr von Wieser* (1819—1902), war für seine Verdienste im italienischen Krieg geadelt worden und wurde später (1889) als Vizepräsident des Gemeinsamen Rechnungshofes in den Freiherrnstand erhoben. Am 10. Juli 1851 als viertes von neun Kindern in Wien geboren, wurde Wieser im damals besonders angesehenen Schottenstift erzogen und bezog 1868 die Wiener Universität, an der er trotz seiner anfänglichen Neigung zur Geschichte Jurisprudenz studierte. Nach Abschluß seiner Studien im Jahre 1872 trat er in den Dienst der Niederösterreichischen Landesfinanzdirektion, der er bis 1884 angehörte. In den Jahren 1875 bis 1877 vervollkommnete er zusammen mit seinem Schul- und Studienfreund (und späteren Schwager) *Eugen Böhm Ritter von Bawerk* seine ökonomische Ausbildung mit Hilfe eines Staatsstipendiums an den Universitäten Heidelberg, Leipzig und Jena. Wieser habilitierte sich 1883 an der Wiener Universität, wurde aber schon im folgenden Jahr als außerordentlicher Professor an die Prager Universität berufen, an der er 1889 zum ordentlichen Professor ernannt wurde. Im Jahre 1903 übernahm er als Nachfolger *Carl Mengers* die Wiener Lehrkanzel seines Faches. Von einer kurzen Unterbrechung in den Jahren 1917 bis 1919 abgesehen, in denen er als Handelsminister den beiden letzten Kabinetten des kaiserlichen Österreich angehörte, lehrte Wieser an der Wiener Universität bis zu seiner Emeritierung im Jahre 1922 und danach als Honorarprofessor bis zu seinem Tode. Am 23. Juli 1926 ist er in Brunnwinkel bei St. Gilgen gestorben.

In seinen ökonomischen Untersuchungen ging Wieser von der von Carl Menger aufgestellten Werttheorie aus, die er sich zu eigen machte, indem er sie in der ihm eigenen Weise umformulierte. Dabei prägte Wieser den Begriff des »Grenznutzens«, der später oft dazu verwendet wurde, die von Carl Menger, Eugen von Böhm-Bawerk und ihm selbst vertretene österreichische Theorie der Ökonomie als »Theorie des Grenznutzens« zu bezeichnen, was heute jedoch als zu eng angesehen wird. Was Wieser von Menger übernahm, wandte er in seinem ersten Buch, *Über den Ursprung und die Hauptgesetze des wirthschaftlichen Werthes* (1884), auf ein Problem an, das Menger nur am Rande behandelt hatte: das Verhältnis der Kosten eines Gutes zu seinem Preis. Der Kern seiner Überlegungen ist die Interpretation der Herstellungskosten eines Gutes als der entgangene Nutzen derjenigen Güter, die statt seiner hätten hergestellt werden können. Sie ist inzwischen zum festen Bestandteil der ökonomischen Theorie geworden. Doch ging es Wieser um mehr: er benutzte diese Interpretation, um die Wertbildung im Bereich der Produktion in eben derselben Weise zu diskutieren, in der Menger die Wertbildung im Bereich der Konsumtion diskutiert hatte. War es Menger darum gegangen nachzuweisen, daß dem Nutzen der Güter für deren Käufer eine entscheidende Rolle bei der Wert- und Preisbildung der Konsumgüter zukommt, so ging es Wieser darum nachzuweisen, daß diesem selben Nutzen der Konsumgüter für deren Käufer eine ebenso entscheidende Rolle in der Wert- und Preisbildung der Produktivgüter zukommt. Damit hatte Wieser nicht nur den Anwendungsbereich der Mengerschen Prinzipien erweitert; er hatte damit zugleich die Probleme der Einkommensverteilung zum Hauptgegenstand seiner Untersuchungen gemacht. Ihnen ist der größte Teil seines nächsten Buches, *Der natürliche Werth* (1889), gewidmet. Zwar werden Löhne auf dem Arbeitsmarkt, Zinsen auf dem Kapitalmarkt und Bodenrenten auf dem Bodenmarkt ausgehandelt: doch ist die Nachfrage nach Arbeits-, Kapital- und Bodenleistungen von der Nachfrage nach jenen Konsumgütern abhängig, die mit Hilfe dieser Arbeits-, Kapital- und Bodenleistungen hergestellt werden. Wieser suchte diese Abhängigkeit in seiner Theorie der Zurechnung näher zu bestimmen. Doch war er dabei infolge unzulänglicher mathematischer Hilfsmittel wenig glücklich, obwohl sein Grundgedanke, die sogenannten »produktiven Beiträge« einzelner Produktionsfaktoren zu bestimmen, durchaus richtig war.

Glücklicher war Wieser in seinen Aufsätzen zur Geldtheorie, die in die Jahre nach der Jahrhundertwende fallen. Hier suchte er die überkommene Quantitätstheorie des Geldes durch eine Einkommenstheorie des Geldes zu ersetzen: nicht die Menge des vorhandenen Geldes war ihm der letztlich entscheidende Bestimmungsgrund des Geldwertes, sondern die Art und Weise, wie Einkommen ausgegeben werden, und damit die Verwendung der Einkommen. Der Ausbau dieses Gedankens zu einer selbständigen Geldtheorie blieb anderen vorbehalten (*Ludwig Mises* und *Josef Schumpeter*, beide von Wieser beeinflußt, nahmen daran hervorragend teil); doch Wiesers Beiträge waren in vieler Beziehung wegweisend.

In allen diesen Untersuchungen konzentrierte sich Wieser, wie es auch Menger und Böhm-Bawerk getan hatten, auf die reine Logik der ökonomischen Theorie. Es ging ihm um die Grundlagen und nicht um die Anwendung, als deren Meister er sich übrigens in mehreren Aufsätzen zu Tagesfragen zeigte. Dieses Verfahren der Beschränkung auf das Wesentliche fand seinen reinsten Ausdruck in Wiesers Begriff des »natürlichen Wertes«: einem Versuch, die Wertbildung in einer Wirtschaft zu studieren, in der es keine Einkommensunterschiede und keine Machtunterschiede gibt. Diese Modellkonstruktion ist von Interesse nicht nur, weil sie Wieser zu grundlegenden Einsichten in die Funktionen und Aufgaben eines Preissystems in einem

Franz Graf Conrad von Hötzendorf hatte die dem Reich drohenden Gefahren frühzeitig erkannt, war aber mit seiner These von der Notwendigkeit eines Präventivkrieges gegen Serbien und Italien nicht durchgedrungen

Kaiser Franz Joseph I. wurde in 67jähriger Regierungszeit zum Symbol der Einheit der Monarchie. In der Realität wurde diese Einheit durch die sozialen und nationalen Spannungen in zunehmendem Maße in Frage gestellt

marktwirtschaftlich organisierten Wirtschaftssystem führte, sondern auch weil Wieser damit den Grund legte für das Studium planwirtschaftlich organisierter Wirtschaftssysteme. Derselbe Wieser, der nicht müde wurde, sozialistische Wirtschaftstheorien zu kritisieren, wurde damit ironischerweise zu einem der entscheidenden Vorläufer der theoretischen Analyse sozialistischer Wirtschaftssysteme.

Überlegungen dieser Art weisen bereits auf die Versuche hin, sozialwissenschaftliche Erkenntnisse mit solchen der ökonomischen Theorie zu einer gesellschaftlichen Theorie der Wirtschaft zu verweben, denen sich Wieser nach der Jahrhundertwende zuwandte. Das Resultat dieser Studien, die auf Anregung des Soziologen *Max Weber* für dessen großes Sammelwerk entstandene *Theorie der gesellschaftlichen Wirtschaft* (1914), ist in mancher Beziehung die einzige zusammenfassende Darstellung der österreichischen Theorie der Ökonomie. Als solche hat sie lange nachgewirkt, im guten wie im schlechten. Doch ist Wiesers Hauptwerk mehr als nur das. Wieser war zu sehr ein eigenständiger Denker, unter dessen Händen die Gedanken anderer — auch die Mengers oder Böhm-Bawerks — eine andere Gestalt annahmen, und zu sehr an soziologischen Fragestellungen interessiert, um ein rein ökonomisches Lehrbuch zu schreiben. Seine gesellschaftliche Theorie wurde ihm vielmehr zu einer Theorie des wirtschaftlichen Verhaltens in verschiedenen Wirtschaftssystemen. Nachdem Wieser, gleichsam als gemeinsame Grundlage, die reine Logik der wirtschaftlichen Wert- und Preisrechnung in der sogenannten Theorie der einfachen Wirtschaft dargestellt hatte, wandte er sich in der darauf aufbauenden Theorie der gesellschaftlichen Wirtschaft zwei einander entgegengesetzten Wirtschaftssystemen zu: dem marktwirtschaftlichen und dem planwirtschaftlichen. Geht es in dem einen um Wettbewerb und Tauschwert, so geht es in dem anderen um den »natürlichen Wert« und gesellschaftliche Interessen. Doch gilt Wiesers Hauptinteresse verständlicherweise der marktwirtschaftlichen Organisation. In seiner Diskussion betont er stark diejenigen Züge der modernen Wirtschaftsgesellschaft, die die rein marktwirtschaftlichen Elemente in ihrer Wirksamkeit einschränken. Kartellen, Monopolen, Großunternehmen und anderen wirtschaftlichen Machtzusammenballungen wird viel Aufmerksamkeit geschenkt. Je mehr ihre Ausbreitung zur Folge habe, daß der freie Wettbewerb durch die Ausübung wirtschaftlicher Macht verzerrt wird, desto eher, meint Wieser, müsse der Staat helfend auf

Auf dem Flaggschiff der österreichisch-ungarischen Kriegsflotte »Viribus unitis« wurde am 31. Oktober 1918 die Übergabe der Flotte an Jugoslawien vereinbart. Am nächsten Tag wurde das Schlachtschiff von italienischen Offizieren versenkt

Vorhergehende Seiten: Die Ermordung des Thronfolgers Franz Ferdinand in Sarajevo am 28. Juni 1914 war das auslösende Ereignis für den Ersten Weltkrieg. Das Bild zeigt die Festnahme des Attentäters Gabriel Princip

Ausmarsch eines Honved-Regiments. Das Foto zeigt beispielhaft, wie sehr die Massen dies- und jenseits der Leitha bei Beginn des Ersten Weltkrieges von Begeisterung ergriffen waren

der Seite der wirtschaftlich Schwachen eingreifen. Doch sind ihm Monopole und andere wirtschaftliche Machtzusammenballungen eine notwendige Folge moderner großbetrieblicher Produktionsmethoden, ebenso wie aus demselben Grunde auf dem Arbeitsmarkt Gewerkschaften entstehen mußten.

Wieser betonte so in seiner *Theorie der gesellschaftlichen Wirtschaft* die Rolle von Machtverhältnissen nicht nur im Prozeß der Einkommensverteilung, sondern auch im Produktionsprozeß. Wirtschaftliches Handeln wird stets als gesellschaftliches, von Machtkonstellationen geprägtes Handeln betrachtet. Es ist daher nicht verwunderlich, daß sich Wieser in den folgenden Jahren soziologischen Überlegungen zum Problem der Macht zuwandte.

Dem liberalen Freiheitsbegriff, der entstanden war im Kampfe mit und im Gegensatz zu der bestehenden Macht des absolutistischen Staates, warf Wieser vor, zwei Dinge zu übersehen. Auf der einen Seite gibt es auch private, nicht vom Staat ausgehende Macht, die gefährlich werden kann. Ja, unter modernen Produktionsbedingungen kann sie leicht zu einer »Volkswirtschaft wider das Volk oder wenigstens wider große Massen des Volkes« führen und erfordert daher, wie schon gezeigt, daß der Staat zugunsten der wirtschaftlich oder politisch Schwachen eingreift und so die Freiheit einzelner beschneidet. Auf der anderen Seite sind die Menschen nach Wiesers Meinung nicht so frei, wie es die liberale Theorie annimmt: Wieser sieht sie vielmehr durch die »Macht der Sitte« gebunden. Nur wenn solche »Inneren Mächte« wie Sitte, Herkommen, Recht bestehen und in ihrer Autorität unbestritten sind, nur dann dürfe der Staat nach Wiesers Meinung der Freiheit ihre Bahn lassen, denn nur dann sei Verlaß darauf, daß die Freiheit nicht zur wirtschaftlichen Despotie ausarte. Wieser sieht dabei jedoch die innere Verfassung einer Gesellschaft als gegeben an: »Ein gesundes Volk fügt sich auf die Dauer stets in jene gesellschaftliche Ordnung, die der geschichtlichen Aufgabe jedes Zeitalters gemäß ist.« Dadurch nahm er sich die Möglichkeit, die realen Grundlagen wirtschaftlicher und politischer Macht zu studieren. Es gab für ihn einfach Führer und Geführte, und wenn Wieser auch die Möglichkeit von Revolutionen zuließ, so galt es ihm doch als ausgemacht, daß »die Besseren und die Besten« geborene Führer sind.

Trotz mancher interessanter Ansätze zu einer gesellschaftlichen Theorie der Wirtschaft ist es daher vor allem die der theoretischen Ökonomie zugewandte Seite des Wieserschen Werkes, die auf die Dauer gewirkt hat. Wieser war ein durchaus eigenständiger und manchmal auch eigenwilliger Denker; sosehr seine Schüler von der Kraft seiner Sprache und der Macht seiner Persönlichkeit angezogen waren, so gilt doch, daß seine kontemplativen Überlegungen zuneigende Methode der Forschung einer jüngeren Generation nicht immer zusagte. So ist die moderne Wirtschaftstheorie in manchem andere Wege gegangen. Doch hat sie dabei entscheidende Gedanken Wiesers aufgenommen und ihnen dadurch zu einer Wirkung verholfen, die weit über die unmittelbare Wirkung seiner Schriften hinausgeht.

Franz Brentano

VON FRANZISKA MAYER-HILLEBRAND

Franz Brentano entstammte jener aus Oberitalien nach Frankfurt eingewanderten Patrizierfamilie, die in der deutschen Romantik eine wichtige Rolle gespielt hat. *Clemens* und *Bettina* waren Geschwister von Franz Brentanos Vater *Christian.* Franz Brentano wurde am 16. Jänner 1838 in Marienberg bei Boppard/Rhein geboren, wuchs in Aschaffenburg auf und wandte sich nach Absolvierung des Gymnasiums dem Studium der Philosophie in München, Würzburg, Berlin und Münster zu. Als seinen eigentlichen Lehrer betrachtete er zeitlebens *Aristoteles.* Sein in Tübingen als Dissertation vorgelegtes Buch behandelt den Begriff des »Seienden« nach Aristoteles. Mit einer Schrift über die Psychologie des Aristoteles habilitierte sich Brentano 1866 in Würzburg. Als höchste Forschungsregel galt ihm der aristotelische Grundsatz, daß »die Wahrheit als liebste Freundin stets den Vorrang habe«, womit gemeint ist, daß jeder Forscher es als Pflicht betrachten müsse, einem als wahr erkannten Satz den Vorzug zu geben, ohne Rücksicht auf eigene frühere Lehren oder auf die Auffassungen anderer.

Außer dieser allgemeinen Forschungsregel ist der von Brentano als 4. Habilitationsthese aufgestellte Grundsatz: »Die Methode der Philosophie ist keine andere als die der Naturwissenschaft« für seine wissenschaftliche Arbeit als richtunggebend und als charakteristisch für seine Philosophie anzusehen. Diese »empirische Methode« verlangt genaueste Beobachtung und Beschreibung unserer psychischen Erlebnisse. Alle unsere Begriffe gehen nach Brentanos Ansicht auf Anschauungen, d. h. psychische Erfahrungen im weitesten Sinne des Wortes, zurück. Stets lehnte er sowohl angeborene Begriffe wie auch sogenannte apriorische Anschauungen und Begriffe, die *Kant* seinen »synthetischen Urteilen a priori« zugrunde gelegt hat, mit aller Entschiedenheit ab. Nur wenn die Ausdrücke, die wir verwenden, von psychischen Erlebnissen abgeleitet sind, haben wir ein Kriterium dafür, daß wir im Besitze echter Begriffe sind und uns nicht nur in sprachlichen Fiktionen bewegen. Nicht aber ist, wie manchmal geglaubt wurde, mit der erwähnten Forschungsregel gemeint, daß sich die Philosophie auf die Beobachtung von Physischem (Vorgänge der Außenwelt, die uns räumlich erscheinen) zu beschränken habe und nur induktive Beweisführung durch Wahrscheinlichkeitserwägungen erlaubt sei.

Die empirische Methode wird eingehend in Brentanos epochemachendem Werk *Psychologie vom empirischen Standpunkt* (1874) dargelegt und in vielen seiner anderen Schriften erläutert und vertreten; wir verdanken ihr eine Reihe höchst wichtiger Feststellungen und Erkenntnisse.

Psychologie ist nach Brentano die »Wissenschaft von den psychischen Phänomenen«; unser Bewußtsein zeigt uns immer psychische Akte (Phänomene), d. h. Vorgänge, die auf ein Objekt gerichtet sind. In dieser »intentionalen Beziehung« unterschied Brentano drei Hauptklassen: Vorstellungen, Urteile und emotionelle Phänomene oder Gemütstätigkeiten. Die seit Kant geltende Dreiteilung: Denken, Fühlen, Wollen erweise sich, führte Brentano aus, bei näherer Analyse als unhaltbar, weil Denken in Vorstellen und Urteilen zerfällt, Fühlen und Wollen dagegen als innerlich verwandt in eine Grundklasse zusammenzufassen seien.

Brentano stellte weiter fest, daß jeder psychisch Tätige, der sich in der »äußeren Wahrnehmung« auf ein Objekt bezieht, gleichzeitig in der »inneren Wahrnehmung« sich selbst zum Objekt hat. Diese Unterscheidung, von Brentano auch als primäres und sekundäres Bewußtsein auseinandergehalten, ist von größter Wichtigkeit für die Entwicklung der Psychologie geworden. Die innere Wahrnehmung gibt sich unmittelbar als richtig kund, d. h. der Wahrnehmende erkennt sich selbst als einen im gegenwärtigen Augenblick in bestimmter Weise psychisch Tätigen (z. B. ich nehme mich als einen Rot-Sehenden oder als einen Freude-Fühlenden wahr). Das Fundament für die Untrüglichkeit der inneren Wahrnehmung bildet die Identität von Subjekt und Objekt.

Ursprünglich hatte Brentano die Auffassung übernommen, daß auch der wahrgenommene Gegenstand als dem Bewußtsein immanentes (irreales) Objekt vorhanden sein müsse, damit die seit Jahrhunderten vom wahren Urteil verlangte »adaequatio rei et intellectus« (Übereinstimmung von Ding und Verstand) zustande kommen könne. Doch hat er diese Lehre bald aufgegeben. Die Bewußtseinsbeziehung, so erkannte er, ist keine echte Relation mit zwei Gliedern: Denkender und Gedachtes, sondern hat nur »relativlichen« Charakter, d. h. sie verlangt nur das Vorhandensein eines Gliedes, des Denkenden.

Nicht so leicht wie von den immanenten Objekten gelang es Brentano, sich von den sogenannten Urteils- und Interesseinhalten frei zu machen. Lange Zeit hielt er diese irrealen »Sachverhalte« (Sein, Nichtsein, Notwendigkeit, Unmöglichkeit, Güte usw.) zur Sicherung der Wahrheit apodiktischer, d. h. allgemein und notwendig geltender Urteile für unerläßlich. Erst die Vervollkommnung der Evidenzlehre ermöglichte den Verzicht auf derartige Sachverhalte. Es mußte die Erkenntnis vorausgehen, daß die apodiktischen Urteile durchwegs negativen Charakter haben. Mit anderen Worten: die Existenz der vorgestellten Dinge wird gar nicht behauptet, sondern gemeint ist nur, daß es unmöglich sei, entgegengesetzte Urteile mit Evidenz zu fällen, d. h. richtig zu leugnen, was ein anderer mit Evidenz anerkennt, bzw. richtig anzuerkennen, was ein anderer mit Evidenz leugnet. Die Entwicklung von Brentanos Evidenzlehre ist in zahlreichen Abhandlungen dargelegt.

Aber nicht nur auf dem Gebiet des Urteils gibt es nach Brentano Evidenz, also einsichtiges Erkennen, sondern auch in unserem emotionellen Verhalten, was von größter Wichtigkeit für die Begründung der Ethik ist. Auch hier finden wir einen Gegensatz, nämlich ein Lieben oder Hassen (bzw. Gefallen und Mißfallen). Da gewisse emotionelle Akte in sich als richtig charakterisiert sind, können wir diese Untrüglichkeit als Analogon der Evidenz auf dem Urteilsgebiet auffassen. Damit ist der Ethik und jeder Wertlehre — es gibt auch ein richtiges Gefallen und Mißfallen in der Ästhetik — ein festes Fundament gegeben. Und da wir auf emotionellem Gebiet auch ein als richtig charakterisiertes Vorziehen finden, gelangen wir zu Wertunterschieden *(Vom Ursprung sittlicher Erkenntnis)*.

Die Vervollkommnung von Brentanos Evidenzlehre, durch die jeder subjektivistische und relativistische Standpunkt in der Erkenntnis- und Wertlehre mit aller Entschiedenheit abgelehnt wird, führte zum Verzicht auf weitere Sicherung. Was mit Evidenz als richtiges Urteil bzw. als richtiges emotionelles Verhalten erkannt wird, leuchtet als Tatsachenwahrheit oder aus den Begriffen als allgemein und notwendig geltend ein. Somit ist die Annahme irrealer Sachverhalte überflüssig.

Solche vermeintliche Sachverhalte sind jedenfalls, so erkannte Brentano zunächst, nie allein gegeben, sondern unser Geist beschäftigt sich immer gleichzeitig mit einem oder mehreren realen Objekten. Das legte den Gedanken nahe, daß jenen überhaupt keine Funktion im eigentlichen Sinne zukommt. Durch weitere Forschungen gelangte Brentano zur Einsicht, daß Nichtreales überhaupt nicht vorstellbar ist. Die erste Stelle unter den Argumenten gegen die Vorstellbarkeit nichtrealer Gegenstände nimmt das von der Einheitlichkeit des Begriffes »Denken« ein. Wenn Denken ein einheitlicher Begriff ist, so müssen auch die Objekte des Denkens unter denselben höchsten allgemeinen Begriff fallen, der kein anderer als der des Realen im allgemeinen sein kann. Natürlich soll darunter, wie schon erwähnt, in gleicher Weise Psychisches wie Physisches verstanden werden; der Träger unseres Denkens und seine verschiedenen psychischen Verhaltensweisen sind real und vorstellbar.

Trotz der Beschäftigung mit den hier genannten und anderen sehr wichtigen Problemen blieb höchstes Ziel von Brentanos philosophischem Streben stets die wissenschaftliche Begründung des Gottesgedankens. Er hat verschiedene Gottesbeweise in seinen Vorlesungen behandelt, die nach seinem Tode von *A. Kastil* im Band *Vom Dasein Gottes* zusammengefaßt wurden. Eingehend hat sich Brentano auch mit der Frage beschäftigt, wie das Übel in der Welt mit der Güte und Vollkommenheit des Weltschöpfers vereinbar sei. Er beantwortete sie in dem Sinne, daß für einen, der das Weltganze zu überblicken imstande wäre, alles zweckvoll geordnet und harmonisch erscheinen müßte.

Brentano hatte sich vor seiner Promotion zum Dr. phil. auch dem Studium der Theologie zugewendet und war 1864 zum katholischen Priester geweiht worden. Brentano wurde von *Bischof v. Ketteler* in Mainz beauftragt, für das erste von *Papst Pius IX.* ausgeschriebene Vatikanische Konzil eine Denkschrift über die Unfehlbarkeit des Papstes in Glaubensentscheidungen auszuarbeiten. In dieser Denkschrift wurde ausgeführt, daß die Erklärung der Infallibilität die Zusammenarbeit mit anderen christlichen Konfessionen erschweren würde. Auch Bedenken gegen die Berechtigung einer solchen Erklärung wurden erhoben. Die Verkündigung des Unfehlbarkeitsdogmas (1870) war ein harter Schlag für Brentano. 1873 entsagte er nach schweren inneren Kämpfen dem Priestertum und trat wenig später von seiner Lehrkanzel in Würzburg zurück. Den formalen Austritt aus der katholischen Kirche vollzog er aber erst im April 1879.

1874 wurde Brentano als Ordinarius für Philosophie nach Wien berufen. Seine Antrittsvorlesung *Über die Gründe der Entmutigung auf philosophischem Gebiet*, die mit Begeisterung aufgenommen wurde, und sein Vortrag *Die vier Phasen der Philosophie* zeigen deutlich, daß Brentano die Gewinnung echter Erkenntnisse nur für möglich hielt, wenn die Forschung durch ein lebendiges und reines theoretisches Interesse geleitet und mittels einer naturgemäßen Methode durchgeführt wird.

Brentano war 1874 bis 1880 Ordinarius in Wien und führte sodann bis 1894 seine Lehrtätigkeit als Privatdozent weiter. Diese ungewöhnliche Aufeinanderfolge hatte ihren Grund darin, daß er sich 1880 mit *Ida von Lieben* vermählte. Da er wegen der vorangegangenen Priesterweihe nach österreichischem Recht keine gültige Ehe schließen konnte, wurde er wieder deutscher Staatsbürger und verzichtete auf seine Professur. Die Zusagen maßgebender Persönlichkeiten, daß er in Kürze seine frühere Stellung wieder erhalten werde, erfüllten sich nicht. Nach dem Tode seiner Gattin verließ Brentano 1895 Wien und nahm Aufenthalt in Florenz. Nach dem Eintritt Italiens in den Ersten Weltkrieg begab er sich nach Zürich, wo er am 17. März 1917 nach kurzer Krankheit starb.

Brentanos Einfluß auf die Philosophie seiner Zeit und der Gegenwart war sehr bedeutend. Im Publizieren war er immer sehr zurückhaltend gewesen. Erst die Herausgabe des schriftlichen Nachlasses, die Brentano O. *Kraus* und *A. Kastil* (Schüler von *A. Marty* in Prag) anvertraute, vermochte ein Bild von der Vielseitigkeit seines Schaffens zu geben, das teilweise ganz neue Wege einschlug. Auf Wunsch A. Kastils übernahm ich 1950 nach seinem Tode die Fortsetzung der Herausgabe des Nachlasses.

In den USA hat Brentanos Philosophie eine besonders gute Aufnahme gefunden. 1961 wurde in Boston die »Franz Brentano Foundation« gegründet, die sich die Förderung des Werkes und jener Arbeiten, die sich mit Lehren Brentanos beschäftigen, zum Ziel gesetzt hat.

Alexius Meinong

VON KARL WOLF

Alexius Meinong ist Begründer und Haupt der »Grazer Schule«, die im philosophischen Denken Österreichs in der ersten Hälfte des 20. Jahrhunderts eine bedeutende Rolle spielte und auch im Ausland, besonders in England und in den USA, als Österreichische Schule bis heute Beachtung findet. Meinong vertritt gegen den von *Kant* herkommenden erkenntnistheoretischen Idealismus einen kritischen Realismus, der die Existenz realer Dinge der Außenwelt und darüber hinaus die erkenntnisunabhängige Objektivität geistiger Gebilde, wie etwa der Zahlen, annimmt. Meinong nennt diesen Standpunkt Objektivismus und die Lehre von den verschiedenen Arten von »Gegenständen«, seien sie real oder nicht real, »Gegenstandstheorie«. Gegenüber dem Neupositivismus, etwa des »Wiener Kreises« um *Moritz Schlick,* wird von Meinong die »emotionelle Präsentation« objektiver Wertgehalte durch emotionale Erlebnisse (Gefühle und Willensakte) gelehrt. Es gibt also nicht nur Sinneserkenntnis und Logik, wie der Neupositivismus festhält, sondern auch — im Bereiche der Werte — Gefühlserkenntnis.

Alexius Meinong von Handschuchsheim ist als Sohn eines hohen österreichischen Offiziers (dessen Vater von Deutschland nach Österreich eingewandert war) am 17. Juli 1853 in Lemberg geboren, verbrachte seine Studienjahre in Wien, wo ihm nach seinem historisch-germanistischen Studienabschluß *Franz Brentano* begegnete. Er wurde dessen Schüler, habilitierte sich bei ihm 1878 mit den *Hume-Studien I,* einer Abhandlung *Zur Geschichte und Kritik des modernen Nominalismus.* Schon als Privatdozent in Wien (1878—1882) gewann er bedeutende Schüler, wie *Christian von Ehrenfels* und *Alois Höfler.* Seit 1882 bis zu seinem Tode am 27. November 1920 wirkte Meinong als Professor der Philosophie an der Universität Graz. Er kämpfte erfolgreich mit einer Schrift (1885) für die Erhaltung des damals gefährdeten Faches Philosophische Propädeutik an Gymnasien — einer österreichischen Spezialität bis heute. Erstmalig in Österreich richtete Meinong 1886 experimentalpsychologische Übungen ein, was zur Gründung des psychologischen Laboratoriums als des ersten experimentalpsychologischen Institutes in Österreich führte (1894). Auch in Graz gewann er bedeutende Schüler. Über den Schülerkreis hinaus pflog Meinong briefliche Beziehungen zu den Philosophen seiner Zeit, wie aus den von *R. Kindinger* herausgegebenen *Philosophenbriefen* (Graz 1965) hervorgeht.

Äußere Beweise für das Weiterwirken von Meinong sind zahlreiche Veröffentlichungen vor allem auch in England und Amerika und schließlich die Veröffentlichung des 3. Bandes der Alexius-Meinong-Gesamtausgabe mit den Abhandlungen zur Werttheorie (Graz 1968). Seele der Meinong-Renaissance war — das ist auch eine österreichische Spezialität — ein Liebhaber: *Hofrat Dr. R. Kindinger,* der seinen Ruhestand mit nimmermüder Tätigkeit für das

Andenken seines philosophischen Lehrers ausfüllte und entscheidend an allen Aktivitäten dafür mitwirkte.

Alexius Meinong war kein philosophischer Systembauer. Er geht mit großer Vorsicht Einzelproblemen nach und hält sich, auch wenn er spezifisch philosophische Probleme behandelt, in der Nähe der empirischen Psychologie, für die ihm seines Lehrers Brentano *Psychologie vom empirischen Standpunkt* Vorbild war. Dort findet sich auch der für Meinong richtungweisende Gedanke von der Intentionalität der psychischen Phänomene. »Jedes psychische Phänomen enthält etwas als Objekt in sich, obwohl nicht jedes in gleicher Weise. In der Vorstellung ist *etwas* vorgestellt, in dem Urteile *etwas* erkannt oder verworfen, in der Liebe geliebt, in dem Hasse gehaßt, in dem Begehren begehrt usw.« Das Psychische ist also »Doppeltatsache«, es hat eine Erlebens- und eine gegenständliche Seite. Auf der Suche nach den spezifischen Gegenständen der verschiedenen psychischen Akte kommt nun Meinong zu folgender Klassifikation der Gegenstände: Vorstellungen intendieren Objekte, und zwar die Wahrnehmungsvorstellungen reale gegenwärtige Objekte, die Erinnerungsvorstellungen reale Objekte der Vergangenheit und die Phantasievorstellungen, die Meinong besonders interessieren, irreale Objekte, die aber für die Zukunftsgestaltung des Menschen und für die Kunst von besonderer Bedeutung sind. Gegenüber den Vorstellungen bilden eine selbständige Klasse die Urteile, die zwar immer Objekte enthalten, aber dazu noch ein Seinsmoment, das sprachlich im Prädikat zum Ausdruck kommt. Dem Urteil entspricht auf der Gegenstandsseite der Sachverhalt, von Meinong Objektiv genannt, ohne daß er mit dieser Bezeichnung durchgedrungen wäre; man sagt Sachverhalt, auch Satz, Proposition, in der Logistik symbolisiert mit p, qu, r. Was sind das für Gegenstände, etwa die Sachverhalte »$2 \times 2 = 4$« oder »Cäsar überschritt den Rubikon«? Sie sind weder Physisches noch Psychisches, das dem zeitlichen Wandel unterworfen wäre, sondern sind zeitlos geltende »Wahrheiten«, Gegenstände einer »dritten Welt«, wie sie kürzlich *Karl Popper* genannt hat, Meinongsche Entdeckungen spät bestätigend. Neben den Urteilen stehen die Annahmen oder Phantasieurteile, wie sie in Wissenschaft (als Hypothesen), Kunst und Lebenspraxis, in jeglicher Strategie z. B., eine große Rolle spielen. Ihr gegenständliches Korrelat sind wie bei den Urteilen Objektive, angenommene Sachverhalte. Den Annahmen hat Meinong ein vieldiskutiertes Werk gewidmet (1904). Aber es gibt über den intellektuellen Bereich der Vorstellungen und Urteile hinaus auch intentionale Gefühle und Strebungen mit eigener Gegenständlichkeit. Meinong nennt die »Eigengegenstände« des Fühlens Dignitative, des Wollens Desiderative, sonst Wertqualitäten genannt. Diese werden durch Fühlen und Wollen nicht erzeugt, wie der Subjektivismus meint, sondern dem Bewußtsein zur Kenntnisnahme »präsentiert«; sie stellen eine eigene Gegenstandsklasse dar, die Meinong und seine Schüler in ihren werttheoretischen Untersuchungen durchforscht haben.

Innerhalb der Hauptklassen von Gegenständen (Objekte, Objektive, Dignitative, Desiderative) werden die verschiedensten Gruppierungen aufgefunden: z. B. die Gegenstände höherer Ordnung, »die auf andere Gegenstände gleichsam aufgebaut sind«, wie die Relationen Verschiedenheit, Verwandtschaft, Ähnlichkeit oder Komplexe wie Melodien, Gruppen verschiedenster Art. Hier knüpft Meinong an die berühmten »Gestaltqualitäten« von *Ehrenfels* an, ohne aber die Aufstellungen der Ganzheitsphilosophen — das Ganze ist *vor* den Teilen — mitzuvollziehen. Die Gegenstände können auch nach ihrem Sein unterschieden werden. Den realen Dingen eignet Existenz, ideale Gegenstände existieren nicht wie Dinge, aber sie bestehen, etwa der Sachverhalt »$2 \times 2 = 4$«. Für die »unmöglichen Gegenstände«, z. B. das vielbespöttelte »hölzerne Eisen« oder das »runde Viereck«, die »immer noch einen Rest von Positionscharakter« haben, findet Meinong das »Außersein«.

Im Aufspüren der verschiedenen Arten von Gegenständen mit ihren Beziehungen untereinander erwächst nach 1900 die Konzeption einer neuen Wissenschaft, der »Gegenstandstheorie«, die als allgemeine Gegenstandstheorie die Natur, das Sosein der verschiedenen Gegenstandsklassen untersucht und als spezielle Gegenstandstheorie jeder Einzelwissenschaft einen gegenstandstheoretischen Teil voranstellt, in dem z. B. das Wesen der Zahl oder der geometrischen Gebilde oder des literarischen Kunstwerks erläutert wird. Das Konzept der Gegenstandstheorie ist verwandt mit der Phänomenologie Husserls, es gab da einige Prioritätsstreite, auf die hier nicht eingegangen werden kann.

Wie Meinong von der Psychologie zur Gegenstandstheorie kam, so auch zur Erkenntnistheorie, zur Lehre vom Erfassen. Grundthese ist: Es besteht ein Primat des Gegenstandes vor dem Denken, der Gegenstand kann nicht erst im Erkenntnisprozeß produziert werden, wie der Idealismus will. Das Wie des Erfassens erläutert Meinong mit dem Bilde der Präsentation. Vereinfacht dargestellt: Der bewußtseinstranszendente Gegenstand bewirkt (im Falle der äußeren Wahrnehmung) im Bewußtsein einen Erlebnisinhalt als Präsentanten, der vom Urteil als zum Gegenstand gehörig akkreditiert wird. Das bedeutet einen Schluß von innen nach außen, nur mittelbare Realitätsgegebenheit, kritischen Realismus, wie er später von *E. Mally* bekämpft wurde, der eine unmittelbare Realitätsgegebenheit in der Wahrnehmung annehmen zu müssen glaubt: denn wie könnte man sonst überhaupt auf den Gedanken kommen, vom inneren Erlebnis auf einen äußeren Gegenstand zu schließen?

Grundlegend für Meinong ist, daß er neben dem empirischen Erfahrungswissen auch apriorische Wesenserkenntnis annimmt. In den *Logischen Untersuchungen* (ab 1900) hat *Husserl* die Logik und Mathematik von ihrer — »Psychologismus« genannten — Abhängigkeit von der Erfahrungswissenschaft Psychologie befreit. Daß es aber nicht nur in Logik und Mathematik und im Wertgebiet (wie *Max Scheler* und *Nicolai Hartmann* gezeigt haben), sondern auch im Bereich des Anschaulichen apriorische Wesenserkenntnis gibt, hat Meinong in seinen *Bemerkungen über den Farbenkörper und das Mischungsgesetz* (1903) gezeigt. Selbstverständlich wird das Erfahrungswissen, das allein über Existenz von Wirklichem Bescheid geben kann, nicht abgewertet, was die Schriften *Über die Erfahrungsgrundlagen unseres Wissens* (1906) und *Zum Erweise des allgemeinen Kausalgesetzes* (1918) bezeugen.

Ein von Meinong zeitlebens bearbeitetes Gebiet war die Werttheorie. Er kann als einer der Begründer dieses Forschungszweiges bezeichnet werden. Meinong knüpfte an die nationalökonomische Wertlehre der österreichischen Schule *(Menger, Wieser, Böhm-Bawerk)* an, löst sich aber von der engeren wirtschaftswissenschaftlichen Fragestellung zu einer allgemeinen, zunächst psychologisch orientierten Wertlehre. Wert ist etwas, was am subjektiven Wertgehaltenwerden abzulesen ist, und Wert ist ein Grundbegriff, der nicht auf Nutzen, biologisches Bedürfnis, Opfer, Kosten, Arbeit zurückgeführt werden darf.

Die Analyse des Werterlebnisses zeigt einen komplexen Tatbestand. »Psychologische Voraussetzung« für das emotionale Werterfassen ist immer ein intellektuelles Erlebnis (Urteil, Annahme, Vorstellung), das den Wertträger zu Bewußtsein bringt. An diesem Wertträger wird nun durch ein Fühlen oder eine Strebung das eigentliche Wertmoment, das Dignitativ, dem Intellekt präsentiert, der in einem Werturteil das Werterfassen vollendet. Es handelt sich also beim Werterlebnis um eine Verbindung von intellektuellen und emotionalen Teilstücken, die psychologische Voraussetzung und der »prädizierende« Abschluß sind intellektuell, das Kernstück aber emotional. Ein reiner Verstand wäre wertblind. Aber ist Wert nicht immer etwas Subjektives, eine Art Gefühlsprojektion auf bestimmte wertgehaltene Objekte? Meinong läßt den subjektiv bedingten »persönlichen Wert«, von dem er ausgegangen ist, weiter gelten, nennt es aber Psychologismus, ihn allein gelten zu lassen. Der natürliche (vorwissenschaftliche) Wertbegriff, den Meinong nicht als etwas Naives abtut, sondern ernst nimmt, weist auf einen objektiven »unpersönlichen Wert«, den auch die »emotionale Präsentation« nahelegt. Ein Dualismus von Wirklichkeit und Wert wird nicht vertreten, Werte, Unwerte sind Qualitäten des Wirklichen, es gibt kein »Reich der Werte« als eine zweite Wirklichkeit. Trotzdem kann über die Wesensbeziehungen unter den verschiedenen Werten, über ihre Rangordnung, die verschiedenen Stärkegrade des Sollens »daseinsfrei«, d. h. ohne Rücksicht auf Existenz, gegenstandstheoretisch nachgedacht werden. Derlei filigrane Analysen finden sich in den werttheoretischen Schriften in großer Zahl.

Die Schüler Meinongs haben manches weitergeführt, manches auch modifiziert, gemeinsam blieb die antisubjektivistische Grundhaltung, die der Wirklichkeit nicht »Gesetze vorschreiben«, sondern »sie ihr ablauschen« will. Sie will sie auch nicht intellektualistisch auf Sinnesdaten reduzieren, sondern will auch den Wertphänomenen gerecht werden, in einer Weise, die den »gesunden Menschenverstand« nicht mißachtet, aber präzisiert.

Christian von Ehrenfels

VON GEORG CHRISTOPH BINDER

In der psychologischen Literatur figuriert *Christian von Ehrenfels* als Protagonist einer Wende innerhalb der Entwicklung der Psychologie, die nur, weil die Autoren den etwas obsoleten Ausdruck scheuen, nicht als kopernikanische Wende bezeichnet wird, de facto aber ohne weiteres so verstanden werden kann. Eine nicht geringe Anzahl von Wissenschaftlern erblickt in dem Jahre 1890, dem Erscheinungsjahr von Ehrenfels' Abhandlung *Über Gestaltqualitäten,* das Datum einer entscheidenden Erschütterung der sogenannten atomistisch-mechanistischen Auffassung des Seelenlebens. In Frage gestellt hatten diese, alles Seelische als ein Mosaik von autonomen Elementen begreifende und erklärende, Methode auch andere Forscher. Aber erst Ehrenfels hatte den in diesem Begriff verborgenen Systemgedanken zu logifizieren und seiner Tragweite nach aufzuweisen versucht. Man kann in ihm ruhig den Inaugurator der sich später mehrfach verzweigenden Forschungsrichtung Gestaltpsychologie sehen, ungeachtet, daß er bei einigen Interpreten lediglich als deren Vorläufer rangiert.

Mit seinem Werk steht Ehrenfels in einer Traditionslinie, deren Ursprung in der Reaktion auf *Immanuel Kants* Verabsolutierung der naturwissenschaftlichen, unabhängige Elemente des Seienden voraussetzenden, aber das Sein vom Bewußtsein trennenden Methode zu finden ist. Erfolgreich in der Opposition gegen Kant und dessen Kritizismus beziehungsweise Ablehnung jeder inhaltlichen Erkenntnis a priori war *Franz Brentano.* Brentanos kreatorische Neufassung von *Leibniz'* spiritualistischem Grundsatz, daß alles Sein Perzeption, Wahrgenommensein und also wesentlich Bewußtsein ist, demnach also jede Wissenschaft im Grunde ein Zweig der Psychologie, Wahrheit nichts anderes als Evidenz, erlebte innere Wahrnehmung, hatte einen geraden Weg zur Emanzipation des philosophischen Denkens von Kant erschlossen und, nebenbei bemerkt, eine Forschungsrichtung ins Leben gerufen, die sich im zwanzigsten Jahrhundert groß als Phänomenologie etablierte, beklagenswerterweise jedoch, anstatt Kants formalistischen Kritizismus abzulösen, in einen neuen Formalismus einmündete.

Abseits von diesen Versuchen, aber doch innerhalb des Areals ihrer Problematik, entwarf Christian von Ehrenfels seine Theorie der Gestalt als des dominierenden Strukturelementes der Bewußtseinswirklichkeit.

Weder seiner adeligen Herkunft noch seiner musischen Wesensart nach war Christian von Ehrenfels für den Beruf eines Universitätslehrers prädestiniert. Ehrenfels' zentrales Interesse galt mehr der Fülle und Pracht der Erscheinungen als ihrer Einordnung in die Schematismen überkommener Gelehrsamkeit. Sieht man ab von seiner mathematischen Begabung, die ihn in vorgerücktem Alter auf das Problem der Primzahlen führte, so erscheint er primär als ein Künstler, der sich an dem Überfluß der Erscheinungswelt weidete und sich von ihm lieber gefangennehmen als dazu verleiten ließ, ihn mit kategorischer Strenge zu beherrschen. Die beiden Sätze, denen er seine Position in der Wissenschaft verdankt, sind weit mehr ehrfürchtig aufgelesene Funde als Hypothesen in herkömmlichem Sinn, in welchem das konstruktiv-dogmatische Element dem rezeptiven zumindest die Waage hält. Daß seine Beziehung zur Welt der Phänomene ihre Wurzel im Gehörsinn hat und er seine Veranschaulichungen meistens dem Bereich der Musik entnimmt, gibt seinen Betrachtungen und Überlegungen eine eigenartig ätherische Note. Begreiflicherweise konnte er bei der Darstellung seiner Gedanken der traditionellen Begriffssprache und Argumentationsweise der Wissenschaft nicht entraten. Es war ihm aber nicht gegeben, sich beides vollkommen dienstbar zu machen, sodaß, was er zu sagen hatte, nicht den Wirkungsgrad erklomm, den es vielleicht, ja wahrscheinlich, in einer mehr literarischen Einkleidung, wie wir sie etwa bei *Spengler* haben, erklommen hätte.

Wie bei anderen Geistern von bedeutendem Rang hat daher auch bei Ehrenfels die akademische Karriere den Charakter einer die Substanz unberührt lassenden Formsache. Am 20. Juni 1859 in Rodaun bei Wien geboren, widmete sich Ehrenfels, nachdem er seine Rechte an der Herrschaft Brunn am Wald an seinen Bruder abgetreten hatte, in Wien dem Studium der Philosophie bei *Franz Brentano* und *Alexius Meinong,* der Jahre später aus Ehrenfels' Abhandlung *Über Gestaltqualitäten* seine Gegenstandstheorie entwickelte. Meinongs Vorlesungen hörte Ehrenfels auch in Graz. Sein Interesse war in der Zeit vor 1888, wo er sich in Wien mit einer Arbeit über *Fühlen und Wollen* habilitierte, vorwiegend auf werttheoretische Probleme gerichtet. Die entscheidende Schrift *Über Gestaltqualitäten* publizierte er zwei Jahre später in der von *Richard Avenarius* herausgegebenen Vierteljahresschrift für wissenschaftliche Philosophie. Von Wien wurde er 1896 nach Prag berufen und wirkte dort als Ordinarius bis 1930. Er starb am 8. September 1932 in Lichtenau bei Krems. Seine Bibliographie verzeichnet 107 Arbeiten, darunter auch Arbeiten auf den Gebieten der Biologie, der Sozialpolitik und der Sozialethik. Auf der Basis der Gestalttheorie behandelte er auch das Primzahlengesetz, zweifellos eine originelle Verknüpfung zweier an und für sich heterogener Vorstellungsbereiche. Als sein Hauptwerk betrachtete er seine *Kosmogonie,* die Gesamtdarstellung seiner philosophischen Weltsicht.

Einem uralten Glauben gemäß, erkennt der Mensch die Quintessenz seines Lebens am deutlichsten in kritischer, Unwesentliches außer acht lassender Rückschau. Ehrenfels hat die Bilanz seines Lebenswerkes in einem kleinen Essay gezogen, den er kurz vor seinem Tode seiner Frau diktierte. Die Nachwelt besitzt keinen verläßlicheren Leitfaden zur Erkenntnis der Essenz und der Tragweite seiner Leistung. Diese einem Testament vergleichbare Schrift läßt keinen Zweifel darüber, daß der Verfasser das Eigentliche seiner Gedankenwelt verbindlich schon in der Abhandlung *Über Gestaltqualitäten* formulierte, als deren Fortsetzung und Ergänzung die Abhandlung *Weiterführende Bemerkungen* aus der Abhandlung *Das Primzahlengesetz* gelten kann.

Der Tradition entsprechend, versucht Ehrenfels in jener Abhandlung eine Definition der Gestaltqualität, wie er sie verstanden haben will. Danach seien Gestaltqualitäten »solche positive Vorstellungsinhalte, welche an das Vorhandensein von Vorstellungskomplexen im Bewußtsein gebunden sind, die ihrerseits aus voneinander trennbaren (d. h. ohne einander vorstellbaren) Elementen bestehen«. Es läßt sich darüber streiten, ob hiermit das Spezifische der Gestalt und nicht vielmehr lediglich die Besonderheit dessen erfaßt wird, was wir heute unter Struktur verstehen. Nähergekommen ist Ehrenfels dem Phänomen der Gestaltung mit den beiden Zusatzattributen Höhe und Reinheit. Als Beispiel zunehmender Höhe nennt er den ontogenetischen Entwicklungsgang der Organismen vom Keim bis zur vollkommenen Entfaltung, als Beispiel der Reinheit die Idealgestalt der mathematisch genauen Kugel und der mathematisch genauen regelmäßigen Polyeder; Typen, deren Grade in der Regel zueinander im umgekehrten Verhältnis stünden.

Ohne Zweifel verlangt dieser Komplex von Wesenszügen der Gestalt eine konstitutive Vervollständigung durch das Merkmal der Tiefe, wozu uns namentlich das von Ehrenfels immer wieder gleichsam zitierte Urbild aller Gestalthaftigkeit nötigt, die Melodie, welche das eine Mal nicht mehr als ein gefälliger Sinnenreiz ist, das andere Mal zu einem aufwühlenden inneren Ereignis wird.

Von dem Erlebnis der Melodie hat Ehrenfels das fundamentale Kriterium der Gestalt — das allerdings auf jedwedes Ganze zutrifft —, die Übersummativität, gleichsam abgelesen. Der in einem melodischen Zusammenhang wahrgenommene Ton habe eine andere Wertigkeit, ist etwas anderes als der isolierte Ton, seine Eigenart werde durch das Ganze der Melodie bestimmt.

Zu dem Kriterium der Übersummativität tritt, als ein interessanteres und gewichtigeres, das der Transponierbarkeit. Die Melodie bleibt, was sie ist, einerlei in welcher Tonart und in welcher Tonhöhe sie gespielt wird. Gegen dieses Kriterium hat sich mit besonderem Eifer die Kritik gerichtet, wie so häufig in der deutschen Gelehrtenrepublik geneigt, das Kind mit dem Bade auszugießen und, was Ehrenfels unter Gestaltqualität versteht, in dem Begriff der Relation aufgehen zu lassen. Dieser Reduktion wäre schon mit dem Hinweis auf die von Ehrenfels selbst nicht hinreichend ausgewertete Erfahrung zu begegnen gewesen, daß Gestalten ihre Individualität nicht allein in der Transposition, sondern auch und besonders eindrucksvoll in ihrer Verstümmelung bewahren, ja da oft sogar erst erkennen lassen, was sehr deutlich an der suggestiven Macht der Karikatur zutage tritt. Man darf indes nicht übersehen, daß der Philosoph zu jener wie auch zu einer mehr allgemeinen Kritik manchen Anlaß gegeben hat, nicht zuletzt damit, daß er, von seiner Hypothese fasziniert, in der Natur zu manchen Zeiten überall Gestalten sah, jedenfalls mehr, als sich mit dem Faktum der Mannigfaltigkeit vereinbaren läßt, und auf das Prinzip der Gestaltung einen ethischen, ja religiösen Akzent setzte, womit der Gedanke des Widerstreites eines chaotischen und eines ordnenden Prinzips in der Natur vieles von seinen sachlogischen, zu dem Gesetz der Polarität hinführenden Möglichkeiten einbüßte. Indem Ehrenfels den Gestalten mit *Goethe* die Funktion eines Fundamentes der Wirklichkeit und deren tragende Strukturen übertrug und — verstehe ich ihn richtig — den Weltprozeß an sich als Gestaltungsprozeß deutete, als Manifestation eines Ordnungsprinzips, dem sich immer mehr ungeordnete Mannigfaltigkeit einfüge, eine Entwicklung, an deren Zielpunkt die Welt in ihrer Totalität als Gestalt erscheine, betrat er das gefahrenreiche Terrain der Theodizee, auf dessen Spiegelglätte sich bereits der große *Leibniz* versucht sah, zum Akrobaten zu werden. Ehrenfels ist sich der Schwierigkeiten der sich hier auftuenden Probleme bewußt gewesen, als er der menschlichen Ratio die Eignung absprach, den Forderungen der Theodizee, der Rechtfertigung Gottes als Schöpfer einer Welt voller Übel, gerecht zu werden und die Annahme eines Ursprungs aller Gesetzmäßigkeit, Ordnung und Gestalt aus dem Satz vom Grunde abzuleiten. Mit Leibniz gemeinsam hatte er den sympathischen Mangel an Apodiktik, die Vorsicht in der Art, seine Thesen anzubieten, für die er, gerade wo es um Metaphysisches ging, immer nur den Rang von Hypothesen in Anspruch nehmen wollte; ferner, trotz aller Einschränkungen, das Vertrauen in die vom Agnostizismus in Frage gestellte Erkenntnisfähigkeit des menschlichen Intellekts sowie, last not least, die spiritualistische Grundposition, die Gewißheit des Primates des geistigen Ursprungs alles Geschehens gegenüber dem Grundsatz des dogmatischen Materialismus.

Ehrenfels hatte den Mut zur großen architektonischen Konzeption, ohne eigentlich Metaphysiker, Begriffsdichter im Sinne *Friedrich Albert Langes* zu sein. Seine Gedankenwelt ist, wenn auch nicht völlig frei von Gebilden der freien Phantasie, so doch kein Luftschloß, sondern Konsequenz der Analyse eines, man könnte sagen, für jedermann greifbaren Bestandteils der Wirklichkeit. Wer in seinem System nur einen Versuch unter vielen anderen gleichen Anspruches sieht, wird ihm doch das Verdienst nicht absprechen können, mit seiner in jeder Hinsicht konstruktiven Kritik des mechanistischen Prinzips in der Psychologie der Notwendigkeit entsprochen zu haben, der nicht nur in der Naturwissenschaft herrschenden kausal-genetischen, unabhängige Elemente voraussetzenden Methode eine auf dem Gedanken der lückenlosen Interdependenz alles Seienden beruhende Methode gegenübergestellt beziehungsweise beigeordnet zu haben. Geistesgeschichtlich beglaubigt sehen wir diese Leistung darin, daß der Begriff der Struktur als eines originären Typus von Determination in allen Wissenschaften immer mehr an Boden gewinnt.

Oswald Redlich

VON ALEXANDER NOVOTNY

Nach sehr gediegenen, sehr eigenartigen und zum Teil recht bedeutenden Leistungen der österreichischen Geschichtswissenschaft in früheren Jahrhunderten setzte eine neue Welle großer Leistungen und mit ihnen der Beginn der modernen österreichischen Geschichtswissenschaft vor hundert bis hundertzwanzig Jahren, etwa in der Mitte des 19. Jahrhunderts, ein. Gewiß war auch diesem neuen Aufstieg manches Bemerkenswerte unmittelbar vorangegangen. Nach verheißungsvollen Ansätzen am Ende des 18. Jahrhunderts waren es die Kriege *Napoleons I.* und die darauffolgende Zeit des *Kaisers Franz* und *Metternichs*, die Anregungen zu geschichtlichen Studien, z. T. im Stile der Publizistik, gaben. Von ganz anderem Geiste waren jene stillen Ordensgelehrten erfüllt, die die Bestände ihrer Klöster nach Quellen durchforschten und die noch unserer Generation als verdienstvolle, wenn auch mitunter ein wenig als schrullenhaft belächelte »Archivheilige« in Erinnerung geblieben sind: *Franz Kurz, Franz Xaver Pritz, Jodok Stülz* und der letzte, wohl auch bedeutendste unter ihnen, *Josef Chmel.*

Schüler Chmels im eigentlichen und im weitesten Sinne des Wortes war auch der aus Oberösterreich stammende, in Wien am 10. Juli 1819 geborene *Alfred Arneth*, einer der liebenswürdigsten Zeugen der kulturgesättigten Atmosphäre der österreichischen Biedermeierzeit, der Jahrzehnte hindurch als einer der bedeutendsten Neuzeithistoriker überhaupt gelten konnte. Er wurde der erste große Chronist des Aufstiegs Österreichs zur Großmacht, nachdem er, zuerst im Dienste der niederösterreichischen Verwaltung, ins Haus-, Hof- und Staatsarchiv eintrat, hier bis zum Staatsarchivdirektor und später zum Mitglied, Vizepräsidenten und sogar Präsidenten der Österreichischen Akademie der Wissenschaften aufstieg und weit über sein Fach hinaus unsterbliche Leistungen setzen konnte. Wer sich heute noch in eines seiner Werke vertieft, seien es die drei Bände über den Prinzen Eugen oder die zehn Bände über Maria Theresia oder zahllose kleinere Schriften, darunter etwa ein Dutzend biographischer Artikel über große Persönlichkeiten der österreichischen Geschichte, dem fällt die feine Zeichnung in Stil und Prosa auf, die ein wenig an Österreichs großen Dichter *Adalbert Stifter* erinnert. In Frankreich und in Belgien geehrt und am Ende seines Lebens zum Vorsitzenden der Historischen Kommission bei der Bayerischen Akademie der Wissenschaften vorgerückt, ist Arneth am 30. Juli 1897 hochangesehen in Wien gestorben.

Alles, was hier nur angedeutet wurde, war zum großen Teil bereits zur Zeit der 1848er-Revolution und kurz nachher lebendig, als das österreichische Unterrichtsministerium unter der Leitung des großen *Leo Grafen von Thun* daranging, 1854 ein besonderes »Institut für Österreichische Geschichtsforschung« ins Leben zu rufen. Den Weltruf des Institutes hat seine spezifisch österreichische Leistung begründet, die es auf den Gebieten der Schriftenkunde (Paläographie), der Urkundenlehre (Diplomatik) und auch anderer Hilfswissenschaften, heute vielfach auch »historische Grundwissenschaften« genannt, erbracht hat.

Mitarbeiter des Instituts war schon früh der aus der preußischen Provinz Sachsen stammende *Theodor Sickel.* Als Schüler des großen Musterinstituts, der Pariser Urkundenschule (École des chartes), war Theodor Sickel gelegentlich eines Wiener Forschungsaufenthaltes von dem österreichischen Historiker *Ottokar Lorenz* »entdeckt« worden, bekleidete seit 1855 die Funktion eines Dozenten an der Wiener Universität, stieg bald zum Professor auf, wurde 1869 Nachfolger *Albert Jägers* als Vorstand des Instituts und so in Wirklichkeit derjenige, der die Richtung des Instituts und seinen Ruf recht eigentlich begründet hat. Seine geradezu gigantische Leistung lag u. a. in seinem schöpferischen Prinzip des Schrift- und Diktatvergleichs, der Ausdehnung der philologisch-kritischen Methode auf die Urkundenlehre und in der Kraft der Ausstrahlung in unerhörtem Umfang — auf österreichische Geschichte und Kunstgeschichte, auf Rechts- und Verfassungsgeschichte, auf Sozial- und Kulturgeschichte.

Das war die geschichtswissenschaftliche Geisteswelt, in welche *Oswald Redlich* als junger Historiker eintrat. Für seine Prägung waren aber wohl noch zwei Männer von entscheidender Bedeutung, die er als Lehrer an der Innsbrucker Universität erleben und mit deren Gedankengängen er innigst vertraut werden sollte: der Westfale *Julius von Ficker* und der Tiroler *Alphons Huber.* Ficker, 1852 im Rahmen der Thunschen Reform nach Innsbruck gekommen, wirkte dort bis zu seinem Tode im Jahre 1902. Die Zeit der mittelalterlichen Kaiser, insbesondere die Stauferzeit, die Größe und Herrlichkeit des »Reiches«, die er mit westfälischem Stammesstolz Preußen gegenüber ausspielte — besonders 1859, 1866 und nachher! —, Studien über den Reichsfürstenstand und über Reichs- und Rechtsgeschichte Italiens bilden seinen Ruhm. Vor allem aber kam er durch seine Kontroverse mit *Heinrich von Sybel,* damals in München, in aller Munde. Ficker hatte in mehreren Broschüren *Das Deutsche Kaiserreich in seinen universalen und nationalen Beziehungen* gewürdigt und war einer preußisch-deutschen Geschichtsauffassung der mittelalterlichen Kaisergeschichte sehr scharf entgegengetreten. Dies alles wurde in den Anschauungen über die Aufgaben der österreichischen Geschichtswissenschaft fruchtbar und kam bereits in der *Geschichte Österreichs* von Alphons Huber zum Ausdruck.

Am 17. September 1858 in Innsbruck geboren, absolvierte Oswald Redlich das Gymnasium und bezog 1876 die Innsbrucker Universität. Er hatte das Glück, Ficker, der 1879 in den Ruhestand trat, noch einige Semester zu hören. Es sollte ein für Redlichs Leben richtungweisender Eindruck werden. Nach Ficker stand Redlich Alphons Huber am nächsten; bei ihm wurde er promoviert — bei ihm sollte er sich habilitieren. Durch Huber, dem Redlich noch 1934 — zu Hubers 100. Geburtstag — eine seiner schönsten »Akademiereden« widmete, ist Redlich auch der österreichischen Geschichte im eigentlichen Sinne zugeführt worden, die mehr und mehr und in der zweiten Hälfte seines Lebens den vorherrschenden Akzent seines wissenschaftlichen Arbeitens bildete. Durch *Engel-*

Albin Egger-Lienz, Anno 9 (Der Totentanz von 1809)

bert Mühlbacher, seit 1878 Universitätsdozent in Innsbruck, lernte Redlich die Methoden der Arbeitsweise Sickels kennen.

Seine Dissertation über *Die österreichische Annalistik bis zum Ausgang des 13. Jahrhunderts,* die Huber angeregt hatte, die aber zum größten Teil in Wien ausgeführt werden sollte, brachte Redlich in engeren Kontakt mit dem Institut für Geschichtsforschung, das in gewissem Sinne sein eigentliches Schicksal wurde, obwohl die Liebe, man müßte fast sagen die Vorliebe für sein Heimatland Tirol für sein ganzes Leben bestimmend blieb. Die Prägung seiner wissenschaftlichen Arbeit in forschungsmethodischer Hinsicht verdankt er vor allem Sickel, *Zeißberg,* dem Kunsthistoriker *Thausing* und anderen Lehrern am Institut für Geschichtsforschung, dem Redlich seit 1879 als Mitglied angehörte.

Nach Ablegung des Doktorates trat Redlich eine Stelle am Innsbrucker Statthaltereiarchiv an. Es war schon seit langem sein Wunsch gewesen, einen Beruf zu ergreifen, bei dem er »möglichst ungestört wissenschaftlich arbeiten« könne; es bleibe dahingestellt, wieweit er im Archivdienst mit dieser Absicht auf seine Rechnung kam.

Und nun kommt die Zeit, in der sich Redlich in reichster Fülle wissenschaftlich entfalten und eine Laufbahn einschlagen konnte, die zu einem richtigen Gipfel führen sollte. Bald wurden die Studien über die »Privaturkunde«, eines seiner Hauptarbeitsgebiete, aufgenommen. Über die wissenschaftliche Bedeutung der »Kaiser-« und der »Papsturkunden des Mittelalters« war schon viel erforscht und erarbeitet worden. Das dritte große Gebiet der Diplomatik, zusammenfassend »die Privaturkunde« genannt, bot aber vielleicht noch mehr wissenschaftliche Möglichkeiten. Durch die Arbeit an den *Brixener Traditionsbüchern* war Redlich auf dieses Gebiet gestoßen, und hier sollte er — in zwanzigjähriger Arbeit bis zum Erscheinen des Bandes über *Die Privaturkunden des Mittelalters* — im Kreise seiner engeren Fachkollegen seinen wissenschaftlichen Ruhm begründen. Bald konnte Redlich daran denken, sich als Universitätsdozent zu habilitieren, und vom Beginn seiner akademischen Lehrtätigkeit, die ihm »bald lieb« wurde, also seit dem Sommersemester 1887, hat Redlich über Urkundenlehre, Urkundenkritik und besonders über Privaturkunden des Mittelalters akademische Vorlesungen und Übungen gehalten. Später kam Quellenkunde dazu, besonders die Behandlung und Bearbeitung von Quellen zur mittelalterlichen Kulturgeschichte und von österreichischen Quellen des späten Mittelalters, außerdem Schriftenkunde (Lateinische Paläographie) und Archivkunde. Im Sommersemester 1892 — Redlich war damals 34 Jahre alt — kündigte er Vorlesungen über die Geschichte Österreichs seit 1790 an.

Huber, damals etwa 58 Jahre alt, stand auf der Höhe seiner Erfolge, aber man mochte wohl ahnen, daß er sein Werk der Geschichte Österreichs (bis 1900?) kaum mehr werde zu Ende führen können. Sehr wahrscheinlich hat Redlich schon damals erwogen, sich selbst einmal als Fortsetzer Hubers einzuschalten, wenn dieser die Feder aus der Hand legen werde. Der fünfte Band Hubers (bis 1648) ist 1896 erschienen, und 25 Jahre später (1921) hat Oswald Redlich in seiner geradezu klassischen Darstellung die Zeit Leopolds I. (1658—1705) bearbeitet und endlich 1938 in dem Band über *Das Werden einer Großmacht* (1700—1740) sein Vorhaben verwirklicht und vollendet.

1893 wurde Redlich Professor für Historische Hilfswissenschaften und Geschichte des Mittelalters an der Universität in Wien. Fünfzig Jahre bis zu seinem Tode sollte er in Wien und im Verbande mit dessen Universität bleiben. In Wien hat Redlich die Laufbahn seines Ruhms vollenden können, wenn er auch mit dem Herzen niemals richtig »Wiener« geworden ist. Nicht aus Aversion. Aber Redlich wurde niemals richtiger Großstadtmensch in dem Sinne, wie er es als richtiger Wiener hätte werden müssen. Ehrenvolle Rufe nach Deutschland lehnte er ab. Er wollte Österreicher bleiben und ist es geblieben, und so wurde er eine der repräsentativsten Verkörperungen des spät-altösterreichischen, des franzisko-josephinischen Gelehrtentums, das vor und nach 1900 den Universitäten, der gelehrten Welt und auch der Akademie der Wissenschaften das Gepräge geben sollte. Redlich, erst korrespondierendes, dann wirkliches Mitglied der Akademie und schließlich ihr Vizepräsident und sogar Präsident, hat vielleicht in dieser Verbindung seiner Würden als Professor, als Mitglied des Lehrkörpers am »Institut« und als Präsident des angesehensten Gelehrtenkollegiums, das Österreich überhaupt kannte, Sinn und Schwerpunkt seiner Lebensarbeit gefunden.

Bereits zehn Jahre nach Beginn seiner Wiener Lehrtätigkeit erschien jenes Werk, das ihn als Darsteller wohl am bedeutendsten erscheinen läßt: der große, umfangreiche Band der Biographie *Rudolfs von Habsburg*, ein schier unerschöpfliches Kompendium jener historisch bedeutsamen Zeit des Übergangs vom hohen zum späten Mittelalter — mit seinen politischen, verfassungsgeschichtlichen, kulturgeschichtlichen Aspekten, mit seinen Schwerpunkten in der Reichs- und in der Hausmachtpolitik, mit seinen welthistorischen und seinen dynastiegeschichtlichen Belangen.

Bis 1929 hat Redlich als aktiver Professor seine akademische Vorlesungstätigkeit ausgeübt, und man konnte noch während der letzten Jahre den Zauber ahnen, der, wie die älteren Hörer berichteten, die Vorlesungen des jungen Gelehrten — 1893 und wenig später — erfüllt hatte.

Redlich hatte viel Talent zur Freundschaft. Im persönlichen Umgange vereinigte er in unnachahmlicher Weise Würde und Leutseligkeit. Redlich liebte gutes Benehmen und legte Wert auf vollendete Umgangsformen. Und doch weilte er gerne im zwanglosen Kreise seiner Studenten, wobei er eine menschliche Nähe und Wärme um sich verbreitete, die jeder als wohltuend empfand; aber wohl niemand hat Redlich je laut auflachen gehört: er war ein Meister der Selbstbeherrschung.

Während der letzten 20 Jahre seines Lebens hat Redlich — mit Ausnahme des *Werdens einer Großmacht* — doch vorwiegend kleinere Schriften bzw. in Aufsätze umgewandelte Vorträge verfaßt und publiziert, ja er erreichte in der Kleinkunst, im »Kabinettstück«, eine besondere Meisterschaft. Etwas vom

Künstlertalent seiner Vorfahren lebte ja doch in ihm, und nur wenige Zeitgenossen haben Gelegenheit gehabt, auch Redlichs Zeichentalent zu bewundern. — *Adalbert Stifter* als Maler und Dichter, *Alfred von Arneth* als großer Prosaist und *Oswald Redlich* — sie alle drei verbindet etwas, nicht durch Worte, nur durch einen Vergleich deutlich zu machen, welcher doch erkennen läßt, welches Biedermeiererbe in die franzisko-josephinische Zeit, welches franzisko-josephinische Erbe in die Zeit nach 1918 hinüberragend von Wirkung und von Bedeutung geblieben ist. Dabei entwickelte Redlich gerade im »Kleinporträt« und im »Kabinettstück« eine Vielseitigkeit, die erstaunlich ist. Als letzte seiner größeren und kleineren Abhandlungen, von denen *Santifallers* Verzeichnis nahezu 500 Nummern erfaßt, veröffentlichte Redlich eine Broschüre *Über Kunst und Kultur des Barock in Österreich* (1943).

Oswald Redlich war im Studienjahre 1911/1912 Rektor der Wiener Universität; er bekleidete durch 16 Jahre (1904—1920) das Amt eines Schriftleiters und Herausgebers der *Mitteilungen des Instituts für Österreichische Geschichtsforschung*, er war in den zwanziger Jahren und bis zu seiner Emeritierung Vorstand dieses Instituts. 19 Jahre hindurch Präsident der Österreichischen Akademie der Wissenschaften (1919—1938), erwarb er auch die Mitgliedschaft mehrerer auswärtiger Akademien, z. B. von Berlin, Budapest, München; die Universitäten von Graz, Innsbruck und München verliehen ihm den Titel eines Ehrendoktors.

Ein reiches und ein erfülltes Leben! Und trotzdem war der Ausgang dieses Lebens überschattet. Schmerzliche Erlebnisse in der eigenen Familie blieben nicht aus, und trotz einem Gefühle herzlicher Verbundenheit mit dem gesamten deutschen Volke bedeutete das Jahr 1938 für Redlich einen schweren Schlag wie sonst nichts während seines ganzen Lebens. Schon in den zwanziger Jahren hatte er das Auftreten des Nationalsozialismus auf akademischem Boden mit Mißbilligung begleitet. Nun, nach 1938 — rebus sic stantibus —, legte er das Amt des Akademiepräsidenten nieder, gab sich rein privater Arbeit hin und lebte seiner Familie. Auch in seiner Zurückgezogenheit von alt und jung hochverehrt, ist Oswald Redlich am 20. Jänner 1944 gestorben und auf dem Döblinger Friedhofe beigesetzt worden.

Oswald Redlich hat vielleicht als einziger ganz und gar alle Teilaspekte, alle Teilgebiete im Institut für Österreichische Geschichtsforschung und wohl auch in der österreichischen Geschichte selbst lebendig werden lassen, in sich verkörpert und in seiner Persönlichkeit vereinigt: Kunst und Kultur waren ihm ebenso vertraut wie Verfassung und Recht, die neueren Jahrhunderte ebenso wie das Mittelalter, Archiv- und Aktenkunde ebenso wie Paläographie und Diplomatik. Vor allem war Oswald Redlich die erste Verwirklichung der Ideale, welche von Anfang an auf dem Tone »Österreich« lagen — nicht nur dort, wo Redlich über Österreich schreibt, noch viel mehr dort, wo er Österreich verkörpert und als Österreicher gehandelt hat, ein Mann, vorbildlich im Umgang und erfüllt von innerer Vornehmheit. Als für ihn bezeichnend sei ein Ausspruch hinzugefügt, den Redlich in einem seiner Seminare getan hat. Ein Student hielt Referat über ein wissenschaftliches Werk. Die Kritik war vernichtend, wenn auch weitgehend in dieser Schärfe berechtigt. Daraufhin meinte Redlich: »Und für die ehrliche Arbeit, die der Autor in diesem Buche aufgewendet hat, finden Sie nicht *ein* gutes Wort?«

Hugo von Hofmannsthal

VON HELMUT A. FIECHTNER

Hugo von Hofmannsthal, der letzte Klassiker der deutschsprachigen Literatur, wie ihn ein großer Franzose nannte, wurde am 1. Februar 1874 in Wien geboren. Sein Vater, *Hugo August Peter Hofmann Edler von Hofmannsthal,* war Prokurist und Präsident der Centralen Bodencreditanstalt. Seine Familie stammte aus Bayern und ist über Böhmen nach Wien eingewandert. Die Familie der Mutter, *Josepha Fohleutner,* war im Waldviertel ansässig. Von Privatlehrern vorbereitet, trat Hofmannsthal ins Akademische Gymnasium ein, das er 1892 mit Auszeichnung absolvierte. Zu seinen Jugendfreunden gehörten *Hermann Bahr, Arthur Schnitzler, Richard Beer-Hofmann, Leopold von Andrian,* die Brüder *Georg* und *Clemens Franckenstein, Edgar Karg von Bebenburg* und *Robert Michel.*

1899 wurde er an der Philosophischen Fakultät der Universität Wien mit einer Dissertation *Über den Sprachgebrauch bei den Dichtern der Plejade* promoviert. Im gleichen Jahr trat er in Verbindung mit *Otto Brahm,* dem Leiter der Berliner »Freien Bühne«, und mit *Max Burckhard,* dem Direktor des Burgtheaters. Eine Doppelpremiere in Wien und Berlin von *Der Abenteurer und die Sängerin* und *Die Hochzeit der Sobeide* markiert seinen ersten Erfolg als Dramatiker. Zugleich begann seine Mitarbeit an der *Neuen Freien Presse* und an der Kunstzeitschrift *PAN.* Von besonderer Bedeutung war sein erster längerer Aufenthalt in Paris, der vom 10. Februar bis 2. Mai 1900 währte. Der persönliche Kontakt mit zahlreichen Künstlern, wie *Maeterlinck, Rodin, Renard* u. a., sowie die Teilnahme am Pariser literarischen Leben mag seinen Entschluß gefestigt haben, als Dichter zu leben.

Hofmannsthal hat nie ein Amt bekleidet, nie eine offizielle Funktion ausgeübt. Um die Jahrhundertwende machte er einen ersten und letzten Versuch, sich zu »etablieren«, indem er sich aufgrund einer Habilitationsschrift um die Venia legendi für romanische Philologie an der Universität Wien bewarb. Noch am Ende des gleichen Jahres (1901) zog er sein Gesuch zurück und gab als Grund eine »schwere Nervenerkrankung« an. In Wahrheit fühlte er sich den Anforderungen einer solchen Doppelexistenz nicht gewachsen.

Am 8. Juni 1901 heiratete er die Schwester seines Jugendfreundes *Hans Schlesinger, Gerty,* und übersiedelte aus dem Elternhaus nach Rodaun. Hier lebte er mit seiner Frau und drei Kindern bis zu seinem Tod. Meist kurze Reisen führten ihn, vor allem zu Aufführungen seiner Stücke, zu künstlerischen und geschäftlichen Besprechungen sowie zum Besuch seiner Freunde, nach Dresden und Berlin, zu seinem Freund *Eberhard von Bodenhausen* nach Neubeuern und später häufig zu *Carl J. Burckhardt* nach Basel. Die wichtigste Reise dieses Jahrzehnts war die nach Griechenland (1908), die er gemeinsam mit *Harry Graf Kessler* und dem französischen Bildhauer *Aristide Maillol* unternahm. 1912 besuchte er *Rudolf Borchardt* in den Apuanischen Alpen.

Am 26. Juli 1914 bekam Hofmannsthal seinen Einberufungsbefehl, zunächst als Landsturmoffizier nach Istrien, noch im gleichen Jahr wurde er ins Kriegsfürsorgeamt nach Wien versetzt. Von seinem Freund und Gönner *Joseph Redlich* beraten und von *Andrian, Bahr, Max Mell, Felix Braun* u. a. unterstützt, gab er die *Österreichische Bibliothek* heraus.

1918 ist das Jahr der großen Verluste: der Zusammenbruch der Monarchie, der Hofmannsthal wie ein persönliches Unglück traf, und der Tod seines nächsten Freundes, Eberhard von Bodenhausen. Aber er rafft sich auf und stellt sich in den Dienst seines kleiner gewordenen Vaterlandes. Die Salzburger Festspiele sollen zu dessen Weltgeltung beitragen. Vom ersten Programmentwurf aus dem Jahre 1919 bis zum Aufsatz *Das Publikum der Salzburger Festspiele* von 1928 hat er sich auch publizistisch für diese Idee eingesetzt. In den ersten Nachkriegsjahren entstand auch der Plan einer eigenen Zeitschrift, die er mit Andrian, Burckhardt, *Pannwitz* und *Schröder* herausgeben wollte. Sie ist 1922 bis 1927 unter dem Titel *Neue Deutsche Beiträge* erschienen.

Nach Kriegsende will er *Max Reinhardt* ans Burgtheater binden und *Richard Strauss* für die Oper gewinnen. 1926 beschließen der Dichter und sein Komponist, ihre Korrespondenz bis zum Jahre 1918 herauszugeben. In Salzburg wird 1925 mit Hofmannsthals *Salzburger Großem Welttheater* das neue Festspielhaus eröffnet. Zu Beginn des Jahres 1927 hält er in München eine große, zunächst wenig beachtete, später vielkommentierte Rede über *Das Schrifttum als geistiger Raum der Nation*. Das Textbuch für *Arabella*, die letzte gemeinsame Arbeit mit Strauss, wird, nach Umarbeitung des ersten Aktes, fertiggestellt. Die Aufführung sollte Hofmannsthal nicht mehr erleben. Am 13. Juli 1929 erschoß sich Hofmannsthals ältester Sohn, *Franz*, in der elterlichen Wohnung. Am Tag des Begräbnisses, am 15. Juli, stirbt Hofmannsthal und wird, im gleichen Grab wie der Sohn, auf dem Kalksburger Friedhof beigesetzt.

Hugo von Hofmannsthal trat, wie man weiß, kaum siebzehnjährig als literarisches Wunderkind vor die Öffentlichkeit. Seine ersten Gedichte erschienen unter dem Pseudonym *Loris Melikow* — dies der wohlklingende Name eines russischen Generals, der 1880 bis 1881 auch Innenminister war. Schon mit der 1891 publizierten dramatischen Studie, die den charakteristischen Titel *Gestern* trug, wurde der junge Dichter, der jetzt *Theophil Morren* signierte, berühmt. Als Schüler des Wiener Akademischen Gymnasiums, der nicht mit dem eigenen Namen hervortreten durfte, wählte Hofmannsthal später das Pseudonym

»Loris«, mit dem er in die Literaturgeschichte der Jahrhundertwende eingegangen ist. »Loris« ist auch der Titel eines posthum veröffentlichten Prosabandes, der die frühesten Essays, Rezensionen und Entwürfe des jungen Hofmannsthal enthält.

In jener Zeit schrieb Hofmannsthal Gedichte, Dramolets, dramatische Szenen, Essays und Rezensionen über neuerschienene Bücher und moderne Ausstellungen. Es waren »Jugendwerke«, für die jeder Maßstab fehlte, weil sie so gar nichts von jugendlichem Sturm und Drang, von Pathos oder Weltverbesserungstendenzen an sich hatten — obwohl ihnen eine gewisse Rhetorik nicht fremd war. So geschah es fast zwangsläufig, daß diese merkwürdigen »altklugen« Frühwerke, die Hofmannsthals Altersgenossen wie ein Wunder anstaunten, später mit einer Reihe von Schlagworten belegt wurden, die dem Dichter jahrzehntelang anhafteten und zu schaffen machen sollten. »Ästhetizismus«, »Décadence«, »Eklektizismus« — all das kann man auch heute noch in Literaturgeschichten und in literarischen Zeitschriften lesen.

In der Tat gibt Hofmannsthals Jugendwerk einige Rätsel auf. Dieser Dichter besaß nämlich, noch vor der eigenen Lebenserfahrung und der Bewältigung der einfachsten Lebensprobleme, ein umfassendes Weltbewußtsein, ein Gefühl der All-Verbundenheit, der All-Einheit, das man vielleicht weniger mit dem Pantheismus des jungen Goethe als vielmehr mit dem Panpsychismus der Romantiker vergleichen mag, zu denen Hofmannsthal ja gewisse Affinitäten hatte. »Romantisch« war auch die sich später manifestierende restaurative Tendenz des Kulturpolitikers Hofmannsthal, und das Schlagwort »Neuromantiker« erweist sich, aufs Ganze gesehen, als nicht ganz unrichtig.

In den Gedichten Hofmannsthals wechseln All-Verbundenheit und extreme Introversion: Ich als Welt, Welt als Ich, und die spätere Welterfahrung hat bei ihm den Charakter der Anamnesis, der platonischen Wiedererinnerung. Der Deutung seines Jugendwerkes, das einer Art Präexistenz entsprang, hat Hofmannsthal selbst den Weg gewiesen, als er über das Fragment einer Selbstinterpretation — die erst nach seinem Tod erschienen ist und den Titel *Ad me ipsum* trägt — als Motto das Wort des Neuplatonikers *Gregor von Nyssa* setzte: »Er, der Liebhaber der höchsten Schönheit, hielt, was er schon gesehen hatte, nur für ein Abbild dessen, was er noch nicht gesehen hatte, und begehrte dieses selbst, das Urbild, zu genießen.«

Diesem Weltgefühl entspricht ein umfassendes Kulturbewußtsein. Ihm, dem Erben des vielgestaltigen Kulturbesitzes der alten Donaumonarchie, in dessen Adern österreichisches, deutsches, jüdisches und italienisches Blut floß, war das Fernste nah und lebendig.

Ganz vergessener Völker Müdigkeiten
Kann ich nicht abtun von meinen Lidern
Noch weghalten von der erschrockenen Seele
Stummes Niederfallen ferner Sterne.

Diese berühmten und oft zitierten Verse sind keineswegs nur »poetisch«, sondern haben einen sehr konkreten Sinn. Denn die Gegenwart war für ihn nur ein fließender Zustand, und sein dichterisches Gefühl war wie eine Landkarte gegliedert, nach den Provinzen der alten Monarchie. Ja man kann sagen, daß ganz Europa ständig in seinem Geist gegenwärtig war: vom skandinavischen Norden bis zum Vorderen Orient, wo mehrere seiner Stücke spielen, ja bis nach Persien und den Westindischen Inseln. Diesem Verhältnis zur Welt, zur Geschichte und zum Kulturbesitz entspricht auch das Verhältnis zum einzelnen Stoff: Eklektizismus, mangelndes schöpferisches Vermögen, ja sogar Plagiat wurden ihm vorgeworfen. Und in der Tat gehen fast alle Hofmannsthalschen Theaterstücke und mehrere seiner Erzählungen »auf irgend etwas zurück«. Es handelt sich aber bei Hofmannsthal um ein Wiederbesinnen, um Anverwandlung, um organische Weiterentwicklung und Erneuerung der großen und kleinen Motive der Weltliteratur, und der Begriff der »Originalerfindung« — im Sinn des 19. Jahrhunderts — hat für ihn keine Gültigkeit. An seine Stelle tritt ein unendlich reiches und weitverzweigtes assoziatives dichterisches Denken, dessen Spuren man in den Werkstattnotizen zu dem Romanfragment *Andreas oder Die Vereinigten* und in den als Band 15 veröffentlichten *Aufzeichnungen* im Rahmen der Gesammelten Werke genau verfolgen kann.

Gestern von 1891 zeigt als einziges Stück Hofmannsthals in der Diktion Züge der Fin-de-siècle-Literatur. Aber auch hier wird bereits der »Lebenskünstler« Andrea ad absurdum geführt (Das noch nicht veröffentlichte Dramenfragment *Pompilia,* einige tausend Verse, wird diese erste Phase noch deutlicher beleuchten). *Der Tod des Tizian,* 1892, spielt in jener »höchsten Welt«, dargestellt als Welt der Kunst. In *Tor und der Tod* von 1893 wird die Schuld des passiven Helden als Lebensferne dargestellt, aber auch die »Süßigkeit der Verschuldung«, weil diese zugleich Verknüpfung mit dem Leben ist. *Der weiße Fächer* behandelt das Problem Treue-Untreue ironisch, *Die Frau im Fenster* — nach einem Motiv *d'Annunzios* — tragisch. *Alkestis* (nach *Euripides)* rettet ihren Gemahl durch Selbstaufgabe. *Der Abenteurer und die Sängerin* von 1898 läßt das Motiv Ehe-Vaterschaft-Kind zum erstenmal, und zwar ironisch, aufklingen. Die Titelheldin von *Die Hochzeit der Sobeide* scheitert, als sie ihren Lebenstraum verwirklichen will. In *Der Kaiser und die Hexe* wird die Lösung aus zauberischer Liebesverstrickung durch die Tat dargestellt. *Das Kleine Welttheater* von 1903 zieht die Summe und weist voraus. Der Zustand der All-Verbundenheit ist hier zugleich auch als All-Liebe und Brüderlichkeit im Sinne franziszeischer Mystik dargestellt. Im *Geretteten Venedig* nach *Otways* Drama *Venice Preserved* klingt die Auseinandersetzung mit *Stefan George* nach.

Die sich bereits im *Bergwerk zu Falun* ankündigende Lebenskrise — nach dem tragisch scheiternden Versuch, noch einmal in das Reich der Präexistenz zurückzugelangen — dokumentiert sich am deutlichsten in den »Griechenstücken«. In keinem seiner früheren Werke war Hofmannsthal so tief in die nachtschwarze Dämonen- und Schicksalswelt hinabgestiegen wie in *Elektra.*

Grundlage war das Stück *Sophokles'*, aber bei der Neugestaltung haben die Erkenntnisse *Bachofens* ebenso eine Rolle gespielt wie die der zeitgenössischen Tiefenpsychologie von *Breuer* und *Freud.* Den äußeren Anlaß zur Niederschrift, die innerhalb weniger Sommerwochen im Jahre 1903 erfolgte, gab *Max Reinhardt,* der keine »gipsernen« antiken Stücke, sondern etwas »Neues« spielen wollte. *Elektra* wurde auch der erste durchschlagende Bühnenerfolg Hofmannsthals und begründete die langjährige Zusammenarbeit mit *Richard Strauss.* Auch auf *Oedipus und die Sphinx* von 1905 hat der naturwissenschaftliche Determinismus des 19. Jahrhunderts abgefärbt: das Blut erscheint als Träger des Schicksals und erblicher Belastung, nicht viel anders wie in *Ibsens* Drama *Gespenster.*

Nun schlägt das Pendel nach der anderen Seite aus: Auf die Tragödien folgen die Lustspiele, welche motivisch nicht nur untereinander, sondern auch mit den früheren Stücken durch viele Fäden verknüpft sind. Mit ihnen beschreitet der Dichter den Weg der nichtmystischen Weltverknüpfung. Diese erfolgt — so beschreibt es Hofmannsthal in *Ad me ipsum* — durch die Tat, durch das Werk und durch das Kind. Auch hier geht es um die Probleme Treue und Untreue, Beharren und Von-einem-zum-andern-Kommen, Ehe und Vaterschaft. Die Reihe der Komödien beginnt mit *Cristinas Heimreise* 1910, hierauf folgen *Der Rosenkavalier* von 1911, den Hofmannsthal bereits für Richard Strauss schrieb, ebenso die im Jahr darauf folgende *Ariadne.* Erst nach Beendigung des Krieges entstehen wieder Lustspiele: 1918 eine Bearbeitung des *Molièreschen Bürger als Edelmann,* 1920 *Der Schwierige* und *Dame Kobold* nach *Calderón, Florindo,* eine Komödie in zwei Szenen, und *Der Unbestechliche,* beide 1923, zuletzt 1929, im Todesjahr vollendet und posthum veröffentlicht, *Arabella* für Richard Strauss.

Die gleichen Themen behandeln, auf höchster Ebene, *Die Frau ohne Schatten,* der Operntext und das Märchen, beide 1919, und *Die Ägyptische Helena* von 1928. Darüber wölbt sich der Bogen von *Jedermann,* 1911, zum *Salzburger Großen Welttheater* von 1922 und zum *Turm,* als Calderón-Übertragung bereits 1902 begonnen und zwischen 1923 und 1927 zur völlig eigenständigen großen Staatstragödie gestaltet. *Jedermann,* nach dem im 15. Jahrhundert in England aufgezeichneten *Everyman,* zeigt zum erstenmal eine streng christliche Fragestellung. Sterben bedeutet nicht mehr, wie in den frühen Stücken, Verwandlung oder dionysische Erhöhung, sondern das Ende unseres Lebens auf Erden. Glaube und Werke sind im katholischen Sinn dargestellt. Im *Salzburger Großen Welttheater* wird schon frühgeahnte Welttotalität als Teatrum mundi, und zwar in Anlehnung an Calderón, vorgestellt. Die Aktualisierung erfolgt hauptsächlich durch die Gestalt des Bettlers, der in freier Willensentscheidung auf die rächende Tat verzichtet.

Das Thema des *Turms* ist der Sinn der geschichtlichen Welt, die Ordnung des Staates und der Gesellschaft, der Familie und der sittliche Aufbau des Individuums. Calderón lieferte nur die Fabel, gestaltet ist das Zeiterlebnis der sozialen Revolution, verkündet wird das Evangelium der Gewaltlosigkeit, verkörpert im Prinzen Sigismund und im Kinderkönig. Das *Große Welttheater* und *Der Turm* enthalten Hofmannsthals Antwort auf die brennendsten Fragen seiner Zeit, und zwar im christlichen Sinn. Die Vollendung seines letzten Stückes — das Reinhardt übrigens als unvollendet ansah und nie gespielt hat — kostete Hofmannsthal unendliche Mühe und stand hemmend vor einem freundlicheren Projekt, dem unvollendet gebliebenen, erst aus dem Nachlaß herausgegebenen Bildungsroman *Andreas oder Die Vereinigten.* Seine Anfänge reichen in das Jahr 1910 zurück, während des Ersten Weltkrieges entstanden zahlreiche andeutungsvolle Notizen, die erkennen lassen, daß hier, nach einem Wort *Jakob Wassermanns,* ein »österreichischer Wilhelm Meister« im Entstehen war.

Hofmannsthals Erzählungen und seine essayistische Prosa können wir nur mit einem Blick streifen. Das Märchen von der *Frau ohne Schatten* erwähnten wir bereits. Im Stil von »1001 Nacht« schrieb er das unheimliche *Märchen der 672. Nacht* sowie zwei Novellen, die in ihrer meisterhaften Technik und sprachlichen Konzentration nur mit den Meisternovellen *Heinrich von Kleists* verglichen werden können: die *Reitergeschichte* und *Das Erlebnis des Marschalls von Bassompierre.*

Die vielen Aufsätze und Reden Hofmannsthals sowie die von ihm herausgegebenen Sammelwerke *Deutsches Lesebuch, Deutsche Erzähler, Wert und Ehre deutscher Sprache* und *Deutsche Epigramme* bezeugen seine Anknüpfung an die deutsche Klassik und Romantik, an das Jahrhundert des deutschen Geistes zwischen 1750 und 1850. Damit — und durch seine Beteiligung an vielerlei kulturellen Unternehmungen, von denen nur die Salzburger Festspiele und die Bremer Presse genannt seien, machte er den bisher letzten und umfassendsten Versuch, für die Deutschen einen neuen Bildungskosmos zu begründen. Daß dieser Versuch von Österreich, von Wien aus unternommen wurde, ist vielleicht kein Zufall. Hofmannsthals dichterisches Werk aber, in das Motive aus fast allen großen Nationalliteraturen eingewebt sind — aus Spanien, Italien, England und Frankreich, aus dem skandinavischen Norden und aus ferneren südöstlichen Ländern —, ist Symbol jenes Europa, das sich immer wieder aus seinen Grundbeständen erneuern kann: aus den antiken, den humanistischen und den christlichen.

Arthur Schnitzler

VON REINHARD URBACH

Gemeinsam mit den bedeutenderen seiner Zeitgenossen hatte *Arthur Schnitzler*, als er vor etwa achtzig Jahren seine ersten Werke veröffentlichte, ein Thema: die Problematisierung der ästhetischen Lebensform. Wie in *Hugo von Hofmannsthals Gestern* (1891) und *Richard Beer-Hofmanns Camelias* (1893) war auch der Einakterzyklus *Anatol* (1888—1891) Ausdruck moralischer Kritik am schönen Leben. Doch im Unterschied zu seinen Zeitgenossen gefiel sich Schnitzler nicht darin, für die bösen Dinge, die er beschrieb, die »hübsche Formel« zu suchen, wie es Hofmannsthal im Prolog zu *Anatol* gedichtet hatte.

Die Kritiker des schönen Lebens waren selbst Ästheten, kritisierten also sich und ihresgleichen; suchten den Grund dafür, daß das ästhetische Leben nicht das eigentliche sei, in sich selbst, im eigenen Versagen. Die Sehnsucht nach dem Leben war ein Topos der Literatur der Zeit, verstärkt durch die fast typische Esoterik und Introversion des Künstlers, die ihn zum Seismographen der geheimen Erschütterungen und verborgenen Erregungen der Menschen der Jahrhundertwende machte.

Arthur Schnitzler unterschied sich von diesen Dichtern dadurch, daß er die Schuld an der ästhetischen Stilisierung des Lebens nicht den einzelnen Menschen zuschob, sondern der Gesellschaft zuschrieb. Der einzelne kann die inhumanen Bedingungen des Zusammenlebens nicht ändern, auch wenn er es wollte; er kann sich nicht von einem Zwang befreien, den Konventionen allen aufgepreßt haben. Eine Lösung im Sinne sozialer Gerechtigkeit und psychischer Selbstverwirklichung suchte Arthur Schnitzler weder im Extrem der Emphase wie *Peter Altenberg* noch in mechanistischer Perfektion der Lustspieltypologie wie *Hermann Bahr* noch in der fundamentalen und also apsychologischen Sprachkritik wie *Karl Kraus;* Schnitzler suchte immer wieder in seinen Werken die Balance zwischen gesellschaftlichem Druck und seelischem Gegendruck zu erzeugen und zu bewahren.

Am 15. Mai 1862 in Wien geboren, wurde er im Geist liberalen intellektuellen Judentums der Gründerzeit erzogen; er stand von Jugend an religiösem Fanatismus ablehnend und politisierender Zusammenrottung skeptisch gegenüber. Aufgewachsen in Wien zwischen der Inneren Stadt und den Vorstädten, hatte er Ausblick auf Großbürgertum, Adel, geadelte Künstler und Einblick in kleinbürgerliche Verhältnisse bei Handwerkern, Dienstboten und Elevinnen, deren Armut und Anmut er so eindrucksvoll darstellte, daß er, von Publikum und Kritik gleich mißverstanden, zum Dichter des »süßen Mädels« und dessen treulosen Liebhabers aus besseren Kreisen stilisiert wurde. Ausgebildet zum praktischen Arzt und Spezialisten für Laryngologie wie sein Vater, standen immer Menschen in der Mitte seiner schriftstellerischen Arbeiten.

Der einzelne kann ihm zum Typus werden, doch nie in einer Menge aufgehen. Schnitzler vereinfacht, aber er verallgemeinert nicht. Er sucht das Besondere und in ihm das Einmalige, dem paradigmatische Bedeutung zukommen kann. Nicht er bewertet, was er darstellt — das überläßt er seinen Figuren und dem Leser. Er ergreift nicht Partei. Sein Standpunkt ist gewählt, aber nicht gebunden. Es ist der des Beobachters, nicht des Parteigängers. Um genau und gerecht sein zu können, hält er sich aus Vorurteilen heraus, greift in seine Figuren hinein und stülpt ihr Inneres nach außen.

Das Paradox: So tief er auch in eine Figur hineinkröche, was er als Ergebnis dieser Identifikation niederschreibt, ist doch von ihm, dem Autor selbst; dieses Paradox löst sich auf, wenn man Schnitzlers Niederschriften nicht als psychologisch bestimmte Studien, die die Wahrheit wiedergeben wollen, begreift — das eben wäre das Dilemma der psychologisierenden Beschreibungstechnik —, sondern als Satiren, die die Wahrscheinlichkeit einer Figur als Ergebnis ihrer Erziehung, Umwelt, Anpassung auffassen und den Zwiespalt zu ihren gesellschaftlichen Verpflichtungen darstellen, den sie aus Egoismus überwinden oder an dem sie aus Selbstachtung zugrunde gehen. Am deutlichsten wird dies in den beiden größeren inneren Monologen *Leutnant Gustl* und *Fräulein Else,* in denen Name und Stand im Titel auf diese Spannung zwischen Individuellem und Gesellschaftlichem hinweisen.

Die Gesellschaft korrumpiert durch Konventionen die, die ihr angehören, und ruiniert durch Repressionen die, die sich ihr entziehen wollen. Der einzelne ist in ein Gespinst aus Imperativen und Implikationen verwoben, das er, auch wenn er es empfindet, nicht zerreißen kann. Die Diskrepanz zwischen dem, was er tun darf, und dem, was er tun möchte, wird zu überwinden versucht. Die Vergeblichkeit solcher Anstrengungen ist das Thema der frühen Werke.

Anatol verbirgt sich hinter egozentrischem Individualismus, der die Illusion wahren will, das Ich sei unrettbar — die impressionistische Tarnung moralischen Versagens. Anatol sucht und findet keinen Weg in die Gemeinschaft; er dünkt sich ihr überlegen. Er verklärt die Wahrhaftigkeit zu einem ästhetischen Wert, denn er will sie nicht wahrhaben.

In Arthur Schnitzlers nächstem Drama *Das Märchen* (1891) ist die psychische Hemmung stärker als die moralische Überzeugung. Denn die Macht der Gesellschaft drückt sich in psychischen, nicht in moralischen Reaktionen aus, sie läßt sich nicht von der Vernunft kontrollieren. Das traditionelle, patriarchalische Vorurteil wirkt als Determination, über die kein Mann hinwegzukommen glaubt.

Der Glaube an unabdingbare Determination ist bequem und macht sicher. Auf ihm läßt sich eine Ordnung bauen. Im Schauspiel *Das Vermächtnis* (1897) wird sie am Thema »Familie« erprobt; sie funktioniert. Die seit der Aufklärung vergeblich durch das 19. Jahrhundert transportierte Maxime, der Mensch solle gut sein, ist vollends zum ohnmächtigen, wirkungslosen Bonmot stilisiert worden: »Und hättet einfach *gut* sein müssen, Mama!«

Arthur Schnitzler, der Arzt, weiß, wo man ansetzen muß, wenn man helfen will: bei der Seele. Will man ihr beikommen, muß man das Bewußtsein eine Zeitlang einschläfern. Doch womit man heilen kann, das kann man auch mißbrauchen. Schnitzler selbst wendete die Hypnose als therapeutische Methode vorsichtig an. Anatol schreckt vor ihrer Macht zurück, soziologische durch individualpsychologische Bestimmtheit zu ersetzen. Paracelsus, der Spieler mit Menschenseelen, übt mit Hilfe der Hypnose schrankenlose Macht aus. Er löst die von der Sitte im Zaum gehaltene Zunge Justinas, weil er Hochmut und Arroganz ihres Gatten bestrafen möchte (*Paracelsus*, 1897). Erst läßt er sie lügen, Cyprian betrogen zu haben, dann mildert er die Lüge zur Möglichkeit und gibt im selbstgefälligen Entschreiten der Verwirrung, die er angerichtet hat, die ideologische Salbung: »Es fließen ineinander Traum und Wachen, Wahrheit und Lüge. Sicherheit ist nirgends.« Paracelsus ist ein negativer Freud, ein Seelenverführer, nicht Seelenarzt. Er will nicht heilen, er will seine Macht demonstrieren. Daß er therapeutisch wirkt, ist eine zufällige, nicht notwendige Beigabe des Einakters.

»Wir spielen immer, wer es weiß, ist klug.« Dieser meistzitierte Satz Arthur Schnitzlers steht nicht als Motto über seinem Werk. Er ist die Selbstrechtfertigung des Paracelsus für sein Tun, bekräftigt seinen Autoritätsanspruch: Der Kluge nutzt sein Wissen und setzt sein Vermögen, Menschen zu manipulieren, gezielt und skrupellos ein, statt über Bedingungen und Bedenklichkeiten der Begierdengängelei zu informieren. Dieser Vers ist nicht neubarocke Welttheatermetapher, Formulierung eines Werts auf dem Goldgrund endgültiger Jenseitserwartung, eher die abschreckende Formel einer Unwahrhaftigkeit, die alles zu erklären sucht und zu rechtfertigen scheint. Er ist nicht die weise Einsicht in den Lauf der Welt, sondern Ausdruck der Erkenntnis, daß der Mensch nicht durch Vernunft, aber durch geschickte Ausnutzung psychologischer Tricks beherrschbar ist. Zugleich ist dieser Satz das Rezept dafür, wie man sich eine Lebensweise aneignet, die unverbindlich genug ist, Mitleid, Verpflichtung und Verantwortung auszuschließen.

Arthur Schnitzlers Werk zieht die Summe der Gefährdungen, die das Paracelsusprinzip zur Folge hat. Daß Sein und Schein nicht zu unterscheiden seien, ist die Legitimierung des Schauspielerischen als Lebensform und damit jeder Art der Täuschung (*Der grüne Kakadu*, 1898). Daß Sicherheit nirgends sei, ist ein willkommenes Alibi für Pseudoabenteurer, die kein Zufall mehr überraschen, erschrecken oder erstaunen kann und die daraus das Recht ableiten, Beziehungen nach Belieben zu zerreißen. Daß Wahrheit und Lüge ineinanderfließen, nehmen die Egoisten zum Anlaß, sich um den Unterschied erst gar nicht zu bemühen (*Professor Bernhardi*, 1912).

Solche Verhaltensweisen stehen im Widerspruch zu den starren Formen jahrhundertealter Institutionen, wie der Ehe, sittlicher Begriffe, wie der Ehre. Die Spielregeln scheinbar ungehemmten Lebens werden respektiert, solange sie geheim bleiben; der Verstoß gegen ehrwürdige, wenn auch hohle Ordnungen wird akzeptiert, aber er unterliegt Sanktionen. Wer sich nicht einordnet, wer Beziehungen abbricht, statt sie — und seien sie noch so scheinbar — zu knüpfen, verfällt rettungsloser Isolierung (*Der einsame Weg*, 1903). Wer eine gesellschaftliche Formation negiert, also eine Ehe bricht oder einen Offizier beleidigt, verletzt die Ehre und hat die Pflicht, Genugtuung zu geben. Das Duell dient der Aufrechterhaltung des Ordnungsgerüsts. Deshalb pflegt der Ehemann den Zweikampf zu gewinnen; so groß ist das schlechte Gewissen des Ehebrechers, daß die Kraft seiner Jugend der Rechtmäßigkeit des Älteren unterliegt (unter anderen *Liebelei*, 1894). Auch wenn der Ehemann die Farce der Aufrechterhaltung eines morschen Systems einsähe, weil er selbst promiskuitiv lebt — er »will doch nicht der Hopf sein« (*Das weite Land*, 1910). Das normative, kodifizierte Recht macht stärker als der Zustand programmatischer Unentschiedenheit und des überzeugten Immoralismus. Erst in den späten Werken Arthur Schnitzlers kann es sein, daß nicht der Rechtmäßige das Duell unzweifelhaft gewinnt; so in der unvollendeten Erzählung *Der Sekundant* (1932 postum erschienen); so in *Casanovas Heimfahrt* (1918); oder keiner der Kombattanten fällt (*Im Spiel der Sommerlüfte*, 1929).

Es gibt nur wenige typische Möglichkeiten, sich mit diesem Widerspruch zwischen echtem oder verlogenem Anspruch auf stimmungsbetontes Erleben und echtem oder scheinbarem Festhalten an eingeführten Institutionen und Begriffen auseinanderzusetzen. Diese typologischen Grundformen aber hat Schnitzler in seinem vollendeten und unvollendeten Werk in unendlichen Variationen abgewandelt.

Entweder man versucht, den Widerspruch auszuhalten, das macht das Leben spannend. Man schwebt ständig in der Gefahr einer Forderung (*Liebelei*) oder ist aus übersteigertem Ehrgefühl stets auf eine solche aus (*Leutnant Gustl*). Andererseits ist man den geheimen Spielregeln verpflichtet und muß sich eine Geliebte halten wie der junge Herr im *Reigen* (1896/97) und außer der Gefahr quälender Geheimnistuerei auch neurotisierte Langeweile auf sich nehmen. Schon der früheste, nicht in den Zyklus aufgenommene *Anatol*-Einakter *Das Abenteuer seines Lebens* (1888) kennt diesen Mechanismus.

Oder es gibt Menschen, die die Weltanschauung des unablässigen Spielens nicht begreifen und die Echtheit eines Gefühls, die Ehrlichkeit einer Überzeugung für möglich halten. Sie müssen sich genarrt fühlen bis zur Verzweiflung (*Liebelei; Freiwild*, 1896) und werden ihrerseits für närrisch gehalten (*Die überspannte Person*, 1894; *Der Empfindsame*, 1895).

Oder es gibt Menschen, die die gesellschaftlichen Konventionen negieren, sich von allen moralischen Verpflichtungen und herkömmlichen Bindungen frei fühlen und dieses Gefühl auch ohne zu zweifeln durchhalten, passiv wie Beatrice, aktiv wie der Herzog in *Der Schleier der Beatrice* (1899). Sie lassen sich nicht zwingen und unter keine Regel pressen. Sie schwanken nicht und unterliegen damit nicht einer Ideologie der Stimmungsnachgiebigkeit. Sie würden nicht anders leben wollen, sie könnten es nicht.

Oder es gibt Menschen, die sich nicht selber treiben lassen oder lassen wollen und die ins Gleiten gestoßen werden von seelenkundigen Puppenspielern, die um die Theorie wissen, daß der Mensch erst dann er selbst werde, wenn er allen Regungen seiner Seele nachgäbe. Dionysia setzt dieser Forderung ihres Gatten Erasmus, sie möge sich jeder Lockung hingeben, entgegen, daß zur Selbstfindung auch Halt, Widerstand, Fürsorge des andern notwendig wären (*Die Hirtenflöte*, 1911).

Das Typologische stellt die Mitte zwischen vorwiegend psychologischer und vorwiegend soziologischer Darstellungsweise her. Arthur Schnitzler ließ von dieser Mitte nicht ab, aber sie verlagerte sich aus dem gestaltenden ins reflektierende Werk (*Der Geist im Wort und Der Geist in der Tat*, 1927); das Dramatische büßte zugunsten der langen Prosa an Wirksamkeit ein. Im Alter gibt es auch keine Kurzprosa mehr; die typischen und also auf kurzem Raum isolierbaren Situationen der frühen Erzählungen wandeln sich im Spätwerk in eindringliche psychologische Darstellungen. Es sind keine Fallstudien mehr, sondern Lebensläufe. Das psychoanalytische Interesse ist nach wie vor groß, aber nicht wissenschaftlich, systematisch und auch nicht typologisch; doch ist die Fragestellung nach dem Menschen in der Gesellschaft darüber nicht vernachlässigt worden. Das Satirische war bis zu der Komödie *Fink und Fliederbusch* (1917) der umfassende Darstellungsstil gewesen. Seit dem Ersten Weltkrieg steht für Arthur Schnitzler nicht mehr der angreifbare Mensch im Mittelpunkt seines Werkes, sondern der angegriffene. Seine Figuren reden keine Phrasen mehr, die vom Leser oder Zuschauer erkannt und abgelehnt werden sollen. Das Dozieren und Belehren, wie es für Paracelsus oder Anastasius Treuenhof (*Der tote Gabriel*, 1907; Nachlaßdrama *Das Wort*) charakteristisch war, verschwindet. Der Mensch wird als pathologisches Wesen dargestellt, das Pathologische definiert ihn.

Doktor Gräsler krankt an lähmender Entschlußlosigkeit (*Doktor Gräsler, Badearzt*, 1917). — Casanova wehrt sich verzweifelt und ohne die Vergeblichkeit dieses Kampfes einzusehen, gegen das Altern (*Casanovas Heimfahrt*, 1918). — *Flucht in die Finsternis* (1918 entstanden, erst 1931 veröffentlicht): die Entwicklungsgeschichte eines Verfolgungswahns. — Fräulein Else wagt es nicht, sich zu verweigern und sich damit selbst zu bewahren (*Fräulein Else*, 1924). — Die Frau des Richters flieht krampfhaft aus einer Ehe in die Emanzipation zu neuerlicher Abhängigkeit (*Die Frau des Richters*, 1925). — Durch das Kartenglücksspiel verliert der Leutnant Kasda alle Kontrolle über sich (*Spiel im Morgengrauen*, 1926).

Solche Fixierungen auf ein zentrales pathologisches Thema — daß die Figuren Anfechtungen erliegen, daß sie leicht verwirrbar sind, heißt noch nicht, daß sie irr sind, aus der Gemeinschaft ausgeschlossen werden müßten; es sind keine Sonderfälle: das Pathologische ist das Normale — sind in *Therese* (1928) überwunden. Therese trägt ihre fixe Idee, schuld am eigenen Schicksal zu sein, durch den Alltag, läßt sich aber nicht in allen ihren Taten und Entscheidungen von ihr bestimmen. Ihr Schicksal — und das ist nur als Chronik deutlich zu machen — vollzieht sich weder zufällig noch notwendig, sondern eigenwillig.

Arthur Schnitzler hat hier die Synthese gefunden zwischen psychologischer Charakterisierung, freiem Willen, eingebildeter und tatsächlicher Abhängigkeit, zwischen subjektiver Veranlagung und Milieubedingtheit, zwischen Resignation und Determination.

Am 21. Oktober 1931 ist er in Wien gestorben.

Rainer Maria Rilke

VON OTTO STEIN

»Teurer Rilke! ... Ich sah in ihm, ich liebte in ihm den zartesten und geisterfülltesten Menschen dieser Welt, den Menschen, der am meisten heimgesucht war von all den wunderbaren Ängsten und allen Geheimnissen des Geistes.« *Paul Valéry* — Rilke hat manche seiner Gedichte in die eigene Sprache übertragen — hat sich mit diesem Epitaph *Gedenken und Abschied* (1927) für seinen toten Freund in der treffend knappen Charakterisierung auch in eine hymnische Sprache gesteigert, die allein schon die Seelenverwandtschaft zu Rilke erweist.

Zwei Grundhaltungen, deren Wurzeln wir schon in der Kindheit und Jugend Rilkes erkennen können, zeichnen sein Leben aus: eine überfeinerte, zugleich mystische Daseinsverbundenheit und eine lautere, aristokratisch-vornehme Gesinnung. Sie haben auch seinem Werk Form und Inhalt gegeben.

Rilke wurde in Prag am 4. Dezember 1875 geboren und auf den Namen *René getauft.* Noch die erste Druckausgabe seiner Bilder- und Tagebücher *Leben und Lieder* (1894) führen diesen Namen, erst zweiundzwanzigjährig hat er ihn mit dem eines verdeutschten *Rainer* vertauscht. Rilke wurde in jene Generation hineingeboren, die den Nationalitätenhader der alten Monarchie bis zur Explosion anwachsen sah, ihren Zusammenbruch und die Geburt der Nachkriegsstaaten erlebte. Aber dieser mimosenhaft empfindsame Mensch, den die bange Ahnung einer drohenden Weltenwende und die eigene Unrast in eine stete Wanderschaft treiben sollen, bleibt dieser nationalen Auseinandersetzung wie ein Unbeteiligter fern. Die Atmosphäre seiner Kindheit scheint wie vergiftet. Seine so wesensverschiedenen Eltern wirken wie Gegenkräfte auf ihn ein, stoßen das einzige Kind in eine liebeleere Vereinsamung. Der Vater, eine biedere Beamtenseele, will die vergeblich erstrebte Offizierskarriere im Sohn verwirklicht sehen. Die Mutter, eine geradezu adelshungrige, exaltierte Person, verhätschelt das Kind und zwingt es, bis zu seinem sechsten Lebensjahr Mädchenkleider zu tragen. Mußte nicht so der Wille des Vaters zum unheilvollen Experiment werden und mißglücken? Der reifende Bub mußte einfach die Jahre in Militär-Realschulen zu St. Pölten und Mährisch-Weisskirchen als »gewaltige Heimsuchung«, ja als brutalen Kerker empfinden. So kommt der Sechzehnjährige zernarbt auf die Linzer Handelsakademie, er soll sich auf einen bürgerlichen Beruf vorbereiten. Ein Jahr nach Erscheinen seines ersten Gedichtbandes *Leben und Lieder*, durch dessen Drucklegung (1894) er, vor sich und den andern, die Last seiner Kindheit abzuschütteln versucht, besteht er am Prager Staatsgymnasium die Reifeprüfung mit ausgezeichnetem Erfolg.

Heimatlos von Jugend an, beginnt er bald nach der Inskription auf der Prager Alma mater ein Wanderleben auf anderen Universitäten: in München, Wien und Berlin. Er wird seine Studien nie vollenden. Die äußeren Lebensumstände, die materielle Not empfindet er als Zwang, als Gebundensein. Dafür ist sein Inneres umso mehr angereichert mit Erlebnissen. Die ersten Dichtungen formen sich in ihm. Nie wird er die Muse zwingen können. »Warten ist alles«, bis er »Herr« seiner »Tiefen, die sich auftun«, wird. Kaum einer hat die Magie des Dichtens, diese Erlösung der Innenwelt und ihrer Visionen im Wort, leidvoll und beglückt, ausgekostet wie er. Hierin hat Valérys hymnische Verklärung ihre echte Berechtigung.

Früh schon gerät Rilke in den Einfluß der Dichterpersönlichkeiten seiner Zeit, so in den Bann *Stefan Georges,* dieses »Fackelträgers des reinen Wortes«, wie *Klabund* ihn einmal genannt hat, dessen rauschvolle Sprache und zuchtvolle Form der eigenen adeligen Lebenshaltung so sehr entgegenkommen. Damit in den Bann der Neuromantik, jener l'art-pour-l'art-Kunst, die den krassen Naturalismus durch prunkvolle Reim- und Bilderfülle abgelöst hat. *Liliencrons* Einfluß zeigt sich in Rilkes Gedichten *Larenopfer* (1896); *Jens Peter Jacobsen* fasziniert ihn mit seinem »Ethos vom eigenen Tod«, wie einer von Rilkes Biographen, *H. E. Holthusen,* festgestellt hat; die Zyklen *Advent* (1897), *Mir zur Freude* (1899) wie auch das spätere klangvollendete *Buch der Bilder* (1902) stehen noch unter Georges Einfluß. Die dramatischen Versuche dieser Zeit, seiner »Vorzeit«, sind wohl mit Recht der Vergessenheit anheimgefallen.

Reisen während der Universitätsjahre führen den Unsteten ins Ausland. Rußland, das er zweimal, in Begleitung einer geliebten Frau, *Lou Andreas-Salomé,* besucht, wird ihm zum tiefen Erlebnis, zur Wende seines Dichtens. Er glaubt in den endlos stillen Ebenen Rußlands endlich eine Heimat, *seine* »Heimat« mit »geheimnisvollen Sicherheiten« gefunden zu haben. Rußland verdankt er sein religiöses Erleben. Hier findet sein mystisches Gefühl das befreiende Echo, hier erschließt sich ihm der Quell für sein *Stundenbuch* (Druck 1905), deren erstes er *Vom mönchischen Leben* (1899) betitelt. Noch ist hier die Nähe der mittelalterlichen Mystiker verspürbar, wenn er sich wie sie in den »Urgrund aller Dinge«, in Gott versenkt. Freilich, Rilkes Gotteserlebnis ist das des späteren *Angelus Silesius* mit seinem kühnen Sang: »Ich weiß, daß ohne

Anton Faistauer, Ajaccio

mich Gott nicht ein Nu kann leben«, wenn sich seine Verse in die schmerzvolle Klage verdunkeln: »Was wirst du tun, Gott, wenn ich sterbe? ... mit mir verlierst du deinen Sinn.« Rilkes Glaube ist bei all seiner geistlichen Lyrik dogmenfern, »kapellenlos«, es ist ein Glaube »nicht im christlichen Sinn (von dem ich mich immer leidenschaftlicher entferne), sondern in einem rein irdischen«, wie er selbst betont. Bis er schließlich die Gestalt Christi selbst in ihrer erlösenden Kreuzesverpflichtung, bis er alles Kirchentum als Gottesgefängnis — wie in dem *Brief eines jungen Arbeiters* — und damit den Glauben an ein christliches Jenseits überhaupt ablehnt; bis er Gott allein in sich selbst erlebt, der sich in ihm wandelt und mit ihm »reift«. Er bleibt Gottsucher im irdischen Raum. »Hiersein ist herrlich«, jubelt er auf. Diese Wandlung seines Gottesbegriffs prägt den zweiten Teil seines Stundenbuchs *Von der Pilgerfahrt* (1901) und den dritten *Von der Armut und vom Tode* (1903).

Auch die Ereignisse christlicher Heilsgeschichte sind ihm bloß formaler Mantel für seine Prosa *Geschichten vom lieben Gott* (1900) und für die makellosen Verse *Marienleben* (1913). Noch einmal vor dem großen Schweigen der zehn Jahre verströmt darin die Musikalität seiner Verse, deren »raffinierte Einfachheit« sich schon in den *Neuen Gedichten* (1907) manifestiert hat.

Das Erlebnis der Ebene Rußlands hat Rilke zeitlebens nicht losgelassen, er hat ihre friedvolle Stille überall gesucht. Er glaubt sie wiederzuentdecken in den »dunkelnden farbigen Feldern«, den weiten »Hügelwellen« um die damals so berühmte Künstlerkolonie Worpswede, wo er auf Gleichgesinnte trifft. Aber dieser Platz bringt ihm nicht das Glück einer dauernden »Heimat«, das er sich erträumt hat. Er, der Ungebundene, bindet sich hier: er ist sechsundzwanzig Jahre alt, als er eine Schülerin Rodins, *Clara Westhoff*, heiratet. Ein Jahr später wird ihm die Tochter Ruth — dereinst Betreuerin des Rilke-Archivs — geboren. Rilke findet in der Familie keine Heimstatt, zu groß sind sein Einsamkeitsbedürfnis, seine Getriebenheit, seine materiellen Nöte. Er verläßt die Seinen.

Paris bringt ihm 1902 das andere große Erlebnis nach der »Heimat« Rußland, damit eine neue Periode seines Dichtens: es ist die Freundschaft des Bildhauers *Auguste Rodin.* Jahre später wird er sogar Rodins Sekretär. Das bewunderte Vorbild, dieses »Beispiel ohne Gleichen« mit seiner Arbeitsdisziplin, zwingt ihn zu einer neuen, unpathetischen Ausdrucksform, die Plastik der Dinge im Wort zu formen, »klar, wach und transparent« werden zu lassen, wie es später in den *Sonetten an Orpheus* heißt. Die Frucht dieser Periode sind die *Neuen Gedichte* (1907), sie stehen an der Wende eines Impressionismus zu einer expressionistischen Schau.

Als ein Zerwürfnis die Trennung von Rodin bringt, wird Belgien das nächste Reiseziel. 1903/1904 hat Rilke Italien und Schweden besucht, nun geht's nach Capri, Deutschland und Österreich. Und 1910 nach Duino, es wird seinem Dichten Schicksal. Hier ist er Gast der *Fürstin Marie von Thurn und Taxis,* später auch auf ihrem Schloß Lautschin in Böhmen.

Ist es die ererbte Adelssucht der Mutter, die schon den jungen Rilke zu einem wahren Adelskult verführt? Ihn in Archiven und Dokumenten nach Beweisen eigener adeliger Abkunft und schließlich zeit seines Lebens, wie auf Duino und Lautschin, aus der eigenen materiellen Not heraus die gepflegte Aura von Adelsgeschlechtern, der *Barone von Uexküll*, des *Prinzen Emil von Schönaich-Carolath* und anderen suchen läßt? Ist es der eigene Seelenadel, der sich »verbrieft« sehen möchte? Rilke betont früh seine Abstammung aus dem kärntnerischen Uradel der »Rielko« oder »Rüelko« und dessen sächsisch-böhmischem Zweig, den späteren »Rilkes«, den Herren auf Langenau und Linda. Sie hat sich allen Forschenden als Wunschtraum Rilkes erwiesen, und damit auch die behauptete Verwandtschaft mit dem Helden seiner *Weise von Liebe und Tod des Cornets Christoph Rilke,* 1906 in einer lyrischen Prosa geschrieben, seit der Drucklegung 1911 Lieblings- und Vortragsbuch der Generationen bis heute.

Die zweite Prosadichtung Rilkes, *Die Aufzeichnungen des Malte Laurids Brigge* (1910), ist Höhepunkt seiner künstlerischen Prosa. Entriegelt er hier das Tor der Erinnerung an die eigene Jugend, wie oft behauptet wird? Rilke hat es stets bestritten und vor der Identifizierung der eigenen Jugendjahre mit denen seines Helden gewarnt.

1912 ist Rilke wieder auf Schloß Duino. Dieser Aufenthalt wird kostbarste Frucht zeitigen, die *Duineser Elegien.* Vor Ausbruch des Krieges erlebt er Afrika, Ägypten, Spanien. Der Krieg überrascht ihn in Leipzig. 1915 wird er als Militärbeamter ins Wiener Kriegsarchiv einberufen, im selben Jahr wieder entlassen. Nach Kriegsende, da ganz Europa ihm zu einer »ungeheuren Wunde« geworden ist, übersiedelt er — einer der frühesten Europäer — in die heile Schweiz. Seine Vaterstadt hat er nie mehr wiedergesehen. Ein Freund, *Werner Reinhart,* stellt ihm das »Schlößchen« Muzot als dauernden Wohnsitz zur Verfügung. Und hier wird ihm nach zehnjährigem Schweigen — seine eigenschöpferischen Pausen hat er mit kongenialen Übersetzungen ausgefüllt — das Jahr 1922 zum Jahr der Begnadung. »Ein namenloser Sturm, ein Orkan des Geistes« erfaßt ihn, er vollendet die *Duineser Elegien* und die *Sonette an Orpheus.* Sie reichen in ihrer Formvollendung und heroischen Erkenntnisgröße an das Spätwerk eines *Hölderlin.*

1923 beginnt er zu kränkeln, von den Kuraufenthalten in Valmont kehrt er immer wieder in sein Muzot zurück, sein Lebensrhythmus erscheint ihm wie »abgebrochen«. Es ist, als hätte er mit den letzten Schöpfungen auch das eigene Leben ausgeschöpft. Er, dessen Denken immer um den »eigenen« Tod gekreist hat, bittet seine Betreuerin: »Verhelfen Sie mir zu *meinem* Tod!« Er stirbt am 29. Dezember 1926.

Rilke wurde seinem Wunsch gemäß im Kirchhof von Raronge im Wallis am 2. Januar 1927 beigesetzt. Die Grabschrift, mystisch seinem Werk sich rundend, hat er selbst verfaßt:

Rose, oh reiner Widerspruch, Lust
Niemandes Schlaf zu sein, unter soviel Lidern.

Der Dichter-Arzt *Gottfried Benn* hat 1947 in seinen sinnvollen Gedenkworten neben der Seinswürdigung des Dichters auch die Diagnose von Rilkes Todeskrankheit und gleichzeitig eine gültige Diagnose, eine Art Vermächtnis des Dichters gegeben:

»Diese dürftige Gestalt und Born großer Lyrik, verschieden an Weißblütigkeit, gebettet zwischen die bronzenen Hügel des Rhônetals unter einer Erde, über die französische Laute wehn, schrieb den Vers, den meine Generation nie vergessen wird: ›Wer spricht von Siegen — Überstehn ist alles.‹«

Georg Trakl

VON OTTO STEIN

Das Leben des *Menschen* Trakl klingt wie eine nachtdunkle erregende Ballade, die nur einsame Lichtflecken aufhellen: Rausch- und Drogensucht, Lebensangst und Todeswille sind sein Inhalt; und nur wenige Sonnenstunden. Das Werk des *Dichters* Trakl aber zieht gerade aus diesem Taumel und Traum seine Kraft: der Dichter steigt in gleichem Maße, wie der Mensch sinkt.

Kein Geringerer als *Rainer Maria Rilke* hat 1915 an *Ludwig von Ficker,* den Herausgeber der literarisch bedeutsamen Zeitschrift *Der Brenner,* die sich zuerst der Lyrik Trakls erschloß und ihm »Heimat und Zuflucht« wurde, nach der Lektüre des *Sebastian im Traum* nachdenklich und seelenkritisch geschrieben: »Ich denke mir, daß selbst der Nahestehende immer noch wie an Scheiben gepreßt diese Aussichten und Einblicke erfährt, als ein Ausgeschlossener: denn Trakls Erleben geht wie in Spiegelbildern und füllt seinen ganzen Raum, der unbetretbar ist, wie der Raum im Spiegel. (Wer mag er gewesen sein?)« Die in Klammern gesetzte Frage hat ihre tiefe Berechtigung.

Wer mag er gewesen sein? Es ist viel des Rätselhaften im Leben *Georg Trakls* unbeantwortet geblieben. Er selbst hat sich — außer in dunklen Versen und andeutenden Briefstellen — in Schweigen gehüllt. Klärende Dokumente, verloren oder vernichtet, fehlen.

Trakls Wesen, Werden und Dichten ist eng mit seiner Kindheit und Jugend in Salzburg verbunden. Noch heute steht am Waagplatz sein Geburtshaus, in dessen Vorbau sein Vater eine Eisenhandlung, heute die Räume des Cafés »Glockenspiel«, betrieben hat. Geboren am 3. Februar 1887, wächst Georg in der Mischehe der Eltern — der Vater war wie er Protestant, die Mutter katholisch — mit seinen sechs Geschwistern auf, deren Kreis der ältere Halbbruder Wilhelm aus des Vaters erster Ehe schließt. Trakl hat die Stille der alt-verträumten Bischofsresidenz nie geliebt, »ein Hauch von Verfall« macht ihn »erzittern«. Ja, er hat die Stadt später wie alle großen Städte gehaßt.

Die Kindheit im wohlhabenden Elternhaus hat er als »traurig«, als »unhellig«

empfunden: die »frierende Hand« der Mutter, die unverstanden und skurril im Kunstsammeln aufgeht und die Familie darüber vernachlässigt, läßt ihn zeitlebens die vermißte mütterliche Wärme suchen. Sein »scheues Absonderungsbedürfnis« in der Schule hat hier die Wurzel. Am Gymnasium wird er Repetent aus Interesselosigkeit. Pubertär-schwüle Erstgedichte *(Der Heilige)*, die Gleichaltrigen tief beeindruckend, werden gleichsam Ersatz für fehlende äußere Erfolge. »In verzweifelter Stimmung« sucht der Achtzehnjährige Betäubung in Rauschgiften. Mit zunehmenden Depressionen verfällt er ihnen mehr und mehr, damit einer lebenslangen »Angst, des Todes Traumbeschwernis«. »Stunden wilder Verzückung« erwecken in ihm ein nie mehr erlöschendes Schuldgefühl: die später geborene Schwester Margarethe, »Gretl« genannt — sie wird nach einer unglücklichen Ehe mit dem Berliner Buchhändler *Arthur Langen* durch eigene Hand enden —, wird ihm dämonisches Erlebnis, sie wird ihm Himmel und Hölle. Er zieht sie in seine Drogenräusche, das rauschhafte Erleben schweißt die Geschwister »zitternd« aneinander. Man hat viel an diesem lebenslangen Schuldgefühl des Dichters herumgerätselt und geglaubt, die Lösung in einer inzestuösen Beziehung zur Schwester gefunden zu haben. *Erhard Buschbeck*, der treueste Freund, Mentor und literarische Wegbereiter Trakls, hat sie geleugnet, für andere gilt sie als erwiesen. Er selbst verrät in vielen Gedichten, erlittenen Selbstbekenntnissen, manches von dieser selig-unseligen Beziehung, wie etwa in den frühen Versen *Blutschuld* oder in denen einer späteren *Klage:*

Schwester, deine blauen Brauen
Winken leise in der Nacht.
Orgel seufzt und Hölle lacht.
Und es faßt das Herz ein Grauen:
Möchte Stern und Engel schauen.

Unter diesem schier antik-moirahaft anmutenden Verhängnis wird er zum »Einsamen unterm Sternenzelt«, seine sanfte Todesmelancholie zur Bereitschaft für den selbstgewählten Sturz in den Tod. Immer im Drogenrausch! Den Zeitgenossen mit ihrer »Bürgermoral« blieb er ein Enthemmter, Verdammenswerter, Haltloser.

Ironie des Schicksals: das schulische Mißgeschick führt ihn gerade jenem Beruf zu, der ihm alle Möglichkeit gibt, seine Drogensucht zu befriedigen. Er wird Apotheker.

Das geistleibliche Porträt des Dichters haben Um- und Nachwelt erstellt und er selbst in seinen lyrischen Selbstbekenntnissen, aber auch in dem einzigen Selbstbildnis, das er in seinem Todesjahr gemalt hat. Dieses Bild besagt über ihn mehr als viele gelehrte Abhandlungen. Es ist ein einziger Aufschrei aus Angst, Qual, Ekel! Verwesung, die er immer im Gedicht beschwört! Der Mensch im Zwielicht, in der Schuld, der Gegner seiner selbst bis zur Selbstzerstörung!

Die Gedichte der Frühzeit mit ihren sprechenden Titeln, wie *Blutschuld* oder *Das Grauen,* zeigen schon seine Bilderkraft: Wortbilder, getaucht in farbensatte Adjektiva wie »purpurn«, »hyazinthen«, »silbern«. Sein poetisches Geltungsbedürfnis verdrängt das empfundene Versagen im Leben. Es treibt ihn zur Bühne, dem Blickfeld künstlerischen Schaffens. Bekanntschaften mit Theaterleuten ermöglichen das erste Debüt als Bühnenautor in der Salzburger Öffentlichkeit, am Stadttheater. Doch die ersten Versuche mißlingen. *Totentag,* ein Einakter, findet noch freundliche Kritik, aber der zweite Versuch, *Fata Morgana,* endet kläglich: ein echter Theaterdurchfall! Der Mißerfolg stürzt ihn in tiefe Verzweiflung, damit tiefer in die Begierde nach rauschhaftem Vergessen. Er beginnt zwar wieder eine dreiaktige Tragödie, *Don Juans Tod,* vernichtet sie aber fünf Jahre später. 1908 belegt er einen viersemestrigen Lehrgang »Pharmazie« an der Wiener Universität. Das folgende Jahr bringt ihm »gesegnete Tage« für das eigene Dichten und die Begegnung mit *Hermann Bahr.* Die Schwester Gretl übersiedelt nach Wien. Auch das Jahr darauf ist erfolgreich: Rigorosen werden bestanden, ein Puppenspiel *Ritter Blaubart* entsteht, schönheitstrunkene Gedichte drängen »unerwartet ans Licht ... freigeworden, freimachend ...« Der Tod des Vaters, Gretls Übersiedlung nach Berlin werden eine schwere Last für die nächsten Jahre. Nach einem kurzen Salzburger Zwischenspiel wird er als »Einj. Freiw. titl. Korporal — Pharmazeut« nach Innsbruck versetzt. Wieder kommt es zu Depressionen, damit zu Rauschexzessen. Die Ausgaben für seine Alkoholika versetzen ihn in materielle Not. Diese »Notstände« treten von nun an immer häufiger auf, sie lassen ihn verzweifelt seine Freunde um Hilfe angehen. Er tarnt sich dabei, es gehe ihm »recht gut, die allgemeine Nervosität des Jahrhunderts abgerechnet«. Trakl trägt wie seine Generation das Wissen vom drohenden Zerfall einer morbid gewordenen Welt in sich. Das Jahr 1912 wird ihm zu einem wahren Schicksalsjahr: das Gedicht *Vorstadt im Föhn* wird im *Brenner* veröffentlicht, aber dieses Jahr stürzt ihn auch in die tiefste Depression. Gretl heiratet in Berlin, der letzte Halt, die Haltlose, rückt ferne. Für Trakl bricht eine Welt zusammen. Wieder zeigt es sich: je tiefer der Mensch Trakl sinkt, desto höher steigt der Dichter. Denn nun entstehen die reifen Gedichte *De profundis, Traum des Bösen,* die visionären, des Krieges *Feuerschlünde* voraussehenden Verse *Menschheit* und *Drei Blicke in einen Opal.* Der »zürnende Magier« *Karl Kraus, Loos, Kokoschka* treten in einem Wiener Intermezzo in seinen Gesichtskreis. Die Bemühung seiner Freunde aber, die Sammlung *Dämmerung und Verfall* beim Albert Langen-Verlag unterzubringen, wird scheitern.

Beruflich fällt in diese Zeit seine Übernahme in den Heeresdienst, die Versetzung zur Reserve auf eigenen Wunsch, damit die endgültige Rückkehr nach Innsbruck.

1913! Sternjahr für sein Dichten, Hölle für sein Leben! Er vollendet den *Helian* für den *Brenner,* ebenso die *Elis-Gedichte.* Ein Silberstreif zeigt sich, der Verlag Kurt Wolff wird eine Auswahl seiner Gedichte bringen. *Werfel* wird sie treffen. Die erste große Sammlung *Sebastian im Traum* soll erscheinen; er wird die Herausgabe nicht mehr erleben. Nach verschiedenen Aufenthalten in Wien liest er zum ersten- und letztenmal — zusammen mit *Robert Michel* — in Innsbruck seine Gedichte öffentlich vor. Rätselvoll und ungeklärt ist die Ursache seines völligen Zusammenbruchs: »In ... all der Verzweiflung der letzten Zeit weiß ich gar nicht mehr, wie ich noch leben soll.« Und: »O mein Gott, welch Gericht ist über mich hereingebrochen.«

1914! Das letzte Kapitel! Gipfel seiner Dichtung! Tiefste Dunkelheit menschlicher Not, das Grauen bis zur Todesverzweiflung! *Traum und Umnachtung* erscheint, Prosakapitel voll der »unsäglichen Schuld« und der »Wollust des Todes«. Die Prosa *Offenbarung und Untergang*, ein einziges Schuldgeständnis mit dem Imperativ »Töte dich!«. Er besucht in Berlin die an den Folgen einer Fehlgeburt erkrankte Schwester, seine depressiven Zustände steigern sich bis zur Furcht vor dem Wahnsinn. Der Mord von Sarajevo bringt ihm wie vielen Zeitgenossen fast ein Aufatmen. Steht nicht die Lebens- und Zeitenwende bevor? Die Kriegsfackel ist entzündet. Er geht mit einer Tiroler Sanitätskolonne an die Front. Märsche! Tagelang! Nach der blutigen Schlacht von Gródek zerbricht sein Lebenswille: Geschundene ohne Hilfe im Lazarett, gehenkte Verräter an den Bäumen ... »alle Wege führen in schwarze Verwesung« klagt er in seinen letzten Versen *Gródek*. Er versucht den eigenen Tod. Er kommt nach Krakau zur Untersuchung seines »Geisteszustands«. Angst und Schuldgefühl erreichen ein Höchstmaß. Ist er nicht ein Deserteur aus »Feigheit«? Droht nicht ein Kriegsgericht?

Sein treuer Bursche *Mathias Roth* ist Zeuge seines Sterbens am Tag nach Allerseelen 1914 und der einzige an seinem Grab.

1919 erscheint posthum die erste Gesamtausgabe von Trakls Dichtungen, 1925 werden seine Gebeine in Mühlau beigesetzt. Seine letzten Gedichte *Klage* und *Gródek* sind leiderfahren und von der klassischen Größe eines Hölderlin. Der schmale Band seiner Dichtung hat Ewigkeitswert.

Franz Kranewitter — Karl Schönherr

VON EUGEN THURNHER

Das Nebeneinander verschiedener Stilformen kennzeichnet im 19. Jahrhundert die Lage von Drama und Theater in Tirol. Noch wirkt das barocke Bühnenspiel nach, das im 16. und 17. Jahrhundert von den geistlichen Orden geschaffen worden ist; es kennt im Grunde kein tragisches Scheitern, denn die menschliche Kreatur ist durch die Erlösungstat Christi für immer aus der tödlichen Verstrickung befreit; am Ende des 19. Jahrhunderts verkörpern *Ferdinand von Scala* und *Karl Domanig* diese Form dramatischer Vergegenwärtigung, ohne jedoch Zeit und Ewigkeit voll zur Übereinstimmung bringen zu können. Daneben steht das klassische Drama, das in Tirol bewußte Nachfolge findet; es beruht auf dem strengen Bezug von innerer und äußerer Handlung, aus deren ursächlicher Bindung die tragische Wirkung entspringt; *Alois Weißenbach*, *Alois Flir* und *Adolf Pichler* stellen diese Welt auf verschiedenen Stufen dar, jedoch bleibt an allen ihren Verwirklichungen ein epigonaler Zug haften. Schließlich lebt das alte Volksschauspiel fort, das bis in das späte Mittelalter zurückreicht; es verdankt seine Entstehung der völlig unliterarischen Spielfreudigkeit des Volkes und hat seinen Schwerpunkt nicht im Wort, sondern in Gestik und Mimik der Darsteller; die dörflichen Bühnengemeinschaften sind seine dauernden Pflegestätten. Natürlich gab es viele Übergänge zwischen den einzelnen Gattungsstilen, aber zu einer vollkommenen Integration der verschiedenartigen Überlieferungen ist es nicht gekommen. Das ist erst das Werk von Kranewitter und Schönherr, die von unterscheidbaren Ansätzen aus die vielfältigen Entwicklungen miteinander verbinden. Klassischer Bau und heimischer Stoff, barocke Symbolik und volkstümliche Gebärde, geschichtliche Überlieferung und psychologische Durchdringung werden in eine große Form zusammengefaßt, die etwas vollkommen Neues darstellt.

Franz Kranewitter entstammt dem kargen Boden des Oberinntals, wo ein hartes Bauerntum seit Jahrhunderten einen zähen Kampf um ein bescheidenes Dasein führt. Das ist die früheste Erfahrung, die sich in seinen Stücken dramatisch verdichtet. Der Dichter ist sich dieses Zusammenhangs selbst bewußt: »Heroisch ist die Landschaft meiner Heimat, herb, ernst und düster wie die Verse einer Tragödie.«

In Nassereith bei Imst ist Franz Kranewitter am 17. Dezember 1860 geboren worden und hat schon als Kind in seinem Elternhaus den harten Lebenskampf kennengelernt. Nach kurzem Schulbesuch in der Heimat kam er in die Gymnasien in Bozen, Hall und Innsbruck, studierte dann einige Semester Germanistik in Innsbruck, gab aber, nach dem Tod des Vaters, sein Studium auf, um künftig als freier Schriftsteller zu leben. Seine ersten Gedichte entstanden schon in der Studentenzeit. Das brachte ihn in Verbindung mit Adolf Pichler, der seine Weltanschauung stark bestimmte, die urpersönliche Form aber kaum beeinflußte. Das antiklerikale, liberale und nationale Gedankengut bestimmte sein Denken, sodaß seine frühen Gedichte und seine ersten Dramen von dieser Tendenz stark berührt wurden. Das entfesselte heftige Auseinandersetzungen um den Mann, der in seiner engeren Heimat viele Jahre um Geltung und Anerkennung ringen mußte. Erst als seine schöpferischen Kräfte schon im Schwinden waren, stellte sich auch der Erfolg ein. Darin liegt die Tragik des Dichters. Noch erlebte er 1933 die Ausgabe seiner gesammelten Werke, doch war seine lebendige Kraft schon gebrochen. Am 4. Jänner 1938 ist Kranewitter in seinem Geburtsort Nassereith gestorben.

Das Werk Kranewitters setzt ein mit dem Gedichtbuch *Lyrische Fresken*, 1888, das bereits durch das Vorwalten des balladischen Elements die urtümlich dramatische Begabung erkennen läßt. Das gleiche gilt von seinem folgenden Werk *Kulturkampf*, 1890, das nur seiner äußeren Form nach ein Epos ist. Im Grunde aber gestaltet es die dramatische Auseinandersetzung zwischen einem fanatischen Pfarrer und einem rechthaberischen liberalen Gemeinderat, nicht erzählend, sondern mit starken dialektischen Akzenten. Diese Werke bilden die Vorschule für den künftigen Dramatiker. Den Stoff greift der Dichter immer aus der unmittelbaren Umgebung. Da macht die Form keinen Unterschied. Die klobigen Charaktere seiner ersten Tragödie *Um Haus und Hof*, die 1895 im Innsbrucker Stadttheater zur Uraufführung kam, sind aus der genauen Kenntnis der Tiroler Bauern geschaffen. Die Handlung ist frei erfunden. Das Motiv der Erbschleicherei aber fand Kranewitter in *Anzengrubers* Roman *Der Sternsteinhof* vorgebildet, sodaß sich zwischen den beiden Werken manche gemeinsame Züge ergaben. Doch nicht weniger bezeichnend sind die Punkte, wo die beiden Handlungen voneinander abweichen. Anzengrubers Heldin wird zu einer tüchtigen Bäuerin, die ihrer Umgebung in harter Mühe Achtung abringt, Kranewitters Hauptgestalt jedoch verfällt ihrem Schicksal, da sie sich aus ihrer Umwelt nicht zu lösen vermag. In der Lotter-Lena erschuf der Dichter eine Figur, die mit der Kraft eines dämonischen Urtriebs auf ihr Ziel losgeht, ohne Rücksicht auf andere und ohne Scham vor sich selbst. Es ist eine echte Bauerntragödie, bei der gerade der Besitztrieb ins Verderben führt. Im Land loderte gegen diese naturalistische Art der Darstellung helle Empörung auf.

So wandte sich Kranewitter in der Folgezeit der Geschichte zu. Sein nächstes Stück ist die Tragödie *Michael Gaißmayr*, 1899. Held ist der Bauernführer, der 1525 die Tiroler Bauern zum Aufstand gegen die feudale und religiöse Unterdrückung aufrief. Jedoch bleibt ein Mißverhältnis zwischen Mann und Aufgabe. Die adeligen Gegenspieler vermögen Bauern und Bürger zu trennen. Nach anfänglichen Erfolgen bricht die Auflehnung zusammen. Die Bauern unterwerfen sich. Härter denn je liegt die Hand des Adels auf ihnen. Gaißmayr flieht nach Italien, um dort ein Heer zu rüsten und den Aufstand neu zu entfachen. Doch als die Bauern mit neuer Rebellion drohen, zeigt ihnen der spanische Statthalter Gaißmayrs abgeschlagenen Kopf. Alles ist verloren. Ein Vivat auf das Haus Österreich beschließt das Stück mit einer schrecklichen Dissonanz. Das Drama war ein Rebellenstück.

Und ein Rebellenstück ist auch die Tragödie *Andre Hofer*, 1902, so wie Kranewitter den Helden auffaßt. Durch gründliche Geschichtsstudien kam der Dichter zur Überzeugung, daß das herkömmliche Bild *Andreas Hofers* eine Legende sei. Andreas Hofer ist für Kranewitter nicht der Held, in dem sich das Schicksal eines Volkes symbolisch verkörpert, sondern ein gutgläubiger Bauer, der sich in einen letzten, völlig sinnlosen Kampf hineinhetzen läßt.

Sein Hofer ist schon ein Geschlagener, wenn der Vorhang aufgeht. Hofer läßt sich gegen seine bessere Einsicht zum Aufruhr verhetzen und fällt als schuldlos-schuldiges Opfer politischer und kirchlicher Intoleranz. Das Werk löste einen Sturm der Empörung aus. Das Volk wollte sich seinen Mythos nicht zerstören lassen.

Dieser Protest war der Anlaß, daß sich der Dichter in der Folge historischen und mythischen Stoffen zuwandte, die keinen unmittelbaren Bezug auf die Gegenwart zuließen. Die Tragödie *Wieland der Schmied*, 1905, spielt zwar zum Teil in Tirol, aber schon in vorgeschichtlicher Zeit, sodaß kein zwingender Vergleich sich aufdrängt. Auch die Form verrät den Abstand. Während der Dichter bisher in Prosa schrieb, verwendet er jetzt den Blankvers. Das Werk ist ein Läuterungsdrama. In Knittelversen schrieb Kranewitter die Tragödie *Bruder Ubaldus*, die ihn von 1904 bis 1916 beschäftigte. Sie wurde erst 1919 uraufgeführt. Die Tragödie *Thassilo und Luitberga*, 1930 zuerst aufgeführt, gestaltet das Problem der verschmähten Frau. Neben diesen drei Tragödien schuf Kranewitter drei Lustspiele, die Nebenwerke sind und nur den Hintergrund seines großen Hauptwerkes darstellen.

Dieses große Werk ist sein Einakterzyklus *Die sieben Todsünden*, an dem Kranewitter von 1900 bis 1925 gearbeitet hat. Das Werk ist zunächst in Teilen aufgeführt worden, denn erst allmählich hat sich dem Dichter der Plan eines abgerundeten Ganzen erschlossen, das er dann symbolisch mit dem *Totentanz* abschloß. Das Werk bekam seine Anregung durch die mittelalterlichen Moralitäten, doch der Gedanke, alle Laster zu einem einheitlichen Zyklus zusammenzuordnen, ist Kranewitters eigenster Einfall. Mit kraftvollem Strich zeichnet er menschliche Seelen, die einem Laster ganz verfallen sind. Im *Giggl* ist es der Hochmut; im *Naz* der Geiz; in der *Eva* die Unkeuschheit; im *Gafleiner* der Neid; im *Joch* die Völlerei; im *Seastaller* der Zorn; im *Med* die Trägheit. Kranewitters Menschen kämpfen gegen ihre Sünde nicht an, sie sind diesem negativen Trieb ganz verfallen, sodaß die Handlung zwangsläufig zur Katastrophe führt. Der Blick des Dichters auf den Menschen ist tief pessimistisch. Gegen das, was einer ist, kommt der bloße Wille nicht an. Er ist ein Verurteilter, der sich selbst den Weg ins Verderben bereitet. So beschließt den Reigen menschlicher Leidenschaften symbolisch der Epilog *Totentanz*. Im Stil erinnert er an die mittelalterlichen Holzschnitte. Die Pest hat das Land verwüstet. Übrig sind nur noch der Totengräber und die Totengräberin. Doch noch im großen Sterben brechen die gemeinsten Instinkte im Menschen auf. Da ist kein Zusammenkommen, nur krasse Ichsucht. Nur der Tod macht die Menschen gleich, denn vor ihm sind alle nichtig. Mit dieser bitteren Erkenntnis, die viel persönliche Erfahrung einschließt, endet Kranewitters dichterisches Werk.

An Begabung verwandt, doch menschlich und künstlerisch glücklicher ist *Karl Schönherr*. Er ist am 24. Feber 1867 in Axams bei Innsbruck zur Welt gekommen, zog bald mit seinen Eltern nach Schlanders, doch übersiedelte die Familie nach dem frühen Tode des Vaters nach Bozen. Das Gymnasium besuchte er in Brixen, Bozen, Hall und wieder Bozen, wo er die Matura ablegte. Im Herbst 1886 kam er an die Universität nach Innsbruck, studierte zuerst zwei Semester Philosophie, wechselte aber dann zur Medizin über. In diesen

Jahren gewann er Fühlung mit der Bewegung *Jungtirol,* die mit ihren deutschnationalen und liberal-antikirchlichen Ideen sein Denken beeinflußte. Diese Eindrücke bestimmen auch seine ersten dichterischen Versuche.

Sein Blickwinkel erweiterte sich, als er 1891 nach Wien übersiedelte. Da wurde das Theater sein großes Erlebnis. Wohl brachte er 1896 sein Studium zu Ende, aber seine literarischen Interessen blieben ihm wichtiger als seine ärztliche Praxis. So gab er nach seinen ersten Theatererfolgen 1905 seinen Beruf auf und lebte in der Folgezeit im Sommer auf seinem Landsitz bei Telfs in Tirol, im Winter in Wien. In Wien ist er nach kürzester Krankheit am 15. März 1943 gestorben.

Schönherrs dramatisches Schaffen setzt ein mit einer Gestaltung des Tiroler Freiheitskampfes, den er nicht weniger als dreimal zum Vorwurf gewählt hat. Dabei ist es für ihn sehr bezeichnend, daß er nie die Heldengestalt Andreas Hofers in die Mitte der Darstellung rückt. Das erste Stück ist *Der Judas von Tirol,* 1897, das 1927 eine tiefgreifende Umarbeitung erfahren hat. In der Mitte steht, wie schon der Titel besagt, der Verräter, der Andreas Hofer an die Franzosen ausliefert. Die Frage lautet: Wie ist Raffl zum Verräter geworden? Schönherr gestaltet den Vorwurf zu einer sozialen Tragödie. Der arme Bauernknecht, der beim Passionsspiel die Rolle des Erlösers spielen möchte, wird von den reichen Bauern in die Rolle des Judas hineingezwungen. Er spielt sie wider Willen, sein Auftritt gerät schlecht. Jetzt aber, da die Franzosen im Land sind und den Sandwirt suchen, spielt er die Rolle mit satanischem Hochmut. Er ist ein Getretener, Verachteter, Bedrängter, der sich in seiner Qual aufbäumt und das letzte Geheimnis des geschlagenen Vaterlandes preisgibt.

Die Tragödie *Volk in Not* erschien mitten im Krieg. Sie wurde 1916 uraufgeführt. In der Vergangenheit spiegelt sich die eigene Zeit. Im Vordergrund steht wieder nicht die historische Gestalt des Andreas Hofer, sondern die anonyme Figur der Rotadlerwirtin, die ihren Mann und alle drei Söhne am Bergisel opfert. Es ist das Heldentum der Namenlosen, das Schönherr aus dem Erleben des Ersten Weltkrieges im Geschehen von 1809 zu hoher Symbolkraft steigert. Sein letztes Schauspiel *Die Fahne weht,* 1937, kehrt noch einmal zum Tiroler Befreiungskampf zurück. In diesem Stück tritt Andreas Hofer gar nicht mehr auf, nur die Nachricht von seiner Verhaftung wird mitten in der Aufführung des Leiden-Christi-Spieles bekannt. In der Mitte der Handlung steht der Wirtssohn Peter Reitmair, der mit der Fahne vom Bergisel heimgekommen ist und sich nun weigert, sie den Franzosen auszuliefern. Vergleicht man die drei Werke, so muß man feststellen, daß das politische Geschehen immer stärker zurücktritt. Dagegen kommt das Symbolische des Vorgangs immer deutlicher zur Darstellung. Gerade in der Verkürzung des Geschehens auf Gebärde und Andeutung erreicht Schönherr seine Meisterschaft.

Die Verbindung von Naturalismus und Symbolstil tritt in den Heimatstücken Schönherrs immer stärker hervor. In den ersten Werken überwiegt noch die Naturtreue in Thematik und Darstellung. Die Tragödie *Die Bildschnitzer,* 1900, stellt dar, wie der Schwerkranke sich opfert, um dem Starken, Gesunden und Freien den Weg zu seiner Frau freizumachen; das Drama *Sonnwendtag*, 1902, entzündet sich am Gegensatz freiheitlicher und klerikaler Gesinnung, wobei der ältere den jüngeren Bruder im Streit erschlägt; der Einakter *Karrnerleut*, 1905, gilt dem freiwilligen Sühnetod eines armen Karrnerbuben, der, durch ein Stück Brot verführt, seinen Vater an den Gendarmen verraten hat. Wenn der Dichter auch stark naturalistische Bilder entwirft, so tritt unter dieser scheinbar unbewegten Oberfläche der Gedanke des Mitleids mit der wehrlosen Kreatur sichtbar hervor. In den kommenden Stücken schreitet er vom Abbild zum Urbild fort. Das Bedeutendste gelingt Schönherr in *Erde*, 1908, die er selbst eine »Komödie des Lebens« nennt. Held des Stückes ist die Erde selbst, die sich im alten Grutz machtvoll verkörpert. Der Alte soll abtreten, da die junge Generation schon längst auf die Übergabe des Hofes wartet, aber er stirbt nicht, sondern zertrümmert zum Schluß in unbeugsamem Lebenswillen seinen eigenen Sarg. Er steht jenseits von Gut und Böse, ein Stück gewachsener Natur, das sich um alles vergängliche Treiben der Menschen nicht kümmert. In ihm ist die ungebrochene Kraft des Tiroler Bauerntums Symbol geworden. Die Tragödie *Glaube und Heimat*, 1910, spielt in der Zeit der Gegenreformation, wo die Entscheidung zwischen Glauben und Heimat zur unerbittlichen Alternative wird. Die Bauern müssen ihre Heimat verlassen, wenn sie ihrem evangelischen Glauben nicht abschwören. Schönherr zeigt uns die Brechung des Konfliktes in verschiedenen Gestalten, hart, unsentimental, ohne falsches Pathos. Die volle Härte trifft den Bauern dort, wo er, zum Auszug entschlossen, sein Kind zurücklassen soll. Doch der Bub springt, um den Vater dem inneren Zwiespalt zu entreißen, in den Mühlbach. Er ist tot. Der Bauer will zur Axt greifen, doch da erinnert er sich an das christliche Gebot des Verzeihens. Der Reiter des Kaisers, durch diese sittliche Größe im Innersten getroffen, zerbricht mit wuchtigem Tritt seinen blutbefleckten Degen. Wieder ist es nicht der Einzelfall, der Schönherr fesselt. Er schreibt vielmehr die Tragödie der Gegenreformation. Im symbolischen Bild wird faßbar, was der Fanatismus der Glaubenskämpfe über den Menschen vermag.

In der Eingrenzung auf das Symbolische geht das Drama *Der Weibsteufel*, 1914, noch einen Schritt weiter. Das Stück kennt nur drei Personen und besitzt nur einen Schauplatz. Alle Handlung ist ins Innere verlegt, verrät sich aber in Aktion und Gebärde. Das Weib ist ein Gegenstück zum alten Grutz, unmoralisch, elementar, ganz dem Leben verschworen. Sie lebt der Eigengesetzlichkeit ihrer Natur, die vernichtet, was sich ihr in den Weg stellt. In dieser elementaren Auseinandersetzung der Geschlechter ist sie die Stärkere, da sie durch nichts gebunden ist. Die Urkraft des Weibes bricht in ihr auf. Wie sehr Schönherr dabei die Handlung typisch verstanden wissen wollte, zeigt sich darin, daß die Figuren keinen Namen tragen. Er nennt sie einfach: das Weib, der Mann, der junge Grenzjäger. Diese Technik erinnert an den beginnenden Expressionismus, der nicht das Individuum, sondern den Menschen darstellen wollte.

Diese hohe Symbolkraft besitzen die Großstadtdramen nicht. Diese Stücke kreisen um zwei Konflikte, die soziale Frage und den ärztlichen Beruf. Das Schauspiel *Familie*, 1905, zeigt mit einem gewissen Fatalismus, wie die Sünden der Eltern an den Kindern offenbar werden; in *Frau Suitner*, 1916, gestaltet der Dichter die Tragödie der kinderlosen Frau, die aus dem Weg geht, um ihrem Mann den schwer entbehrten Kindersegen zu verschaffen; die *Kindertragödie*, 1919, stellt dar, wie die Kinder durch den Ehebruch ihrer Mutter jeden Glauben an die sittliche Weltordnung verlieren und durch diese Schuld in ihrem Innern zerstört werden. Eine Meisterleistung eigener Art ist das Problemstück *Es*, 1922. Im Stück treten nur zwei Personen auf, Er und Sie, Mann und Frau. Ihr Gespräch entwickelt sich um das Es, das Kind, das noch nicht geboren ist. Der Mann, der Arzt ist, will die Geburt verhindern, da er sich erbkrank weiß, die Frau aber, die die Erfüllung ihres Lebens sucht, möchte das Kind zur Welt bringen. Nach einem ersten Eingriff geht er in den Tod, da seine Frau bald wieder ein Kind erwartet. In diesem Werk verbinden sich soziales Problem und ärztliches Ethos. Die Standesfrage hat Schönherr immer mehr beschäftigt. In drei Fassungen hat er sie zu klären versucht. *Der Kampf*, *Vivat Academia* und *Der Spurius* können als Vorstufen gelten zu seinem großen Standesdrama *Herr Doktor, haben Sie zu essen?*, 1930. Schon der Titel verrät, um was es geht. Es ist der tägliche Kampf zwischen den hohen Zielen des Berufes und den vielen Entwürdigungen, zu denen der Alltag den Arzt zwingt. Das Stück war als Komödie gedacht, ist aber zu einer sozialen Anklage geworden.

Schönherrs dramatisches Werk schließt mit dem *Passionsspiel*, 1933. Der Dichter knüpft dabei an ältere Überlieferungen an, doch ist die Verbindung zwischen naivem Spiel und problematischem Vorwurf nicht voll gelungen. Der Christusgestalt fehlt es an dramatischer Kraft. Dagegen tritt Judas stark in den Vordergrund. Den Dichter fesselt das Problem: Wie konnte Judas zum Verräter werden? Es ist keine Frage, daß der Dichter dem Geschehen nicht gerecht zu werden vermag, indem er aus dem erhabenen sakralen Vorgang eine psychologische Tragödie macht. Es ist nicht das Heil der Welt, das in symbolischer Form vorgestellt wird, sondern die Tragödie des Menschen, der Gott gegenüber versagen muß. In dieser Verwandlung liegt die weiteste Entwicklung, deren das Tiroler Bühnenspiel zwischen Mittelalter und Gegenwart fähig war.

Man kann Kranewitter als das ursprünglichere dramatische Talent ansehen, doch ist ihm Schönherr an literarischer Bildung weit überlegen. Aber was sollen da abwägende Vergleiche? Beide zusammen erst haben dem Tiroler Drama jene einmalige Kraft szenischer Vergegenwärtigung mitgeteilt, durch die es weit über den heimatlichen Bereich hinaus wirken konnte. Die Wiener Bühnen und die deutschen Theater haben ihre Stücke für lange Zeit in den Spielplan aufgenommen. Diese Wirkung aber wäre nicht denkbar gewesen, wenn nicht die einmalige Verbindung der beiden Dramatiker mit der Exl-Bühne, die ihre Stücke im ganzen deutschen Sprachgebiet zur Aufführung brachte, einer solchen

Ausstrahlung die Voraussetzungen geschaffen hätte. Durch dieses Bündnis haben die genialen Dichter ihre kongenialen Interpreten gefunden. Es ist ein Zusammenspiel von Dichter und Bühne, wie es im ganzen deutschen Sprachgebiet kein zweites gibt und gegeben hat.

Gustav Mahler

VON KURT BLAUKOPF

Die Musikgeschichte räumt *Gustav Mahler* als Komponisten von Symphonien und Liedern einen vornehmen Platz ein. Nicht minder wichtig ist Mahlers Bedeutung als »nachschaffender« Künstler, d. h. als Dirigent und als Neuerer der szenischen Gestaltung des Musiktheaters.

Der am 7. Juli 1860 in Kališt (Böhmen) als Sohn von *Bernhard* und *Maria Mahler* geborene Gustav kam bald nach seiner Geburt mit den Eltern nach Iglau, wo der Vater eine Branntweinschenke betrieb. Seine musikalische Begabung zeigte sich schon im Vorschulalter. Mit zehn Jahren trat er im Iglauer Theater als klavierspielendes Wunderkind auf. Mahler besuchte das Gymnasium in Iglau, zeitweise auch in Prag, und kam 1875 an das Konservatorium der Wiener Gesellschaft der Musikfreunde zur weiteren musikalischen Ausbildung, die er 1878 erfolgreich abschloß. Das erste Werk, das Mahler auch später als Dokumentation seines unverwechselbaren persönlichen Schaffenswillens gelten ließ, ist die 1880 konzipierte, später überarbeitete Partitur *Das klagende Lied* für Soli, Chor und Orchester.

Im Jahr der Entstehung dieses Werkes begann Mahler seine Tätigkeit als Theaterkapellmeister: zuerst im Sommertheater in Bad Hall (Oberösterreich), 1881/82 am Landestheater Laibach und 1883 am Stadttheater Olmütz. 1883 bis 1885 wirkte Mahler als »Musikdirektor« am königlichen Theater in Kassel. Die Erfahrungen, die er vor allem in Laibach und Kassel gesammelt hatte, qualifizierten ihn für den Posten des zweiten Kapellmeisters an dem von *Angelo Neumann*, dem erfolgreichen Popularisator des Wagnerschen Schaffens, geleiteten Deutschen Theater in Prag (1885/86). Hier und in Leipzig, wo Mahler als zweiter Kapellmeister neben *Arthur Nikisch* wirkte (1886—1888), hatte er Gelegenheit, seine Fähigkeiten als Wagner-Dirigent unter Beweis zu stellen.

Im Herbst 1888 trat Mahler die Stellung des Direktors der vier Jahre zuvor erbauten königlich ungarischen Oper in Budapest an. Seine künstlerischen Taten für die Werke *Wagners* (mit Aufführungen in ungarischer Sprache!) und *Mozarts* (mit einer von *Johannes Brahms* gerühmten *Don-Giovanni*-Aufführung) verliehen dem Operninstitut der ungarischen Hauptstadt einen Glanz, der lange Zeit nicht mehr erreicht werden konnte. Der Opposition, die zum Teil aus nationalistischen Motiven herrührte, entzog sich Mahler nach einer mehr als zweieinhalb Jahre währenden Tätigkeit durch Abschluß eines Vertrages mit dem Hamburger Stadttheater, dem er vom 1. April 1891 bis Anfang 1897 als erster Kapellmeister zur Verfügung stand. Die Leistung Mahlers als Operndirigent, der auch schon in das szenische Geschehen entscheidend eingriff, fand die Anerkennung *Tschaikowskis*, der den Dirigenten der deutschen Erstaufführung seiner Oper *Eugen Onegin* am Hamburger Stadttheater (1892) einen »Mann von Genie« nannte.

Die Intensität der musikalischen Arbeit des Operndirigenten und sein Streben, die Taten der Musik — im Sinne Richard Wagners — auf der Bühne sichtbar zu machen und damit dem überlieferten szenischen Schlendrian ein Ende zu bereiten, zeigten sich noch deutlicher, als Mahler seine Tätigkeit in Wien aufnahm. Zu Beginn des Jahres 1897 wurde er als Kapellmeister an die Wiener Hofoper verpflichtet, im Juli wurde er zum Stellvertreter des Hofoperndirektors *Wilhelm Jahn* ernannt und im Oktober als Nachfolger Jahns mit der unumschränkten Machtvollkommenheit des »artistischen Direktors« ausgestattet, die er bis Dezember 1907 behielt.

Was Mahler als Leiter der Wiener Oper für die musikalische Durchdringung der Szene und für die Erneuerung dieser Szene geleistet hat, bildet ein ruhmreiches Kapitel der neueren Operngeschichte. Der erste Abschnitt seiner Wiener Opernarbeit (etwa 1897—1902) ist durch das Bemühen um musikalische Integrität gekennzeichnet: die Vorherrschaft der Sängerstars wird gebrochen, die Integrität des bis dahin oft durch entstellende Kürzungen gebrochenen Kunstwerks wiederhergestellt. Die zweite Etappe — sie steht im Zeichen der Zusammenarbeit mit dem Secessionisten *Alfred Roller* — beginnt mit der schon legendären Inszenierung von *Tristan und Isolde* (Februar 1903) und findet ihren Höhepunkt in der *Fidelio*-Darstellung von 1904, deren Intensität noch in den glücklicheren Versuchen der neueren Zeit nachwirkt. Den dritten Abschnitt bilden die Jahre 1906 und 1907. Es ist eine Zeit, in der die Energie des Operndirektors Mahler gewiß nachläßt zugunsten des Einsatzes, den die Komposition des Monumentalwerkes der *Achten Symphonie* ihm abfordert, doch fallen in diese Ära die gerühmten Aufführungen des Mozart-Jubiläums 1906, darunter ein erneuerter *Don Giovanni* in Rollers Szenerie, dem der Chronist der Wiener Secession und Kunsthistoriker *Ludwig Hevesi* ein literarisches Denkmal gesetzt hat.

Er hat sein Leben dem musikalischen Theater gegeben. Was ungebrochen fortwirkt, ist freilich nicht so sehr diese nach Richard Wagner und vor *Wieland Wagner* bedeutendste praktische Leistung für die Szene des Musiktheaters, sondern Mahlers kompositorisches Schaffen. Zwar träumte Mahler in jungen Jahren und gelegentlich auch später noch von einem eigenen schöpferischen Beitrag zum Musiktheater, doch hat dieser neben *Richard Strauss* wohl bedeutendste Opernpraktiker seiner Zeit uns kein musikalisches Bühnenwerk hinterlassen. Er hielt dramatische Musik und symphonische Musik für zwei »auseinanderlaufende Pfade« (wie er 1896 in einem Brief schrieb), und er verfolgte als

Komponist nur einen dieser Wege. Sein kompositorisches Bekenntnis zur »absoluten Musik« und zum Symphonischen entsprach der österreichischen, der wienerischen Tradition, die er im Anschluß an *Schubert* und *Bruckner* fortgesetzt hat und die sich mit *Eduard Hanslicks* wienerischer Ästhetik deckt, die in der Autonomie der »tönend bewegten Formen« das höchste Ziel musikalischen Denkens und Schaffens erblickt.

Zu Beginn freilich entwickelt Mahler seine musikalischen Gedanken aus dem Lied. Die rein instrumentale *Erste Symphonie* (Uraufführung Budapest 1889) knüpft sogar thematisch an die schon in Kassel entworfenen *Lieder eines fahrenden Gesellen* an, in deren Text sich schon Elemente aus der romantischen Volksliedsammlung *Des Knaben Wunderhorn* finden. In den Symphonien Nr. 2, 3 und 4 verwendet Mahler Texte dieser Sammlung, die er jedoch mehrfach so umbildet, daß sie seinen Ideen entsprechen. Ähnlich kritisch verfährt Mahler mit einer Ode *Klopstocks,* die er im Finale der *Symphonie Nr. 2* benützt, und mit einem *Nietzsche*-Text, der im vierten Satz der *Symphonie Nr. 3* vertont ist. Auf diese zwischen 1894 und 1900 entstandenen vokal-instrumentalen »Wunderhornsymphonien« Nr. 2 bis 4 folgen die rein instrumentalen *Symphonien Nr. 5 bis 7.* Diese Werke haben dem Verständnis die stärksten Hindernisse entgegengesetzt. Mahlers Setzweise emanzipiert sich hier völlig von jenem homogeneren Klangbild, das sich — wie bei den Symphonien seiner großen Vorgänger — noch näherungsweise vom Klavier aus darstellen ließe. Sein orchestrales Klangideal ist die »Verschiedenstimmigkeit«. Er sucht eine symphonische Anlage, bei der die Themen in unterschiedlicher Rhythmik und Melodik »von ganz verschiedenen Seiten« herkommen. Alles andere, so meint Mahler, sei nicht Mehrstimmigkeit, nicht Polyphonie, sondern »bloß Vielstimmigkeit und verkappte Homophonie«, also akkordische Einhelligkeit.

Die Vielfalt individualisierter Einzelstimmen und der Wechsel von Monumentalem und Subtilem im Verlauf eines einzigen Werkes haben auch der Interpretation im Konzertsaal beträchtliche Schwierigkeiten bereitet. Die Konzertsäle des 19. Jahrhunderts begünstigten den romantischen Mischklang. Erst die transparentere Raumakustik der neueren Konzertsäle und mehr noch die vom realen Raum relativ unabhängige elektroakustische Rundfunk- und Schallplattenaufnahme (in der die Bemühung des Dirigenten durch die sachgemäße Operation des Aufnahmeleiters am Mischpult gestützt wird) konnten den Intentionen, die Mahler in seinen Partituren ausgedrückt hat, gerechter werden. Dadurch ist zumindest teilweise die wachsende Popularität der Werke Mahlers seit etwa 1950 zu erklären.

Den Symphonien mit ihrem großen Instrumentalapparat steht ein umfangreiches Liedschaffen gegenüber. 14 *Lieder und Gesänge aus der Jugendzeit* (zum Teil auf Wunderhorn-Texte, mit Klavierbegleitung) publizierte Mahler schon 1892. Weitere zwölf Lieder aus *Des Knaben Wunderhorn* für Singstimme und Orchester ließ Mahler 1905 veröffentlichen. Im selben Jahr erschienen auch die zwischen 1901 und 1904 entstandenen *Kindertotenlieder* auf Gedichte von

Friedrich Rückert und weitere fünf Rückert-Lieder — beide mit Orchesterbegleitung, von der jedoch auch Klavierfassungen existieren.

1906 konzipierte Mahler seine bald danach im Detail ausgeführte *Symphonie Nr. 8,* ein monumentales symphonisches Gebilde, dessen erster Teil den lateinischen Hymnus »Veni creator spiritus« verwendet, während der zweite Teil auf der Schlußszene von *Goethes Faust II* basiert. Dieses wegen der großen Zahl der Ausführenden »Symphonie der Tausend« genannte Werk für Soli, Chöre und Orchester dirigierte Mahler selbst bei der Uraufführung, die im September 1910 in München stattfand. Weder das sechssätzige, für zwei Singstimmen und Orchester entworfene *Lied von der Erde* (nach Texten aus *Hans Bethges* Sammlung *Die chinesische Flöte*) noch die *Instrumentalsymphonie Nr. 9* erklangen zu Lebzeiten Mahlers. Beide Werke, Zeugnisse eines ungewöhnlich zukunftsweisenden Altersstiles des Komponisten, wurden erst nach Mahlers Tod unter der Leitung *Bruno Walters* aufgeführt. Eine *zehnte Symphonie* blieb Fragment.

1908 und 1909 wirkte Mahler als Dirigent der Metropolitan Opera in New York. 1909 trat er an die Spitze des New Yorker Philharmonischen Orchesters und äußerte sich bald begeistert darüber, daß ihm Amerika eine seinen »Neigungen und Fähigkeiten adäquate Tätigkeit« als Konzertdirigent bot. Die Leitung eines Konzertorchesters war sein »lebenslanger Wunsch« gewesen, den ihm Wien — wo er bloß von 1898 bis 1901 als Dirigent der Philharmoniker wirken konnte — nicht erfüllt hatte. Der praktische Umgang mit dem Apparat des Konzertorchesters, das sich seiner inneren Natur nach vom Opernorchester unterscheidet, befruchtete zweifellos auch seine Klangphantasie, die in den »Alterswerken« ihren Niederschlag fand.

Der durch rastlose Arbeit in Amerika, nicht minder aufreibende Dirigiertätigkeit in Europa und kompositorisches Schaffen während der Ferien geschwächte Mahler wurde zu Beginn des Jahres 1911 durch eine schwere Krankheit zur Unterbrechung seiner amerikanischen Konzerte gezwungen. Todkrank kehrte Mahler nach Europa zurück. Er starb am 18. Mai 1911 in Wien.

Hugo Wolf

VON DOLF LINDNER

Die Geschichte des Kunstliedes reicht weit in die musikalische Vergangenheit zurück. Von *Joseph Haydn* gingen aber neue Impulse aus, die in der Folge von *Mozart* und *Beethoven* gefestigt wurden. *Schumann* und *Brahms* wären in einer Chronologie als nächste zu nennen. Bei all diesen Meistern aber stand das Lied (ohne daß diese Feststellung als Wertung aufgefaßt werden darf) *neben* dem großen Opern- bzw. symphonischen und kammermusikalischen Schaffen. Erst

Georg Trakl, Lithographie von Hildegard Jane

Rainer Maria Rilke, Federzeichnung von Emil Orlik

Folgende Seite: Hugo Wolf, Pastell von Klementine von Wagner, 1902
Darunter Notenbeispiel aus: »Goethe-Lieder. Harfenspieler III. Wer nie sein Brot«

Harfenspieler.
(Goethe)
III.
Wien, 30. Okt. 888
Baryton
Wer nie sein Brod mit Thränen aß, wer nie die kummer-vollen Nächte auf seinem

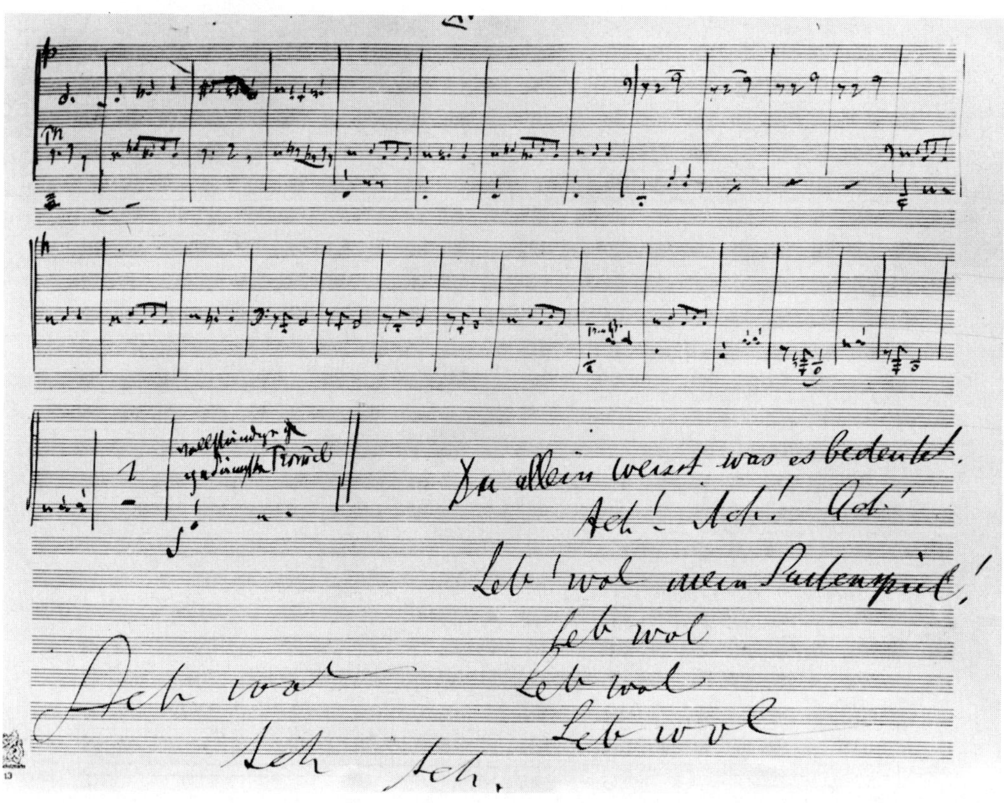

Du allein weisst, was es bedeutet.
Ach! Ach! Ach!
Leb' wol mein Saitenspiel!
Leb wol
Leb wol
Leb wol

Hugo von Hofmannsthal

Arthur Schnitzler

Vorhergehende Seite: Gustav Mahler. Darunter Notenbeispiel Blatt 73r aus der X. Symphonie. Faks.-Ausgabe, Wien 1924 mit *Hugo Wolf* trat eine Komponistenpersönlichkeit in Erscheinung, deren Schaffen fast ausschließlich dem Lied gewidmet war.

Hugo Wolf wurde am 12. März 1860 in Windischgräz in der Südsteiermark als viertes von acht Kindern geboren. Der Vater, *Philipp Wolf,* führte das über Generationen in der Familie vererbte Ledererhandwerk weiter. Er war musikalisch sehr begabt, spielte mehrere Instrumente und hatte ein eigenes Kammermusikensemble gegründet. Die Mutter, *Katharina,* geb. *Nußbaumer* — der Name ist eine Verdeutschung des slowenischen Orehovnik —, stammte aus dem damals zu Kärnten (heute zu Italien) gehörenden Malborget (Malborghetto). Hugos starke Musikbegabung zeigte sich bereits im frühen Kindesalter. Er spielte Klavier und Violine und konnte sehr bald schon in dem väterlichen Ensemble mitwirken. Seine Musikleidenschaft brachte allerdings die vom Vater gewünschte Schulausbildung zum Scheitern. Mißerfolge im Gymnasium führten zu heftigen Vater—Sohn-Auseinandersetzungen. Im Sommer 1875 schrieb Hugo an seinen Vater: »Mir ist die Musik wie Essen und Trinken. Da Sie aber durchaus nicht wollen, daß ich ein Musikus — nicht wie Sie der Meinung sind, Musikant — werde, so will ich gehorchen und mich einem anderen Fache widmen. Gott gebe nur, daß Ihnen dann die Augen nicht aufgehen werden, wenn es schon zu spät für mich zum Umkehren zur Musik sein wird.«

Aber er widmete sich keinem »anderen Fache«: im Herbst 1875 bezog er in Wien das Musikkonservatorium, das damals unter der Leitung von *Josef Hellmesberger* stand. In Wien besuchte er fast täglich die Oper, und hier erlebte er vor allem *Richard Wagner.* Er lauerte Wagner im Hotel auf, überreichte ihm seine ersten Kompositionen und wurde dafür mit einigen belanglosen Worten abgefertigt. Dennoch jubelte er in einem Brief: »Ich bin Wagnerianer geworden!« In den Zwang eines geordneten Musikstudiums aber fügte er sich nicht. Wegen eines niemals genau aufgeklärten »Bubenstreichs« wurde er 1877 vom Konservatorium gewiesen. Von diesem Zeitpunkt an lebte Wolf als freischaffender Künstler unter äußerst schwierigen Lebensbedingungen. Nur ein ständig zunehmender, äußerst generöser Freundeskreis, dem u. a. *Felix Mottl, Adalbert von Goldschmidt,* vor allem aber die Familien *Werner* und *Köchert* angehörten, ermöglichte ihm ein bescheidenes Dasein. Leicht hatten es diese Freunde mit dem Komponisten nicht, denn er war überaus leicht verletzlich und sehr launenhaft, außerdem von einer selbst noch Beethoven übertreffenden Unrast: allein in Wien konnten 36 verschiedene Wohnstätten festgestellt werden. Die Kompositionen dieser frühen Zeit umfassen vor allem Sonaten, Fantasien, Symphonien (die aber meist unvollendet blieben) und natürlich Lieder. »Meine Lieder gefallen überall, werden aber nirgends aufgeführt. Schändliche Schufte!« notierte er 1879. An Versuchen, ihm zu helfen, fehlte es nicht: 1881 wurde er über Freundesvermittlung Dirigentenassistent von *Carl Muck* am Salzburger Landestheater (»Das Theater hier ist mehr eine Intriganten- als Kunstschule!«), Privatschüler wurden ihm empfohlen, für deren Untalent Wolf aber keine Nerven hatte. Köchert bezahlte dafür, daß man Wolf als Musikreferenten beim

Wiener Salonblatt beschäftigte. Diese Tätigkeit übte er von 1884 bis 1887 aus. Aber wie ein Berserker, wie ein »heulender Derwisch im Boudoir einer Dame« *(Newman)*, brach der »grimmige Wolf« in die Spalten dieser hochfeinen Gesellschaftszeitung ein. Nur eine Probe: »Brahms ist ein tüchtiger Musiker ... dem zuweilen gute, mitunter vortreffliche, zuweilen schlechte, hie und da schon bekannte und häufig gar keine Einfälle kommen.« Nur *Wagner* und *Bruckner* finden Gnade — und so stand er im krassen Gegensatz zum damals regierenden Kritikerpapst: *Eduard Hanslick*.

Auf diese »Wolf-Art« reagierten die ausübenden Künstler natürlich negativ: So lehnte das *Rosé*-Quartett seine d-moll Quartett-Komposition ab, und *Hans Richter* ließ das philharmonische Vorspielen von Wolfs symphonischer Dichtung *Penthesilea* in ein Chaos ausarten. (Richter: »Ich hätte das Stück nicht zu Ende spielen lassen, aber ich wollte mir den Mann anschauen, der es wagt, *so* über Meister Brahms zu schreiben!«) Durch Freundeshilfe erschienen 1888 erstmals Wolf-Lieder im Druck.

1888 setzten die für Wolfs Meisterperiode so charakteristischen manischen Schaffensperioden ein, während derer er an einem Tag oft zwei, ja sogar drei Meisterlieder komponierte. Die Handschriften dieser Lieder zeigen einen klaren Duktus und fast niemals Korrekturen. Es gab kein Beethovensches Ringen.

Im Sommerhaus der Familie Werner in Perchtoldsdorf komponierte er zwischen dem 16. Februar und dem 18. Mai 1888 43 Lieder nach Gedichten von *Mörike*. Weitere neun *Mörike*- und zwölf *Eichendorff-Lieder* entstanden zwischen dem 31. August und dem 10. Oktober in Unterach. Wieder in Wien, komponierte er 50 *Goethe-Lieder* (27. Oktober 1888 bis 12. Februar 1889). Am 21. Oktober 1889 schrieb er noch ein *Goethe-Lied* und vertonte danach bis zum 27. März 1890 44 Texte, die er im *Spanischen Liederbuch* zusammenfaßte. Sechs Lieder nach *Gottfried Keller* entstanden Mai bis Juni 1890, und im folgenden Herbst begann ein neuer Schaffensrausch: innerhalb weniger Tage schrieb er sieben Kompositionen für das *Italienische Liederbuch*.

Doch ganz plötzlich versiegte jegliche Intuition, und für ein volles Jahr sollte kein Lied mehr entstehen. Wolf litt: »Fast möchte ich glauben, daß ich am Ende meines Lebens angelangt bin.« — »Vom Komponieren habe ich nicht mehr die geringste Vorstellung. Gott weiß, wie das enden wird!«

Im Herbst 1891 sprudelt die Quelle wieder: die noch fehlenden Lieder für den 1. Band des *Italienischen* entstanden in nur 25 Tagen. Die langen Pausen im Liedschaffen aber ließen in Wolf den Wunsch nach einer Oper reifen. Nach vielem Suchen entschied er sich für *Der Corregidor*, den von *Rosa Mayreder* bearbeiteten *Pedro d'Alarcon*-Stoff *Der Dreispitz*. Kompositionsdauer: 1. April bis 18. Dezember 1895. Am 7. Juni 1896 wurde das Werk in Mannheim uraufgeführt. Die Wiener Oper spielte es erst nach Wolfs Tod im Jahre 1904. Während in Mannheim die Proben liefen, schrieb Wolf in Perchtoldsdorf die 24 Lieder des 2. Bandes des *Italienischen Liederbuches*. Die letzten Lieder, die Wolf komponiert hat, entstanden nach Texten von *Michelangelo* im März 1897.

Ein Jahr vorher bezog er seine erste eigene Wohnung in Wien. Freunde in Österreich und in Deutschland hatten sie gemeinsam finanziert. Hier begann der Komponist auch mit der Arbeit an seiner zweiten Oper. Wieder hatte Rosa Mayreder einen Alarcon-Stoff bearbeitet: *Manuel Venegas.* Die Endfassung stellte *Moritz Hoernes* her. Als *Gustav Mahler* 1897 die Direktion der Wiener Hofoper übernommen hatte, machte er sein Versprechen, den *Corregidor* aufzuführen, nicht wahr. Dies dürfte wohl der äußere Anlaß zum Ausbruch von Wolfs seit langer Zeit schwelender Geisteskrankheit gewesen sein. Während er, am 19. September 1897 in Mödling, seinen Freunden aus *Manuel Venegas* vorspielte, stellten sich Wahnvorstellungen ein. Wolf wurde in die Svetlinsche Heilanstalt nach Wien gebracht. Sein Zustand besserte sich, und er konnte im Jänner 1898 wieder entlassen werden. Rastloses Umherreisen kennzeichnete die Folgemonate, und nach einem Selbstmordversuch im Traunsee mußte Wolf, im Herbst 1898, in die Anstalt »Am Steinhof« gebracht werden. Dort starb er in völliger geistiger Umnachtung am 22. Februar 1903.

Hugo Wolf war ein überaus schwieriger Mensch, ein sensibles Wesen, völlig Künstlernatur: unstet, sprunghaft, rastlos, empfindlich, teils menschenscheu, teils gesellig. Nur in einem war er unteilbar rigoros: in der Musik. Er war, trotz der früh ausgeprägten musikalischen Reife, kein Wunderkind. Als Komponist allerdings kann man ihn wohl als ein Wunder bezeichnen, hatte er doch jegliche schulmäßige Ausbildung verwehrt, weil er eben schon alles konnte. Er verehrte seine Vorbilder, vor allem Wagner, grenzenlos — aber er wurde niemals auch nur in einer musikalischen Phrase Epigone. Größte Bedeutung hatte für ihn die Wahl der Texte, und er bewies erstaunliches literarisches Feingefühl. Wolf hat niemals einen literarisch wertlosen Text (wie etwa Schubert u. v. a.) vertont. Kompositionstechnisch kommt ihm das Verdienst zu, das Klavier aus der Rolle des Begleitinstrumentes herausgehoben und der »Begleitung« eine der Gesangslinie gleichbedeutende Funktion gegeben zu haben. Dies dokumentieren auch die besonders schönen Nachspiele. Man hat Wolf den Vorwurf gemacht, seine Liedsätze wären zu orchestral gedacht, und die vorliegenden 27 orchestrierten Lieder ließen diesen Schluß auch zu, aber kaum eines dieser Orchesterlieder (die sich im Konzertleben kaum durchgesetzt haben) kann den subtilen Reiz der ursprünglichen Klaviernotation auch nur annähernd vermitteln. Wolfs Werke der absoluten Musik (deren größter Teil fragmentarisch blieb) sind, was den musikalischen Einfall betrifft, von außerordentlicher Kraft, können aber qualitativ dem Vergleich mit den Liedern nicht standhalten.

Wie es für einen »Wagnerianer« nicht anders sein konnte, liebte er natürlich die Oper. Aber es war eine nicht ganz glückliche Liebe, denn Wolf war eben doch vornehmlich Lyriker, wenn auch sehr eigenständiger Prägung. Und so wirken etwa die einzelnen »Nummern« des *Corregidor* wie eine Aneinanderreihung von Liedern. (*In dem Schatten meiner Locken* und *Herz, verzage nicht* sind Lieder aus dem *Spanischen Liederbuch,* die in die Oper einfach übernommen wurden.)

Genialität — und dieser Begriff ist auf Wolf durchaus anwendbar — ist eine Gegebenheit, sie zu analysieren wäre müßig. Wolfs Biographen unternehmen immer wieder den Versuch, seine schwere Erkrankung als Erklärung für bestimmte Schaffensvorgänge heranzuziehen. Ohne Zweifel sind die manisch-depressiven Lebensphasen (die sich in eruptiven Produktionszeiten und völliger Arbeitsunfähigkeit manifestieren) auf die »Wirksamkeit« der venerischen Erkrankung, die Wolf sich in seiner Jugend zugezogen hat, zurückzuführen. Das tragische Ende: progressive Paralyse.

Hugo Wolfs Zugehörigkeit zum Kreis der »Liederfürsten« ist heute unbestritten. Die Kraft der Wolfschen Aussage, das sichere Empfinden für die Wortstärke der vertonten Gedichte und sein ganz dem Lied hingegebenes Leben machen ihn zum bedeutsamsten Vertreter dieser Kunstgattung.

Otto Wagner

VON OTTO ANTONIA GRAF

Heute, da die »moderne Architektur« ein abgeschlossenes Kapitel der Geschichte darstellt, scheint es nicht mehr notwendig, an den vor knapp einem halben Jahrhundert gewiß unvermeidbaren Rationalisierungen, durch die sich die vielfach bedrohte Bewegung schützen wollte, festzuhalten. Im Gegenteil scheint es jetzt an der Zeit zu sein, nach den größeren Zusammenhängen zu fragen, in die das gesamte Problem der modernen Architektur sinnvoll integriert werden kann. Dazu bietet sich ein von der Forschung bisher fast ganz, man kann sich des Eindrucks nicht erwehren, etwas absichtlich übersehenes, komplexes Phänomen von selbst an, nämlich das Werk *Otto Wagners*, vor allem aber seiner Schule an der Wiener Akademie, der ersten akademischen Schule der modernen Architekturgeschichte, die wir kennen. Otto Wagner, der am 13. Juli 1841 in Wien-Penzing geboren wurde, kam 1894 als Leiter einer Spezialklasse für Architektur an die Akademie der bildenden Künste in Wien. Sein Wirken als Akademie-Professor bis 1912 war von prägendem Einfluß auf seine Schüler. In der Schule vollzog sich, eher abseits vom Kunstgeschrei der Secession und ihrer Widersacher, eine der nicht so zahlreichen echten Erweiterungen des Bauens und des fundamentalen Denkprozesses. Recht besehen, führt eine Darstellung der Wagnerschule sogleich in die Probleme der gegenwärtigen Geschichtsschreibung, weil sie sich in noch größere Sachverhalte ausweitet, nämlich in die Situation der planetaren Organisation. Wenn nicht alles täuscht, hat dieser Kontext die Begriffe »Kunst« und »Architektur«, wie sie historisch gewachsen sind, schon hinter sich gelassen. Die Wagnerschule war sich dieser Tatsache schon um 1900 bewußt.

Seit 1963 tauchten etwa 50 neue Projekte (mehrere hundert Zeichnungen)

Wagners aus verschollenen Nachlässen auf, sodaß wir zum erstenmal den Schaffensprozeß zwischen 1860 und 1917, den der Architekt kaum jemals veröffentlichte, überschauen. Anderseits überblicken wir jetzt die publizistische, künstlerische und theoretische Arbeit der Schule, die kaum etwas zu tun hat mit dem, was gewöhnlich als Wagnerschule bezeichnet wird. Ganz andere Werke und Thesen stehen vor uns als die *Olbrichs, Hoffmanns* und des Kreises der Wiener Werkstätte. Dank all dieser Funde ändert sich auch das durch die kunstgeschichtlichen Rationalisierungen parallel zum Bauhaus und Internationalen Stil bestimmte Bild der Wiener Architektur in der Frühgeschichte der Moderne grundlegend. Es eröffnen sich nämlich historische Perspektiven und futurische Prospektiven, gegen die die ältere Ideologie verständlicherweise gleichermaßen allergisch war. Erst jetzt wird klar, was Wagner 1895 mit dem Ausdruck »Naissance« für sich selbst und seine Umgebung, ja für die gesamte Baukunst in Anspruch nahm. Die Breite des Spektrums erweitert sich außerordentlich. So übersehen wir nun durch die zahlreichen Handzeichnungen Wagners (vor 1963 waren solche fast unbekannt) seine Verankerung im spätbarocken »Reichsstil« des beginnenden 18. Jahrhunderts, von dem aus der stets gemäßigte Historismus des Künstlers zu verstehen ist. Skizzen für den Ausbau der Hofburg *Sempers* (um 1898), in denen sich Art nouveau und Spätbarock merkwürdig durchdringen, stehen neben unterdrückten Phantasien über ein Nationaldenkmal (um 1897), das wie eine Erinnerung an das Grab des Augustus, die Pyramiden, *Fischers von Erlach* Variationen über die mediterranen Weltarchitekturen und spätbarocke Triumphalarchitektur anmutet. Von diesem Werk scheinen sich zahlreiche Kirchen, Akademien und Museen des späteren Wagner abzuleiten. Da sich Wagner in der Verlängerung der spätbarocken Baukunst, dem »Genius loci«, sah, wird auch verständlich, warum er kaum jemals, obwohl er einige Zeit für *Theophil Hansen* als Baumeister tätig war, ein Historist im strengen Sinn wurde.

Von 1860 bis 1917 entwickelte sich das Werk entlang der Achse solcherart selbstgewählter Tradition, ohne die pathologisch deformierte Zeitvorstellung der Umgebung sich zu eigen zu machen. Dadurch war Wagner befähigt, bedeutende Neuerungen durchzuführen. Der gemäßigte Rationalismus der *Stadtbahn* (1892—1902), des *Donaukanals* (1895—1905), der *Postsparkasse* (1903—1912) und seines literarischen Hauptwerkes, der *Modernen Architektur* (Auflagen 1895, 1898, 1902, 1913), ist zu bekannt, um besonders erwähnt werden zu müssen. In diesen Bereich gehören auch die Werke Olbrichs in Darmstadt und Wien, die Bauten Hoffmanns und die wenigen Bauten der Wagnerschule, die trotz bedeutender Werte nicht mehr als lokales Interesse beanspruchen. Von ganz anderem Rang zeugen einige frühe Werke Wagners und vor allem die wichtigsten Utopien und Denkansätze der Schule, die vom Denken des Lehrers unmöglich getrennt werden können. Um 1880 entstanden Entwürfe für Banken, die zum Progressivsten gehören, was sich im frühen technisch-rationalen Bauen ausfindig machen läßt. Hinter orthodoxen Fassaden verbergen sich Raumsysteme und Außengestalten, die sich in keiner Weise mehr im klassischen Bereich bewegen. 35 Jahre später drängt die »formlose« Radikalität der Girobank und Länderbank wieder in einer »Notkirche« (1917), einem schachtelförmigen Skelettbau bar jeder historischen Assoziation, hervor. Der Prozeß der Reduktion, den Wagner zeitlebens betrieb, ist an einem Endpunkt angelangt.

In der Schule spielte sich zwischen 1898 und 1905 ein vergleichbarer Prozeß ab, der aber über bloße Reduktion weit hinausführt. In kurzer Folge entstehen Formen geometrischer Abstraktion, konstruktivistische Metaphern, rotierende Bauten, systematische Variationen über den Skelettbau aus Glas, Beton und Eisen, Wolkenkratzer aus Beton und Glas und neue dynamische Systeme wie Flughäfen, Sportfelder, Autorennplätze und Industriestädte. Man formuliert theoretische Forderungen nach einer Maschinenästhetik in der Architektur. Sogar die spröden Metaphern *Vitruvs* erweisen sich als in das Feld des »ewigen Werdens« und des steten Fortschritts transponierbar. Lange vernachlässigte Phänomene, das Prämorphe und Skizzenhafte auf der einen Seite, die soziale, technische und Friedensutopie, edelste Themen der älteren Baukunst, treten auf und werden untersucht.

Warum dies alles bis heute kaum zur Kenntnis genommen wurde, ist aus zwei Gründen leicht zu verstehen. Es sind nicht so sehr die weißen Flecke auf der Landkarte der modernen Architekturgeschichte, von denen die Wagnerschule ja nicht der einzige ist, sondern ein ungenügendes Projektionssystem, in dem ein so komplexes Beziehungsgeflecht zwischen spätbarocker Reichskunst und geometrischer Abstraktion und Präkubismus nicht untergebracht werden kann. Denn um die Bedeutung der modernen Architektur deutlich zu machen, muß noch weiter ausgeholt werden. Zwei gewaltige Prozesse verknäueln sich im Problem, die wir nur ungenügend auseinanderhalten. Der Untergang des klassischen europäischen Architektursystems, der seit *Piranesis* schaurigen Raumhalluzinationen und den terroristischen Phantasien der vorweggenommenen royalistischen Selbstbestrafung (die sogenannte »Revolutionsarchitektur«) sich entfaltet, bildet den Bereich, in dem sich, von ganz anderen Prozessen ausgehend, die moderne Architektur bildete. Dieser Zerfallsprozeß, der weder beendet noch durchschaut ist, schließt ein, man kann es ruhig so nennen, planetares Bauen ab, das die postneolithischen Hochkulturen umfaßt. Aus der modernen Architektur und vielen neuen komplexen Prozessen entsteht aber seit einigen Jahrzehnten die planetar einheitliche Organisation und Planung, die sämtliche Größenordnungen selbst der modernen Baukunst hinter sich gelassen hat. Innerhalb eines komplexesten Vorgangs bewegen sich Bauen, Industrialisierung, Organisationssysteme, Zukunftsplanung und soziale Kämpfe in Richtung der Transformation der Erdoberfläche durch eine prospektive Friedenskultur. Alle Abgrenzungen und Inhalte der älteren Kunstübung sind darin hinfällig geworden. Erst im Kontext zweier antithetischer planetarer Geschehnisse läßt sich, so scheint es mir, die Geschichte der modernen Architektur sinnvoll abgrenzen und auflösen. Wagner und seine Schule vermögen, da ihnen das Problem klar vor Augen stand und sie sich darin behaupten wollten, wichtige Aussagen über all das zu machen.

Daß dies so ist, wurde bisher nur wenig zur Kenntnis genommen, da die Geschichte der Kunst des 20. Jahrhunderts in Österreich gewöhnlich unter falschen, sentimentalen, wohl auch chauvinistischen Vorzeichen abgehandelt wird. Wagner, *Schönberg, Kokoschka, Kraus* und *Freud* kämpften nicht gegen eine bloß bornierte und denkfaule Umwelt, sondern gegen eine unvermeidbare, tragische historische Zermalmung in einem mit Erbitterung geführten Bürgerkrieg. Nirgends sonst war die Notwendigkeit, den Fluß der Geschichte beschwörend aufzuhalten und zum Erstarren zu bringen, so groß wie im späten Habsburgerreich. Es war genügend industrialisiert, um sich in unlösbare Konflikte zu verstricken. Darüber hinaus übten alte geistige Strukturen der imperialen Kultur große Macht aus, wozu als Sprengmittel das seit der Niederschlagung der Revolution von 1848 und den Folgen unauflösbare Spannungsfeld des nationalistischen Hasses kam. In diesem Syndrom von Widersprüchen erlebte die Reichskunst ihre »letzte Blüte«, wie es heute bewußt verdrängend hingestellt wird. Innerhalb des Bereichs der »Ringstraße«, einer politischen Neoromantik, die durch historische und sakrale Magie auf Vernichtung der Zeit tendierte, vollzog sich das Schicksal Wagners und seiner Schule. 1879 entwarf Wagner das *Festzelt* für den charakteristischsten Ausdruck des Geschichtsrituals, den »Makartfestzug«, eine ungewollt parodistische Verwandlung der gesamten industriellen und sozialen Wirklichkeit der zweiten Hälfte des 19. Jahrhunderts in den Mummenschanz des *Dürer*schen Triumphzuges für *Maximilian I.* Dies war Wagners erster öffentlicher Prestigeerfolg.

Wir wissen aus Tagebüchern und Briefen, in welchen Konflikten der Künstler damals lebte. Er berichtet von wilden Diskussionen über Sinn und Fortschritt der Kunst. 1882 läßt er sich zum erstenmal drastisch über »architektonische Lügen« vernehmen, noch dazu in einem Projekt für den Berliner Reichstag, und weist darauf hin, daß sich die architektonische Form automatisch aus der Beachtung der Funktionen ergäbe. 1889 spricht sich der Architekt gegen die »Experimente mit den verschiedenen Stilrichtungen, welche vom größten Teil der architektonischen Welt in den letzten zwanzig Jahren durchgejagt wurden, und die Bauweise von Jahrtausenden, mehr oder minder karikiert, mit der Hast unserer Lebensweise verbrauchten«, schärfstens aus. Es ist ihm klar, daß es sich dabei um eine geschichtszerstörerische kapitalistische Ausbeutung der Vergangenheit handelt! In der *Modernen Architektur* ist ihm einige Jahre später noch deutlicher geworden, daß diese Art der Geschichtsausbeutung durch die großbürgerliche Welt ein »Wahnsinnsgebäude« darstellt, das mit aller Kraft einzureißen sei. Die Insassen des Gebäudes, denen umgekehrt die moderne Außenwelt als »assyrisch-babylonischer Idiotenstil« und »l'art juif« erscheinen mußte, setzten sich sofort zur Wehr. Verwundert es, daß in einer solchen Situation sich Freud systematische Gedanken über den Zusammenhang von Kultur und Geisteskrankheit zu machen begann?

Der fünfzigjährige Kampf Wagners beginnt 1863 mit einem der Hofoper verpflichteten Restaurantgebäude und endet im Weltkrieg, rund um den Wettbewerb für das Kriegsministerium, dem letzten Bau der Ringstraße ... Wagner war, seiner Herkunft und Selbstinszenierung nach, ein Mitglied der Großbourgeoisie, das den radikalen Forderungen nach Demokratie und dauerndem Fortschritt die Treue bewahrte. Dies ist der Grund der zahlreichen massiven Feindschaften, die er sich zuzog und denen fast alle bedeutenden späteren Werke zum Opfer fielen. Das Werk beginnt mit einem Entwurf für die bürgerliche Unterhaltungssucht nach der zerschlagenen Revolution und endet im letzten Akt der Katastrophe, es ist also total integriert in den Neubau Wiens im Gefolge von 1848. Die offizielle Staatskultur reagierte zuerst mit Kasernen und Militärlagern rund um die Stadt. Dann riß man der Stadt, unter dem Druck der wirtschaftlichen Expansion, wie man behauptete, die Mauern ab, hinter denen sich die Revolution verschanzt hatte, und ersetzte die Befestigungen durch eine historisierende Landschaft ideologischer Magie und Drohung mit dem Zaunpfahl der Geschichte. Den Anfang bildet die anläßlich eines erfolglosen Attentats eines Anarchisten auf *Kaiser Franz Joseph* errichtete neogotische *Votivkirche* (1856), das Ende das *Kriegsministerium* (1907—1913). Den wahren inneren Abschluß der »monumentalen«, auf »ewige Dauer« gerichteten Todeskunst bilden die unzähligen, wollüstig kitschigen Entwürfe Hoffmanns und der Mitglieder der Wiener Werkstätte für die Soldatengräber ... Das ist, in notwendig karikierender Verkürzung, die Umwelt, in der sich die moderne Kunst in Wien zwischen 1890 und 1914 bewegen mußte, eine Szenerie unaufhaltsamer Selbstdestruktion.

Eine Zeitlang, als die urbanistischen Probleme durch den Liberalismus und die Ausbeutung der Vergangenheit nicht mehr zu lösen waren, schien es, als ob die Moderne eine Chance besäße, sich durchzusetzen. Der »Aufstieg« des Kleinbürgertums unter dem demagogischen Bürgermeister *Lueger*, mit dem Wagner befreundet war, fällt zusammen mit der Kommunalisierung der urbanen Energien und dem Ausbau der Transportmittel. Wagner war seit 1894 mit der Stadtbahn, einem 80 km langen System, und der Regulierung des Donaukanals beschäftigt, einer gewaltigen urbanistischen Maschinerie. Kein einziges Projekt (außer der *Postsparkasse und der Kirche Am Steinhof)*, das mit der kulturellen und historischen Identität Wiens zu tun hatte (Stadtmuseen in heimlicher Rivalität zu den kaiserlichen Schatzhäusern, Moderne Galerie für das 20. Jahrhundert, Ausstellungshallen, Theater, Akademien, Gesellschaftspaläste, Kirchen und Ministerien), vermochte Wagner durchzusetzen. In diese Zeit fällt (um 1898) auch Wagners Beschäftigung mit der Vollendung der dynastischen Repräsentation (Ausbau der Hofburg, Gruftkirche der Habsburger), die die Bauten des Spätbarocks und *Sempers* abrunden sollten.

Mitten in den häßlichsten Auseinandersetzungen vollzog sich (1898—1905) fast ganz unbemerkt die Befreiung der Jugendbewegung in der Wagnerschule, wenn dies auch alles auf dem Papier blieb. Man kann dies als Erfüllung der Hoffnungen von 1848 sehen — Semper baute Barrikaden und ließ nur einen Herrn der Kunst gelten, die Notwendigkeit! Die rechte Reaktion auf 1848, die sich die Ringstraße als Demonstration ihrer Macht schuf, erstickte bis zum Krieg die moderne Bewegung, soweit sie der Öffentlichkeit, wie die Architektur, bedurfte. Selten wird, vor dem von der Architekturschule der Akademie abgelehnten Kandidaten *Hitler,* so deutlich wie im alten Österreich, daß Architektur und Krieg unter dem Vorzeichen der Macht gegenseitige Extrapolationen darstellen. Je nachdem, wie sich die aggressiven Energien verschieben, genügt einmal Architektur, dann Krieg ... Vieles deutet darauf hin, daß Wagner und seine Schule sich dieser Gefährdung der Baukunst bewußt waren. Da man sich im Geiste davon abzuwenden wußte, gelangen so erstaunliche Ideen und Projekte, wie sie die Hefte der Wagnerschule füllen.

Es ist also grob falsch, vom Charme Wiens, seiner spätbürgerlichen Kultur, deren künstlerische Verdienste nicht bestritten werden sollen, zu schwärmen, gleichzeitig aber das Unverständnis gegenüber der schöpferischen Moderne zu bedauern. Zwei diametral entgegengesetzte Reaktionen auf den Schock der revolutionären Veränderungen der Neuzeit kämpften um Einfluß. Die affirmative, zukunftsoffene Kraft erwies sich als viel zu schwach. Die Neuerer sind kaum mißverstanden worden, ja sie wurden gerade deswegen bekämpft, weil man nur zu gut verspürte, welche Veränderungen sie vorschlugen.

Mitten in diese Problematik führt jede Diskussion Wagners und der Schüler, deren wichtigstes Anliegen im metaarchitektonischen Bereich des historischen und kulturellen »Ausgleichs«, wie dies im Staatsjargon damals genannt wurde, liegt. Man wird das Wort wohl mit dem Ausdruck »Beseitigung der Ungleichzeitigkeit« moderner übersetzen. Die Berufung an die Akademie, die erste Zensurbehörde der Monarchie, gab dem Architekten die Möglichkeit, den Ausgleich zwischen der gewaltigen »Naissance« der Wissenschaft, Technik, der politischen Bewegung und dem Fortschritt auf der einen Seite und dem Geschichtsbewußtsein der alten Strukturen auf der anderen zu versuchen. Mahnend zeigte Wagner auf, daß es den »Künstlern gefallen habe, mit Lupe und Lanzette Tote zu sezieren, statt den Lebenden an den Puls zu greifen und ihre Schmerzen zu lindern«, das heißt, er erhebt den Vorwurf der Nekrophilie gegen die Kultur. Dieser Denkansatz enthält weit mehr Einsicht, als Wagner je entwickeln konnte oder wollte. Steckt nicht in dem Bemühen, soziale Schmerzen zu lindern, etwas von der edelsten Form des altösterreichischen mitleidenden Schmerzempfindens, das sich im Pazifismus *Bertha von Suttners,* dem Geist der Wiener Medizin und der Freudschen Psychologie so großartig verrät?

Fast die gesamte aus eigenem Antrieb geleistete Arbeit Wagners von 1898 an galt Gebäuden, die der neuen Kultur gewidmet waren. Ununterbrochen legte dieser barocke Projektemacher neue Vorschläge für den Ausgleich der alten Reichskunst und der modernen Welt vor, um zur Heilung des, wie die Geschehnisse von 1914 bis 1945 beweisen, tatsächlich psychopathologischen Verhältnisses Mitteleuropas zu seiner Geschichte beizutragen. Die Tradition sollte nicht historisierend abgetötet, sondern mit der modernen Welt der Demokratie und Wissenschaft ausgesöhnt werden. Das erklärt am besten das hartnäckige Festhalten an gewissen klassischen Formprinzipien.

Die Tragik Wagners und seiner Umwelt entfaltete sich in den letzten zwanzig Jahren seines Wirkens an dem Versuch, die auseinanderberstende Wirklichkeit zu synthetisieren, woran niemand mehr ein Interesse hatte. So gelang es ihm wohl, die großen Architekturmaschinen der Stadtbahn und der Schleusen, in denen der schnelle und motorisierte Fluß der Benützer und Wassermassen, nicht die Statik der architektonischen Hilfskonstruktion das künstlerisch konstitutive Prinzip darstellt, zu verwirklichen, die Ideen des historischen Heilungsversuches, und vor allem seiner Schule, mußten daran scheitern.

Als Wagner 1894 an die k. u. k. Akademie berufen wurde, hatte diese in ihm einen »fest auf dem Boden der Antike stehenden« Künstler erwartet. Gleichzeitig traten recht unantike Anforderungen an den Architekten heran, nämlich die Maschinenarchitektur der Stadtbahn. Schon 1892 hatte sich Wagner mit dem Generalregulierungsplan Wiens auseinandergesetzt. Das Feld der urbanistischen Mechanik transponierte die Schule automatisch in einen ganz anderen Bereich, als es die Monumentalisation vorher erstrebt hatte. Welchem Historisten hätte es einfallen können, einen Flughafen und den hohen Kontrollturm aus Eisenbeton zu entwerfen? Durch die großen Aufträge und die Akademieprofessur wurde Wagner zum Wortführer der Moderne in Wien. Auch die Anfänge der Secession bildeten sich in seiner Schule aus. Im Schutz der außerordentlichen Liberalität Wagners entfaltete sich das Studium besonders seit 1898 glänzend und zog bald zahlreiche Bewerber an. Um 1907 wird berichtet, daß mehr als 200 Kandidaten aus dem Ausland abgewiesen werden mußten.

In ihrer besten Zeit (1898 bis um 1905) hatte die Wagnerschule ein, man wird vielleicht sagen, intuitives, aber umfassendes Bewußtsein von den vielfältigen Problemen, die bei der »Naissance« der neuen Architektur zum Vorschein kommen. Die Forschungen konzentrierten sich vor allem auf drei Richtungen. Die erste gilt dem Formproblem, das sich um 1900 allen radikalen Künstlern stellte. Die Schüler sahen sich vor die Fragen der Öffnung und der Interpenetration von Raum und Körper, der prozessualen, plasmatischen, geometrischen, abstrakten und elementaren Form gestellt. Der zweite Komplex umstürzender Erfindungen und Probleme ist das Verhältnis zwischen der konstruktiven und formalen Seite des Bauens, die demonstrative Erhebung der Konstruktion zur künstlerischen Poesie. Die Synthese zweier nach der Hochgotik wenig zusammenhängender Phänomene stellt das Problem, die Erfindungen des 19. Jahrhunderts in die »Kunst« zu integrieren, das heißt, die »Basis unserer Anschauungen zu verschieben«, wie sich Wagner ausdrückte. Die Wagnerschule hat einige sehr bedeutsame konstruktivistische Gesten gefunden. Schließlich bilden sich in den Projekten der Schüler, die in den raumzeitlichen Flußdimensionen der Stadtbahn denken konnten, wichtige Anfänge der Analyse zur Gestaltung und Planung dynamischer Felder aus. Sportfelder, Autorennbahnen, Flughäfen und technisch-kommerzielle urbanistische Zentren des Welthandels und Weltfriedens (!) erschienen diesen jungen Leuten Garanten für die gedeihliche Entwicklung der Menschheit zu sein. Die »Architektur« verwandelt sich in das einheitlich zu planende und zu erforschende, unendliche Verlängerungen in sich bergende dynamische Feld technischer, sozialer und organisatorischer Natur.

Es ist klar, daß dies alles um 1900, zumal im untergehenden System der sich selbst zerstörenden politischen Wirklichkeit Mitteleuropas zu Beginn des Jahrhunderts, über die Fähigkeit der Gesellschaft, neue Dimensionen der Entwicklung aufzunehmen, mit Riesenschritten hinausging. Doch das ist nicht entscheidend. Entscheidend ist vielmehr die Tatsache, daß die Schule zum Bewußtsein der neuen Dimensionen der Planung vorgestoßen ist, wo sich Architektur als offene Synthese der Massensysteme, Verkehrssysteme und der technischen, urbanistischen Organisation zu erkennen gibt. Wir verstehen, was *Kerndle* meint, wenn er vom »Erkennen der Bedürfnisse« und vom »Anbahnen weiteren Fortschritts« spricht.

Das ist der andere Pol des architektonischen Denkens in Wien vor 70 Jahren, der nicht zusammenfällt mit der sorgfältigen Gestaltung des intimen Lebensbereiches, wie wir es von Hoffmann und Loos kennen. Die Schule wußte um die heraufziehende Totalisation der globalen technischen Planung und Organisation. Denn wozu sollten sonst Flughäfen, Friedenskongreßpaläste und Welthandelszentren dienen?

Als Wagner am 11. April 1918 in Wien starb, war davon erst die Rede...

Adolf Loos

VON GUSTAV KÜNSTLER

In einem Aufsatz, den *Adolf Loos*, der am 10. Dezember 1870 in Brünn geboren wurde, in der Zeitschrift der Secession *Ver Sacrum* im Juli 1898 veröffentlichte, legte er besonderen Wert auf die Feststellung, daß er prinzipiell einen anderen Standpunkt einnehme als seine Kollegen. Seine Baugesinnung, die den Baukörper betonte, auf Ornamentik verzichtete und allein durch Flächengliederung und Verwendung edlen, naturbelassenen Materials künstlerische Wirkung erzielte, hat er bis zu seinem Tod am 23. August 1933 (Kalksburg bei Wien) durchgehalten und ist in zahlreichen Schriften streitbar dafür eingetreten. Er wurde damit zu einem der bedeutendsten Schöpfer modernen Bauens, der die Vertreter des Internationalen Stils weltweit beeinflußte. In dem erwähnten Aufsatz bezeichnete er die Gepflogenheit, Wohnhäuser mit sogenannten Renaissance- oder Barockelementen zu schmücken, die nur angenagelter Zementguß seien, als lächerlich und unmoralisch, weil sie auf fragwürdige Weise Besitz vortäuschen. Er zielte damit nicht nur auf Pracht-Wohnbauten der Wiener Ringstraße, sondern auch auf die Vertreter des Jugendstils, zu dem er von Anfang an im Gegensatz stand.

Es ist Tatsache, daß im Architekturschaffen wie in den Schriften von Adolf Loos bahnbrechend moderne Leistung und entsprechend radikale Gesinnung neben überlieferter Formgebung und manchmal sogar antimodernistischer Äußerung stehen. Eine so bequeme Annahme wie die, daß die Kraft des Modernisten nur bis zu einem bestimmten Zeitpunkt gewirkt habe und dann geschwunden sei, wäre völlig falsch: Im Jahre 1899 hat Adolf Loos für den Bau der *Kaiserjubiläums-Gedächtniskirche* an der Reichsbrücke in Wien projektiert, zwar originell, aber im Formalen traditionell, und gleichzeitig das *Café Museum* geschaffen, dessen sachliche Strenge der Kritiker *Ludwig Hevesy* durchaus anerkannte, obwohl er sie zugleich »sehr nihilistisch« nannte und als fragwürdig hinstellte; oder: das Adolf Loos als schwerster Sündenfall und Aanachronismus angelastete Werk, sein *Entwurf des »Chicago Tribune Tower«* in der Strukturform einer samt Unterbau rund 120 m hohen dorischen Säule, datiert von 1922, und 1930 — drei Jahre vor seinem Tod und bereits schwer leidend — baute er das *Haus Müller in Prag,* das die reinste Verwirklichung seiner ingeniösen Gestaltungsidee des »Raumplans« geworden ist. Es mengt sich deshalb in das Gesamturteil über Adolf Loos leicht eine gewisse Ratlosigkeit. Ein so gründlicher Kenner der neuen Architekturentwicklung wie *Nikolaus Pevsner* gesteht offen: »Man müßte eigentlich annehmen, daß ein Mann, der so glänzend und so essentiell geschrieben und der wie er in seiner Architektur so früh und so ausgezeichnet die Anwendung von betont kubischen Formen, von offenen Grundrissen einander durchdringender Räume, von stufenweise zurücktretenden Terrassen, ja von bindungsfreier Fensterverteilung und nicht übereinstimmenden Bodenhöhen (split levels) wagte — daß dieser Mann sich selber widerlegte. Das kann jedoch entschieden nicht der Fall sein; niemand kann sich selber verfälschen.« Ist solcherart die Tat von Adolf Loos als einem Bahnbrecher gebührend anerkannt, soll im folgenden sein traditionalistisches Schaffen erörtert werden am Beispiel von drei Wiener Werken, von denen allerdings nur eines ausgeführt worden ist.

Bei dem 1907 vom »k. u. k. Reichskriegsministerium« veranstalteten Preisausschreiben für Entwürfe eines neuen Amtsgebäudes am Wiener Stubenring blieb, neben vielen anderen der unter Kennworten eingereichten Projekte, auch den von *Otto Wagner* und von Adolf Loos stammenden der Erfolg versagt. Die Arbeiten der beiden Architekten sind in sonst nichts miteinander vergleichbar als darin, daß nur sie beide verstanden und darauf Rücksicht genommen haben, an welcher Stelle der Ringstraße das kolossale Gebäude sich erheben sollte, im Anschluß nämlich an das von *Heinrich Ferstel* 1875 bis 1877 erbaute Ensemble von Kunstgewerbemuseum und Kunstgewerbeschule, von dieser nur durch den nicht breiten Kopalplatz getrennt. Otto Wagner führt seine Gebäudefront vom Boulevard zum Platz nicht eckig über, sondern in den Untergeschossen mittels einer Abrundung, und er gleicht deren Höhe der des gegenüberliegenden, fast villenartig proportionierten Schulhauses an, während die oberen Stockwerke erst hinter einer Terrasse aufsteigen und damit wieder Anschluß an die durchgehend gleich hohen Fronten an Straße und Platz finden. Adolf Loos ändert zwar nicht die Höhe des Baukolosses, er läßt ihn aber leichter erscheinen, als bei dessen Massigkeit zu erwarten wäre: »Die Fassade zeigt im Hochparterre eine starke Rustica ... in Kalkstein. Die oberen Stockwerke sind in gelben Terrakottaverblendern, mit Streifen durchsetzt ..., nach dem Ring zu in schwarzem poliertem belgischem Granit (Kalkstein) oder in derselben Farbe in Matscheko ausgeführt ... Das Hauptgesims ist in reicher Pressung in gelber Terrakotta projektiert.« Entscheidend für das Zusammenstimmen mit den Ferstl-Bauten — insbesondere der Schule — wäre demnach nicht nur die helle Leichtigkeit der riesigen Wände gewesen, sondern die Farbigkeit als solche; denn auch Ferstl hat farbig gearbeitet: grauer Kalkstein im niedrigen Sockel, kräftig roter Backstein und bunte Majolikatondi in den Wänden.

Was Adolf Loos von der Ringstraße als städtebaulicher Leistung hielt und wie er über sie dachte, hat er einmal in einem öffentlichen Vortrag, 1911, ausgesprochen: »Wäre die Ringstraße in den letzten zehn Jahren gebaut worden, so besäßen wir heute keine Ringstraße, sondern ein architektonisches Unglück. Der Kärntner Ring — das ist Wien, die Kaiserstadt, die Millionenstadt. Aber der Stubenring ist fünfstöckiges Mährisch-Ostrau.« Die vorgenommene Lokalisierung »Kärntner Ring« darf nicht wörtlich genommen werden, gemeint ist die Ringstraße mit ihren Monumentalbauten einschließlich des Kärntner Rings bis zum Schwarzenbergplatz, nicht dagegen die Gartenbau-Gründe und der Auslauf zu Aspernplatz und Kai, der Stubenring also. Auf alle Fälle wird klar, daß dem Architekten in der Abfolge der Monumentalbauten deren Historisieren nicht unerträglich erschienen sein kann, und das wohl hauptsächlich deshalb nicht, weil er die Großzügigkeit der Gesamtplanung anzuerkennen vermochte. Solche Objektivität ist erstaunlich, weil damals und noch für lange Zeit der Architektur-Historismus von einem völlig gewandelten Geschmack verpönt wurde. Wahrscheinlich haben eigene bittere Erfahrungen Adolf Loos dazu gebracht, von Urteilen über Architektur, die sich mehr auf Äußerliches als auf das Wesentliche beriefen, so wenig zu halten wie von vergänglichen Moden. Und infolge einer erstaunlichen Distanzierung von sich selbst konnte er schon 1914 — nach den 1910/11 durch ihn erregten Stürmen — die kühle Sentenz drucken lassen: »Das Haus auf dem

Michaelerplatz mag gut oder schlecht sein, aber eines müssen ihm auch seine Gegner lassen: daß es nicht provinzmäßig ist. Daß es ein Haus ist, das nur in einer Millionenstadt stehen kann.« Es wird damit abermals auf einen Wertmaßstab angespielt, der für ihn seine Gültigkeit in dem Gelingen von Akzentsetzung und städtebaulicher Einordnung hat. Es ist verständlich, daß Adolf Loos auch schon 1907 in solchen Kategorien dachte.

Was sein Kriegsministeriums-Projekt betrifft, so verdient die von ihm vorgesehene Aufstellung des Radetzky-Denkmals besondere Beachtung. Adolf Loos wollte das Denkmal in einen kleinen Ehrenhof stellen, der allerdings so seicht ist — kaum 11 m tief —, daß er praktisch eher einer in die Ringstraßenfront gelegten breiten Nische gleichkommt. Der erfinderische Planer hat alles Erdenkliche aufgewendet, um diesen Hof möglichst raumtief erscheinen zu lassen. Dazu dienen besonders drei Mittel: daß der Übergang von der Ringstraßenfront zu der hinteren Hoffront nicht in sichtbarer Kontinuität, sondern sprungartig erfolgt, demnach nicht vom Blick nachgemessen werden kann; daß infolge der Seichtheit des Hofes der Aufblick zur Höhe der Hinterfront steil ist, weshalb die perspektivische Wirkung des Absinkens der Hauptgesimse der Fronten vorne und hinten groß wird und den Distanzeindruck verstärkt hätte; endlich, daß auch gegenüber der Helligkeit der beiden Fassadenwände vorne die Hoffront wegen der mächtigen schwarzen Doppelsäulen unter der sehr hohen Attika als weiter abliegend, der Hof somit größer erschienen wäre. Wenn man sich vor Augen hält, was für Täuschungsmittel die großen »klassischen« Meister in Rom am Kapitolplatz und an der »Piazza retta« unmittelbar vor der Fassade von Sankt Peter anwandten, um den realen Bezug zwischen Platzgröße und Hinterfront unberechenbar werden zu lassen, so wird man die Bemühung des »modernen« Wiener Architekten um unkontrollierbare, sprunghaft gesteigerte Perspektivwirkung besser verstehen.

Daß Adolf Loos im Jahre 1907 mit ähnlichen Ideen auch sonst befaßt war, beweist die Ausführung der *Kärntner-Bar* in Wien gerade damals: daß in dem kleinen, nur zimmergroßen Raum der Blick über dem dunklen Lambris in eine weite, oben kassettierte Pfeilerhalle zu gleiten vermeint, das wird bloß infolge puren Spiegeleffekts erreicht. Dabei erhalten die an sich schmalen dunklen Holzeinfassungen der wandgroßen Spiegel erst durch ihr Spiegelbild jene Dimensionen, die dem Betrachtenden empfindungsmäßig für Auflager und Stützen der schweren Marmordecke genügen: die Rahmen wachsen rein optisch zu Pfeilern und Unterzügen an.

In den Jahren 1910 und 1911 ist das *Haus am Michaelerplatz* in Wien erbaut worden. Wenn man es kritisch auf formale und technische Details hin ansieht, etwa draufhin, daß die unprofiliert in die glatten Wände eingelassenen Fenster oder die sehr großen, durchscheinenden, getäfelten Fensterflächen in den hellen glasierten Ziegelwänden der Hofseite für die Entstehungszeit sehr fortschrittlich gewesen sind, dagegen die Marmorverkleidung der Geschäftsgeschosse unten oder gar die Verwendung von Säulen rückschrittlich, dann wird man kaum der Eigenart dieses Bauwerks gerecht, das heute in seiner Umgebung, am Platz mit der barocken Hofburgfront und der klassizistischen Fassade der Michaelerkirche, als ein bereits klassisches Werk der modernen Architektur seine Gleichberechtigung längst erwiesen hat. Hinter der Säulenfront liegt in ganzer Breite der Raumkubus des Geschäftslokals; die Unterzüge der Decke lagern — der Raumform gemäß — auf quadratisch ummantelten Mittel- und entsprechenden Wandstützen. Diesem mächtigen Raum innen entspricht zum Platz hin die weite Aufschließung der Hauswand; doch stellte sich dabei ein schwierig zu lösendes Problem in dem leichten Absinken des Terrains zwischen den Einmündungen von Herrengasse und Kohlmarkt in den Platz. An Konkurrenzentwürfen anderer Architekten ist zu sehen, wie peinlich eine schief absinkende Bodenauflagerung der Fassade wirkt, weil dadurch deren Erhebung empfindlich an Statik einbüßt. Adolf Loos hat diesen Zwiespalt, im Wortsinn verstanden: überbrückt. Er gleicht die Schräge im Platzniveau durch wenige keilförmig sich unterschiebende Stufen aus, zu einer unauffällig niedrigen Plattform, die den Säulen als horizontale Standfläche dient. Die vier unten und oben mit leicht profilierten, schmalen Metallringen gefaßten vier Säulen wirken wie von einem durchgehenden, in die Eckpfeiler eingelassenen metallenen Anker gehalten; sie sind dem Eindruck nach eigens gesichert, bevor über ihnen die kurzen Zwischenpfeiler zum durchgehenden Architrav führen. Dieser und die kräftigen Eckpfeiler der Fassade verspannen die Träger der zweigeschossigen Brücke eindrücklich. Das ausgewogen Elastische der eigenartigen Komposition wird noch dadurch betont, daß der Rhythmus der Öffnungen unten, in dem mit grauem Marmor verkleideten Geschäftsteil, und oben, in der hell verputzten Wohnhausfront, verschieden ist, daß einem Drang der Mitte zu unten ein Drang nach den Seiten oben gegenübersteht, der über die Kanten weg in die Seitenfronten hinüberbindet. Das Vertikal- und Horizontalgefüge der unteren Geschäftshausfassade bedarf schon deshalb einer möglichst starken Akzentuierung; optisch entscheidend wirkt an ihr die Äderung des Marmors mit, die lotrecht steigend und waagrecht fließend als Ausdrucksmittel eingesetzt ist.

Es ist nach dem Gesagten nicht gut möglich, die vier Säulen der Portalfront bloß als ein Relikt historisierenden Stils aufzufassen, abgesehen von den dafür zu großen Interkolumnien. Doch gibt es am Haus noch andere Säulen, die in Dimensionierung und Placierung allerdings viel unauffälliger sind. Sie stehen in den fünf breiteren Fenstern des Mezzaningeschosses der Seitenfronten, in den Abschrägungswinkeln der »Bow-windows«, während sie bei den gleich hohen, aber schmäleren dazwischenliegenden Fenstern der Herrengassenfront fehlen. Die sehr schlanken Säulen sind Zwischenstützen des weitgespannten Architravstückes darüber. Dabei erhebt sich freilich die Frage nach der technischen Notwendigkeit solcher eingestellten Stützen, ob der Architrav nicht auch von Pfeiler zu Pfeiler allein genug Tragfestigkeit gehabt hätte. Und da muß man wohl annehmen, daß die Säulen erläßlich gewesen wären; vom Technischen her verstanden ebenso erläßlich wie die mächtigen Säulen, die Otto Wagner in die Eingänge seiner großen Stadtbahnstationen der Wiener Gürtellinie (1896/97) nahe den die Portale seitlich abschließenden Pilastern gestellt hat. Der Grund für deren Verwendung liegt jedoch kaum in ästhetischen Erwägungen; vielmehr hingegen in psychologischen, auf die Menschen zielenden, die diese Eingänge von außen sehen und zu durchschreiten haben: ihnen sollte das Gefühl der Unsicherheit wegen der sehr weiten Spannung des Architravs genommen werden. Wenn man das Nebeneinander von gleich hohen, aber verschieden breiten Mezzaninfenstern der Herrengassenfront des Michaelerplatz-Hauses betrachtet, so gibt es wohl auch für die Einstellung der Säulen in den breiteren Fenstern keine andere, plausiblere Erklärung als die der Rücksichtnahme auf die Empfindlichkeit des Betrachters. Daß solche Bedenken für Adolf Loos bestanden, beweist auch seine Ausführung über die unübliche Art von Fenstern, die in den straßen- und platzseitigen Mezzaninräumen des Geschäftes meistens vom Boden bis zur Decke reichen: »Um dem Bauwerk die schwere Monumentalität zu nehmen . . ., gab ich den Fenstern die Form englischer Bow-windows, die durch die kleine Scheibenteilung die intime Wirkung im Innern verbürgen. Der praktische Wert dieser Scheibenteilung ist das Gefühl der Sicherheit, das sie gewähren. Man fürchtet nicht, aus dem ersten Stock auf die Straße zu stürzen.« Umgekehrt: auch die Straßenpassanten brauchen nicht zu fürchten, daß der Architrav auf sie herunterfällt.

Das Projekt für ein *Denkmal Kaiser Franz Josephs*, 1916/17, bringt ausführliche Zitate aus dem klassischen Formen-Repertoire. Es hätte seinen Platz auf den an der Wiener Ringstraße gelegenen Gartenbau-Gründen finden sollen. Diese werden stadtwärts von der Rückseite des Palais Koburg abgeschlossen. Die Front mit ihren offenen spätklassizistischen Säulenordnungen in den Stockwerken, erst 1864 datiert, war als Schauseite gedacht für den Blick über das Glacis auf die Altstadt zu, die Bastei, hinter welcher und über die der Palast emporwuchs; anderseits hatten die Besitzer des Palais das verbriefte Recht erworben, daß ihnen beim Bau der Ringstraßenzone, nach 1857 und auch späterhin, die Aussicht nicht verstellt werden dürfe. Deshalb wurden die Gartenbau-Gründe bis nach dem Zweiten Weltkrieg immer nur teilweise, provisorisch und niedrig verbaut. Adolf Loos mußte also bei seinem Plan eines architektonischen Denkmals dort auf das Palais Rücksicht nehmen und mit dessen Säulenordnung rechnen. Er hat aus der Not eine Tugend gemacht, indem er diese Front zur Hintergrundkulisse und zugleich zum Grundmotiv der ganzen Anlage werden ließ. Er wollte offene Säulenhallen und Kolonnaden stufenweise niederführen, bis zur Ringstraße vor. In der Mitte der Flügel von Säulenhallen hätte hinten die Denkmalfigur auf einem Stufenpodest ihren Platz gehabt; die nötige Festigkeit, ihren sichtbaren Halt würde die ganze Anlage jedoch in zwei symmetrisch eingefügten, streng kubischen Hochhäu-

Otto-Wagner-Villa, Wien XIV, Hüttelbergstraße 26

Otto Wagner, Postsparkassenamt, Architekturzeichnung

Adolf Loos, Loos-Haus am Michaelerplatz

GOLDMAN & SALATSCH
GOLDMAN & SALATSCH

sern gefunden haben. Solcherart werden Klassizismus und extreme Moderne aufeinander gestimmt und in ein und derselben Bauanlage miteinander verbunden, wobei die tonangebende klassizistische Stimmung vorgegeben war. Trotzdem: dieses Projekt ist kühn bis zur Absurdität, dabei durchaus sinnvoll und überzeugend konzipiert. Die Turmprismen hat der Architekt selbstverständlich nicht unbekümmert gegenüber der Umgebung hochgeführt, sondern — wie eine Bleistiftskizze beweist — unterordnend auf die Höhe des Stephansturms bezogen, der jenseits der Ringstraße vom Stadtpark her besonders schön über den Häusern zu sehen ist. Was aber die von einer Mitte ausgehende Flügelteilung in niedrigere Bauten, deren Verfestigung an den Außenecken ebenso wie das Emporragen hoher seitlicher Baukomplexe dahinter betrifft, so ist Adolf Loos wohl abermals von einem an der Ringstraße bereits stehenden Bauwerk angeregt worden: von dem nach dem Entwurf *Theophil Hansens* 1873 bis 1883 errichteten Parlament.

Wie wahrscheinlich eine solche Anregung einem beim ersten Blick auf die beiden Werke vorkommt, so schwer könnte man sie als gewiß beweisen. Dies hängt aber nicht zuletzt mit der besonderen, der schöpferischen Kraft des Architekten Loos zusammen, der nie Äußerlichkeiten übernommen, sondern auch aus Anregungen völlig Neues gestaltet hat. Deshalb wird sein Bonmot »Der Architekt ist ein Maurer, der Latein gelernt hat« seltsam hintergründig. Man muß den Begriff Traditionalismus sehr weit spannen und ihn vor allem der ihm anhaftenden Vorstellung von leerem Weitertun entkleiden, wenn man jene Neigung zu den Werken der klassischen Baukunst, die im Schaffen von Adolf Loos als ein charakteristischer Zug vorhanden ist, damit fassen will.

Josef Hoffmann

VON GÜNTHER FEUERSTEIN

Die bewundernswerte Spannweite von einer tief verwurzelten Tradition, die nie zu einem leeren Konservativismus wird, bis zu einer konsequenten Architekturauffassung, die wir auch heute noch als »modern« empfinden, wird bei *Josef Hoffmann* zum Kennzeichen seines fruchtbaren Schaffens.

Darüber hinaus entfaltet Hoffmann eine Universalität in den Ausdrucksmitteln, in den Techniken und den Aufgabenstellungen, die uns von den Künstlern der Renaissance her zwar bekannt ist, die aber unser Jahrhundert der arbeitsteiligen Gesellschaft naturgemäß nur selten hervorbringen kann.

Es gibt kaum ein Gebiet des Gestaltens, auf dem Josef Hoffmann nicht tätig

Josef Hoffmann, der Begründer der Wiener Werkstätten, in einem von ihm entworfenen Fauteuil

gewesen wäre, und wenn im 20. Jahrhundert noch vom »Gesamtkunstwerk« gesprochen werden kann, muß der Name Josef Hoffmann zitiert werden. Die universelle »Umweltgestaltung« — ein Begriff der jüngsten Entwicklung — war das Ziel seiner Arbeit. Von den großzügigen baulichen Aufgaben bis zu den subtilsten Schmuckstücken reicht das Lebenswerk Josef Hoffmanns, ohne daß Brüche in der Problemlösung entstehen. So weisen die meisten Bauten etwas von der Preziosität der Schmuckstücke auf, diese wiederum zeigen die klare Großzügigkeit der Architekturen.

Dazwischen stehen die zahlreichen Entwürfe für Möbel und Interieurs, für Gegenstände des täglichen Gebrauches, für Stoffe und Kleider, Buchschmuck und Gebrauchsgraphik — Arbeiten, die vor allem im Rahmen der weltberühmten *Wiener Werkstätte* durchgeführt werden.

Hoffmann hat erkannt, daß nicht allein die gebaute Umwelt, sondern alle damit in Zusammenhang stehenden Produkte einen wichtigen Anteil am Entstehen unserer visuellen Kultur haben — und darin mag seine Aktualität für unsere Gegenwart liegen.

Josef Franz Maria Hoffmann wurde am 15. Dezember 1870 in Pirnitz geboren, einer Kleinstadt des seinerzeit deutschmährischen Bezirkes Iglau. Der Lehrstoff des Staatsgymnasiums in Iglau fand bei dem erst Neunjährigen kein großes Interesse. Erst an der Höheren Staatsgewerbeschule in Brünn konnte er seine Fähigkeiten entwickeln.

Nach einer einjährigen Praxiszeit im Militärbauamt Würzburg folgte der entscheidende Schritt: 1892 immatrikulierte Hoffmann an der Akademie der bildenden Künste in Wien. Sein erster Lehrer, der Ringstraßenarchitekt *Carl Hasenauer,* war viel zu beschäftigt, um sich einer ernsthaften Lehrtätigkeit zu widmen. 1894 folgte ihm jedoch *Otto Wagner* als Akademieprofessor. Die Begegnung mit dem großen Neuerer der Architektur wurde bestimmend für Hoffmanns weitere Entwicklung.

Als bedeutendster und treuester Wagner-Schüler war er zunächst fasziniert von den rationalistischen Ausgangspunkten Otto Wagners, vom Ernst der Architekturauffassung.

Das Ergebnis des eifrigen Studiums war der Rompreis. Josef Hoffmann war aber nicht nur von der klassischen Schönheit der Architektur Italiens fasziniert, sondern auch von der Volksarchitektur, vor allem auf der Insel Capri — ein nicht unbedeutender Einfluß auf die kubischen Formvorstellungen Hoffmanns.

Nach Wien zurückgekehrt, arbeitete Hoffmann im Atelier Otto Wagners und schloß sich dem 1895 gegründeten »Siebener-Club« engagierter Künstler an, dem die Architekten *Josef Maria Olbrich, Jan Kotera* und *Friedrich Pilz* und die Maler *Kolo Moser, Max Kurzweil* und *Leo Kainradl* angehörten.

1897 wurde in Wien die »Secession« gegründet. Ein wesentlicher Schritt zur Wiener Ausprägung des Jugendstils — eben der »Secessionsstil« — war damit getan. Neben Josef Hoffmann, Josef M. Olbrich zählten Kolo Moser, *Gustav Klimt* und *Carl Moll* zu den prominentesten Mitgliedern. Sie lieferten Beiträge zur Entwicklung des Jugendstils, die Wien den Ruf einer Metropole moderner Kunst eintrugen.

Josef Hoffmann hat in dieser Zeit zahlreiche Secessions-Ausstellungen gestaltet — und diesem Grenzgebiet von Kunst und Architektur ist er auch weiterhin treu geblieben. Nicht nur in Wien — auch im Ausland hat Hoffmann mit den Pavillons, den Raumgestaltungen und Vitrinen einen neuen Ausstellungsstil geschaffen. Zu den interessantesten Lösungen zählte die Werkbundausstellung in Köln (1914), die den immanenten Klassizismus der frühen Moderne wieder sichtbar werden ließ.

Die Ausstellungen der Wiener Secession brachten aber auch fruchtbare Kontakte mit dem Ausland, vor allem mit Schottland, und die Einflüsse der Schule von Glasgow *(Ch. R. Mackintosh)* wurden sehr selbständig verarbeitet. Schon Otto Wagner hat die wuchernde Phantasie des internationalen Jugendstils gedämpft, in geometrische Ordnungen gefaßt, und die Einflüsse aus Glasgow waren für Hoffmann ein weiteres Argument zur Vereinfachung der Form. Trotzdem blieb Hoffmann, im Gegensatz zu *Adolf Loos*, der auf weiten Strekken zu seinem Gegenspieler wurde, dem Dekorativen, dem Ornamentalen und Kunstgewerblichen verbunden.

Folgerichtig wurde Hoffmann 1899 an die Kunstgewerbeschule in Wien berufen. Dort entfaltete er eine fruchtbare und weit ausstrahlende pädagogische Tätigkeit. *Carl Witzmann, Otto Prutscher, Emanuel Margold* zählten zu seinen unmittelbaren Schülern — aber der Einfluß reichte weit über die Schule hinaus.

Hoffmann hat erkannt, daß nicht allein die Schule, sondern auch die konkrete Arbeit, die Produktion erforderlich sind. So gründete er 1903, gemeinsam mit Kolo Moser und dem Mäzen *Fritz Wärndorfer*, die später weltberühmt gewordene »Wiener Werkstätte«, die dreißig Jahre lang Österreich und die Welt mit dem erlesensten Kunstgewerbe versorgte.

Die Ausgangspunkte fand Hoffmann vor allem in England, bei *Morris* und *Ruskin*, die mit einer neuen, obgleich an das Mittelalter anknüpfenden Werkgesinnung den Weg aus dem Eklektizismus des 19. Jahrhunderts suchten.

Hoffmann leugnete nicht die schmückende Form, aber er versuchte sie der Klarheit der Gebrauchsform, der Funktion unterzuordnen. Vor allem die frühen Arbeiten der »Wiener Werkstätte« waren von einfachen geometrischen Mustern bestimmt: das Quadrat wurde zur Grundfigur (»Quadratl-Hoffmann«), die Farbe wurde zurückgedrängt, der Wechsel von Schwarz-Weiß dominierte. So entstanden Möbel, Einrichtungen, Stoffe, Tapeten, Gebrauchsgegenstände, Schmuckstücke von unnachahmlicher Eleganz und hervorragender handwerklicher Qualität. Die Werkstätten umfaßten nahezu alle Sparten des Kunsthandwerkes und der Architektur.

Sosehr auch die Handfertigung im Vordergrund stand — die Wiener Werkstätten erzeugten bald auch für die Manufakturen, für die Massenproduktion und wurden Vorläufer des heutigen »Industrial Design«.

Die ersten nennenswerten baulichen Realisierungen entstanden um 1902/1903.

Es waren die einfachen, aber gediegenen *Häuser auf der Hohen Warte* in Wien für die wohlhabenden Bürger einer geistvollen und kulturbewußten Gesellschaft der Jahrhundertwende, letzte Nachfahren der spätbürgerlichen Gesellschaft des 19. Jahrhunderts.

Der neue Begriff des »Zweckbaues« fand im *Sanatorium Purkersdorf* (1904 bis 1906) seine vollendete Ausprägung. Frei von jedem Dekor wurden die Baukörper in ihrer kubischen Schärfe zueinandergestellt, das flache Dach war eine weitere Konsequenz. Die Symmetrie wurde noch beibehalten, aber durch die Reduktion der Gestaltungsmittel wurde die Schönheit der schmuckfreien Proportion entdeckt, und so wurde dieses frühe Werk Hoffmanns den Arbeiten des genialen Zeitgenossen Adolf Loos verwandt.

Ganz anders das *Palais Stoclet* (1905 bis 1911) in Brüssel. Zwar dominiert auch hier der einfache Baukörper, die funktionelle Anordnung im Inneren, aber die Gediegenheit von Detailformen, wie etwa die Einfassung der Gebäudekanten mit Zierleisten, unterstreicht die Kostbarkeit, Erlesenheit und Einmaligkeit. Im Innern ist kein Stück ohne Zuordnung auf das andere, auf das Gesamte entstanden. So wird etwa der wunderbare Wandfries, ein Mosaik von Gustav Klimt, zu einem Teil des gesamten Raumes. Dieser Bau brachte eine großartige Krönung, eine bezaubernde Zusammenfassung dessen, was am Beginn des Jahrhunderts an erlesenem Geschmack in einem »Gesamtkunstwerk« darzustellen war.

Neben diesen großen Gesamtleistungen stand eine Fülle kleinerer Aufgaben der Raumgestaltung, die von Hoffmanns Dimension zeugen: die ebenso reizvollen wie gediegenen Innenräume und Lokale wie das *Grabenkaffee*, die *Österreichische Staatsdruckerei* oder die Stätte gepflegten literarischen Kabaretts: die *Fledermaus*, Treffpunkt geistvoller Kleinkunst.

Inzwischen war in Deutschland der Werkbund gegründet worden, und seine Ziele wurden ähnlich formuliert wie die der Wiener Werkstätte. 1912 wird der *Österreichische Werkbund* gegründet; Josef Hoffmann zählt zu seinen wichtigsten Initiatoren. Die Kräfte des Kunsthandwerkes und der Architektur sollten vereinigt werden, und *Oerley*, *Frank*, *Wlach*, *Strnad*, *Tessenow*, *Witzmann*, *Peche* liefern qualitätsvolle Arbeiten.

Die Lebendigkeit der Wiener Szenerie zeigte sich in einem neuen Unternehmen: 1908/1909 entsteht die »Kunstschau« als Abspaltung von der Secession. Die Namen Gustav Klimt, Kolo Moser, *Anton Faistauer*, *R. C. Andersen*, *Oskar Kokoschka*, *Egon Schiele*, *Albert Paris Gütersloh* und Josef Hoffmann dokumentieren die Bedeutung dieser neuen Gruppe. Josef Hoffmann gab den baulichen Rahmen mit einer interessanten Anlage am Heumarkt: nicht nur ein Ausstellungspavillon, sondern auch Garten, Theater, Café sollten zu einer Vereinigung aller Künste beitragen — das Ideal jenes fruchtbaren Jahrzehntes.

Der Erste Weltkrieg bedeutete auch für Josef Hoffmann einen tiefen Einschnitt in die Kontinuität des Schaffens. Die Arbeiten nach 1920 zeigten viele Aspekte: das Kunstgewerbe verlor die überzeugende Klarheit der frühen Wiener

Werkstätte. Die Einflüsse *Dagobert Peches* und *Michael Powolnys* hatten schon um 1916 die Klarheit der Formen modifiziert. Das dienende Dekor wurde zum hypertrophen Muster, Verspieltheit und Verzierung gewannen vielfach die Oberhand. Nach dem Ersten Weltkrieg waren es nicht allein finanzielle, sondern auch künstlerische Krisen, die die Wiener Werkstätte untergruben.

Im Charakter der noblen Wohnhäuser der Vorkriegszeit gelingen noch die *Häuser Ast* und *Velden* (1923) und die *Villa Knips* in Wien (1925). Und in der Art der eleganten Ausstellungspavillons erstellte Hoffmann 1925 den Österreich-Beitrag zur Kunstgewerbeausstellung in Paris.

Neue Aufgaben hatten sich, entsprechend den sozialen Umschichtungen, in den Vordergrund geschoben: die Gemeinde Wien baut ihre großen Wohnblocks. Hoffmann lieferte 1924/1925 qualitätvolle Beiträge zu den heute viel beachteten *Gemeindebauten* der Zwischenkriegszeit.

Die Arbeiten der Werkbundsiedlung 1932 zeigten noch einmal Hoffmanns Aktualität in einer Reihe mit den internationalen Pionieren, wie Loos, *Rietveld, Neutra, Lurçat.*

Das lebendige Interesse Hoffmanns an modernen Bauproblemen dokumentiert eine scheinbar bedeutungslose Arbeit: 1928 entwickelt der Meister ein *Stahlhaus.* Dreißig Jahre vor der großen Welle der Industrialisierung und Vorfabrikation entsteht ein »Prototyp« von überraschender konstruktiver und technologischer Konsequenz. Fast gleichzeitig entwarf Hoffmann eine großzügige Lösung für den Wiener *Karlsplatz:* eine Kunsthalle sollte die städtebauliche Dominante bilden.

Die beginnende Wirtschaftskrise drosselte auch die Tätigkeit Josef Hoffmanns. 1933 mußte er die Wiener Werkstätte schließen, die Bautätigkeit wurde eingeschränkt. 1934 entstand noch der *Österreichische Pavillon der Biennale in Venedig* — dann zog sich Hoffmann auf einige Entwürfe und kleinere Arbeiten zurück. Nach dem Zweiten Weltkrieg erhielt er keine Chancen zu seiner Entfaltung. Die bescheidenen Wohnhausanlagen zwischen 1949 und 1953 lassen kaum etwas vom Genius des großen Meisters spüren.

Am 7. Mai 1956 stirbt Josef Hoffmann in Wien — zu jenem Zeitpunkt, als man eben begann, die Qualität des Jugendstils, der frühen Moderne, und somit auch die Josef Hoffmanns von neuem zu entdecken.

Gustav Klimt

VON ROBERT WAISSENBERGER

Genaugenommen begann man sich erst nach der Mitte des 20. Jahrhunderts ernsthafter und mit Mitteln wissenschaftlicher Kritik mit dem Jugendstil und damit auch mit der Persönlichkeit *Gustav Klimts* zu befassen. Das soll aber nicht heißen, daß die Urteile über diesen bedeutendsten Maler des »Secessionismus« vielfach nicht immer noch oberflächlich und emotionsgeladen sind und von einer mangelhaften Kenntnis des Werkes zeugen. Erst allmählich lernt man in Klimt eine künstlerische Instanz zu würdigen, deren Bewertung nicht nur von persönlichem Geschmack oder kunstpolitischer Stellungnahme abhängig sein darf.

Immer stellte man einen hohen dekorativen Anteil in Klimts Malerei fest — schon *Richard Hamann* sprach von einer »dekorativen Manier in raffiniertester Komposition« —, und sogar *Robert Schmutzler* nennt Klimt ein »dekoratives Talent hohen Ranges«.

Die authentische Klimt-Biographie und, damit verbunden, eine Würdigung seines Werkes von *Fritz Novotny* und *Johannes Dobai* erschien erst vor wenigen Jahren. Hier wurde dann in sachlicher Kleinarbeit über das Œuvre des Malers abgehandelt.

Die Biographie Gustav Klimts ist einfach. Der Maler wurde am 14. Juli 1862 im heutigen 14. Wiener Gemeindebezirk geboren. 1876 wurde er als Schüler in die Kunstgewerbeschule des Österreichischen Museums für Kunst und Industrie aufgenommen. Zusammen mit seinem Bruder *Ernst* und dem Maler *Franz Matsch* führte er eine stattliche Reihe dekorativer Wandmalereien in Wien und in der österreichischen Provinz aus. Gustav Klimt wie auch Ernst Klimt und der Atelierkollege Matsch standen vor allem auch in einer Beziehung zur Kunst *Makarts*. Die drei jungen Künstler arbeiteten unter anderem gemeinsam an *Wandgemälden für die Hermesvilla* in Lainz. Vor allem aber schufen sie *Decken- und Lünettenbilder für das Stiegenhaus des Burgtheaters* in Wien. Die Vollendung dieser Gemälde brachte Klimt große Anerkennung und weitere Aufträge, darunter für das Stiegenhaus des Kunsthistorischen Museums in Wien.

Lange bevor Klimt zu jenem mit den Bestrebungen des Jugendstils verbundenen Maler wurde, als den man ihn heute schätzt, hatte er also bereits ein in jeder Beziehung umfangreiches, wenngleich stilistisch nicht völlig einheitliches Werk vorzulegen. Die Wandlung zur Jugendstilmalerei vollzog der etwa Dreißigjährige. Man hat verschiedene Überlegungen angestellt, welches die Elemente waren, die Klimt beeinflußt, und welche die Maler waren, die auf ihn Eindruck gemacht haben. Sicher hatte die Malerei Makarts ihre Wirkung gehabt. Natürlich übten aber auch Klimts Lehrer Einfluß, wie beispielsweise *Ferdinand Laufberger*. Später spielten die in Wien öfter zu sehenden Schöpfungen von *Khnopff* und *Toorop* eine Rolle. Allgemein wirkte die geistige Atmosphäre Wiens auf den Maler, insbesondere mag die moderne Dichtung in dieser Stadt, wie etwa das Werk *Schnitzlers,* nicht ohne Einfluß geblieben sein; weiters aber auch die Kenntnis neuerer archäologischer Funde, vor allem *Schliemanns* und anderer Ausgräber, in den Mittelmeerländern.

Noch vor der Gründung der Wiener Secession 1897, an der Gustav Klimt in hervorragender Weise Anteil nahm, hatte er schon die Einladung erhalten, Entwürfe für Decken- und Zwickelbilder vorzulegen, die für die *Aula der Wiener Universität* bestimmt waren. Klimt wurden die Themen *Philosophie, Jurisprudenz* und *Medizin* zugewiesen. Die Gestaltung der *Fakultätsbilder,* wie sie kurz genannt wurden, bedeutete für den Maler sowohl viele schmerzliche Erlebnisse, steigerte anderenteils aber auch, nicht zuletzt wegen der Polemik, die entfacht wurde, in besonderer Weise seine Popularität.

Eigentlich fällt der Höhepunkt von Klimts Schaffen mit der Blütezeit der »Wiener Secession«, den Jahren zwischen 1898 und 1905, zusammen. In dieser Zeit hatte diese Vereinigung fortschrittlich gesinnter Künstler große, geschmacksbildende Bedeutung. Das Emblem der Secession, die »Pallas Athene«, ging auf Gustav Klimt zurück. Auch das Plakat für die erste Ausstellung der Secession, welche im Gebäude der Gartenbaugesellschaft am Parkring stattfand, stammte von ihm. Doch löste gerade dieses Plakat — *Theseus und Minotaurus* — einen Sturm der Entrüstung in Wien aus, weil es angeblich »unzüchtig« war und gegen die guten Sitten verstieß. Es mußte umgedruckt werden und durfte nur in einer »züchtigen« Form dem Publikum dargeboten werden. Und damit begann eine Reihe von Anfeindungen gegen Klimt und sein Werk: Die Gegner einer modernen Kunstauffassung sammelten sich und sahen in Klimt eine Idealfigur für das Ziel ihrer Gegnerschaft. Es waren aber auch in den meisten Ausstellungen der Secession bis 1905 Bilder von Gustav Klimt zu sehen, und die Zeitschrift der Vereinigung, *Ver Sacrum,* brachte fortlaufend Beiträge der Mitglieder und damit auch ihres bedeutendsten Malers.

Wenn Gustav Klimt an und für sich als ein hervorragender, vielleicht der letzte Wandmaler seiner Zeit anzusehen ist, dann beweisen dies im speziellen seine Bilder für die Aula der Universität und der sogenannte *Beethovenfries.* Man kann sich heute über die drei Bilder »Philosophie«, »Jurisprudenz« und »Medizin« freilich kein richtiges Urteil mehr bilden, weil ein böses Schicksal es wollte, daß sie während der letzten Kampftage des Jahres 1945 in Schloß Immendorf in Niederösterreich verbrannten. Abgesehen von der freien Auffassung Klimts, die dem Publikum »obszön« erschien, war die Art der Darstellung für die damalige Zeit ungewöhnlich. Was viele Betrachter irritierte, waren »Scheußlichkeiten«, die sie darin zu erkennen glaubten. Und so brach gegen die drei Bilder, die Klimt im Laufe der Jahre nacheinander in der Secession ausstellte, schlechthin ein Sturm der Entrüstung los. Einer der Hauptgründe, warum man die Bilder ablehnte, war des Künstlers Abkehr von der herkömmlichen Allegorik und seine selbständige Auffassung, die Verwandlung des vorliegenden Themas im Zuge einer freien Variation der Malerei. Gustav Klimt sah sich mit diesen Bildern bereits auf der Höhe seines Schaffens, die charakteristischen Momente seiner Malerei waren entwickelt: der Wechsel zwischen Flächigkeit und Dimension, Ornament und Modellierung.

Das Jahr 1902 brachte eine besonders wichtige und entscheidende Ausstellung der Secession. In ihrem Mittelpunkt stand eine Beethovenstatue von *Max Klinger,* die in verschiedenfarbigen Steinen gearbeitet war. Die Künstler der Secession lieferten dazu gleichsam das Ambiente in Form von Wandmalereien, Möbeln und schmückendem Beiwerk. Gustav Klimt schuf Wandmalereien für einen Seitensaal, einen Zyklus, der *Beethovens* 9. Symphonie, allerdings in der damals den Zeitgenossen besonders nahestehenden Deutung von *Richard Wagner,* zum Thema hatte. Dieser Fries, der heute noch in einem freilich nicht sehr guten Zustand erhalten und deponiert ist, ist über zwei Meter hoch und 24 Meter lang. Er hat eine symbolische Deutung der »Sehnsucht nach dem Glück«, der »Leiden der schwachen Menschheit«, der »feindlichen Gewalten« zum Thema. Man sieht Darstellungen des Giganten Typhon, der Gorgonen, Darstellungen von Krankheit, Wahnsinn, Tod, Wollust, Unkeuschheit und Unmäßigkeit, den »nagenden Kummer« und die »Sehnsucht nach Glück und ihre Stillung in der Poesie«. Der Zyklus endete in den verherrlichenden Worten der 9. Symphonie »Freude, schöner Götterfunken« und »Diesen Kuß der ganzen Welt«. Wie oft bei Klimt, vermag man auch bei diesem Fries eine Fülle von Einflüssen zu erkennen, die auf den Maler gewirkt haben mochten. Auch dieses Werk, das nur für eine kurze Dauer des Bestehens geschaffen worden war, geriet in das Kreuzfeuer der Meinungen. Während einfühlende Kritiker, wie *Bertha Zuckerkandl* und *Ludwig Hevesi,* gerechterweise im Beethovenfries eine große Leistung des Malers sahen, empörten sich die gleichen Gegner, die schon vorher gegen den Maler Sturm gelaufen waren, natürlich auch über die neue Schöpfung Klimts. Je mehr Klimt an Profil gewann und je eigenwilliger er in der Entwicklung seiner Kunstanschauung wurde, desto mehr gewann auch der Sturm gegen die Fakultätsbilder an Heftigkeit. Die Auseinandersetzungen endeten schließlich damit, daß Klimt von seinem Auftrag zurücktrat und die bereits ausgeführten Bilder zurückkaufte. Leider ist der Beethovenfries, der vielleicht überhaupt als die bedeutendste Wandmalerei des 20. Jahrhunderts in Österreich bezeichnet werden muß, schwer beschädigt und heute öffentlich nicht zugänglich. Eine zweite Schöpfung Klimts dieser Art stellen die *Wandmosaike für das Palais Stoclet* in Brüssel dar, zu denen es auch sehr instruktive Entwürfe im Besitz des Österreichischen Museums für angewandte Kunst in Wien gibt, die einigermaßen einen Eindruck des Gewollten vermitteln.

Bis dahin waren in Klimts Werk die Wandmalerei und das großformatige Tafelbild im Vordergrund gestanden. Mit zweien seiner bisher bedeutendsten Aufgaben hatte er in großem Maß Hohn und Ablehnung geerntet. Nicht zuletzt deshalb widmete er wohl die letzten fünfzehn Jahre seines Lebens der Porträt- und Landschaftsmalerei.

Der Körper als Inkarnation des Menschlichen interessierte ihn; vor allem in großformatigen Kompositionen, wie etwa in dem Bilde »Jurisprudenz«, spielte er eine Rolle. Freilich ist man auch hier, wie immer bei Klimt, interessiert, zu untersuchen, wo die Beziehungen zu Vorbildern liegen könnten: Sicher machten unter anderem Plastiken von *George Minne* Eindruck auf Klimt, offensichtlich vermag der Beobachter hier Ähnlichkeiten zu erkennen. Wie immer ist aber Nachempfundenes geschickt in die Komposition integriert. Nicht völlig unberechtigt erscheint dem Beobachter die Floskel vom »Assimilationstalent« zu sein, doch wäre es falsch, diesen Umstand in den Mittelpunkt einer Betrachtung von Klimts Persönlichkeit stellen zu wollen. Denn seine Persönlichkeit verstand es immerhin, alle Einflüsse zu verschmelzen und etwas großartig Selbständiges herauszufiltern.

Klimt war mitbeteiligt, um nicht zu sagen entscheidend, in der Ausformung einer spezifisch wienerischen Abart des Jugendstils. Was sie fundamental von der internationalen Stilrichtung unterschied, war die Betonung einer geometrisch-stereometrischen Stilkomponente und damit die Überwindung des bis dahin vorherrschenden floral-linearen Elements. Mochten auch hier Kontakte mit ausländischen, etwa von *Mackintosh* kommenden, Einflüssen maßgeblich gewesen sein, so ist doch die Ausbildung dieser Form als Mittel und Grundlage künstlerischer Darstellung gerade für die Wiener Entwicklung typisch.

Klimt malte schon früh in seiner Laufbahn Bildnisse, vorwiegend Damenporträts. Die ersten Beispiele dieser Art hatten mit Jugendstilmalerei allerdings noch wenig zu tun. Klimt bediente sich dabei zunächst einer altmeisterlichen, akademischen Maltechnik. Erst allmählich fügte er die von ihm bevorzugten Attribute des »Stils« ein und stellte seine immer noch klassisch durchmodellierten, dem Modell in jeder Beziehung ähnlichen Porträts in ein immer kompakter werdendes Ornament. Lediglich Gesicht und Hände erschienen durchmodelliert, aber immer in ein Ornament eingebunden. Besonders typisch für diese Art der Bildkomposition ist das 1907 entstandene *Bildnis Adele Bloch-Bauer*. Es ist ein Gipfelpunkt im Schaffen des Malers, zweifelsohne die Inkarnation dessen, was man sich unter den Bildern Klimts vorzustellen hat: die sprechende Ähnlichkeit des Abbildes mit dem Modell, die elegante Haltung der Dame der Gesellschaft, die reiche, kostbare Gestaltung der malerischen Oberfläche, bei der mit den Mitteln der Farbe unter Verwendung von Silber und Gold eine Wirkung erzielt wird, die der Wirkung byzantinischer Mosaiken nahekommt.

Nicht weniger geschätzt und wohl das bekannteste Werk Klimts überhaupt ist *Der Kuß*, das einen Höhepunkt der Ausstellung der Kunstschau 1908 bildete und sich heute im Besitz der Österreichischen Galerie in Wien befindet. Vor einem Goldhintergrund, der freilich ganz zur Fläche geworden ist, steht auf einer blühenden Wiese das sich fest umschlungen haltende Liebespaar. Die Gestalten sind mit kostbar ornamentierten Gewändern umhüllt.

Modelliert erscheinen wieder nur der Kopf des Mannes und das Gesicht der Frau sowie Arme und Hände der Dargestellten.

Klimt erkannte aber, daß der Weg über das Bildornament nicht unbeschränkt zu verfolgen war und er deshalb seinen Malstil wieder ändern mußte. Und so lockerte sich schon wenige Jahre später, wie bereits angedeutet, Klimts Vortrag. Es geschah dies vielleicht unter dem Einfluß französischer Malerei, vor allem *Gauguins* und *van Goghs.* Deutlich kamen im Bilde wieder handschriftliche Elemente zur Geltung, der Pinselstrich blieb sichtbar. Es gewann allmählich ein »fauvistischer« Klimt die Oberhand, obwohl der Maler offenbar keineswegs irgendeine Berührung etwa mit der Malerei eines *Matisse* hatte. Das mosaikartige Ornament, das gewissen Kritikern nicht gefiel, wich allmählich wieder einem freieren, mehr malerisch betonten Vortrag. Gab es lange Zeit beispielsweise in Klimts Bildern an Stelle der perspektivischen Tiefe nur Ornamente aus geometrischen Motiven und war der dimensionierte Raum vollkommen in die Bildfläche verschmolzen worden, erschienen nun, in den späteren Schöpfungen Klimts, gegenständliche Themen, die etwa ostasiatischen bemalten Vasen, Teppichen und Gobelins entnommen waren, als Hintergründe. Der Raum im Bild wurde wieder spürbar.

Vielleicht war es in erster Linie aber die Landschaftsmalerei, die den Wandel zur »fauvistischen« Auffassung bewirkt hatte. In seinen Landschaften war gewissermaßen immer ein impressionistischer Charakter ausschlaggebend gewesen. Die frühesten Bilder dieser Art entstanden knapp vor der Jahrhundertwende, ein Großteil von ihnen in den Sommermonaten im Zusammenhang mit Klimts Aufenthalt am Attersee. Hervorgehoben seien: *Bauernhaus am Attersee* (1901), *Mohnwiese* (1907), *Allee im Schloß Kammer* (1912), *Litzlbergkeller am Attersee* (1915/16) und *Schönbrunner Park* (1916). Hier wandte Klimt niemals die ornamentale Form an, die er bei seinen Porträts und bei seinen großen Wandkompositionen so sehr bevorzugt hatte. Er ließ hier eine freie, fast impressionistische Auffassung gelten, die mit seinen gleichzeitig entstandenen allegorischen Kompositionen und auch den Porträts kaum im Zusammenhang stand. Auch besteht zwischen der ornamenthaften Dichte seiner Bilder und der freien, hingeschriebenen lockeren Form seiner zahllosen Bleistiftskizzen kein rechtes Verhältnis. Die Zeichnungen, schon von den Zeitgenossen, aber in der Gegenwart noch viel mehr geschätzt, zählen zum Besten, was Klimt hinterlassen hat; sie offenbaren des Künstlers wahre Persönlichkeit am deutlichsten. Was für Klimt, ganz im Unterschied zu *Schiele,* allerdings noch gar kein Problem bedeutete, war das Element des Sozialen. Er sah den Menschen als Individuum, als schöne Kreatur, die im Fin de siècle lebt.

Als Gustav Klimt am 6. Februar 1918 in Wien starb, ging eine Epoche zu Ende, deren Produkt auch dieses künstlerische Werk war. Seine Größe liegt darin, daß es, wie man wohl endgültig erkannt hat, kraft seiner Qualität über alle aktuelle Gebundenheit hinausragt als ein Beitrag Österreichs zur Weltkunst.

Egon Schiele

VON HANS BISANZ

Egon Schiele, der mit leidenschaftlichen und ausdrucksvollen Werken an den Grundproblemen des menschlichen Lebens Anteil nahm, gehört zu den bedeutendsten österreichischen Malern des 20. Jahrhunderts. Sein Œuvre ist durch ein dominierendes humanistisches Programm bestimmt, neben dem aber die Bewältigung der rein künstlerischen Probleme der Formgebung nicht übersehen werden darf. Schiele hat nach einer kurzen Schaffenszeit von etwa zehn Jahren einen großen Reichtum an Ölbildern, Aquarellen und Zeichnungen sowie eine Reihe von Druckgraphiken hinterlassen und läßt auf eine trotz Konsequenz wandlungsreiche künstlerische Entwicklung zurückblicken, in deren Dynamik neue Form- und Ausdrucksmöglichkeiten gesucht und gefunden wurden.

Die Wahl der Thematik mit dem Menschen im Mittelpunkt bestimmt die Stellung Schieles in der europäischen Kunstgeschichte. Eigenständig die künstlerischen Gedanken von *Vincent van Gogh* und *Edvard Munch* fortsetzend, gab er ebenso wie *Oskar Kokoschka* dem Wiener Jugendstil eine Wendung ins Expressive. Im Gegensatz zu Kokoschka blieb Schiele jedoch im Verlauf seiner weiteren Entwicklung stärker »nördlich« orientiert. Er beließ dem graphischen Liniengerüst den Vorrang, wodurch sich Verwandtschaften mit den deutschen Malern und Graphikern der Künstlergemeinschaft »Brücke« ergaben, während die Strenge der Form und die reiche Farbentfaltung innerhalb der Linearität auf österreichische Traditionen hinweisen.

Dafür, daß Schieles Entwicklung nicht auf die radikale malerische Konturenauflösung der anderen österreichischen Expressionisten, wie Kokoschka, *Anton Kolig* oder *Herbert Boeckl,* hinzielte, dürften auch genetische Gründe maßgebend sein. Schiele stammte väterlicherseits aus einer norddeutschen Pastorenfamilie, deren jüngste Generationen sich teilweise schon technischen Berufen zugewandt hatten. Am 12. Juni 1890 wurde er in Tulln als Sohn des dortigen Stationsvorstandes *Adolf Schiele* geboren. Seine Mutter *Marie,* geb. *Soukup,* stammte aus Krumau in Südböhmen und hatte Vorfahren mit deutscher und tschechischer Muttersprache.

Schiele besuchte im Verlauf seiner Schulbildung zuletzt das Stiftsgymnasium in Klosterneuburg, das er wegen geringer Lernerfolge, aber auch wegen seiner immer sichtbarer werdenden zeichnerischen Begabung vorzeitig verließ. Im September 1906 bestand er die Aufnahmsprüfung an der Akademie der bildenden Künste in Wien. Sein Lehrer, der Historien- und Porträtmaler *Christian Griepenkerl,* lebte noch ganz in der monumentalen Welt der Wiener Ringstraßenbauten, an deren Dekoration er mitbeteiligt gewesen war. Wichtiger für die Zukunft Schieles war die Begegnung mit *Gustav Klimt,* dem bedeutendsten Maler der Wiener Secession, deren neue Kunst bei dem konservativen Professor Griepenkerl noch verpönt war. Die Tatsache, daß Schiele auf privater, freundschaftlicher Grundlage mehr lernte als an der offiziellen Akademie, findet später ihren Niederschlag in seinen schriftlich festgehaltenen Gedanken, aus denen eine radikale Ablehnung des institutionellen Schulbetriebes hervorgeht.

Die dekorative Schönheit des Jugendstils, in die Schiele durch Klimt eingeführt wurde, verkörperte die Loslösung der Kunst von den Bindungen der Ringstraßenzeit an Kaisertum, Staatsmacht und Geldaristokratie. Das Bild des Menschen, der vorher bewundernder Untertan zu sein hatte, war nun in eine freie Ideen- und Traumwelt entrückt. Diesen emanzipatorischen Zug des Jugendstils verfolgte Schiele sehr bald in radikaler Ausschließlichkeit. Konsequenterweise wandte er sich, obwohl er Klimt tief verehrte, vom dekorativen Reichtum und Luxus der »Kunst um 1900« ab und konzentrierte sich auf ein Bild des Menschen von schonungsloser Offenheit. So wurde die Begegnung mit dem Jugendstil sofort zu einem intensiven Dialog.

In den Kompositionsversuchen der frühen Landschaftsbilder herrschen schon spannungsreiche Gegensätze vor, während ornamentale Schönförmigkeit kaum gefragt ist. Da sich Schiele den objektiven Ideen des Jugendstils kaum unterordnete, konnte sein Glasfensterentwurf für das von *Josef Hoffmann* erbaute *Palais Stoclet* in Brüssel *(Porträt Poldi Lodzinsky,* 1908) im Gegensatz zum Mosaikentwurf von Klimt nicht ausgeführt werden, da Schieles Lodzinsky-Porträt in seiner subjektiven, bis ins Erotische reichenden Menschendarstellung den dekorativen Rahmen jenes Gesamtkunstwerkes gestört hätte. Auch in den großen quadratischen Porträts von 1909, in denen das monumentale Konzept Klimts übernommen wurde, verblaßt die dekorative Tradition zugunsten des humanistischen Hauptthemas. Der ornamentale Hintergrund im *Porträt des Malers Hans Maßmann* besteht nicht aus sanft fließenden Linien, sondern aus harten und spröden Formen, während im *Porträt der Schwester Schieles* die Leere des Nichts die Dargestellte umgibt.

1909 entschloß sich Schiele zusammen mit einer Reihe von Kollegen, darunter *Anton Faistauer* und *Franz Wiegele,* die Akademie zu verlassen und die »Neukunstgruppe« zu gründen, der dann auch *Paris von Gütersloh* beitrat. Die Gruppe stellte im Winter 1909/1910 im Salon Pisko am Schwarzenbergplatz aus. Vorher war Schiele schon 1908 im Stift Klosterneuburg und 1909 im Rahmen der »Kunstschau« (Klimtgruppe) an Ausstellungen beteiligt gewesen. Im Manifest der Neukunstgruppe, das Schiele verfaßte, wird für eine freie Entfaltung der Künstlerindividualität in freier Wahl von Thema und Ausführungsweise und gegen das Malen nach Rezepten eingetreten. In dieser Zeit beginnt überhaupt die bisher zu wenig beachtete schriftstellerische Tätigkeit Schieles.

1910 bis 1912 zeichnet sich in der Entwicklung Schieles eine Sturm- und Drangperiode von größter Radikalität ab. Hatte er schon früher nach Gegensatzpaaren gesucht, so spitzt sich nun jegliche Dialektik auf das letzte Gegensatzpaar Leben und Tod zu. Das Hauptthema dieser Jahre ist die Bedrohtheit des Menschen seit seiner Geburt durch Hunger, Krankheit und Tod sowie die

Erschütterung seines körperlichen und seelischen Daseins durch die Macht der Erotik. Die Selbstbildnisse dieser Jahre und die Porträts *Eduard Kosmack* und *Rainerbub* (beide 1910) zeigen den Dargestellten defensiv, von einem übermächtigen Umraum fast erdrückt oder vom Dunkel fast überwältigt, das in die Konturen eindringt. Das Leben, gegenwärtig im Fleisch des Menschen, tritt in dieser Bedrohtheit umso stärker in blutroten Farbpartien hervor. Die Elemente der Form zeigen schmerzhafte Krümmungen und Verzerrungen bis zur drohenden Zerreißung.

Die Kompositionen der Jahre 1910 bis 1912 sind von einem dynamischen Kreislauf von Werden und Vergehen durchströmt, dem auch die Pflanzenwelt unterworfen ist, in ihrem Dahinwelken und wachsendem Neubeginn auf den Menschen bezogen, wie aus Aufzeichnungen von Schiele hervorgeht *(Herbstbäume, Sonnenblumen,* beide 1911). In der Thematik von Werden und Vergehen gelangt das Werk Schieles in die Nähe des Religiösen. Die asketische Schlankheit seiner Figuren, die manchmal eine nimbusartige Bekrönung tragen und dem Betrachter mit bannender Intensität entgegenblicken, zeigt die Weiterführung der Gedankengänge von Vincent van Gogh und Edvard Munch. Auch Schiele hatte nicht mehr die Absicht, sich in den Dienst einer der offiziellen Kirchen zu stellen und sich an ein organisiertes sakrales Programm zu binden. Auch er entnimmt religiöse Begriffe, wie Askese und Passion, nur der weltlichen Wirklichkeit und verdichtet das optisch Auffindbare zu Themen, die an die kirchliche Kunst erinnern.

Zu dieser Thematik stehen die erotischen Darstellungen Schieles, um diese Zeit besonders zahlreich und radikal, nur scheinbar im Widerspruch. Auch sie sind nur auf der ehrlichen Suche nach der unverfälschten, von bergender Umgebung und Kleidung und von vertuschender Konvention freien Darstellung des Menschen entstanden. Die Erotik wird von Schiele unverhüllt als Teil der zentralen Problematik des Menschlichen aufgezeigt, nicht aber bedenkenlos propagiert, wie jener Richter glaubte, der Schiele 1912 zu drei Tagen Arrest wegen »Verbreitens unsittlicher Zeichnungen« verurteilte. Die Episode ist ein Beispiel für die Auseinandersetzung zwischen autonomer Kunst und einer der damaligen künstlerischen Entwicklung längst fernstehenden offiziellen Stelle.

Die schriftstellerischen und dichterischen Arbeiten Schieles, die auch in diese Entwicklungsstufe fallen, zeigen einen leidenschaftlichen Kampf gegen alles Institutionelle, das die freie Entfaltung der Persönlichkeit gefährden kann und so für Schiele ebenfalls zum Lebensbedrohenden gehört. Er lehnte Titelsucht, Nationalismus und Militarismus ab. — Als positive Erscheinungen im menschlichen Zusammenleben bejahte er die durch gegenseitige freiwillige Bindung entstandene Freundschaft und die Vereinigung der Geschlechter in Liebe. (Er heiratete 1915 ein Mädchen aus der Nachbarschaft seines langjährigen Wiener Ateliers in der Hietzinger Hauptstraße und führte eine sehr glückliche Ehe.)

In den Werken Schieles aus den Jahren 1913 bis 1915 läßt sich ein Anstreben größerer kompositioneller Festigung bemerken. Die Intensität des Ausdrucks wird innerhalb markanter Konturen gesammelt, wodurch auch das Gegenständliche wieder größere Stabilität erlangt. Kristalline Geometrisierungen im *Doppelporträt Heinrich und Otto Bensch* (1913) oder direkt der Wirklichkeit entnommene regelmäßige Häuserformationen (*Stadt*, 1914; *Einzelne Häuser*, 1915) lassen die Beschäftigung mit den rationalen Kompositionsprinzipien der Kubisten vermuten, die Schiele wahrscheinlich in der Münchner Galerie *Goltz* kennenlernte, wo er selbst seit 1913 ausstellte.

Ohne Zweifel wurde Schiele außerdem in der Wiener Privatsammlung *Reininghaus* mit dem flächenhaften Prinzip des Parallelismus von *Ferdinand Hodler* konfrontiert. Diese horizontale Addition gleichartiger Einzelmotive tritt bei Schiele ebenfalls seit dieser Zeit auf.

Die Ruhe, die in manchen Werken der mittleren Epoche 1913 bis 1915 auftritt, ist nur kompositioneller Natur, da das Hauptthema von Werden und Vergehen weiterhin im Zentrum des Œuvres steht und mit neuerworbenen Kenntnissen dargestellt wird (*Blinde Mutter I, II*, 1914). Die beiden letzteren Kompositionen werden auch in die Technik der Radierung umgesetzt, mit der sich Schiele seit 1914 beschäftigte (seit 1916 auch mit dem Holzschnitt, 1918 auch mit der Lithographie). Die Kontrastierung von aufkeimendem und entströmendem Leben im Bild *Mutter mit zwei Kindern* (1917) zeigt eine der ruhigen, auf Hodler zurückgehenden Figurenreihung entgegengesetzte Intensität von Farben und Ornamenten, die der Folklore entstammen.

Die Entwicklung Schieles zeigt eine zunehmende Entfernung von der lyrischen Zartheit des Jugendstils. Unter den neugewonnenen Voraussetzungen treten in Werken der letzten Jahre (*Liegende Frau, Umarmung*, 1917) Erinnerungen an das geschwungene Linienornament jener Epoche auf, nun allerdings im Rahmen einer die ganze Komposition erfassenden Dynamisierung. Diese findet kaskadenartig stürzende Anordnungen in Häusergruppen vor (*Krumauer Landschaft*, 1916; *Stadtende*, 1918) oder direkt in der freiwerdenden Schwerkraft des Wassers (*Die Mühle*, 1916; *Wasserfall*, 1918). Die Intensivierung der Dynamik reicht in den flammenden Farben des Hintergrundes im *Porträt Paris von Gütersloh* ins Elementare.

Egon Schiele mußte im Ersten Weltkrieg Militärdienst leisten, der ihm aus gesundheitlichen Gründen so weit erleichtert wurde, daß er wieder malen und ausstellen konnte. Seine Kollektivausstellung im März 1918 in der Secession wurde zu einem großen Erfolg, der auch seine bis dahin schwierige materielle Lage beendete. Drei Tage nach dem Tod seiner Frau starb Schiele am 31. Oktober 1918 an der Spanischen Grippe. War Egon Schiele, nach anfänglicher Ablehnung in den ersten Schaffensjahren, auch über die Grenzen von Österreich bekannt geworden — er war an zahlreichen Ausstellungen in Deutschland beteiligt und seit 1913 Mitarbeiter der deutschen Zeitschrift *Aktion* —, so ließ sein früher Tod ihn im breiteren Publikum wieder in Vergessenheit geraten. Ein zunehmendes wissenschaftliches und privates Interesse konnte in Österreich erst seit 1945 auch jenseits der Fachkreise wiedererweckt werden.

Albin Egger-Lienz

VON OTTO LUTTEROTTI

Albin Egger-Lienz kam in Stribach bei Lienz in Osttirol am 29. Jänner 1868 zur Welt, war nach Studien in München, wo er bis 1893 die Historienmalerei der späten *Piloty*-Schule, aber auch seines berühmten engeren Landsmannes *Franz von Defregger* (1835—1921) kennenlernte, immer wieder in Nordtirol (in Längenfeld im Ötztal und in Hall) tätig und verbrachte schließlich sein letztes Lebensjahrzehnt, nach einer kurzen Lehrtätigkeit 1912/13 an der Kunstschule in Weimar, auf seinem Grünwaldhof in St. Justina bei Bozen in Südtirol. Dort ist er am 4. November 1926 heimgegangen.

Die Bedeutung des Meisters liegt vor allem darin, daß in seinem Werk der bäuerliche Mensch Tirols als »Leitbild« vor uns steht und in dieser künstlerischen Steigerung bleiben wird, solange es ein Tirol, das Land im Gebirge, geben wird. Egger-Lienz hat im Gegensatz zu Defreggers Historismus- und Genremalerei mit den sonntäglichen Bauern den schweren Ernst des Landmannes dargestellt. Er hat das Leben, Sterben und Schicksal des Bauern monumentalisiert und damit ein gültiges Vorbild geschaffen.

Egger-Lienz erlebte eine Periode des Mißverstehens, ja sogar der Anfeindung und Ablehnung; das gewaltige Bild *Totentanz Anno Neun,* aus dem Tirolischen ins Allgemeinmenschliche gehoben, verdarb ihm durch das Dazwischentreten des Erzherzog-Thronfolgers die Berufung an die Wiener Akademie.

Wir müssen in der Kunst Tirols bis auf die goldenen Altarschreine von *Michael Pacher* zurückgehen, um dieselbe Glaubwürdigkeit, dieselbe Markanz der Köpfe, dieselbe heroische und oft sakrale Haltung wiederzufinden.

Egger-Lienz selber war eine solche Gestalt, wie uns seine *Selbstbildnisse* zeigen. Das erste große Selbstporträt von 1911, wo sich vor einer Blockwand waagrecht und senkrecht übereinandergeschichteter Stämme das frontale Brustbild des Künstlers mit dem ausgeprägten Schädel wirkungsvoll abhebt: ein schwerblütiger, gerader, sicher nicht immer umgänglicher Charakter. So hat ihn uns auch seine Umwelt geschildert. Im Selbstporträt von 1921 schiebt sich das Haupt des Malers unmittelbar vor uns hin, der Blick kommt noch eindringlicher, fast schmerzlich aus den Augenhöhlen hervor. Malerisch ist alles mit feinen Tonstufen ins Weiche gediehen. Man denkt an späte Porträts von *Rembrandt* oder *Cézanne.* Im Todesjahr des Meisters — 1926 — entstand mit knappen Kohlestrichen sein letztes Selbstporträt. Wie unter der Vorahnung des Abschieds sehen die großen Augen über uns hinweg in die Unendlichkeit: ein nach überreicher Arbeit immer noch aufrechter, aber doch auch ein müde gewordener und enttäuschter Mensch!

Aus dem Boden seiner Heimat hat Egger-Lienz seine Kraft gezogen, ihrer gewaltigen Berglandschaft hat er immer wieder zwischen den viel zahlreicheren figuralen Bildern ein Preislied gesungen. So schon 1905 im Bild *Vorfrühling,* einer Osttiroler Landschaft um Tristach bei Lienz. Vor einer wuchtigen Bergkuppe zimmern drei Bauern, Knabe, Mann und Greis, am Rande eines Dorfes das Balkenwerk für ein Haus. Plötzlich donnert, eine sehr gewagte Darstellung, eine Lawine vom Berg herab. Knabe und Greis halten betroffen in der Arbeit inne, der Mann jedoch schafft unbeirrt weiter. Als Egger dasselbe Thema, wie er es gerne tut, wieder aufgreift (1917), hat er inzwischen alle malerische Weichheit abgestreift und gibt in härterer Zeichnung, bestimmteren Umrissen und in rötlichbraunen Tönen ein großartiges Abbild vom ewigen Kampf des Bauern mit den drohenden Naturgewalten. 1911 schildert der Maler im *Berggrund* den einsamen Kessel eines typischen Tiroler Talschlusses, wobei im Vordergrund wieder ein Blockhaus gezimmert wird. Im selben Jahr steigert Egger diese Landschaft — *Bergraum,* wahrscheinlich das Sulztal bei Längenfeld im Ötztal — zu noch größerer Wirkung, indem er im Talgrund zwischen einsamen Waldhängen und Steinmuren, ganz winzig unter den gewaltigen Massen, einen Berghof hinsetzt. Zehn Jahre später malt Egger in Südtirol vielleicht seine schönste Landschaft, *Siegmundskron.* Jetzt, in der Spätzeit, arbeitet sein Pinsel wieder in weichen, malerischen und, unter dem Einfluß von südlichem Licht und südlicher Luft, auch farbigeren Tönen.

In solche Bergräume hat Egger-Lienz seine Menschen gestellt, vor allem den Tiroler Bauern im Kampf gegen den von außen andringenden Feind Anno Neun und im Ersten Weltkrieg, den Bauern bei der Arbeit und bei der Rast, bis er schließlich in großartiger Gedankenmalerei nur mehr das Allgemeinmenschliche gesehen hat.

In Malweise und Auffassung noch an Defregger anknüpfend, schuf er 1897 das große, fast unbekannte Bild *Der Schwur der drei Bundesgenossen.* Es sind wahrscheinlich *Martin Schenk, Peter Mayr* und *Kemenater,* die, um einen Tisch stehend, einander die Treue schwören. Das Gemälde ist ein kraftvoller Tiroler »Rütlischwur« aus dem Jahr 1809. Im selben Jahr 1897 erregte Eggers *Ave nach der Schlacht am Bergisel,* das im Münchener Glaspalast ausgestellt war und sich heute im Landesmuseum Ferdinandeum in Innsbruck befindet, Aufsehen, weil hier, im Gegensatz zu Defregger, die dichte Masse der bäuerlichen Krieger schlicht und ohne sorgfältiges Detail, wie zufällig und ungleich gruppiert, in eine eher eintönige Landschaft gesetzt ist. Der Pinselstrich ist breiter geworden, das Kolorit fast düster in kühlen grauen und braunen Tönen. In einem zweiten großen Historienbild von 1901, *Das Kreuz,* einer Episode aus den Kämpfen an der Lienzer Klause 1809, füllt der Künstler ohne Landschaftsandeutung die Fläche bis zum oberen Bildrand mit der Masse der Kämpfenden, die, um ein großes Kruzifix geschart, unwiderstehlich vorwärtsstürmen. In der Komposition ähnlich, nur noch stürmischer in der Bewegung, in der Form konturierter ist das Bild *Haspinger* von 1909. Auch für das tragische Ende hat Albin Egger-Lienz im Bild *Nach dem Friedensschluß* (1902) eine ergreifende Formulierung gefunden, wenn er vor dörflichen Hütten sieben Bauern, gebeugt und entmutigt, als letzte eines Zuges zurückkehren läßt, weil das politische

Kaplan-Turbine

Eduard von Hofmann. Lithographie von Oskar Wodraschka

Guido Holzknecht

Sigmund Freud

Lorenz Böhler

Benzinautomobil von Siegfried Marcus
Etrichtaube auf der Simmeringer Heide, Wettflug Wien—Budapest am 25. Juni 1911

Geschehen auf der Weltbühne sie um die Früchte ihres heroischen Kampfes gebracht hat.

Einen Höhepunkt in der Darstellung von Stoffen aus der Heldenzeit erreichte der Künstler mit dem bereits eingangs erwähnten Gemälde *Totentanz Anno Neun*, entstanden 1908. Gegenüber der geballten Masse im *Ave* oder im *Kreuz*, fast zehn Jahre früher, folgen hier nur mehr vier große bewaffnete Bauerngestalten dem voranschreitenden, alles besiegenden Knochenmann. Keine bestimmte Episode mehr, der Tiroler Freiheitskampf und darüber hinaus jeder Krieg ist hier ohne Naturalismus sinnbildhaft dargestellt. Der heimatliche Hof wird nur durch ein paar oben links ins Bild ragende Balken angedeutet, zu denen der junge Krieger in einer unnachahmlichen Bewegung seinen Kopf zurückwendet, während die drei anderen dem Tod folgen. In der zweiten Fassung des Totentanzvorwurfs von 1921 sind die Gestalten noch größer ins Bild gesetzt, sprengen fast den Rahmen, heben sich nicht mehr von der Landschaft und vom leeren Himmel, sondern von einem dunkelbraunen Holzhaus ab. Nur die Farben sind nun wieder lebendiger, glühender geworden.

In den Bildschöpfungen aus dem Ersten Weltkrieg, den Egger-Lienz als Tiroler Standschütze und später als Kriegsmaler mitgemacht hat, zielt er auch auf den tieferen Gehalt der Ereignisse hin. Im Bild *Den Namenlosen 1915*, entstanden 1916, erreicht er im Motiv des von der Seite gesehenen, geduckten und unaufhaltsamen Vorwärts mit der rhythmischen Parallelität der Körperkurven und Erdwellen ein Symbol für die namenlosen Helden des modernen Kampfes. In der Kriegergedächtniskapelle der Stadt Lienz für die Gefallenen Osttirols hat der Künstler 1925 einen monumentalen Freskenzyklus wieder dem Thema des großen Krieges gewidmet. An dieser Stätte hat Albin Egger-Lienz schon ein Jahr später seine letzte Ruhe gefunden.

Schon bald nachdem er in den achtziger Jahren mit der Darstellung des Bauern bei friedlicher Arbeit und bei der Rast begonnen hat, kommt er im Historien- wie auch im Genrebild über die Schilderung detailreicher »literarischer« Erzählungen und Situationen hinaus. Schon 1902 wird im *Sämann* unter dem Einfluß des französischen Malers *Millet* der fast feierliche Ernst des bäuerlichen Tuns auf dem Acker dargestellt. Das Thema ließ Egger-Lienz nicht mehr los: er hat das Charakteristische der Bewegung im Gemälde *Sämann und Teufel* (1909) durch eine zweite Figur verstärkt, den Teufel, der Unkraut streut und mit seiner Gebärde im Gegensinn die Arbeit des Bauern vernichtet. Dieses sein Lieblingsmotiv wiederholte der Meister 1921 malerisch aufgelokkert, während er schon 1912 im Triptychon *Erde* den Säer in großartiger und doch verhaltener Bewegung, diesmal ganz von vorne gesehen und scharf gegen den Himmel abgesetzt, aus der Tiefe auf uns zukommen läßt. Das Mittelstück dieses dreiteiligen Bildes, das leider nicht mehr existiert, weil es der Maler im Ersten Weltkrieg aus Mangel an Leinwand zerschnitten hat, stellte, besonders kühn, nur eine völlig einsame, herrliche Alpenlandschaft dar; das Gegenstück zum Säer links war die große Einzelgestalt des Mähers mit der Sense auf dem rechten »Flügel«, ebenso ernst und monumental aufgefaßt. An dem Gemälde *Ruhende Hirten* von 1911 wandte der Maler sein Prinzip der Verstärkung eines Motivs durch Verdoppelung und Parallelität der Richtungen besonders klar an. Man hat solche Tendenzen rhythmischer Bewegung und paralleler Gleichartigkeit von der Kunst des zeitgenössischen Schweizer Malers *Ferdinand Hodler* (1853—1918) herleiten wollen, aber im Expressiven der Darstellung ist Egger-Lienz sicherlich über Hodler hinausgekommen.

Gern und immer wieder malte der Künstler aus dem bäuerlichen Leben auch ein Thema wie das *Mittagessen* von 1908. Bauer, Bäuerin, Knechte und Mägde nehmen es, schweigsam und schwer über den Tisch gebeugt, ein. 1910 und 1920 wird dieses Motiv allmählich ins streng Symmetrische, Große und Feierliche übersetzt. Das *Tischgebet* von 1922 zeigt nur mehr drei Gestalten, um einen Tisch mit der Schüssel stehend: Bauer, Bäuerin und Knecht in tiefer Versunkenheit. Ein täglicher Vorgang ist, aufs äußerste vereinfacht, ins Sakrale erhoben worden.

Das Ganze des Bauernlebens mit dem Gedanken der Lebensalter hat der Meister im Bild *Das Leben* von 1912 behandelt; er bindet die Gestalten mit der Bedeutung Wachsen, Blühen und Absterben architektonisch in ein großes Balken- und zugleich Bildgerüst. Das Leben des Tiroler Bauern, wie es unerbittlich abläuft von der Geburt bis zum Tode, ist ins Allgemein-Menschliche geweitet. Noch mehr enthüllt sich das tragische Weltgefühl von Albin Egger-Lienz in der Bildschöpfung *Der Mensch*, entstanden am Beginn des Ersten Weltkrieges 1914 auf seinem Grünwaldhof in St. Justina bei Bozen. Sieben auf der Erde kauernde, gebückte, kniende, großartig stilisierte Riesengestalten, wie der Sixtinadecke *Michelangelos* entsprungen, versuchen, niedergedrückt von einer ungeheuren Last des Schmerzes, sich gegen ihr Schicksal aufzubäumen. Aber der Mensch kämpft vergeblich gegen sein Los, er versinkt trotzig oder anklagend oder resignierend in die Erde. Damit ist der Meister in den Bereich der großen Gedankenmalerei eingetreten, ohne den geplanten Zyklus mit Grundformen und Grundtätigkeiten des Menschenlebens vollenden zu können.

Robert Bárány

Nobelpreis für Medizin 1914

VON JÖRN OREMUS

Ein Ereignis, das eigentlich weltweite Beachtung verdient hätte, wurde im Jahre 1916 vom Kriegslärm übertönt. Auf Grund der persönlichen Intervention des schwedischen *Kronprinzen Gustav* wurde der österreichische Arzt *Robert Bárány* aus russischer Kriegsgefangenschaft entlassen und dadurch in die Lage versetzt, den ihm 1914 verliehenen Nobelpreis für Medizin persönlich entgegenzunehmen. Der Wiener Otologe war bei der österreichisch-ungarischen Armee in der eingeschlossenen Festung Przemysl als Arzt tätig und beim Fall der Festung in russische Kriegsgefangenschaft geraten.

Der Nobelpreis war ihm für seine Arbeit über die Physiologie und Pathologie des Bogengangapparates beim Menschen verliehen worden. Seine Forschungsergebnisse führten zur Grundlage der Labyrinth-Chirurgie, wodurch die otogene Meningitis (die Gehirnhautentzündung als Folge der Innenohr-Eiterung) ihren Schrecken für die Menschheit verloren hat. Bei der Ohrenspülung klagten Báránys Patienten über Schwindelgefühl; außerdem kam es zu Seitwärtsbewegungen der Augäpfel (Nystagmus). Mehr oder weniger durch Zufall entdeckte der Arzt den Zusammenhang zwischen der Spülung und den auftretenden Symptomen. Bei kalter Spülflüssigkeit trat Nystagmus zur Gegenseite, bei warmer zur gleichen Seite auf. Bárány zog daraus die Schlußfolgerung, das die Abkühlung oder die Erwärmung der Bogengangwand Strömungen der Endolymphe im Inneren der Bogengänge erzeugt und den Nystagmus hervorruft. Damit war ihm 30 Jahre nach den theoretischen Entdeckungen von *Mach* und *Breuer* die Synthese von Theorie und Praxis gelungen. Während seiner Versuche fand Bárány die Gesetzmäßigkeit der Reaktionen der gesamten Körpermuskulatur, die von der Richtung des Nystagmus, der Kopf- und Bogengangstellung abhängig ist. Er entwickelte den Báránysdhen Zeigerversuch, mit dem die kalorischen Vestibularreize auf die Muskulatur der Gliedmaßen nachzuweisen sind. Seine Tätigkeit im Kriege bot ihm eine große Zahl von Kopfverletzten als Beobachtungsobjekte, was ihn in die Lage versetzte, den Nachweis der Wechselbeziehung von Bogengangapparat, Kleinhirn und Muskulatur zu führen. Damit waren neue Möglichkeiten der Diagnose von Gehirnerkrankungen gefunden. Auf ihn geht die Lärmtrommel als wichtiges klinisches Untersuchungsmittel für die isolierte Hörprüfung eines Ohres zurück.

Der Begründer der Oto-Neurologie, als den man Bárány ansehen darf, hat seine Forschung auf einer Reihe Vorläufer aufgebaut. Trotz der Erkenntnisse, die man über den kompliziert gebauten Bogengangapparat besaß, fehlte lange Zeit die Möglichkeit, das subjektive Gefühl des Schwindels objektiv zu ergründen. Schon 1825 hatte der Franzose *Flourens* festgestellt, daß der Bogengang ein Gleichgewichtsorgan ist. Der Prager Forscher *Purkinje* hatte bald darauf die Reflexbewegungen der Augen bei Schwindel als Augenzittern beschrieben. Daß der Nystagmus im Bogengangapparat lokalisiert ist, war ihm entgangen. Als der Wiener Arzt Breuer den Versuch Flourens' nachvollzog, kam er zu dem Schluß, daß Flüssigkeitsbewegungen der Endolymphe in den Bogengängen den Schwindel auslösen. Unabhängig davon kam der Amerikaner *Crum Brown* zu gleichen Ergebnissen. Der Wiener Physiker Ernst Mach stellte die Flüssigkeitsbewegung im Bogengang und die Drehbewegungen in mathematischen Formeln dar und lieferte damit den Beweis für die theoretischen Überlegungen. Der Ungar *Högyes* wies darauf hin, daß die Endolymphbewegungen die Nervenendigungen in den Bogengangampullen erregen; diese Erregung wird in die Vierhügelgegend des Gehirns weitergeleitet, womit ihm die Erklärung für die Entstehung des Nystagmus gelungen war. Der Spanier *Ramon y Cajal* wies die Verbindung zu den Augenmuskelkernen nach. Trotz dieser weitreichenden Erkenntnisse fehlte noch der Weg zur klinischen Praxis. Die Funktion der Bogengangapparate unabhängig voneinander zu prüfen war noch nicht gelungen. Hier setzte die Forschungsarbeit und die Leistung Báránys ein.

Solcherart ist die Leistung Báránys ein Schulbeispiel dafür, wie weit der Weg der Forschung oft ist und wie viele Einzelleistungen nötig sind, bis das häufig einfach erscheinende Ergebnis vorliegt. Bárány war vom Schicksal mit den notwendigen Fähigkeiten ausgestattet worden, diese Leistung zu vollbringen. Er wurde am 22. April 1876 in Wien geboren. Sein Vater *Ignaz* war Gutsverwalter, seine Mutter *Maria,* die das ausstrahlende Zentrum einer ausgeglichenen Familie war, entstammte der Prager Privatgelehrtenfamilie *Hock.* Robert war eines von sechs Geschwistern. Eine Kniegelenksversteifung als Folge einer Knochen-Tbc, die ihn in Kindesjahren befallen hatte, verlangte ihm alle Energie ab, um in seiner Umwelt bestehen zu können. Trotz dieser körperlichen Behinderung spielte er sein Leben lang Tennis und bewegte sich gerne auf langen Wanderungen in den Bergen. Mit ebensolcher Energie widmete er sich seiner Ausbildung; von der Volksschule bis zur Universität war er immer der Jahrgangsbeste. Schon im sechsten Semester widmete sich der Medizinstudent wissenschaftlichen Arbeiten. In Ausdauer zu seinem Ziel zu streben war eine Eigenschaft, die den Studenten ausgezeichnet hatte und die dem reifen Mann geblieben ist.

1900 promovierte er an der Universität Wien. Begierig darauf, seine Ausbildung zu vervollkommnen, ging er als Hospitant zu Professor *Noorden* nach Frankfurt am Main, anschließend zu Professor *Kraepelin* an die psychiatrisch-neurologische Klinik nach Freiburg im Breisgau. Schließlich kehrte er nach Wien als Operationszögling bei Professor *Gussenbauer* zurück und wurde im Jahre 1903 Demonstrator an der Ohrenklinik von Professor *Politzer.* Im Jahre 1909 wurde er Privatdozent. Im gleichen Jahre gründete er eine Familie. Seine Frau, *Ida Berger,* gebar ihm zwei Töchter und einen Sohn.

Als er aus der Kriegsgefangenschaft entlassen war und den Nobelpreis persönlich entgegengenommen hatte, kehrte er heim. In Wien wurde dem Nobelpreisträger die herbste Enttäuschung zuteil. Nicht nur, daß ihm die Ernennung zum a. o. Professor verweigert wurde, mußte er es sich gefallen lassen, daß ihm die Priorität seiner Forschungen bestritten und mangelnde Literaturangaben vorgeworfen wurden. Es begab sich ein in Österreich nicht seltenes Schauspiel, daß eine Leistung im eigenen Lande nicht anerkannt wird, und der sie erbracht hat, hinausgeekelt wird. Bei der Verweigerung der Professur mag mit eine Rolle gespielt haben, daß Bárány Jude war. Es war zu jener Zeit für einen Juden zwar nicht unmöglich, an die Universität berufen zu werden, es galt aber doch, eine Unzahl von Voreingenommenheiten zu überwinden. Bárány folgte 1917 einem Ruf nach Uppsala, wo er eine Professur und die Leitung einer Klinik übernahm. Er hat seinem Vaterland die Zurücksetzung nicht nachgetragen. In der Notzeit nach dem Ersten Weltkrieg stiftete er 10 000 Kronen für heimkehrende Ärzte. Es war ihm genug, daß schwedische Fachkollegen, an ihrer Spitze der Otologe *Holmgren,* für ihn eingetreten waren und die Angriffe der Wiener Kollegen zurückgewiesen und widerlegt hatten.

Die Folgen eines Schlaganfalles überschatteten die letzten Jahre seines Lebens. Aber er arbeitete unbeirrt weiter an dem Fragenkomplex, dem er sich nun gewidmet hatte: dem Muskelrheumatismus. Daß er niemals vergessen hatte, was er einer Forschungskette vor ihm verdankte, bewies er mit dem Ausspruch, daß neben anderen wichtigen Tätigkeiten des Forschers die Organisation der wissenschaftlichen Arbeit, die Bildung einer Schule notwendig sei. »Denn der einzelne für sich allein ist ja im Laufe eines kurzen Lebens doch nur imstande, einen kleinen Bruchteil der Fragen zu bearbeiten und zu lösen, die sich ihm darbieten.«

Am 8. April 1936, wenige Tage vor seinem 60. Geburtstag, ist Robert Bárány in Uppsala gestorben. Im gleichen Jahr hat die Universität, an der er beinahe zwei Jahrzehnte gewirkt hatte, den Bárány-Preis gestiftet.

Sigmund Freud

VON HARALD LEUPOLD-LÖWENTHAL

Am 20. September 1891 hatte der Privatdozent für Neuropathologie *Sigmund Freud* in der Berggasse 19 einen neuen Wohn- und Arbeitsplatz gefunden, den er bis zum 5. Juni 1938 nicht mehr verlassen sollte. Diese Adresse in der keineswegs ausgezeichneten Wohngegend des 9. Wiener Gemeindebezirkes sollte aber zu einem internationalen Ansehen gelangen, das erst in jüngster Zeit durch die Errichtung eines Freud-Museums endlich gewürdigt wurde.

Sigmund Freud wurde am 6. Mai 1856 in Freiberg in Mähren, nahe Neutitschein, im sogenannten »Kuhländchen«, geboren. Er war der älteste Sohn *Jakob Freuds,* eines jüdischen Wanderhändlers, der Tuch und Textilien aus den Freiberger Manufakturen nach Galizien brachte und von dort her Wolle, Talg, Honig und Häute einführte. Der erste Sohn einer sehr jungen Mutter — *Amalia Freud* war bei seiner Geburt 19 Jahre alt — erlebte die frühen Kinderjahre in der freundlichen Umgebung des Städtchens. Als er drei Jahre alt war, setzte die wirtschaftliche Krise der Freiberger Textilmanufakturen dem bescheidenen Wohlstand Jakob Freuds ein Ende, die Familie mußte den Ort verlassen und zog 1859 auf dem Umweg über Leipzig nach Wien. Hier wuchs Sigmund Freud in eher bedrückenden finanziellen Verhältnissen — Jakob Freud gelang es offenbar nie recht, in der Großstadt als Kaufmann erfolgreich zu werden — in der Leopoldstadt auf. Nach privatem Volksschulunterricht wurde er 1865 Schüler des ein Jahr zuvor gegründeten »Leopoldstädter Communal-Real- und Obergymnasiums«. Freud war bis zur Matura im Juli 1873 ein Vorzugsschüler dieser Anstalt. Als Knabe und auch noch in seiner Gymnasialzeit hatte Freud davon geträumt, Politiker zu werden, den Rang eines Ministers zu erreichen. *Hannibal, Cromwell* und *Napoleons* Marschall *Massena* waren die Idealgestalten seiner Phantasie. Doch zur Zeit seiner Matura gab er den Plan auf, Jus zu studieren und ein Mächtiger im Bereiche der Politik zu werden. Der Eindruck einer populären Vorlesung *Carl Brühls* über *Goethes* Essay *Die Natur* und der faszinierende Einfluß von *Darwins* Lehren ließen ihn zu dem Entschluß kommen, die Studienrichtung zu wechseln und Medizin zu studieren.

Im Herbst 1873 inskribierte er an der Wiener Universität. Der fühlbare Antisemitismus an der Universität und die von ihm als Mißerfolg erlebte erste wissenschaftliche Bemühung brachten eine Ernüchterung. Im Laboratorium des Prof. *Carl Claus*, des Leiters des Institutes für Zoologie und vergleichende Anatomie, hatte er zoologisch zu arbeiten begonnen und während zweier Studienaufenthalte an der Zoologischen Station in Triest diese Arbeiten zum Abschluß gebracht. *Beobachtungen über Gestaltung und feineren Bau der als Hoden beschriebenen Lappenorgane der Aale* war der k. k. Akademie der Wissenschaften zu Wien am 15. März 1877 von Prof. Claus vorgelegt worden, doch hat das Ergebnis dieser seiner ersten wissenschaftlichen Arbeit den jungen Mediziner Freud nicht befriedigt. Er fühlte sich zu größerer Leistung fähig und berufen.

Im physiologischen Laboratorium von *Ernst Brücke* fand er »endlich Ruhe und volle Befriedigung, auch die Personen, die ich respektieren und zu Vorbildern nehmen konnte«.

Freud arbeitete bis 1882 an Brückes Institut, mehrere neurohistologische Arbeiten waren die Frucht dieser Tätigkeit. Sein Interesse an den eigentlichen medizinischen Fächern war gering. Er strebte eine wissenschaftliche Laufbahn an, war der praktischen Medizin wenig zugetan. So promovierte er erst 1881 zum Doktor der gesamten Heilkunde. Nach kurzer Demonstrator-Tätigkeit am Brückeschen Institut begann er 1882, dem Rate des verehrten Lehrers Brücke folgend, der ihm die Unmöglichkeit einer wissenschaftlichen Laufbahn bei seiner Armut klarmachte, eine klinische Ausbildung im Allgemeinen Krankenhaus in Wien. Mit dem Verlassen des Physiologischen Institutes hatte Sigmund Freud keineswegs seine wissenschaftlichen Interessen und Hoffnungen aufgegeben. Das Thema des Zentralnervensystems und seiner Funktionen, einer »physiologischen Psychologie« im Verständnis der Helmholtz-Brückeschen Schule, ließ ihn nicht los. So war auch die Psychoanalyse letztlich eine Fortsetzung der Arbeiten, die Freud im Brückeschen Laboratorium begonnen hatte.

Im Allgemeinen Krankenhaus ergab sich die Gelegenheit für klinisch-neurologische Erfahrungen. Die gehirnanatomische Arbeit in *Meynerts* Laboratorium schloß sich organisch an seine Untersuchungen der Ganglienzellen des Neunauges bei Brücke an. Seit dem Eintritt in Meynerts Abteilung 1883 hatte der Aspirant Freud auch ein eigenes Zimmer im Allgemeinen Krankenhaus. Freud, der sich 1882 mit *Martha Bernays* verlobt hatte, dürfte um diese Zeit den Entschluß gefaßt haben, sich als Spezialist für Nervenkrankheiten niederzulassen, denn seine bisherigen wissenschaftlichen Arbeiten boten ihm die entsprechende Basis zur Erlangung einer Privatdozentur für Nervenpathologie. An der Abteilung des Primarius *Scholz,* die ein reiches Material neurologischer Fälle bot, hat er als sein eigener Lehrer sich ausgedehnte Kenntnisse der klinischen Neurologie und neurologischen Diagnostik erworben.

Im Jänner 1885 stellte Freud sein Ansuchen, zum Privatdozenten ernannt zu werden. Brücke, Meynert und *Nothnagel* befürworteten dieses Gesuch. So heißt es in dem von allen dreien unterzeichneten Referat Brückes: »Herr Dr. Freud ist ein Mann von guter Allgemeinbildung, ruhigem ernstem Charakter, ein vortrefflicher Arbeiter auf nervenanatomischem Gebiete, von feiner Geschicklichkeit, klarem Blicke, umfassender Literaturkenntnis und besonnener Schlußweise, wohlgeformter schriftlicher Darstellungsgabe, seine Arbeiten erfreuen sich der Anerkennung und Bestätigung, seine Vortragsweise ist durchsichtig und sicher. Er vereinigt so sehr die Eigenschaften des wissenschaftlichen Untersuchers und des wohlberufenen Lehrers in sich, daß das Comité sich einstimmig den Vorschlag erlaubt, das verehrte Collegium möge seine Zulassung zu den weiteren Habilitationsakten beschließen.« Im Frühjahr 1885 wurde Sigmund Freud die Privatdozentur für Nervenpathologie zuerkannt. Die Möglichkeit, weitere Erfahrungen in der praktischen Behandlung von Nervenkrankheiten zu erlangen, waren an der Wiener Universität erschöpft. Die Wiener Schule hatte Freud gegeben, was sie konnte. Hier hatte er die Erforschung des Gehirns und des Nervensystems als Grundlage der Krankheitslehre kennengelernt und gemeistert. *Charcot* in Paris schien neue Erfahrungen zu versprechen. Mit Brückes Hilfe erwarb Freud das Universitäts-Jubiläums-Reisestipendium für das Studienjahr 1885/86 und reiste im Herbst 1885 nach Paris, wo er als Eleve an der Abteilung Charcots an der Salpetriere eintrat.

Auch Charcot glaubte letztlich, daß organische Veränderungen der Hysterie zugrunde lägen. Zum Studium und zur Behandlung der Hysterie wendete er aber ein Verfahren an, das man sonst nur auf Varietébühnen zu sehen bekam: die Hypnose. Trotz anfänglichen Befremdens machte sich Freud rasch mit Charcots Methoden vertraut. Er fand auch privaten Kontakt zu dem Pariser Gelehrten und übersetzte dessen Werke ins Deutsche. Die Erforschung der funktionellen nervösen Erkrankungen, das heißt jener Gruppe von Erkrankungen, die eine Feststellung organischer Ursachen nicht gestatteten, begann ihn von da an nicht mehr loszulassen. Mehr und mehr wurde sein Gebiet alles funktionelle Kranksein.

Nach Wien zurückgekehrt, verließ Freud das Allgemeine Krankenhaus, konnte endlich seine Braut heiraten, die vier Jahre auf ihn gewartet hatte, und eröffnete im Sommer 1886 seine Praxis, zunächst in der Maria-Theresien-Straße 8, im sogenannten Sühnhaus.

Freud hatte in der Gesellschaft der Ärzte einen begeisterten Vortrag über Charcot und seine Methoden gehalten, war aber von den Wiener Größen recht übel aufgenommen worden. So begann seine Entfremdung und Isolierung von den wissenschaftlichen Kreisen der Wiener Medizin. Der äußere Mißerfolg des jungen Dozenten lag nicht an seiner Persönlichkeit. Schon in jungen Jahren hatte er Auftreten und Aussehen eines Mannes gezeigt, der berufen war, Großes zu leisten. Protektion, Erfolg, Karriere standen ihm durchaus offen. Doch wie *Paul Federn* es ausgedrückt hat, »sein inneres Müssen trieb ihn, das einen Menschen über das bloße Talent erhebt. Es ist das innere Müssen, nicht es besser machen zu wollen als ein anderer, sondern sein Tun an der Wirklichkeit und nur an ihr zu messen«.

Freud war neben seiner Praxis damals auch als Leiter der neurologischen Abteilung des »Ersten öffentlichen Kinderkrankeninstituts in Wien« des Prof. *Kassowitz* tätig. Er fand dabei auch noch Zeit zu wissenschaftlicher Arbeit und brachte eine Reihe neurologischer Publikationen heraus, darunter eine bedeutende Monographie über Cerebrallähmungen bei Kindern. In dem 1891 erschienenen Buch *Zur Auffassung der Aphasien* setzte er sich kritisch mit der Lokalisationstheorie der zeitgenössischen Neuropsychiatrie auseinander und nahm aufgrund eigener anatomischer und klinischer Erfahrung in heute durchaus modern anmutender Weise zu *Wernicke*s und *Meynerts* Ansichten Stellung. So faßte er die bei der Aphasie zu beobachtenden Symptome genetisch, das heißt als ein als Rückgriff auf frühere, primitivere Funktionen zu verstehendes Geschehen auf. Man kann hier schon erste Ansätze eines theoretischen Modells erkennen, das sich in der psychoanalytischen Theorie später in der psychogenetischen Auffassung wiederfindet.

Zu dieser Zeit arbeitete Freud noch mit einem älteren Freund und Mentor zusammen: *Josef Breuer*, einem angesehenen Wiener Internisten und Gelehrten. Breuer hatte an einer Patientin — ihr Fall ist unter dem Pseudonym Anna O. bekannt und berühmt geworden — die Verwendung der Hypnose zur Abfuhr traumatisierender seelischer Ereignisse entdeckt. Freud aber erkannte bei der Anwendung dieser Methode den Zusammenhang gestörten Affekttrieblebens mit der Bildung seelischer (und damals vorwiegend hysterischer) Symptome. Die Anwendung der Hypnose in der als kathartisch bezeichneten Methode führte zum Wiedererinnern und Wiedererleben traumatischer Situationen, die verdrängt worden waren, womit auch diese Erlebnisse zur »Abreaktion« gebracht werden konnten und die Symptome verschwanden. Freud gelangte zur Einsicht, daß es unbewußtes Seelenleben geben, daß man zwischen unbewußten und bewußten seelischen Vorgängen unterscheiden müsse. Das Verdrängen traumatischer Vorgänge sah er als Abwehr unerlaubter Vorstellungen an. Er war überzeugt, daß funktionelle Krankheiten seelisch bedingt seien.

Die Entdeckung, daß es eine Umsetzung seelischer Energien in körperliche Symptome (Konversion) gäbe und auch die Möglichkeit, solch »eingeklemmte« und »gestaute« seelische Energien in einer Abreaktion unter heftigen Affekten »abzuführen«, gehörte zu den ersten empirischen Tatbeständen, die später in der Entwicklung der Psychoanalyse als therapeutischer Methode und als Theorie seelischer Vorgänge münden sollten.

Freud und Breuer haben 1895 ihre Beobachtungen unter dem Titel *Studien über Hysterie* gemeinsam veröffentlicht. Doch der Bruch zwischen den beiden war unvermeidlich. Breuer konnte Freud in seiner Auffassung der Ätiologie nicht folgen. Freud sollte später noch oft in ähnlicher Form das enttäuschende Ende von Zusammenarbeit und Freundschaft erleben. Er hatte zur eigenen Überraschung gefunden, daß die abnorme Gemütslage der Neurotiker vorwiegend sexuell erklärt werden mußte, er entwickelte die Theorie von Verdrängung und Abwehr und von der sexuellen Genese der Neurosen, die ihm, als »Pansexualismus« mißinterpretiert, so viel Feindschaft und Ablehnung einbringen sollte. Die nächsten Jahre arbeitete er allein mit der neuen Methode, ohne daß seine Kollegen viel Notiz von ihm genommen hätten. Erst die Abwendung von der Hypnose wandelte das therapeutische Verfahren von der kathartischen Methode zur Psychoanalyse. Freud ging dazu über, die Patienten im Wachzustand frei assoziieren zu lassen. Dabei fand er heraus, daß sexuelle Erlebnisse in der Kindheit, Verführungen durch Erwachsene, besonders die Eltern, als früheste traumatische Erlebnisse immer berichtet wurden. Diese Ansichten brachten die weitere Entwicklung in eine nicht geringe Gefahr. War die Annahme einer solchen Verführung wirklich vertretbar? Freud hat in dieser Periode eine Leistung vollbracht, die in ihrer Bedeutung kaum genügend gewürdigt wird. Im Sommer 1897 begann er in einer Zeit äußerster Vereinsamung und höchster Zweifel am Wert der eigenen wissenschaftlichen Arbeit, inmitten einer deprimierenden neurotischen Krise ein Unternehmen, das seither wohl niemand mehr vermochte: seine Selbstanalyse. So beginnt die Psychoanalyse, wie wir sie heute kennen, mit einer heroischen Ausnahme der Regel, daß das Selbst sich selbst nicht zu erkennen vermag, daß das Subjekt nicht sein eigenes Objekt sein kann. Freud fand mit Hilfe der Selbstanalyse, daß es sich gar nicht um reale Erlebnisse seiner Patienten handle, die als »Verführungen« erinnert wurden und die zur Symptombildung geführt hatten, sondern um Phantasien und Wunschvorstellungen, die in der Genese der Neurose ihre unbewußte Rolle spielten. Mit dieser Entdeckung einer seelischen, inneren Realität, die mit der äußeren Wirklichkeit oft gar nicht übereinstimmt, war der entscheidende Schritt auf dem Wege zur umfassenden Theorie seelischen Geschehens getan. In diesem Zusammenhang erschloß sich auch der Einblick in die infantile Sexualität, und Freud kam zu einer systematischen Erweiterung des Begriffes der Sexualität, die heute noch in ihrer Bedeutung oft ignoriert und gerne abwehrend mißdeutet wird.

In der *Traumdeutung*, die in wahrhaft symbolischer Weise 1900 erschienen ist, entschleierte Freud nicht nur zum erstenmal das Geheimnis des Traumes (»Der Traum ist die [verkleidete] Erfüllung eines [verdrängten] Wunsches«), sondern er legte ein ungeheures Selbstbekenntnis vor. Sind es doch die mitgeteilten eigenen Träume und deren Deutung, die, als Teil seiner Selbstanalyse, einem damals zumindest wenig Verständnis zeigenden Publikum offen dargelegt wurden. In unbestechlicher Wahrheitsliebe hat Freud hier ohne Beschönigung und ohne Eitelkeit dem Erkenntnisinteresse allein gedient. So wird der verständige Leser zum Zeugen eines persönlichen Kampfes um Selbsterkenntnis und Wahrheit, der in der europäischen Kultur- und Geistesgeschichte ohne Beispiel ist.

Um 1902 begann sich ein Kreis von Anhängern um Freud zu scharen. *Stekel, Kahane, Reitler, Adler, Federn* und *Hitschmann* sind die ersten Mitglieder der »Mittwochabendgesellschaft«, die sich im Wartezimmer der Freudschen Ordination in der Berggasse traf. Im Jahre 1908 entstand daraus die »Wiener Psychoanalytische Vereinigung«, der älteste wissenschaftliche Verband der Psychoanalytiker. 1907 traten erste Zeichen internationaler Anerkennung für Freuds Arbeit zutage. Der Schweizer Ordinarius für Psychiatrie Prof. *Bleuler* und sein Assistent *C. G. Jung* begannen am Burghölzli in Zürich psychoanalytische Methoden des Prof. Freud aus Wien zu verwenden (Freud ist 1902 endlich nach 17 Jahren außerordentlicher Professor geworden). 1908 findet in Salzburg der »Erste Congress für Freudsche Psychologie« statt. 1909 wird Freud nach Amerika an die Clark University in Worcester bei Boston eingeladen. Er hält eine Reihe einführender Vorlesungen und wird mit einem Ehrendoktorat geehrt. Daheim ignoriert man bestenfalls Sigmund Freud oder bekämpft seine Lehren wütend. So verhinderte zum Beispiel Geheimrat Prof. *Weygandt* auf einem Kongreß in Hamburg 1910 jede Diskussion psychoanalytischer Ansichten mit den Worten: »Freuds Theorien gehen die Wissenschaft nichts an, sie sind vielmehr eine Angelegenheit der Polizei!«

Der Kampf um die Anerkennung — wenn man eine intensive und andauernde Forschung und die Mitteilung ihrer Ergebnisse in brillanten Artikeln überhaupt als Kampf bezeichnen will — geht zähe fort. Freud erweist die Bedeutung seiner Theorien auch im Bereich des »gesunden« Seelenlebens, er zeigt die Wichtigkeit unbewußter Vorgänge für Fehlleistung und Witz, für die Erklärung des künstlerischen Schaffens, und in einer großen, kühn-spekulativen Arbeit *(Totem und Tabu)* an der kulturellen Entwicklung der Menschheit.

Manche seiner Schüler fallen von ihm ab. Das geht nicht ohne Bitterkeit und Enttäuschung. C. G. Jung zeigt sich unbefriedigt von Freuds nüchternem Rationalismus, er erweitert den Begriff der Libido zu einer Art vis vitalis, seine mystischen Bedürfnisse können in einem strengen Determinismus nicht gestillt werden. 1913 sagt er sich von Freud los. Dieser hat alles getan, ihn zu halten, zu einem vermag er sich nicht bereit zu finden: anders zu formulieren, weniger deutlich zu sagen, was er aus seiner Arbeit für wahr erkannt hat. Auch *Alfred Adler* verläßt die psychoanalytische Gruppe, auch er möchte die Freudsche Trieblehre in ihrer Bedeutung eher einschränken, mißt sozialen Faktoren bei der Entstehung der Neurose größere Bedeutung zu.

Der Erste Weltkrieg unterbricht die rasche Entwicklung der 1910 begründeten »Internationalen Psychoanalytischen Vereinigung«. In den Jahren zuvor hat Freud in zahlreichen Arbeiten seine Theorien ausgebaut und weiterentwickelt.

Nach dem Kriege erscheinen in ständiger Revision seiner eigenen Ansichten, die er an der Wirklichkeit des therapeutischen Alltags zu bewähren und zu verbessern sucht, wichtige theoretische Aufsätze. In *Jenseits des Lustprinzips* wird eine neue, dualistische Triebtheorie vorgelegt, die im Konzept des Todestriebes und der Aggression die Phänomene destruktiver Triebregungen zu erklären sucht.

Trotz seiner schrecklichen bösartigen Erkrankung, die ihn in den letzten 16 Jahren seines Lebens quält und zu zahllosen Operationen nötigt, bleibt er ungebrochen in seiner wissenschaftlichen Schaffenskraft. Bis zum Jahre 1938, als ihn die Nationalsozialisten zwingen, Wien zu verlassen, ist er nicht durch dogmatische Machtausübung, sondern auf Grund seiner ständigen Suche nach neuen Einsichten und theoretischen Erklärungen seelischen Geschehens das unbestrittene Zentrum der psychoanalytischen Bewegung.

In den letzten Lebensjahren gibt es auch späte und spärliche Anerkennung. 1920 wird ihm endlich der Titel eines ordentlichen Professors an der Universität Wien verliehen, die Gemeinde Wien ernennt ihn 1924 zum Bürger, 1930 erhält er den Goethe-Preis, 1931 wird eine Gedenktafel an seinem Geburtshaus in Freiberg angebracht. Er selbst hat alledem nicht viel Bedeutung beigemessen.

Das letzte Lebensjahr verbrachte Freud in London, wo er am 23. September 1939 starb. Er war Wien und Österreich in jenem Synkretismus (oder psychoanalytisch gesagt: in Ambivalenz) verbunden gewesen, der das Leben und die Haltung vieler österreichischer Wissenschaftler und Künstler gekennzeichnet hat.

Man kann mit Recht sagen, daß Freud nicht nur das psychologische Denken, sondern auch das Weltbild unserer Zeit maßgeblich beeinflußt hat. Der emanzipatorische Charakter seiner Lehren wird besonders in der Technik der Psychoanalyse deutlich. Die Hemmnisse konventioneller Logik und Prüderie werden aufgegeben, um den Patienten die harte Aufgabe von Einsicht und Bewußtmachung zu ermöglichen. Im neuen Freiheitsraum der psychoanalytischen Situation vermag er sich zum erstenmal ohne Verdammung eines anderen zu äußern. Im Kampf zwischen dem Geist und den Kräften der Triebe ist es für den Rationalisten Freud ohne Zweifel, auf wessen Seite der Psychoanalytiker steht. »Wo Es war, soll Ich werden« — das heißt: irrationale Triebwünsche, allein dem Lustprinzip folgend, ebenso wie sadistische Impulse übertriebener Gewissensforderungen des Über-Ichs müssen in der Vermittlung des Ichs, das noch dem Realitätsprinzip genüge zu tun hat, zu einer Harmonie gebracht werden, die dem Individuum erst jenes Maß an Möglichkeiten schafft, die ihm ein Leben in relativer Freiheit gestattet. So sah Freud in den Mächten der Gewissensfunktion durchaus die Kräfte ursprünglich elterlicher Autorität verewigt, deren Diktat überwunden werden muß. Die Selbsterkenntnis wird viel mehr durch die Gewissenmächte denn die Ansprüche der Triebe verhindert. Damit wird Freud, für den die psychoanalytische Behandlung nie eine dogmatische, sondern stets eine empirische Angelegenheit war, auch zum großen Kritiker unserer Kultur. Seine Entdeckungen bedeuten einen großen Schritt in der Entwicklung der menschlichen Kultur, der einfach nicht mehr zurückgenommen werden kann. Zugleich hat er aber mit seinen konsequenten Schlußfolgerungen bis zum heutigen Tag immer wieder neuen Widerstand gegen diese Entdeckungen hervorgerufen. Er selbst hat dies 1914 zum Ausdruck gebracht, wenn er meint: Drei große Kränkungen habe die Menschheit seit dem Mittelalter erfahren. Die kosmologische Entdeckung des *Kopernikus* habe ihr den Glauben, der Mittelpunkt des Universums zu sein, geraubt. *Darwins* Abstammungslehre habe den Stolz des Menschen unmittelbar getroffen, und die Psychoanalyse habe ihm die empfindlichste Kränkung der naiven Eigenliebe zugefügt: der Mensch habe entdecken müssen, daß er noch nicht einmal Herr im eigenen Haus seiner Seele sei.

Carl Auer von Welsbach

VON RUDOLF NIEDERHUEMER

Carl Auer von Welsbach wurde am 1. September 1858, als jüngstes von vier Kindern, im Hause der alten Österreichischen Hof- und Staatsdruckerei geboren.

Der Vater war der aus einer oberösterreichischen Familie stammende *Alois Ritter Auer von Welsbach*, dessen Verdienst es ist, die im Jahre 1804 gegründete Österreichische Staatsdruckerei, zu deren Direktor er im Jahre 1841 berufen worden war, zu einem international anerkannten Institut aufgebaut zu haben. Besonders die typographische Ausstattung der Druckerei und die Anwendung und Vervollkommnung verschiedener graphischer Künste waren sein besonderes Anliegen. Seine Erfindung war der sogenannte »Naturselbstdruck«, den er im Jahre 1853 in einer Veröffentlichung unter dem Titel *Die Entdeckung des Naturselbstdruckes* näher beschreibt. Bei diesem Verfahren wird von Pflanzen und anderen Naturstoffen im direkten Verfahren eine Bleimatrize hergestellt, die wieder zur Anfertigung der Druckmatrize dient.

Carl besuchte die Realschule, war nach seiner Reifeprüfung Einjährig-Freiwilliger bei der Festungsartillerie und begann im Jahre 1878 sein Studium an der Universität in Wien. Er studierte Chemie bei *Adolf Lieben*, ging aber nach zwei Jahren nach Heidelberg, wo der berühmte *Robert Wilhelm von Bunsen* lehrte. Hier bei Bunsen lernte Auer die Spektroskopie kennen, jene damals ganz moderne Methode der analytischen Chemie, die ihm bei seinen weiteren Arbeiten ein entscheidendes Hilfsmittel sein sollte.

Nach seiner Promotion im Jahre 1882 kehrte Auer wieder nach Wien zurück, obwohl es Bunsen sehr gerne gesehen hätte, wenn Auer als sein Assistent in Heidelberg geblieben wäre. In Wien arbeitete er wieder am Institut bei Lieben und widmete sich als Privatgelehrter der Erforschung der seltenen Erden.

Bereits im Jahre 1885 gelang ihm die Entdeckung zweier neuer chemischer Elemente. Auer hatte bei seinen Arbeiten gefunden, daß das sogenannte »Didym« kein Element war, sondern aus einem Gemisch zweier verschiedener Elemente bestand. Diesen beiden neuen Elementen gab er die Namen »Praseodym« und »Neodym«.

Mit einem von ihm entwickelten Trennverfahren, der sogenannten fraktionierten Kristallisation, erreichte er die Trennung und Reindarstellung der beiden Elemente, während ihm die Funkenspektralanalyse, die er ebenfalls apparativ verbesserte, den exakten Nachweis der beiden seltenen Erden ermöglichte. Damit war Auer von Welsbach in die Reihe der international bekannten Gelehrten vorgerückt.

Gleichzeitig arbeitete er an seiner Erfindung des Gasglühlichtes, die wohl am besten von allen seinen Arbeiten bekannt ist. Die Verwendung des Leuchtgases, also des brennbaren Gases, das bei der trockenen Destillation der Kohle gewonnen wird, zu Beleuchtungszwecken beginnt bereits am Ende des 18. Jahrhunderts. Die Leuchtkraft der offenen Flamme war jedoch sehr gering, und man versuchte mit verschiedenen Hilfsmitteln die Leuchtwirkung zu erhöhen. Bald erkannte man aber, daß eine wesentliche Verbesserung der Leuchtkraft nicht durch das Leuchten der Flamme selbst, sondern nur durch das Leuchten eines festen Körpers, der durch die Flamme zum Glühen gebracht wird, erreicht werden kann. Dieser Effekt wird Inkandeszenz — oder Glühlicht — genannt.

Viele Versuche wurden bereits vor Auer in dieser Richtung gemacht und viele Patente angemeldet. Alle waren jedoch nicht zielführend, da die meisten Konstruktionen entweder zu teuer oder zu zerbrechlich waren, wie z. B. die Platinnetze oder die aus Magnesia gefertigten Glühnetze.

Auer von Welsbach versuchte nun aus den seltenen Erden bzw. deren Oxiden einen geeigneten Glühkörper herzustellen. Von seinen Versuchen war ihm die hohe Leuchtkraft der glühenden Oxide dieser chemischen Elemente bekannt. Die Lösung des Problems fand er schließlich so, daß er Baumwollgewebe mit einer Lösung der seltenen Erden tränkte, trocknete und schließlich durch Glühen ein Netz aus dem Oxid der seltenen Erden erhielt, das durch die heiße, nicht leuchtende Flamme eines Bunsenbrenners zum Leuchten gebracht werden konnte.

Die Zusammensetzung der ersten Leuchtkörper, für die Auer am 18. September 1885 ein Patent anmeldete, war allerdings noch nicht optimal in Leuchtkraft und Festigkeit. Erst der 1891 zum Patent angemeldete Glühkörper aus Thorium- und Ceroxid brachte den vollen Erfolg des »Gasglühlichtes«. Im November des Jahres 1891 brannten im Wiener Operncafé die ersten Lampen mit Gasglühlicht, das bald in ganz Wien verbreitet war. Aber nicht nur Wien, sondern ganz Europa, ja die ganze Welt eroberte sich der neue Thorium-Cer-Glühkörper, da er ein viel helleres und billigeres Licht gab als die damals verwendeten elektrischen Kohlenfadenlampen.

Eigenartigerweise war es gerade Auer von Welsbach selbst, der seiner eigenen Erfindung Konkurrenz machte und sich dem Problem der elektrischen Metallfadenlampe zuwandte. Zuerst hatte Auer versucht, auch für die elektrische Glühlampe die Oxide der seltenen Erden zu verwenden, die ja sein ständiges Forschungsgebiet darstellten. Als dies nicht zum Ziele führte, wandte sich Auer dem Platinmetall Osmium zu, das als eines der schwerst schmelzbaren Metalle galt. Da sich Osmium nicht wie andere Metalle zu einem Draht ziehen läßt, erfand Auer das sogenannte »Pasteverfahren«, um einen Osmiumdraht herzustellen. Dazu wurde Osmiumpulver mit einer viskosen Gummilösung zu einem Brei verrührt, durch eine feine Düse gepreßt, der so entstandene Faden getrocknet und unter Luftabschluß geglüht. Der so hergestellte Draht konnte nun in die Lampe eingesetzt werden. Damit war die erste brauchbare Metallfadenlampe hergestellt. Die Osmiumfadenlampe war jedoch nicht sehr lange in Verwendung und wurde zuerst durch die Tantal-, dann durch die Wolframfadenlampe verdrängt. Auch zur Herstellung der Wolframdrähte wurde das »Pasteverfahren« Auers verwendet.

Die dritte große Erfindung Auers von Welsbach ist das Cereisen. Eine Erfindung ohne Vorläufer, entwickelt aus der Kenntnis der Tatsache, daß Cermetall beim Bearbeiten auffallendes Funkensprühen zeigt, und aus der Erkenntnis, daß auf diese Art eine Möglichkeit geboten wäre, die Gasflamme und damit das Gasglühlicht in einer praktischen Form zu entzünden. Begünstigt wurde diese Erfindung auch davon, daß Auer eine praktische Verwendung für die bei der Aufarbeitung des Monazitsandes, des Rohstoffes der seltenen Erden, anfallenden Rückstände suchte. Nach vielen systematischen Versuchen findet Auer als günstigste Legierung des Zündmetalles eine Mischung aus 70 Prozent Cer und 30 Prozent Eisen. Als »Auermetall« wurde die Erzeugung dieser Legierung 1907 in den Treibacher Chemischen Werken, die Auer dafür gegründet hatte, begonnen, und in derselben Zusammensetzung wird sie auch heute noch hergestellt und verwendet.

Neben dieser technisch-industriellen Tätigkeit widmete sich Auer aber nach wie vor der chemischen Forschung auf seinem Spezialgebiet: den seltenen Erden. Bei seinen spektralanalytischen Untersuchungen entdeckte er, daß das Element Ytterbium eine Mischung aus zwei bis dahin unbekannten Elementen sei. Auer von Welsbach berichtet darüber im März 1905 der Akademie der Wissenschaften in Wien und legt am 19. Dezember 1907 eine ausführliche Abhandlung ebendort vor. Zur gleichen Zeit hat aber auch der französische Wissenschaftler *Urbain* an der Trennung des Ytterbiums gearbeitet. Kurz vor der zweiten Veröffentlichung Auers, in der die genauen Angaben über die Atomgewichte und die Vermessung der Spektrallinien der beiden Elemente enthalten waren, hatte auch Urbain seine Veröffentlichung vorgelegt. Es kommt zu einem Prioritätsstreit vor der Internationalen Atomgewichtskommission, der Urbain als Mitglied angehört. Die Kommission entscheidet zugunsten Urbains, lehnt die von Auer vorgeschlagenen Benennungen »Aldebaranium« und »Cassiopeium« ab und nimmt die von Urbain vorgeschlagenen Namen »Lutetium« und »Neo-Ytterbium« für die beiden neuen Elemente an. Die Deutsche Atomgewichtskommission ändert dies im Jahre 1921 wieder ab und wählt die Namen »Cassiopeium« und »Ytterbium« für die neuen Elemente. Die IUPAC (International Union of Pure and Applied Chemistry) empfahl 1949 nun wieder die einheitliche Benennung »Lutetium« für das Element 71, während »Ytterbium« für das Element 70 beibehalten wurde.

Am 31. Dezember 1899 heiratet er auf Helgoland nach englischem Ritus seine Braut *Maria Nimpfer*. Dieser Ehe entstammen drei Söhne und eine Tochter. Auer von Welsbach war ein Mensch, der keine große Freude an gesellschaftlichen Verpflichtungen fand, und dies war sicher auch der Grund, daß er mitten im Winter im entfernten Helgoland, nur von seinen beiden Trauzeugen begleitet, heiratete. Auer fand Erholung bei einsamen Spaziergängen, war ein begeisterter Jäger und Angler und liebte die Natur über alles. So widmete er sich auch der Pflege des Parks und des Gartens im Schloß Welsbach in Kärnten mit großer Geduld.

Sein 70. Geburtstag wurde in seiner Kärntner Gemeinde festlich begangen, und es wurden ihm zahlreiche Ehrungen aus der wissenschaftlichen Welt zuteil. Allerdings überlebte Auer von Welsbach seinen 70. Geburtstag kaum ein Jahr; er starb am 4. August 1929 auf seinem Schloß.

Bis zuletzt, das heißt drei Tage vor seinem Tode, hatte Auer in seinem Laboratorium gearbeitet, an der Untersuchung und Trennung der seltenen Erden, die sein Hauptarbeitsgebiet bis zu seinem Tode geblieben sind.

Friedrich Hasenöhrl — Ernst Lecher — Robert von Lieben

VON JOSEPH BRAUNBECK

Kernkraftwerk, Atombombe, Radio und Fernsehen haben unser Leben stärker verändert, als je zuvor neue Maschinen eine Zivilisation zu prägen vermochten. Da jedoch diese Erfindungen ihre technische Reife größtenteils außerhalb unserer Grenzen erreichten, wird allzuleicht übersehen, daß wesentliche Grundlagen der Kernenergietechnik und auch der Hochfrequenztechnik in Österreich entstanden.

Sowohl im Kernkraftwerk als auch bei der Explosion einer Atombombe wird Energie frei, indem Materie umgewandelt wird. Wieviel Energie man durch die Umwandlung eines Gegenstandes erhält, läßt sich äußerst einfach berechnen. Dazu ist nur die Masse des Gegenstandes mit dem Quadrat der Lichtgeschwindigkeit zu multiplizieren. Weil die Lichtgeschwindigkeit sehr groß ist, entspricht schon einer geringen Masse verhältnismäßig viel Energie. Daraus erklärt sich sowohl die wirtschaftliche Bedeutung von Kernkraftwerken als auch die verheerende Wirkung der Atombombe.

Friedrich Hasenöhrl, damals Privatdozent an der Universität Wien, hat im Jahre 1904 erstmalig die von der klassischen Physik völlig getrennt behandelten Größen »Masse« und »Energie« in Verbindung gebracht. Hasenöhrl untersuchte, wie sich ein von Wärmestrahlung erfüllter Hohlkörper verhält, wenn man ihn in Bewegung versetzt. Die durchaus mit konventionellen Methoden durchgeführten Berechnungen ergaben, daß die im Hohlraum eingeschlossene Strahlungsenergie sich wie eine wenn auch sehr kleine Masse jeder Geschwindigkeitsänderung widersetzt. Hasenöhrl hatte für den speziellen Fall der Wärmestrahlung die Äquivalenz von Masse und Energie entdeckt. Diese Erkenntnis veröffentlichte er unter dem Titel *Zur Theorie der Strahlung bewegter Körper* in den Sitzungsberichten der Akademie der Wissenschaften in Wien. Ein Jahr später gelangte *Albert Einstein* im Verlaufe von theoretischen Betrachtungen über Raum und Zeit zu dem Ergebnis, daß jeder Art von Energie eine Masse entspreche. Hasenöhrls Entdeckung war damit bestätigt und verallgemeinert. Wissenschaft und Technik konnten jenen Weg gehen, der zur Nutzbarmachung der Atomenergie führte.

Friedrich Hasenöhrl wurde in Wien am 30. November 1874 als Sohn des Hof- und Gerichtsadvokaten *Victor Hasenöhrl* geboren. Sein Vater war durch zahlreiche Veröffentlichungen auf dem Gebiete der Rechtswissenschaft weit über seinen eigentlichen Wirkungskreis hinaus bekannt. Die Mutter *Gabriele,* geb. *Freiin von Pidoll zu Quintenbach,* stammte aus einer alten

Nach Johann Strauß-Sohn erlebte die Wiener Operette nochmals eine Glanzzeit, die von Franz Lehár geprägt wurde. Eine Reihe hervorragender Sänger und Regisseure machte Wien zu einem weithin ausstrahlenden Zentrum dieser Kunstgattung. Auf dem Bild: Louise Kartousch als Margit und Hubert Marischka als Sandor Zapolja in »Wo die Lerche singt« von Franz Lehár

Karl Schönherrs »Frau Suitner« in einer Aufführung der Exl-Bühne (Anna Exl, Ilse Exl, Eduard Köck)

Hugo von Hofmannsthal, »Jedermann«, inszeniert von Max Reinhardt. Szenenbild mit Alexander Moissi und Helene Thimig. Salzburger Festspiele 1926

österreichischen Offiziersfamilie. So war es geradezu selbstverständlich, daß der Zehnjährige als interner Zögling der Theresianischen Akademie anvertraut wurde. *Alois Höfler*, der dort Mathematik- und Physikunterricht erteilte, hatte es unternommen, seine Schüler über den Rahmen des damaligen Lehrplanes hinaus in die Elemente der höheren Mathematik einzuführen. Durch den ausgezeichneten Unterricht zu eigenen Überlegungen angeregt, veröffentlichte der achtzehnjährige Hasenöhrl bereits 1892 seine erste wissenschaftliche Arbeit. Im selben Jahr absolvierte er das Gymnasium mit Auszeichnung.

Im Herbst 1892 begann Hasenöhrl seine mathematisch-physikalischen Studien an der Universität Wien. Schon im vierten Semester seines Studiums wurde eine von ihm verfaßte Seminararbeit der Akademie der Wissenschaften zur Veröffentlichung übergeben. In den Jahren 1894 und 1895 unterbrach Hasenöhrl das Studium, um sein militärisches Freiwilligenjahr bei der Kavallerie abzudienen. Als er an die Universität zurückkehrte, hatte *Ludwig Boltzmann* als Nachfolger des verstorbenen *Josef Stefan* die Lehrkanzel für theoretische Physik übernommen. Von Boltzmanns Gedankengängen angeregt, verfaßte der Student Hasenöhrl wieder eine Seminararbeit, die veröffentlicht wurde. Trotz dieser Beweise höchster theoretischer Begabung entschloß sich Hasenöhrl zu einer experimentellen Dissertation über die Temperaturabhängigkeit elektrischer Isolatoren am Institut von *Franz Exner*. Neben den Arbeiten an der Dissertation setzte er jedoch auch ihn persönlich interessierende theoretische Untersuchungen fort. Die wissenschaftliche Tätigkeit des Studenten hatte zur Folge, daß 1897 der eben erst zum Doktor der Philosophie Promovierte bereits auf eine stolze Veröffentlichungsliste zurückblicken konnte.

Auf Empfehlung Boltzmanns zog Hasenöhrl im Herbst 1898 nach Holland, wo er im Leydener Kältelabor von *Heike Kamerlingh Onnes* Assistent wurde. Der Aufenthalt in Leyden brachte für den jungen Wiener Physiker wertvolle Anregungen. Außer Kamerlingh Onnes, der später für die gelungene Verflüssigung des Heliums den Nobelpreis erhielt, lehrte dort noch ein anderer späterer Nobelpreisträger, *Hendrik Antoon Lorentz*. Dieser große Theoretiker entwickelte mit seinen Ideen jene Grundlagen, auf denen Einstein später die Relativitätstheorie aufbaute. Während seiner Assistentenzeit in Leyden heiratete Hasenöhrl die Wienerin *Ella Brückner*.

Im Jahre 1899 kehrte Hasenöhrl nach Wien zurück und habilitierte sich als Privatdozent an der Universität. In jener Zeit entstand auch die eingangs erwähnte Arbeit *Zur Theorie der Strahlung bewegter Körper*, für die ihm die Akademie der Wissenschaften in Wien 1905 den Haitinger-Preis zuerkannte.

Albert Einstein, der als kleiner Beamter des eidgenössischen Patentamtes

Sascha Kolowrats Großfilm »Die Sklavenkönigin« entstand 1923 mit Bauten auf dem Laaer Berg in Wien; der Streifen war ein Höhepunkt des österreichischen Stummfilms

in Bern den Kontakt zu Hochschulkreisen entbehrte, hat von Hasenöhrls Entdeckung erst nach Erscheinen seiner eigenen Arbeit erfahren. So ist es sicherlich ein Irrtum, das Verhältnis der beiden Forscher von einem Prioritätsstreit überschattet sehen zu wollen. Auf völlig verschiedenen Wegen zum gleichen Ergebnis gelangt, sahen sowohl Einstein als auch Hasenöhrl in der Arbeit des anderen eine Bekräftigung der eigenen Erkenntnis. Einstein hat Hasenöhrl in seinen späteren Arbeiten stets in gebührender Weise erwähnt. Hasenöhrl war seinerseits einer der ersten seines Faches, welche Vorlesungen über die damals noch keineswegs allgemein anerkannte Relativitätstheorie Einsteins hielten.

Die Technische Hochschule Wien berief Hasenöhrl 1905 als Professor der Physik. Die Konfrontation mit technischen Problemen regte Hasenöhrl dazu an, seine theoretische Begabung in den Dienst praktischer Probleme zu stellen. So entstand 1906 eine Arbeit *Zur Theorie der Schnellumlauf-Warmwasserheizung*, welche in der Zeitschrift *Der Gesundheits-Ingenieur* erschien.

Die Fakultät entschloß sich 1907, den erst dreiunddreißigjährigen Hasenöhrl als Nachfolger Boltzmanns zu berufen. Der junge Theoretiker erwies sich als Lehrer nahezu unübertrefflich. Hasenöhrl scheute sich nicht, seine Schüler so weit an die ungelösten Probleme der Physik heranzuführen, daß sie durch eigene Weiterarbeit Neues schaffen konnten.

Die vorzüglichen theoretischen Vorlesungen Hasenöhrls erhielten im Jahre 1909 durch die Berufung von *Ernst Lecher* ihr Gegenstück auf dem Gebiete der Experimentalphysik. Ebenso wie Hasenöhrl war Lecher nicht nur ein ausgezeichneter Hochschullehrer, sondern auch ein bedeutender Forscher. Im Jahre 1890 war ihm der Nachweis gelungen, daß sich die von *Heinrich Hertz* entdeckten elektromagnetischen Wellen mit Lichtgeschwindigkeit fortpflanzen. Die genial einfache Anordnung, welche Lecher für sein Experiment verwendete, bestand im wesentlichen aus zwei parallelen Drahtleitungen, an denen sogenannte stehende Wellen auftraten. Deren Wellenlänge konnte durch Verschieben eines Anzeigeinstrumentes entlang der Drähte gemessen werden. Das von Lecher entwickelte Prinzip stellte lange Zeit den einzigen Weg zur exakten Eichung von Meßinstrumenten der Hochfrequenztechnik dar. Auch heute noch angewandt, spielt dieses Prinzip eine wichtige Rolle beim Bau von Radio- und Fernsehantennen.

Im Anschluß an die Arbeit, welche ihn berühmt machte, hat Lecher sich mit Problemen der drahtlosen Telegraphie beschäftigt. Nach der Jahrhundertwende galt sein Interesse hauptsächlich der Temperaturmessung mit Hilfe des thermoelektrischen Effektes. Lecher untersuchte unter anderem die Langzeitkonstanz derartiger Meßanordnungen und schuf so die Grundlagen für eine elektrische Temperaturmeßtechnik, welche aus den heutigen computergesteuerten Fabrikationsanlagen der Industrie ebensowenig wie aus der Raumfahrttechnik wegzudenken ist. Lechers *Lehrbuch der Physik für Mediziner* hat sich lange als Standardwerk behauptet.

Lecher war nicht der einzige Österreicher, der Grundlagen zur Radiotechnik beisteuerte. Etwa zur selben Zeit, als Hasenöhrl an seiner Theorie der Strahlung bewegter Körper arbeitete, fand im physikalischen Institut der Technischen Hochschule Graz die erste drahtlose Musikübertragung statt. Der Physiker *Otto Nussbaumer* hatte dazu einen Detektorempfänger geschaffen, der sich heute im Technischen Museum Wien befindet. Die Erfindung war jedoch ihrer Zeit voraus und wurde nicht weiter verfolgt.

Im Jahre 1906 meldete *Robert von Lieben* sein erstes Patent über die Anwendung der Kathodenstrahlen zu Verstärkerzwecken an. Was so umschrieben wurde, sollten knapp zwei Jahrzehnte später Millionen unter dem Namen »Radioröhre« kennenlernen. Die in den einschlägigen technischen und physikalischen Zeitschriften der ersten Jahre unseres Jahrhunderts erschienenen theoretischen Betrachtungen und experimentellen Arbeiten lassen erkennen, daß die Technik damals stürmisch nach einer Verstärkeranordnung verlangte. Da man die beim Telefonieren entstehenden hunderte- bis tausendemal pro Sekunde vibrierenden Wechselströme nicht verstärken konnte, war das Telefon auf verhältnismäßig geringe Entfernungen beschränkt. Für die Nachrichtenübermittlung an entfernte Orte, per Kabel oder drahtlos, war man auf Morsezeichen angewiesen. Morsezeichen konnte man schon damals nahezu beliebig »verstärken«, indem man den schwachen, über die Leitung von fern her kommenden Strom dazu verwendete, über einen Elektromagneten einen Schalter zu betätigen. Dieser Schalter konnte einen vielfach stärkeren Strom im Takt der Morsezeichen ein- und ausschalten. In Anlehnung an die Pferdewechselstationen der berittenen Post nannte man diese Vorrichtung ein Relais. Lieben hatte die Idee, mit dem Elektromagneten an Stelle eines mechanischen Schalters einen Kathodenstrahl zu bewegen, welcher auf diese Weise von einer Auffangelektrode weg oder zu ihr hin gelenkt werden sollte. Da der Kathodenstrahl zugleich einen elektrischen Strom darstellt, erwartete Lieben mit Recht, daß die Anordnung als nahezu trägheitsloses Relais funktionieren würde. Bei den Versuchen wurde der Erfinder Lieben zum Entdecker. Er fand durch Zufall, daß der klobige Elektromagnet nicht nötig war. Es genügte, den von fern ankommenden schwachen Strom einem Metallgitter zuzuführen, um einen in Form eines Kathodenstrahls das Gitter durchsetzenden stärkeren Strom in seiner Intensität zu beeinflussen. Die Elektronenröhre war eine der Voraussetzungen für die sich in den zwanziger Jahren stürmisch entwickelnde Radiotechnik.

Robert von Lieben war, wie vor und nach ihm viele bedeutende Erfinder, hauptsächlich Autodidakt. Daß er nicht das sprichwörtliche Schicksal des durch wirtschaftliche Not an der Vervollkommnung seiner Schöpfung gehinderten Erfinders teilen mußte, ist durch den glücklichen Zufall seiner Abstammung bedingt. Am 5. September 1878 als Sohn des Bankiers und Präsidenten der Börsenkammer *Leopold von Lieben* geboren, konnte sich Lieben bereits als Knabe wissenschaftlich-technischen Experimenten widmen, die über das übliche Maß von Schuljungenbasteleien weit hinausgingen. Lieben schloß sein Mittelschulstudium ohne Matura ab. Deshalb konnte er an der Universität Wien nur als außerordentlicher Hörer inskribieren, wobei er die Vorlesungen nach seinen persönlichen Interessen auswählte. Zwischendurch arbeitete er als Volontär bei Siemens-Schuckert in Nürnberg sowie im Göttinger Institut für Physikalische Chemie beim späteren Nobelpreisträger *Walter Nernst.* Nach Wien zurückgekehrt, richtete sich Lieben ein eigenes Laboratorium ein, in dem er mit dem Chemiker *Leiser* sowie mit *Eugen Reiss* und *Siegmund Strauss* an seinen Erfindungen arbeitete. Lieben hatte vielseitige Interessen. 1904 kaufte Lieben eine Telephonfabrik in Olmütz, die er ausgestaltete und später wieder verkaufte. Diese Beschäftigung mit Problemen der Telephontechnik dürfte den Anstoß zur Erfindung der Verstärkerröhre gegeben haben. Nach dem ersten Patent über die Verstärkerröhre mit magnetischer Ablenkung folgte 1910 das Patent über die elektrisch gesteuerte Gitterröhre, als dessen Anmelder R. Lieben, E. Reiss und S. Strauss zeichnen. Lieben war sich der Bedeutung seiner Erfindung bewußt. Ihren Siegeszug konnte er nicht mehr miterleben. Am 20. Februar 1913 verschied er trotz aufopferungsvoller Pflege durch seine Gattin, die nur zwei Jahre an seiner Seite verbringen konnte. Eine heimtückische Krankheit hatte die Welt um ein erfinderisches Talent ärmer gemacht. Für Liebens Vielseitigkeit spricht die Tatsache, daß ihm sowohl Walter Nernst in der *Telefunken-Zeitung* als auch *Hugo von Hofmannsthal* in der *Neuen Freien Presse* Nachrufe widmeten.

Auch Hasenöhrl war kein langes Leben beschieden. Als der Erste Weltkrieg ausbrach, meldete er sich freiwillig zu den Waffen. Am 7. Oktober 1915 ist Hasenöhrl bei einem Gefecht in der Nähe von Vielgereuth, dem heutigen Folgaria, gefallen. Außer seinen Forschungsergebnissen hinterließ Hasenöhrl Österreich und der Welt eine Reihe von Schülern, die später selbst Außerordentliches zum Fortschritt der Wissenschaft beitrugen.

Die Erste Republik

VON WALTER POLLAK

Am Tag vor der Ausrufung der Republik war der Führer der österreichischen Sozialdemokraten, *Victor Adler*, gestorben. Wenige Tage zuvor war er in der ersten deutschösterreichischen Regierung Staatssekretär für auswärtige Angelegenheiten geworden. In diesem Amt folgte ihm *Otto Bauer*, der künftig auch maßgeblichen Einfluß auf die Politik seiner Partei ausübte. Seit Bauer im Herbst 1917 aus russischer Kriegsgefangenschaft heimgekehrt war, hatte er bereits die Linie vorgezeichnet, der die Politik seiner Partei in dieser entscheidenden Stunde folgen sollte.

Wie immer man rückschauend über die Bauersche Politik jener Tage denken mag, sicher ist, daß durch ihn seine Partei die einzige unter den politischen Gruppierungen war, die wußte, was sie wollte. Obwohl spätestens im Sommer 1918, als *Wilson* erklärte, für die Befreiung aller slawischen Völker der Monarchie einzutreten, klargeworden war, daß der Zerfall der Monarchie nicht mehr aufgehalten werden konnte, hatte die Parteien in der letzten Phase Ratlosigkeit befallen. Die Christlichsozialen vermochten sich bis zur letzten Minute nur zögernd mit dem Gedanken vertraut zu machen, daß sie sich von der Monarchie trennen mußten. Die Deutschnationalen schwelgten bis zuletzt in imperialen wilhelminischen Vorstellungen, die darin gipfelten, dem deutschen Volk sei es nicht zuzumuten, daß es von der Adria und von der belgischen Küste verdrängt werde. Nur die Sozialdemokraten entwickelten ein Programm, das der Stunde gerecht werden wollte. Ihr Wortführer war Otto Bauer, der seine Thesen temperamentvoll in mehreren Leitartikeln in der *Arbeiter-Zeitung* vertrat.

Auch die Sozialdemokraten trennten sich nur schwer von der übernationalen Einheit der Monarchie, die zu einer geradezu idealen wirtschaftlichen Ergänzung ihrer Teile geworden war und um deren Reorganisation sie seit ihrem Brünner Nationalitätenprogramm und mit den theoretischen Erörterungen über das Nationalitätenproblem von Renner und Bauer gerungen hatten. Aber sie suchten nach einer Alternative, weil sie erkannten, daß auch die Deutschen der habsburgischen Monarchie einen Weg in die Zukunft gehen mußten, wenn die anderen Völker von der Gemeinsamkeit auch in lockerer Form nichts mehr wissen wollten. Die Alternative hieß: Anschluß an Deutschland. Bauer hatte diese These nicht nur entwickelt, weil die Sozialdemokratie in der großdeutschen Tradition des Revolutionsjahres 1848 stand und einflußreiche Führer der Bewegung aus dem Deutschliberalismus kamen, sondern auch und vor allem unter dem Eindruck der aktuellen Ereignisse. Er meinte, daß Österreich, sobald es den Zusammenhang mit dem großen Wirtschaftsgebiet der Monarchie verlöre, einen Ersatz dafür suchen müsse, der sich im hochindustrialisierten

Deutschen Reich anbot. Das überwiegend agrarische Österreich sei nicht der Boden für eine sozialistische Umwälzung, dieser sei aber im deutschen Industriestaat gegeben. Als dann im Deutschen Reich die Sozialdemokraten das Heft in die Hand nahmen, war die These perfekt: Anschluß an Deutschland ist Anschluß an den Sozialismus. Selbst ein so kluger Kopf, wie es Otto Bauer war, ließ sich von der Wilsonschen These vom Selbstbestimmungsrecht der Völker blenden und übersah vollkommen, daß die Zustimmung der Alliierten nicht erwartet werden konnte, hätte doch der Anschluß Österreichs an das Deutsche Reich dessen Gebietsverluste reichlich kompensiert.

Daß die Deutschnationalen für den Anschluß problemlos zu gewinnen waren, versteht sich von selbst. Ein Teil der Christlichsozialen beugte sich mit starker Mentalreservation dem Zwang der Situation, die Partei wurde aber auch von starken demokratischen Kräften aus den Ländern in diese Richtung getrieben. Dabei traten vor allem der Vorarlberger *Jodok Fink* und der oberösterreichische Prälat *Hauser* in den Vordergrund. Die Provisorische Staatsregierung konnte einstimmig das Gesetz über die Staatsform beschließen, dessen Artikel 2 lautete: »Deutschösterreich ist ein Bestandteil der Deutschen Republik.« Am 12. März 1919 wiederholte die Verfassunggebende Nationalversammlung diesen Beschluß.

Otto Bauer hatte seinen Parteifreund, den Historiker *Ludo Moritz Hartmann*, der sich schon in der Monarchie als Gründer der ersten Volkshochschule und des Vereines »Freie Schule« einen glänzenden Ruf erworben hatte, als ersten Gesandten Österreichs nach Berlin geschickt. Zwischen Berlin und Wien wurde ein geheimgehaltenes Abkommen über den Anschluß vereinbart, in dem Österreich weitgehende Sonderrechte eingeräumt wurden. Wie zu erwarten war, durchkreuzten die Friedensverträge von Versailles und St-Germain den Plan. Im Friedensvertrag von St-Germain, der am 10. September 1919 unterzeichnet und vom österreichischen Parlament »unter feierlichem Protest vor aller Welt« angenommen wurde, bestimmte der Artikel 88, »die Unabhängigkeit Österreichs ist unabänderlich« — außer wenn der Rat des Völkerbundes einer Änderung zustimmt. Die Bezeichnung Deutschösterreich wurde untersagt, der kleine Alpenstaat, dem die Kriegsschuld aufgelastet wurde und der für die Wiedergutmachung mit seinem gesamten Besitz und allen seinen Einnahmequellen zu haften hatte, trat als Republik Österreich auf die politische Bühne einer vollkommen veränderten Umwelt.

Am 22. November 1918 hatte die Provisorische Nationalversammlung die »Gebietshoheit über das geschlossene Siedlungsgebiet der Deutschen innerhalb der bisher im Reichsrat vertretenen Königreiche und Länder« beansprucht. Die Abgeordneten aus Böhmen, Mähren und Schlesien saßen in der Provisorischen Nationalversammlung. Auch dieser Anspruch scheiterte, hatten die Tschechen doch von allem Anfang an, schon in ihren Auseinandersetzungen in der Monarchie, immer mit dem tschechischen Staatsrecht, also mit den historischen Grenzen, operiert. Im Widerspruch zum Selbstbestimmungsrecht der Völker trat nun der tschechoslowakische Staat, gleichsam als ein Spiegelbild der alten Monarchie, auf den Plan, belastet mit dem gleichen Nationalitätenproblem, das deren Untergang beschleunigt hatte.

Die Verfassung, die sich der neue Staat gab, deren wesentliche Züge von *Karl Renner* stammen und deren Mitschöpfer der Staats- und Völkerrechtler *Hans Kelsen* war, war die eines föderativen Bundesstaates. Diese Verfassung vom 1. Oktober 1920 erfuhr im Jahre 1929 eine Reform und bildet noch heute die Grundlage des Gemeinwesens.

Innere und äußere Ereignisse haben den jungen Staat schon in seiner Geburtsstunde auf eine harte Probe gestellt. Bereits der Streik in Wiener Neustadt im Jänner 1918 hatte die radikalen Tendenzen offenkundig werden lassen, die in der österreichischen Arbeiterschaft Platz gegriffen hatten. Als bei der Verkündung der Republik am 12. November 1918 vor dem Parlament die neue rotweißrote Staatsflagge gehißt werden sollte, hatten radikale Gruppen die weißen Bahnen aus dem Fahnentuch herausgerissen. In einzelnen Arbeiter- und Soldatenräten dominierten die Kommunisten. Dieses Element erhielt einen gewissen Auftrieb, als im Jahre 1919 an den Grenzen Österreichs, in Bayern durch *Kurt Eisner* und in Ungarn durch *Béla Kun*, der Versuch unternommen wurde, die Räteherrschaft zu errichten. Es ist das unbestreitbare historische Verdienst der Sozialdemokratie, deren Existenz seit dem Parteitag von Hainfeld 1888/89 von der dialektischen Bewältigung revolutionärer und reformistischer Strömungen abhängig war, den Radikalismus jener Tage gezähmt und damit die Voraussetzung geschaffen zu haben, daß die Kommunistische Partei auch in Zukunft in Österreich bedeutungslos blieb. In diesem Zusammenhang ist vor allem *Julius Deutsch* zu nennen, der das neue Heer der Republik aufbaute, dann das Einwirken *Friedrich Adlers* auf die Arbeiterräte und nicht zuletzt das unermüdliche Bemühen um ideologische Rechtfertigung der aktuellen Politik der Partei durch Otto Bauer. Freilich wurde schon damals deutlich, daß das ambivalente Verhalten gegenüber dem Radikalismus, die Dämpfung radikaler Aktion bei gleichzeitiger Verkündung einer revolutionären Zukunftsperspektive, das tiefe Mißtrauen des Koalitionspartners erweckte. Die Behauptung gegen den Radikalismus ist der Sozialdemokratie auch deshalb gelungen, weil sie es verstand, die Stunde zu nützen, indem sie eine Reihe wichtiger sozialpolitischer Gesetze durchsetzte. Sie hat damit, insbesondere mit dem Betriebsrätegesetz, irreversible Maßnahmen gesetzt, die ihr einen Macht- und Einflußbereich sicherten; er verblieb ihr auch, als sie aus der Koalition ausgeschieden war.

Trotz der schwierigen Lage, in der sich der junge Staat befand, konnten zwei brennende Probleme gelöst werden: die Bewahrung Kärntens vor der Teilung und die Angliederung des Burgenlandes. Der südslawische Staat hatte die zum Teil von Slowenen besiedelten Teile Südkärntens mit den Städten Klagenfurt, Villach und Völkermarkt beansprucht und war schon in den Tagen des Zusammenbruches in das Land einmarschiert. Am 5. Dezember 1918 beschloß die Kärntner Landesversammlung den bewaffneten Widerstand gegen die südslawischen Truppen. Obwohl die südslawischen Truppen am 6. Juni 1919 in Klagenfurt einmarschieren konnten, verlief der Abwehrkampf unter der Führung von *Ludwig Hülgerth* und *Hans Steinacher* und der Teilnahme von Freiwilligen aus ganz Österreich und regulären Volkswehreinheiten so erfolgreich, daß eine international kontrollierte Abstimmung angesetzt wurde. Sie fand am 10. Oktober 1920 statt und endete mit einem österreichischen Sieg. Schon bei dieser Gelegenheit wurde deutlich, in welchem Maße das politische Schicksal Österreichs von den Anrainern, besonders von den Großmächten, abhängig war. Bei der Anberaumung der Kärntner Volksabstimmung hatte Italien für Österreich votiert, weil es einer Besitzvermehrung Jugoslawiens begegnen wollte.

Umgekehrt verhielt es sich bei der Angliederung des Burgenlandes. Österreich hatte Anspruch auf die überwiegend deutsch besiedelten westungarischen Komitate Preßburg, Wieselburg, Ödenburg und Eisenburg unter Berufung auf das Selbstbestimmungsrecht erhoben. Was ihm bei Südtirol nicht gelungen war, gelang hier; im Friedensvertrag von Trianon wurde ein Teil dieses Anspruches erfüllt. Westungarn mit Ödenburg sollte an Österreich abgetreten werden. Als der Vertrag von Trianon am 26. Juli 1921 rechtskräftig wurde, verhinderten ungarische Freischärler im Kampf gegen die österreichische Gendarmerie die Besetzung. Unter dem Vorsitz Italiens unterwarfen sich Ungarn und Österreich einem Schiedsspruch. Italien ergriff weitgehend die Partei Ungarns; im Venediger Protokoll vom 30. Oktober 1921 wurde eine Volksabstimmung für die Stadt Ödenburg und einige umliegende Landgemeinden festgelegt. Die Volksabstimmung fand vom 14. bis 16. Dezember statt. Ödenburg entschied sich bei einer großen Stimmenthaltung mit klarer Mehrheit für Ungarn, während Österreich bei den Landgemeinden eine Mehrheit erzielte. Damit war dieser Teil des Burgenlandes für Österreich verloren.

Ausgerechnet in dieser für Österreich so prekären Situation hatte Exkaiser Karl am 22. Oktober seinen zweiten Restaurationsversuch in Ungarn unternommen und dabei Ödenburg als Basis gewählt. Die Sozialdemokraten haben damals verlangt, die österreichische Wehrmacht auf Höchststand zu bringen. Es wäre damals naheliegend gewesen, sich der Unterstützung der Kleinen Entente zu versichern, weil sich diese von dem Restaurationsversuch äußerst beunruhigt zeigte. *Beneš* hatte die Durchführung des Friedensvertrages von Trianon auch bezüglich des Burgenlandes verlangt. Es dürfte auf die Animosität des damaligen Bundeskanzlers *Schober* gegenüber Beneš zurückzuführen sein, daß er diese Unterstützung verschmähte und sich lieber den in Venedig festgelegten Wünschen Italiens beugte.

Als sich die Parteien am 12. November 1918 übereinstimmend dazu entschlossen, die Republik zu begründen, geschah dies doch unter sehr verschiedenen mentalen Voraussetzungen. Während die Sozialdemokratie in ihrer Grundtendenz sowieso von Hause aus republikanisch eingestellt war, lösten sich die Christlichsozialen und teilweise auch die Deutschnationalen nur schwer vom monarchischen Prinzip. Die Sozialdemokraten hatten diesen Staat gewollt, wenn er auch hinsichtlich des Anschlusses nicht so ausgefallen war, wie sie sich ihn eigentlich gewünscht hatten. Die bürgerlichen Parteien fühlten sich nun, vor allem wegen der revolutionären Symptome, die aufgetreten waren, auf schwankem Boden stehend, von den Sozialdemokraten überrollt, an die Wand gedrängt, je mehr diese an Einfluß gewannen — zuvorderst bei einer so wichtigen Einrichtung wie dem Heer — und weitreichende sozialpolitische Ziele erreichen konnten. Nach zwei Jahren hatten die bürgerlichen Parteien ihre Fassung wiedergefunden und sich auf den neuen Zustand eingestellt. Es kam ihnen zweifellos nicht ungelegen, als ein an sich geringfügiger Anlaß am 22. Oktober 1920 zum Bruch der Koalition führte. Die Sozialdemokraten haben von da ab in der Ersten Republik nie mehr an der Regierung teilgenommen. Ihre Opposition gegenüber der Regierung wurde immer schärfer, je mehr sie sich von der »bürgerlichen Reaktion« in die Lage versetzt glaubten, einzige legitime Hüter der Demokratie und der Republik zu sein und die sozialen Errungenschaften gegen den Kapitalismus verteidigen zu müssen. Die christlichsoziale Regierung versuchte nun, wo es ihr möglich war, die sozialdemokratische Dominanz zurückzudrängen.

Wie grundverschieden die Auffassungen waren, wurde anläßlich der Bewältigung der Inflation deutlich. Die österreichische Krone war in einem schwindelerregenden Maße der Entwertung verfallen. Während 567 Kronen am 1. Juli 1919 100 Schweizer Franken wert waren, entsprachen am gleichen Tag des Jahres 1922 dem gleichen Frankenbetrag 360 000 Kronen. *Ignaz Seipel,* der am 31. Mai 1922 die Kanzlerschaft übernommen hatte, leitete ein internationales Sanierungswerk ein. Am 4. Oktober 1922 wurden drei Genfer Protokolle über eine Völkerbundanleihe in Höhe von 650 Millionen Goldkronen mit einer Laufzeit von 20 Jahren unterzeichnet; die Kontrahenten waren England, Frankreich, Italien und die ČSR. Österreich mußte sich in der Gestalt des Generalkommissars *Zimmermann* aus Holland eine jahrelange Finanzkontrolle gefallen lassen; was die Opposition aber noch mehr aufbrachte, war die ausdrückliche Verpflichtung für Österreich, seine Unabhängigkeit und Souveränität im Sinne des Friedensvertrages von St-Germain zu wahren. Diese neuerliche Wiederholung des Anschlußverbotes war der politische Kern der sozialdemokratischen Opposition gegen die Völkerbundanleihe. Dem Seipelschen Sanierungswerk folgte als sichtbares Zeichen finanzieller Gesundung am 12. Dezember 1924 die Einführung der Schillingwährung, und kaum zwei Jahre später wurde die Finanzkontrolle des Völkerbundes wieder aufgehoben. Während Seipel den üblichen »kapitalistischen« Weg der internationalen Anleihepolitik gegangen war und dafür politische Hypotheken akzeptieren mußte, wollten die Sozialdemokraten eine Sanierung aus eigener Kraft mit Anspannung aller Energien und Ausschöpfung aller Quellen im Lande, wobei vor allem der noch vorhandene Besitz und die hohen Einkommen herangezogen werden sollten. Bei dieser Gelegenheit wurden die schier unüberbrückbaren gesellschafts- und wirtschaftspolitischen Gegensätze offenbar.

Die Spannungen verschärften sich beträchtlich, als sie Mitte der zwanziger Jahre militanten Charakter annahmen. Bei den Abwehrkämpfen in Kärnten und der Steiermark hatten sich Freiwilligenverbände gebildet, die als Heimwehren auch nach Beendigung der Auseinandersetzungen aufrechterhalten wurden. Ebenso waren auf dem flachen Lande Heimwehren zum Schutz der Ordnung ins Leben gerufen worden. Ursprünglich unpolitisch und über den Parteien stehend, wurden sie immer mehr zum Ausdruck des Antimarxismus der bäuerlichen Bevölkerung und städtischer Intelligenzschichten. Aus einem ausgesprochenen Traditionsbewußtsein der alten k. u. k. Armee wurde 1920 die »Frontkämpfervereinigung« gegründet. Aus diesen Voraussetzungen entwikkelte sich der Heimatschutz als politische Kampftruppe gegen die vorgebliche Bedrohung durch den »Austrobolschewismus«, wie man die Sozialdemokratie nannte, weil sie der Sowjetunion als einem sozialistischen Experiment Sympathie entgegenbrachte. Aus den Arbeiterwehren, die seit 1922 bestanden, ging 1924 der »Republikanische Schutzbund« hervor. Beidseitige Aufmärsche, die den Gegner einschüchtern oder herausfordern sollten, blutige Zusammenstöße, die mehrmals auch Todesopfer forderten, führten zu einer Lage des latenten Bürgerkrieges.

In ihrem Linzer Programm vom Herbst 1926 formulierte die Sozialdemokratische Partei die »Diktatur des Proletariats« für den Fall, daß die bürgerlichen Parteien die Errungenschaften der Republik oder gar diese selbst bedrohen sollten. In der Betrachtungsweise des politischen Gegners wurde dieser aus dem Zusammenhang gelöste Programmpunkt zur Drohung mit der proletarischen Diktatur.

Die radikalen Formulierungen, deren sich Otto Bauer bediente, wenn er die Zukunftsperspektiven des Sozialismus seinen Anhängern darstellte oder wenn er die Gefahren schilderte, die den Arbeitern vom herrschenden Bürgertum drohten, lieferten dem Gegner Stichworte für seine Propaganda und setzten ihn in ein vermeintliches Recht, sich in seiner gesellschaftlichen Existenz bedroht zu sehen. Andererseits führten sie zu einem Zwiespalt in den sozialdemokratischen Massen, die sich zum Kampf und zur Verteidigung ihrer Rechte und der Republik aufgerufen sahen, ohne daß diesem radikalen Anruf die Tat gefolgt wäre.

Die bösen Früchte dieses Zustandes mußte die Partei am 15. Juli 1927 erleben. Anfang des Jahres war es zu einer Schießerei im burgenländischen Schattendorf gekommen, bei der ein Kind und ein Invalider von Frontkämpfern erschossen wurden. Die vor ein Gericht gestellten Täter wurden auch in der Frage der Notwehrüberschreitung freigesprochen. Tags darauf demonstrierten Wiener Arbeitermassen vor dem Justizpalast, ohne daß sie von der Partei dazu aufgerufen worden wären. Trotz mutiger Beruhigungsversuche durch sozialistische Parteiführer kam es zum Brand des Justizpalastes, zu Überfällen auf Zeitungsredaktionen und Wachstuben. 85 tote Demonstranten und Zivilisten, 4 tote Polizisten und mehr als tausend Verwundete auf beiden Seiten waren die

Opfer. Zum erstenmal hatte die Parteiführung erleben müssen, daß ihr die Massen entglitten, daß sich die von der Führung verkündete phraseologische Radikalität in einer selbsttätigen Aktion entlud. Politisch gesehen, war dies für die Sozialdemokratie ein schwarzer Tag. Wieweit nun die Aktionsfähigkeit beeinträchtigt war, zeigte sich, als die Partei am 7. Dezember 1929 einer Verfassungsreform zustimmte, die wesentlich unter dem Druck des Heimatschutzes zustande kam. Kernstück dieser Verfassungsreform war die Aufwertung der Stellung des Bundespräsidenten, der bis dahin kaum Einfluß besaß und im wesentlichen auf Repräsentationsaufgaben beschränkt war. Nun wurde ihm nach der Verfassungsreform das Recht der Ernennung und Enthebung der Regierung und das der Auflösung des Nationalrates gegeben; in einem weitgesteckten Rahmen wurde ihm das Notverordnungsrecht und der Oberbefehl über das Heer übertragen. Ein Jahr vor der Verfassungsreform war der Christlichsoziale *Wilhelm Miklas* zum Bundespräsidenten gewählt worden. Bei dieser Wahl hatte sich erwiesen, in welchem Maße die Sozialdemokratie durch ihre ideologische Verhärtung an politischer Flexibilität verloren hatte. Die Großdeutsche Partei, seit 1920 mit der Christlichsozialen Partei in Regierungskoalition, widerstrebte der Wahl eines christlichsozialen Parteimannes zum Bundespräsidenten. Ihr wäre eine Wiederwahl von *Michael Hainisch* gelegener gewesen. Die Sozialdemokraten aber verzichteten auf den Versuch, das Koalitionsgefüge der bürgerlichen Parteien zu lokkern. Durch ihre Stimmenthaltung hatten sie indirekt die Wahl von Wilhelm Miklas zum Bundespräsidenten erst möglich gemacht.

Die österreichische Wirtschaft, die sich seit der Überwindung der Inflation relativ gut erholt hatte, geriet in zunehmendem Maße in die Sogwirkung der Weltwirtschaftskrise. 1929 war die Boden-Credit-Anstalt zusammengebrochen und mußte von der Österreichischen Credit-Anstalt übernommen werden. Im Sommer 1930 nahm Österreich in England eine Investitionsanleihe von 440 Millionen Schilling auf. Im Jahr darauf erfolgte der Zusammenbruch der Österreichischen Credit-Anstalt mit einem Defizit von 140 Millionen Schilling; der Staat mußte die Bundeshaftung übernehmen und neuerlich eine Anleihe von 150 Millionen Schilling in England aufnehmen. In dieser Situation versuchte *Johannes Schober*, der damals Außenminister war, den wirtschaftlichen Schwierigkeiten durch eine Zollunion mit dem Deutschen Reich zu begegnen. Der Vertrag war bereits mit dem deutschen Außenminister *Curtius* ausgehandelt und unterfertigt, als Frankreich, Italien und die ČSR Einspruch erhoben und die Zollunionsabsichten als unvereinbar mit dem Genfer Protokoll erklärten. Prälat *Ignaz Seipel*, der am 3. April 1929 als Bundeskanzler zurückgetreten war, versuchte als Ausweg aus der wirtschaftlichen Krisensituation die Bildung einer Konzentrationsregierung. Die Absicht scheiterte an der Ablehnung der Sozialdemokraten, die nicht bereit waren, die Mitverantwortung für eine Krise zu übernehmen, die nach ihrer Auffassung die bürgerlichen Parteien herbeigeführt hatten. Im Februar 1932 trat der französische Ministerpräsident *Tardieu* mit seinem Plan hervor, eine Föderation Österreichs und Ungarns mit den Staaten der Kleinen Entente zu bilden, um durch ein großes mitteleuropäisches Wirtschaftsgebiet die Voraussetzung wirtschaftlicher Prosperität zu schaffen. Nun waren es Italien und Deutschland, die diesen Plan ablehnten, weil sie eine Vorherrschaft Frankreichs im Donauraum befürchteten.

Kurz nach dem Versuch, eine Konzentrationsregierung zu bilden, hielt Otto Bauer im Juli 1931 eine für die damaligen Verhältnisse sensationelle Rede auf dem Kongreß der 2. Internationale. Er entwickelte unter völlig neuen Gesichtspunkten ein wirtschaftliches Programm, das die Notlage beseitigen und so dem Faschismus den Boden entziehen sollte. Er forderte internationale Kredite für Deutschland, ohne politische Bedingungen, was nur unter Einflußnahme der Regierungen auf die Wirtschaft möglich gewesen wäre. Er führte u. a. aus: »Ungeheure Kapitalien liegen in den Vereinigten Staaten von Amerika, in Frankreich, in den neutralen Ländern Europas brach. Unverwertet für die Zwecke, für die sie sonst bestimmt waren, während indessen die Volkswirtschaft in Mitteleuropa an der Kapitalnot erstickt ... Diese Kapitalien in die Produktion zurückzuführen und die Produktion durch sie zu beleben, wäre unzweifelhaft eines der allerwirksamsten Mittel zur Eindämmung der Weltkrise und der Arbeitslosigkeit in der Welt ... Nur die Aktion der Regierungen kann noch bewirken, daß die brachgelegten Kapitalien der Wirtschaft wieder zufließen und Arbeitskräfte wieder beschäftigen, nur die Aktion der Regierungen kann bewirken, daß diese Kapitalien eingesetzt werden, dort, wo ihre Einsetzung heute am allernotwendigsten ist, zur Rettung der mitteleuropäischen Wirtschaft, nicht des mitteleuropäischen Kapitalismus, sondern der mitteleuropäischen Arbeiterklasse, der mitteleuropäischen Demokratie und des europäischen Friedens.«

Lösungen, die der wirtschaftlichen Vernunft folgten, wurden von den Interessen der großen Mächte konterkariert oder durch die Erstarrung der innerpolitischen Fronten unmöglich gemacht. Die zunehmende Arbeitslosigkeit führte zu einer weiteren Belastung, gleichzeitig aber auch zur Verzerrung der innerpolitischen Verhältnisse. Die physische und psychische Belastung der Bevölkerung, bedingt durch die Lethargie in der Arbeitslosigkeit oder durch die Angst, den Arbeitsplatz zu verlieren, führte entweder zur Radikalisierung oder zur politischen Isolation. Es wurden die ersten Anzeichen der kommenden Entwicklung sichtbar, die zur Diktatur führte. In ihrem »Korneuburger Programm« vom Mai 1930 verkündete die Heimwehr, sie sei willens, die Macht im Staat zu ergreifen, erklärte sich gegen Demokratie und Parlamentarismus und bekannte sich zu den Grundsätzen des Faschismus. Schober und Seipel, die beide zeitweise geglaubt hatten, die Heimwehr ihrer Politik dienstbar machen zu können, vor allem als Instrument gegen die Sozialdemokratie, distanzierten sich von dieser Bewegung. Als die Heimwehren als »Heimatblock« bei den letzten Nationalratswahlen im Herbst 1930 mit 8 Mandaten ins Parlament einzogen, erfuhr die Bewegung neuerlich eine Aufwertung. Gleichzeitig machte sich aber in ihr eine Radikalisierungstendenz nach rechts bemerkbar. Als die Nationalsozialisten allmählich an Boden gewannen, näherte sich ihnen der steirische Flügel der Heimwehr. Die Großdeutsche Partei ging im Jänner 1932 ebenfalls in Opposition und schloß schließlich mit der NSDAP und dem steirischen Heimatschutz ein Kampfbündnis. Der österreichische Heimatschutz unter der Führung von *Ernst Rüdiger Fürst Starhemberg* näherte sich stärker den Christlichsozialen.

Im Mai 1932 übernahm *Engelbert Dollfuß* die Kanzlerschaft und war bereits zwei Monate später den heftigsten Angriffen der Opposition ausgesetzt. Anlaß war der Vertrag von Lausanne über eine neue Völkerbundanleihe in der Höhe von 300 Millionen Schilling mit einer zwanzigjährigen Laufzeit. Die harte Opposition wurde, wie auch bei der letzten Völkerbundanleihe, ausgelöst, weil auch in diesem Vertrag das Anschlußverbot auf die Dauer der Laufzeit der Anleihe erneuert und durch das zusätzliche Verbot, mit Deutschland eine Zollunion abzuschließen, verschärft worden war. Der Vertrag von Lausanne wurde im Parlament nur mit 82 zu 80 Stimmen angenommen. Dollfuß sah sich in die Lage versetzt, nur noch mit einer sehr unsicheren Mehrheit im Parlament rechnen zu können.

Am 4. März 1933 war es soweit. Bei der Abstimmung über einen Oppositionsantrag der Sozialdemokraten, der einen Eisenbahnerstreik betraf, blieb die Regierung mit 80 zu 81 Stimmen in der Minderheit. Über einen Formfehler bei der Abstimmung wurde diskutiert. Im Laufe dieser Auseinandersetzung legten nacheinander die drei Präsidenten des Nationalrates den Vorsitz zurück: der Sozialdemokrat *Renner,* der Christlichsoziale *Ramek* und der Großdeutsche *Straffner.* Jede Fraktion war daran interessiert, auf die Stimme des Präsidenten rechnen zu können, der, solange er die Sitzung leitet, nicht stimmberechtigt ist. Die Sitzung ging auseinander, ohne geschlossen worden zu sein. Die Regierung reagierte rasch mit dem Bemerken, es handle sich um einen Zustand, der »in der Verfassung nicht vorgesehen« sei. Am 7. März richtete die Regierung einen Aufruf an die Bevölkerung und interpretierte die Vorgänge im Parlament mit der Behauptung, dieses habe sich selbst ausgeschaltet; die Regierung aber sei von der Parlamentskrise nicht berührt.

Für den 15. März hatte der großdeutsche Abgeordnete Straffner in seiner Eigenschaft als Dritter Nationalratspräsident den Nationalrat zu einer Sitzung einberufen. Fast gleichzeitig mit der ordnungsgemäßen Schließung dieser Sitzung durch den Präsidenten strömten 200 Kriminalbeamte in den Sitzungssaal, um die Tagung aufzulösen.

Der sozialdemokratische Parteivorstand hatte wenige Tage zuvor mit schwerwiegenden Aktionen für den Fall gedroht, daß diese Sitzung von der Regierung verhindert werden sollte. Als das Ereignis eintrat, geschah nichts. Otto Bauer beruhigte den Unmut der Wiener Vertrauensmänner seiner Partei mit dem Hinweis, es wäre vor den Müttern des Landes nicht zu verantworten gewesen, die Möglichkeit eines Bürgerkrieges ins Auge zu fassen.

Der Parlamentarismus der Ersten österreichischen Republik hatte aufgehört zu bestehen. Ehe allerdings auf die letzte Phase der Entwicklung eingegangen wird, die zum endgültigen Untergang der Ersten Republik führte, muß zumindest skizzenhaft und ergänzend zu den folgenden Aufsätzen dieses Kapitels darauf hingewiesen werden, in welchem Maße das kulturelle und wissenschaftliche Leben, in weiten Bereichen als Erbe der Monarchie, sich in der Republik entfaltet hat.

Der Wirtschaftstheoretiker *Joseph A. Schumpeter*, der 1909 Professor in Czernowitz geworden war, dann in Graz und ab 1925 in Bonn und schließlich bis zu seinem Lebensende in Cambridge/USA wirkte, baute den internationalen Ruf Österreichs in diesem Wissenschaftsbereich, den *Wieser*, *Menger* und *Böhm-Bawerk* eingeleitet hatten, weiter aus. Entgegen der Marxschen Verelendungstheorie sagte er die Hebung des Lebensstandards der Massen im Spätkapitalismus ebenso voraus wie die Bildungsexplosion. Er sah die Heraufkunft einer sozialistischen Wirtschaft, weil diese eine rationale und optimale Lösung des Produktionsproblems ermöglicht und zur Beseitigung des Wirtschaftszyklus führt, weil sie nicht, wie die kapitalistische Wirtschaft, Überschußkapazitäten zur Untermauerung monopolistischer Positionen braucht; und weil sie den Kampf zwischen der staatlichen Verwaltung und der Privatwirtschaft vermeidet und dadurch beste Köpfe für die Aufgaben in der Gesellschaft erhält. Nach Schumpeter beruht das Klassenphänomen auf »individuellen Eignungsdifferenzen«. Er verzichtet auf utopische Zukunftsperspektiven. »Schumpeters Sozialismus besitzt mehr die Charakteristiken des Platonschen Staates als einer erträumten zukünftigen Gemeinschaft«, stellt *Eduard März*, sein Schüler, dazu fest.

Der Ruf der Wiener medizinischen Schule wurde u. a. von den Internisten *Hans Eppinger* und *Karl Friedrich Wenckebach*, *Albin Haberda* und *Clemens Pirquet* auf seiner jahrzehntelangen Höhe gehalten. Eppinger forschte auf dem Gebiet der Leberkrankheiten und der Kreislaufstörungen; er organisierte die I. Medizinische Klinik in Wien. Der Niederländer Wenkebach, der 1915 von der Universität Straßburg an die von Wien berufen wurde, konzentrierte seine Forschung auf Herz- und Kreislaufstörungen und auf die Angina pectoris (nach ihm das »Wenkebachsche Bündel«). Haberda setzte fort, was *Hofmann* mit der Gründung der Schule der Wiener Gerichtsmedizin begonnen hatte, und gab dessen *Lehrbuch der gerichtlichen Medizin* neu heraus. Pirquet wurde weit über sein Fach hinaus bekannt, als er nach dem Ersten Weltkrieg die amerikanische Hilfsaktion für österreichische Kinder leitete; mit *Schick* begründete er die Lehre von den Allergien, bald darauf allein die Lehre von den Serumskrankheiten; durch die Tuberkulin-Hautreaktion und die Entwicklung eines Nahrungssystems auf Milch-Einheit (NRM) wurde er bahnbrechend.

Othenio Abel begründete als Professor an der Wiener Universität die Paläobiologie, durch welche die Kenntnis von Lebewesen vergangener Erdzeitalter erweitert wurde. *Franz Friedrich Wallack* setzte, vor allem mit dem Bau der Großglockner Hochalpenstraße, die große Tradition der österreichischen Straßenbauer fort. *Guido Pirquet,* der Bruder des großen Arztes, und *Hermann Potocnik (Hermann Nordung)* haben in den zwanziger Jahren fundierte Überlegungen über die Raumfahrt veröffentlicht. Pirquet hat auf das »kosmonautische Paradoxon« hingewiesen, daß es einfacher wäre, von einer Außenstation einen anderen Planeten zu erreichen als von der Erde die Außenstation. Potocnik-Nordung hat in seinem Buch *Das Problem der Befahrung des Weltraumes* bereits auf die Verwendung der Sonnenenergie als Kraftquelle aufmerksam gemacht.

Die beiden Gelehrten, der Historiker *Heinrich von Srbik* und der Literaturhistoriker *Josef Nadler,* haben die akademische Jugend der Zwischenkriegszeit wesentlich beeinflußt; was sie in ihrer Lehre vertraten, war eine gesamtdeutsche Auffassung, der zu jener Zeit kaum eine politische Richtung widersprach. Ihre Lehrtätigkeit als beabsichtigte Wegbereitung für den Nationalsozialismus zu interpretieren ist zweifellos eine Vereinfachung des Tatbestandes. Srbik ist der bedeutendste Vertreter der modernen gesamtdeutschen Geschichtsauffassung. Ihm ging es um die ausgewogene und unvoreingenommene Darstellung des preußisch-österreichischen Gegensatzes in der deutschen Geschichte, wobei er für die Klarstellung der Bedeutung Österreichs mehr getan hat als viele andere. Sein zweibändiges Werk über Metternich ist ein Standardwerk der historisch-biographischen Literatur. Nadler hat die Anregungen seines Lehrers *August Sauer,* des Begründers der stammes- und landschaftskundlichen Methode, weitergeführt und zum System ausgebaut. Sein vierbändiges Werk *Literaturgeschichte der deutschen Stämme und Landschaften* bleibt ein wichtiger Meilenstein in der Entwicklung dieser Disziplin, auch wenn sie heute in manchem überholt ist. Neben diesen beiden akademischen Lehrern war es vor allem *Othmar Spann,* der mit seiner Ganzheitsphilosophie, der Schule des Universalismus, und mit seiner darauf gegründeten Gesellschaftslehre die studierende Jugend anzog. Von seinem Schülerkreis gingen starke Aktivitäten aus, die in faschistische und nationalistische Vorstellungen mündeten.

Die österreichische Literatur jener Jahre wurde wesentlich mitgeformt und beeinflußt von den schöpferischen Kräften, die aus den weiten Gebieten der Monarchie hier eingeströmt waren. Aus der spezifisch deutsch-jüdischen Atmosphäre Prags kamen u. a. *Franz Werfel* und *Max Brod.* Beide waren *Franz Kafka* freundschaftlich verbunden; Max Brod hat sich mehr noch als durch das eigene Werk durch die Betreuung des Kafkaschen Werkes nach dessen Tod verdient gemacht. Werfel gehörte zu den erfolgreichsten Lyrikern, Dramatikern und Epikern seiner Zeit. Vom Expressionismus ausgehend, nahm er seinen Weg über tiefempfundene Verinnerlichung und mündete schließlich in einem Naheverhältnis zum Katholizismus. Durch seine Texterneuerung der Libretti zu Verdischen Opern hat er zu deren Renaissance einen wesentlichen Beitrag geleistet.

Aus dem Sudetendeutschtum stammte eine Reihe von Dichtern und Schriftstellern, die wegen ihres wesentlichen Einflusses auf volksdeutsche und großdeutsche Gesinnung bei der Intelligenz und der Jugend zeitgeschichtlich erwähnenswert sind; beispielhaft seien hier *Karl Hans Strobl* und *Robert Hohlbaum* genannt. *Erwin Guido Kolbenheyer,* der aus dem ungarländischen Deutschtum nach Wien kam und später in Bayern lebte, hat eine Reihe bedeutender historischer Romane geschrieben, ist aber auch als Lyriker und Dramatiker hervorgetreten. Da er als Folge einer gewissen ideologischen Verhärtung in der letzten Phase des Dritten Reiches als Protagonist des Nationalsozialismus hervortrat, gerieten seine Persönlichkeit und sein Werk in schiefes Licht. Darüber sollte jedoch nicht vergessen werden, daß er in den ersten Jahren des Dritten Reiches einer von jenen mutigen Sprechern war, der in Großkundgebungen vor Studenten den Anspruch des Geistes gegen das System verteidigte.

Stefan Zweig führte, beeinflußt von *Sigmund Freud,* die psychologische Analyse in die historische Novelle und in den historischen Roman ein. Die traditionelle österreichische Zusammenarbeit mit *Richard Strauss,* die mit den Operntexten von *Hugo von Hofmannsthal* begonnen hatte, setzte Zweig fort. *Josef Roth* wurde in seinen großen österreichischen Romanen zum wehmütigen, aber kritischen Schilderer der alten Monarchie und hat das Schicksal der Juden seiner galizischen Heimat in die Literatur geholt. Seine beiden Essays *Juden auf Wanderschaft* und *Der Antichrist* gehören zum Eindrucksvollsten dieser Gattung. *Egon Friedell (Friedmann)* und *Alfred Polgar* haben das Wiener Feuilleton in seiner klassischen Form weitergeführt; Friedell war ein kulturhistorischer Schriftsteller von hohen Graden, Polgars Kritik befruchtete das Theater.

Mit *Alfons Petzold* besaß Österreich einen der hervorragendsten deutschsprachigen Arbeiterdichter, dessen selbstbiographisches Epos *Das rauhe Leben* ein erschütterndes Bild des Proletarierschicksals um die Jahrhundertwende vermittelt und dessen Entwicklung zum Katholizismus etwa in dem Zyklus *Franziskus von Assisi* zarte Schöpfungen religiöser Lyrik hervorbrachte. *Anton Wildgans,* der 1921/22 und 1930/31 zeitweilig Burgtheaterdirektor war, gehörte nicht nur zu den hervorragendsten Lyrikern des Naturalismus und Expressionismus, sondern war auch ein feinsinniger Schilderer wienerischer Landschaft und wienerischer Schicksale. Nach dem Ersten Weltkrieg hat er mit seiner großartigen *Rede über Österreich* die Welt auf die Not des Landes und seiner Menschen aufmerksam gemacht.

Ferdinand Exl, der Tiroler Schauspieler, erneuerte das Volksstück auf der Bühne. Er hat »dem sogenannten Volksstück, das in Rührseligkeit und Spaßmacherei zu ersticken drohte, eine neue Signatur des Geistes aufgeprägt« *(Eugen Thurnher).* Exl pflegte vor allem auch das Werk seiner Landsleute *Schönherr* und *Kranewitter* und schlug mit seiner Bühne während des Winters in Wien eine Brücke vom Land in die Großstadt. *Alexander Graf Kolowrat,* der den österreichischen Film schon vor dem ersten Weltkrieg begründet hatte, führte diesen in den zwanziger Jahren zu hoher Leistung und Weltgeltung.

In der Musik wirkte neben der modernen Entwicklung *Franz Schmidt,* der nach den Worten *Carl Nemeths* die »markanteste Komponistenpersönlichkeit

Anton Kolig, Familie des Künstlers

nach Brahms und Bruckner« war. In den ungarischen und slowakischen Elementen seiner Musik wurde noch einmal die Erinnerung an die gegenseitige kulturelle Befruchtung der Völker der Monarchie wahrnehmbar. Nach *Johann Strauß* war *Franz Lehár* jener Komponist, der die Wiener Operette entscheidend beeinflußte und mit der neuen Form der Tanzoperette Wege in die Zukunft wies, auf denen zahlreiche Epigonen folgten. *Hubert Marischka* gab der Wiener Operette noch einmal im Theater an der Wien und im Stadttheater, deren Direktor er war, den glanzvollen Rahmen weltweiter Wirkung. »Seine Inszenierungen wurden zu anerkannten Musteraufführungen für sämtliche Operettentheater der Welt« *(Rainer Lindau).* Treffend stellt Lindau auch fest: »Marischka konnte den Abstieg der Gattung nicht verhindern, niemand wäre dazu imstande gewesen, aber er sorgte für einen glanzvollen Ausklang des silbernen Zeitalters der Wiener Operette.«

Diese skizzenhaften Hinweise, die durchaus keinen Anspruch auf Vollständigkeit erheben, verdeutlichen doch, daß es ein geistiges Leben von weltweiter Bedeutung war, das nun von den politischen Ereignissen überschattet wurde.

Zug um Zug ging Dollfuß im Jahre 1933 daran, seine Gegner auszuschalten. Der Auflösung des Schutzbundes folgte die der Kommunistischen Partei, dann das Verbot der NSDAP und des steirischen Heimatschutzes. Auf einer Kundgebung der »Vaterländischen Front«, die im Mai 1933 begründet worden war, bekannte sich Dollfuß zum sozialen christlichen Staat auf ständischer Grundlage unter autoritärer Führung und griff vehement den Kapitalismus, den Liberalismus, den Marxismus, den Nationalsozialismus und die Parteienherrschaft an. Es war nicht mehr zu bezweifeln, wohin das Staatsschiff gesteuert wurde: zu einer vom Faschismus wesentlich beeinflußten Diktatur. Zu einem zusätzlichen Problem wurde für die Regierung der Umstand, daß einer der innerpolitischen Gegner, nämlich der Nationalsozialismus, Rückendeckung durch Berlin und München bekam, seit *Adolf Hitler* am 30. Jänner 1933 Reichskanzler geworden war.

Die Hirtenberger Waffenaffäre brachte Dollfuß in eine schwierige Situation. Entgegen den Bestimmungen des Friedensvertrages sollten 50 Waggons Gewehre nach Ungarn transportiert werden. Die *Arbeiter-Zeitung* deckte diesen Versuch militärischer Lieferungen auf. Die Folge war ein Eklat nicht nur bei den Staaten der Kleinen Entente, vor allem bei der Tschechoslowakei, sondern vielmehr auch bei Frankreich. Frankreich drohte, seine Zahlungen auf Grund der Völkerbundanleihe einzustellen. Durch einen Beamten der österreichischen Botschaft in Berlin ließ Dollfuß über Vizekanzler *von Papen* bei *Hitler* vorfühlen, ob dieser bereit wäre, einzuspringen. Die grundsätzliche Bereitschaft, einen 70-Millionen-Reichsmark-Kredit zu gewähren, verknüpfte Hitler mit unzumutbaren Forderungen, u. a. Neuwahlen und dem Rücktritt Dollfuß', woran das Unternehmen scheiterte.

Die nationalsozialistischen Terroraktionen steigerten sich im Laufe des Jahres 1933 bis hinein in das Jahr 1934. Trotzdem hat Dollfuß noch einen Versuch gemacht, durch direkte Fühlungnahme mit dem Landesinspekteur der österreichischen NSDAP, *Habicht,* einem Reichsdeutschen, die Frage zu bereinigen. Rückschauend wird man wohl annehmen dürfen, daß dieser Versuch mit dem bevorstehenden Schlag gegen die Sozialdemokraten in Zusammenhang stand. Die Unterredung wurde im letzten Moment abgesagt, zwar mit dem Hinweis auf die anschwellende nationalsozialistische Terrortätigkeit, eher aber wegen der Rivalität zwischen Christlichsozialen und Heimwehr in der Frage des Ausgleiches mit den Nationalsozialisten. Daß der Heimwehrführer *Alberti* im gleichen Monat mit einer Verhandlungsvollmacht in der Wohnung des NS-Gauleiters *Frauenfeld* betreten wurde, ist ein Indiz dafür.

Die Waffensuche in sozialdemokratischen Parteiheimen, die Verhaftung der Führung des bereits verbotenen Schutzbundes waren nur letzte Symptome für den bevorstehenden Schlag gegen die Sozialdemokratie. Trotzdem hat die Parteiführung gezögert, sich zur Wehr zu setzen. Der Kampf wurde schließlich und endlich ausgelöst, als der oberösterreichische Schutzbundführer *Richard Bernaschek* ohne Befehl der Partei und gegen den Rat von Otto Bauer eine Hausdurchsuchung in der Linzer Parteizentrale mit Waffengewalt verhindern wollte. Nun war der Lauf der Dinge nicht mehr aufzuhalten. Der Aufstand flammte in Wien und in einigen Industriegebieten Oberösterreichs, Niederösterreichs und der Steiermark auf. Da die einheitliche Führung fehlte, der Schutzbund bereits teilweise entwaffnet war, stand von vornherein fest, daß er unterliegen würde. Wenn der 12. Februar 1934 zur Heldentat der österreichischen Arbeiterschaft wurde, dann deswegen, weil ein paar tausend Schutzbündler unter der Leitung einer Handvoll beherzter Funktionäre den Kampf gegen ihre Vernichtung aufgenommen haben. Sie folgten der Maxime, die die Partei sie gelehrt hatte: die Republik und die sozialen Errungenschaften zu verteidigen, falls diese angegriffen werden sollten. Nach offiziellen Angaben hatte der Schutzbund 196 Tote und 319 Verwundete, die Exekutive 118 Tote und 486 Verwundete verloren. Der englische Journalist Gedye schätzte die sozialistischen Verluste auf 1500 bis 2000 Tote und rund 5000 Verwundete. Wahrscheinlich ist die eine Angabe unter-, die andere übertrieben.

Für die Parteiführung selbst war es genau wie der 15. Juli 1927 ein schwarzer Tag. Zwei Begebenheiten sind symptomatisch: am Mittag dieses Tages besuchte der sozialdemokratische Finanzreferent des Landes Wien, *Danneberg,* den Finanzminister *Buresch* in dessen Wohnung zu einer Besprechung über schwebende Finanzfragen; nach seiner Heimkehr wurde er verhaftet; *Karl Renner* versuchte im Niederösterreichischen Landhaus Verbindung mit Landeshauptmann *Reither* aufzunehmen, um eine Versöhnungsregierung in die Wege zu leiten; er wurde an Ort und Stelle verhaftet. Welche Macht und welchen Einfluß die Sozialdemokratie, die an diesem Tag noch verboten wurde, einbüßte, geht allein aus folgenden Zahlen hervor: 71 Nationalräte, 24 Bundesräte, 171 Landtagsabgeordnete, 25 Landesregierungsmitglieder in den Bundesländern und 370 Bürgermeister. Nicht berücksichtigt dabei ist der weitgehende Funktionärseinfluß in den Gewerkschaften, Konsumvereinen und den zahlreichen Vorfeldorganisationen der Sozialdemokratischen Partei, der nun verlorenging.

Dollfuß war zweifellos weitgehend von der Heimwehr auf diesen Weg getrieben worden, die ihrerseits unter dem unmittelbaren Druck des italienischen Faschismus stand. Was Dollfuß tat, war ein Vabanquespiel, weil die außenpolitische Lage nicht so rosig war, wie er sie sah. Als ein Gerücht bis nach Paris drang, daß die Heimwehr Ende Jänner das Wiener Rathaus besetzen würde, ließ der französische Ministerpräsident *Daladier* Dollfuß wissen, daß es katastrophale Folgen haben müßte, wenn der Heimwehr solche Extratouren gestattet werden würden. Als in Wien dann die Kanonen donnerten, blieb allerdings eine aktive Reaktion von der gleichen Seite aus. Es offenbarte sich, was auch für die spätere Zeit gilt: außer bei Italien und Ungarn hätte Dollfuß nirgends außenpolitische Übereinstimmung und Hilfe erzielen können, wenn nicht der Schatten Hitlers über Österreich gewesen wäre; denn für den innerpolitischen Weg, den Dollfuß einschlug, hatte weder Frankreich noch England Verständnis.

Die sozialdemokratischen Funktionäre, vor allem ein Kreis von *Arbeiter-Zeitung*-Redakteuren unter der Führung von *Oskar Pollak*, sorgten sehr rasch für das Fortbestehen der Partei in der Illegalität. Eine feste Stütze dafür war die amerikanische Quäkerhilfe für die Februar-Opfer. Nach Anfangsschwierigkeiten, inneren Reibereien und Auseinandersetzungen mit dem Auslandsbüro der Partei, das Otto Bauer in Brünn leitete, trat eine vollkommene Konsolidierung mit dem Auftreten *Gustav Richters (Josef Buttingers)* ein, der die Revolutionären Sozialisten bis zum März 1938 führte. Dollfuß hatte nun mit einer zweiten illegalen Front zu rechnen.

Beziehungsvoll mit Blick auf die Arbeiterschaft wurde der 1. Mai 1934 gewählt, um die neue Verfassung zu verkünden, die unter ausdrücklicher Berufung auf die päpstliche Enzyklika *Quadragesimo anno* Pius' XI. dem Ständestaat die gesetzliche Grundlage geben sollte. Wenige Tage vorher hatte sich Dollfuß eine Scheinlegitimation für diesen Schritt vom Rumpfparlament der Republik geben lassen. Bei dieser letzten Sitzung waren außer den Abgeordneten der Christlichsozialen und Teilen des Heimatblockes und des Landbundes nur zwei großdeutsche Abgeordnete anwesend. Der großdeutsche Abgeordnete *Foppa* protestierte gegen die autoritären, gesetzlich nicht gedeckten Schritte der Regierung Dollfuß. Trotz der anklagenden Berufung auf demokratische Rechte in dieser Rede wurde doch deutlich, wie sehr hier das Gedankengut zweier unterschiedlicher autoritärer Staatsauffassungen aufeinandertrafen. Foppa erwähnte die eben niedergeschlagene Sozialdemokratie mit keinem Wort und verlangte nicht etwa Neuwahlen, sondern eine Volksabstimmung über die Verfassung. Dollfuß wiederum berief sich quasi als Entschuldigung wegen der Aberkennung der sozialdemokratischen Mandate darauf, daß auch die Sozialdemokraten nichts eingewendet hätten, als die nationalsozialistischen Mandate im Bundesrat und in einigen Landtagen aberkannt worden waren.

Die autoritäre Regierung war auch in Zukunft von der Rivalität zwischen Christlichsozialen und Heimwehr belastet. Insbesondere waren der Heimwehr die sozialpolitischen Versuche der Regierung ein Dorn im Auge, weil sie sich selbst Hoffnungen auf Teile der führungslos gewordenen Arbeiterschaft machte; anderseits deshalb, weil sie sich der Industrie, von der sie finanziell unterstützt wurde, verpflichtet fühlte. Was aber hinter den sozialen Phrasen stand und wie Teile der Wirtschaft dieses neue System auffaßten, wurde deutlich, als bis zum Juli von Unternehmern rund 100 Kollektivverträge gekündigt worden waren, mit dem erklärten Ziel von Lohnsenkungen. Tatsächlich waren in einigen Sparten Lohnsenkungen zwischen zwei und zehn Prozent durchgeführt worden.

Dollfuß hatte den Linkskatholiken *Ernst Karl Winter* zum Dritten Vizebürgermeister von Wien ernannt und ihn beauftragt, mit einer »Aktion Winter« die Arbeiterschaft zu gewinnen. In einer seiner Schriften sagt Winter, daß »die Klassenlage der Arbeiterschaft eine elementare Tatsache war, lange bevor daraus der Klassenkampfgedanke geboren wurde. Die Klassenlage der Arbeiterschaft bewußtgemacht zu haben ist die geschichtliche Leistung des Marxismus, die niemand schmälern darf, der ernsthaft den Aufstieg und die Befreiung der arbeitenden Menschen will«. Diese Sprache fand im System Dollfuß keinen positiven Widerhall. Selbst aus den eigenen Reihen, nämlich der christlichsozialen *Reichspost*, wurde Winter bescheinigt, seine Methoden seien von allem Anfang an nicht unbedenklich gewesen und sie seien an einem Punkt angelangt, wo der Geist des angenommenen Vokabulars (des marxistischen) den Akteuren die Zügel aus der Hand zu nehmen scheine. Faktisch blieb den Versuchen Winters, die Arbeiterschaft zu gewinnen, der Erfolg versagt.

Außen- wie innenpolitisch belastete die Habsburgerfrage die Regierung. Sosehr sich ihre Vertreter auch in offiziellen Äußerungen zurückhaltend zeigten, war doch im In- und Ausland bekannt, daß sie im Grunde legitimistisch gesinnt waren. Deshalb ließen sie auch der legitimistischen Propaganda freien Lauf und förderten eine Welle von Ehrenbürger-Ernennungen Otto Habsburgs in Hunderten kleinen Gemeinden. Offiziell zog man sich auf den Standpunkt zurück, eine menschliche und moralische Wiedergutmachung an dem ehemaligen Herrscherhaus in die Wege zu leiten, wie es die *Reichspost* einmal formulierte. In mehreren Interviews haben vor allem *Beneš* und der jugoslawische Außenminister *Joftić* unverhohlen erklärt, daß eine Restauration in Österreich den *casus belli* bedeuten würde. Die österreichische Bevölkerung wurde besonders erregt, als bekannt wurde, was das Haus Habsburg als sein Privatvermögen betrachtete: darunter befanden sich die Nationalbibliothek, wesentliche Bestandteile der weltlichen Schatzkammer und erhebliche Sammlungen des Kunsthistorischen Museums.

Wenn die Westmächte auch grundsätzlich an der Aufrechterhaltung der österreichischen Unabhängigkeit festhielten, was sie im September 1934 durch die modifizierte Wiederholung ihrer Februar-Deklaration unterstrichen, so wurde doch deutlich erkennbar, daß Österreich in immer stärkerem Maße in eine nach außen kaum wahrnehmbare Isolation gedrängt wurde. Polen und Jugoslawien waren rasch dabei, sich mit dem Deutschen Reich zu arrangieren, England näherte sich ebenfalls Berlin, was im Sommer 1935 im deutsch-englischen Flottenabkommen seinen Niederschlag fand. Als schließlich Italien seinen Annexionskrieg gegen Äthiopien führte und die Unterstützung Deutschlands brauchte, wurde auch der italienische Rückhalt durchlöchert. Dieser Umstand muß im Auge behalten werden, wenn man den nationalsozialistischen Putsch im Juli 1934 und seine Folgewirkungen betrachtet.

Am 25. Juli 1934 hatten Nationalsozialisten in Militär- und Polizeiuniformen das Bundeskanzleramt und das Sendegebäude der Ravag besetzt. Im Verlauf dieser Aktion wurde Bundeskanzler Dollfuß erschossen. In das Ereignis war der österreichische Gesandte in Rom und ehemalige steirische Landeshauptmann, *Anton Rintelen,* verwickelt, der die Regierung übernehmen sollte. Heftige Einzelkämpfe in der Steiermark und in Oberösterreich konnten nicht verhindern, daß die Regierung in Wien noch am gleichen Tag Herr der Lage war. Für *Hitler* bedeutete dieser mißglückte Putsch eine arge Belastung.

Die Regierung hatte nun zwar beide Gegner, den von links und den von rechts, in der brachialen Auseinandersetzung ausgeschaltet, sie hatte sie aber nicht überwunden. Von französischer Seite wurde schon damals, im Herbst 1934, empfohlen, mit den gemäßigten Elementen der Sozialdemokratie einen modus vivendi zu suchen. Bundeskanzler *Kurt Schuschnigg,* auf seine konservativ-antimarxistische Gesinnung und legitimistische Tradition fixiert, ging diesen Weg nicht. Um der inneren Befriedung willen war er aber genötigt, mit einem der beiden Lager zum Frieden zu kommen. Da die Auseinandersetzung mit den Nationalsozialisten gleichzeitig auch außenpolitische Probleme mit sich brachte, sollte hier der Hebel angesetzt werden. Dabei spielte die prinzipiell deutsche Einstellung Schuschniggs, sein an das Heilige Römische Reich anknüpfender Traditionalismus, zweifelsohne eine Rolle. Noch im Herbst 1934 willigte er ein, in ein Gespräch mit einer Gruppe betont nationaler Persönlichkeiten, wie man das damals nannte, zu treten; darunter waren die gemäßigten, aber einflußreichen Nationalsozialisten *Reinthaller* und *Langoth.* Zunächst ergebnislos, weil die Vorstellungen der nationalen Gruppe zu weitgehend waren, nahm doch von hier aus die Entwicklung ihren Gang, die schließlich zum Anschluß führte.

Die Nationalsozialisten hatten aus der Niederlage des Juli-Putsches die Lehre gezogen und auf Terror als Instrument der Politik verzichtet. Der Kreis, der diese Taktik vertreten hat, setzte sich schließlich durch. Um den Wiener Rechtsanwalt *Arthur Seyß-Inquart* bildete sich ein Kreis, dessen nationalsozialistischer aktiver Kern von den beiden Kärntnern *Friedl Rainer* und *Odilo Globocnik* gebildet wurde. Den Bemühungen des deutschen Gesandten von Papen, der nach dem Juli-Putsch nach Wien geschickt worden war, gelang es, das Abkommen vom 11. Juli 1936 zwischen dem Deutschen Reich und Österreich zustande zu bringen. Darin wurde zwar nicht nur die volle Selbständigkeit Österreichs anerkannt, sondern auch die NS-Frage zu einer inneren Angelegenheit

Österreichs erklärt, gleichzeitig aber eine Lockerung für die österreichischen Nationalsozialisten in die Wege geleitet.

In unmittelbarer Folge wurde der Generalstaatsarchivar *Edmund von Glaise-Horstenau* zum Minister ohne Portefeuille ernannt und der Vorarlberger *Guido Schmidt* zum Staatssekretär für Äußeres von Schuschnigg berufen. Glaise-Horstenau stand zumindest in einem sehr engen Nahverhältnis zu den Nationalsozialisten; Schmidt verfügte über ausgezeichnete persönliche Verbindungen zum Kreis um Seyß-Inquart. Von da an erfolgte eine bis auf den heutigen Tag noch nicht voll durchleuchtete systematische Aufrollung des Systems, wobei zweifellos ein ausgeklügeltes Zusammenspiel zwischen dem Seyß-Inquart-Kreis und der deutschen Botschaft stattfand.

Bereits im September 1936 wurde Glaise-Horstenau das Innenministerium anvertraut. Im Sommer 1937 wurde Arthur Seyß-Inquart zum Staatsrat ernannt und die »Volkspolitischen Referate« mit der Aufgabe eingerichtet, die politische Betätigung der Nationalsozialisten innerhalb der VF in die Wege zu leiten. Offenkundig war Berlin in höchstem Maße an einer Bereinigung der österreichischen Frage zu jenem Zeitpunkt interessiert. Aus dem nach dem Zweiten Weltkrieg veröffentlichten Hoßbach-Protokoll geht eindeutig hervor, welch große Bedeutung in wirtschaftlicher und militärischer Beziehung Hitler der Annexion Österreichs und der Tschechoslowakei beimaß.

Diese späte Enthüllung zeigt einen sehr wichtigen Aspekt auf, der das Konzept des Anschlusses jenseits der Grenze mitbestimmte. Der Auftrieb des Nationalsozialismus hatte in Österreich sehr viele und sehr unterschiedliche Ursachen. Dazu gehörte vor allem die wirtschaftliche Problematik, sichtbar geworden in einer Zahl von mehr als 600 000 unterstützten oder ausgesteuerten Arbeitslosen. Das austrofaschistische System unterhöhlte den Willen des Widerstandes gegen ein autoritäres System an sich; viele meinten, wenn schon ein solches unvermeidbar wäre, dann wäre das entschiedenere, stärkere vorzuziehen. Das Arrangement vieler europäischer Staaten mit dem nationalsozialistischen Deutschen Reich tat das Seine, es als attraktiv erscheinen zu lassen. Ein fester Kern der Anhänger des Nationalsozialismus in Österreich, vor allem in der Intelligenzschicht, folgte der demokratischen Anschlußideologie, wie sie seit der Revolution des Jahres 1848 lebendig war, die auch von der österreichischen Sozialdemokratie bis zur Machtübernahme Hitlers programmatisch vertreten wurde. Ein anderer huldigte einer romantischen Reichsvorstellung, die ihre Wurzeln im Heiligen Römischen Reich deutscher Nation hatte. Alle diese Ursachen aber hatten nur sehr wenig oder nichts mit dem vergeblichen Ziel Hitlers zu tun, das nationalstaatliche und imperialistische Konzept des 19. Jahrhunderts für sein Volk im 20. Jahrhundert nachzuvollziehen. Hier ist auch die Quelle für jenen Unmut zu suchen, der zahlreiche Nationalsozialisten schon bald nach dem Anschluß befallen hatte.

Die letzte Phase wurde mit der Unterredung auf dem Obersalzberg am 12. Februar 1938 zwischen Hitler und Schuschnigg eingeleitet. Diese als inoffizielle

Begegnung deklarierte Besprechung machte Schuschnigg die Ausweglosigkeit seiner Lage klar. Der Begegnung auf dem Obersalzberg folgte die Umbildung der Regierung mit Seyß-Inquart als Innen- und Sicherheitsminister. Der nationalsozialistischen Aktivität waren kaum noch Schranken gesetzt.

Am 17. Februar trat eine Vertrauensmännerkonferenz der sozialdemokratischen Arbeiter in Wien zusammen und erklärte ihre bedingungslose »Bereitschaft, für Freiheit, Unabhängigkeit und Würde Österreichs« einzutreten. Schuschnigg empfing zwar eine Delegation der Arbeiter; aber auch in dieser ernsten Stunde konnte der Bundeskanzler nicht über seinen Schatten springen und die Hand des innenpolitischen Gegners von gestern ergreifen. Er zog es vor, in einer Art Flucht nach vorne eine Volksabstimmung für den 13. März kurzfristig anzusetzen.

Das Schicksal nahm seinen Lauf. In den dramatischen Stunden des 11. März wurde Schuschnigg zur Absage der Volksabstimmung und schließlich zum Rücktritt gezwungen, während sich Bundespräsident Miklas standhaft bis zum letzten Augenblick dem Druck widersetzte. Seyß-Inquart bildete eine Übergangsregierung. Am Morgen des 12. März rückten deutsche Truppen unter dem Jubel großer Menschenmengen in Österreich ein. Hitler folgte ihnen und verkündete in Linz am 13. März 1938 den Anschluß Österreichs an das Deutsche Reich.

Während die einen jubelten, befiel andere tiefe Niedergeschlagenheit. Gleichzeitig fuhren, von den stimulierten Massen unbemerkt, die ersten Züge politischer Häftlinge in das Konzentrationslager Dachau.

Karl Renner

VON NORBERT LESER

Es gibt in der gesamten Menschheitsgeschichte wohl kaum ein zweites Beispiel für einen Staatsmann, dem es im Laufe seines Lebens vergönnt war, zweimal einen Staat aus der Taufe zu heben und ihn unter verschieden gearteten Umständen aus der Tiefe des Daniederliegens emporzuführen, wie es das Schicksal *Karl Renner* 1918 und 1945 beschieden hat.

Als 18. Kind armer Kleinhäusler, das am 14. Dezember 1870 in dem mährischen Marktflecken Unter-Tannowitz geboren wurde, war seine Kindheit durch Armut und Not gekennzeichnet. Nur unter schwersten Opfern war es Renner möglich, in Nikolsburg das Gymnasium zu besuchen. Wir dürfen annehmen, daß der leidvolle Anschauungsunterricht, den Renner in seinem Elternhaus von der sozialen Frage erhielt, die Tatsache, daß seine Eltern schließlich im Armenhaus landeten, einen nachhaltigen Einfluß auf das Empfinden und Denken des späteren Sozialkritikers und Politikers ausübte. Renner kam bei seiner Entwicklung auch die Kameradschaft und Treue eines Menschen zugute, der ihm in einem jahrzehntelangen Ehebund zur Seite stehen sollte: *Luise Renner* hatte einen entscheidenden Anteil an der Meisterung des beschwerlichen Weges, den Renner beschritt.

Renners vielfältige Anlagen ließen ihm verschiedene Möglichkeiten der Entfaltung und Selbstverwirklichung offen. Renner hätte sich auf Grund seiner ausgeprägten Interessen für Probleme des Staatsrechtes und der Soziologie, mit Hilfe seiner schon vor der Jahrhundertwende einsetzenden wissenschaftlichen Publikationen der akademischen Laufbahn zuwenden und auch in dieser Sphäre Außerordentliches leisten können. Die politische Tätigkeit hinderte Renner zwar keineswegs, literarisch unerhört produktiv zu sein, doch seine schier unermeßliche Arbeitskraft wäre durch eine Lebensstellung, die ihm keine Möglichkeit zum aktiven politischen Handeln geboten hätte, wohl kaum ausgeschöpft gewesen. Sosehr man es bedauern muß, daß Renner in der Zwischenkriegszeit nicht initiativ wurde, um die Führung der Partei zu gewinnen und einen anderen Kurs als den unter der Leitung *Otto Bauers* tatsächlich eingeschlagenen durchzusetzen, die unvergänglichen Taten, mit denen Renner der österreichischen Geschichte seine dauernden Spuren aufgeprägt hat, sind Grund genug, den Eintritt Renners ins politische Leben als eine für das Gemeinwesen fruchtbare Entscheidung zu feiern.

Die eigentliche politische Tätigkeit Renners, die mit seiner Entsendung in den Reichsrat durch den Wahlkreis Neunkirchen nach den Wahlen 1907 begann, war durch lange Jahre beruflicher Arbeit und freiwilligen politischen Engagements ohne Mandat und politische Verpflichtung vorbereitet. Renner wurde nach Vollendung seiner Studien als Bibliothekar der Parlamentsbibliothek angestellt; in dieser Funktion hatte er die Möglichkeit, sein schon während des Studiums bekundetes Interesse an politischen und sozialen Fragen zu vertiefen. Renner hatte sich *Victor Adlers* Mahnung anläßlich einer Begegnung während seiner Studienzeit, daß der Arbeiterbewegung vor allem mit einer gediegenen Ausbildung und einem gründlichen Wissen, kurz, mit einem Ernstnehmen des Studiums gedient sei, zu Herzen genommen und die ganze Weite des nach dem damaligen Stand der Wissenschaften gesellschaftlich Einsichtigen durchmessen. In der »Freien Vereinigung Sozialistischer Studenten« und im »Sozialwissenschaftlichen Bildungsverein« schlug Renner erstmals jene Brücken von der Theorie zur Praxis, die er zeitlebens als Notwendigkeit ansah und an deren architektonischer Verbesserung und Verfeinerung er in all seinen Beiträgen arbeitete.

Der »Austromarxismus«, der später, vor allem in der Zwischenkriegszeit, zu einem Schlachtruf und einem Schlagwort werden sollte, die von links und rechts auf die sozialdemokratische Arbeiterbewegung einstürmten und ihr eigenes Selbstverständnis belasteten, war in der Zeit vor dem Ersten Weltkrieg eine Arbeitsgemeinschaft kongenialer und geistig kooperierender Persönlichkeiten, die die marxistische Methode auf ihr jeweiliges Forschungsgebiet und Arbeitsfeld anwendeten, ohne noch dem später auftretenden Zwang ausgesetzt zu sein, eine bestimmte politische Praxis theoretisch rechtfertigen zu müssen. In dieser Zeit konnten sich die wissenschaftlichen Erkenntnisse noch relativ ungehindert und unverbildet artikulieren, die Zeit vor dem Ersten Weltkrieg war denn auch die Zeit der Hochblüte des »Austromarxismus« als einer wissenschaftlichen Arbeitsgemeinschaft. In den *Marx-Studien,* deren Mitherausgeber Karl Renner neben *Rudolf Hilferding* und *Max Adler* war, erschien 1904 Renners bahnbrechende Arbeit *Die soziale Funktion der Rechtsinstitute, besonders des Eigentums.* Diese Schrift erschien — wie auch die anderen frühen Schriften Karl Renners — unter einem Pseudonym, dessen er sich als Staatsbeamter, von dem politische Zurückhaltung erwartet wurde, bedienen mußte. Doch das Pseudonym *Dr. J. Karner,* unter dem Renner diese Schrift veröffentlichte, vermochte die Kenner nicht über die Identität des Mannes hinwegzutäuschen, der in allen seinen Beiträgen seine enorme Fähigkeit zur umfassenden Schau der Probleme der Gesellschaft demonstrierte. In dieser frühen Arbeit, die 1929 in erweiterter und abgewandelter Form unter dem Titel *Die Rechtsinstitute des Privatrechts und ihre soziale Funktion* erschien und Zeugnis von der durchgängigen Gültigkeit, aber auch von der Weiterentwicklung der Gedanken Renners ablegte, erscheint im gewissen Sinne schon der ganze künftige Renner in seiner Grundtendenz und maßgeblichen Entwicklungsrichtung vorweggenommen.

Renner stellte sich in seiner Untersuchung, die vielleicht die am gültigsten bleibende wissenschaftliche Leistung im Gesamtschaffen Renners darstellt, die Aufgabe, den sozialen Funktionswandel juristischer Normen, die an sich keine Veränderung erfahren, zu erklären. Auch in dieser Untersuchung wandte sich Renner gegen eine Konfusion der Methoden, er betonte ausdrücklich, daß die soziale Wirksamkeit jeder Norm natürlich jenseits ihrer juristischen Beschaffenheit und also auch jenseits der Aufgaben der Rechtssystematik, wie die »Verwendung der Tabakblätter jenseits der Botanik« liege, deshalb aber auch von einer rechtssoziologischen Warte aus ergänzend untersucht werden müsse. Renner geht in seiner Untersuchung von *Karl Marx* aus und bleibt ihm auch insofern treu, als er das Eigentum als eine durch und durch historische, also keineswegs seit jeher vorhandene und unantastbare Kategorie ansieht. Doch wenn Renner auch die Ausgangsvoraussetzungen und das Instrumentarium seiner Analyse mit Marx teilt, so weicht er in den Schlußfolgerungen doch vielfach von ihm ab. Diese Abweichung betraf nicht nur einen nebensächlichen Aspekt der Lehren von Karl Marx, sondern stellte dessen These von der fortschreitenden Polarisierung und Zuspitzung der Klassengegensätze in der Gesellschaft in Frage. Renner bezog Phänomene und Entwicklungsergebnisse in seine Analyse ein, die Marx noch nicht gegenwärtig sein konnten. Mit der Änderung des analytischen Befundes änderten sich für Renner auch die prognostischen Schlußfolgerungen und die gesellschaftspolitischen Postulate. Während sich aus den Voraussetzungen der Marxschen Analyse die Forderung nach totaler Zwangsexpropriation als entscheidendem Motor und Hebel der gesellschaftlichen Veränderung ergab, bot sich Renner auf Grund der von ihm analysierten gewandelten Voraussetzungen ein differenzierteres Bild dar. Die von Marx noch nicht registrierte Trennung von Eigentum und Verfügungsmacht, der Prozeß der Anonymisierung des Kapitals und der Ausbildung von Konnexinstituten zum Eigentumsrecht machen eine differenzierte ökonomische Strategie notwendig und lassen die Parole der Generalsozialisierung, die auf die ursprüngliche Einheit von Eigentum und Verfügungsmacht abgestellte, als unzulässige Vereinfachung erscheinen. Ohne seine kritische Haltung gegenüber dem kapitalistischen Eigentum aufzugeben, begünstigte Renner doch den Schluß, daß man das Eigentum sinnvollerweise nur dort in den Schoß der Gemeinschaft überführen könne, wo die Entwicklung des Kapitalismus selbst dieses Eigentum funktionslos gemacht und seinem Abbau vorgearbeitet habe. Dort, wo dies nicht der Fall sei und der Eigentümer eine Funktion ausübe, die sich nicht in dem Genuß seiner Eigentumsrechte erschöpfe, sei die Sozialisierung nicht der unter allen Umständen zielführende Weg. Obwohl Renner die hier erwähnten Konsequenzen in diesem Frühwerk noch nicht in voller Schärfe zieht, ist die Abwendung von den revolutionären Zertrümmerungsparolen des Marxismus und die Hinwendung zu einer evolutionistischen Gesellschaftsschau, die es ohne Verleugnung sozialistischer Grundsätze doch vorzieht, an vorhandene Entwicklungstendenzen anzuknüpfen, als neue zu erzwingen oder aus dem Boden zu stampfen, unverkennbar.

Daß Renner die Umwandlung des Bestehenden dessen Zertrümmerung vorzog, hatte er schon in seinen ersten Arbeiten *Staat und Nation* (1899), *Staat und Parlament* (1901) sowie *Der Kampf der österreichischen Nationen um den Staat* (1902), die unter den Pseudonymen *Synopticus* und *Rudolf Springer* erschienen waren, zu erkennen gegeben. Renner plädierte in diesen Werken, in denen sich bereits der künftige Staatsmann und sozialkonstruktive Reformer zu Wort meldete, für eine Demokratisierung aller Lebensbereiche, für die Einführung des allgemeinen und gleichen Wahlrechtes und für den demokratischen Aufbau der Verwaltung. Die Demokratisierung Österreichs war für ihn die Voraussetzung der Lösung der den Bestand des habsburgischen Vielvölkerstaates aufwühlenden Nationalitätenfrage. Das Brünner Nationalitätenprogramm der österreichischen Sozialdemokratie, das am Parteitag 1899 beschlossen wurde und bis zum Zusammenbruch des Vielvölkerstaates die programmatische Grundlage der Haltung der österreichischen Sozialdemokratie zum Bezugssystem ihres Wirkens blieb, forderte die Umwandlung Österreichs in einen demokratischen Nationalitätenbundesstaat. Das Programm blieb die konkreten Ausführungsbestimmungen schuldig, wie man das vorhandene System der Kronländer durch einen Mechanismus des Ausgleiches zwischen nationalen Mehrheiten und Minderheiten ersetzen könne. Gerade deswegen konnten die bis ins Detail ausgearbeiteten Vorschläge Karl Renners, die im Gegensatz zum Wortlaut des Brünner Programms nicht auf die Forderung nach territorialer Autonomie, sondern auf die nach personaler Autonomie hinausliefen, ihren Platz als repräsentative Stellungnahme der österreichischen Sozialdemokratie behaupten; die kulturell-nationale Autonomie wurde im Bewußtsein der Partei und der Zeitgenossen zu einem abgekürzten Ausdruck für das Wollen der österreichischen Sozialdemokratie. In dieser Frage bestanden auch zwischen Renner und Bauer, die sich später zu politischen Antipoden im Rahmen derselben Wirkungseinheit entwickeln sollten, keine wesentlichen Differenzen, wenngleich der Akzentunterschied und die Differenz in der Motivation bei aller formellen Übereinstimmung rückblickend bereits später aktuell gewordene Gegensätze ahnen läßt.

Während Bauer nämlich ohne Lust und Liebe, sondern nur mit Vernunft und kühler Einschätzung der Realitäten den Rahmen seines Wirkens akzeptierte, hing Renner mit allen Fasern seines Herzens an einer Realität, die nach seinem Verständnis die Keime mächtigerer Entfaltung zu einem übernationalen Zusammenschluß in sich barg, die für ihn die Idee einer »Eidgenossenschaft der österreichischen Nationen« war. Die Vorschläge Renners, die die Nationen als Rechtspersönlichkeiten konstituiert sehen wollten und jedem Angehörigen einer Nation, ohne Rücksicht auf das Territorium seines Wohnortes, die Wahrung seiner nationalen Rechte und kulturell-sprachlichen Eigenart ermöglichen sollten, waren nach dem Urteil führender Historiker des Habsburgerstaates die einzig ernstzunehmenden und konstruktiven Vorschläge, die zur Sanierung des morschen Staatswesens bestanden. Die herrschenden Klassen in Österreich, vor allem aber auch in Ungarn, waren verblendet genug, diese Ideen zu ignorieren und ohne Reformen weiterzuwirtschaften, damit beschworen sie aber auch jene Konsequenzen und Sanktionen herauf, die Renner 1914 in einem Artikel im *Kampf*, der theoretischen Monatszeitschrift der österreichischen Sozialdemokratie, vorausgesagt hatte: »Denn was heute die Voraussicht der Herrschenden im Rahmen dieser Staatsgrenzen nicht im Frieden vollzieht, wird morgen das Schwert vollbringen gegen diesen Staat.« Der Tragödie der Verblendung auf seiten der herrschenden Klassen stand auf sozialdemokratischer Seite eine komplementäre Tragödie gegenüber, die das ganze Schicksal des Austromarxismus bestimmen sollte und sich im Wirken und Widerhall Renners bereits ankündigte: die Tragödie des unbedankten Staatserhalters. Dieselbe politische Kraft, die de facto ein Sanierungsprogramm zur Rettung der bestehenden Ordnung entwickelte und in der nationalen, damit aber auch in der eng damit verknüpften sozialen Frage reformerisch und nicht revolutionär war, wurde als staatsfeindliche und zerstörende Macht verdächtigt. Man brachte ihren Vorschlägen daher auch dort Mißtrauen entgegen, wo sie in Wahrheit einen Rettungsanker für jene hätten darstellen können, denen gleich Renner — wenn auch aus verschiedenen Motiven — an der Erhaltung des prinzipiell supranationalen Integrationsrahmens des Vielvölkerstaates gelegen war. Daß die österreichische Sozialdemokratie in der Zwischenkriegszeit, um der Legende von der »österreichischen Revolution« und der revolutionären Kontinuität Nachdruck zu verleihen, selbst dazu beitrug, dieses ihr historisches Verdienst, das mit der revolutionären Selbstüberschätzung nicht mehr in Einklang zu bringen war, zu verdunkeln und zu verdrängen, indem sie das Österreich vor 1918, zu dessen Rettung sie mannhafte Versuche unternommen hatte, in ein einziges Grau tauchte, von dem sich das strahlende Weiß der Republik abheben sollte, macht diese Tragödie des Zwiespaltes zwischen tatsächlichem historischem Auftrag und retuschierender revolutionärer Wunschvorstellung nur noch verhängnisvoller und unauflösbarer.

Hinter der Rolle der Sozialdemokratie als unbedankter und selbst inkognito bleiben wollender Staatserhalterin verbarg sich die Zwangslage einer politischen Bewegung, die durch die tatsächlich errungenen Erfolge revisionistisch werden mußte, sich dieses Revisionistisch-werden-Müssen aber nicht eingestehen wollte und daher in einem ständigen Zwiespalt zwischen revolutionären Beteuerungen und tatsächlichem praktischem Verhalten existierte. In der österreichischen Partei war die Abneigung, die Konsequenzen aus der Entwicklung offen zu ziehen und die Probleme ohne falsche Schonung von Gefühlen und Traditionen einer Lösung zuzuführen, besonders groß. Während es in der deutschen Sozialdemokratie aus der Erkenntnis des Widerspruches von Theorie und Praxis immerhin zu einem erklärten Revisionismus und Reformismus kam, der sich nicht auf den Alleingang *Eduard Bernsteins* beschränkte, sondern die Partei in ihren Grundfesten erschütterte und Parteitage in stundenlangen Debatten in Atem hielt, schreckte man in Österreich, nicht zuletzt um der Wahrung der Einheit der Partei willen, vor einer deklarierten Revision des Marxismus zurück und etikettierte die unumgänglich gewordenen Modifikationen, so die Streichung des Passus über die fortschreitende Verelendung der Massen im Hainfelder Parteiprogramm am Parteitag 1901, als Weiterentwicklungen und Ergänzungen des Marxismus, nicht aber als Bruch mit einigen seiner Grundannahmen.

Immerhin wagte sich Renner in der Sache am weitesten in die durch den Revisionismus Bernsteins gewiesene Richtung vor. Schon das erwähnte Werk über die soziale Funktion der Rechtsinstitute wirkte der revolutionären Katastrophentheorie und Zusammenbruchsthese entgegen, an denen der Austromarxismus Victor Adlers und Otto Bauers als Erwartungshorizont festhielten. Nicht Kapitulation vor dem Kapitalismus, sondern Einsicht in seine nicht zuletzt durch das Zutun der Arbeiterbewegung modifizierten Gesetzmäßigkeiten wiesen Renner einen anderen als den offiziellen, nach wie vor als gültig angesehenen Weg. Während die offizielle Parteiideologie den Widerspruch zwischen Theorie und Praxis verschleierte und überdeckte, wollte Renner die Quelle dieses die Praxis belastenden Widerspruches verstopfen. Der Ausbruch des Ersten Weltkrieges und die Reaktion der Sozialdemokratie auf dieses Ereignis machten den Abgrund zwischen erweckten Erwartungen und tatsächlich vorhandenen Möglichkeiten sichtbar. Während *Friedrich Adler* und die nach links abwandernden Oppositionellen den Schluß zogen, daß die Führung »Verrat« geübt habe und ihrem historischen Auftrag untreu geworden sei, kam Renner im Sinne seiner schon vor dem Eintritt der Weltkatastrophe angestellten Überlegungen zu einem anderen Ergebnis: Der Vorwurf konnte sich nach ihm nicht gegen die Partei richten, die in der historischen Konfliktsituation keine andere Wahl hatte, als den nationalen Kapitalismus des eigenen Landes dem des feindlichen Staates vorzuziehen, sondern mußte sich gegen »das erhabene Wunschbild« einer Internationale wenden, das man voreilig und ungeprüft als Realität hingestellt hatte, um bei der ersten Belastungsprobe gewahr zu werden, daß diesem Wunschbild keine konkreten Möglichkeiten der Umsetzung entsprechen.

Wenn Renner in seinen vielfach angefeindeten Weltkriegsaufsätzen *Marxismus, Krieg und Internationale* die Politik des 4. August, der Landesverteidigung und des Burgfriedens verteidigte, so nicht deshalb, weil er ein begeisterter Anhänger des Krieges war oder sich der Perspektive einer den Kriegszustand unter den Völkern ablösenden Friedensordnung verschloß. Im Gegenteil: Renner ist als einer der geistigen Wegbereiter einer Weltfriedensordnung und eines Weltrechtsstaates zu würdigen. Wenn er die beschränkten Möglichkeiten, dieser Friedensidee des Proletariats in einer Epoche rivalisierender Nationalismen und Imperialismen zum Durchbruch zu verhelfen, aufzeigte und einer illusionistischen Erwartung, durch das bloße Wollen Gesetzmäßigkeiten aufheben zu können, ohne ihre Voraussetzungen zu beseitigen und wirksame Mechanismen zu ihrer Abhilfe zu schaffen, entgegentrat, so nicht, um das hier und jetzt notwendig Scheinende zu verewigen, sondern um darüber hinauszugelangen. Doch die Zeitgenossen sahen in Renners Schriften vielfach nur den apologetischen Akzent und verwarfen seine Ausführungen als »Kriegsmarxismus«, ohne sich selbst Rechenschaft darüber abzulegen, daß Renner nur einen bisher weder theoretisch noch praktisch behobenen Gegensatz und Widerspruch, der schon die Politik der Vorkriegssozialdemokratie beherrscht hatte, ans Licht brachte und theoretisch reflektierte. Renner erweist sich in diesen Weltkriegsaufsätzen als Diagnostiker einer Entwicklung, die er als »Durchstaatlichung der Ökonomie« und »Verwirtschaftlichung der Staatsgewalt« charakterisierte. Wiederum ließ er sich nicht durch die Tatsache beirren, daß sich die Phänomene des stärkeren Engagements des Staates in wirtschaftlichen Fragen historisch zunächst in Form der Kriegswirtschaft präsentierten, verdankte doch auch die Sozialpolitik militärpolitischen Überlegungen der Herrschenden ihre ersten Anstöße. Renner war zutiefst davon überzeugt, daß der Kapitalismus von der Herren- in die Dienerrolle versetzt werden und seinen Charakter durch den tätigen Zugriff des organisierten Proletariats verändern könne. Ja, Renner ging sogar so weit, vom Staat zu verkünden, daß er zum »Hebel des Sozialismus« werden würde.

Renners der marxistischen Staatsverneinung diametral entgegengesetzte Bereitschaft, den Staat positiv für die Ziele der Arbeiterbewegung einzusetzen, war nicht bloß eine theoretische Deklamation, sondern Ausdruck eines in allen Zweigen der Arbeiterbewegung, vor allem im Genossenschaftswesen und der Konsumbewegung, tätigen Politikers und Gestalters.

Die politische Entwicklung fügte es, daß Karl Renner, der dem alten Österreich fast bis über das Grab hinaus die Treue hielt und das Nationalitätenprogramm von Brünn in einer schon aussichtslosen Situation zu verwirklichen suchte, zum Staatskanzler des Staates wurde, der als Produkt der militärischen Niederlage und der Weigerung der nichtdeutschen Nationalitäten, im gemeinsamen Staatsverband zu verbleiben, entstand. Gleich Otto Bauer für den Anschluß der am 12. November ausgerufenen Republik Deutsch-Österreich an das Deutsche Reich, mußte er als Leiter der Friedensdelegation in St-Germain nicht nur das Anschlußverbot, sondern auch drückende Bedingungen und Minderungen des Staatsgebietes hinnehmen. Doch trotz dieser schwierigen und undankbaren Aufgaben, die Renner angesichts der historischen Umstände seines Wirkens mit seiner Funktion übernahm, war es ihm in der Zeit seiner Kanzlerschaft in der Koalitionsregierung zwischen Christlichsozialen und Sozialdemokraten, die bis in den Juni 1920 andauerte, vergönnt, auch die Früchte seiner Überzeugung reifen zu sehen, daß der Staat eine positive Wirkung für die arbeitenden Menschen entfalten könne. Wenn es nach Renner gegangen wäre, wäre die Koalition zwischen den tragenden gesellschaftlichen Kräften und den sie repräsentierenden Parteien nicht eine Episode, sondern eine weiterwirkende Regierungsform geblieben. So aber gaben hüben und drüben jene Persönlichkeiten und Kräfte den Ton an, die die Koalition als eine im Grunde unzumutbare Kompromittierung ihres politischen Wollens betrachteten. Renner warnte wiederholt vor den Folgen einer solchen, der Polarisierung freie Bahn gebenden Entwicklung, doch er vermochte sich mit dieser seiner Mahnung weder innerhalb seiner Partei durchzusetzen, die von der Bauerschen Überzeugung der naturnotwendigen Entwicklung zum Sozialismus beherrscht und in ihrer Aktivität gelähmt war, schon gar nicht aber war er imstande, die bornierten Kräfte der Gegenseite, die ihre Alleinherrschaft für gottgewollt und die Ausschaltung der Sozialdemokratie für ihr Kampfziel hielten, zu überzeugen und zu einem positiven Zusammenwirken mit den verständigungsbereiten Kräften im sozialistischen Lager zu bestimmen.

Es bleibt eine Frage von spekulativem und daher problematischem Wert, ob der von Renner gewiesene Weg die Katastrophe des Unterganges der österreichischen Demokratie aufhalten hätte können und ob dieser Weg Aussicht gehabt hätte, gangbar zu sein, wenn Renner um die Führung der Partei gekämpft und nicht Otto Bauer das Feld überlassen hätte. Wenn man nicht dem historischen Determinismus verfallen ist und Weichenstellungen an Knotenpunkten der Geschichte für möglich hält, wird man dieser nicht verwirklichten historischen Möglichkeit ebenso eine echte Chance, deshalb aber noch keine alternative Gewißheit zubilligen können, wie den Reformvorschlägen Renners zur Rettung des habsburgischen Vielvölkerstaates, wenn diese rechtzeitig aufgegriffen worden wären. Jedenfalls aber muß man es bedauernd vermerken, daß sich Renner, aus Angst, die Einheit der Partei aufs Spiel zu setzen, aus dem innerparteilichen Führungskampf zurückzog und sich darauf beschränkte, seine Rückzugspositionen, etwa in der Genossenschaftsbewegung oder in der von ihm gegründeten Arbeiterbank, der er als Präsident vorstand, zu wahren. Nach dem Tode *Mat-*

thias Eldersch' fiel ihm 1931 wieder eine eminent wichtige staatspolitische Funktion zu: als Präsident des Nationalrates hatte er die Rechte des Parlaments in einer Phase der Aushöhlung und Infragestellung der parlamentarischen Demokratie zu wahren. In der denkwürdigen Sitzung vom 4. März 1933 demissionierte Renner auf Weisung seines Klubs. Diese Entscheidung erwies sich als verhängnisvoll. Auch in dieser Episode kommt eine tragische Ironie der Geschichte zum Ausdruck, die ihre Akteure bisweilen ad absurdum zu führen trachtet: Der unbeugsame und entschlossene Demokrat Renner mußte, unfreiwillig und ohne Bewußtsein der Tragweite, wieder einmal und diesmal für lange Zeit, der verfehlten Taktik der eigenen Sache und der Tücke der Gegenseite weichen.

Die Jahre des Faschismus und des Nationalsozialismus, die Renner in innerer Emigration in Gloggnitz verlebte, waren für ihn keine verlorenen Jahre. In ihnen entstanden seine von der Erfahrung seines langen Lebens geprägten soziologischen und historischen Nachlaßwerke *Mensch und Gesellschaft* sowie *Österreich von der Ersten zur Zweiten Republik*. Es ist nicht zuletzt dieser in erzwungener Muße vollendeten Gedankenentwicklung Renners zuzuschreiben, daß uns sein Lebenswerk in höherem Maße von der von ihm instrumentierten Praxis loslösbar und daher weniger ideologieverdächtig scheint als das Otto Bauers, das bis zuletzt von dem Bemühen, das eigene Handeln theoretisch zu rechtfertigen, bestimmt war. Renners nicht weniger als 96 selbständige Publikationen (von den Zeitungs- und Zeitschriftenaufsätzen ganz zu schweigen) vermitteln uns nicht nur eine Fülle von Anregungen und Einsichten, sondern erlauben es uns auch, zu einer Systematisierung dieser Gedankenkette voranzuschreiten. In einer solchen prinzipiellen Schau weist Renner über die Enge und Begrenztheit Österreichs hinaus, in diesem Sinne ist er als Staatsdenker dem Genie eines *Ferdinand Lassalle* vergleichbar, dem zum Unterschied von Lassalle auch noch das Einsammeln der Ernte und die Abgeklärtheit des Alters vergönnt waren.

Noch einmal gefiel sich das Schicksal, jene geheimnisvoll wirkende Tyche, die auch in Reichen des Politischen waltet, darin, ihren schon so vielfach überraschten und angeforderten Günstling mit einer Aufgabe zu betrauen, mit der Renner wohl nicht mehr gerechnet hatte, die er jüngeren und unverbrauchteren Kräften überlassen glaubte: mit der Aufgabe, den aus dem Zusammenbruch des Dritten Reiches wiederentstandenen Staat aus den ärgsten Schwierigkeiten herauszuführen. In diesem Fall wirkten die Klugheit des alten Staatsmannes und die Verblendung derer, die ihn als Mittel zum Zweck benützen wollten, zusammen, um Österreich die Ungeteiltheit seines Staatsgebietes zu erhalten und die Aufrichtung einer kommunistischen Diktatur zu verhindern. Renner hatte durch seinen von allem Anfang beharrlich vorgetragenen Wunsch, die Provisorische Staatsregierung als für ganz Österreich zuständig zu erklären, einer alternativen Politik der Teilung den Boden entzogen. Was uns heute als selbstverständlich anmutet und gesicherter Besitzstand ist, war in jenen kritischen Tagen und Wochen durchaus noch in Schwebe, und es ist nicht Personenkult, sondern Tribut an die historische Wahrheit, wenn man Renners Rolle in diesem Ringen um unsere Freiheit in seiner ganzen weitblickenden Größe herausstellt.

So stellt sich im Lebenswerk Karl Renners jene Einheit von Theorie und Praxis her, die er nicht zur Rechtfertigung eigenen Tuns erschleichen, sondern organisch aus der geschichtlichen Entwicklung entwickeln wollte. Wenn es das historische Verdienst Victor Adlers war, die österreichische Arbeiterschaft klassenbewußt und kampfbereit gemacht zu haben, so ist es Renners Erziehungswerk, daß sie auch staatsbewußt geworden ist und unseren Staat schöpferisch mitgestaltet hat. Ohne seine politische Herkunft zu verleugnen, hat Renner uns doch auch vorgelebt, daß das Heranführen einstmals von Verantwortung und Mitbestimmung Ausgeschlossener an eine gestaltungsfähige Realität auch diese Realität selbst verändert und einen Zustand herbeiführt, in dem der Staat nicht mehr als Anwalt einer Partei und Klasse, sondern als Mittler zwischen den rivalisierenden Gruppen, als permanenter Ausgleich und »Schrei der Versöhnung« im Sinne Lassalles in Erscheinung tritt. Er bleibt dann zwar noch von den Parteien konstituiert, ist ihnen aber gleichzeitig als ein friedensstiftendes, Recht und Ordnung schaffendes Neutrum entrückt. In den Schutz seines Rechtes dürfen sich dann alle Individuen und alle Gruppen begeben, die sich nicht selbst für das Maß aller Dinge halten, sondern damit zufrieden sind, ihren Beitrag zum Kampf um die Verrechtlichung der Macht zu leisten, in der nach Renner das Wesen des historischen Fortschritts auf dem Weg zu einer umfassenden Friedensordnung liegt.

Michael Hainisch

VON FRIEDRICH WEISSENSTEINER

Eine Ausnahme von der Regel, daß in der Parteiendemokratie nur engagierte Parteipolitiker zu den höchsten Staatsämtern berufen werden, war *Michael Hainisch*. Er war ein parteiunabhängiger Jurist und Nationalökonom und wurde 1920 von der Bundesversammlung zum Bundespräsidenten gewählt, in ein Amt, das er, nach seiner vier Jahre später erfolgten Wiederwahl, bis 1928 innehatte. Es hat nach ihm in Österreich bisher kein Staatsoberhaupt gegeben, das nicht aus einem der beiden großen politischen Lager dieses Landes hervorgegangen wäre. Michael Hainisch hat sein hohes Amt korrekt geführt, er faßte es als Verpflichtung und Verantwortung auf, als eine Mission in schwerer Zeit. Die Parteipolitik hüben wie drüben hat ihm seine Redlichkeit, seine Integrität, seine republikanische Gesinnung, sein mannhaftes Eintreten für die Belange des wirtschaftlich schwer geprüften Landes des öfteren bescheinigt. Warum hatte dieser untadelige Mann keinen Nachfolger im Sinne seiner Ungebundenheit

Alfred Kubin, Das Schlangenalb

gegenüber den Parteien? Man könnte den Grund hiefür im Fehlen einer geeigneten Persönlichkeit suchen. Aber das wäre wohl zu einfach, zu oberflächlich gedacht. Es lag offenbar daran, daß das Amt des Bundespräsidenten durch die Verfassungsänderung des Jahres 1929 eine entscheidende politische Aufwertung erfuhr. Die Bundesverfassung vom 1. Oktober 1920 hatte dem Staatsoberhaupt eine verhältnismäßig bescheidene Rolle zugewiesen. Seine Rechte und Pflichten waren im wesentlichen auf repräsentative Aufgaben beschränkt. Politische Einflußnahmen blieben ihm verfassungsmäßig versagt. Hainisch hat sich darüber in privaten Äußerungen einige Male bitter beklagt.

Als das Amt des Bundespräsidenten mit politischen Rechten ausgestattet, als es zu einem Machtfaktor der Innenpolitik wurde, war es naheliegend, einen Politiker mit den damit verbundenen Funktionen zu betrauen.

Auch 1920 waren für das Amt des Bundespräsidenten zunächst Parteipolitiker in Aussicht genommen worden. Die Christlichsozialen kandidierten *Viktor Kienböck*, die Großdeutschen *Franz Dinghofer*, die Sozialdemokraten *Karl Seitz*. Da nach vier Wahlgängen keiner von ihnen die erforderliche Mehrheit erhielt, einigten sich die Christlichsozialen und die Großdeutschen schließlich auf Michael Hainisch. Dieser Einigung waren langwierige Verhandlungen vorausgegangen, die wissenschaftlich noch nicht in allen Details geklärt sind. Jedenfalls war die Wahl Hainischs zum Bundespräsidenten ein Akt der politischen Vernunft. Er war der richtige Mann für den richtigen Augenblick.

Michael Hainisch entstammte einer wohlhabenden großbürgerlichen Familie. Er wurde am 15. August 1858 in Aue bei Schottwien geboren. Der Vater war Fabriksbesitzer, die Mutter eine kultivierte, sozial mitfühlende, vielseitig interessierte Frau. Ihre Güte und Menschenfreundlichkeit haben den für soziale und wirtschaftliche Fragen aufgeschlossenen jungen Mann entscheidend geprägt und geformt. *Marianne Hainisch* war nicht nur eine glänzende Rednerin und gewandte Schriftstellerin, sie war auch eine der entschiedensten Vertreterinnen der Frauenbewegung in Österreich, eine unerschrockene Vorkämpferin für die Gleichberechtigung der Geschlechter.

Nach der Matura, die er am Akademischen Gymnasium in Wien ablegte, studierte Hainisch Rechtswissenschaften und wurde 1882 zum Dr. juris promoviert. Nach jeweils kurzen Tätigkeiten bei Gericht, in der Finanzprokuratur und im Unterrichtsministerium zog er sich schließlich ins Privatleben zurück. Er organisierte Volksbildungsvereine, errichtete aus eigenen Mitteln Bibliotheken auf dem Land und wirkte an der Gründung verschiedener Gesellschaften und Organisationen, wie der Deutschen Turnerschaft und der Gesellschaft der Fabier, mit. Vor allem leistete er im Verein für Sozialpolitik eine jahrzehntelange ersprießliche Tätigkeit. Ab 1892 beschäftigte sich Hainisch vorwiegend mit agrarischen und nationalökonomischen Fragen und gestaltete sein Gut bei Spital am Semmering zu einem modern geführten landwirtschaftlichen Musterbetrieb um. Zu seinen Untergebenen hatte der vielseitig interessierte Gutsbesitzer ein im besten Sinne des Wortes patriarchalisches Verhältnis. Er sorgte wie ein Vater für sie und kümmerte sich warm um die ausgedienten Leute, was zu dieser Zeit keineswegs eine Selbstverständlichkeit war. Auf Reisen nach England, in die Vereinigten Staaten und nach Griechenland erweiterte Hainisch seinen geistigen Horizont und erwarb sich durch seine wissenschaftliche Beschäftigung mit wirtschaftlichen und handelspolitischen Problemen, die in zahlreichen Veröffentlichungen ihren Niederschlag fand, einen guten Ruf als Nationalökonom. Seine Ernennung zum Generalrat der Österreichisch-ungarischen Bank kann als Ausdruck der Wertschätzung seiner fachmännischen Qualitäten auf wirtschaftlichem Gebiet angesehen werden.

Aus dem politischen Tagesstreit hielt sich Hainisch bewußt heraus, ohne jedoch politische Abstinenz zu üben. Er war ein eifriger Befürworter des allgemeinen Wahlrechtes und trat wie viele seiner Zeitgenossen aus wirtschaftlichen Gründen für den Anschluß an Deutschland ein. Seinen geistig-politischen Standort wird man am ehesten als deutschliberal bezeichnen dürfen, obwohl er zweifellos stark national empfand. Von den Deutschnationalen trennten ihn freilich nicht nur sein auf Interessenausgleich angelegtes konziliantes Wesen, sondern auch sein großbürgerlich-liberaler Horizont. Für die Dynastie hatte Hainisch, wie er selbst bekennt, nur wenig übrig. Der Zusammenbruch des habsburgischen Vielvölkerstaates am Ende des Ersten Weltkrieges traf ihn daher bestimmt nicht hart. An den politischen Beratungen und Entscheidungen, die im Oktober 1918 zur Konstituierung des Staates Deutsch-Österreich führten, hatte er keinen unmittelbaren Anteil, er spielte jedoch hinter den Kulissen bei Personalentscheidungen eine gewisse Rolle, da er sowohl zu einflußreichen Kreisen des bürgerlichen wie des sozialdemokratischen Lagers freundschaftliche Beziehungen unterhielt. Er selbst zählte schon 1920 zum Kreis der Anwärter auf einen Ministerposten, doch wurden alle diesbezüglichen Pläne durch seine Wahl zum Bundespräsidenten vereitelt.

Als Hainisch am 9. Dezember 1920 sein hohes Amt antrat, stand es um die junge österreichische Republik nicht zum besten. Der territoriale Umfang des neuen Staates war noch immer nicht endgültig gesichert, die Zusammenarbeit der beiden großen politischen Parteien war einige Monate zuvor in Brüche gegangen. Die wirtschaftliche Not war groß, die inflationäre Entwicklung gab zu höchster Besorgnis Anlaß. Vor allem aber stand ein Großteil der Bevölkerung dem aus der Konkursmasse des Habsburgerreiches übriggebliebenen Staatsgebilde ablehnend gegenüber. Die Republik Österreich wurde von vielen als eine wirtschaftliche und politische Totgeburt betrachtet. Hainisch hielt es in seiner Antrittsrede vor der Bundesversammlung für angezeigt, auf diese Probleme hinzuweisen. Er rief zur Selbstbesinnung und Zusammenarbeit auf und bezeichnete es als seine Aufgabe, Gegensätze auszugleichen oder zu mildern. An diesen Grundsatz seiner Amtsführung hat er sich auch stets gehalten. Für nicht minder wichtig hielt er es, den Glauben an den jungen Staat in der Bevölkerung zu festigen und die republikanische Gesinnung zu fördern und zu vertiefen.

Politisch waren ihm die Hände gebunden. Zu wichtigen innen- und außenpolitischen Ereignissen bezog er offiziell keine Stellungnahme. Daß sie ihn innerlich bewegten, beweisen seine Lebenserinnerungen, in denen er unverblümt seine Meinung darüber zum Ausdruck bringt. Die Memoiren Hainischs, die noch der Veröffentlichung harren, geben auch Aufschluß über sein persönliches Verhältnis zu *Johann Schober* und *Ignaz Seipel*. Der Bundespräsident unterhielt zu beiden Persönlichkeiten im wesentlichen gute Beziehungen, ohne sich mit ihren Standpunkten zu identifizieren. Er bezeichnete Schober als gewissenhaften, diensteifrigen Mann, als einen der vornehmsten Vertreter des altösterreichischen Beamtentums. Hainisch, der sich in seinen Memoiren als guter Menschenkenner erweist, übersah aber auch die Schwächen Schobers nicht: seine mimosenhafte Empfindlichkeit und Eitelkeit, den provinziellen Zuschnitt seiner Persönlichkeit. In der Tat kann man Schober guten Willen, keineswegs aber politischen Weitblick oder gar staatsmännische Größe zusprechen.

Hainischs Verhältnis zu Seipel scheint bei aller Verschiedenheit ihrer politischen und weltanschaulichen Auffassungen von gegenseitiger Achtung getragen gewesen zu sein. Beklagt sich der Bundespräsident in seinen Lebenserinnerungen zwar einmal darüber, daß Seipel gewohnt sei, ihn als das fünfte Rad am Wagen zu betrachten, so gab es zwischen den beiden Persönlichkeiten doch genug politische und menschliche Kontakte. Hainisch schätzte Seipel als Mensch. Dies bezeugt eine Passage in den schon mehrmals zitierten Lebenserinnerungen, in der es heißt: »Äußerlich machte Seipel den Eindruck eines starren Menschen und erinnert an einen Groß-Inquisitor, im Grunde seines Herzens war er aber ein warmer Mensch, ein treuer Freund und sogar nicht ohne Humor. Infolgedessen gewann er die Herzen aller, die mit ihm zu tun hatten, sie mochten welcher Richtung immer angehören.« Über die politischen Ansichten Seipels äußert sich Hainisch folgendermaßen: »Zweifellos war er nicht bloß kirchlich, sondern auch schwarz-gelb eingestellt, sein Herz war bei der im Ausland lebenden kaiserlichen Familie und insbesondere bei der Ex-Kaiserin Zita, der er wahrscheinlich Dank schuldig war, sein Verstand sagte ihm aber, daß sich die Monarchie nicht wieder herstellen lasse.« Im übrigen hat Hainisch die scharfe Intellektualität Seipels durchaus geschätzt und dessen politische Überlegenheit anerkannt.

Einer Wiederherstellung der Monarchie, für die in den Nachkriegsjahren in gewissen Kreisen Stimmung gemacht wurde, stand er aus persönlicher Überzeugung abweisend gegenüber. Er hielt die monarchistische Bewegung für geschichtlich überholt. Andererseits hatte er von der Demokratie eine eher elitäre Vorstellung. Sprach er sich doch dafür aus, daß die Empfänger von Armenunterstützungen vom Wahlrecht ausgeschlossen werden und die Hochschulen eine eigene Vertretung im Parlament haben sollten. Man muß überhaupt sagen, daß Hainisch zur Parteiendemokratie nie die richtige Beziehung fand und daß er kein sehr ausgewogenes politisches Urteil hatte.

Obwohl man innerhalb der christlichsozialen und der sozialdemokratischen Partei 1928 eine Zeitlang den Gedanken erwog, sich für eine Wiederwahl Hainischs einzusetzen, wozu freilich eine Änderung der Verfassung notwendig gewesen wäre, wurde der Plan schließlich doch fallengelassen. *Wilhelm Miklas* wurde Bundespräsident.

Hainisch zog sich für kurze Zeit ins Privatleben zurück. Im September 1929 ließ er sich dazu überreden, als Handelsminister in das Kabinett Schober III einzutreten. Seine Ministerschaft sollte ihm wenig Freude bereiten. Mit dem Zusammenbruch der Boden-Credit-Anstalt warf die Weltwirtschaftskrise auch in Österreich ihre Schatten voraus, der politische Kampf um die Bestellung des persönlich nicht gerade angesehenen *Franz Strafella* zum Generaldirektor der Österreichischen Bundesbahnen zeigte moralische Abgründe auf, die Hainisch aus tiefster Seele verabscheute.

Das Jahrzehnt, das ihm noch zu leben vergönnt war, verbrachte er mit schriftstellerischer Arbeit. Nach der Publikation seines 1924 erschienenen Hauptwerkes *Die Landflucht* veröffentlichte er, den es immer wieder auch zur dichterischen Aussage drängte, 1935 unter dem Titel *Was Z'samklabt's* eine Sammlung von Dialektgedichten und Erzählungen.

Die politischen Ereignisse, die sich in diesem Zeitraum abspielten, berührten ihn persönlich sehr, ohne daß er aus seiner Reserve getreten wäre. Dem Ständestaat und dem nationalsozialistischen Regime stand er jedenfalls mit deutlicher Ablehnung gegenüber.

Michael Hainisch schied am 28. Februar 1940 nach einem Schlaganfall in seiner Wohnung in Wien-Döbling aus dem Leben. Sein Leichnam wurde von Kardinal-Erzbischof *Theodor Innitzer* im Wiener Stephansdom eingesegnet und in der Familiengruft in Eichberg am Semmering beigesetzt.

Wilhelm Miklas

VON FRIEDRICH WEISSENSTEINER

Wilhelm Miklas bekleidete von 1928 bis 1938 das Amt des österreichischen Bundespräsidenten. Eine Persönlichkeit von mittelmäßigem Zuschnitt, pflichtbewußt, ehrlich, überzeugungstreu, mit einem mimosenhaften Gewissen ausgestattet, war er dennoch den Aufgaben und Anforderungen, die sein hohes Amt an ihn stellte, nicht gewachsen. Er war kleinmütig, zaghaft und schwach. Seine schwerfällige Unentschlossenheit in Situationen, in denen es um den Bestand der österreichischen Demokratie ging, sind wesenhaft in seiner dogmatischen Bindung an die römisch-katholische Kirche und in der Struktur seines Charakters zu suchen. Das war seine persönliche Tragik, das war bis zu einem gewissen Grad die Tragik Österreichs.

Als Wilhelm Miklas im Dezember 1928 als Nachfolger *Michael Hainischs* von der Bundesversammlung mit den Stimmen der Christlichsozialen — die Großdeutschen stimmten gegen ihn, die Sozialdemokraten gaben leere Stimmzettel ab — zum Bundespräsidenten gewählt wurde, markierte diese Wahl den Höhepunkt einer politischen Karriere, deren Beginn bis in die Zeit um die Jahrhundertwende zurückreicht. Der am 15. Oktober 1872 in Krems geborene Miklas war zunächst im niederösterreichischen Horn als Gymnasialprofessor und später als Direktor des Gymnasiums tätig und verdiente sich dort seine ersten politischen Sporen. Es war die Zeit, in der *Georg Ritter von Schönerer*, der Gutsbesitzer von Schloß Rosenau, dem Waldviertel, und nicht nur ihm, den Stempel seiner Ideen aufprägte, und der Christlichsoziale Miklas mußte sich gehörig ins Zeug legen, um sich gegen die Schönerer-Bewegung durchzusetzen. Dank seines Einsatzes, seiner Rednergabe und seiner persönlichen Integrität erzielte seine Partei bei einigen Wahlen schöne Erfolge. Schon damals formulierte Miklas mündlich und schriftlich jene Gedanken, die den Kern seiner Weltanschauung und seiner politischen Haltung ausmachten: »Nicht die Form eines Staates ist das Wichtigste, sondern die Autorität. Auch die frei gewählte Regierung muß den Charakter einer von Gott eingesetzten haben, da es ihr sonst an Autorität mangelt ...«

Miklas' Katholizismus, um nicht Klerikalismus zu sagen, schloß ein echtes Verständnis für liberales Handeln und Fühlen aus und war gepaart mit einem ausgeprägten Sinn für Tradition, Würde und geistig-sittlichen Konservatismus. 1907 wurde er als christlichsozialer Abgeordneter in den Reichsrat entsandt. Miklas baute in dieser Zeit seine Stellung innerhalb der eigenen Partei weiter aus, ohne in deren Führungsgremien vorstoßen zu können.

In den Oktober- und Novembertagen des Jahres 1918 plädierte Miklas mit entschiedener Beharrlichkeit für die Beibehaltung der Monarchie, um sich schließlich doch dem Gang der Entwicklung zu beugen und der Ausrufung der Republik, wenn auch unter Protest, zuzustimmen.

In der sozialdemokratisch-christlichsozialen Koalitionsregierung unter Staatskanzler *Renner* wurde er zum Unterstaatssekretär für Kultur bestellt, ein Amt, das er bis zum November 1920 ausübte. In der Folgezeit widmete sich Miklas fast ausschließlich der parlamentarischen Arbeit. Mit ruhiger Überlegung und Sachkenntnis verfocht er den Standpunkt seiner Partei. Seine sachlichen, pedantisch-trockenen Reden steigerten sich nur dann zum Feuer des Pathos, wenn eine weltanschauliche Frage sein Gemüt erhitzte.

1923 wurde Miklas zum Ersten Präsidenten des Nationalrates gewählt. Er verwaltete dieses schwere Amt mit strenger Objektivität und trug durch seine Besonnenheit und stete Vermittlungsbereitschaft viel dazu bei, die im Parlament immer wieder hochgehenden Wogen politischer Erregung zu glätten. Seine sachkundige Amtsführung, die selbst von seinen politischen Gegnern anerkannt wurde, war zweifellos der Hauptgrund für seine Wahl zum Bundespräsidenten.

Die entscheidenden Kompetenzerweiterungen, die das Staatsoberhaupt in das Spiel der politischen Kräfte mit einbezogen, gaben ihm mehr Macht und Einfluß, verlangten aber auch eine größere Verantwortung. Miklas war als Abgeordneter des öfteren für eine Stärkung der Autorität des Bundespräsidenten eingetreten.

Nun wurde sie ihm, woran er wahrscheinlich nie gedacht hatte, persönlich zuteil.

Unter dem Eindruck der erregten innenpolitischen Lage der dreißiger Jahre schien es den Parteien angezeigt, die in der Verfassung vorgesehene Volkswahl des Bundespräsidenten, die für Oktober 1931 ausgeschrieben worden war, für diesen einen Fall abzuändern und in die Bundesversammlung zurückzuverlegen. Wilhelm Miklas, dessen bisherige Amtsführung vor allem bei den Sozialdemokraten nicht immer Zustimmung gefunden hatte, wurde wiedergewählt.

In der Krise, in die der Staat durch die »Selbstauflösung« des Parlaments am 4. März 1933 geraten war, wurde das Amt des Bundespräsidenten erstmals auf eine harte Probe gestellt. Verfassungsrechtlich hatte Miklas mehrere Möglichkeiten, in den Gang der Ereignisse einzugreifen. Das naheliegendste wäre gewesen, den Nationalrat aufzulösen und Neuwahlen auszuschreiben. Aus Rücksicht auf die Christlichsoziale Partei, deren Führungsgremium sich aus Angst vor einer Wahlniederlage dagegen aussprach, machte er von diesem Recht jedoch keinen Gebrauch. Der Bundespräsident hätte auch das Notverordnungsrecht anwenden können, um das Parlament wieder flottzumachen. Er brauchte hiezu jedoch die Zustimmung der Regierung, die Dollfuß nicht zu geben bereit war. In dieser ernsten Situation zeigte sich, daß der Kanzler dem unentschlossenen, schwerfälligen Bundespräsidenten an diplomatischem Geschick weit überlegen und daß er auch die stärkere Persönlichkeit war. *Dollfuß* bot Miklas in der Nacht vom 6. zum 7. März 1933 die Demission seiner Regierung an, die dieser jedoch ablehnte, ohne über dessen Absichten eindeutig informiert zu sein. Es war eine verhängnisvolle Entscheidung. Der Bundespräsident machte sich dadurch zum Gefangenen des Regierungschefs, ohne dessen Zustimmung er, mit Ausnahme der Entlassung des Kabinetts, nichts unternehmen konnte. Zu einem solchen Entschluß konnte sich Miklas jedoch nicht durchringen. Und so nahmen denn die Dinge ihren verderbenbringenden, fatalen Lauf. Selbst die Ausschaltung des Verfassungsgerichtshofes im Mai 1933 rief Miklas nicht auf den Plan. Noch immer hätte er die Möglichkeit gehabt, Dollfuß zu entlassen. Er tat es nicht.

Miklas sah in Dollfuß die Persönlichkeit des christlichen Lagers, die einen verstärkten Einfluß der Kirche auf das öffentliche Leben, wie er ihn sich wünschte, zu garantieren versprach. Er sah in ihm gewissermaßen den Vollstrecker seines eigenen politischen Willens. Das heißt jedoch nicht, daß er mit allen Handlungen des Bundeskanzlers einverstanden war. Sprach er nach dem Februar 1934 der Bundesregierung noch den Dank aus »für ihre feste Haltung und unbeugsame Entschlossenheit, durch die der ihr aufgezwungene Kampf mit dem Sieg der gesetzlichen Gewalt endete«, so war er mit dem Ständestaat Dollfußscher Prägung keineswegs einverstanden. Gegenüber Freunden und im privaten Kreis machte er aus seiner Ablehnung des Regimes auch kein Hehl, er konnte sich aber nicht dazu entschließen, sich in der Öffentlichkeit von ihm zu distanzieren. Diese zwiespältige politische Haltung entsprang seiner Mutlosigkeit, der Zaghaftigkeit seines Charakters. Miklas wurde von der Angstvorstellung gepeinigt, Dollfuß werde ihn einsperren lassen, falls er es wage, das ständestaatliche Regime öffentlich zu kritisieren. So wich er vor dem zielstrebigen Kanzler Schritt um Schritt zurück und gab zuletzt sogar den Plan auf, zu demissionieren. Ein Rücktritt wäre für ihn der einzige Ausweg aus einer »Situation der Machtlosigkeit« gewesen, die er immer wieder beklagte, in die er sich jedoch durch eigenes Verschulden hineinmanövriert hatte. Er hätte es ihm erspart, mit Dollfuß und seinem autoritären Kurs identifiziert zu werden.

Auch mit *Schuschnigg* stand Miklas weder in einem politischen noch persönlichen Nahverhältnis. Der Bundespräsident, den mit dem Kanzler lediglich seine katholische Überzeugung und sein konservativer österreichischer Patriotismus verbanden, führte in seinen Amtsräumen ein unerfreuliches politisches Schattendasein. Er wurde von Schuschnigg, der ihn nur einmal im Monat aufsuchte, über wichtige Regierungsentscheidungen völlig im unklaren gelassen. So erfuhr Miklas 1936 vom Abschluß des Juliabkommens mit *Hitler* erst am Tag der Veröffentlichung, und auch über die Vorbereitungen zur Besprechung zwischen Hitler und Schuschnigg in Berchtesgaden im Februar 1938 wurde er nach eigener Aussage nicht informiert. Miklas war daher anfänglich nicht gewillt, dem dort geschlossenen Abkommen, für dessen Durchführung seine Zustimmung nötig war, sein Placet zu geben, gab aber dann doch nach.

Wesentlich standhafter, mutiger und entschlossener verhielt sich der Bundespräsident in den kritischen Märztagen des Jahres 1938. Er weigerte sich am 11. März hartnäckig, der ultimativen Forderung Berlins nach Bestellung des Nationalsozialisten *Seyß-Inquart* zum österreichischen Bundeskanzler nachzukommen, und hielt stundenlang härtestem psychologischem Druck stand. In dieser Situation verkörperte Miklas, auf dem die ganze Last der Verantwortung ruhte, den letzten Widerstand gegen den Nationalsozialismus. Es blieb ihm freilich dann doch nichts anderes übrig, als vor einer unaufhaltsamen Entwicklung die Segel zu streichen. Seyß-Inquart wurde kurzlebiger Bundeskanzler, Wilhelm Miklas legte am 13. März 1938 sein Amt als Bundespräsident zurück. Das Gesetz über die Wiedervereinigung Österreichs mit dem Deutschen Reich unterschrieb er nicht.

Die Widersprüchlichkeit seiner Haltung in den Staatskrisen der Jahre 1933 und 1938 gibt dem Historiker, der nicht nur die Tatsachen registriert, sondern nach Gründen für historisches Handeln sucht, Rätsel auf.

Miklas, dem es auferlegt war, das österreichische Staatsschiff durch die Stürme eines entfesselten Jahrzehnts zu steuern, zog sich in das Privatleben zurück. Die Nationalsozialisten ließen ihn unbehelligt. Der im Grunde bedauernswerte Mann schied am 20. März 1956, seelisch gebrochen, aus dem Leben.

Ferdinand Hanusch

VON VIKTOR KLEINER

Ferdinand Hanusch war eine der bemerkenswertesten Erscheinungen unter den Führern der österreichischen Sozialdemokratie und der dieser aufs engste verbundenen Gewerkschaftsbewegung in der Zeit vom Hainfelder Parteitag bis in die ersten Jahre nach dem Ersten Weltkrieg. In den letzten zwanzig Jahren dieses Zeitraumes gehörte er zur unbestrittenen Führungsspitze der beiden Zweige der damaligen sozialdemokratischen Bewegung.

Ein kleines Buch, herausgegeben 1924 von der Österreichischen Gewerkschaftskommission, schildert in einem Satz die Lebensumstände, unter welchen Ferdinand Hanusch aufgewachsen ist: »Graue Armut und dumpfe Entbehrung, schwere Robot und düstere Sorge, das war die lichtlose Welt, in der Ferdinand Hanusch am 9. November 1866 zu Oberdorf bei Wigstadl in Schlesien geboren wurde.«

Vater *Josef Hanusch* starb wenige Tage vor Ferdinands Geburt. Die Mutter, *Karoline*, geborene *Laser*, stand damit vor der schwer lösbaren Aufgabe, vier kleine Buben, von welchen Ferdinand der jüngste war, vor dem Verhungern zu bewahren. Auch Ferdinand mußte, kaum ins Schulpflichtalter getreten, wie seine älteren Brüder zeitig am Morgen, lange vor Schulbeginn, in der düsteren, kahlen Stube am Spulrad sitzend, der Mutter helfen, den Elendslohn zu verdienen. Unter diesen Umständen konnte er in der nur fünfklassigen Volksschule, obwohl durchaus talentiert, nur notdürftig lesen, schreiben und rechnen lernen.

Nach Beendigung der Schulpflicht sollte Ferdinand Hanusch, wie das in Schlesien Tradition war, die Weberei erlernen. Es fand sich aber kein Lehrmeister, weil die Handweberei zu dieser Zeit bereits im Aussterben begriffen war. Unzählige Bittgänge seiner Mutter zum Inhaber der Wigstadtler Bandfabrik führten endlich zu seiner Aufnahme als Maschinweber. Als Fünfzehnjähriger trat er dem Fachverein der Weber bei, dem numerisch und gewerkschaftlich wenig Bedeutung zukam, der aber über eine kleine Bibliothek verfügte, deren eifrigster Benützer er bald wurde.

Mit übermenschlicher Ausdauer und Geduld, mit Anspannung aller Willensenergie und dem Opfer schlafloser Nächte suchte Hanusch das mangelhafte Wissen, das ihm die fünfklassige Volksschule vermittelt hatte, zu erweitern. Bei seiner Mutter fand er dafür kein Verständnis, sie trachtete mit allen Mitteln, ihn von diesen »Narreteien« abzubringen. Ihre Bemühungen blieben erfolglos. Sein Streben nach Wissen und Erkenntnis war bereits so stark geworden, daß er die Enge und Armut seines Heimatdorfes nicht mehr ertrug. Gegen den Willen seiner Mutter machte er sich mit seinem siebzehnten Lebensjahr auf den Weg nach Wien. In zerlumpten Kleidern und ohne Geld kam er im Winter 1885 in Wien an. Aber gerade hier erlebte er seine größten Enttäuschungen. Seine Hoffnung, in dieser großen Stadt Fuß fassen zu können, erfüllte sich nicht.

Nahezu am Ende seiner Kräfte, hungrig und demoralisiert, traf er einen Arbeiter aus seiner Heimat, der sich seiner annahm. Es war die Rettung vor dem Untergang in der Gosse. In dieser Zeit und während aller seiner weiteren Wanderungen prägten sich ihm jene Erlebnisse und Erkenntnisse ins Gedächtnis, die der reife Mann später in seinen Erzählungen *Auf der Walz* und *Aus meinen Wanderjahren* wiedergab.

Er nahm von Wien Abschied, wandte sich dem Süden des alten Österreich zu, wanderte durch die Steiermark, zog durch Krain und Istrien und landete schließlich in Triest. In seinem Lebensroman *Lazarus* schildert er die feierliche Stimmung, die ihn ergriff, als er, zum erstenmal in seinem Leben, von einer Anhöhe oberhalb Triests das Meer erblickte, das sich in unendlicher Weite vor ihm ausdehnte.

In der ersten Herberge, in der er in Triest übernachtete, wurde ihm sein letztes Geld gestohlen. Aber damit nicht genug, ergriff ihn in derselben Nacht, als er mittellos herumlief, eine Polizeistreife und steckte ihn, eben weil er weder Geld noch feste Unterkunft hatte, wegen Vagabondage in den Arrest. Verzweifelt und in seinem Stolz und Ehrgefühl zutiefst getroffen, wartete er sein Schicksal ab, das sich nach acht Tagen in der Abschiebung in seine Heimat erfüllte.

Ein ähnliches Schicksal wurde ihm noch zweimal beschieden: Wanderschaften, die ihn bis Berlin und in die Türkei geführt hatten, endeten mit der polizeilichen Abschiebung in die Heimat. Nun aber, im Herbst 1887, war auch seine Kraft, wieder auf die Walz zu gehen, zu Ende. Völlig demoralisiert ließ er auch die Vorwürfe seiner Mutter und der Verwandten über sich ergehen. Er war körperlich verelendet und herabgekommen, aber gereift an Wissen und Erfahrungen. Er sehnte sich nach Ruhe und Beständigkeit. Nach mehrmaligen Vorsprachen gelang es ihm, in der im Aufschwung befindlichen Seidenfabrik unterzukommen. Kaum ein Jahr war er wieder in der Heimat, als seine Mutter am 20. Mai 1888 starb; er mußte das Häuschen verlassen und bei fremden Leuten Unterkunft suchen. Er geriet in schlechte Gesellschaft, ließ sich zu Kartenspiel und Alkohol verleiten und führte auch sonst ein unstetes Leben.

Die Wende kam im Jahre 1890 mit der Rückkehr seiner Jugendgespielin *Anna Domes* aus Wien — nicht verwandt mit seinem späteren Freund *Franz Domes* —, die auch in der Seidenfabrik Aufnahme als Arbeiterin fand. Es entspann sich bald ein inniges Verhältnis zwischen den beiden. Das Mädchen, das in der Fremde gereift war, übte auf ihn einen guten Einfluß, vermochte ihn von seiner bisherigen Gesellschaft und damit von Alkohol und Kartenspiel zu trennen und war sicher für seine nun nur noch aufwärts führende Entwicklung von maßgebender Bedeutung. Am 16. November 1891 wurde Anna Domes seine Frau.

Der 17. Mai 1891 war ein für die politische Entwicklung Ferdinand Hanuschs entscheidender Tag. Es war der Gründungstag des Arbeitervereines »Eintracht«, dessen eifrigstes Mitglied er wurde. Obwohl er sich nicht vordrängte, wurde man bald auf ihn aufmerksam. Als im Winter 1892/93 vom Verein ein Rednerkurs ausgeschrieben wurde, forderten ihn die damals führenden Sozialdemokraten in Wigstadl, *Josef Potsch* und *Johann Honheiser*, auf, sich daran zu beteiligen. Er lehnte jedoch ab, weil er fürchtete, wegen eines kleinen Sprachfehlers beim Reden verlacht zu werden. Die beiden ließen aber nicht locker, denn sie hatten inzwischen seinen Lerneifer und sein Talent kennengelernt. Bald war er der beste Schüler des Kurses.

Seine erste Rede hielt er in einer öffentlichen Versammlung des allgemeinen Arbeitervereines »Eintracht« in Wigstadl am 26. August 1894 über *Zweck und Nutzen der Arbeitervereine*. Es war ein entscheidender Erfolg. Nach Überwindung der ersten Scheu fand er seine Sicherheit und wurde am Schluß mit großem Beifall bedacht. 1912, als Ferdinand Hanusch bereits ein anerkannter Parlamentarier und beachteter Redner im österreichischen Reichsrat war, behandelte er in seinem Lebensroman *Lazarus* diese seine Anfänge. Es ist die Meinung des führenden Sozialdemokraten aus dem Jahre 1912, wenn er im Roman den alten Ohnheiser zu Lazarus nach dessen Festrede sagen läßt: »Ein gewissenhafter Mensch hat vor der Rede Lampenfieber und nach der Rede Gewissensbisse. Nur eitle Toren sind befriedigt. Sie haben heute den ersten Sprung in die Öffentlichkeit getan. Sie gehören von nun an nicht mehr sich selbst. Sie werden nicht nur Beifall und Liebe ernten, Sie werden auch den ganzen Haß der Gegner auf Ihren Schultern zu tragen haben ... Schlagen Sie immer den geraden Weg ein, sehen Sie weder links noch rechts, sondern vertreten Sie mit Energie, was Sie als Wahrheit erkannt haben, damit leisten Sie der guten Sache den besten Dienst.«

In dieser Mahnung des alten Ohnheiser-Honheiser erkennen wir Ferdinand Hanusch, wie er am 26. August 1894, fünf Jahre nach Hainfeld, begann, sich weiterentwickelte und bis an sein Lebensende geblieben ist. Von seinem ersten öffentlichen Auftreten in Wigstadl an verläuft sein Weg als Gewerkschafter und Sozialdemokrat geradlinig und konsequent nach oben. Natürlich nicht ohne zwischenzeitliche Schwierigkeiten und Schicksalsschläge. Seine Frau, die kränklich war, starb am 22. Juli 1895 an einem Lungenleiden. Das einzige Kind aus dieser Ehe mußte zu den Schwiegereltern in Pflege gegeben werden, starb aber zehn Monate nach seiner Mutter im Alter von zwei Jahren und acht Monaten.

Obwohl er den Tod seiner Frau und seines Kindes nur schwer verwand, arbeitete er mit zäher Ausdauer, selbst nicht mit robuster Gesundheit ausgestattet, in der Partei weiter und wurde am 20. Jänner 1895 zum Obmann des Arbeitervereines »Eintracht« gewählt. Zwei Jahre später wurde er nach Sternberg als Partei- und Gewerkschaftssekretär berufen. Mit der Annahme dieser besoldeten Stellung hatte der damals Einunddreißigjährige die maßgebendste Entscheidung seines Lebens getroffen: seine Existenz in den Dienst der Arbeiterbewegung zu stellen.

Die Aufgaben, denen Hanusch frühzeitig seinen besonderen Eifer widmete, waren die Zusammenführung der weitgehend unabhängig voneinander wirkenden Landes- und Lokalvereine der Textilarbeiter in den Kronländern der österreichischen Hälfte der Habsburgermonarchie. Bereits 1899 trat Hanusch als Delegierter von Sternberg auf dem außerordentlichen Verbandstag des Österreichischen Textilarbeiterverbandes, neben dem es noch andere Verbände gab, als Redner auf. Im Jahre 1900 bewarb er sich erfolgreich um den Posten des Verbandssekretärs.

Am 1. Oktober 1900 trat Hanusch seinen Posten an. Bezeichnend für seinen Gesundheitszustand zu dieser Zeit war die Empfehlung eines führenden Parteigenossen an die Organisation, ihn vorerst nach Meran zu senden. Der Verband mußte aber mit Bedauern davon Abstand nehmen, weil dazu die Mittel fehlten.

Natürlich stürzte Hanusch sich mit Feuereifer in seine neuen Aufgaben. Ununterbrochen war er unterwegs durch die Länder der Monarchie, wo immer es Textilarbeiter gab. In diesen ersten Jahren seiner Sekretärstätigkeit mußte er auch schon seine literarische Tätigkeit begonnen haben, denn die ersten seiner Werke: *Weberseff*, *Der Agitator*, *Auf der Walz*, *Aus meinen Wanderjahren*, erschienen bereits 1905 und 1907. Dies ist ein nahezu unergründliches Phänomen bei einer so labilen Gesundheit. Mit besonderem Nachdruck setzte er sich aber für die Beseitigung des in der Organisation der Textilarbeiter herrschenden Chaos ein. Auf einem allgemeinen Textilarbeiterkongreß in Brünn im Jahre 1899 wurde die Vereinigung aller Textilarbeiterorganisationen in einer »Union der Textilarbeiter« beschlossen. Erst nach Überwindung behördlicher Schwierigkeiten konnte am 20. Juni 1901 die Konstituierung der Union stattfinden.

Welche Geltung sich in der kurzen Zeit seiner Tätigkeit Hanusch als Verbandssekretär, ab 1901 als Sekretär der Union, verschafft hatte, bestätigt seine im Jahr 1903 erfolgte Wahl zum Vorsitzenden der Reichsgewerkschaftskommission — eine Funktion, die er bis an sein Lebensende innehatte. Er war damit in die Spitzengruppe der Gewerkschaftsführer vorgedrungen. Aber auch in der Sozialdemokratie gehörte er schon in dieser Zeit zu den führenden Vertrauensmännern. Den vorläufigen Höhepunkt seiner politischen Laufbahn erreichte er im Verlauf der großen Wahlrechtsbewegung 1905 bis 1907. Unter den 87 Sozialdemokraten, die nach der Wahl am 14. Mai 1907 als stärkste Fraktion in den aus 516 Mitgliedern bestehenden Reichsrat einzogen, befand sich der im deutschböhmischen Wahlkreis Kratzau—Liebenau—Böhmisch-Leipa gewählte Abgeordnete Ferdinand Hanusch. Zahlreiche Initiativen auf dem sozialpolitischen Gebiet gingen von ihm aus und bildeten eine wesentliche Vorarbeit für seine spätere Tätigkeit als Staatssekretär für soziale Fürsorge.

Nach Ausbruch des Ersten Weltkrieges galt seine größte Sorge der Union der Textilarbeiter. Durch Produktionseinschränkungen ergab sich eine empfindliche Arbeitslosigkeit, die sich mit jedem Kriegsjahr verschärfte. Um der Not der Betroffenen abzuhelfen, intervenierte Hanusch beim Handelsminister und erreichte die Gewährung einer Arbeitslosenunterstützung. Die Arbeitslosigkeit war insbesondere in der Textilindustrie sehr drückend. Es entstanden öffentliche Fürsorgeeinrichtungen für die Beschäftigungslosen in der Baumwoll-

und Schafwollindustrie. Unter dem Druck der allgemeinen Not wurde im März 1917 ein Hauptausschuß für die Kriegs- und Übergangswirtschaft errichtet, in den Hanusch von der Regierung berufen wurde. Inzwischen wurde am 30. Mai 1917 das Parlament wieder einberufen, und Hanusch konnte sich nun auf diesem Boden für die Verbesserung der Lebensmittelversorgung, die Abschaffung des Kriegsrechtes in den Betrieben, die Errichtung von Fabriksausschüssen — Vorläufern der Betriebsräte —, die gesetzliche Einführung des Zehnstundentages (!) und vieles andere einsetzen. Gegen Ende des Krieges wurde unter dem Druck der immer stärker werdenden sozialen Bewegungen eine Zentralstelle für soziale Fürsorge errichtet, die unter der letzten kaiserlichen Regierung *Lammasch* in ein Ministerium umgewandelt wurde. Zum Minister für soziale Verwaltung wurde der Kleriker *Dr. Ignaz Seipel* berufen. Dieser hatte aber kaum mehr Zeit, sich in seinem Ministerium einzurichten. Der Auflösungsprozeß der Monarchie war im Oktober 1918 schon zu weit fortgeschritten. In ihrer dritten Sitzung am 31. Oktober 1918 setzte die provisorische Nationalversammlung ein Kabinett von dreizehn Staatssekretären ein, das sich aus den Vertretern der drei größten Parteien, darunter aber nur zwei Sozialdemokraten, zusammensetzte. Diese zwei waren *Dr. Victor Adler*, Staatssekretär des Äußeren, und der Gewerkschaftsführer *Ferdinand Hanusch*, Staatssekretär für soziale Fürsorge, der, wie *Charles A. Gulick* in seinem Geschichtswerk *Von Habsburg zu Hitler* sagt, »eine der wichtigsten Persönlichkeiten in der Geschichte der nächsten beiden Jahre werden sollte«.

Hanuschs erste Sorge galt den durch den weitgehenden Zusammenbruch der Industrie arbeitslos Gewordenen. Er schuf die Arbeitsvermittlung und Arbeitslosenfürsorge. Provisorische Maßnahmen bis zur Verabschiedung von Gesetzen durch die konstituierende Nationalversammlung waren die Verordnungen über die Einführung der Kriegsopferversorgung und des Achtstundentages. Damit wurde der Sehnsuchtstraum von Generationen arbeitender Menschen erfüllt. Das nächste war das Betriebsrätegesetz. Die Arbeitnehmerschaft erhielt damit eine wirksame Interessenvertretung gegenüber dem Betriebsinhaber und ein Mitsprache- und Mitbestimmungsrecht im Betrieb. Das Gesetz über den Arbeiterurlaub war eine bahnbrechende Tat. Durch das Gesetz über den Kollektivvertrag und die Einigungsämter wurde die rechtswirksame Gestaltung der Lohn- und Arbeitsbedingungen den gleichberechtigten Arbeitnehmer- und Arbeitgebervertretungen übertragen und für Streitigkeiten aus den Kollektivverträgen sowie deren Auslegung eine eigene Spruchinstanz geschaffen. Neben dem Betriebsrätegesetz wurde das Kollektivvertragsgesetz zu einer der bedeutendsten Neuerungen im Bereich der Arbeitgeber—Arbeitnehmer-Beziehungen. Um die Aufzählung zu vervollständigen, seien noch genannt: die Regelung der Heimarbeit und der Kinderarbeit, das Verbot der Nachtarbeit für Frauen und Jugendliche, der Schutz der Bäckereiarbeiter, das Hausgehilfengesetz und das Journalistengesetz. Den Schlußstein auf dem Gebiet der sozialpolitischen Gesetzgebung setzte Hanusch mit der Errichtung der Kammern für Arbeiter und Angestellte, womit eine Forderung, die ein halbes Jahrhundert lang immer wieder erhoben worden war, ihre Erfüllung fand. Damit wurde aber auch der erste Schritt zu der heute als selbstverständlich anerkannten Sozialpartnerschaft getan. Neben der Vorbereitung von Gesetzen für verschiedene Berufsgruppen hatte er das bedeutende Werk eines Gesetzentwurfes über die Invaliditäts-, Alters- und Hinterbliebenenversicherung der Arbeiter in Angriff genommen. Die Gesetzwerdung dieser brennenden sozialen Forderung konnte Hanusch nicht mehr als Staatssekretär der ersten Regierung der Republik Österreich durchsetzen, da die Sozialdemokratie nach der Wahl am 20. Oktober 1920 die Bildung einer neuen Koalitionsregierung abgelehnt hatte. Sechsunddreißig Jahre sollten vergehen, bis es *Karl Maisel*, dem Sozialminister der Zweiten Republik, gelang, das Allgemeine Sozialversicherungsgesetz, zu dem Hanusch die Grundgedanken geliefert hatte, durchzusetzen.

Ferdinand Hanusch hat Großes und Unvergängliches als politischer Kämpfer für seine Klasse und ihren Aufstieg, als Parlamentarier und Sozialpolitiker, geleistet. Diese eine Hälfte seines Wesens hätte genügt, ihm unvergänglichen Ruf zu sichern. Er hatte aber eine zweite, ästhetisch schöpferische. In der Zeit seiner großen politischen und gewerkschaftlichen Erfolge, also von 1907 bis 1923, mußte er auch diese andere Hälfte seines Wesens kraftvoll und mit Eifer eingesetzt haben. Denn in dieser Zeit erschien, außer den bereits erwähnten, eine bedeutende Anzahl größerer und kleinerer literarischer Werke, Romane, Erzählungen und Bühnenstücke.

In seiner Zeit ist aber zweifellos der Politiker und Gewerkschafter weit vor dem Dichter gestanden. Diese Seite seines Schaffens zu beurteilen kann nur Sache der Literaturgeschichte sein. Unabhängig vom Ergebnis einer derartigen kritischen Durchleuchtung muß aber das unbeirrte Bemühen, der Fleiß, die Ausdauer und der innere Zwang, sich dichterisch auszudrücken, hoch bewertet werden. So vereinen sich die beiden Hälften seines Wesens zu dem Ganzen eines außerordentlichen Menschen.

Am 28. September 1923 erlosch das Leben in Ferdinand Hanusch nach einer Dauer von 57 Jahren. Es reichte nicht für länger. Zuviel hatte er seinem Körper abverlangt, dem in der Aufbauzeit zuwenig Kraft und Gesundheit zugeführt wurden. In einem Moment klaren Bewußtseins während seiner letzten Stunden äußerte er selbst diese erschütternde Erkenntnis: »In der Jugend hungern, betteln und frieren, das ganze Leben Arbeit und Kampf, eine kurze Zeit des Glücks, nur so viel, daß man es ahnen, nicht ermessen kann, und dann elend dahinsiechen, weil dem frühzeitig überanstrengten Körper die nötige Widerstandskraft fehlt, das ist Proletarierlos!«

Jodok Fink

VON THEODOR VEITER

Es wäre wahrscheinlich falsch, wollte man *Jodok Finks* Bedeutung nur darin erblicken, daß er zusammen mit dem Sozialdemokraten *Karl Seitz* und dem Großdeutschen *Dr. Dinghofer* die erste österreichische Regierung nach dem Zusammenbruch der Monarchie (Vollzugsausschuß der Konstituierenden Nationalversammlung Deutschösterreichs) bildete und mit geradezu unbeugsamer Härte für die Beseitigung der Monarchie und für die Einrichtung Deutschösterreichs als demokratische Republik eintrat. Jodok Fink war viel mehr, er war der einzige Cincinnatus, den Österreich hervorgebracht hat, ein Mann, der vom Pflug weg zu den höchsten Regierungsämtern geholt wurde, als niemand sich sonst einen Rat wußte, aber viele wußten, daß dies ein Mann sei, der rechtschaffen und redlich und zugleich mit einem eminenten politischen Gespür begabt war, wie es in kritischen Zeiten notwendig ist.

Jodok Fink war ein sozusagen reinrassiger Alemanne. Seine Sprache war, wie der Verfasser dieses Beitrages noch aus eigenem Erleben sagen kann, keineswegs bühnenreif und keinem Schliff zugänglich, zugleich aber in ihrer Prägnanz kaum überbietbar. Er hat bewiesen, daß die Hochsprache nur von der Mundart her lebendig erhalten wird und neuen Blütenreichtum entfaltet.

Um Jodok Fink in seiner Bedeutung für Österreich zu verstehen, muß man seiner Entwicklung im Heimatland Vorarlberg nachspüren, auch wenn er im Grunde nur auf der Ebene des großen Österreich zu seiner unstreitigen Bedeutung gelangte und keineswegs in Vorarlberg. Jodok Fink wurde am 19. Februar 1853 in Andelsbuch im Bregenzerwald geboren und entstammte einer sehr alten Bauernfamilie, deren frühe Ahnen im Bregenzerwald eine Art demokratischen Staatswesens geschaffen hatten. Jodok Fink bezog sich später in seinen Reden oft auf die Zweckmäßigkeit der Einrichtungen der Wälderrepublik, nicht zuletzt die Ratstagungen auf der Bezegg, bei welchen die Vertreter des Volkes im Ratssaal, der nur über eine Leiter und Luke betreten werden konnte, mit einem geringen Mundvorrat nach Wegziehen der Leiter so lange verbleiben mußten, bis sie sich geeinigt und die gefaßten Beschlüsse durch Ladenöffnungen nach allen vier Windrichtungen dem versammelten Volk verkündet hatten. Jodok Fink hat ein Jahr lang das Gymnasium in Brixen besucht, wo bis zum Ende der Monarchie viele Vorarlberger studierten, dann mußte er, trotz Vorzugszeugnisses, wieder nach Hause, um in der Landwirtschaft zu helfen.

Da man rasch erkannte, welch hervorragende Begabung Jodok Fink für die Tagespolitik hatte, wobei er gleichzeitig Standfestigkeit und Grundsatztreue bewies, wurde er mit 26 Jahren, 1879, erstmals in die Gemeindevertretung gewählt, und drei Jahre später war er Gemeinderat, d. h. Mitglied der Gemeindevorstehung, von Andelsbuch. 1888 wurde er sodann Gemeindevorsteher, also Bürgermeister. In dieser Eigenschaft bewies er Weitblick. So versuchte er, mit Pfarrer *Kneipp* eine Wasser-Kuranstalt zu gründen, was freilich an den

Widerständen gegen Kneipps Kuranwendungen scheiterte. Er führte eine strenge Rechnungskontrolle für die Gemeinde ein, sodaß diese bald vom Landesausschuß aus der Überwachungsliste gestrichen wurde.

Bald wurde Jodok Fink in den Vorarlberger Landtag gewählt, dem er durch dreißig Jahre angehörte. Fink zählte weltanschaulich zu den betonten Katholiken. Im Lande herrschte aber damals, wie fast überall in Österreich, zufolge des Zensus-Wahlrechts, das die Begüterten sehr begünstigte, die liberale Partei, vor allem in den Städten. Die Katholisch-Konservativen führten heftige Kämpfe mit den Liberalen, um sich politisch durchzusetzen. Das geschah erstmals mit den Landtagswahlen vom 7. Juli 1890 auch erfolgreich. Die konservative Partei errang mit Ausnahme der drei Städte (Bregenz, Feldkirch, Bludenz) und der Industrie- und Handelskammer in Feldkirch überall die Mehrheit in den Wählerkurien, sodaß auch ein profilierter Konservativer, *Adolf Rhomberg*, Landeshauptmann wurde (und bis 1918 blieb). Jodok Fink wurde in der Landgemeindekurie gewählt, wobei er 63 von 64 Stimmen erhielt. Er war nun einer der 16 konservativen Abgeordneten. Die Liberalen stellten noch vier Abgeordnete.

Als Landtagsabgeordneter setzte sich Jodok Fink für Vorhaben ein, die dem ganzen Lande zugute kamen, so für den Bau der Wälderbahn, die noch heute eine wichtige Verkehrsverbindung darstellt, mag auch ihre Bedeutung durch neue Straßen gemindert worden sein. Er war an der Errichtung einer Landes-Hypothekenbank (1894) maßgeblich beteiligt, war einer der Initiatoren der Errichtung einer Muster- und Lehrsennerei, um auch in Österreich Hartkäse nach Schweizer Art erzeugen und seine Erzeugung lehren zu können (Käsereischule Doren), und kümmerte sich um die Militärkrankenpflege in den Kasernen.

Nach der Badenischen Wahlreform wurde die Zahl der Landtagsabgeordneten auf 24 erhöht, von denen drei der allgemeinen Wählerklasse angehörten. Die Wahlwerbung für die Landtagswahlen von 1902, die ersten nach dieser Wahlreform, wurde verschiedentlich mit äußerster Härte geführt, was zur Folge hatte, daß Jodok Fink gewissermaßen zum Ausgleich für die persönlichen Verunglimpfungen, denen er ausgesetzt gewesen war, in der allgemeinen Wählerklasse einstimmig gewählt wurde (die Wahl erfolgte durch Wahlmänner). Der neue Landtag bestand aus 19 Christlichsozialen, vier Liberalen und dem Weihbischof und Generalvikar von Feldkirch als Virilisten. Der Landtag wählte Jodok Fink in den Landesausschuß (den man mit der heutigen Landesregierung gleichsetzen kann), der christlichsoziale Landtagsklub wählte ihn zu seinem Obmann.

Als Mitglied des Landesausschusses bemühte sich Jodok Fink vor allem darum, Vorarlberg wieder zu einem selbständigen Kronland werden zu lassen. Die angestrebte Unabhängigkeit von Innsbruck wurde freilich nicht erreicht (erst 1918 bzw. 1920 sollte diese verwirklicht werden). Auch andere Sorgen mußten gebannt werden, vor allem jene vor den Folgen der Hochwasserkatastrophe vom Juni 1910, die Schäden von 9 Millionen Kronen allein an öffentlichen Straßen und Brücken verursachte. Als Demokrat von reinster Ausprägung versuchte Jodok Fink das Verhältniswahlrecht im Lande durchzusetzen, was freilich zunächst nicht gelang. Erst nach dem Ersten Weltkrieg konnte es verwirklicht werden.

Jodok Fink wurde erstmals im Jahre 1897 in das Abgeordnetenhaus des österreichischen Reichsrates gewählt. Damals war er noch ein »Wilder«, d. h. er gehörte keiner politischen Partei an. Später trat er dann der Christlichsozialen Partei bei und war Mitglied der Christlichsozialen Vereinigung im Abgeordnetenhaus des Österreichischen Reichsrats, eine Bezeichnung, die bis zum Ende der parlamentarischen Demokratie in Österreich im Jahre 1934 für den »Großen Klub«, also die vereinigten Abgeordneten zum Nationalrat und Mitglieder des Bundesrates, beibehalten wurde, die der Christlichsozialen Partei angehörten.

Jodok Fink gehörte dem Wiener Parlament durch volle 32 Jahre ohne Unterbrechung bis zu seinem Tode an, der ihn am 1. Juli 1929 nach 14 Tagen des Leidens in seinem Heimatdorf Andelsbuch traf. Nur wenige führende Politiker Österreichs haben durch so lange Zeit dem Parlament angehört. Jodok Fink war Mitglied der Provisorischen Nationalversammlung Deutschösterreichs und wurde auch nach Inkrafttreten der Bundesverfassung vom 1. Oktober 1920 weiterhin in jeder Gesetzgebungsperiode im Wahlkreis Vorarlberg wiedergewählt.

Der Grund lag wohl in erster Linie darin, daß Fink ein ehrlicher Makler und Vermittler war, daß ihm Demokratie eine Selbstverständlichkeit gewesen ist, sodaß von ihm gesagt wurde, ohne ihn gäbe es schwerlich ein arbeitsfähiges Parlament. Dem politischen Gegner gegenüber war er von äußerster Fairneß — auch wenn er im Grundsätzlichen in nichts nachgab —, sodaß nach seinem Tode selbst die sozialdemokratische »Arbeiter-Zeitung« schrieb, er sei ein redlicher, treuer Mitarbeiter gewesen, stets ein guter Demokrat geblieben.

Am Gesetzgebungswerk des Parlaments nahm Jodok Fink regen Anteil. Obwohl er nur selten das Wort zu großen Reden ergriff, gestaltete er viele Gesetze entscheidend mit, so als er am 8. März 1906 im Abgeordnetenhaus des Reichsrates seine große Rede für die (1907 verwirklichte) Einführung des allgemeinen, gleichen, geheimen und direkten Wahlrechts für den Reichsrat hielt, wie er auch in den österreichisch-ungarischen Delegationen das Wort ergriff und die Politik der ungarischen Reichshälfte mit beeinflußte. Im Nationalrat der Ersten Republik gab es kaum ein Gesetz von Bedeutung, mit dem sich Jodok Fink nicht auseinandersetzte.

Die große Zeit Jodok Finks war die Zeit des Unterganges der Habsburger-Monarchie und des Aufbaues eines neuen, kleineren österreichischen Staates. Fink war Republikaner, er war nicht für die Beibehaltung der monarchischen Staatsform, und manche seiner Reden noch zu Zeiten der Monarchie richteten

Ausrufung der Republik vor dem Parlament am 12. November 1918

Karl Seitz war als Erster Präsident der Nationalversammlung das erste Staatsoberhaupt der Republik. Gemälde von E. Hochschartner, 1930

Karl Renner, dessen schöpferischer politischer Geist die Gründung der beiden österreichischen Republiken einleitete, war von 1945 bis 1950 Bundespräsident

Michael Hainisch, Bundespräsident von 1920 bis 1928; Gemälde von Hans Schachinger 1928

Wilhelm Miklas, Bundespräsident von 1928 bis 1938

Otto Bauer und Ignaz Seipel waren als die beiden großen Antagonisten die überragenden Persönlichkeiten der Ersten Republik, deren Geschick sie wesentlich beeinflußt haben

sich ganz offen gegen die Adelsherrschaft. Dies dürfte mit ein Grund dafür gewesen sein, daß er nach der Abdankung des letzten österreichischen Kaisers alsbald an die Spitze der neuen Exekutivgewalt gestellt wurde, zunächst als einer der drei Präsidenten der Provisorischen Nationalversammlung — dies geschah schon bei ihrer Konstituierung am 21. Oktober 1918, also noch vor dem Thronverzicht des Kaisers — und dann als eines der Mitglieder des Staatsrates, jenes Organs, in dessen Hände bis zum 16. Februar 1919 die Regierungs- und Vollzugsgewalt Deutschösterreichs gelegt war.

Obwohl Jodok Fink auch Mitglied der am 3. November 1918 gewählten neungliedrigen Vorarlberger Landesregierung (Landesrat) war, vermochte er an der Spitze der ersten deutschösterreichischen Regierung sehr tatkräftigen Anteil am Geschick der jungen Republik zu nehmen.

Jodok Fink wurde als Kandidat der Christlichsozialen Partei Vorarlbergs bei den Wahlen am 16. Februar 1919 in die Gesetzgebende Nationalversammlung gewählt. Die Christlichsoziale Partei nominierte Jodok Fink als Vizekanzler. Der ungemein bescheidene Mann, der mit 66 Jahren in dieses Amt berufen wurde, fühlte sich in den Prunkräumen am Ballhausplatz nicht allzu wohl. Hingegen nahm er sein Amt überaus ernst, und vor allem sorgte er nach Kräften für eine Verbesserung der sehr bedrohlichen Ernährungslage.

Die entscheidenden Leistungen erbrachte Jodok Fink als Vizekanzler in der langen Zeit, während Staatskanzler *Dr. Karl Renner* bei den Verhandlungen über den Friedensvertrag in St-Germain weilte und der Vizekanzler für die Staatsgeschäfte verantwortlich war. Mehrere kommunistische Putschversuche, die mit Brandstiftungen und anderen Unruhen einhergingen, schlug er mit Hilfe des Wiener Polizeipräsidenten *Dr. Johann Schober* mit starker Hand nieder, wobei er sich auf keinerlei Verhandlungen mit den Unruhestiftern einließ. Als einige Regierungsmitglieder meinten, man sollte zur Bekämpfung der überaus großen Gefahr den Staatskanzler aus Paris zurückrufen, meinte Jodok Fink, er werde schon imstande sein, den Sturz der Regierung durch die Kommunisten zu verhindern. Und er behielt damit auch recht.

Wohl aber traf sich Jodok Fink wiederholt mit Dr. Renner in Feldkirch, um mit ihm die politischen Probleme zu besprechen. Daher konnte er auch am 26. Juli vor dem Parlament über den Stand der Friedensverhandlungen berichten.

Als der Staatssekretär für Auswärtige Angelegenheiten, der Sozialdemokrat *Dr. Otto Bauer,* im Oktober 1919 zurücktrat, war Jodok Fink der einzige in der Christlichsozialen Partei, der dies bedauerte und die Rückkehr Bauers in die Regierung wünschte. Er erkannte die Bedeutung Otto Bauers und war der Meinung, eine Persönlichkeit dieser Qualitäten sei besser in der Regierung als außerhalb. Womit er, wie sich in der Folge zeigte, recht hatte.

Diese sehr realistische Haltung beweist zugleich auch, daß Jodok Fink genau wußte, mit wem er es jeweils zu tun hatte. Seine Verbindungen zu den Sozialdemokraten waren gut. Nicht nur, daß er mit dem maßvollen Staatskanzler

Dr. Karl Renner in bestem Verhältnis stand, er wußte den radikalen Sozialdemokraten Dr. Otto Bauer richtig zu behandeln und kam auch mit ihm aus. Mit den Deutschliberalen, die durch den vornehmen hohen Richter *Dr. Dinghofer* vertreten waren, stand er ausgezeichnet, was gewiß auch in seiner demokratischen Grundhaltung mitbegründet war.

Auf christlichsozialer Seite war Jodok Fink besonders den ausgesprochen demokratisch gesinnten Persönlichkeiten eng verbunden. Hier ist an erster Stelle Prälat *Johann Hauser* aus Oberösterreich zu nennen, ein geborener Politiker. Prälat Hauser war Jodok Finks Nachfolger als einer der drei Präsidenten der Provisorischen Nationalversammlung Oktober/November 1918 und hat gleichzeitig als Landeshauptmann von Oberösterreich gewirkt.

Als die Christlichsoziale Partei am 11. Juni 1920 die Koalition aufkündigte, schied Jodok Fink aus der Regierung aus, die nur noch die Aufgabe hatte, Neuwahlen im Oktober 1920 durchzuführen und die künftige Bundesverfassung vorzubereiten.

Hauser war (neben Ignaz Seipel) Unterzeichner des zweiten Koalitionspaktes der Christlichsozialen mit den Sozialdemokraten vom 17. Oktober 1919, der zur Bildung des Kabinetts Renner II führte, in dem Fink wiederum den Posten eines Vizekanzlers bekleidete.

Neben dem Prälaten Hauser war Jodok Fink schon damals auch den späteren Bundeskanzlern *Dr. Ignaz Seipel, Dr. Mayr* und *Dr. Ramek* eng verbunden. Letztere waren Repräsentanten des bundesstaatlichen Denkens in Österreich, sie stammten auch aus den Ländern (Tirol bzw. Salzburg) und waren Jodok Fink ideenverwandt, der ebenfalls ein Vertreter des bundesstaatlichen Aufbaues Österreichs war.

Jodok Fink arbeitete an der künftigen bundesstaatlichen Verfassung Österreichs entscheidend mit. Er drang zwar mit dem Verlangen nach Einbau einer Bestimmung, wonach jedes Land innerhalb von zehn Jahren aus dem Bund austreten könne, nicht durch — diese Bestimmung sollte Vorarlbergs Anschluß an die Schweiz ermöglichen —, doch war er umso eifriger bemüht, im übrigen den Ländern im neuen Bundesstaat eine möglichst weitgehende Sicherung ihrer Kompetenzen zu gewährleisten. Nachdem die Bundesverfassung von 1920 beschlossen war, hat Jodok Fink bis zu seinem Tode in Andelsbuch am 1. Juli 1929 am parlamentarischen Leben teilgenommen und die Geschicke Österreichs mit gesteuert.

Eine Würdigung der Verdienste Jodok Finks war es, als er am 7. Februar 1925 an der rechts- und staatswissenschaftlichen Fakultät der Universität Innsbruck zum Ehrendoktor der Staatswissenschaften promoviert wurde. Wenn man bedenkt, daß diese Ehrung einem Manne zuteil wurde, der keine Reifeprüfung und bis auf einen sehr kurzen Zeitraum auch kein Mittelschulstudium nachzuweisen vermochte, die Ehrung aber zu einer Zeit erfolgte, da man noch keineswegs jedem erfolgreichen Politiker und Staatsmann ein Ehrendoktorat verlieh, so kann man die Bedeutung dieser Ehrenpromotion kaum überschätzen. Zwei Jahre später überreichte ihm der christlichsoziale Klub durch *Leopold Kunschak,* der mit Dr. Fink besonders befreundet war, zur Feier von 30 Jahren parlamentarischer Tätigkeit einen ehernen Steuermann als Symbol für die Tätigkeit Jodok Finks als Steuermann am Staatsruder. Kaum ein Geschenk hätte besser ausdrücken können, was Jodok Fink war.

Auch heute noch wird immer, wenn Österreichs Geschichte zwischen Monarchie und demokratischem Bundesstaat dargestellt wird, Jodok Fink als einer der Erbauer dieses heutigen Österreich gerühmt; in Vorarlberg gilt er aber neben *Otto Ender* als der bedeutendste Politiker aus dem alemannischen Österreich.

Valentin Podgorc

VON PAUL ZABLATNIK

Es fällt auf, daß seit jeher bei den Kärntner Slowenen, die im südlichen Teil des Landes siedeln, unvergleichlich mehr als bei den deutschen Landesnachbarn die Geistlichkeit eine einflußreiche Rolle spielte. Der Grund dafür liegt darin, daß bei den Kärntner Slowenen bis in die jüngste Zeit vorwiegend die Geistlichkeit die Intelligenzschicht bildete, die sich naturgemäß um fast alle Anliegen des eigenen Volkes zu kümmern hatte. Zur Zeit der Romantik leisteten zwei kulturbeflissene Pfarrer aus dem Gailtal, *Urban Jarnik* und *Matija Majar,* einen wesentlichen Beitrag zum nationalen Erwachen der Slowenen; nach dem Revolutionsjahr 1848 kämpfte ein äußerst begabter Organisator im Priesterkleid, *Andreas Einspieler,* ein Rosentaler, im Geist des Liberalismus um die Entfaltung des slowenischen Volkstums und hatte nach ungeahnten Erfolgen für Jahrzehnte die geistige Führung des gesamten slowenischen Volkes inne; um die Wende des 20. Jahrhunderts war es wiederum ein vielseitig begabter Priester, diesmal ein Jauntaler, namens *Valentin Podgorc,* der die Geschicke seiner slowenischen Landsleute durch ein halbes Jahrhundert entscheidend beeinflußte und lenkte.

Valentin Podgorc hebt in seinen Aufzeichnungen ausdrücklich hervor, daß er zeitlebens in erster Linie Priester sein wollte, daß ihn aber vor allem die nationale Zweiheit im Lande immer wieder zu mehr oder weniger profaner Betätigung im Interesse des Wohles seiner Landsleute drängte. In einer Zeit, in der in Kärnten der nationale Freisinn den Altliberalismus abgelöst hatte, stellte Podgorc mit Idealismus und Tatkraft seine hervorragenden Talente und Kenntnisse unentwegt in den Dienst religiöser, kultureller, sozialer und nötigenfalls auch nationaler Interessen seines Volkes.

Valentin Podgorc wurde am 14. Februar 1867 als Sohn slowenischer Bauersleute in St. Agnes bei Völkermarkt geboren, besuchte die Volksschule in Völkermarkt, absolvierte mit Auszeichnung das Gymnasium in Klagenfurt, widmete sich dem Theologiestudium und empfing im Jahre 1890 die Priesterweihe. Neben seinem vielseitigen priesterlichen Wirken betätigte er sich auch noch als religiöser Schriftsteller. Als größtes Werk gab er *Goffinés Hauspostille* in slowenischer Bearbeitung heraus, besondere Erwähnung verdienen noch die von ihm verfaßten *Lehrbücher für den Religionsunterricht* an Mittelschulen. Zur besseren religiösen Unterweisung des Volkes gründete er auf eigene Initiative mit kirchlicher Genehmigung das slowenische religiöse Wochenblatt *Nedelja* (Sonntag), das als bewährtes Kirchenblatt nach seinem Tode beibehalten wurde. Podgorc wurde auf Grund seiner priesterlichen Verdienste kirchlicherseits mit hohen Ehrungen bedacht. So wurde er schon im Jahre 1904 mit dem Titel Monsignore ausgezeichnet, 1929 vom Bischof in das Domkapitel berufen und schließlich vom Heiligen Stuhl zum Prälaten ernannt.

Im Nachlaß des Prälaten befindet sich ein umfangreiches autobiographisches Manuskript mit dem Titel *Slovenska koroška kronika* (Slowenische Kärntner Chronik). Daraus läßt sich entnehmen, daß Prälat Podgorc als treuer Mentor und Helfer auf allen Gebieten für die Kärntner Slowenen ungefähr dasselbe getan und geleistet hat, was in ähnlicher Situation Prälat *Gamper* für seine Südtiroler Landsleute zeitlebens zu tun sich bemüht hat.

Besonders große Verdienste erwarb sich Podgorc durch seine bahnbrechenden Leistungen auf sozialem Gebiet. Sein Bischof *Josef Kahn* ermöglichte ihm eine einjährige Studienreise nach Deutschland und Frankreich. Mit Eifer betrieb Podgorc in Breslau, Köln und Paris sozialwissenschaftliche Studien. Die erworbenen Fachkenntnisse und Erfahrungen sowie sein tiefes soziales Empfinden drängten ihn unwiderstehlich zur sozialen Tat. So übernahm er nach Beendigung der Studienreise sogleich ehrenamtlich die Leitung der kurz vorher (1889) gegründeten Slowenischen Spar- und Darlehenskasse in Klagenfurt *(Slovenska hranilnica in posojilnica v Celovcu)*. Diese genoß bald volles Vertrauen und höchstes Ansehen und erwarb eine günstig gelegene Bauernhube in Sekirn am Wörthersee, auf deren unschätzbar wertvollen Seegründen mit ausgedehntem Strand sich heute das moderne slowenische Hotel »Korotan« erhebt. Bei ständig wachsenden Spareinlagen konnte durch ausgiebige Darlehen arge soziale Not gelindert und gebannt sowie wirtschaftlicher Unternehmungsgeist auch unter den ärmeren Bevölkerungsschichten spürbar gefördert werden. Der zunehmende Sparsinn der Bevölkerung veranlaßte den gewandten und weitblickenden Organisator Podgorc zur Gründung neuer Spar- und Darlehenskassen auf dem Lande — zunächst nur im slowenischen, dann aber auch im deutschen Sprachgebiet des Landes. So half Podgorc auch Freundschaftsbrücken schlagen von einem Nachbarvolk zum anderen.

Nach sechzigjähriger Erfahrung stellt Podgorc in seinen Aufzeichnungen rückblickend mit Befriedigung fest, daß die Spar- und Darlehenskassen zu einer großen sozialen Wohltat für das Volk geworden seien und sich allmählich sogar zu einem politischen Machtapparat entwickelt hätten, sodaß es nicht selten vorgekommen sei, daß da und dort der Vorstand einer Spar- und Darlehenskasse sogar den Gemeindevorstand an Einfluß übertroffen habe. Zur Bestätigung dieser Feststellung könnte angeführt werden, daß sich bei den Kärntner Slowenen gerade die Einrichtung der Spar- und Darlehenskassen, solange diese noch durchwegs in christlichsozialen Händen waren, als ein starkes Bollwerk einerseits gegen den Liberalismus und andererseits auch gegen ein stärkeres Vordringen der Germanisierung erwiesen hat. Dieses schützende Bollwerk wurde von Podgorc noch durch die Gründung wirtschaftlicher Genossenschaften verstärkt und ausgebaut. Nach einem fachgemäß ausgearbeiteten Plan errichtete er in Kühnsdorf bei Völkermarkt ein imposantes Genossenschaftswarenlager, dem in der Folgezeit eine besonders einflußreiche Rolle zufiel. Ein zielsicher gelenkter Ausbau des Genossenschaftswesens führte schließlich zur Bildung eines gutorganisierten slowenischen Genossenschaftsverbandes, der zum wirtschaftlichen Rückgrat der Kärntner Slowenen wurde.

In den Wirren nach dem Ersten Weltkrieg trat Podgorc so recht als zentrale Persönlichkeit der Kärntner Slowenen hervor, da er sich aller Anliegen des Volkes annahm. Nach der Kärntner Volksabstimmung im Jahre 1920 trat er entschieden für ein friedliches Zusammenleben beider Völker in Kärnten ein und nahm gleichzeitig seine slowenischen Landsleute gegen die hochschlagenden Wogen nationaler Unduldsamkeit durch die mutige Herausgabe des Blattes »Glas pravice« (Stimme der Gerechtigkeit) wirksam in Schutz. Unter seinem Vorsitz kam es zu einem so zugkräftigen Arbeitsprogramm, daß die Kärntner Slowenen bei den Wahlen im Jahre 1921 mit zwei Landtagsabgeordneten in den Kärntner Landtag einziehen konnten. Monsignore Podgorc selbst wurde in den Landeskulturrat berufen.

Als Vertreter der kulturellen Belange der Kärntner Slowenen hielt Podgorc unzählige Orientierungs- und Bildungsvorträge vor allem im Rahmen kultureller Veranstaltungen des »Slowenischen christlich-sozialen Verbandes für Kärnten« *(Slovenska krščansko socialna zveza za Koroško)*, der im Jahre 1908 als Dachverband aller slowenischen Kulturvereine in Kärnten gegründet worden war und eine rege Aktivität entwickelte. Eine besonders glückliche Hand bewies Podgorc als langjähriger, äußerst rühriger und gewandter Sekretär und später nicht minder als Leiter der St.-Hermagoras-Gesellschaft in Klagenfurt *(Družba svetega Mohorja v Celovcu)*, jener bedeutenden kulturellen Institution der Kärntner Slowenen, die im Jahre 1852 auf Antrag des Lavanter Bischofs *Anton Martin Slomšek* vom bereits erwähnten großen Organisator Andreas Einspieler zur Herausgabe guter slowenischer Bücher gegründet worden war und ihrer Aufgabe so gerecht wurde, daß sie zum Beispiel in der Zeit von 1852 bis 1918 über 16 Millionen Bücher aller Art druckte und unter das Volk brachte. Das von Podgorc verwaltete Vermögen der St.-Hermagoras-Gesellschaft in Klagenfurt wurde von den nationalsozialistischen Machthabern zur Gänze beschlagnahmt und enteignet. Nach dem Zusammenbruch des Dritten Reiches, als es wieder zur Rückerstattung des beschlagnahmten Vermögens kam, richtete Podgorc in ungebrochenem Unternehmungsgeist mit Hilfe gebefreudiger Gönner bald eine neue, moderne Druckerei ein. Auf seine Anregung wurden die wiederhergestellten Gebäude der St.-Hermagoras-Gesellschaft zum Teil zu Studentenheimen adaptiert, die vor allem für das Bundesgymnasium für Slowenen in Klagenfurt, das über 400 Schüler und Schülerinnen zählt, eine große Wohltat bedeuten.

Bis ins hohe Alter von 89 Jahren war Prälat Podgorc in ungewöhnlicher körperlicher und geistiger Frische unermüdlich tätig. Am 29. März 1956 erlag Podgorc bei einem Spaziergang unerwartet einem Herzschlag. Reich ist das Erbe, das er der Nachwelt hinterließ.

Otto Bauer — Friedrich Adler — Max Adler

VON NORBERT LESER

Der Begriff des Austromarxismus ist weit über Österreich hinaus zu einem Synonym für jene Politik des marxistischen Zentrums geworden, das sich nach den Worten *Otto Bauers* bemühte, »immer mitten zwischen dem Reformismus und dem Bolschewismus« zu stehen. Dieser Versuch, die Extreme des jeweils welthistorisch als Möglichkeit Gegebenen zu vermeiden und eine eigenständige mittlere Position aufzubauen, war in seinen Ausdrucksformen zwar durch die Abwehr der jeweils konkret als radikale Lösung von rechts oder links sich darbietenden Gelegenheit bestimmt, erschöpfte sich in seinem Wesen jedoch nicht in dieser konkreten historischen Problemstellung. Die Frontstellung gegen Reformismus und Bolschewismus war zwar über weite historische Strecken die manifeste Form des austromarxistischen Selbstverständnisses und der Präsentation des eigenen politischen Wollens, doch das prinzipielle Bestreben, den Extremen, damit aber auch deren radikalen Konsequenzen auszuweichen, läßt sich schon in eine Zeit zurückverfolgen, in der weder der in der deutschen Sozialdemokratie geführte Revisionismusstreit noch die Abgrenzung gegen den erst nach der Jahrhundertwende in Erscheinung getretenen Bolschewismus aktuell waren. Um den spezifischen Charakter der zentristischen Position des Austromarxismus zu verstehen und bis an seine Wurzeln zurückzuverfolgen, ist es notwendig, sich das grundsätzliche historische Dilemma zu vergegenwärtigen, in dem sich jede auf Reformen bedachte und die revolutionären Ziele dennoch nicht preisgebende Sozialdemokratische Partei angesichts der konkreten historischen Umstände und Folgen ihres Wirkens befand. Im marxistischen System selbst war das Verhältnis von Revolution und Reform nicht streng durchdacht und widerspruchslos bestimmt, vereinfachend aber kann man sagen, daß der Kampf um Reformen im Sinne des historischen und systematischen *Karl Marx* eine bloß untergeordnete, die Revolution vorbereitende Rolle spielte, während der Hauptakzent seiner Botschaft auf der Verkündigung der Revolution lag, die nach seiner Überzeugung aus den inneren Widersprüchen des Kapitalismus mit derselben naturgesetzlichen Notwendigkeit resultieren mußte wie der Zusammenbruch des Kapitalismus, dessen Beerbung diese Revolution darstellen sollte. Trotz dieser prinzipiellen Überzeugung und der alles überschattenden Endkampfperspektive aber war Marx weit davon entfernt, den Kampf um Reformen abzulehnen und geringzuschätzen, bezeichnete er doch die Einführung der Zehnstundenbill in England in seiner berühmten Inauguraladresse sogar als »Sieg eines Prinzips«.

Freilich sollte sich der von Marx prinzipiell festgehaltene Primat der Revolution vor der Reform, die bei ihm nicht als Ersatz, ja nicht einmal als Abschlagszahlung an die Revolution gedacht war, in der durch die marxistischen Parteien selbst instrumentierten Praxis in ihr Gegenteil verkehren. Denn es sollte sich sehr bald zeigen, daß man nicht gleichzeitig und gleich intensiv Reformen anstreben und etablieren, auf der anderen Seite aber die Revolution vorantreiben kann, die unter Umständen eben die mit viel Mühe errungenen Reformen in Frage stellen und die Kämpfenden um die Früchte ihres Erfolges bringen kann, ja in der Regel so verfahren muß; freilich um eines höheren Zieles, um der totalen Erfüllung und des rettenden dialektischen Umschlags willen, der die bestehende Klassengesellschaft in eine neue Dimension menschlicher Beziehungen verwandeln soll. Es sollte sich herausstellen, daß die Bereitschaft zu einem solchen, alles aufs Spiel setzenden Tun mit dem Ausmaß dessen, was man zu verlieren hat, nicht steigt, sondern abnimmt, daß man dann nicht mehr bereit ist, eine ganz neue Welt zu gewinnen, wenn man nicht bloß seine Ketten abzuwerfen, sondern auf liebgewordene Güter und Sicherheiten zu verzichten hat. Die elementare psychologische Gesetzmäßigkeit, über die sich schon das Individuum schwer hinwegsetzen kann, die Gesetzmäßigkeit, daß man das Nahe, Vertraute, Sichere, Errungene, wenn auch in seinem Umfang Begrenzte, dem Fernen, Unbekannten, erst zu Erringenden, wenn auch Totalen und Verlockenden, vorzieht; und daß man umgekehrt die gegenwärtige, kleinere, aber sichere Gefahr stärker empfindet und alles zu ihrer Abwehr unternimmt als eine künftige, unsichere, wenn auch in ihrer Perspektive totale, der man noch entkommen zu können hofft, ist für Gruppen und zumal für festgefügte Organisationen und Massenparteien schier unübersteiglich. In dieser Beziehung hat der Anarchismus gegenüber Marx historischen Weitblick bewiesen, wenn er erkannte, daß das Sich-Einlassen auf die Integrationsmechanismen der bestehenden Gesellschaft, zu denen auch das Wahlrecht zählt, unweigerlich einen Verlust revolutionärer Initiative mit sich bringt und man unter Umständen beim Gegenteil dessen landet, zu dessen Erkämpfung man historisch ausgezogen war. Freilich verabsäumte es der Anarchismus, eine praktikable historische Alternative zu präsentieren, ja der Sieg Marx' über *Bakunin* war in Wahrheit schon der Ausdruck des Wirksamwerdens jener psychologischen und historischen Gesetzmäßigkeit, die sich in weiterer Folge freilich gegen die Prätentionen des Marxismus selbst kehren sollte.

Ist das Revisionistisch-Werden erfolgreicher Bewegungen aber auch eine starke historische Tendenz, so bleibt es doch sehr fraglich, ob auch die subjektive Form der Widerspiegelung dieser Tendenz, die konkrete historische Reaktion der Arbeiterbewegung auf sie, ebenfalls unausweichlich oder nicht vielmehr die Folge einer bestimmten, die objektive Wirklichkeit mehr verhüllenden als entbergenden Interpretation war; die sich das Wirksamwerden des angedeuteten Mechanismus nicht eingestehen wollte, dafür aber in Kauf nehmen mußte, nicht über diese Gesetzlichkeit hinauszugelangen, sondern historisch hinter den auch von ihr noch offengelassenen Möglichkeiten zurückzubleiben.

Erst an dieser Stelle ist es möglich, die Problematik des Austromarxismus zu lokalisieren, der unter besonderen Umweltbedingungen im Rahmen des habsburgischen Vielvölkerstaates mit dem allgemeinen Dilemma sozialistischer Politik fertigzuwerden hatte. Zu dieser allgemeinen Problematik kam im Rahmen der österreichischen Partei noch die starke Fixierung an den Einheitsgedanken als komplizierender Umstand hinzu. Dieser Einheitsgedanke, der infolge der späterrungenen Einheit der österreichischen Arbeiterbewegung die Folgewirkung eines prägenden Geburtstraumas hatte, war einer prinzipiellen Austragung von Gegensätzen und einem Bewußtmachen von Problemen, die ihrer Natur nach geeignet waren, die Stabilität und Geschlossenheit der Partei zu gefährden, nicht gerade förderlich, ja in hohem Maße abträglich. Während es in der deutschen Sozialdemokratie immerhin zu einem erklärten Revisionismusstreit kam, zogen es im Rahmen der österreichischen Partei auch die inhaltlichen Revisionisten vor, ihre Revision des Marxismus, wenn auch auf gekünsteltem und unglaubwürdigem Wege, mit dem Marxismus in Einklang zu bringen.

Freilich teilte der Austromarxismus trotz aller Verschiedenheiten der Verschleierung und Integration der Gegensätze gegenüber der deutschen Sozialdemokratie mit ihr, die geistig-theoretisch von dem aus Österreich stammenden *Karl Kautsky* dominiert wurde, eine zentrale Perspektive, deren Auswirkungen auf die Praxis nachhaltig waren und deren gemeinsames Vorhandensein es sogar vertretbar erscheinen läßt, Austromarxismus und deutsche Sozialdemokratie in theoretischer Hinsicht auf den Generalnenner des »Kautskyanismus« zu bringen. Das uns in diesem Zusammenhang interessierende Wesentliche der Geschichtsschau und Gesellschaftsauffassung Karl Kautskys war seine von *Darwin* zu Marx fortschreitende, quasi-naturwissenschaftliche Auffassung von der Entwicklung der Gesellschaft, die ihn eine automatische Zersetzung und Selbstauflösung des Kapitalismus erwarten ließ: diese deterministische Perspektive von der unfehlbar eintretenden historischen Notwendigkeit wirkte sich in der sozialdemokratischen Praxis als fatalistische Lähmung der Aktivität aus und führte zu einem gebannten Starren auf eine Zukunft, um derentwillen man die großen Chancen der Gegenwart verschmähte, im Hinblick auf die man sich aber auch berechtigt fühlte, die kleinen Chancen ohne Gewissensbisse wahrzunehmen, würde doch erst die kommende Revolution, die man nach Kautsky nicht machen konnte, sondern die einem passieren mußte, für die Lösung der großen Probleme sorgen. War die Sozialdemokratie nach der Definition Kautskys zwar eine »revolutionäre, aber keine Revolutionen machende Partei«, so konnte dies in der Praxis nur auf die Rationalisierung eines Abwartens hinauslaufen, das weder die revolutionären Möglichkeiten noch die Chancen der Reform ausschöpfte. Der Kampf um die Durchsetzung von Reformen wurde vielfach nicht mit letztem Einsatz, ohne Überstrapazierung der vorhandenen Möglichkeiten geführt, weil man ja die bequeme Ausweichperspektive der ohnehin alles zum Guten wendenden Revolution bereit hatte; die revolutionären Möglichkeiten aber wurden — wie 1918 — nicht ausgenützt, weil man in Wahrheit Angst vor dem Verlust des Erreichten und der Infragestellung des Bestehenden hatte und sich auch hier in die Vertröstungsphilosophie der kommenden Revolution flüchten konnte. Der Versuch, Revolution und Reform zu versöhnen, schien bei Karl Kautsky in Worten gelungen, in der Praxis führte er zu einem Ergebnis, das weder revolutionären Erwartungen noch revisionistischen Maximalisten gerecht werden konnte und mit großer Wahrscheinlichkeit hinter den Möglichkeiten der historischen Situation, die ohnehin begrenzt und kompliziert waren, zurückblieb.

Der Gründer und Einiger der österreichischen Sozialdemokratie, *Victor Adler*, sah sich immer wieder mit dem Dilemma sozialdemokratischer Politik konfrontiert und versuchte ihm verbal etwa wie folgt gerecht zu werden: »Jede Reform ist wichtig und wert jeder Mühe, aber jede Reform ist nur soviel wert, als Revolution in ihr steckt! Wenn man uns fragt: Revolution oder Reform? so antworten wir: Revolution und Reform. Oder: Reform, nur um der Revolution willen.« Daß der Begriff der Revolution, der bei Marx einen höchst konkreten Inhalt einer gewaltsamen Sprengung der bestehenden Ordnung hatte, so zu einem unverbindlichen Synonym für Politik schlechthin, zu einem bloßen schmückenden Beiwort ohne Orientierungswert und Verpflichtungscharakter herabsinken mußte, liegt auf der Hand. Freilich war sich Adler der hinter dieser verbalen Versöhnung stehenden Problematik bewußt. So führte er am Parteitag 1904 Gedanken aus, die eindringlich und offen an die Tiefenschicht der konkret aufgegebenen Problematik rührten: »Aber die Lage, in der wir sind, entspringt nicht nur der Selbsttäuschung, sondern vor allem der Tatsache, daß wir einen Staat so notwendig brauchen, und ich wiederhole es mit allem Nachdruck, mit dem vollen Bewußtsein, als Sozialdemokrat zu sprechen: wir, die wir den Kapitalismus beseitigen wollen, wir können ihn nicht beseitigen, ohne daß er existiert, wir können diesen Klassenstaat nicht bekämpfen und nicht die ganze Macht des Proletariats gegen ihn entwickeln, ohne daß er ein lebendiges Leben habe. Denn der Kapitalismus braucht zu seiner Entfaltung vor allem den Staat. Da das Proletariat aber das Ergebnis der Entwicklung des Kapitalismus ist, sind wir an die Entwicklung des Kapitalismus gebunden, und so ergibt sich für uns die merkwürdige Situation, daß wir zugleich den Staat aufrufen, einen lebendigen, modernen Staat, mit dem klaren Bewußtsein, daß dieser Staat ein Staat ist, der nicht unser ist ... Wir haben den Punkt nicht einmal, von dem man angreifen, den Punkt nicht, den man angreifen kann.« In diesen Worten Adlers liegt das Eingeständnis beschlossen, daß sich weder die den Kapitalismus angreifende eigene Wirklichkeit noch der Kapitalismus selbst mit jenem Modell decken, das nach Marx eigentlich maßgeblich sein sollte, sondern daß beide in einem ständigen Entwicklungsprozeß begriffen waren, der die alte Rechnung mangels eines historischen Wirtes unbegleichbar machte und ganz andere Probleme auf die Tagesordnung setzte. Der Verfolgung dieses selbstkritischen Ansatzes stellte sich aber ebenjener Kautskysche Fatalismus hinderlich entgegen, der ein klares Bewußtsein der historischen Probleme nicht aufkommen ließ und damit auch ihre Lösung, die an sich schon schwierig genug gewesen wäre, unmöglich machte, dafür aber einen Mechanismus der Vertröstung und Abschiebung in Bewegung setzte, der vorschnell auf die Zukunft verwies, um sich nicht in voller Schärfe einer unerfreulich konfliktreichen Gegenwart stellen zu müssen.

Diese fatalistische Haltung kommt in klassischer Form in einer Rede zum Ausdruck, die Victor Adler auf dem I. Kongreß der II. Internationale, der 1889 in Paris stattfand, hielt: »In der letzten Stunde, wenn die kapitalistische Gesellschaftsordnung zusammenbricht — und sie wird ganz von selbst zusammenbrechen, ohne daß man sozusagen dabei nachzuhelfen brauchte — dann wird das Schicksal des Proletariats sich entscheiden nach dem Grad geistiger Entwicklung, den es erreicht haben wird. Wir besitzen weniger Einfluß auf das Eintreten dieses Moments, als wir selbst anzunehmen pflegen — weit weniger, als unsere Feinde argwöhnen. Aber eines liegt in unserer Macht: Uns für diesen Augenblick vorzubereiten ... — Bereit sein, das ist alles.«

Unter solchen historischen Auspizien und ideologischen Vorzeichen begann *Otto Bauer* 1907 als Sekretär des sozialdemokratischen Parlamentsklubs seine politische Tätigkeit. Der 26jährige Otto Bauer war durch sein ebenfalls 1907 in den *Marx-Studien* erschienenes geniales Erstlingswerk *Die Nationalitätenfrage und die Sozialdemokratie*, das viel mehr als eine Spezialuntersuchung des Nationalitätenproblems, nämlich ein ganzes Kompendium historischer Gelehrsamkeit und marxistischer Tiefenforschung war, berühmt und anerkannt worden. Von Victor Adler zu der höchst verantwortungsvollen Funktion des parlamentarischen Sekretärs, die in der Geschichte der österreichischen Sozialdemokratie ihre Position als Schlüsselstellung bewahrte, herangezogen, hatte er neben seiner im engeren Sinne beruflichen Tätigkeit, deren Einfluß auf die Gestaltung und Koordinierung sozialdemokratischer Politik nicht unterschätzt werden darf, auch noch die Aufgabe, die jeweilige Politik der Partei erklärend zu rechtfertigen und einem weiteren Kreis verständlich zu machen. Dieser Aufgabe unterzog sich Bauer vor allem im theoretischen Organ der österreichischen Sozialdemokratie, der ebenfalls 1907 ins Leben gerufenen Monatszeitschrift *Der Kampf*. Die Beiträge Bauers in den Jahren vor dem Ersten Weltkrieg stellen eine Fundgrube zur Erkenntnis austromarxistischer Politik und Interpretation dar und sind auch zum Verständnis der Rolle, die Bauer während der Zwischenkriegszeit spielte, unerläßlich. Das bei Victor Adler angelegte Reaktionsschema wurde bei Otto Bauer apologetisch variiert und konkretisiert; im Hinblick auf spätere Entwicklungen und Zusammenhänge läßt sich sagen, daß dieses Schema, das ursprünglich sicher — wenigstens teilweise — Reaktion auf eine historische Situation und objektive Bedingungen war, mehr und mehr die Tendenz entwickelte, sich auch dort eigengesetzlich zwischen historischen Antrieb und Auftrag zu schieben, wo eine andere Reaktionsform zielführender gewesen wäre. Deshalb verdient das von Bauer reproduzierte und verfeinerte Schema schon in seinen Anfängen jene Beachtung, die die Politik Otto Bauers als Führer der österreichischen Sozialdemokratie ganz allgemein genießt.

Der schon bei der Analyse der Theorie und Praxis Victor Adlers aufgezeigte Widerspruch zwischen erweckten Erwartungen und vorhandenen Möglichkeiten, zwischen revolutionärer Phrase und de facto auf die Erhaltung des Bestehenden gerichteter Politik, findet sich bei Otto Bauer, den konkreten Problemen seines Aufgabenbereiches zugewendet, auf Schritt und Tritt. Der Zwiespalt austromarxistischer Politik kam vor allem im Verhältnis zum Parlament und den dort erlangten Einflußmöglichkeiten zum Ausdruck. Auf der einen Seite ging die reformistische Zurückhaltung, um das Bestehende nur ja nicht zu gefährden, so weit, daß die Partei nach der Einführung der fünften Kurie 1896, die einigen sozialdemokratischen Abgeordneten den Einzug ins Parlament ermöglichte, bis 1905 keine ernstlichen Aktionen unternahm, um das allgemeiner gewordene Wahlrecht zu einem gleichen zu machen; auf der anderen Seite wurde ständig vor einer Überschätzung der Möglichkeiten des Parlaments, die Gesetze der kapitalistischen Klassengesellschaft aufzuheben, gewarnt. Das Ergebnis bestand dann konkret weder darin, über die Möglichkeiten des Parlamentarismus hinauszugelangen, interpretierte man die revolutionäre Situation doch in Übereinstimmung mit Kautsky und Victor Adler als dem eigenen Zutun entzogenes, daher hier und jetzt nie aktuelles Ereignis, noch auch darin, die Möglichkeiten des Parlamentarismus bis zum Äußersten anzustrengen, weil man sich schnell und willig dem Trost hingab, durch parlamentarische Beschlüsse ohnehin nichts Entscheidendes ändern zu können. Daß die Enttäuschung über die Ergebnisse parlamentarischer Tätigkeit nicht zuletzt das Ergebnis der von der Führung erweckten Erwartungen war, geht aus den folgenden Vorkriegsstellungnahmen Otto Bauers hervor.

»Wenn unsere Kämpfe im bürgerlichen Parlament die Arbeiterklasse zu klarer Erkenntnis ihrer Bedürfnisse, zu freiem und selbständigem Wollen erziehen, bereiten sie unseren endlichen Sieg vor. Aber zugleich bringen sie doch auch der Arbeiterklasse unmittelbare Erfolge, fühlbare Linderung ihrer Leiden unter der Herrschaft des Kapitals« ... »Mit dem Grimm der enttäuschten Hoffnung wenden sich die Massen angewidert von dem Treiben des Parlaments ab. Gewiß, nicht wir sind für dieses Treiben verantwortlich: Schuldig sind jene, die sich nicht miteinander vertragen konnten, als sie sich gegen uns vereinigt hatten, und nun nicht arbeiten können, da sie einander zu bekämpfen begonnen haben. Aber das Mißtrauen der Massen wird doch auch uns zur Gefahr: Wir haben sie ja in den Kampf um das Wahlrecht geführt; wir haben, häufiger vielleicht, als notwendig war, vom ›Volksparlament‹, weniger häufig, als nützlich gewesen wäre, von der bürgerlichen Parlamentsmehrheit geredet und uns zuweilen gar zu sehr mit dem so bald erniedrigten und entwürdigten Haus identifiziert.« Daß der Zentrismus des Austromarxismus weder den Ausbruch in die echte revolutionäre Aktion noch auch die Ausschöpfung der parlamentarischen Möglichkeiten freilegte, sondern ideologisch vermauerte, wird aus der folgenden Stellungnahme Otto Bauers deutlich: »Dem Revisionismus von rechts und dem Revisionismus von links, dem friedlichen Reformismus und dem gewalttätigen Syndikalismus steht der Marxismus gleich feindlich gegenüber. Er weiß, daß die ehernen Gesetze der kapitalistischen Entwicklung weder durch sozialistische Minister noch durch sozialistische Attentäter aufgehoben werden können. Seine Aktion ist Belehrung, seine Arbeit Bildungsarbeit. Er lehrt die Massen, daß ihre Not nicht innerhalb des Kapitalismus, sondern nur mit dem Kapitalismus verschwinden kann. Er warnt sie vor den falschen Propheten, die ihnen innerhalb der heutigen Gesellschaft Abschaffung ihres Elends versprechen. Er zerstört ihre Illusionen. Jeder Mißerfolg im Kampf um positive Erfolge, jede Verschlechterung der Lage des Proletariats, jede Erschwerung der Bedingungen des Handelns führen ihm Hunderttausende neuer Anhänger zu. Wie die Illusionisten einer allgemeinen, die Klassengegensätze überbrückenden Konsumentenpolitik sind auch unsere ›Radikalen‹ nichts anderes als Revisionisten.«

Traf der Vorwurf des Revisionismus also jene, die von links oder rechts zum entschlossenen Handeln durchbrechen und es auf die Probe aufs Exempel ankommen lassen wollten, vor der die Führung immer wieder zurückschreckte, so mußte der Ehrentitel des Revolutionärs jenen vorbehalten bleiben, die sich gleich Bauer einem revolutionären Fatalismus hingaben, der an rhetorischer Kraft nichts, an konkretem Aussagewert für die Gegenwart aber alles zu wünschen übrigließ und in der Mischung von marxistischer und germanischer Mythologie bei Bauer etwa folgende Form annahm: »Die friedlichen Hoffnungen sind begraben. Überall sehen wir die Gegensätze zwischen den Völkern und Klassen, Staaten und Kulturkreisen wachsen. Heil uns, daß wir die Flammenzeichen sehen! Sie künden uns, daß wir näherrücken zum Ziele. Denn nur im Brande der alten wächst die neue Welt. Durch Loges lohende Flamme muß Siegfried schreiten, Wotans Töchter zu gewinnen.«

Daß die Beschwörung der Schicksalsstunde niemals als Anleitung zum Handeln, sondern nur zur Vertagung des Handelns auf unbestimmte Zeit diente, geht deutlich und über den Anlaßfall hinaus symptomatisch aus dem Zusammenhang des Artikels, dem das letzte Zitat entnommen wurde, hervor. Die dramatischen Bilder wurden regelmäßig entworfen, wenn das Drängen zum Handeln mit anderen Mechanismen nicht mehr aufzuhalten war. In der einleitenden Exposition wird die revolutionäre Ungeduld geschildert, die sich über die Ungerechtigkeiten und Härten der kapitalistischen Ordnung empört: »Von der Teuerung gequält, um die Hoffnung auf schnelleren Fortschritt der sozialen Gesetzgebung betrogen, trägt die Arbeiterklasse mit verhaltenem Grimm das ohnmächtig untätige Walten des Parlaments. Auch in ihr häuft sich der Zorn. Muß ihr nicht der Gedanke aufkeimen, wieder, wie im Jahre 1905, aufzustehen, mit mächtigem Stoß die Gegenstände, um die die Bourgeoisie hadert, vom Tische des Hauses zu schleudern und ihre Fragen auf die Tagesordnung zu setzen?«

Nach dieser verheißungsvollen Frage kam jedoch gleich das ernüchternde und in eine unbestimmte Zukunft verweisende Aber: »Aber ob die Armee oder das Proletariat, die Macht der Vergangenheit oder die Kraft der Zukunft, den streitenden Bourgeoisien als Zwingherr zur Ordnung gegenübertritt, wird nicht in Österreichs innerer Entwicklung entschieden. Eng verflochten sind die Geschicke der Völker und Staaten, jede große Wendung in Österreichs Geschichte wird von außen bestimmt.«

In diesen Sätzen spiegelt sich die objektive Belastung wider, der die Politik Otto Bauers vor und nach dem Ersten Weltkrieg ausgesetzt war, in ihnen ist aber auch schon jenes Schema angelegt, das auch dann bemüht wurde, wenn im eigenen Rahmen und schon jetzt die Möglichkeit zum Handeln gegeben war. Die unbestreitbare Wahrheit, daß die österreichische Politik in größeren Zusammenhängen wirksam zu werden und künftig sich bietende günstige Gelegenheiten abzuwarten hatte, wurde bei Otto Bauer, bei dem das fatalistische Vertrauen auf die rettende Stunde als irrationales Element hinzutrat, zu einem Vorstellungsinhalt, der die optimale Ausnützung der vorhandenen Möglichkeiten vereitelte und das Ausweichen in die Zukunft und die dem eigenen Zugriff entzogenen weltpolitischen Zusammenhänge vorschnell gestattete. Damit wurde aber der an sich kleine Freiheits- und Spielraum der eigenen Aktionen weiter eingeengt, was dann wieder als Bestätigung der an objektiven Daten orientierten Ausgangsvoraussetzung aufgefaßt wurde.

Die Überleitung von nationalen zu internationalen Problemen läßt deutlich werden, daß der geschilderte Projektionsmechanismus zur Lösung bzw. Verschleierung vorhandener Probleme nicht auf die Grenzen der nationalen Politik beschränkt blieb, sondern sich auch im internationalen Maßstab bemerkbar machte. Der internationale Rahmen wurde nicht nur vorschnell als Alibi für ein Zurückbleiben hinter den historischen Möglichkeiten verwendet, sondern diente auch als Anwendungsgebiet jener Disproportionalität zwischen erweckten Erwartungen und tatsächlichen Möglichkeiten, die wir schon im nationalen Bereich kennengelernt haben. So trug Victor Adler auf den internationalen Sozialistenkongressen jene Zuversicht, einen Krieg abwenden zu können, zur Schau, die die ganze Internationale erfüllte, ohne daß man sich konkrete Vorstellungen über die Natur der zu ergreifenden Abwehrmaßnahmen machte und sich über die Stärke der eigenen Widerstandskraft realistisch Rechenschaft ablegte. Man muß, wenn man die einschlägigen Dokumente unbeeinflußt auf sich wirken läßt, zu dem Schluß kommen, den der frühverstorbene österreichische Historiker *Albert Fuchs* in bezug auf die Haltung der Sozialdemokratie zum Krieg mit folgenden Worten zog: »Die Manifeste der Internationale, die Werke der Theoretiker sprachen unablässig vom bevorstehenden Krieg und der bevorstehenden Revolution. Das Unglück war, daß kein Mensch glaubte, was da gesagt wurde. Man hörte diese Dinge seit Jahrzehnten, es waren Phrasen, die die Bewegung mitschleppte, weil sie sich nun einmal eingelebt hatten.« Man sprach ständig vom Ernstfall des Krieges, ohne ernstlich an ihn zu glauben und konkrete Vorbereitungen zu seiner Abwehr zu treffen. Im Grunde aber hatte man bei alldem ein ungutes Gefühl und war sich im Grunde genommen im klaren, daß man eigentlich keine Möglichkeit hatte, den Einbruch der Katastrophe zu verhindern. In der folgenden Stellungnahme Victor Adlers in der Friedensversammlung der Internationale im Basler Münster 1912 ist die Ambivalenz der Einstellung zu der kommenden Katastrophe und den eigenen Möglichkeiten dadurch besonders augenfällig, daß Adler sich innerhalb weniger Sätze eklatant widersprach und damit jenes Dilemma enthüllte, das der Sozialdemokratie auch angesichts der internationalen Politik nicht erspart blieb: »Von uns Sozialdemokraten hängt es leider nicht ab, ob Krieg wird oder nicht. Daß die Arbeiterklasse aller Länder täglich an Macht gewinnt, das sehen wir, das ist unsere Arbeit, unser Leben. Aber überschätzen wir uns nicht, und überschätzen wir vor allem nicht die Einsicht unserer Regierungen. Was wir können, das ist zu verhindern, daß es einen Krieg gibt. Es darf keinen Krieg geben, der der Fluch aller Völker werden würde.« Im selben Jahre erklärte Victor Adler auf dem österreichischen Parteitag: »Es gibt keine denkbare Möglichkeit, unter der wir den Krieg dem Frieden vorziehen können ... Der Krieg ist für Österreich eine Unmöglichkeit aus politischen Gründen, aus Gründen aller Art, nicht zuletzt aber auch deshalb, weil es in Österreich eine internationale Sozialdemokratie gibt, die das öffentliche Bewußtsein der Massen des Proletariats ist und die das Gewissen der Massen ist.« Doch so wie die revolutionären Phrasen im nationalen Rahmen die Funktion hatten, an Stelle einer wirklich revolutionären Politik zu treten, weil diese entweder nicht möglich war oder einfach nicht gewagt wurde, so waren die Verheißungen und Beteuerungen der eigenen Stärke im internationalen Maßstab viel mehr Ausfluß der Selbstberuhigung und Selbstberauschung als ernstzunehmende Zeichen wirklicher Entschlossenheit. Dies sollte sich bei Ausbruch des Weltkrieges mit aller Deutlichkeit zeigen, die Führung und die Massen fanden sich nicht nur mit dem Unvermeidlichen ab, sondern schwenkten mehr oder weniger vorbehaltlos auf die Linie der Kriegsbegeisterung ein. Der berühmte Leitartikel des Chefredakteurs der *Arbeiter-Zeitung Friedrich Austerlitz* vom 5. August 1914 *Der Tag der deutschen Nation,* der den Krieg für die nationale Sache des deutschen Volkes in hymnischen Wendungen feierte, verlieh einer weitverbreiteten Stimmung Ausdruck, die erst nach Jahren des Elends in ihr Gegenteil umschlug.

Victor Adler verteidigte die Haltung des Parteivorstandes gegen eine winzige Minderheit, die auf Vertrauensmännerkonferenzen und den Reichskonferenzen der Partei, die an Stelle der Parteitage abgehalten wurden, der herrschenden Einstellung entgegenzuwirken trachtete, und kam zu der resignierten Feststellung: »Es gibt nur eines, was noch schlimmer ist als der Krieg, das ist die Niederlage. Der Mensch kann nicht anders, wenn auch unser Sieg die Niederlage der anderen ist. ... Es bleibt nichts anderes übrig, so furchtbar es ist, weil das Gegenteil noch schlimmer ist.« Mit dieser Feststellung, die ganz auf der Linie der Argumentation *Karl Renners* lag, distanzierte sich Adler unter der Wucht der Ereignisse von jener Haltung, die er selbst vor Ausbruch des Weltkrieges für möglich gehalten hatte. Gegenüber dem Philosophen *Max Adler*, der in einem oppositionellen Diskussionsbeitrag mahnte, die Zukunftsinteressen des Proletariats über seine Gegenwartsinteressen zu stellen, wandte Victor Adler vielsagend ein: »Es ist eine philosophische, aber auch eine anarchistische Utopie zu glauben, daß das Proletariat etwa einen Sprung machen kann aus dem Elend in die Befreiung ... Man soll mit der Weltgeschichte nicht listen ... Die Formen und Methoden der Philosophie sind ohne Gefahr nicht anwendbar auf die praktische Politik, mit der wir es zu tun haben.« In dieser Zurückweisung wurde gerade jene fatalistische Überzeugung vom punktuellen Umschlag verleugnet, die bei anderen Gelegenheiten immer wieder genährt worden war, daß es nämlich durch einen dialektischen Sprung möglich sein werde, aus dem Reich der Notwendigkeit in das der Freiheit zu gelangen. Und auch mit der Weltgeschichte hatte die Internationale sehr wohl gelistet, indem sie sich in ihren Erörterungen ohne Prüfung der realen Voraussetzungen über Entwicklungsstufen hinweggesetzt hatte, an die man auf dem Weg zu höheren Formen des menschlichen Zusammenlebens auch dann gebunden bleibt, wenn man sie rhetorisch bereits hinter sich gelassen hat. Die Äußerung Victor Adlers über die Unzuständigkeit der Philosophie und die Gefahren ihrer Anwendung auf die Praxis zeigt, wie schnell der Grundsatz der Einheit von Theorie und Praxis fallengelassen wurde, wenn die Theorie einmal nicht zur Rechtfertigung der Praxis, sondern zur Kritik an ihr, einmal nicht zur Begründung des Untätigbleibens, sondern als Ansporn zum Tätigwerden verwendet wurde.

Doch nicht nur der Philosoph Max Adler, sondern auch der Sohn des Parteigründers und langjährige Parteisekretär *Friedrich Adler* gehörte zu den wenigen Oppositionellen, die die Haltung der Partei gegenüber dem Krieg als Abfall von der Höhe der vor dem Krieg gepredigten sozialistischen Ideale betrachteten. Als Friedrich Adler mit seinen Anträgen, die die Kriegsunterstützung durch den Parteivorstand verurteilten und die Ergreifung von Friedensinitiativen im Sinne der Vorkriegsbeschlüsse der internationalen Kongresse verlangten, auch noch 1916 in einer kleinen Minderheit verblieb und keine andere legale Möglichkeit sah, seinen Protest gegen den Krieg und seine Fortsetzung zu deponieren, da das Parlament ausgeschaltet war und selbst eine Protestversammlung von Universitätsprofessoren verboten wurde, entschloß er sich zu einer individuellen Aktion und erschoß am 21. Oktober 1916 den österreichischen Ministerpräsidenten *Graf Stürgkh.* Die Tat wurde von der Partei mit Entsetzen aufgenommen und »unbeugsam verurteilt«, und zwar nicht nur aus Angst um den Bestand der Partei, sondern auch deshalb, weil noch jedes Verständnis für die Bedeutung dieser Tat fehlte. Obwohl sich das Attentat Friedrich Adlers vordergründig gegen den Kriegsabsolutismus richtete, den er in der Person seines regierenden Repräsentanten treffen wollte, war es doch auch Ausdruck der Verzweiflung über die Partei, eine Abrechnung mit ihrer doppelzüngigen Politik. Es kam Friedrich Adler zunächst nur darauf an, eine Demonstration der Ablehnung vorzunehmen und mit seiner Tat zur Aufrüttelung der Massen beizutragen: »Ich war nie so töricht, mit dieser Tat einen revolutionären Erfolg erzielen zu wollen, sondern ich wollte dem revolutionären Geist in Österreich wieder eine Stätte schaffen.« Während die Mehrheit der Partei sehr schnell und leicht den Übergang von den hochtrabenden Versicherungen der Vorkriegszeit zu der resignierten bis begeisterten Einstellung nach dem Eintritt der Katastrophe gefunden hatte, wollte Friedrich Adler die Partei beim Wort nehmen und mit ihren Ankündigungen konfrontieren: »Ich bin Zeit meines Lebens ein Revolutionär gewesen und habe immer die Tagespolitik als ein Mittel der Reform aufgefaßt, und niemals die Revolution als eine Phrase der Tagespolitik.«

Die Tat Friedrich Adlers wurde von Otto Bauer in seinem Werk *Die österreichische Revolution* rückblickend als »Wendepunkt« in der Geschichte der Arbeiterbewegung gewertet. Man kommt der historischen Realität und der Umprägung der Tat Friedrich Adlers mit dem Fortschritt der Kriegsereignisse wesentlich näher, wenn man sie als Anknüpfungspunkt versteht. Mit Hilfe dieses Anknüpfungspunktes war es später möglich, die ursprünglich verurteilte und unverstandene Tat nicht nur für die Partei zu reklamieren, sondern ihr jene Schlüsselstellung einzuräumen, die sie im Bewußtsein der Zeitgenossen, schon gar in dem des sozialdemokratischen Parteivorstandes, noch nicht besaß. Mit der Zunahme der Kriegsmüdigkeit der Massen und der Wendung des Kriegsglücks stellte sich die Tat Friedrich Adlers zunehmend als vorwegnehmendes Fanal dar, das der Gesamtpartei die Möglichkeit bot, sich am Beispiel dieser Tat aufzurichten und über die lange Periode der kaum gehemmten Bejahung des Krieges und der Kriegsziele der Mittelmächte hinwegzugehen.

Otto Bauer, der bei Ausbruch des Weltkrieges eingerückt war und erst im September 1917 aus der russischen Kriegsgefangenschaft heimkehrte, leitete den Prozeß der Uminterpretation der Tat Friedrich Adlers, der in sein politisches Konzept paßte, ein.

Die »Erklärung der Linken« am Parteitag 1917 erging sich in vehementer Kritik an der Politik des Parteivorstandes und warf besonders Renner Abweichungen vom und Verrat am Geist der Internationale vor. Das im April 1918 im *Kampf* veröffentlichte Nationalitätenprogramm der Linken lief prak-

Julius Tandler baute das für die Welt beispielhafte Gesundheitswesen der Stadt Wien auf

Ferdinand Hanusch, der Schöpfer der Sozialgesetzgebung der Ersten Republik

Robert Danneberg trat als Landtagspräsident von Wien im Nationalrat für die Belange der Stadt ein

Otto Glöckel hat die österreichische Schulreform geschaffen, die bis in die Gegenwart weiterwirkt

REUMANNHOF
GEMEINDE WIE

Jodok Fink

Leopold Kunschak

Vorhergehende Seiten: Reumannhof; ein Beispiel der Wiener Gemeindebauten, die in der Ersten Republik zum Symbol einer neuen Baugesinnung wurden

Anton Hanak, Magna Mater

tisch schon auf eine Anerkennung der Selbständigkeitstendenzen der einzelnen Nationen des Vielvölkerstaates hinaus. Trotzdem hielt die Gesamtpartei bis zuletzt am gemeinsamen Staatsverband fest und schloß sich beim Übergang zum selbständigen Staat und zur Republik mehr dem Gang der durch äußere Faktoren bewirkten Ereignisse an, als sie diesen Gang bestimmte. Die österreichische »Revolution« war eine ideologische Konstruktion, die juristisch notdürftig gedeckt war, der aber sowohl die Vorbereitung von langer Hand und mit klarem Ziel, wie sie für eine echte Revolution wesentlich ist, als auch ein revolutionärer Inhalt, also etwa eine umstürzende Änderung der Eigentumsordnung, fehlte. Die Konstruktion von der österreichischen »Revolution«, der Bauer 1923 sein glänzendes Geschichtswerk widmete, hatte den Zweck, dem eigenen Selbstgefühl zu schmeicheln und den Machtzuwachs, der durch die Bildung des neuen Staates eingetreten war, mit dem nötigen Anschein von Verdienst und sozialistischer Respektabilität zu umgeben. Außerdem hatte die ständige Betonung des revolutionären Charakters des Überganges, der sich wohl treffender als »Zerfall« oder »Umbruch« beschreiben läßt, die Funktion, weitergehende Revolutionsvorstellungen, im besonderen die auf Errichtung einer Räterepublik abzielenden Bestrebungen der Kommunisten, aufzufangen und überflüssig erscheinen zu lassen. Nunmehr erst gewann die Tat Friedrich Adlers ihre volle Bedeutung: sie erlaubte es, dem eben adaptierten revolutionären Selbstverständnis auch die nötige Tradition und Anciennität beizustellen und so zu tun, als wäre die Tat Friedrich Adlers Ausdruck des Geistes der Partei gewesen. Die Tat Friedrich Adlers verlieh der »österreichischen Revolution« eine durch Rückkoppelung fingierte Kontinuität, sie ließ die wirkliche Haltung der zeitgenössischen Partei vergessen und ermöglichte es der Nachkriegsführung, unmittelbar an die Phraseologie der Vorkriegspartei anzuknüpfen. Die Tat Friedrich Adlers, die nicht zuletzt ein Akt der Auflehnung gegen einen alle Gegensätze integrierenden und verwischenden Parteimechanismus war, wurde von ebendiesem Mechanismus in einer späteren Phase seiner Bewährung absorbiert. Die Tat Friedrich Adlers, die der Aufrüttelung der revolutionären Leidenschaft galt, wurde in den Dienst der Mäßigung und Selbstbeschränkung gestellt. Die Autorität, die sich Friedrich Adler bei den Arbeitern durch seine Tat erworben hatte, erstickte die Bestrebungen der Kommunisten, die revolutionäre Situation weiter voranzutreiben, im Keim. Friedrich Adler, der 1914 und 1916 das Unmögliche möglich machen wollte, trat auf die Seite derer, die — zu Recht oder zu Unrecht — ein Weitertreiben der Revolution für unmöglich erklärten.

Wie immer man die Chancen eines räterepublikanischen Experimentes im Österreich jener Tage einschätzen mag, die Ingangsetzung eines solchen Experimentes läßt sich in seinem Schwierigkeitsgehalt und seinen Erfolgschancen durchaus mit der von Friedrich Adler bei Ausbruch des Weltkrieges verlangten Haltung der Partei vergleichen: ja, es wäre 1918 mit Hilfe der revolutionierten Massen leichter möglich gewesen, in ein Räteabenteuer zu verfallen, als es 1914 möglich gewesen wäre, gegen die kriegsbegeisterten Massen die Haltung der internationalen proletarischen Solidarität einzunehmen. Friedrich Adler hielt den ungestümen und ungebärdigen Linksradikalen ähnliche Argumente entgegen, wie sie ihm 1914 und noch 1916 entgegengehalten worden waren, nämlich die Realität zu verkennen und den bloßen Willen als Triebfeder des Geschehens zu betrachten. War es mehr als eine historische Ironie, was den Revolutionär und Einzelgänger von gestern heute zum Anwalt der Zurückhaltung und zum Prediger der Vernunft machte? War es ein Zufall, daß die austromarxistischen Führer, und mit ihnen Friedrich Adler, zu derselben revolutionären Phraseologie greifen mußten, gegen deren gedankenlose Verwendung sich Friedrich Adler ausgesprochen hatte? Waltete hier nicht jene tiefere historische Gesetzmäßigkeit, der Renner auf der Spur war, die sich aber gerade die Linke nicht eingestehen wollte und konnte, ohne sich den illusorischen Charakter ihres Linksseins mit eingestehen zu müssen?

Wandelte sich Friedrich Adler unter der Last der Verantwortung und dem Druck der fortschreitenden Ereignisse von einem unbekümmerten Gesinnungs- zu einem die Situation mit ihren Chancen und Risken abwägenden Verantwortungsethiker, so mußte sich auch Otto Bauer, der die Parteiführung nach Victor Adler übernahm, eine neue Rolle zurechtlegen. Der Anknüpfung der Gesamtpartei an die Tat Friedrich Adlers, die in den Dienst ihr ursprünglich fremder Zweck trat, und an die Vorkriegsphraseologie entsprach im Selbstverständnis Otto Bauers die Anknüpfung an jene Funktion, die er im gewissen Sinne schon als Klubsekretär vor dem Weltkrieg ausgeübt hatte. Überdeckte die Rehabilitierung und Verklärung der Tat Friedrich Adlers alles, was historisch zwischen die Vorkriegsbeteuerungen und die Nachkriegspraxis getreten war, um eine revolutionäre Kontinuität vorzutäuschen, die in Wahrheit nicht bestanden hatte, so sah sich auch Otto Bauer in die Lage versetzt, unmittelbar vorhergehende Entwicklungsphasen verdrängen zu müssen, um den eingespielten Mechanismus im Sinne der Vorkriegswirklichkeit handhaben zu können. War Bauer noch 1917 als Proponent der Linken aufgetreten und mußte er sich als solcher den Vorwurf Renners zuziehen, zu fraktionieren und der Spaltung der Partei Vorschub zu leisten, so beruhte die Stärke und Unangefochtenheit Bauers nach 1918 nicht zuletzt darauf, mit der latenten Drohung einer Abspaltung nach links konfrontiert, nach rechts hin die Macht des Einheitsgedankens ausspielen lassen zu können und jenen die undankbare Rolle der Parteispalter zuzuschieben, die er in den Augen der Hüter der Einheit von 1917 gespielt hatte. So wie Friedrich Adler gegen den Mechanismus der revolutionären Beruhigung aufbegehrte, um in einer anderen historischen Situation bei ihm zu landen, so mußte auch Otto Bauer jenem alle Gegensätze verschlingenden Mechanismus der Einheit, den er 1917 mit Friedrich Adler als »Gesinnungsschlamperei« anprangerte, seinen Tribut zollen; ja, er schwang sich zum Meister und virtuosen Handhaber ebendieses Mechanismus auf und bediente sich so jenes Basiliskenspiegels, der ihm noch vor kurzem abschreckend vorgehalten worden war. Friedrich Austerlitz mußte Bauer noch im *Kampf* des Jahres 1918 als Vertreter der Parteimehrheit entgegenhalten, was diesem kurze Zeit später, nachdem er aus der Rolle der labilen Opposition in die des Parteiführers hineingefunden hatte, der seine Vorkriegstätigkeit auf höherer Ebene fortsetzen, von einem ausführenden zu einem befehlenden Organ aufsteigen konnte, an seine Vergangenheit anknüpfend, zur Selbstverständlichkeit werden sollte: »Wohl soll man die Gegensätze aufdecken, man soll aber bei ihnen nicht bleiben; als alleinigen Zweck kann die Aufdeckung der Gegensätze nur ihre Schließung haben.« Der Mechanismus der Einheit schlug mit gegenüber gestern vertauschten Rollen »Linke« wie »Rechte« in der Partei in ihren Bann. Wenn Renner trotz dem klaren Bewußtsein, daß der von Bauer beschrittene, von der Koalition fortführende Weg falsch und verhängnisvoll war, dennoch nichts Ernstliches unternahm, um seiner Auffassung in der Partei zum Durchbruch zu verhelfen, weil er die Einheit der Partei nicht gefährden wollte, unterwarf er sich damit ebenso dem Einheitsmechanismus wie jene, die durch seine Handhabung politisch begünstigt und legitimiert waren.

Der Integrationsmechanismus des Austromarxismus verleibte sich auch die Persönlichkeit und Aussage des Philosophen *Max Adler* auf charakteristische Weise ein. Die eigentlich geniale und originelle Leistung, die Max Adler einen dauernden Platz nicht bloß im Austromarxismus, sondern in der Philosophiegeschichte sichert, lag jenseits des Verständnishorizontes seiner Parteigenossen und wurde daher als liebenswürdige Schrulle eines geachteten Mitstreiters ignoriert bis belächelt. Max Adlers Religionsphilosophie, seine Entdeckung des selbständigen Wertes der Religion konnten in einer geistigen Wirklichkeit, die selbst stark religiöse Züge trug, nicht als Appell wirksam werden, sich der durch bürgerliche Mächte repräsentierten, im übrigen durch freidenkerische Aufklärung vulgärer Sorte angegriffenen und diffamierten Religion zu erschließen. Der metaphysische Idealismus Max Adlers, der ihm als einsamer denkerischer Stand inmitten eines Geländes des philosophischen Materialismus eigen war, konnte sich keinen Zugang zu den Herzen und Hirnen bahnen, sondern blieb ausgeklammert oder wurde kopfschüttelnd zur Kenntnis genommen. Der eigentlich philosophische Tiefgang Max Adlers ließ sich umso leichter verdrängen und übersehen, als er bei Max Adler selbst von einem System ethischer Appelle und kulturpolitischer Maximen überlagert war, das als radikale Kultur- und Lebenswirklichkeit in Erscheinung trat, Reform, ja Revolutionierung des Bewußtseins forderte und »Neue Menschen« sozialistisch-proletarischer Grundsatztreue und Idealität erziehen wollte. Die Botschaft des praktischen und tätigen Idealismus fand — im Gegensatz zu der esoterischen von dem auch für Max Adler verborgen bleibenden Gott — inmitten einer Organisation, die sich den Aufbau einer neuen Gesellschaft zum Ziele setzte und das kommende Reich in ihrem Kreis bereits vorbereitete und vorwegnahm, Gehör und Anklang. Die breit gefächerte Kulturwirklichkeit und die Organisationsvielfalt des Austromarxismus fanden in Max Adler, der den

»Kinderfreunden« in besonderer Weise verbunden war, den beredten Ideologen und begeisterten Pädagogen. Wieder anders war es mit der politischen Radikalität des Linkssozialisten und orthodoxen Marxisten Max Adler bestellt. Während die »Neuen Menschen« Max Adlers seinem System zufolge in der Tat des proletarischen Klassenkampfes ihre Erfüllung finden mußten, war es in der Parteiwirklichkeit, die die Kulturbewegung Max Adlers gewähren und gelten ließ, umgekehrt so, daß die starke Betonung der sozialistischen Eigenständigkeit und Besonderheit der Abkapselung in den eigenen Reihen und dem Rückzug von der bedrohlichen Macht der Außenwelt, dem Abwarten und der passiven Bereithaltung Vorschub leistete. Und wenn Max Adler am Linzer Parteitag 1926 die Aufnahme der Marxschen Formel von der »Diktatur des Proletariats« in das Parteiprogramm verlangte, so kam ihm die Parteimehrheit nur verbal entgegen, indem sie den Begriff der Diktatur, der eine aktive und initiative Bedeutung hat, zu einer defensiven Abwehrmaßnahme denaturierte. Diese Formel konnte Max Adler und die Radikalen, die Taten im Sinne eines kämpferischen Marxismus gesetzt sehen wollten, nicht zufriedenstellen, wohl aber der Masse der eigenen Anhänger, vor allem aber dem argwöhnischen Gegner eine Kampfbereitschaft vortäuschen, der wieder einmal keine ernstliche Absicht entsprach, mit den Drohungen Konsequenzen zu verbinden.

Der passive und defensive Radikalismus des Austromarxismus wiegte die eigenen Anhänger in Sicherheit und lieferte den Gegnern den Vorwand und das gute Gewissen für ihre auch aus anderen Gründen so betriebene antidemokratische Politik.

Es war daher auch kein Zufall, sondern tiefe innere Notwendigkeit, daß nach den Ereignissen des 15. Juli 1927, die den Grundwiderspruch des Austromarxismus stichflammenartig erhellten und zur realen Katastrophe weitertrieben, nur Max Adler so weit ging, der Führung am Parteitag 1927 den Vorwurf des Versagens zu machen. Doch dieser Vorwurf prallte ebenso wie der von rechts kommende, in eine ähnliche Richtung zielende des *Oskar Trebitsch* an der Haltung Otto Bauers und der Parteiführung ab, die das Ereignis als tragischen Disziplinbruch werteten und in ihrer Selbstkritik vor der entscheidenden Frage haltmachten, ob nicht der Mechanismus des Austromarxismus selbst mindestens mitverantwortlich war. Indem man beim Anlaß der tragischen Vorgänge stehenblieb, ohne seine tieferen Ursachen zu erforschen und ihnen durch eine Organisations- und Führungskritik auf den Grund zu gehen, konnte man sich einreden, daß es sich um ein Geschehen von begrenzter Tragweite handle. In Wahrheit stellt sich der 15. Juli einer Betrachtung, die im Besitz des historischen Wissens ist, als vorweggenommener 12. Februar 1934, als Vorstufe der Niederlage und des Zusammenbruchs der Partei dar. In beiden Fällen richtete sich die Empörung vordergründig gegen eine unerträgliche Provokation, gegen ein aufreizendes Geschworenengerichtsurteil bzw. den immer frecher werdenden Faschismus, in der Tiefenschichte schwang jedoch in beiden Fällen die Auflehnung gegen den Mechanismus der austromarxistischen Politik und Führung mit, die der revolutionären Phrase nie die revolutionäre oder auch nur defensive Tat folgen ließen.

Es steht außer Zweifel, daß die Persönlichkeit Otto Bauers ein erheblicher Faktor war, der zu der Diskrepanz zwischen Theorie und Praxis, zu der Politik des Zögerns und Zauderns bis zuletzt, führte, zu ihr beitrug, sie vervollständigte und versteinerte. Die Tragödie der austromarxistischen Linken ist so auch eine Persönlichkeitstragödie Otto Bauers, der nicht die Härte und Entschlußfreudigkeit besaß, die einem politischen und militärischen Strategen eben bisweilen abverlangt werden. Daß diese Schwäche menschlich sympathischer berührt als die kalte Entschlossenheit vieler historischer Gestalten, die ihre Funktion erfüllten, aber nicht selten trotzdem aus anderen Gründen scheiterten, steht außer Frage. Doch das historische Urteil über Persönlichkeiten und Bewegungen kann sich nicht dann, wenn es ernst und kritisch wird, von dem Bezugssystem lösen, das die Handelnden als für sich selbst gültig anerkannt haben. So betrachtet, ist die Tragödie Otto Bauers und der von ihm geführten Bewegung nicht bloß die der edlen Unfähigkeit, Gewalt zu üben und das Angedrohte zu verwirklichen, sondern auch die der mangelnden Bereitschaft, sich eine unbestreitbar schwierige, ja vielleicht sogar objektiv unrettbar verlorene Situation realistisch zu vergegenwärtigen. Vielleicht aber ist diese Situation erst durch diese psychologische und massenorganisatorische Disposition und Verarbeitung auf der subjektiven Seite des historischen Tatbestandes verspielt worden. Zu welchem Urteil man auch gelangen und je nachdem zu einer Rechtfertigung oder einer Belastung des Austromarxismus man neigen mag, auf einer Ebene kann man sich mit der Persönlichkeit Otto Bauers und mit der austromarxistischen Linken überhaupt versöhnen: die differenzierte geistige und sozialpädagogische Wirklichkeit überstrahlt das historische Versagen des Austromarxismus, ohne es deswegen aus der Welt zu schaffen.

Der 12. Februar 1934, dieser zunächst scheinbar sinnlose Protest und Ausbruchsversuch, ermöglichte mit seinem Widerhall und Widerschein das Lebendighalten einer durch zwölf Jahre verfemten Tradition und gestattete es den Männern, die 1945 die Sozialistische Partei aufbauten, auf durch Opfer gedüngtem und geheiligtem Grund aufzubauen. Freilich darf das Wissen um diesen erhebenden Zusammenhang den Blick für die Tatsache nicht trüben, daß — ebenso wie 1918 durch die Tat Friedrich Adlers — 1945 durch die einseitige Verklärung des 12. Februar der nachdenklich stimmende Aspekt des Versagens, das den Verzweiflungsausbrüchen voranging, verdrängt wurde, ohne damit aus der Welt geschafft zu sein. Die Pflicht, nicht nur die heroischen, sondern auch die fragwürdigen Aspekte der Vergangenheit zu erhellen, besteht schon deshalb, weil ja nicht nur die heroischen, sondern eben auch die fragwürdigen weiterwirken und uns an der vollen Beherrschung der Gegenwart hindern. Der Grundwiderspruch, den der Austromarxismus vorfand und aus dem er erfolglos einen Ausweg suchte, hat zwar seine historische Gestalt geändert, lädt aber auch die Handelnden von heute ein, sich aufs neue, mit dem

Wissen um die Fehlschläge der Vergangenheit bereichert, an die große Aufgabe heranzuwagen. Denn die Sanktion für die mangelnde Bereitschaft, sich dieser Aufgabe zu stellen, könnte darin bestehen, daß die Tragödie von gestern nicht durch das selbstverständlich Richtige von heute, sondern durch das trivial Falsche ersetzt wird. Der Rückgriff auf die geistigen und moralischen Werte des Austromarxismus ist für dessen geistige Nachfahren ebenso unerläßlich wie die unbestechliche Kritik an jenen Fehlern, die dessen Schätzen nicht zu ihrer optimalen historischen Form und Präsentation verhalfen.

Karl Seitz und seine Mitarbeiter

VON RUDOLF NECK

Die Zeit des Faschismus und der große Bruch des Zweiten Weltkrieges und besonders der Nachkriegszeit haben das Antlitz des Sozialismus in Österreich neu geprägt. Dennoch kommt dem Sozialismus altösterreichischer Prägung noch heute in der Welt eine Strahlungskraft zu, die sich nicht nur aus dem heldenhaften Abwehrkampf des Schutzbundes im Februar 1934 herleiten läßt. Die österreichische Sozialdemokratie zwischen den beiden Weltkriegen fand ihre historische, weit in Zeit und Raum hineinwirkende Mission in der Wiener Kommunalverwaltung.

Die sozialistische Herrschaft im Wiener Rathaus in den Jahren von 1919 bis 1934 hat nicht nur auf dem Gebiet der Parteiengeschichte, soweit sie die Sozialdemokraten Österreichs und der Internationale betrifft, ihre einmalige Bedeutung. Die wichtigsten Reformen dieser Epoche fanden weit über das engere sozialistische »Lager« im In- und Ausland hinaus Nachahmung und Anerkennung. Außerdem war das »Rote Wien« abgesehen von seiner wirtschaftlich-sozialen und rein kommunalen Eigenart auch für die allgemeine politische Entwicklung der Ersten Republik ein maßgebender Faktor.

Als seit den Wahlen vom Mai 1919 die Sozialdemokraten auf Grund des neuen allgemeinen Wahlrechts im Wiener Gemeinderat über eine absolute Mehrheit verfügten, hatten sie bereits ein fertiges, gutüberlegtes Kommunalkonzept. Voraussetzung für die Durchführung ihres Programms war die verfassungsrechtliche Lösung Wiens vom Lande Niederösterreich und die Anerkennung des Status eines Landes für die Bundeshauptstadt. Nur so war die notwendige Steuerhoheit für eine völlig geänderte Finanzpolitik gesichert. Die Weichenstellung erfolgte bereits unter dem ersten sozialdemokratischen Bürgermeister *Jakob Reumann.* Das Hauptziel war und blieb der Kampf gegen das bitterste Erbe der Gründerzeit, das unbeschreibliche Wohnungselend. Am Ende des Ersten Weltkriegs herrschte in Wien neben dem Luxus der Nobelhäuser trostlose Wohnungsnot.

Schon im späten Frühjahr 1921 wurde der bis dahin unerhörte Beschluß im Wiener Gemeinderat gefaßt, 1 Milliarde Kronen für den Bau von Wohnungen bereitzustellen. Die Wohnungspolitik der Gemeinde wurde wesentlich durch den Umstand erleichtert, daß die im Krieg ergangene Mieterschutzgesetzgebung in der Republik in Kraft blieb. Im übrigen war die sozialdemokratische Finanzpolitik darauf gerichtet, die alten Schulden abzubauen, die Stadtbahn zu kaufen und zu elektrifizieren und ein umfassendes Programm der Fürsorge in Angriff zu nehmen. Dies alles wurde bereits unter dem Bürgermeister Reumann eingeleitet; die Durchführung erfolgte jedoch unter der Führung einer stärkeren Persönlichkeit, des bedeutendsten Bürgermeisters in der Geschichte des Wien der Ersten Republik.

In der Geschichte der österreichischen Sozialdemokratie ist die Persönlichkeit von *Karl Seitz* heute sehr zu Unrecht von Gestalten wie *Karl Renner* und *Otto Bauer*, den großen Ideologen, in den Hintergrund gedrängt worden. Seitz verfügte in Zeiten der Krise über eine Autorität wie sonst keiner in seiner Partei, und dies auf Grund seiner eigenen starken Persönlichkeit, nicht etwa, weil er, auf dessen ausdrücklichen Wunsch, *Victor Adlers* Nachfolger in der Parteiführung als Vorsitzender wurde. Sein Stil war vielleicht zu wenig durch Stärke bestimmt, aber seine Zeit und seine Genossen haben ihn als den großen Humanisten gekannt und respektiert. Das Leben dieses Mannes ist sinnbildhaft für seine Epoche und besonders für die österreichische Arbeiterklasse. Als Bürgermeister von Wien hat er sich selbst als Nachfolger *Luegers* empfunden und bekannt, was in vieler Hinsicht zutrifft, überhaupt wenn wir von den Klassenkräften absehen, die diese beiden Männer emporgeführt und getragen haben.

Der hervorstechendste Wesenszug von Karl Seitz war sein Wienertum, das in seiner Herkunft begründet war. Er wurde in Wien am 4. September 1869 geboren und entstammte einer alten Währinger Weinhauerfamilie, die seit der Mitte des 18. Jahrhunderts in diesem Vorort Wiens ansässig war. Sein Vater hatte es nach einer harten Jugend und langer Militärzeit im Holzhandel zu einem bescheidenen Wohlstand gebracht. Die Mutter war die Tochter eines Gastwirts nahe dem Franz-Josephs-Bahnhof und gebar ihrem Mann sieben Kinder. In Lichtenthal wuchs der Knabe auf. Der große Börsenkrach von 1873 ruinierte auch das Geschäft des Vaters, der dann 1875 einen Blutsturz erlitt und starb. Damit war die Familie in die größte Not gestürzt. Die Witwe versuchte, sich und die Kinder als »Nähterin« fortzubringen, und Seitz lernte somit früh das echte Wiener Proletarierelend am eigenen Leib kennen.

Er war ein guter Schüler in der Bürgerschule, doch mußte ihn seine Mutter, als er elf Jahre alt war, in das städtische Waisenhaus in die Galileistraße geben. Er sollte Schneider werden. Anläßlich der Hochzeit des *Kronprinzen Rudolf* fand im Augarten ein Fest statt, bei dem der Zögling des Waisenhauses eine Begrüßungsrede hielt. Diese war offenbar so vortrefflich, daß der Knabe die persönliche Gunst des Vorsitzenden der gemeinderätlichen Waisenhauskommission, des liberalen Kommunalpolitikers *Wilhelm von Baecher*, errang. Baecher ermöglichte es dem jungen Seitz, das Schneidergewerbe an den Nagel zu hängen. Sein Traum, Arzt zu werden, konnte freilich nicht mehr in Erfüllung gehen, weil er nicht das Gymnasium besucht hatte. Aber er erhielt einen Freiplatz am Lehrerseminar in St. Pölten.

Schon als Kind hat Seitz damit rein gefühlsmäßig die Bedeutung des Bildungsmonopols erfaßt. In dem geistlich geleiteten Seminar litt der junge, hochbegabte Mensch sehr unter der geistigen Enge. Hier bäumte er sich zum erstenmal innerlich gegen die bürgerliche Weltordnung auf. Dennoch war er bei der Matura der Beste seines Jahrganges.

Davon sollte er freilich zunächst nicht viel haben. Als Primus hatte er am Schulschluß die Abschiedsrede zu halten. Sie war eine offene Kampfansage an die alten Lehrmethoden und die allgemeinen Zustände der Zeit. Es kam zu einem offenen Skandal, und sein Abgangszeugnis wurde zurückgezogen und mit einer entsprechenden »Sittennote« versehen. Seine Aussichten für den Beruf waren wieder trübe.

Doch hier sprang wieder sein alter Gönner, der städtische Waisenvater Baecher, ein und verschaffte Seitz eine Stelle als Unterlehrer an einer städtischen Schule in Favoriten, wo er das soziale Elend in größerem Zusammenhang sehen und verstehen lernen sollte.

Zunächst beschäftigten ihn die Fragen seines Berufsstandes. Er setzte sich für die Erhaltung des liberalen Reichsvolksschulgesetzes ein, gegen welches die Klerikalen damals gerade Sturm liefen, und propagierte die Trennung von Kirche und Schule. Im übrigen befaßte er sich eingehend mit allen Fragen der Schulreform. Er ist maßgebend am Schulprogramm der Linken beteiligt, das 1898 der österreichischen Öffentlichkeit vorgelegt wurde.

Damals wurde Victor Adler auf ihn aufmerksam und gewann den begabten jungen Lehrer für den Sozialismus. Bald hielt Seitz Elementarkurse für Arbeiter und wurde als Sozialdemokrat Mitglied des Wiener Bezirksschulrats. Frühzeitig erwies sich hier seine rednerische Begabung. Schlagfertig, voll wienerischem Witz und mit einem stürmischen Temperament wurde er einer der größten Redner in der Geschichte des österreichischen Sozialismus, wohl einer der größten seiner Zeit.

1901 gelangte Seitz bei einer Stichwahl im Wahlkreis Floridsdorf als erster Sozialdemokrat in den Reichsrat und ein Jahr später als einziger Sozialist in den Niederösterreichischen Landtag. Zunächst beschäftigte er sich auch hier mit Schulfragen, bald aber auch mehr und mehr mit der Wirtschaft und mit Rechtsproblemen, wobei ihn vor allem das Verfassungsrecht faszinierte. Er entwickelte sich sehr rasch zu einem versierten Parlamentarier, der vor allem in den Fragen der Geschäftsordnung zu Hause war, notwendig in einem Parlament, in dem so viel Obstruktion betrieben wurde wie im Reichsrat der Monarchie.

Auch in der Parteihierarchie stieg Seitz ziemlich schnell empor. Im Jahre

1906 hatte der österreichische Ministerpräsident *Beck* sogar vorübergehend die Idee, Seitz als Sozialdemokraten ins Kabinett zu berufen. Der Plan war natürlich undurchführbar, aber Seitz wurde damals vom Kaiser empfangen, und die Begegnung verlief in äußerst höflichen Formen. 1911 trat Seitz im Reichsrat vehement für die Parlamentsrechte ein, ein Vorgang, der sich fünfunddreißig Jahre später in einer ganz anderen Zeit und unter ganz anderen Umständen wiederholen sollte.

Während des Weltkrieges hat Seitz, als Humanist auch leidenschaftlicher Pazifist, sehr unter der Entwicklung gelitten, aber immer loyal die Politik des Parteivorstandes vertreten. Mit Victor Adler, den er 1917 zur Stockholmer sozialistischen Friedenskonferenz begleitete, verband ihn eine innige Freundschaft. Als der Krieg zu Ende war und Adler starb, wurde er ohne Widerspruch dessen Nachfolger als Vorsitzender der Sozialdemokratischen Partei Österreichs.

Als Erster Präsident der Konstituierenden Nationalversammlung übernahm er am 5. März 1919 auch die Funktionen eines Staatsoberhauptes. Dies war eine Stellung über den Parteien, und sie entsprach insofern dem bescheidenen Wesen von Seitz, als er wenig in Erscheinung zu treten hatte. In dieser Zeit bewährte sich Seitz als Demokrat gegen alle radikalen Bestrebungen. Am 9. Dezember 1920 wurde er als Staatsoberhaupt von Michael Hainisch abgelöst.

Nunmehr konnte er sich ganz als Obmann der Parteiarbeit widmen. Die Partei stand nunmehr auf Bundesebene in der Opposition und baute ihre Stellung vor allem in Wien aus. So lag es nahe, daß man Seitz mit der Führung der Politik im Wiener Rathaus betraute. Hier sollte sich die sozialdemokratische Politik in ostensibler Weise bewähren. Als Bürgermeister von Wien brauchte er nicht mehr über den Parteien zu stehen, umso mehr, als die Sozialdemokraten in der Gemeinde die Verantwortung allein trugen, die anderen Parteien in der Opposition standen und die Christlichsozialen nur über Stadträte ohne Ressorts verfügten.

Am 30. November 1923 erfolgte die Bürgermeisterwahl, und Seitz wurde nie rechtens von diesem Posten entfernt. In der programmatischen Antrittsrede, in der er von Reumann Abschied nahm, wurden die bisherige Kommunalpolitik bestätigt und die Wege aufgezeigt, wie sie künftig in verstärktem Maß beschritten werden sollten. Es war eine sozialistische Politik, für ihre Zeit vielfach radikal, aber von einem menschlichen Geist beherrscht. Seitz verfügte über die notwendige Autorität, diese Politik durchzusetzen, wobei er von einer Schar bedeutender Männer unterstützt wurde. Es waren kongeniale Mitarbeiter, die sich gern seiner Leitung beugten und in vorbildlicher Zusammenarbeit das neue Wien errichteten.

Die Notlage Wiens nach dem Ersten Weltkrieg war groß und die Situation dadurch verschärft, daß die Stadt jetzt in ihrer alten Größe die Hauptstadt eines kleinen Staates geworden war. Dem Schlagwort vom »Wasserkopf Wien«

suchte man dadurch zu begegnen, daß man die Kommunalverwaltung mit neuem Geiste erfüllte. Ein Schrumpfungsprozeß war unvermeidlich und geradezu wünschenswert. Dennoch entstand ein Gegensatz zu den übrigen Bundesländern, der die innere Politik der Ersten Republik stark belastete. Es sind ja gewisse Spannungen dieser Art noch heute, freilich eher latent, vorhanden.

Wien hat sich unter Karl Seitz bald von den Wunden des Krieges erholt und einen stolzen Aufschwung genommen, der vor allem den breiten Massen der Bevölkerung zugute kam. Die größten Leistungen sind wohl auf dem Wohnsektor zu verzeichnen: 60 000 für ihre Zeit modernste Volkswohnungen wurden in zehn Jahren errichtet. Mit Recht erblickte Karl Seitz darin den Höhepunkt seines Wirkens. Berühmt wurde hier sein Wort von den Steinen, die »für uns noch sprechen werden, wenn wir nicht mehr sind«. Es hat sich trotz den Zerstörungen des Zweiten Weltkrieges bewahrheitet. Außer dem Wohnbau wandte Seitz auch der Errichtung neuer Schulen seine Aufmerksamkeit zu. Die Bautätigkeit auf dem Fürsorgesektor wie im Bereich des öffentlichen Verkehrs war ebenso aktive Politik gegen die Arbeitslosigkeit wie etwa der Bau des Stadions im Wiener Prater.

Der Aufbau Wiens konnte die politischen Gegner nicht überzeugen. Zu sehr trug die Finanzpolitik der Stadt klassenkämpferische Züge. Seitz wurde immer mehr der Gegenstand persönlicher gehässiger Angriffe vor allem der Rechtsradikalen. Sein persönlicher Einsatz beim Brand des Justizpalastes fand keine Anerkennung, im Gegenteil. Er war Politiker genug, um seinen Gegnern nichts schuldig zu bleiben. Besonders im Parlament hat er mit scharfen rhetorischen Waffen für das rote Wien gekämpft.

Der Aufstieg des Faschismus erfüllte ihn mit ernster Sorge. Im Parlament kämpfte er gegen die Heimwehr und ihre Verbündeten. Früh erkannte er die Gefahr, die die Regierung *Dollfuß* für die österreichische Demokratie bedeutete. Im Gemeinderat war seit den letzten freien Wahlen im April 1932 der Klub der Nationalsozialisten sein erbittertster Gegner. Seinem parlamentarischen Geschick sollte es nicht gelingen, die Vorgänge zur Ausschaltung des Nationalrates im März 1933 zu verhindern. In der Folge bemühte er sich, gegen jede gewaltsame Lösung seinen moralischen Einfluß geltend zu machen. Wir wissen, wie die Entwicklung 1934 in Österreich über die politische Einsicht hinweggeschritten ist.

Am 12. Februar wurde Seitz in seinem Amtszimmer verhaftet. Seine Haft war lang und für den nierenkranken alten Herrn überaus schmerzlich. Er ließ sich in die Arrestzelle Kants »Kritik der reinen Vernunft« bringen. In der Menschlichkeit und Vernunft der Aufklärung lagen seine Wurzeln, und hier fand er seinen Trost.

Erst am 5. Dezember 1934 wurde Seitz aus der Haft des autoritären Regimes entlassen, obwohl die polizeilichen Schikanen damit noch kein Ende fanden. Trotz seines eher distinguierten Äußern und obwohl er nicht der Typ des Volkstribuns war, blieb seine Wirkung gerade auf die breiten Massen ungeheuer stark, und auch in den finstersten Zeiten der faschistischen Verfolgung blieb Seitz immer wieder Gegenstand einzelner kleiner, aber demonstrativer Sympathiekundgebungen.

Den Untergang Österreichs sah Seitz klar voraus. Im März 1938 wurde er wieder kurz in Haft genommen, blieb aber dann unbehelligt. 1944 geriet sein Name auf eine Liste der Verschwörer gegen Hitler, worauf er sofort von der Gestapo festgenommen wurde. Nach einer Haft im Konzentrationslager Ravensbrück wurde der Greis ins Thüringische Bergland nach Plaue verbannt. Schmerzlich litt er am Heimweh nach Wien und unter der Furcht, seine Stadt nie mehr zu sehen. Der Zusammenbruch des Dritten Reichs hat Seitz vor diesem Schicksal bewahrt.

In einem Militärjeep brachte der amerikanische Leutnant *Löwenstein*, ein Sohn des Gründers der deutschen »Kinderfreunde«, Seitz nach Österreich zurück. Schon in Linz, seiner ersten Station, wurde er vom Volk stürmisch begrüßt. Daß dabei sein Köfferchen mit den letzten persönlichen Habseligkeiten aus der Verbannung und leider auch mit Aufzeichnungen abhanden kam, nahm der prominente Heimkehrer eher mit heiterer Gelassenheit hin. In Wien fand er bereits eine jüngere Generation an der politischen Arbeit. Er war weise genug, sich damit abzufinden.

Immerhin war er auch weiter für die Stärkung der wiedererstandenen Demokratie in Österreich tätig. Am 20. März 1946 hielt er im Nationalrat eine mutige Rede gegen die Beschränkungen, die die Alliierten dem österreichischen Parlament auferlegten. Sein achtzigster Geburtstag gestaltete sich noch zu einem Wiener Volksfest. Bald darauf, am 3. Februar 1950, ist Karl Seitz überraschend schnell und still verschieden. Bis zum letzten Tag seines Lebens war er tätig und hat im Sinne seiner humanistischen Grundhaltung seine Alterserfahrung immer gern den Jüngeren zur Verfügung gestellt.

Seitz hat nicht als einzelner gewirkt, sondern er hatte das Glück, über eine beachtliche Zahl bedeutender und loyaler Mitarbeiter zu verfügen. Die wichtigste Persönlichkeit dürfte wohl — historisch nach Ursache und Wirkung beurteilt — *Hugo Breitner* gewesen sein, der Mann, der die materiellen Voraussetzungen für die Reformpolitik der Wiener Sozialdemokraten schuf. Er sorgte für eine gesunde finanzielle Grundlage und war kein Politiker im engen Sinn. Er war der Typus des modernen Fachmannes und dennoch — verständlicherweise, weil die Wirtschaft von ihm am meisten beeinflußt war — angefeindet wie sonst nur wenige Männer des Rathauses. Hinter seinem finanziellen stand jedoch ein von humanitärem Ethos getragenes revolutionäres soziales Konzept.

Über sein persönliches Leben ist nicht allzuviel bekannt, es gäbe hier noch manches zu erforschen. Um die Jahrhundertwende sehen wir ihn als Bankbeamten in einer bescheidenen Stellung in der Länderbank. Daneben betätigt er sich als Musikkritiker in Zeitungen. Er organisiert bald den »Reichsverein der Bank- und Sparkassenbeamten«, eine gewerkschaftliche Organisation, die viele Jahre später mit der Gewerkschaft der Privatangestellten fusioniert werden sollte. Immerhin schuf Breitner damit die Voraussetzungen dafür, daß die Bankbeamten bald zur sozialrechtlichen Elite vor dem Ersten Weltkrieg gezählt wurden. Breitner wurde bald Prokurist, und 1914 war er bereits Direktor in der Länderbank. Als 1918/19 infolge des neuen Gemeindewahlrechts der soziale Umsturz in Wien erfolgte, wurde Breitner von seiner Partei als Finanzfachmann geholt, um die Grundlagen für ein neues Steuersystem zu schaffen. Oberster Grundsatz sollte statt der Anleihepolitik das Prinzip der Kostendeckung sein. Die Handhabe dazu gab eine neue Steuerpolitik.

Die Christlichsozialen hatten ein katastrophales Erbe hinterlassen, für das nicht nur der Weltkrieg verantwortlich war. Tatsächlich hatte jede Neuerung auf steuerlichem Gebiet mit schärfstem Widerstand zu rechnen. Breitner konnte jedoch bei seinen Maßnahmen der verständnisvollen Unterstützung seiner Partei sicher sein. Vor allem fand er frühzeitig in dem jungen *Danneberg* einen politisch durchschlagskräftigen Helfer. Breitner selbst war bis zu seiner Ablösung durch *Theodor Körner* im Jahre 1924 ein Vertreter Wiens im Bundesrat.

Seine Maßnahmen, die ihm den Haß des Gegners zuzogen, waren im Wesen klar, einfach und einleuchtend. An Stelle der früheren unsozialen Steuern, wie etwa der Mietzinssteuer, wurden neue, Luxussteuern, eingehoben, wobei der Begriff »Luxus« in Zeiten der Not freilich weit gefaßt werden kann. Da diese gewonnenen Gelder für Wohnbauzwecke und Fürsorgemaßnahmen verwendet wurden, sprach man in der bürgerlichen Presse von einer »Fürsorgeinflation«. Die vielen »Breitnersteuern«, die vor allem keine indirekten Massensteuern waren, erschlossen so für das Sozialprogramm eine Fülle neuer Einnahmequellen. Es waren direkte Luxussteuern, nach dem Lebensaufwand gestaffelt, und erstreckten sich auf Lustbarkeiten aller Art, auf alkoholische Getränke, Kraftwagen, auf die Anstellung von Hauspersonal über ein bestimmtes Ausmaß u. a.

Als Breitner nach 13 Jahren (1932) als Stadtrat für das Finanzwesen zurücktrat, kündigte sich bereits das Ende seiner Ära an. Schon der Lastenausgleich der Bundesfinanzen 1931/32 hatte Wien benachteiligt und zu ungünstigen Folgen im Gemeindebudget geführt. Bald sollte die ganze Finanzpolitik der Stadt durch den Faschismus gestoppt werden.

Obwohl Breitner im Februar 1934 im Ruhestand war, wurde er in Haft genommen. Er mußte bald freigelassen werden und übersiedelte nach Florenz. Von dort wollte er im April 1938 nach Wien zurückkehren, um seine Stimme gegen Hitler abgeben zu können. Dies zeigt, wie naiv er in der Politik war; er blieb immer nur der Fachmann für Finanzfragen. Als solcher hat er in den letzten Jahren seines Lebens nach seiner Emigration in die USA gewirkt, als er an der Universität Clairemont in Kalifornien Lektor für Städtewesen war. Der unpolitische, musische und weiche Mensch hat sehr unter dem Heimweh nach Wien gelitten, wofür ein rührender Brief an Seitz vom Oktober 1945

Zeugnis ablegt. Dem Mann, dem Wien so viel zu verdanken hatte, war die Heimkehr nicht mehr vergönnt. Er starb in Clairemont am 5. März 1946.

Sein Nachfolger als Finanzreferent wurde *Robert Danneberg*. Er war im wesentlichen schon seit vielen Jahren einer der engsten Mitarbeiter von Seitz und Breitner und vertrat seit langem auf Bundesebene die Politik und vor allem die Finanzpolitik der Stadt Wien.

Robert Danneberg wurde am 23. Juli 1885 in Ischl geboren und entstammte einer eingesessenen bürgerlichen jüdischen Familie Wiens. Schon als Jusstudent an der Wiener Universität kam er in Berührung mit der Arbeiterbewegung. Er schloß sich der sozialistischen Jugendorganisation an und kämpfte in der Jungarbeiterbewegung für die soziale Besserstellung der Lehrlinge. Seine ersten Veröffentlichungen galten der Lehrlingsbildung und befaßten sich u. a. mit der Errichtung staatlicher Lehrwerkstätten. 1907 sollte er als Sekretär den Aufbau der internationalen Büros der Jugendinternationale in Wien durchführen, doch wurde er bald von seiner Tätigkeit als Leiter der Bildungszentrale der Partei bzw. des sozialistischen Bildungsreferats absorbiert, wozu er bereits im Alter von 25 Jahren berufen wurde. Er verfügte über ein stupendes theoretisches Talent, das er leider viel zuwenig nützen konnte.

Sein Wesen drängte ihn in die Tagespolitik. Im Ersten Weltkrieg nahm er sofort scharf gegen den Krieg Stellung und stieß zum linken Flügel der Partei unter *Friedrich Adler*. Im Verein »Karl Marx« opponierte er offen gegen die zahme Politik des Parteivorstandes. Vor allem kämpfte er, der immer auch in der allgemeinen Volksbildung tätig war, gegen die Vorkämpfer einer mitteleuropäischen Union in den eigenen Reihen, weil er die imperialistischen Pläne des deutschen Kapitals durchschaut hatte.

Je länger das Morden währte, desto mehr gewannen die Linken an Boden. Bei der Reichskonferenz von 1916 errangen sie den ersten sichtbaren Erfolg. Zum Unterschied von der deutschen Arbeiterbewegung konnte jedoch in Österreich die Einheit erhalten werden und gleich nach dem Zusammenbruch von 1918 die Integration der Sozialdemokratischen Partei erfolgen. Danneberg als profilierter Vertreter der Linken hatte daran nicht geringen Anteil.

In der Republik zog es den jungen Juristen zur praktischen Verwaltungsarbeit im Dienste der Partei. Schon 1918 kam er in den provisorischen Gemeinderat von Wien und in den sozialdemokratischen Klubvorstand. 1922 wurde er Präsident des Wiener Landtages und 1923 Klubobmann. Er war gleichzeitig Gemeinderat und Mitglied des Nationalrats, wo er vor allem für Wien wirkte, besonders in Verfassungsfragen. Er galt unter den Parlamentariern als einer der besten Kenner und eifrigsten Hüter der Verfassung. Als solcher hatte er für Wien bei der Verfassungsreform unter *Schober* 1929 hervorragend mitgewirkt.

Sein Arbeitsbereich war in der Hauptsache bis 1932 das Parlament, wo er bei allen Verhandlungen eine wichtige Rolle spielte, die ihm den Ruf eines »Diplomaten der Innenpolitik« einbrachte. Er galt als das soziale Gewissen des Nationalrats und als Vorkämpfer gegen die Korruption der Banken. Gerade dadurch zog er sich den Haß der Faschisten zu.

Auch für Wien selbst galt Danneberg als der eigentliche Schöpfer der neuen Gemeindeverfassung. Die Neuordnung der Magistratsverwaltung unter den Sozialdemokraten ging auf sein Konzept zurück. Er hatte auch von Anfang an die Wohnbautätigkeit in ihrer weitreichenden Bedeutung erkannt.

Als er 1932 das städtische Finanzressort von Breitner übernahm, lagen bereits die schweren Schatten der kommenden Jahre über der Wiener Kommunalpolitik. Die Nationalsozialisten waren bei den Wahlen in beachtlicher Zahl in den Gemeinderat eingezogen, und ihre antisemitischen Exzesse richteten sich in den Sitzungen immer mehr gegen Danneberg persönlich. Als das Jahr 1933 das Ende der Demokratie ankündigte, gelangte die Stadt gleich in größte Schwierigkeiten. Durch Notverordnungen der Regierung Dollfuß wurden der Stadt mehr als 70 Millionen Schilling entzogen. Im Budget für 1934 konnte nichts für den Wohnbau bereitgestellt werden, ein ungeheuerlicher Schlag für Wien, der angesichts der katastrophalen Arbeitslosigkeit geradezu tödlich war.

Im übrigen versuchte Danneberg bis zum Ausbruch des offenen Konflikts angesichts der nationalsozialistischen Gefahr zu vermitteln. Am 12. Februar 1934 wurde er sofort verhaftet und von allen prominenten Sozialisten in der Folge am längsten im Gewahrsam gehalten. Er lebte dann zurückgezogen in Wien. Er befürwortete bis 1938 den Widerstand gegen Hitler, beurteilte aber die Aussichten des VF-Regimes pessimistisch. In den letzten Tagen vor dem Anschluß ist er zu lange in Wien geblieben. Er gelangte zwar noch nach Lundenburg, wurde aber von engstirnigen und gefühllosen tschechischen Bürokraten wieder nach Wien zurückgeschickt, wo er sofort verhaftet wurde. Ein Foto, das ihn nach seiner Verhaftung zeigte und das die neuen Machthaber als Plakat für die antisemitische Propaganda verwerten wollten, hat bei den Wienern nicht den gewünschten Erfolg gezeitigt und wurde, als es sich als Bumerang erwies, rasch wieder eingezogen.

Danneberg kam sofort nach Dachau und später nach Buchenwald. Sein Leidensweg fand an einem nicht mehr genau zu bestimmenden Tag im Dezember 1942 in einer Gaskammer in Auschwitz sein Ende. Ein großer Humanist mehr war der Unmenschlichkeit zum Opfer gefallen.

In der Ära des Bürgermeisters Seitz wurden auf dem Gebiet des Wiener Schulwesens eine Reihe weitgehender Reformen durchgeführt, die zu gewissen Spannungen mit der Kirche führten. Der Mann, der diese Reformen von langem her geplant und, soweit es die gesetzliche Lage möglich machte, vollendet hat, war *Otto Glöckel.*

Glöckel wurde am 8. Februar 1874 in Pottendorf in Niederösterreich geboren und lernte schon im Elternhaus das ländliche Schulmeisterelend kennen. Von 1888 bis 1893 absolvierte er das Lehrerseminar in Wiener Neustadt und wurde infolge der Unterstützung von Engelbert Pernerstorfer Unterlehrer an mehreren Wiener Volksschulen. Auf der Schmelz lernte er das Kinderelend der Großstadt kennen und mußte feststellen, wie leicht die Schule für die Bürgerkinder der inneren Bezirke wurde. Hier trat ihm der »soziale Klassengegensatz in seiner abscheulichsten Entartung« entgegen.

Gemeinsam mit Seitz gab er die *Freie Lehrerstimme* heraus und arbeitete mit am sozialdemokratischen Schulprogramm und im Zentralverein der Wiener Lehrerschaft. 1897 wurde er wegen sozialdemokratischer Betätigung aus dem Wiener Schuldienst entlassen. Er kämpfte weiter auf seinem Gebiet, vor allem gegen die Bestrebungen des katholischen Schulvereins, der von Thronfolger Erzherzog Franz Ferdinand unterstützt wurde. Als nach der Einführung des allgemeinen Wahlrechts 1907 Glöckel als Abgeordneter des Wahlkreises der Erzgebirgischen Städte in den Reichsrat einzog, setzte er den Kampf für die Beibehaltung des liberalen Reichsvolksschulgesetzes und gegen die Rekonfessionalisierung der Schulen fort.

1905 hatte er bereits mit Seitz und *L. M. Hartmann* den Verein »Freie Schule« gegründet und konnte in zwei Privatschulen in Wien seine Ideen und neuen Methoden erproben. Stark waren die Anfeindungen seitens der Konfessionen, da er gegen jeden Zwang zur Teilnahme der Kinder an religiösen Übungen auftrat. Trotz der Immunität wurde er wegen staatsfeindlicher Äußerungen in Versammlungen 1915 vor ein Militärgericht in Pilsen gestellt, doch erfolgte ein Freispruch. 1917 entwickelte Glöckel für die »Freie Schule« ein perfektes Schulprogramm, das die Grundlage für alle seine späteren Reformen bilden sollte.

Nach dem Krieg konnte er zunächst in der Zeit der großen Koalition als Unterstaatssekretär für das Unterrichtswesen zwischen 1918 und 1920 mit einer Reformabteilung seines Ministeriums, die nicht aus Juristen, sondern aus Pädagogen bestand, eine Reihe von Reformen in Angriff nehmen. Sie alle lagen im Sinne einer Demokratisierung des Schulwesens — zum Beispiel Einsetzung von Volksschullehrern als Bezirksschulinspektoren (statt nur Mittelschulprofessoren), Schaffung von Lehrerkammern und Gründung der Elternbeiräte. Die alten Kadettenschulen wurden jetzt in Bundeserziehungsanstalten verwandelt, Musterschulen für Begabte, deren Wohnsitz ihnen den Besuch einer höheren Schule nicht ermöglicht hätte und die hier im Internat lebten. Diese Einrichtung wurde vor allem im benachbarten Ausland vielfach nachgeahmt.

Viele Reformen dieser Jahre konnten später nicht mehr rückgängig gemacht werden, doch hat Glöckel seine letzten Ziele nicht erreicht. Hier war er dann auf Wien angewiesen, wo er vom Oktober 1920 bis Februar 1930 als Geschäftsführender Präsident des Stadtschulrats die berühmten Glöckelschen Schulreformen weitertreiben konnte. Es handelte sich dabei um den Versuch einer fundamentalen Neuordnung, deren zentraler Gedanke die Zusammenfassung der bisher getrennten Schulbahnen für die Schüler zwischen 10 und 14 sein sollte. Konnte Glöckel diesen Gedanken der allgemeinen Mittelschule in der Schulgesetzgebung von 1927 nicht durchsetzen, so hatte er dennoch einen

Teilerfolg zu verzeichnen, der ein gewisses Hinausschieben der Schulbahn- und Berufswahl ermöglichte. Dies erfolgte in der Gründung der Hauptschule mit nach Begabung differenzierten Klassenzügen und in der Schaffung der Type Realgymnasium, die unter günstigen Umständen einen Übertritt von der Hauptschule ermöglichte.

Im übrigen wurde die Pädagogik grundlegend vom Kind aus bestimmt und auf Kindesgemäßheit ausgerichtet. Hauptziel war die Erziehung zu Demokraten, wozu Diskussionen, Schülergespräche angeregt wurden. Überhaupt wurde das Schwergewicht auf die Selbsttätigkeit gerichtet (Arbeitsschule). Neben den methodischen gab es auch eine Fülle von stofflichen Neuerungen, wobei vieles davon heute Selbstverständlichkeit geworden ist. Das Recht auf Bildung erstreckte Glöckel auch auf die Volksbildung und auf das Sonderschulwesen. Nicht zuletzt wurde im Ausbau der Kindergärten und überhaupt in der Kulturpolitik der Stadt seinen Ideen Rechnung getragen.

Glöckel war vor allem aber eher Praktiker als Theoretiker und wurde darin von seiner Frau bestärkt, die sich als Lehrerin um die Hausgehilfinnenbildung sehr bemühte. Die große Errungenschaft, die kostenlose Bereitstellung der Lehrmittel, sollte erst in unseren Tagen eine Fortsetzung finden.

Die Weiterbildung der Lehrer im Sinne seiner Reformen lag Glöckel natürlich vor allem am Herzen. Sie wurde durch die Errichtung des Pädagogischen Instituts der Stadt Wien für Lehrerfortbildung und der Pädagogischen Zentralbücherei, der größten dieser Art in Europa, gewährleistet.

Am 12. Februar 1934 wurde Glöckel ebenfalls verhaftet und ohne Anklage im Anhaltelager Wöllersdorf festgehalten. Erst im Spätherbst 1934 wurde er als todkranker Mann freigelassen. Am 23. Juli 1935 erlag er einem Herzschlag. Die Urnenbeisetzung auf dem Meidlinger Friedhof gestaltete sich zu einer Kundgebung gegen das herrschende Regime. Seine Wirkung auf die Pädagogik hat weit über die Grenzen Österreichs hinaus bis in unsere Zeit angehalten.

Zum Unterschied von den bisher behandelten Prominenten des »Roten Wien«, die eher dem Typ des freundlichen, »gemütlichen Wieners« nahekamen, schließen wir die Reihe mit einer schrofferen Persönlichkeit, einem Mann der hart gegen andere, noch mehr aber gegen sich selbst gewesen ist, mit *Julius Tandler.* Dennoch war er ein großer Humanist, ja seine Tätigkeit hat sich, was das rein menschliche Element der kommunalen Reformen betrifft, als die unmittelbare und wirksamste erwiesen. Als großer Arzt stand er sozusagen an vorderster Front im Kampf gegen das soziale Elend.

Tandler wurde am 16. Februar 1869 in Iglau als erstes Kind des kleinen Kaufmanns *Moritz Tandler* geboren. Schon 1871 zog die Familie nach Wien, wo der Vater als Redaktionsdiener sein Brot verdiente und der Knabe in Hernals und in der Leopoldstadt das Proletarierelend unmittelbar am eigenen

15. Juli 1927. Demonstration vor dem brennenden Justizpalast

Polizei und Heimwehr bewachen am 12. Februar 1934 die Eingänge zum Wiener Rathaus

1. Mai 1934. Ständehuldigung vor dem Wiener Rathaus (Bürgermeister Schmitz, Bundespräsident Miklas, Bundeskanzler Dollfuß)

Leib erlebte. Es war eine bedrückende Kindheit, Julius mußte frühzeitig mitverdienen, vor allem, um das Gymnasium besuchen zu können. Die tristen materiellen Verhältnisse mögen dazu beigetragen haben, daß die Zensuren des Gymnasiasten nur mittelmäßig waren. Immerhin bestand er glatt die Matura und begann ein von Anfang an äußerst erfolgreiches Medizinstudium an der Universität Wien.

In der Anatomie bei *Zuckerkandl* erwies er sich bald als geschickter Sezierer. Nach seiner Promotion 1895 wurde er sogleich Assistent und begann damit eine rasche und steile akademische Karriere. 1899 wurde er Dozent, 1903 außerordentlicher und 1910 ordentlicher Professor der Anatomie. Er setzte damit die Schule von *Hyrtl* und Zuckerkandl fort, was sich auch in dem Lehrbuch der Anatomie ausdrückte, das er nach zwanzigjähriger Arbeit fertigstellte.

Sein wissenschaftliches und weltanschauliches Hauptziel war es, die Anatomie ins Lebendige zu projizieren. Darüber hinaus schwebte ihm bald ihre Anwendung auf die Erscheinungen der Gesellschaft vor, deren Leiden er sozusagen mit dem Seziermesser an den Leib rücken wollte. Er begriff die soziale Frage von der Konstitution und vom Milieu her und hat medizinisch wie sozial frühzeitig die Bedeutung der Umwelt erkannt.

Lange bevor er in die Politik trat, schieden sich an ihm die Geister. Seine Thesen wurden akzeptiert oder abgelehnt, aber beides in den schärfsten Formen. Für Tandler war die Gesundheit nie eine Privatsache, und er forderte vom Arzt, daß die Privatpraxis hinter dem öffentlichen Wohl zurückzustehen habe. Er erkannte frühzeitig die Gefahren, die dem ärztlichen Ethos in einer enthemmten Profitgesellschaft drohen.

So hat Tandler, noch ehe er in die Parteipolitik stieg, radikale politische Akzente gesetzt; dies verschärfte sich mit dem Ausbruch des Weltkriegs. Der große Arzt und Menschenfreund erkannte sofort die schaurige gesundheitliche Bilanz, mit der der Völkerkampf enden mußte: außer den Millionen Toten und Invaliden die Opfer des Hungers, der Seuchen, des Alkohols usw. So war es nur konsequent, daß er nach dem Krieg in die Staatsregierung als Unterstaatssekretär für das Gesundheitswesen berufen wurde, um die von ihm frühzeitig erkannten Folgen zu heilen.

Tandler übernahm das Amt, als gerade die aus Spanien sich über ganz Europa ausbreitende Grippewelle, die Millionen Opfer forderte, ihren Höhepunkt erreichte. Er forderte von seinen Mitarbeitern wie von sich selbst Unerhörtes an Arbeitsleistung und begann sofort mit dem Aufbau eines Systems, das die Heilbehandlung erweiterte und das Hauptgewicht auf die Vor- und Fürsorge legte. Tandlers Gesundheitspolitik war somit vor allem auf Schutzmaßnahmen prophylaktischer Natur gerichtet. Freilich konnte er wegen des Rücktritts der Staatsregierung diese Ideen auf Bundesebene nur sehr unvollkommen verwirklichen.

Hitlers Einmarsch in Wien

Es war jedoch dem großen Arzt vergönnt, seine Ideen in der Folge in Wien durchzuführen: hier war es gerade sein Ressort, das die Maßnahmen setzte, die am weitesten in die Zukunft wiesen. Tandler gehörte seit Mai 1919 dem Wiener Gemeinderat an und wurde nach seinem Ausscheiden aus der Staatsregierung Amtsführender Stadtrat für das Gesundheitswesen. Hier begann die neue Epoche schon vor dem Amtsantritt des Bürgermeisters Seitz. Wieder war es der Umstand, daß Wien als Bundesland mehr Kompetenzen erhielt, der die Durchführung der neuen Gesundheitspolitik ermöglichte.

Tandler postulierte die Hilfe auf medizinisch-fürsorgerischem Gebiet als ein Menschenrecht. Ausgehend von einer neuen Sozialbiologie des Menschen, die — wie man immer wieder feststellen kann — viele Forderungen des modernen Umweltschutzes schon vor einem halben Jahrhundert vorweggenommen hat, schuf Tandler im verelendeten Wien eine Fülle von Neuerungen, die innerhalb weniger Jahre die Lage der breiten Massen entscheidend verbesserten und die Bundeshauptstadt zu einer der gesündesten Großstädte der Zeit machten.

Der unmittelbare Kampf galt den Folgen des Krieges sowie der Tuberkulose und den Geschlechtskrankheiten. Auch der Alkoholismus konnte zurückgedrängt werden; Tandler erkannte in der Zunahme der Krebsfälle die Gefahr für die kommenden Jahrzehnte und sorgte für klinische Vorkehrungen. Sein Hauptverdienst lag jedoch auf dem Gebiet der Betreuung der Kinder und der Jugendlichen.

Dies begann schon in der Errichtung der Eheberatungsstellen und der Mütterberatung auf breitester Basis. Die Säuglingsfürsorge erschöpfte sich nicht in der Ausgabe der berühmten Wäschepakete. An Stelle der alten Findelhäuser wurden ein Zentralkinderheim und zahlreiche Kinderübernahmestellen errichtet. Außerdem wurden 111 städtische Kindergärten eingerichtet, daneben zahlreiche Kinderhorte und Kinderfreibäder. Ferner bestand noch eine besondere Erholungsfürsorge für Kinder vor allem in den Alpen und in italienischen Badeorten. Nicht nur die Säuglingssterblichkeit ging um die Hälfte zurück, auch den Kinderkrankheiten wurde durch moderne klinische Methoden viel vom alten Schrecken genommen.

In den städtischen Schulen wurden die Kinder und Jugendlichen von Schulärzten regelmäßig untersucht, für behinderte Kinder gab es zahlreiche Sonderschulen. Die Jugendlichen wurden in den Bezirksjugendämtern betreut, und größte Aufmerksamkeit widmete Tandler der Ausbildung der Fürsorgerinnen. Großes Gewicht wurde zum Unterschied gegen frühere Zeiten auch auf die Altersfürsorge gelegt. Die Maßnahmen Tandlers, die die Krönung des sozialdemokratischen Reformprogramms darstellten, wurden bald für viele Städte, auch in Übersee, mustergültig. Umso merkwürdiger mutet heute der Widerstand an, der ihm von konservativer Seite entgegengebracht wurde.

Tandler selbst hat sich und seine eigene Gesundheit nie geschont und litt mit zunehmendem Alter an Kreislaufstörungen. Schließlich suchte er auf Auslandsreisen durch Klimawechsel Besserung. Freilich gönnte er sich auch dann keine Ruhe, sondern nützte die Zeit für Vorträge und Konsultationen. So weilte er seit 1933 in China, kehrte aber bald nach dem Februar 1934 nach Wien zurück, wo er sofort vorübergehend in Haft genommen wurde. Sehr schmerzte ihn die Enthebung vom Lehramt, das er jahrzehntelang vorbildlich versehen hatte. Er konnte bald wieder nach China zurückkehren und wurde von dort mit einem großen Auftrag nach Moskau berufen, wo er aber in der Nacht vom 25. auf den 26. August 1936 seinem Kreislaufleiden erlag. Bei seiner Einäscherung in Wien am 8. September 1936 hat es die Polizei verstanden, jede Teilnahme zu unterbinden, um damit Kundgebungen wie beim Begräbnis Glöckels zu verhindern.

Mit Tandler schließt sich der Bogen der gewaltigen Leistungen, die Karl Seitz und seine Männer für Wien vollbracht haben. Keine Zeit hat die Stadt so geprägt wie diese. Die einmalige Größe dieser Ära konnte freilich erst ein späteres Geschlecht ermessen. Die Zeit der VF-Herrschaft, die die Substanz, die Seitz geschaffen hat, verwirtschaftete, die Hitlerzeit, in der Wien in Schutt und Trümmer sank, stehen im tiefen Kontrast zur Ära Seitz. Die Zeit nach dem Zweiten Weltkrieg galt in erster Linie dem Wiederaufbau, und solche Epochen bieten einem neuen Pioniertum wenig Raum. Die geistige Spannkraft der Restauration bleibt notwendigerweise hinter jener der revolutionären Neugestaltung zurück. Doch mag gerade unsere Gegenwart hoffnungsvolle Zeichen einer neuen Wende aufweisen; noch ist es zu früh, darüber zu urteilen. Eine zeitgemäße moderne Kommunalverwaltung wird aber auf alle Fälle anknüpfen müssen an die Ideenwelt von Karl Seitz und seinen Helfern, an das klassische »Rote Wien«.

Anton Afritsch

VON FRANZ TAUCHER

Aus der Ferne eines Menschenlebens, das durch mehr als sechs Jahrzehnte Erfahrungen eingesammelt hat, bewußt und unbewußt, sehe ich ihn herankommen, und das Kind, knirpsenhaft nah noch dem Erdboden, konnte die Freude wohl wahrnehmen, die in den dunklen Augen des schlanken Mannes aufglänzte, sie zu verstehen und zu deuten jedoch gelang erst viele Jahre später. Zu sehr war es damals beschäftigt mit den Pfeiferlbuben und den Trommlern, die mit klingendem Spiel aus der Stadt zogen, in die nahen Wälder und Wiesen der Stadt Graz. Der Wunsch in ihm war fast unbezwingbar, einst selber so ein metallenes Pfeiferl in den Händen zu haben oder die Trommel zu rühren, deren lustiger Wirbel den ausschreitenden Kindern Schwung gab und Zuversicht. Das aufgeregte Kind am Rand des Weges hat denn auch später, knapp nach dem Ersten Weltkrieg, ein solches Pfeiferl in die Hand bekommen, sich aber damit keinen großen Erfolg erspielt. An der Trommel war es erst recht ein Versager. Besser ging es mit den Liedern, die es, nun selber eingereiht in die Wandernden, freudig und laut mitsang: »Wir sind jung, die Welt ist offen ...«, »O kommt mit uns ihr Brüder, ihr Schwestern haltet Schritt ...« Der alte Mann heute schreibt diese Texte nieder, ohne Mühe zu haben, er braucht nirgendwo nachzuschlagen, und ebenso unverwischbar ist seinem Gedächtnis das Bildnis jenes Mannes eingebrannt, der mit blitzenden Augen die musizierenden Proletarierkinder (so sagte man damals) aus den trostlosen Zinshäusern und Hinterhöfen der Stadt in die freie Natur geführt hat.

Dieser Mann war *Anton Afritsch*, damals Redakteur des *Arbeiterwillen* in Graz, und die Wiese im Volksgarten nahe seiner Wohnung die Wiege einer Bewegung, die in der Steiermark nach allen Richtungen rasch ausgriff, in Wien Fuß faßte und sich später über die Grenzen des heutigen Österreich ausbreitete. Beginn und Entwicklung scheinen so einfach wie das Keimen der Frucht aus der Wurzel. Ihr Blühen aber rührt das Herz wie ein Wunder an. Da war nichts weiter als ein Mann, der in seiner kargen Freizeit die eigenen Kinder auf die Volksgartenwiese führte, um mit ihnen zu spielen. Andere Kinder, sich selbst überlassen, sahen dem fröhlichen Treiben sehnsüchtig zu, und es war für Afritsch nur selbstverständlich, daß er sie zur Teilnahme ermunterte. Es kamen immer mehr Kinder, deren Eltern keine Zeit hatten oder auch wenig Verständnis, sich mit ihnen abzugeben. Afritsch beobachtete sie und hörte ihnen genau zu. Da war ein bösartiger Hausmeister, dort uneinsichtige Wohnnachbarn, die den Kindern das Spiel in der Wohnumgebung verleideten. Die Eltern sind froh, daß sich da einer ihrer Kinder annimmt, und bald sind es viele, mit denen Afritsch sonntags die Stadt verläßt, um ihnen die Landschaften der nahen Umgebung aufzuschließen und sie mit den Schönheiten der Natur im Wechsel der Jahreszeiten bekannt zu machen. Er lehrt sie die Kunst des Sehens, indem er mahnte, auch das scheinbar Unbedeutende wahrzunehmen und es als notwendig in das Gefüge der Welt harmonisch einzuordnen. Auch bei solchen Wanderungen wird das fröhliche Spiel nicht vergessen, und der Alte fühlt sich dabei so selig wie die Kinder. Man muß etwas von der Verlassenheit und der überall mangelnden Fürsorge der Arbeiterkinder vor dem Ersten Weltkrieg wissen, um ermessen zu können, was in diesem einfachen Vorgang von Obsorge und Erziehung an Güte und Liebe, aber auch an pädagogischer Weitsicht eingesenkt war. So war der Anfang einer Bewegung, die nicht mehr aufzuhalten war, die sich mächtig ausbreitete, die durch ihre moralischen Impulse überzeugte.

Richard Schacherl-Sharell, der von sich mit Recht sagen kann, er sei das erste »Kinderfreunde-Kind« gewesen, weiß sehr anschaulich über die zündende Lehrfreudigkeit des großen Erziehers zu berichten. Die »Gründung der ersten Ortsgruppe der Kinderfreunde« geschah am 23. Februar 1908, aber schon Jahre früher hat Anton Afritsch den kleinen Richard zu sich eingeladen, seine Schmetterlingssammlung anzusehen. In dem lesenswerten Bericht heißt es:

»Hier, im dritten Stock eines Zinshauses, begrüßte mich der freundlich lächelnde Mann, der später einen so nachhaltigen Einfluß auf das Leben tausender Menschen und auf meines hatte.

Da war ein kleiner Schrank mit Doppeltüren, und innen waren viele niedere Schubladen. Diese Laden aber waren Insektenschränke, jede mit Glas gedeckt. Bedachtsam und mit Freude zog Anton Afritsch Lade um Lade heraus, und meine erstaunten Augen bewunderten die Schmetterlinge, die in Reih und Glied aufgespannt waren. Dann zeigte er mir ein Schmetterlingsnetz, Spannbretter, an denen die Schmetterlinge gespannt werden. Am meisten interessierte mich aber ein kleines Kästchen, dessen Wände aus Glas und feinem Drahtgitter waren: ein Raupenzuchtkasten. Es war Spätherbst, und in dem Kasten waren nur einige Puppen und eine schläfrige, behaarte Bärenspinnerraupe, die, wie mir erklärt wurde, im Überwintern ist. Das alles war eine neue Welt für mich. Es war so charakteristisch für Anton Afritsch: sein großes Herz nahm auch Kinder ernst. Ich war nicht der kleine Bub, sondern der junge Freund.

Dieser erste Besuch und die folgenden nächsten Jahre einer tiefen Freundschaft legten den Grundstein für meine Liebe zur Natur, für meinen Beruf als Lehrer und Freund der Jugend und der arbeitenden Menschen.

Es war der Genius der Liebe und Freundschaft in der Seele dieses gütigen Menschen Anton Afritsch, der das Licht und das Verlangen nach Schönheit in den Augen der Kinder sah. Es war die tiefe Erkenntnis, daß der Weg der Befreiung des Proletariats bei den Kindern beginnen, daß er hinweg von dem Elend der proletarischen Straße und den Zinshaushöfen zur freien Natur mit all ihren Wundern für Geist, Seele und Herz führen müsse ... So wurde die Idee geboren: von den einzelnen Kindern des Familien- und Freundeskreises zur Masse der Kinder und deren Eltern. So entstand ein sozialistisches Erziehungsprogramm, das zu einem Kulturwerk wurde ...«

In diesem Bericht, vierunddreißig Jahre nach dem Tod von Anton Afritsch in Neuseeland niedergeschrieben, ist die Faszination zu spüren, die der große Erzieher auf seine jungen Freunde und Mitarbeiter ausgestrahlt hat. Die darin fortwirkende Dankbarkeit ehrt den Lehrer wie den Schüler. Das rechtfertigt seine Einfügung an dieser Stelle aus sich selbst.

Anton Afritsch der Jüngere hat zum fünfzigsten Gründungsjahr der »Kinderfreunde« 1958 ein Gedenkbuch für seinen Vater herausgegeben. Die überlebenden Freunde und Mitarbeiter, die darin zu Wort kommen, bezeugen übereinstimmend den ausgeprägten Sinn für Gerechtigkeit, der in Anton Afritsch stets wach geblieben war. Hatte er einmal etwas für wahr und richtig befunden, setzte er sich leidenschaftlich dafür ein. In seinem Wesen waltete jene schöne Unbedingtheit, die sonst ein Vorrecht der Jugend ist. Sie ist auch ein Kennzeichen des strebsamen Autodidakten, für den alles mühsam Erworbene mit dem Glanz des Neuen durchstrahlt ist. Sie beflügelte seine immense Arbeitskraft, die keine Hindernisse kennt. Sie drängte ihn, alles das, was er sich durch eigene Kraft geistig und moralisch angeeignet hatte, anderen mitzuteilen, in Vorträgen, Gesprächen und in Vorlesungen in den langen Heimabenden; wo und wann seine eigene Kraft nicht ausreichte, holte er sich bedenkenlos Hilfe auch bei den damals sogenannten »bürgerlichen« Wissenschaftlern. Der sonst recht klassenbewußte Autodidakt hatte eben früh erkannt, daß es ohne Objektivität in den Wissenschaften und Künsten nicht geht und daß sie notwendigerweise identisch ist mit der Freiheit des Geistes und der Seele. Diese Erkenntnis legitimiert den Satz, den er 1910 gleichsam als Richtmaß für seine Mitarbeiter niedergeschrieben hat: »Als eine der schönsten und höchsten Aufgaben der Menschheit gilt es, tätig zu sein im Dienste der Veredelung des Menschengeschlechtes, mitzuwirken an der Heranbildung einer neuen und besseren Generation.« Anton Afritsch wußte bereits damals, daß es mit bloßen »gesellschaftsverändernden« Forderungen nicht getan ist, daß auch der Mensch verändert werden müsse, weil er, vielleicht unbewußt, an der aristotelischen Einsicht festhielt, es beginne der Staat mit dem Bürger und nicht umgekehrt. Das ist wohl auch gemeint, wenn Richard Schacherl am Schluß des würdigen Gedenkblattes für seinen Lehrer Anton Afritsch ausspricht: »Wir hatten früher geglaubt, Wissen sei Macht, aber jetzt wissen wir, daß Macht nichts ist ohne Güte und Liebe.«

Anton Afritsch hat nicht nur für das gute Buch unermüdlich geworben. Er hat auch selbst einige Geschichten geschrieben, gewiß nicht, um als Schriftsteller zu glänzen. Doch die eine *Um ein Paar Schuhe* liest sich, als käme sie direkt aus der begnadeten Hand von Peter Rosegger, dessen Erzählungen vom Leben des *Waldbauernbuben* er innig liebte. Aus ihr und der Geschichte *Der Wettlauf* erhellt sich blitzartig die harte Kindheit und Jugend des Verfassers, das mitleidlose Unverständnis, das dem aufgeweckten Knaben begegnete, der Hunger und die Not, die er auszuhalten hatte. Aber nirgendwo findet sich in den genauen Schilderungen der Realität das kraftlose Lamento einer ichbezogenen Sentimentalität. Es ist darin vielmehr der Goldklang der Wahrheit zu vernehmen.

Anton Afritsch wurde am 8. Dezember 1873 in Klagenfurt geboren. Seine Mutter war Fabrikarbeiterin, sein Vater ist früh gestorben, er hat ihn nicht gekannt. Als Afritsch, einundfünfzigjährig, am 7. Juli 1924 in Graz starb, war er Redakteur einer angesehenen Zeitung und als Stadtrat für die Jugendfürsorge und das Wohlfahrtswesen der zweitgrößten Stadt Österreichs verantwortlich. Es war ein erfolgreicher Weg, den er in einem verhältnismäßig kurzen Dasein ausgegangen ist. Dieser Weg wird überstrahlt von seiner ureigensten Schöpfung, dem Erziehungs- und Kulturwerk »Die Kinderfreunde«. Der Glanz leuchtet in dankbaren Kinderaugen fort.

Wilhelm Reich

VON MICHAEL POLLAK

Am 24. März 1897 in Galizien geboren, verbringt *Wilhelm Reich* seine Jugend in der Bukowina. Nach dem Ersten Weltkrieg, der für ihn den Verlust jeder materiellen Sicherheit bedeutet, beginnt er in Wien das Medizinstudium und tritt mit *Sigmund Freud* in Kontakt. Reich gehört zu jenen Psychoanalytikern, denen Freud bereits nach relativ kurzer Ausbildung Patienten anvertraut und die auf diese Art sehr früh klinische Erfahrungen sammeln konnten. Andererseits stellte Freud eine derartige Autorität dar, daß es für seine Schüler äußerst schwierig war, sich von einer Art intellektueller Vaterfixierung zu lösen. Reichs wissenschaftliche Entwicklung und damit die seines Werkes ist demzufolge einerseits durch sein Verhältnis zu Freud, andererseits durch seine spezifischen Berufserfahrungen bestimmt.

Bereits von seinen ersten Artikeln an zeichnet sich in Reichs Schriften ein starkes Interesse für die naturwissenschaftlich biologischen Grundlagen und die gesellschaftlichen Bedingungen psychischer Prozesse ab. Nach Beendigung seines Medizin- und Psychiatriestudiums übernimmt er 1924 eine Assistentenstelle am Wiener Psychoanalytischen Ambulatorium, das er dann von 1928 bis 1930 leitet. Diese Tätigkeit verlagert sein Hauptaugenmerk auf die sozialen Ursachen der Neurosen. Die Betonung dieses Gesichtspunktes, der von Freud zwar aufgezeigt, aber nicht konsequent analysiert worden war, bewirkt Differenzen Reichs mit dem psychoanalytischen Milieu und später mit Freud selbst. Deutlich und präzise formuliert treten diese in den beiden Werken *Die Funktion des Orgasmus* (1927) und *Charakteranalyse* (1933) auf.

Ausgehend von Freuds Definition des Triebes als eines Grenzbegriffes zwischen Seelischem und Somatischem, analysiert Reich den Zusammenhang zwischen Aggressionen und psychischen Erkrankungen und dem Sexualleben. Er entdeckt dabei, daß diese auf eine Beeinträchtigung der genitalen Sexualität zurückzuführen sind. Unter genitaler Sexualität ist dabei die Fähigkeit zu verstehen, eine der Libidostauung adäquate Befriedigung zu erlangen. Reich gelangt durch diese Studien zur Ablehnung der Todestriebhypothese, also der Annahme eines zweiten grundlegenden Triebes, der Ursache aggressiver Strömungen, für den jeder klinische Beweis fehlt. Dabei wäre es falsch, die theoretischen Ansätze Reichs als gegensätzlich zu Freud darzustellen. Vielmehr knüpft er an dessen ursprüngliche Formulierung der Libidotheorie an, lehnt aber Freuds pessimistische kulturphilosophische Arbeiten ab, in deren Zentrum die Todestriebhypothese steht.

Durch die Behandlung von Patienten aus allen gesellschaftlichen Klassen wird Reich auch immer klarer, daß Art und Häufigkeit psychischer Erkrankungen durch die Gesellschaftsordnung mitbedingt sind. Reich beteiligt sich an einer grundlegenden Diskussion über das Verhältnis von Psychoanalyse und Marxismus, die von *Siegfried Bernfeld* initiiert worden war. Einander methodisch durch ihren materialistisch-dialektischen und ideologiekritischen Charakter ergänzend, stellt die Psychoanalyse die Bewußtwerdung der gesellschaftlichen Sexualunterdrückung dar, so wie der Marxismus der Ausdruck des Bewußtwerdens der wirtschaftlichen Ausbeutung einer Mehrheit durch die Minderheit war.

Der entscheidende Wendepunkt im Wirken Reichs sind die Unruhen des Jahres 1927 und der Brand des Justizpalastes: er tritt der Kommunistischen Partei bei. Von seiner Erkenntnis der sozialen Gebundenheit psychischer Erkrankungen ausgehend, gibt er die individuelle Psychotherapie auf und wendet sich der präventiven Behandlung von Neurosen und der Sexualberatung zu. Freud ist mit dieser Tätigkeit vorerst einverstanden, unterstützt sie auch, ohne selbst daran teilzunehmen, da er das mit seinem wissenschaftlichen Ethos nicht für vereinbar hält. Man kann annehmen, daß Freud, der einmal sagte, er habe die ganze Menschheit zum Patienten, sich der sozialen Ursachen psychischer Prozesse voll bewußt war, daß er aber die Erkenntnisse auf diesem Gebiet für zu unsicher hielt, um persönlich klar Stellung zu beziehen.

Reich gründet mit gleichgesinnten Ärzten und jungen Psychoanalytikern eine »Sozialistische Gesellschaft für Sexualberatung und Sexualforschung«, die 1929 in Wien sechs Zentren für Sexualhygiene eröffnet. Diese sind von Anfang an überfüllt, vor allem von schwangeren Mädchen und Frauen aus Arbeiterfamilien. Das Problem der Abtreibung ist Beispiel der sozialen Diskriminierung in Fragen der Sexualität.

Daneben ist Reich aktiv in der kommunistischen Jugendbewegung tätig, hält Vorträge, nimmt an Manifestationen teil, reist in die Sowjetunion. Auch nach seiner Distanzierung von seiner kommunistischen Vergangenheit hielt er daran fest, daß nur diese praktische, politische Tätigkeit in der Wiener Jugend ihm die wahren Mechanismen der sexuellen Unterdrückung klargemacht habe. In den Diskussionen macht er die Erfahrung, daß theoretische Probleme gar kein Interesse hervorrufen, daß hingegen praktische Fragen über sexuelle Störungen, Abtreibung, Geburtenkontrolle, Kindererziehung und Eheprobleme von brennender Aktualität sind.

Theoretisch beschäftigt er sich hauptsächlich mit Soziologie und Ethnologie. Sein Hauptproblem ist es, eine Erklärung dafür zu finden, warum sich die Arbeiterklasse gegen ihre objektiven Interessen verhält. *Marx* hat in der *Deutschen Ideologie* zwar gezeigt, daß die Ideologie der herrschenden Klasse auch die herrschende Ideologie ist, der Marxismus kann aber keine präzise Erklärung dafür geben, wie der Widerspruch in der Ideologie des Proletariats, einerseits durch die eigene sozioökonomische Lage bedingt, andererseits aber der herrschenden Ideologie unterworfen und von ihr beeinflußt zu sein, zustande kommt. In der Psychoanalyse sieht Reich ein Mittel, zu zeigen, wie sich auf dem Weg über das Triebleben die ökonomische Situation in Ideologie umsetzt.

Bereits vor 1930 ist Reichs Verhältnis zur Kommunistischen Partei ein äußerst kompliziertes: Es ist ihm nie gelungen, die offizielle Verurteilung der Psychoanalyse als bourgeois-dekadente Theorie rückgängig zu machen. Vielmehr kann man annehmen, daß Reich geduldet und gestützt wird wegen seiner Erfolge in propagandistischer Hinsicht. Sein Lob der Sowjetunion wegen ihrer revolutionären Sexualgesetzgebung stand bereits Ende der zwanziger Jahre im Widerspruch zur stalinistischen Reaktion, durch die die patriarchalische Familienstruktur wieder gestärkt wurde. Seine Betonung der Bedeutung sexueller Fragen im politischen Kampf mußte immer stärker mit der offiziellen ökonomistischen Linie der Partei — »nur aus den Lohnkämpfen entwickelt sich der revolutionäre Kampf« — in Widerspruch geraten.

Reichs berufliche Situation in Wien wird immer unerträglicher: Nach einer Verschärfung seines Konfliktes mit Freud versucht *Federn*, der Leiter der Wiener Psychoanalytischen Gesellschaft, ihm das Seminar über Analysetechnik zu entziehen. Er wird aufgefordert, an politischen Veranstaltungen nicht mehr aktiv teilzunehmen. 1930 wandert er unter diesem Druck nach Berlin aus, wo ein liberaleres intellektuelles Klima herrscht. Er setzt seine Arbeit in der deutschen KP verstärkt fort, hält einen Kurs über Psychologie und Sexologie innerhalb des Programms der Marxistischen Arbeiterschulung, bildet gemeinsam mit *Otto Fenichel* Psychoanalytiker für Sozialarbeit aus.

Nach dem Scheitern einer Plattform innerhalb der Weltliga für Sexualreform akzeptiert das ZK der KPD die Organisierung des »Deutschen Reichsverbandes für proletarische Sexualpolitik« (»Sexpol«) auf revolutionärer Basis und nach einer Abgrenzung von bürgerlichen Sexualreformern. Im Zentrum der Forderungen stehen die Abschaffung des Abtreibungsparagraphen, die Lösung der Wohnungsfrage, die präventive Behandlung von Neurosen und sexuellen Störungen, ein Kampf gegen die wirtschaftlichen Ursachen der Prostitution.

Die spektakulären Erfolge der »Sexpol« — 20 000 Mitglieder praktisch von der Gründung an, Tausende Interessierte bei Veranstaltungen — werden von der Parteileitung mit Mißtrauen verfolgt. Die Konflikte spitzen sich zu, als in der Jugendbewegung über die Diskussion von Sexualfragen die hierarchischen Strukturen der Partei in Frage gestellt werden und die organisatorischen Grenzen zum Beispiel in einer Zusammenarbeit mit sozialdemokratischen und sogar nationalsozialistischen Frauen in Fragen Geburtenregelung und Abtreibung gesprengt werden. Die Auseinandersetzung findet 1932 ihren Höhepunkt durch die Weigerung der Partei, Reichs Buch *Der sexuelle Kampf der Jugend* zum Druck freizugeben und dieser es selbst im eigens gegründeten Verlag für Sexualpolitik herausgibt. Das Disziplinarverfahren wegen des offenen Bruchs der Parteidisziplin durch Reich kann vor der Machtübernahme durch die NSDAP nicht mehr durchgeführt werden.

1934 wird Reich im dänischen Exil wegen seiner Kritik an der KP-Politik in den Büchern *Die Massenpsychologie des Faschismus* und *Was ist Klassenbewußtsein?* aus der Partei ausgeschlossen. Die Entwicklung der Theorie Reichs in dieser Epoche, die den Wendepunkt und endgültigen Bruch mit der traditionellen Psychoanalyse darstellt, ist nur als Ergebnis der praktisch-politischen Tätigkeit und des grundlegenden Studiums der Arbeiten des Marxismus zu verstehen. Für die Analyse der Familie als wichtigster Vermittlungsstätte der Ideologie knüpft Reich an psychoanalytische Erziehungstheorien und *Engels'* Arbeiten über den Ursprung der Familie an. Seine These, daß die gesellschaftliche Unterdrückung der Sexualität letztlich die ökonomische Ausbeutung ermöglicht, wird durch *Malinowskis* Arbeiten über die Sexualität der Trobriander gestützt. Diesem Thema widmet Reich seine Studie *Der Einbruch der Sexualmoral* (1934).

In einer Analyse der aktuellen sexuellen Repression weist Reich nach, daß der sado-masochistische Charakter in der kapitalistischen Gesellschaft vorwiegt, allerdings je nach Klassen verschieden ausgeprägt, am stärksten im Kleinbürgertum: herrisch nach unten, unterwürfig nach oben. Eine These, die *Otto Fromm*, mit dem Reich in Berlin in Verbindung stand, in seinen Arbeiten über die Familie und *Theodor W. Adorno* in seinen empirischen Studien über die autoritäre Persönlichkeit voll bestätigen. Der Erfolg des Nationalsozialismus ist mit darin begründet, daß er in seiner Theorie und Propaganda diesen Charaktertypus direkt anspricht. Deutlichster Ausdruck dafür ist die Rassenideologie, die es auch dem Unterdrücktesten noch gestattet, seine verdrängten sadistischen Strebungen zumindest in der Phantasie abzulassen. *Die Massenpsychologie des Faschismus* (1934) zeigt diese doppelte Funktion auf: einerseits die vorwiegende Charakterstruktur in unserer Gesellschaft darzustellen, andererseits jene widersprüchliche, aber durch die Widersprüche gerade wirkungsvolle Propaganda zu sein und auf dieser Charakterstruktur die totale Herrschaft aufbauen zu können. Bereits Jahre vor der Machtübernahme durch die NSDAP warnte Reich die KP-Führung vor diesen propagandistischen Wirkungen, als diese noch glaubte, durch eine rationale Widerlegung der offensichtlich widersprüchlichen wirtschaftlichen Argumentation der NSDAP, die sich antikapitalistisch gab und gleichzeitig mit der Großindustrie Verbindungen unterhielt, deren Aufstieg aufhalten zu können.

Auch aus der Psychoanalytischen Gesellschaft wird Reich 1934, ohne Angabe von Gründen, ausgeschlossen: Neben den allgemeinen Schwierigkeiten, denen eine relativ junge und um ihre akademische Anerkennung ringende Disziplin durch Reichs Engagement ausgesetzt war, dürfte sicher politisch auch entscheidend gewesen sein, daß sich die deutsche und österreichische Gesellschaft den neuen Machthabern gegenüber keine Blößen geben wollte.

Von allen organisatorischen Rücksichten frei, treibt Reich seine Forschungen in jenen beiden Punkten voran, die er bereits zu Beginn seiner Arbeit für die Weiterentwicklung der Psychoanalyse als hauptentscheidend erkannt hatte: die sozialen Bedingungen der Verdrängungsmechanismen und die biologischen Grundlagen der psychischen Triebe. Vorerst weitet er seine soziologischen Studien aus: Die Abschaffung der revolutionären Sexualgesetze in der Sowjetunion unter Stalin liefert ihm den endgültigen Beweis für die Regression der Revolution. In der Organisation der Partei erblickt er die Kopie der autoritären Familienstruktur in erweitertem Rahmen, sie ist Familie und Heimatersatz für jene, die die bürgerliche Sicherheit verlassen haben. Er wendet sich immer stärker vom politischen Engagement ab.

Nach seiner Emigration in die USA 1939 wendet er sich der Erforschung der biologischen Basis der Libido zu, die er in der kosmischen Energie »Orgon« zu finden glaubt: diese reguliert das Sexualleben, wenn es von sozioökonomischen Einschränkungen frei ist, konfliktlos. Eine politische Lösung für die Befreiung des Menschen sieht er nicht mehr. Auch revolutionäre Ansätze scheitern letztlich an der durch eine Jahrtausende währende sexuelle Unterdrückung geformten Charakterstruktur der Massen. Eine Befreiung kann nur eine bewußte Abschaffung der sexuellen Unterdrückung und eine radikal geänderte Erziehung herbeiführen.

In seiner Arbeit isoliert und — außer von einigen Bewunderern und Gönnern — verlassen, wird Reich immer schärfer von der Amerikanischen Medizinischen und Psychiatrischen Gesellschaft angegriffen. Als ehemaliger Kommunist und wegen Gerüchten über sexuelle Abwegigkeiten in seinem Orgonon-Institut wird er in gerichtliche Verfahren verwickelt. Ein Verbreitungsverbot wird über seine Veröffentlichungen ausgesprochen. 1956 wird er zu zwei Jahren Gefängnis verurteilt, in denen er ein Jahr später einem Herzleiden erliegt.

Reichs Werk erlebt seit einigen Jahren einen Erfolg, der nicht nur auf seine Theorien zurückzuführen ist, die in ihrer mechanistischen Formulierung und den biologischen Spekulationen der letzten Jahre umstritten bleiben. Reichs entscheidendster wissenschaftlicher Beitrag, als erster eine umfassende Verbindung zwischen Psychoanalyse und Marxismus hergestellt zu haben, enthält in der heute weitgehend anerkannten Analyse der Rolle der Sexualunterdrückung eine revolutionäre Kraft, eine Gefahr für jegliche Art von Herrschaft. Die Entwicklung einer neuen Sexualmoral und die Liberalisierung der Sexualgesetze sind Ausdruck jener praktischen Aufklärung, für die Reich kämpfte. Er hat aber auch die für eine echte Befreiung durch die Gesellschaftsordnung gezogenen Grenzen aufgezeigt, über deren Änderung nur die Dialektik der Geschichte Auskunft geben kann.

Ignaz Seipel

VON HEINRICH DRIMMEL

Schon zu Lebzeiten *Ignaz Seipels* (1876—1932) hat der Fall des Priester-Politikers das Bild der geschichtlichen Leistung des Staatsmannes, Parteiführers und Menschen ungünstig beeinflußt. Allein die Tatsache, daß der österreichische Episkopat bereits kurz nach dem Tode Seipels den Klerus aus der parteipolitischen Betätigung zurückgezogen hat, wird seither als authentische Bestätigung dieser Einschätzung angesehen.

Um den Fall des Priester-Politikers, so wie er zur Zeit des Eintritts Seipels in die Politik (1917/18) bestanden hat, vollends beurteilen zu können, ist es notwendig, folgende Voraussetzungen im Auge zu behalten:

Der Atheismus, mit dem es Seipel bei seinem Zusammenstoß mit dem Marxismus zu tun bekommen hat, war primär kein politischer. Er richtete sich gegen die christliche Moral, gegen jeden Glauben an Gott und zeigte vor allem in kulturpolitischer Hinsicht einen feindseligen doktrinären Charakter.

Die Entzweiung von Religion und Politik, Kirche und Staat war für Seipel eine Utopie. In einem Vortrag, den er 1929 vor katholischen Hochschülern gehalten hat, findet sich der Hinweis, daß die Christen, Menschen mit Leib und Seele, stets zugleich Angehörige ihrer Familie, ihrer Kirche, ihrer Nation, ihres Staates, ihres Berufsstandes sind. Schon diese im einzelnen Menschen bestehende gleichzeitige Zugehörigkeit zu Staat und Kirche läßt die später geläufig gewordene Zerfallsteilung der Existenz des Christen fragwürdig erscheinen.

Seipel sah Politik als jedermanns Sache an, und das besonders in einer Zeit, in der das patriarchalische Zeitalter zu Ende ging und das demokratische auf die Höhe der Zeit kam.

Wie immer man das staatsmännische Verdienst Seipels einschätzen mag, fest steht, daß der Priester-Politiker die katholische Volksbewegung mit der Republik versöhnt und ihr jene fatale Spaltung in konservative Monarchisten und republikanische Demokraten erspart hat, die in den traditionellen katholischen Ländern Frankreich, Spanien und Italien beim Sturz der Monarchie die große Chance der politischen Linken geworden ist. Nicht der mehr wirtschaftspolitisch orientierte »Bürgerblock«, den der Bundeskanzler Seipel in den fünf von ihm geleiteten Koalitionsregierungen mit verschiedenen Rechtsparteien bildete, hat den Durchbruch der Linken auf eine sozialistische Republik verhindert, sondern die kompakte Masse der im »Volksbund der Katholiken Österreichs« erfaßten katholischen Volksbewegung; sie hat zu Seipel unter allen Umständen gestanden, ohne Rücksicht auf materielle Vor- und Nachteile des kleinen Mannes in dieser Bewegung.

Der Volksbund war zu Zeiten Seipels eine Volksbewegung und darum mehr als die bereits zu einer Kader- und Wahlpartei herabgesunkene Christlichsoziale Partei. Die Christliche Sozialreform, die in Wien *Karl Freiherr von Vogelsang* noch vor der päpstlichen Enzyklika *Rerum novarum* (1881) und gleichzeitig mit dem Hervortreten der Sozialdemokratischen Arbeiterpartei in Gang gebracht hat, wurde für Seipel in der Form, wie sie sein akademischer Lehrer *Franz Martin Schindler* vertreten hat, zur Herausforderung seines politischen Interesses. Als Seipel 1921 Obmann der Christlichsozialen Partei wurde, konnte er allerdings nicht mehr jenen Sprung in der Parteistruktur ausbessern, der nach 1907 als Folge des Zusammengehens der sozialreformatorischen Partei *Luegers* mit den katholischen Konservativen in den Kronländern entstanden war. Aber das politische Testament Luegers, seine Partei möge sich hüten, »irgendeine spezielle Berufspartei zu werden«, hat Seipel buchstabengetreu erfüllt.

Gestützt auf die katholische Volksbewegung, hat die Christlichsoziale Partei den Staat in Zeiten stärkster Erschütterungen und tiefen Verfalls getragen. Unter dieser Last mußte sie es versäumen, zuerst mit der christlichen Sozialreform deren Ziele zu erkämpfen, um dann für die *neue Gesellschaft* den *neuen Staat* aufzubauen. Dieses Rangverhältnis, Staatspolitik geht vor Parteipolitik, ist der Bewegung zuzeiten teuer zu stehen gekommen. Seipel selbst hat das kalkulierte Risiko der Alleinverantwortung der ersten beiden von ihm geleiteten Bundesregierungen für »wirtschaftlich notwendige, aber unpopuläre Sanierungsmaßnahmen« auf sich genommen. Die mit seinem Namen verknüpfte Sanierung 1922/23 mußte er gegen die mit äußerst spektakulären und publikumswirksamen Mitteln vorgetragene Opposition der Sozialdemokraten verteidigen. In dieser mit größter Härte geführten politischen Polemik konzentrierten sich die Angriffe der sozialdemokratischen Opposition mehr und mehr auf die Person des Bundeskanzlers und auf den Priester-Politiker.

Nach den blutig verlaufenen Unruhen beim Brand des Justizpalastes in Wien am 15. Juli 1927 wurde unter bewußter Verstümmelung einer Redewendung des neuerdings im Amt befindlichen Bundeskanzlers Seipel das Horrorbild des »Prälaten ohne Milde« verbreitet. Indem die politische Agitation den »Prälaten ohne Milde« zum »Bundesgenossen der Reaktion, des Kapitalismus und des Faschismus« stempelte, schlug der primär doktrinäre Atheismus der Marxisten in einen politischen um; dies zu dem erklärten Zweck, den Zusammenhalt der katholischen Volksbewegung zu zerschlagen und Seipel, dessen Persönlichkeit der wichtigste Haltepunkt in der Front der Gegner zu sein schien, zu eliminieren. In einem gewissen Ausmaß ist das gelungen; jedenfalls haben es seither viele katholische Politiker, Publizisten und Kleriker für richtig befunden, diese Vergangenheit unter Verschluß zu halten und sich von der Person und dem Wirken des Priester-Politikers zu distanzieren.

Seipels Tagebucheintragungen beweisen, daß er unter der Doppelfunktion des Priester-Politikers schwer gelitten hat. Die eilfertige Konsequenz, sich abseits zu stellen und sich um den Staat nicht zu kümmern, hat Seipel nicht gezogen.

Nach der Auflassung der großen Regierungskoalition im Jahre 1920 sahen die nunmehr in die Opposition gedrängten Sozialdemokraten die Republik bedroht; und zwar durch niemand Geringeren als durch die ins Amt gekommene Koalitionsregierung. Sie glaubten es daher der Republik schuldig zu sein, als Opposition den Schutz der Republik gegen deren legale Regierung übernehmen zu müssen, und zwar durch die Aufstellung des Republikanischen Schutzbundes. Diese Konfrontation Regierung—Opposition mit verkehrten Frontstellungen hatte katastrophale Folgen. Eine davon war, daß Mitte der zwanziger Jahre die Formationen der Heimwehren, der Abwehrkämpfer, der Frontkämpfer, die Saalschutzformationen u. a. erneut ins Kraut schossen und, im Heimatschutz formiert, als Waffenträger der politischen Rechten dem Republikanischen Schutzbund entgegentraten.

Die Bereitstellung illegaler Waffenträger für den Fall des »Versagens der parlamentarischen Demokratie in Österreich« war das schwerste Verschulden, dessen sich die Politiker in der Ersten Republik schuldig gemacht haben. Seipel ist weder Gründer noch Stabschef des Heimatschutzes gewesen; aber er hat mit dieser Formation ebenso politisch taktiert, wie die sozialdemokratische Führung mit dem Republikanischen Schutzbund ihre paramilitärischen Kräfte im Spiel hatte.

Zwischen dieser Bereitstellung zum Bürgerkrieg, der Hinwendung Seipels zur Idee der berufsständischen Ordnung auf Grund der Enzyklika *Quadragesimo Anno* (1931), der Kritik an den Auswüchsen des Parteiismus und der Ära *Engelbert Dollfuß*, als deren Wegbereiter Seipel zuweilen angesehen wird, steht das historische Gespräch der Feinde *Ignaz Seipel* und *Otto Bauer*. Es geschah 1931 unter dem Eindruck der verheerenden Folgen der Weltwirtschaftskrise nach 1929, des Durchbruchs der NSDAP zur Macht im Deutschen Reich (Herbst 1930) und des neuerlichen Verfalls des politischen, sozialen und wirtschaftlichen Zusammenhalts in Österreich.

In der Zeitgeschichte Österreichs gibt es kein zweites Ereignis, das die Tragik um die Größe der Feindseligkeit politischer Gegner in einem ähnlichen Document humain zum Ausdruck bringt wie der Nachruf, den Otto Bauer nach dem Tode Seipels am 2. August 1932 seinem Gegner in der *Arbeiter-Zeitung* gewidmet hat. *Karl Renner,* den man in der ausweglosen Konfliktsituation der Ära Seipel/Bauer despektierlich den Hin-und-her-Renner (zwischen den Fronten) genannt hat, sah in Seipel und Bauer ein Unglück für Österreich. Seipel hat kurz vor seinem Tod noch einmal vor Studenten erklärt, wie sehr er stets gegen das »Packeln aus Leidenschaft« gewesen sei; wie sehr er es abgelehnt habe, durch Kompromisse die politische Arbeit einfach bequemer zu machen; worin er den Unterschied zwischen »Politik« und »politisieren« gesehen hat.

Wenn Seipel in Bauer den ideologisch am stärksten verfestigten Gegner gesucht hat, dann deswegen, weil er einen österreichischen Dualismus über Grundsätzen im Falle der Staatskrise für haltbarer geschätzt hat als die perfekte Koalitionstechnik Renners (und anderer österreichischer Politiker). Nichts ist bezeichnender für die Politik Seipels im Umgang mit Bauer als die Tatsache, daß nicht Bauer auf die Fühlungnahme Seipels die Absage gemacht hat, sondern Renner der Überbringer der Ablehnung seitens der Sozialdemokraten wurde. Daß für die Demokratie in der Krise die gekonnte parlamentarische Routine oft nicht ausreicht, sondern der Halt in tieferen Fundamenten gesucht werden muß, dafür bestanden in der Spätkrise des Jahres 1931 weder auf der politischen Linken noch auf der Rechten genug Einsicht und Entschiedenheit.

Seipel, der als Priester-Politiker keinen Zugang zu der üblichen Kameraderie der Parteifreundschaft haben konnte und in dessen Umgebung die »Freunderln« und deren Wirtschaft nicht gedeihen konnten, war ein einsamer Mensch. Von einem Kloster aus, ein solches war sein Wiener Domizil, läßt sich kein politisches Showbusineß betreiben. Diese Vereinsamung läßt zuweilen vergessen, daß der Bundeskanzler und Parteiobmann von sehr guten Mitarbeitern umgeben gewesen ist:

Ich nenne zuerst *Friedrich Funder*, Herausgeber der *Reichspost*. In den verschiedenen Kabinetten Seipels ragen Vizekanzler und Unterrichtsminister *Richard Schmitz*, Finanzminister *Viktor Kienböck*, Sozialminister *Josef Resch*, Handelsminister *Eduard Heinl* und der später vielumstrittene Heeresminister und Parteiobmann *Carl Vougoin* hervor. Daß die Würdigung dieser und anderer um den Aufbau des neuen Staates verdienten Männer unter den Epigonen der Ära Seipel »außer Evidenz« geraten ist, bestätigt einen Mangel an Zivilcourage. Man läßt die konfliktgeladenen Tatbestände dieser Epoche der österreichischen Zeitgeschichte vorläufig lieber unter Verschluß.

Seipel ahnte bis zur Gewißheit, daß das historisch entstandene Modell der Demokratie, das seine Gegner geradezu tabuisiert hatten, dem, was darauf zukam, nicht mehr gewachsen sein konnte. Was er nicht voraussehen konnte, das war jenes Attentat auf die Demokratie, das nach seinem Tod hereinbrach. In dieser Einschätzung war Seipel nicht besser oder schlechter wie viele seiner Kollegen in der Crew der europäischen Staatsmänner der zwanziger Jahre. Als 1933 der Sturm losbrach, waren die Nachfolger Seipels und die Christlichsoziale Partei schlecht vorbereitet.

Die vierziger und fünfziger Jahre ließen die Ziele, Methoden und Typen der Ära Seipel wenig relevant erscheinen. Jetzt, wo die »sakrosankte Entzweiung von Religion und Politik«, die der jüdische Religionsphilosoph *Martin Buber* für die jüngste Vergangenheit als typisch erachtet hat, zu Ende geht, stehen die Person und die Funktion des Prälaten auf einem ganz anderen Abszissen- und Ordinatennetz des Politischen.

Leopold Kunschak

VON LUDWIG REICHHOLD

In Österreich war es *Leopold Kunschak*, der den christlichen Zweig der Arbeiterbewegung ins Leben gerufen hat. Indem er ihn der Christlichsozialen Partei eingliederte, hat er diese davor bewahrt, eine bloß bürgerliche Standespartei zu sein. Nur deswegen hat die Christlichsoziale Partei seit dem Ausgang des 19. Jahrhunderts in Österreich eine bedeutende politische Rolle spielen können. Gleichzeitig ist Leopold Kunschak mit ihr zu einem der profiliertesten demokratischen Politiker des christlichen Lagers geworden.

Als Kunschak im Jahre 1892 daranging, einen Christlichsozialen Arbeiterverein zu gründen, war *Karl Frh. von Vogelsang*, der Inspirator der Christlichsozialen Partei, bereits ein Jahr tot. *Dr. Karl Lueger*, Kunschaks bewundertes Vorbild, war schon seit 1885 Mitglied des Reichsrates. *Prinz Alois Liechtenstein* hatte längst die Mittel für die erste Untersuchung über die materielle Lage der österreichischen Arbeiterschaft zur Verfügung gestellt, deren Ergebnisse

Vogelsang ab 1883 in seiner *Monatsschrift für Gesellschaftswissenschaft und christliche Sozialreform* veröffentlichte. Um den jungen Theologieprofessor *Franz Martin Schindler*, den Schöpfer des ersten christlichsozialen Programms, hatte sich im Rahmen der sogenannten »Entenabende« eine ganze Schar von Priestern und Laien gesammelt, die sich intensiv mit der sozialen Frage beschäftigten. Daneben bestanden noch andere Vereinigungen für Sozialpolitik und Sozialreform, in denen die Vorarbeiten für das spätere Arbeiterrundschreiben *Leos XIII., Rerum novarum*, geleistet wurden. 1883 waren die *Haider Thesen* erschienen, mit denen eine erste Zusammenfassung des christlichsozialen Gedankengutes vorlag. Die soziale Frage hatte aber auch bereits in verschiedenen Gesetzeswerken ihren Niederschlag gefunden, so in der 2. Gewerbegesetznovelle von 1885. Das alles spielte sich in der Jugendzeit Leopold Kunschaks ab, der 1889 seine Gesellenprüfung als Sattler ablegte. Die geistigen Grundlagen der christlichen Volksbewegung waren somit, als Kunschak in das politische Leben eintrat, längst gelegt.

Aber obwohl im *Vaterland*, dem Organ der katholischen Konservativen, das später Vogelsang zum Sprachrohr der christlichen Sozialreform machen sollte, bereits am 13. Dezember 1869 festgestellt wurde: »Die Arbeiterbewegung ist in sich berechtigt und deshalb unaufhaltsam. Man hat nur die Wahl, ihr gerecht zu werden oder sie zu verfälschen oder sie gewaltsam zu unterdrücken«, war noch in den neunziger Jahren in Österreich von einer christlichen Arbeiterbewegung weit und breit keine Spur. Es gab zwar da und dort einen katholischen Arbeiterverein, doch widmeten sich diese Vereine ausschließlich religiösen oder karitativen Bestrebungen. Noch 1890 war Kunschak von *Dr. Geßmann*, dem »Generalstabschef« Luegers, der Rat gegeben worden, in den »Verein berufsgenossenschaftlicher Handwerker und Arbeiter« einzutreten, wenn er sich im Interesse seiner Standesgenossen betätigen wolle. Kunschak war jedoch nur kurze Zeit Mitglied dieses Vereins, weil er rasch herausfand, daß sich, wie er selbst erklärte, »die seelische Kluft zwischen Meistern und Gesellen« nicht schließen ließ. Das alles macht die Widerstände deutlich, gegen die der junge Leopold Kunschak die Idee der christlichen Arbeiterbewegung durchsetzen mußte. Das christlichsoziale Lager war, inspiriert von der berufsständischen Idee, so sehr auf gemeinsame Organisationen von Arbeitgebern und Arbeitnehmern fixiert, daß es den Gedanken der Arbeiterbewegung noch nicht zu fassen vermochte.

Kunschak war, am 11. November 1871 in Wien geboren, in einer jener »Bassenawohnungen« aufgewachsen, wie sie damals zuhauf errichtet wurden. Sein Vater, ein verarmter Fuhrwerker, konnte für den Unterhalt seiner sechs Kinder nicht allzuviel tun. Die Familie war hauptsächlich auf die Tatkraft der Mutter angewiesen, die abwechselnd als Hausbesorgerin, Wäscherin und Milchfrau ihre große Kinderschar durchzubringen versuchte. Sie hat mit ihrer tiefen Religiosität und gesunden Lebensauffassung auf das Schicksal Leopold Kunschaks einen bedeutenden Einfluß ausgeübt.

Österreichische Nobelpreisträger

Bertha von Suttner
Friedensnobelpreis 1905

Alfred H. Fried
Friedensnobelpreis 1911

Robert Bárány
Nobelpreis für Physiologie und Medizin 1914

Fritz Pregl
Nobelpreis für Chemie 1923

Richard Adolf Zsigmondy
Nobelpreis für Chemie 1925

Julius von Wagner-Jauregg
Nobelpreis für Physiologie und Medizin 1927

Karl Landsteiner
Nobelpreis für Physiologie und Medizin 1930

Erwin Schrödinger
Nobelpreis für Physik 1933

Victor Franz Hess
Nobelpreis für Physik 1936

Otto Loewi
Nobelpreis für Physiologie und Medizin 1936

Richard Kuhn
Nobelpreis für Chemie 1938

Wolfgang Pauli
Nobelpreis für Physik 1945

Max Ferdinand Perutz
Nobelpreis für Chemie 1962

Karl von Frisch
Nobelpreis für Physiologie und Medizin 1973

Konrad Lorenz
Nobelpreis für Physiologie und Medizin 1973

Seine Schöpfung, der Christlichsoziale Arbeiterverein, wurde am 21. September 1892 in Wien gegründet. Mit der wenig überzeugenden Mehrheit von einer Stimme wurde damals die Gründung eines politischen Arbeitervereins auf christlicher Basis beschlossen. Zwischen dem Schöpfer und seinem Geschöpf bestand ein groteskes Verhältnis, da Kunschak selbst gar nicht Mitglied des Vereins sein konnte, weil er die für die Mitgliedschaft vorgeschriebene Volljährigkeit (24 Jahre) noch nicht erreicht hatte. Erst fünf Jahre später, 1897, konnte Kunschak als Obmann an die Spitze des Vereins treten. Zu diesem Zeitpunkt hatte sich dieser bereits über große Teile der Monarchie ausgebreitet und sich 1896 auf dem 1. Christlichen Arbeiterparteitag in Wien sein erstes Programm gegeben. Denn wohl faßte Kunschak die christliche Arbeiterbewegung als Teil der christlichen Volksbewegung auf, doch war er auch eifersüchtig darauf bedacht, daß die Bewegung ihre eigenen Entscheidungen treffen konnte. Worauf es ihm ankam, war eine durch das Christentum inspirierte Arbeiterbewegung, die den Arbeitern und Angestellten gegenüber der sozialdemokratischen Arbeiterbewegung eine politische Alternative bot. Daher ist das Arbeiterrundschreiben *Rerum novarum* zur eigentlichen Geburtsurkunde der christlichen Arbeiterbewegung Österreichs geworden; in ihm fand Kunschak jene Gedanken und Forderungen niedergelegt, denen er zum Durchbruch verhelfen wollte.

Aus der Schar seiner Mitarbeiter ragen zwei Männer hervor, die mehr als nur seine Gefolgsleute waren, weil sie sein Werk wesentlich erweitert haben. Es sind *Franz Spalowsky* und *Franz Hemala*. Spalowsky war maßgebend an der Gründung und am Aufbau der christlichen Gewerkschaftsbewegung Österreichs beteiligt, deren Mitgliederstand jenen des Christlichsozialen Arbeitervereins sehr rasch überflügelte, Hemala war Anreger und Organisator zahlreicher Neugründungen, unter denen vor allem der »Reichsbund der katholisch-deutschen Jugend«, verschiedene studentische Vereinigungen und der »Freiheitsbund« hervorragen, die spätere Wehrorganisation der christlichen Arbeiterbewegung, die sich in den dreißiger Jahren vom Heimatschutz abgespalten hatte. Kam im »Freiheitsbund« der Gegensatz der christlichen Arbeiterbewegung zur faschistischen Ideenwelt der Heimwehr zum Ausdruck, aber auch der Konflikt mit den gelben Gewerkschaften, die der Heimatschutz hervorgestampft hatte, so handelte es sich auch beim »Reichsbund« um eine Gegengründung, in diesem Fall zur christlichen Arbeiterjugendbewegung, deren Initiator *Anton Orel* war. Dieser Konflikt ist deswegen nicht uninteressant, weil er eigentlich das christliche Gegenstück zu den Auseinandersetzungen im sozialistischen Lager zwischen den Reformisten und Marxisten bildet. War Orel der katholische Integralist, der radikal mit dem bestehenden Wirtschaftssystem aufräumen wollte, so verkörperte Kunschak den Typus des politischen Praktikers, der sich Schritt für Schritt zu seinem Ziel vortasten wollte. Und wie sich am Ende in der sozialistischen Bewegung die Reformisten durchsetzten, so siegte Kunschak auch über Orel, der in den zwanziger Jahren in Österreich nur noch eine politische Randfigur darstellte.

Kunschak hatte sich sehr bald vom Arbeiterführer zum christlichsozialen Politiker entwickelt. Er sprengte als solcher den Rahmen einer engen Standespolitik, um die Arbeiterschaft als Teil des Volksganzen zu sehen, dem auch sie in allen seinen Dimensionen verpflichtet sei. Hier liegen die tieferen Gründe für die Verehrung, die Kunschak zeitlebens Dr. Karl Lueger entgegenbrachte, in dem er das Vorbild eines christlichsozialen Volksführers erblickte. Damit hängt aber auch das eminente Interesse zusammen, das er den Wahlrechtskämpfen seiner Zeit widmete. Als bei den Wahlen 1896 durch die 5. Kurie als allgemeine Wählerklasse auch Mitglieder der sozialistischen und christlichen Arbeiterbewegung gewählt werden konnten, kamen die ersten christlichsozialen Arbeitervertreter in den Reichsrat. Allerdings ohne Leopold Kunschak, dem sein Alter neuerlich einen Strich durch die Rechnung machte. Bei diesen Wahlen in die 5. Kurie zeichnete sich auch die Kampfstellung zwischen der christlichen und sozialdemokratischen Arbeiterbewegung klar ab, da die Mitglieder des christlichsozialen Arbeitervereins *Hermann Bielohlawek* gegen *Jakob Reumann*, *Julius Prochazka* gegen *Victor Adler*, *Karl Mittermayer* gegen *Franz Schuhmeier* und *Adolf Wedral* gegen *Engelbert Pernerstorfer* gewählt wurden.

Auf Initiative des Christlichsozialen Arbeitervereins war für den Wiener Gemeinderat ein 4. Wahlkörper geschaffen worden, der die Funktion der allgemeinen Wählerklasse im Reichsrat erfüllen sollte. Da Kunschak im Jahre 1900, als in Wien zum erstenmal nach diesem Wahlrecht gewählt wurde, noch immer nicht das passive Wahlrecht besaß, konnte er erst bei den Ersatzwahlen im Jahre 1904 in den Wiener Gemeinderat einziehen. Seinen Einzug in den Reichsrat im Jahre 1907 hatte er der Einführung des allgemeinen, gleichen und direkten Wahlrechtes zu verdanken. Kunschak war von da an bis 1934 in ununterbrochener Folge Mitglied der österreichischen Volksvertretung, der er neuerlich von 1945 bis zu seinem Tod im Jahre 1953 angehörte. Er ist damit einer der am längsten dienenden österreichischen Abgeordneten gewesen, der in seiner Funktion als Volksvertreter volle politische Erfüllung fand, die ihn sogar hohe und höchste Staatsämter ausschlagen ließ.

Von den Kräften des Volkes emporgehoben, die mit der Einführung des allgemeinen Wahlrechtes auch in Österreich endlich ihren entscheidenden Durchbruch erzielt hatten, war Kunschak im Reichsrat vor allem Sprecher in sozialen Anliegen, ob es sich um die Verkürzung der Arbeitszeit, um die Besserstellung der öffentlich Angestellten oder um den Ausbau der Sozialversicherung handelte, um Stellungnahmen gegen die Teuerung und andere Formen der Ausbeutung oder schließlich in den letzten Jahren des Ersten Weltkrieges um den Ruf nach dem Frieden — immer hat man in solchen Zusammenhängen die Stimme Leopold Kunschaks vernehmen können, laut und deutlich, jedoch nie die Stimme eines Demagogen. In Kunschaks politischem Wirken haben immer die Gemütskräfte den Ausschlag gegeben, wobei freilich das ihm eingebrannte christliche Ethos der Nächstenliebe noch ein übriges tat, ihn den Weg zum Herzen des Volkes finden zu lassen.

Nach dem Ersten Weltkrieg befand sich Kunschak, damals im besten Mannesalter stehend, in der ersten Reihe der österreichischen Politiker. Er hat 1918 als überzeugter Österreicher den Untergang der Monarchie bedauert, aber auch gesehen, daß die Republik die Erfüllung seiner demokratischen Ideale bedeuten konnte, an denen er in der Folge unentwegt festhalten sollte. Er wurde so zum demokratischen Gewissen der Ersten Republik. Es war die Zeit, in der die christliche Arbeiterbewegung in den Betrieben in einem harten Abwehrkampf gegen politische Übergriffe stand, denen er als Demokrat wenig Verständnis entgegenbringen konnte. Dennoch gehörte er neben *Jodok Fink* zu jenen, die in einer Koalition mit der Sozialdemokratie die einzige Basis für den Wiederaufbau Österreichs erblickten. Wenn er 1920 mit einer Rede im Parlament trotzdem das Signal für den Auseinanderbruch der rot-schwarzen Koalition gegeben hat, dann aus der für ihn bitteren Erkenntnis, daß bei den gegebenen ideologischen Gegensätzen zwischen dem christlichen und dem sozialistischen Lager eine über die unmittelbaren Notwendigkeiten des Tages hinausreichende Zusammenarbeit noch nicht möglich war. Die Verhältnisse begünstigten nicht seine politischen Vorstellungen, sondern jene *Ignaz Seipels,* der entschlossen war, der Revolution von 1918 einen Damm entgegenzusetzen. Stand daher Kunschak vor dem Ersten Weltkrieg, als er sich den Weg nach oben erst erkämpfen mußte, im Schatten Karl Luegers, so geriet er nun, auf der Höhe seiner Schaffenskraft, auf Grund der allgemeinen politischen Konstellation in den Schatten Ignaz Seipels. Schon bald trat er den Vorsitz in der Christlichsozialen Partei, der ihm nach Jodok Finks Tod zugefallen war, an Seipel ab; mehrere Möglichkeiten, die Führung der Regierung zu übernehmen, schlug er aus, weil er die Gegensätze innerhalb der eigenen Partei nicht überbrücken zu können glaubte; obwohl Mahner zur Eintracht und Warner gegenüber extremistischen Strömungen, gelang es ihm ebensowenig wie *Karl Renner,* dem Lauf der Dinge zum Bürgerkrieg Einhalt zu gebieten. Seine beschwörende Rede im Wiener Gemeinderat am 9. Februar 1934, die letzte Warnung vor dem Bürgerkrieg, ging im Streit der Meinungen unter und hatte nicht mehr die Kraft, den Extremismus jener Tage zu besiegen.

Ebensowenig war es Kunschak möglich, die Etablierung des autoritären Kurses mit all ihren Auswirkungen auf die demokratischen Parteien zu verhindern. Nach seinen Vorstellungen sollte der autoritäre Kurs nur eine Notlösung und einen Übergangszustand bilden, der schließlich zu besseren verfassungsmäßigen Grundlagen für die Zusammenarbeit der Parteien überleiten sollte. Der Ausgang des Bürgerkrieges hat die Durchführung dieses Konzepts, über das sich *Dollfuß* schon vorher hinweggesetzt hatte, vollends unmöglich gemacht. Kunschak legte im März 1934 die Redaktion der *Christlichsozialen Arbeiterzeitung* nieder, um dem neuen System nicht journalistische Handlangerdienste leisten zu müssen. Dem Christlichsozialen Arbeiterverein rettete er dadurch das Leben, daß er ihn in eine kulturelle Organisation umwandelte und in die Katholische Aktion eingliederte. Immerhin hatte sich Kunschak damit als einziger christlichsozialer Politiker eine Plattform erhalten können, von der aus er auch weiterhin zur politischen Situation Stellung nehmen konnte. Er nützte die Gelegenheit weidlich in Versammlungen, Konferenzen und Resolutionen aus, in denen der »Bund christlicher Arbeiter und Angestellter«, wie der Christlichsoziale Arbeiterverein nunmehr hieß, in vorsichtiger Form für eine Redemokratisierung und für die Verständigung mit der sozialdemokratischen Arbeiterschaft eintrat. Als das Verhängnis dennoch nicht aufzuhalten war, brachte der »Anschluß« auch Leopold Kunschak für einige Wochen hinter Kerkermauern.

Kunschaks Stunde schlug erst wieder im Jahre 1945. Gewiß, er war jetzt schon zu alt, um noch in irgendwelchen politischen Funktionen oder Ämtern eine Rolle spielen zu können. Darum hat er auch sehr bald sein Amt als Obmann der Österreichischen Volkspartei und als deren Vertreter im politischen Kabinett zurückgelegt, um sich zunächst auf den Posten des Vizebürgermeisters von Wien zurückzuziehen, ehe er im Dezember 1945 zum Präsidenten des Nationalrates gewählt wurde. Für das politische Ethos Leopold Kunschaks hatte die Stunde geschlagen. Es waren zwar andere, die dieses Ethos in die politische Wirklichkeit übersetzten, aber es waren die demokratischen Vorstellungen, denen Leopold Kunschak Jahrzehnte hindurch angehangen hatte und die nun in der Zweiten Republik ihren Durchbruch erlebten. Auf deren Geburtsurkunde, der Unabhängigkeitserklärung vom 27. April 1945, steht auch der Name Leopold Kunschak. Kunschak war jedoch nur noch ein Symbol der österreichischen Demokratie, wenn er im Dezember 1945 einstimmig zum Präsidenten des Nationalrates gewählt wurde, um dieses Amt in getreuer Pflichterfüllung, wie er es gewohnt war, bis zu seinem Tod auszuüben. Mit Kunschak und Renner als oberste Repräsentanten des wiedererstandenen Österreich hatte die Toleranz der Demokratie endlich über die Intoleranz jeglichen Extremismus gesiegt.

Als Leopold Kunschak am 13. März 1953 aus dem Leben schied, konnte man mit Recht sagen, daß er der österreichischen Demokratie sein Leben geweiht hatte.

Robert Reininger

VON ERICH HEINTEL

Im Jahre 1967 wurde im Arkadenhof der Wiener Universität ein Denkmal *Robert Reiningers* enthüllt. Die gleiche Ehre ist vor ihm auch dem Philosophen *Franz Brentano* zuteil geworden, den Reininger in seiner Studienzeit noch selbst gehört hat. Im Rahmen der österreichischen Philosophie repräsentieren die beiden Denker sehr verschiedene, um nicht zu sagen einander polar entgegengesetzte Möglichkeiten wissenschaftlichen Philosophierens: wir wollen diese von ihrer methodischen Grundhaltung her als analytische und transzendentale Position unterscheiden.

Im ganzen mag dem österreichischen Philosophieren die analytische Grundhaltung näher liegen, tritt diese doch nicht nur in der Brentano-Schule, sondern auch im »Wiener Kreis« und seinen Nachfolgern deutlich in Erscheinung. Reininger aber hat mit seiner Leistung an der Wiener Universität eine neue Überlieferung begründet, die fundamentalphilosophisch an *Kant* und der Transzendentalphilosophie orientiert ist und in ihrem weiteren Verlauf ebenso zu einer Aneignung des Deutschen Idealismus wie zum Rückgriff auf die große europäische Tradition überhaupt geführt hat. Dabei ist Reiningers Denken ebensowenig wie dasjenige seiner Schüler vorwiegend historisch interessiert. Man ist freilich der Meinung, daß ohne eine wirkliche Kenntnis der Tradition die Philosophie nur allzu leicht einem Dilettantismus verfällt, der häufig gerade dort am deutlichsten hervortritt, wo man meint, diese Tradition völlig überwunden zu haben. Es geht also nicht darum, die Philosophie an ihre eigene Geschichte zu verlieren, sondern diese ihre Geschichte und das an ihr gebildete Problembewußtsein für die systematischen Aufgaben der Gegenwart fruchtbar zu machen. Sehr schön sagt *L. Feuerbach*, daß die »der Philosophie zunächstliegende und zur Grundlage dienende Empirie ihre eigene Geschichte ist«. Reininger hat durchaus ähnlich gedacht und seine Ansicht auch in einem Vortrag in der Österreichischen Akademie der Wissenschaften (1928) unter dem Titel *Geschichte der Philosophie als philosophische Wissenschaft* zum Ausdruck gebracht.

Robert Franz Maria Reininger wurde in Linz am 28. September 1869 geboren. Reininger habilitierte sich 1903, wurde 1913 außerordentlicher und 1922 ordentlicher Professor an der Universität Wien. Er wirkte über seine Emeritierung hinaus bis 1940 an dieser Universität und wurde so für viele Generationen von Studierenden zum Vermittler des philosophischen Denkens im Sinne der schon charakterisierten Position. Reininger war seit 1914 mit *Luise*, geborene *Kirchmeyr*, verheiratet und ist auch mit seiner Frau in der Familiengruft der Kirchmeyrs in Thening bei Linz bestattet worden. Er starb am 17. Juni 1955. Reininger war Wirkliches Mitglied der Österreichischen Akademie der Wissenschaften und Korrespondierendes Mitglied der Preußischen Akademie der Wissenschaften. Er erhielt den Ehrenpreis der Stiftung »Nietzsche-Archiv« (1923), die Ehrenmünze der Stadt Wien (1944) und den Preis der Stadt Wien für Geisteswissenschaften (1954).

Im Sinne seiner Transzendentalphilosophie hat R. Reininger in einer für sein ganzes Denken grundlegenden Weise das Vorgehen der Philosophie als »zentral« unterschieden von dem naiv-unmittelbar »in intentione recta« stehenden Einzelwissen, einschließlich des Alltagswissens, dem es nur »peripher« um das Erfassen des unproblematisch vorausgesetzten »Gegebenen« und seiner Relationen zu tun ist, ohne daß es sich eben in transzendentaler Reflexion dieses Erfassen selbst an der »Ich-Bezogenheit« alles Wissens zum Problem macht: »Philosophie ist zuallererst das [in transzendentaler Reflexion, zentral] um sich selbst wissende [sonst nur in unmittelbarem Sinn stehende, periphere]

Bewußtsein.« Für Reininger sind also alle Einzelwissenschaften dadurch, daß sie jeweils einen bestimmten Bereich des »Gegebenen« unproblematisch voraussetzen, in ihrem gesamten Methodenbestand durchwegs und in ihrem Rahmen mit Recht peripher orientiert. Die Philosophie hat aber im Sinne dieses Bereichswissens überhaupt kein besonderes Gegenstandsgebiet, sondern reflektiert zentral darauf, wie von Gegebenem (überhaupt und in seinen seinsmäßigen Unterschieden) die Rede sein kann. Daher liegt für Reininger die Philosophie »nicht in der Verlängerungslinie anderer Wissenschaften, sondern ist eine Senkrechte, die alle anderen Linien schneidet. Philosophie darf daher nicht an andere Wissenschaften anknüpfen wollen und hat auch von ihnen keine Hilfe zu erwarten. Sie selbst wieder bilden für sie ein Problem. Denke man sich alle anderen Wissenschaften in ihrer Art vollendet, so bliebe die Aufgabe der Philosophie ihrer ganz andersartigen Blickeinstellung nach davon unangetastet«. Bei aller Anerkennung der Bemühungen des »Wiener Kreises« war es daher für Reininger unmöglich, dem reduktionistischen Begriff der Philosophie in dieser Schule zuzustimmen. Eine von der Philosophie losgelöste »Wissenschaftslehre« hielt er für unmöglich, da in einer solchen Einstellung die eigenen Voraussetzungen nicht Gegenstand der Reflexion werden können. Diese ist daher trotz ihres so ausgeprägten kritischen Zuges philosophisch als »dogmatisch« zu bezeichnen.

Reininger hat den Hauptströmungen in der Geschichte der neueren Philosophie (Empirismus, Rationalismus, Transzendentalphilosophie) eine Reihe von vielgelesenen Büchern gewidmet. Diese Forschungen vermitteln ihm das für seine systematischen Werke maßgebende Problembewußtsein, dessen Zentrum seine kritische Erkenntnisphilosophie ausmacht.

Im Fundamentproblem des Erkennens geht es in der neuzeitlichen, von *Descartes* inaugurierten Entwicklung um folgende große Schwierigkeiten: Man will das unbezweifelbare und absolut gewisse Fundament aller Erkenntnis erreichen, um dem von der Philosophie gestellten Postulat möglichster Voraussetzungslosigkeit zu genügen. In diesem Sinne sucht Descartes den »archimedischen Punkt« der Philosophie, in diesem Sinne zweifelt er an allem Vermittelten, sei es durch Anschauung gegeben, sei es durch logische Schlüssigkeit erzielt. In diesem Bestreben nun bleibt Descartes zuletzt nichts übrig als die Seinsgewißheit des »Ich bin«, die er freilich sofort verfehlt, wenn er ihre aktuale, gegenwärtige, in gegenständlicher Bestimmtheit nicht aussagbare Gewißheit zu einem bestimmten Gegenstande, dem denkenden Subjekt oder gar einer »res cogitans« verdinglicht. Mit aller Schärfe hat Kant in dem Kapitel der »Kritik der reinen Vernunft« über die »Paralogismen« diese »Subreption des hypostasierenden Verstandes«, wie er in der Schulsprache sagt, durchschaut. Damit aber stand die neuzeitliche Frage nach dem Fundament der Erkenntnis, auf ihre Art das eleatische Grundproblem erneuernd, vor der großen Schwierigkeit, dann, wenn sie von der unmittelbaren Seinsgewißheit als dem Fundament ausging, nicht zum bestimmten Seienden, beziehungsweise zur Wahrheit in bestimmten Sätzen zu gelangen — dann, wenn sie von bestimmten Gegebenen oder von bestimmten Prädikationen ausging, diese nicht fundieren zu können. Kurz: Gewißheit und Wahrheit (Aletheia und Orthotes) werden in ihrer notwendigen Unterschiedenheit ebenso wie in ihrer unaufhebbaren Bezogenheit zum fundamental-philosophischen Problem des neuzeitlichen Denkens. Aus diesen Einsichten ergibt sich für Reininger seine Auffassung und Fortbildung der transzendentalen Methode Kants, die von ihm auch prädikationstheoretisch (sprachkritisch) formuliert wird: Alles jetzt vollzogene Aussagen ist in seiner Aktualität teilhaftig der unmittelbaren Gewißheit und insofern nicht relativierbar. Im nachhinein ist jede Aussage in einer neuen aktualen Stellungnahme relativierbar und aufhebbar. So ist im Ganzen der Erkenntnis jede Aussage zentral bezogen auf die absolute Seinsgewißheit und peripher gegeben als ein bestimmter Gegenstand der Stellungnahme. Die transzendentale Methode im Sinne Reiningers formuliert daher zuletzt gar nichts anderes als die grundsätzliche Dialektik aller menschlichen Erkenntnis zwischen absoluter Gewißheit und der unendlichen Aufgabe der Revision, zwischen der ursprünglichen Einheit von Denken und Sein und der Spannung, die in aller bestimmten Aussage zum Ausdruck kommt, obwohl sie von jener ursprünglichen Einheit her fundiert, nicht aber sie selber ist. Diese Sachlage ist es genau, die R. Reininger zum wichtigsten Begriff seines Systems, demjenigen des »Urerlebnisses« führte. An ihm formuliert er in deutlicher Entgegensetzung zum »Wiener Kreis« das erkenntnisphilosophische Basisproblem. In einem Nachlaßfragment hat er sehr klar gesagt, worum es hier geht. Es heißt dort: »Es ist richtig, wie der Neopositivismus behauptet, daß wir es im Denken immer nur mit Aussagen zu tun haben, mit Aussagen über Aussagen und einer Umformung von Aussagen. Zuletzt aber drängt sich doch unabweislich die Frage auf: Wovon ist denn in allen diesen Aussagen eigentlich die Rede? Mit dieser Frage aber treten wir in die Metaphysik ein, deren Möglichkeit davon abhängt, was man unter ihr versteht.« Für Reininger ist das Urerlebnis eine grenzbegriffliche Wendung (Kant) im Sinne des sich selbst durchschauenden Sprachlogos. Ein solches Denken steht ebenso im Ernst und in der Verantwortung des Wortes, des Sagbaren, wie im Wissen des Nichtwissens und der Ehrfurcht vor dem Unsagbaren.

Wir haben die Philosophie Reiningers nur auf ihre Grundposition hin betrachtet und einige in ihr liegende fundamentalphilosophische Konsequenzen entwickelt. Es ist hier nicht möglich, diese Grundposition in den Reichtum philosophischer Bezüge zu entfalten, obwohl es häufig Einzelzüge seines Denkens waren, die Reininger eine gewisse Breitenwirkung bis zu den Einzelwissenschaften hin verschafft haben. Das Ordnungsschema der Philosophie Reiningers baut auf dem Gedanken der »Wirklichkeitsnähe« auf, d. h. auf dem Rückbezug aller immer schon sprachlich vermittelten Realitätsebenen auf das Urerlebnis. Zwischen dieses Urerlebnis der vorsprachlichen Wirklichkeit und das rein Formale wirklichkeitsentleerter künstlicher Sprachen ordnen sich sowohl die verschiedenen Stufen der Reflexion als auch diejenigen der Kategorien, mit denen wir unsere Weltbilder aufbauen, als auch schließlich diese Weltbilder selbst ein, die sich sprachkritisch als bestimmte Aussagengebiete zwischen Unmittelbarkeit und der reinen Form der Vermittlung, dem Prädikationsschema, darstellen. Bezüglich aller dieser Aspekte muß auf das Werk Reiningers selbst verwiesen werden und in dieser Hinsicht besonders auf die schöne Darstellung der Unterschiede von Alltagswelt, physikalischer und metaphysischer Welt. Bedeutsam und vielen späteren Reflexionen überlegen sind auch Reiningers Stellungnahmen zum psycho-physischen Problem und zum Du-Problem. Seine Klärung des Bewußtseinsbegriffs ist unüberholt und für die Gegenwart vielleicht noch bedeutsamer geworden als für die Zeit Reiningers selbst, vor allem als kritische Gegeninstanz gegen die so häufig philosophisch naiven Grenzüberschreitungen behavioristischer Verhaltensforschung und kybernetischer Spekulationen.

Zum Abschluß noch einige Hinweise auf Reiningers Ethik, die im wesentlichen von Kant und Nietzsche bestimmt ist. In ihrem Mittelpunkt steht das Problem der Freiheit. Auch Freiheit ist keine peripher aufweisbare Bestimmtheit etwa unseres Handelns, sondern formuliert wiederum einen grenzbegrifflichen Hinweis, daß sich Handeln nicht in dem erschöpft, was wir von ihm gegenständlich, etwa behavioristisch, aussagen können. Der gegenständliche Begriff des Handelns erreicht nur den Geschehensablauf im Sinne eines Naturablaufes, der uns niemals vor das Problem stellen würde, das eben durch das Wort »Handeln« bezeichnet wird, wüßten wir nicht sozusagen schon von woanders her, daß ein Geschehensablauf der Wirklichkeit des aktualen Handelns nicht adäquat ist. Freiheit ist also für Reininger nicht ein besonderer, etwa psychologischer Faktor am Handeln, wogegen sich schon Kant in jenem bekannten Gleichnis vom »Bratenwender« ausgesprochen hat, sondern das ganze Handeln als aktualer Vollzug, den wir freilich in peripher-gegenständlicher Beschreibung niemals in den Griff und in den Begriff bekommen können.

Reiningers Auflösung des Freiheitsproblems sichert den Begriff, auf den seine Ethik aufgebaut ist, nämlich denjenigen der sittlichen Persönlichkeit in ihrer autonomen Selbstbestimmung. Die autonome Persönlichkeit steht für Reininger über allem Schicksal, aber auch über allen äußeren moralischen Vorschriften, soferne sie nicht in die eigene sittliche Selbstverwirklichung aufgenommen werden. Zwei Zitate aus dem Nachlaß führen uns in das Zentrum des Denkens Reiningers an diesem Punkte. Das eine: »Moral: ein ›Du sollst!‹ als Zumutung der Gemeinschaft an den einzelnen. Ethos: ›Ich soll!‹ als ein ›Ich will‹ — eine interne Angelegenheit des einzelnen, die allerdings im Selbstgespräch auch wieder die Form eines ›Du sollst!‹ annehmen kann; Wertwille gegen die Vielfalt natürlicher Antriebe.« Und das andere: »Schicksale können den Menschen nicht erniedrigen; nur er selbst kann das, wenn er auf Grund jener seine ethische Haltung verliert.«

In bezug auf die Religion gab es für Reiningers kritische Metaphysik nur die Ehrfurcht des Schweigens, die er ausdrücklich von der Leugnung abhebt, wobei der Gedankengang unmittelbar an eine Unterscheidung von kritischer und unkritischer Metaphysik anknüpft. »Jene«, so sagt er von der ersteren im Nachlaß, »weiß, daß ihre Sätze nicht adäquat sind, eben weil sie Sätze sind, und nur hinweisen können auf ein Unsagbares. Es gibt aber auch eine stumme Metaphysik: das Gefühl des Unsagbaren und Geheimnisvollen im Gegensatz zu dessen Leugnung. Andacht vor dem großen Mysterium des Seins!«

Ludwig Wittgenstein

VON RUDOLF HALLER

Als *Ludwig Wittgenstein* am 29. April 1951 in der englischen Universitätsstadt Cambridge starb, nahm die österreichische akademische Welt nahezu keine Notiz vom Tode des vielleicht bedeutendsten Philosophen unseres Jahrhunderts. Wittgenstein war mit dem vermeintlichen Gespenst des Positivismus assoziiert worden, und das genügte in jenem Jahrzehnt, in dem ein österreichischer Unterrichtsminister unwidersprochen die absurde Gleichung von Positivismus = Kommunismus aufstellen konnte, um ihn entweder nicht einmal zu ignorieren oder tunlichst zu verdrängen. Freilich gab es auch ernstere Gründe der Unkenntnis: Wittgenstein verbrachte die letzten zwanzig Jahre seines Lebens in England und konnte auch kaum durch irgendeine Art von Schrifttum Verbreitung finden, denn er hatte im Laufe seines Lebens — außer einem nicht sehr umfangreichen Wörterbuch für Volksschulen sowie einem englischen Zeitschriftenaufsatz — nur eine einzige Abhandlung veröffentlicht, ein Werk, das später unter dem Titel der zweisprachigen englisch-deutschen Ausgabe *Tractatus logico-philosophicus* (1922) berühmt wurde. Dennoch wurden seine Lehren zum wesentlichen Anstoß zweier philosophischer Schulen, der Philosophie des logischen Empirismus und der sprachanalytischen Philosophie, und haben schließlich auch zahlreiche Philosophen der phänomenologisch-hermeneutischen Richtung außerordentlich stark beeinflußt.

Ludwig Joseph Johann Wittgenstein wurde am 26. April 1889 als jüngstes von 8 Kindern des *Karl Wittgenstein* und seiner Frau *Poldy*, geborene *Kallmus*, geboren. Sein Vater — jüdischer Abkunft und nicht mit der Fürstenfamilie verwandt — war Zentraldirektor der Prager Eisenindustriegesellschaft. Seine Mutter war die Tochter eines Wiener Bankiers. Das Haus dieser Großindustriellenfamilie war eines der Zentren Wiener kulturellen Lebens: *Johannes Brahms, Eduard Hanslick, Gustav Mahler* verkehrten dort ebenso wie die modernen Maler *Max Klinger* und *Gustav Klimt.* Karl Wittgenstein gehörte auch zu den bedeutendsten Förderern der Wiener Secession, und von Klimt stammt das Porträt einer Schwester Wittgensteins, *Margaret Stonborough*, das heute in der Bayerischen Staatsgemäldesammlung in München hängt. Ein Bruder, *Paul*, wurde als Pianist bekannt, eine Schwester, *Hermine*, malte.

Ludwig Wittgenstein absolvierte die gesamte Pflichtschule privat in Wien und kam erst mit 14 Jahren in eine öffentliche Realschule in Linz, die er bis zum Jahre 1906 besuchte. Dann studierte er zunächst an der Technischen Hochschule Berlin, seit 1908 in Manchester, Maschinenbau und später Aeronautik. Seit 1911 finden wir ihn in Cambridge als Schüler und bald auch als Freund von *Bertrand Russell* und *George Edward Moore*, den Begründern der analytischen Philosophie in England. In diese Zeit fällt die Vorbereitung seines genialen Jugendwerkes, der logisch-philosophischen Abhandlung. Im Ersten Weltkrieg diente er als Freiwilliger in der österreichischen Armee und kam erst 1919 aus italienischer Gefangenschaft nach Hause. Hatte er bereits nach dem Tode seines Vaters im Jahre 1913 *Ludwig von Ficker* eine bedeutende Schenkung zur Verteilung überwiesen, aus der schließlich u. a. *G. Trakl, R. M. Rilke, O. Kokoschka, E. Lasker-Schüler* und *Adolf Loos* z. T. beträchtliche Summen erhielten, so verschenkte er nach der Rückkehr vom Krieg nahezu sein gesamtes Vermögen, vermutlich unter dem Einfluß der Lehren *Tolstois.*

Wittgenstein hatte 1918 seine Abhandlung, die dem Sagbaren überhaupt eine Grenze ziehen sollte, zum Abschluß gebracht und war der Meinung, die aufgeworfenen Probleme »endgültig und definitiv« gelöst zu haben. Der leitende Gesichtspunkt war, daß alle Philosophie Sprachkritik sei, daß die Philosophie keine Lehrsätze, keine Behauptungen aufzustellen habe, sondern nur der logischen Analyse und Klärung der Gedanken und Sätze diene, daß alles, was sich überhaupt sagen läßt, klar gesagt werden kann und daß, was jenseits der Grenze des Sagbaren liegt, Unsinn ist. Die aporetische Auffassung weicht der Analyse der Sprache, die durch eine logische Zeichensprache ersetzt wird. Welt und Sprache verhalten sich isomorph, indem die letztere ein Bild der ersteren bedeutet. Ist das Bild — der Satz — wahr, stimmt es mit der Wirklichkeit überein, dann ist es strukturgleich mit der Welt und ihr Abbild; ist das nicht der Fall, dann ist der Satz bloß ein Bild einer möglichen, nicht aber der wirklichen Welt. Die Übereinstimmung selbst aber läßt sich nicht aussprechen, nicht sagen, sie kann sich nur zeigen. Insofern ist die logische Form, die Satz und Tatsache gemein haben, transzendental und sinnlos der Versuch, sie selbst auszusprechen. »Die Grenzen meiner Sprache bedeuten die Grenzen meiner Welt«, und was jenseits der Grenze liegt, kann kein Gegenstand von Sachverhalten sein. Deshalb ist nicht nur die Logik, sondern auch die Ethik transzendental: »Der Sinn der Welt muß außerhalb ihrer liegen.« Ethische Behauptungen, Sätze und Werte gibt es daher im strengen Sinne nicht. »Wovon man nicht sprechen kann, darüber muß man schweigen«, so lautet dann der berühmte Schlußsatz der logisch-philosophischen Abhandlung, des Tractatus logico-philosophicus.

So läßt sich der Traktat auffassen als eine Theorie der sinnvollen Sätze, zu deren Grundlegung Wittgensteins Theorie der Intelligibilität der Welt, der strukturellen Einheit ihrer und der logischen Form gehört, sowie seine Auffassung vom Satz als Wahrheitsfunktion der Elementarsätze. Zu den Konsequenzen dieser Theorie des sinnvollen Satzes bzw. der allgemeinen Satzform gehören dann

Wittgensteins wissenschaftstheoretische Fundierungen der Humeschen Auffassung, daß es im Bereich empirischer Sätze keine Notwendigkeit geben kann und insofern auch kein apriorisches Wissen irgendwelcher Tatsachen.

Dieses Werk Wittgensteins, zu dem Russell eine Einleitung schrieb, begründete seinen Ruhm, wenngleich dieser zu Anfang nur auf engere Zirkel beschränkt blieb. Die Tatsache aber, daß so hervorragende Philosophen wie *Russell, Moore* in England oder *Moritz Schlick* in Wien sich bald von dem jüngeren Wittgenstein in Bann gezogen sahen und tief von ihm beeinflußt wurden, trug ebenso zur Beschäftigung mit seinem Werk bei wie dessen eigener Charakter. Denn der Traktat ähnelt in keiner Weise dem üblichen philosophischen Schrifttum: er ist in knappen, periodenlosen Erläuterungen, Ergänzungen und thesenhaften Aphorismen geschrieben, die sich zwischen die sieben Hauptsätze fügen und in ihrer Tiefe bisweilen rätselhaft bleiben. Diese Eigenschaft seiner Sprache und sein Stil und nicht nur seine Sprachtheorie haben in zunehmendem Maße auch das Interesse von Dichtern und Künstlern hervorgerufen, wobei hier nur an *Ingeborg Bachmann, Oswald Wiener* und *Peter Handke* erinnert sei.

Wittgenstein selbst wandte sich nach der Vollendung des Traktats und jahrelangem qualvollem Bemühen, ihn zu veröffentlichen, von der Philosophie ab. Er besuchte den Maturantenjahrgang einer Lehrerbildungsanstalt in Wien und wurde 1920 Volksschullehrer. Man kann diesen Schritt nur verstehen, wenn man den tiefen Ernst begreift, mit dem er um seine Lebensaufgabe rang, wenn man seine Distanz zur bürgerlichen Gesellschaft und ihrer Wertordnung, die aus seinem Charakter und seinem Herkommen rühren, wahrnimmt. Im Geiste der Glöckelschen Schulreformbewegung unterrichtete der asketische Sonderling sechs Jahre lang in den abgelegenen Dörfern Trattenbach bei Kirchberg am Wechsel, Haßbach bei Neunkirchen, Puchberg am Schneeberg und Otterthal, bis er aus ungeklärten Gründen im April 1926 das Schulamt aufgeben mußte. Schon früher hatte er während der Schulferien als Gärtnergehilfe gearbeitet, und er wollte wiederum diese Tätigkeit ausüben, als er die Bauleitung und Aufsicht des von seinem Freund *Engelmann* und ihm entworfenen Hauses Wien, Kundmanngasse, übernahm, das seiner Schwester Margaret gehörte. Die zwei folgenden Jahre standen ganz im Zeichen dieser architektonisch-technischen Aufgabe der Erbauung eines Hauses, das ornamentlose Funktionalität mit größter Präzision verbindet.

Bereits in diese Zeit fällt der Beginn des Kontakts zwischen Wittgenstein und den Vertretern des *Wiener Kreises*, jener logischen Empiristen, die sich um die Mitte der zwanziger Jahre um *Moritz Schlick* versammelten und denen wir die Weltgeltung der österreichischen Philosophie in unserem Jahrhundert verdanken. Moritz Schlick, um sieben Jahre älter als Wittgenstein — er wurde 1882 in Berlin geboren —, wurde 1922 auf die Lehrkanzel für Philosophie der induktiven Wissenschaften, die 1895 für *Ernst Mach* errichtet worden war und die nach ihm von *Ludwig Boltzmann* und *Adolf Stöhr* besetzt worden war, berufen. Schlick, der von der Physik herkam und bei *Max Planck* dissertiert hatte, war ein hervorragender Lehrer, und seinem Geschick ist die einmalige Leistung zuzuschreiben, eine Gruppe hervorragender Köpfe verschiedener fachlicher Herkunft zu gemeinsamer Arbeit zusammenzuführen mit dem Ziel, die empiristisch wissenschaftliche Weltauffassung durch logisch-linguistische Analyse zu fundieren. Zu den wichtigsten Mitgliedern des sich im Mathematischen Universitätsinstitut versammelnden Kreises gehörten Mathematiker wie O. *Hahn, K. Gödel, K. Menger, Th. Radakovic;* Soziologen wie O. *Neurath, F. Kaufmann* und schließlich, als Philosophen außer Schlick, die Dozenten *R. Carnap, V. Kraft, K. Ziesel* sowie seine Schüler *H. Feigl* und *F. Waismann.* Diese einmalige Arbeitsgemeinschaft, die seit 1929 unter der Bezeichnung »Der Wiener Kreis« auf internationalen Kongressen hervortrat, eine eigene Zeitschrift *Erkenntnis* und eine Buchreihe »Schriften zur wissenschaftlichen Weltauffassung« herausgab und vor allem auch mit der von *Hans Reichenbach* geführten Berliner »Gesellschaft für empirische Philosophie« in enge Verbindung trat, wurde von Wittgensteins Ideen stark und grundlegend beeinflußt. Zwar nahm Wittgenstein selbst nicht an ihren Sitzungen teil, aber in zahlreichen Gesprächen und Diktaten, vornehmlich mit Schlick und dessen Assistenten Waismann, vermittelte er dem Kreis seine Gedanken zur Grundlegung der Logik, Mathematik und der empirisch-hypothetischen Wissenschaften. Schlick, der in seiner Erkenntnislehre einen sich von Kant abkehrenden kritischen Realismus vertreten hatte, geriet, wie vor ihm Russell und Moore, in den Bann dieses genialen und von philosophischer Tradition unbelasteten Denkers, der die Gabe hatte, Probleme gänzlich neu zu sehen und ungewöhnliche Lösungsvorschläge anzubieten. Die meisten philosophischen Fragen, darin stimmten die Mitglieder des »Wiener Kreises« mit dem Autor des Traktats überein, sind einer Beantwortung weder zugänglich noch bedürftig, weil es sich nur um Scheinprobleme handelt. Deckt man durch die Analyse ihre logische Form auf, so verlieren sie ihren erkenntnismäßigen Gehalt und lassen sich als leerlaufende Räder im Getriebe der Sprache bloßlegen. Übrig bleiben die logischen und mathematischen Sätze, die nach der Interpretation Wittgensteins analytische Sätze sind und infolge ihres tautologischen Charakters nichts über die Wirklichkeit sagen, und die eigentlichen Erkenntnisse, ausgedrückt in den empirisch überprüfbaren Urteilen, deren Sinn durch ihre Verifikation bestimmt wird, das heißt dadurch, daß man weiß oder festlegt, unter welchen Umständen ein Satz wahr ist.

Die Philosophie selbst ist keine Wissenschaft, da sie keine Erkenntnis vermittelt. »Daß die Arbeit der Philosophie nicht in der Aufstellung von Sätzen besteht, daß also die Singebung von Aussagen nicht wiederum durch Aussagen geschehen kann, ist leicht einzusehen. Denn wenn ich etwa die Bedeutung meiner Worte durch Erläuterungssätze und Definitionen angebe, also mit Hilfe neuer Worte, so muß man weiter nach der Bedeutung dieser anderen Worte fragen, und so fort. Dieser Prozeß kann nicht ins Unendliche gehen, er findet sein Ende immer nur in tatsächlichen Aufweisungen, in Vorzeigungen des Gemeinten, in wirklichen Akten also; die letzte Sinngebung geschieht mithin stets durch *Handlungen,* sie machen die philosophische Tätigkeit aus.« (Schlick: *Die Wende der Philosophie,* 1930.) Das zentrale Problem der Analyse wurde somit die Frage nach der Bedeutung von Wörtern und Sätzen, denn in solchen sprachlichen Formen manifestieren sich alle hypothetischen und nichthypothetischen Aussagen, Voraussagen und Erklärungen, kurz, die Darstellung gegenwärtiger, vergangener und zukünftiger Zustände und Ereignisse, in der schließlich alle wissenschaftliche Forschung mündet. Metaphysische Aussagen waren dieser Konzeption zufolge nichts als Irreführungen durch die Sprache, Scheingebilde, die aufgelöst gehörten.

Hatte der »Wiener Kreis« in wenigen Jahren neue Standards philosophischer und wissenschaftstheoretischer Arbeit gesetzt, so war ihm doch die Zeit im eigenen Lande nicht günstig. Dem aufkommenden Faschismus und seiner obskurantistischen Ideologie mußte eine kritisch und antimetaphysisch ausgerichtete Philosophie zum Feind werden. Als nun, nachdem bereits Carnap 1931 nach Prag berufen worden war und Feigl im gleichen Jahr nach den USA ging, nach dem plötzlichen Tod von Hahn (1934), Moritz Schlick am 22. Juni 1936 von einem früheren Schüler in der Wiener Universität aus nie ganz aufgeklärten Gründen erschossen wurde, war auch das eigentliche Ende, nicht des logischen Empirismus, aber des »Wiener Kreises« besiegelt. Von seiten der österreichischen Kulturministerien wurde nie mehr ein Versuch gemacht, diese Tradition fortführen zu lassen. Die nationalsozialistische Besetzung im Jahre 1938 vertrieb noch die letzten verbliebenen Mitglieder entweder in die äußere oder, wie im Falle von V. Kraft, doch in die innere Emigration. Mit der Emeritierung Victor Krafts, der noch einmal die Lehrkanzel Machs nach dem Ende des Zweiten Weltkriegs verwaltete, und dem Tod des letzten aktiven Mitglieds des Kreises, *Bela von Juhos* (1971), der es nur zum nichtbeamteten Titular-Professor brachte, stirbt Österreichs bedeutendste philosophische Schule in Wien aus.

Wittgenstein selbst wandte sich am Ende der zwanziger Jahre wieder der Beschäftigung mit philosophischen Problemen zu und ging 1929 wieder zurück nach Cambridge, wo sein Traktat als Dissertation akzeptiert wird und der frühere Volksschullehrer bis 1935 als Fellow des berühmten Trinity Colleges verbleibt. In diese Zeit fällt die Periode des Überganges zu den 1953 posthum erschienenen *Philosophischen Untersuchungen,* die durch die vorbereitenden Studien des sogenannten Blau- und Braunbuches und zur philosophischen Grammatik belegt sind. Es ist jene Zeit, in der durch Manuskriptabschriften und mündliche Berichte der Einfluß Wittgensteins in den englischen philosophischen Hochburgen von Oxford und Cambridge wächst und auch aus den USA und anderen Ländern Schüler zu ihm pilgern. 1935 war Wittgenstein nach Rußland gefahren, in der geheimen Absicht, sich dort vielleicht niederzulassen. 1936 finden wir ihn wieder in Norwegen. Er beginnt in seinem dortigen Blockhaus in Skjolden die Niederschrift der *Philosophischen Untersuchungen.* 1938 wird er britischer Staatsbürger, und 1939 überträgt ihm die Universität Cambridge nach der Emeritierung Moores dessen Lehrstuhl. Aber Wittgenstein übt während des gerade damals begonnenen Zweiten Weltkriegs die Professur nicht aus, sondern arbeitet den Krieg über zuerst in einem Londoner Spital und später in einem medizinisch-technischen Labor in Newcastle. Nach dem Kriegsende nimmt er die Vorlesungen wohl auf, aber verzichtet aus eigenem Entschluß auf sein Amt als Universitätsprofessor bereits im Frühjahr 1947.

Wittgenstein, dieser vielschichtige, auf Schüler- und Freundschaft drängende Denker, hatte sich in der akademischen Welt nie allzu wohl gefühlt und hat sich dem englischen Collegeleben nie eingefügt. Er war auf die Eingebung des Augenblicks angewiesen, und wenn er sie hatte, dann war die Form ihres Ausdrucks das Diktat eines inneren Monologs oder Dialogs. Diskussionen im üblichen Sinn pflog er keine. Seine Distanz zur Umwelt zeigte sich auch darin, daß er, bis auf geringe Ausnahmen, alle seine Werke in seiner Muttersprache verfaßte. Den Rest seines Lebens verbrachte er, im wesentlichen an den *Philosophischen Untersuchungen* arbeitend, zum Teil in größter Einsamkeit an der Ostküste Irlands, später in Dublin, den Sommer 1949 in Ithaca, USA. Nach seiner Rückkehr stellte man Prostatakrebs fest. Vom Herbst 1949 bis März 1950 besuchte er zum letztenmal Österreich. Nach Aufenthalten in Oxford und Norwegen, bis wenige Tage vor seinem Tod arbeitend und schreibend, stirbt Wittgenstein am 29. April 1951 in Cambridge.

Man hat wiederholt behauptet, daß Wittgensteins spätere Philosophie auf der gänzlichen Zerstörung seiner im Traktat aufgestellten Lehren beruhe. In der Tat hat Wittgenstein die Einseitigkeiten dieses Werkes in den *Philosophischen Untersuchungen* kritisiert. Dennoch stellt die sogenannte Spätphilosophie eine Erweiterung der Sprachkritik des Traktats dar, indem sich die Untersuchung eben auch den »Sprachspielen«, auf denen wissenschaftlich normiertes Sprechen beruht, und solchen, die außerhalb seiner existieren, zuwendet. Ins Zentrum rückt eine kontextuale Bestimmung der Bedeutung sprachlicher Ausdrücke: der Gebrauch bzw. die Regel des Gebrauchs innerhalb einer Sprache. Diese Funktionalisierung der Theorie der Sprache wird in vielerlei Konsequenzen überprüft. Vor allem aber sind es immer wieder die alltägliche Sprache und ihre Gebrauchsweisen, die den Gegenstand der Untersuchungen bilden und die Wittgenstein dazu führten, »Satz« und »Sprachen« nicht als präzise Einheiten, sondern als durch Familienähnlichkeiten verbundene Gebilde anzusehen. Alles Wesen ist in der Grammatik ausgesprochen: nemo philosophus nisi grammaticus. Der philosophische Zweck solcher Untersuchungen aber ist, wie beim jungen Wittgenstein, die Zerstörung metaphysischer Luftgebäude, die Rückführung der metaphysischen auf die alltägliche Sprachverwendung, kurz, die Lösung und Auflösung philosophischer Probleme durch Beschreibung und Analyse des Sprachgebrauchs.

Die Wirkung dieser Methoden war ungeheuer, und Wittgensteins Einfluß stieg in wenigen Jahren zu dem eines bedeutenden Klassikers der Philosophie, der, in alle Sprachen übersetzt, eine Flut von Literatur auslöst und eine nicht versiegende Quelle neuer Forschungen bildet.

Viktor von Geramb

VON HANNS KOREN

Viktor von Geramb ein Original zu nennen wäre grundfalsch, denn es war nichts Zufälliges, Auffallendes und Äußerliches, das ihn charakterisierte, sondern einfach das Unmittelbare, seine ursprünglich-kräftige und doch so feinnervig-kultivierte Natur. Es ging von ihm eine Ausstrahlung aus, die oft und immer wieder einen bisher fremden Menschen faszinierte und nicht mehr losließ. Und er hatte die Gabe, dem Kreis, in dem er sich eben bewegte, die unverwechselbare Einstimmung zu geben: ob er am Vortragspult stand, ob er im Kreise seiner Hörer saß oder mit der langen Jägerpfeife in einem obersteirischen Wirtshaus die Gesellschaft der Bauern und Holzknechte genoß oder schließlich auch in einem Omnibus auf einer Überlandfahrt unbekümmert seine Nachbarn ansprach und — wenn sie sich scheuten, das Gespräch anzunehmen — sich den kleinen Kindern und Hunden zuwandte.

Durch den Vater mit einer Ahnenreihe verbunden, die Jahrhunderte zurück über Oberösterreich nach Bayern reichte, und von einer Mutter, die als Arztenstochter gleichwohl aus einem uralten Bauerngeschlecht in den Wölzer Tauern stammte, wurde Viktor von Geramb am 24. März 1884 in Deutschlandsberg geboren. Hier im »steirischen Paradies« waren ihm eine Kindheit und Jugend geschenkt, in deren Umwelt schon in glückhafter Mischung die bildenden Kräfte des späteren Lebens und Werkes beschlossen waren. In Deutschlandsberg hat die »Kinderfrau« dem Knaben die ersten Märchen und Sagen erzählt, und die weite Koralm, zu deren Füßen das anmutige Städtchen liegt, bot mit ihren waldigen, die urtümliche Einschicht der Bergbauern hütenden Vorbergen und ihren sonnenbeglänzten oder »von Urzeitgewalten überstürmten Höhenzügen« die glaubwürdige lebendige Bühne dazu. Vom alten Judenburg aus, wo der Vater später Bezirkshauptmann war, erschloß sich dem Studenten zum erstenmal zu bewußter Erkenntnis der Weg in die Einsamkeit und stolze Eigenart der Bauernhöfe an den Zirbitzhängen. Über den Gymnasialjahren in Graz und Villach und später über den Semestern an der Grazer Universität lag noch der Nachglanz jener Romantik, die ein Teil und ein Recht jeder Jugend ist.

An der Grazer Universität studierte Viktor von Geramb Germanistik, Geschichte, Geographie und promovierte 1907 mit einer historischen Dissertation. Ergänzend hörte er am Institut für Österreichische Geschichtsforschung und legte dort die kleine Institutsprüfung ab.

Unter den akademischen Lehrern war es vor allem der Indogermanist *Rudolf Meringer,* zu dem sich Geramb hingezogen fühlte und von dem er die entscheidenden Anregungen und Wegweisungen für seine endgültige Berufswahl erhielt. In der Schule des Altmeisters der »Wörter und Sachen« kam der junge Doktor über die Geräte- und Hausforschung zur Volkskunde, der er auch in den kurzen Jahren oblag, während welcher er an der gräflich Meranischen Privatbibliothek und am steirischen Landesarchiv gearbeitet hat. 1909 trat er als

Sekretär in das Landesmuseum Joanneum ein, das ihm anläßlich der Hundertjahrfeier 1911 den Auftrag gab, eine eigene volkskundliche Abteilung zu errichten. Auf der festen und soliden wissenschaftlichen Grundlage der Methoden Meringers stehend, war es Geramb bestimmt, die mehr emotional gerichteten volkskundlichen Bestrebungen einer nationalen Bewegung im Sinne einer Nachfolge *W. H. Riehls* in diese wissenschaftliche Grundlage zu integrieren. Anderseits war es ihm vor allem unmittelbar vor und nach dem Ersten Weltkrieg ein wirkliches Anliegen, alles was zu seiner Jugendzeit als nationales Bewußtsein und nationale Bewegung vor allem die bürgerliche Welt bewegt hatte, von jedem Hurra-Patriotismus zu befreien und zu den Wurzeln nationalen Wesens zurückzuführen, die ihm vor allem im Bauerntum der Vorkriegszeit noch deutlich erhalten schienen. Dieses Bauerntum gibt es nicht mehr, aber es war nicht die Tugend, die aus der Not entstand, wenn Viktor von Geramb in zahlreichen Aufsätzen und Vorträgen den mühevollen Weg der Volkskunde von der ausschließlichen Bauernkunde, einer *Standes*kunde also, weiterzuführen sich bemühte und in der Kunde vom volkstümlichen Menschen, das heißt also in der Kunde eines geistigen Zustandes, ihr Ziel sah.

Mit der Übernahme der Vorbereitungsarbeiten für eine zu gründende volkskundliche Abteilung am Joanneum setzten jene reich gesegneten Wanderjahre ein, in denen der Sammler die Hauptbestände des damaligen Museums zusammentrug und die den Forscher und Menschen zu einem tiefen inneren Verständnis des Volkes und vor allem des damals noch in seiner Glaubenswelt, in seiner Arbeits- und Festkultur unberührten Bauerntums führte. Ein begeisterter und großer Wanderer ist Geramb zeitlebens geblieben. Fast immer in Gesellschaft der ihn verständnisvoll und fürsorglich begleitenden Frau *Frieda von Geramb* hat er weite Gebiete auch ferner Länder im deutschen Norden und mit besonderer Liebe Griechenland, Dalmatien und Italien besucht und bereist.

Unablässig diente Geramb dem zwiefachen Amt der wissenschaftlichen Arbeit und der musealen Tätigkeit, zu der sich als dritte 1919, nach der Gründung von St. Martin durch *Josef Steinberger,* die ungemein geliebte und ernstgenommene Pflicht der Volksbildung gesellte. 1924 habilitierte sich Geramb an der philosophischen Fakultät der Universität Graz für deutsche Volkskunde. 1931 wurde er außerordentlicher und, nach der unfreiwilligen Pause von 1938 bis 1945, 1949 ordentlicher Professor.

Das Museum selbst hat Viktor von Geramb nach dem Anregen des Geheimrates *Dr. Hager* in München im ehemaligen Kapuzinerkloster am Paulustor eingerichtet. Mitten im Krieg öffnete es 1916 als besinnlicher Trost der Heimat seine ersten Räume. 1934 wurde das Heimatwerk erbaut, und da die Räume des alten Hauses längst zu eng und zu klein geworden waren, erhielt das Museum unter der verständnisvollen Förderung des damaligen Landeshauptmannes *Dr. Karl Maria Stepan* in einem schönen und stattlichen Neubau Platz für eine Trachtengalerie, eine Gerätehalle und den Heimatsaal, der seit 1945 eine Stätte heimatlicher Kulturarbeit geworden ist.

Oskar Kokoschka, Linzer Landschaft

Eng mit der Museumspflege, aber ebensosehr mit der erlebten Wirklichkeit verbunden war die erste große wissenschaftliche Arbeit: *Die Rauchstube. Eine Raumstudie*, die, 1920 vollendet, vier Bände umfaßt, von denen in der Notzeit der zwanziger Jahre nur zwei Teile gedruckt werden konnten. Eine Rauchstube, deren Wesen und kulturgeschichtliche Bedeutung das weitausgreifende Werk dargestellt hat, konnte Geramb als ehrwürdiges Denkmal des Wohnraumes der Vorfahren für das Museum retten. Aus dem zweiten großen wissenschaftlichen Werk, dem *Steirischen Trachtenbuch* aber, erwuchs als museale Frucht die Trachtengalerie, in welcher an 48 großen Figurinen die Entwicklung der Landestracht von der Hallstattzeit bis zum Ausgang des 19. Jahrhunderts dargestellt ist. Sein 1924 herausgegebenes Buch *Deutsches Brauchtum in Österreich. Ein Buch zur Kenntnis und Pflege guter Sitten und Bräuche* ist 1948 unter dem Titel *Sitte und Brauch in Österreich* in dritter Auflage erschienen. Seinen seinerzeit vor allem in den Gruppen der Jugendbewegung stark beachteten und gerne gelesenen Gedanken zum Neuaufbau *Von Volkstum und Heimat*, 1922 erschienen, gesellten sich als verwandtes Gegenstück nach dem Zweiten Weltkrieg seine 1946 erschienenen Meditationen *Um Österreichs Volkskultur*. Seine *Kinder- und Hausmärchen aus Steiermark*, 1942 erstmals veröffentlicht, von *Emmi Hießleitner-Singer* einfühlig bebildert, haben ungeachtet des gelehrten Anhanges Eingang in ungezählte Familien gefunden.

Von großer Wirkung waren Gerambs Vorträge, die er als Volksbildner gehalten hat — in ungezählten Kursen der Lehrerfortbildung im Volksbildungsheim St. Martin. Aber größten Eindruck machten immer auch seine Vorträge auf den großen wissenschaftlichen Kongressen und Volkskundetagungen. Dazu gehört etwa der in der Zeitschrift des Vereines für Volkskunde, Berlin 1928, erschienene Aufsatz *Zur Frage nach den Grenzen, Aufgaben und Methoden der deutschen Volkskunde* oder die Stellungnahme *Zu den volkskundlichen Grundfragen*, 1936 in der Niederdeutschen Zeitschrift für Volkskunde abgedruckt. In der Weiterführung von Gedanken *Georg Kochs* ist die *Urverbundenheit* zu sehen, 1937 in den Hessischen Blättern für Volkskunde veröffentlicht. In ihnen allen ist ein für die Entwicklung der ganzen Disziplin wichtiger Weg dargelegt und überzeugend gewiesen worden.

Manche meinen, der einflußreichste Lehrer, den er persönlich nicht gekannt, dessen Lehre aber Geramb, wie er es selbst bekennt, ganz sich zu eigen gemacht und als verpflichtendes Erbe weitergibt, ist *Wilhelm Heinrich Riehl* gewesen. Von ihm, dem er eine umfangreiche Biographie gewidmet hat, hat er das Wandern gelernt, den Weg in das Volk und in das Leben, von ihm hat er die Erkenntnis empfangen, daß alles Studium des Volkes nutz- und sinnlos ist, wenn es nicht zu einer Kunde des Lebens reift und in einem Dienst für das Leben wieder fruchtbar wird. In dieser Gesinnung hat Viktor von Geramb sein akademisches Lehramt ausgeübt und in der Volksbildung seine Laienpredigten gehalten.

Wenn heute unter der Führung des steirischen Landesbauamtes in den verheerten Landstrichen der Oststeiermark Hunderte von Bauernhöfen, zwar nach den Anforderungen moderner Betriebswirtschaft eingerichtet, aber doch das wohlvertraute, der Landschaft und der Überlieferung taktvoll angemessene Antlitz der Heimat wahrend, wiederaufgebaut worden sind, so ist es jener Baugesinnung zu danken, die Professor Geramb seit Jahrzehnten im Lande begründet und als Vorsitzender des Vereins für Heimatschutz unerschrocken vertreten hat. Das schönste Sinnbild aber dieses dem Leben dienenden Werkes waren und sind die Krippen- und Hirtenlieder, die seit 1916 alljährlich im Advent in der dem Museum gehörenden Antoniuskirche gesungen werden. Mit *Viktor Zack* hat sie Viktor Geramb gesammelt, und vom Museum aus sind diese kindlich reinen Zeugnisse der Volksfrömmigkeit und Weihnachtsfreude wieder zurückgeklungen ins Volk, das sie nunmehr treu und andächtig bewahren will.

Am 8. Jänner 1958 ist Viktor von Geramb gestorben. Sein Leben und Dienst, der engeren Heimat zunächst verpflichtet, waren zum Zeichen und Beispiel geworden, die weit in das ganze Österreich und in den gesamtdeutschen Sprachraum hineingewirkt haben: Volk und Heimat abseits von ihrer Vergötzung wie von ihrer Verniedlichung in der Mitte ihrer wahren Schätzung und ihres wahren Wertes zu erhalten.

Karl Kraus

VON FRANZ TAUCHER

Kaum einer von den großen schreibenden Männern ist von seinen unwillkommenen Jüngern so mißverstanden worden wie *Karl Kraus.* Sie wurden von ihm angezogen wie Motten vom Licht, sie wollten ihm dienstbar sein, zu seinen Lebzeiten und nach seinem Tode, aber sie haben ihm wohl mehr geschadet als alle jene, die er schonungslos bekämpft hat und die alles aufboten, damit er im Verschweigen untergehe. Der Glanz, der von seiner kritischen Prosa ausstrahlte, verführte zur bedenkenlosen Nachahmung. Die Angegriffenen mochten zur Not noch begreifen, wieviel Härte gegen sich selbst und welche Entsagung notwendig waren, um eine so unerbittliche Front gegen Laster und Korruption zu bilden. Der unerbittliche Moralist lebte einsam, eine Leere war um ihn, aus welcher dem Betrachter, auch dem wohlwollenden und bewundernden, eine abwehrende Kälte entgegenwehte.

Er war nicht immer allein und für sich, am Anfang seines Wirkens konnte er sich noch mit anderen verbinden, aber später führte sein Weg in eine immer dichtere Isolierung von seiner Umwelt, die er mit Groll und Bitterkeit beobachtete, und nur einzelne Gestalten, die aus der Vergangenheit in die Gegenwart wirkten, waren geisterhaft um ihn; *Shakespeare* und *Nestroy*, *Trakl* und *Offenbach.* Und nachdem *Adolf Loos* gestorben war, vertrug er wohl nur noch seinen Setzer neben sich. Die Einsamkeit war vollkommen geworden, und es ist schwer zu sagen, ob sie seinen Charakter gebildet hat oder eine unausbleibliche Folge dieses Charakters war.

Er hat einmal Österreich, sein Vaterland, als »Versuchsanstalt für den Weltuntergang« bezeichnet. Dieser Formulierung mag, losgelöst vom kritischen Gesamtwerk und als bloßes Zitat hingenommen, das Leichtfertige einer geistreichen Bemerkung anhaften, so will es zunächst allen jenen vorkommen, die zu Recht dem Spiel mit Worten mißtrauen. In der Tat jedoch zieht diese Bezeichnung in ihrer aphoristisch zugespitzten Form die Summe von peinigenden Eindrücken, die ihm im Ablauf vieler Jahre zugeflossen sind. Sie ist das Ergebnis einer scharfen Beobachtung, die niemals müde wurde, das Falsche auch dort zu fassen, wo es ohne die Gebärde der Aufdringlichkeit sich im weitverzweigten Gewebe des Staates einzunisten begann. Szene um Szene, die er gestaltete, war der dichtesten Wirklichkeit Österreichs entnommen, und die kleinste wurde durch sein beweiskräftiges Wort zum Symbol erhöht.

Er stand nicht immer allein. In seiner Jugend war es die *Neue Freie Presse*, die sein Talent im stillen beobachtet hatte. »Höfische Gebärdenspäher« hatten ihn schließlich wissen lassen, er möge sich dort mit Beiträgen einstellen, und so tat er, was jeder andere Schriftsteller am Anfang seiner Laufbahn getan hätte: er begann für die Zeitung diese oder jene Plauderei zu schreiben, eine literarische Kritik dazwischen, und aus Bad Ischl schickte er einen Sommer lang Berichte. Als den Herausgebern bekannt wurde, Kraus trage sich mit dem Gedanken, eine eigene Zeitschrift zu gründen, boten sie ihm formell die Redaktion des seit dem Tode *Daniel Spitzers* verwaisten Feuilletons an. Inzwischen aber war ihm, wie er später einmal bitter bemerkte, der Sinn für die ökonomischen Zusammenhänge einer Zeitung aufgegangen. Schon kurz vorher, in der Zeitschrift *Die Waage,* habe er den »Maulkorb in den Papierkorb« geworfen. Er halte sich für besserungsfähig, er habe herausgefunden, »daß nicht ich für die ›Neue Freie Presse‹, wohl aber die ›Neue Freie Presse‹ für mich reif sei«. Mit einem kühnen Satz sprang der damals Fünfundzwanzigjährige im April 1899 aus der Geborgenheit eines Redaktionsstuhls in die publizistische Freiheit. Ein kristallenes Gewissen bildete den Standort, von dem aus er sein kulturelles und politisches Programm verkündete. Die Reinhaltung des öffentlichen Lebens vor dem Verdorbenen, Schiefen und Falschen war das ungeheure Thema, und den Satz »Kein tönendes Was wir bringen, sondern ein ehrliches Was wir umbringen« wählte er als Arbeitsmotto für seine *Fackel.* Er hat sein Versprechen erfüllt, ohne jemals zu schwanken, bis zum Ende seiner Tage. Vom ersten Heft an ließ er sich die »Trockenlegung des weiten Phrasensumpfes«, dem nur wenig entgegengestellt war, angelegen sein; radikal trennte er Schein vom Sein, beherzt griff er überall hinein, wo der Würde Würdelosigkeit, der Ehre Unehre, der Reinheit Befleckung und der Wahrheit Unaufrichtigkeit drohte. Sein moralisches Programm war eine Folgerung der Regeln menschlichen Anstandes. Er griff das Theater an, wo es sich geschäftlich mit der Presse verflocht, die

Presse, wo sie übel verschwieg oder gar deckte und das Private des einzelnen nicht schonte; die Universitäten, wenn sie verwandtschaftlichen Beziehungen ihrer Repräsentanten bei der Besetzung neuer Lehrstühle den Vorzug gaben vor der Fähigkeit des gesellschaftlich Schwachen; den Apparat des Staates, wenn er vor dringlichen sozialen Aufgaben versagte, die Bürokratie, wenn sie mit der elenden Gebärde der Omnipotenz auftrat, die Unternehmerverbände, wenn sie Arbeiter schindeten und ausbeuteten, den Komplex der wirtschaftlichen Organisationen, wenn sie sich allgemeinem Wohle abwandten, und die — Eisenbahndirektion, wenn sie durch schlechtes Material und durch die Ausnützung ihrer Angestellten das Leben der Reisenden und Bediensteten gefährdete. Bevor er jedoch zu einer solch weitgespannten Kritik ausholte, legte er als zwingende Ergänzung zu dem verkündeten Programm mit rückhaltlosem Freimut Rechenschaft ab über seine publizistische Vergangenheit (und er hatte eine, trotz seiner Jugend) und gewann somit die Freiheit, anderen ihre Vergangenheit vorzuhalten und sie, wo es notwendig war, mit der Gegenwart zu vergleichen.

Er hatte der Lockung der *Neuen Freien Presse* widerstanden, als er noch jung war und erst begann, sich selber auszusagen, indes »ergraute Universitätsprofessoren, Sozialpolitiker und wirtschaftskundige Publizisten durch einen Gnadenblick von der Höhe modernsten Wissens« in die Spalten einer nicht makellosen Zeitung setzen ließen. Es dauerte nicht lange, und er fühlte sich als der hartnäckigste Antipode der gesamten Presse seiner Zeit. Er wurde ihr schlimmster Verächter, der nicht passiv verachtete, sondern dabei rührig blieb. Er ließ ihr keine ungerade Zeile durchgehen, er hielt ihr jeden schiefen Gedanken und jede falsche Gesinnung vor, und er gab allen ihren Geschmacklosigkeiten einen Hintergrund, von dem sich ihr tägliches Tun sündhaft abhob. Die Presse antwortete mit einem Schweigen, das ihn völlig auslöschen sollte. Er blieb ihr grimmigster Feind und verschonte mit Ausnahme von *Victor Adler, Friedrich Austerlitz* und *Wilhelm Liebknecht* keinen ihrer Repräsentanten. Diese Fehde, die ein Teil seines geistigen Lebens war, erreichte ihren Höhepunkt in der Vertreibung des Herausgebers der *Stunde* aus Wien. Was Karl Kraus mit der Elimination des *Imre Bekessy* vom öffentlichen Leben gelungen war, im einsamsten Kampf, der sich denken läßt, war eine sittliche Tat ersten Ranges gewesen. Es war wie eine Auslüftung und Reinigung. Die Mittel, deren er sich dazu bedient hatte, sah er als künstlerische an. »Doch in Wahrheit habe ich mich in keiner Periode meines Lebens so sehr als Künstler gefühlt, so frei und nur bedingt von der Fülle des Anlasses, wie in der Befassung mit einer Menschenjauche, von der man wohl meinen möchte, sie wäre leichter mit dem Strafgesetz zu beseitigen als mit Kunstwerken, und von der ich mit dem lebendigsten Wunsch, daß es gelinge, mich im Geiste doch nicht trennen kann ...«, schrieb er, als der »Schuft« draußen war. Damit ist auch das Wesentliche seiner satirischen Kraft beschrieben, ihre radikale Unbedingtheit und Unbekümmertheit, den leibhaftig anwesenden Vorwurf zu einer Satire mit deren künstlerischer Vollendung aus der Welt zu schaffen. Hier ist seine Kraft und Fähigkeit nicht zu bestreiten, seine Reinheit unantastbar, und die Reaktion der von manchen Übeln gepeinigten Menschheit müßte sich pflichtmäßig und notgedrungen in währendem Dank bezeugen und mehr noch in der stets wachsamen Verpflichtung, sich selber rein zu halten.

Aber Dankbarkeit, Treue und Verehrung gebieten keineswegs, ihm auch dorthin zu folgen, wo Einsichten, Meinungen und Empfindungen ihre Wurzeln in einem anderen Bereiche als dem sittlichen liegen haben: auf das weite Feld literarischer Neigungen, in die Welt der Dichtung, die er gleichfalls mit einer sehr bestimmten Souveränität betrat, als Kritiker und als Schöpfer. Er war keineswegs der große Dichter, für den er sich hielt und für den er heute noch von manchen gehalten wird. Seinen eigenen Dichtungen mangelt auf weiten Strecken die vegetative Kraft und der warme Atem des Lebens. Die Faszination und die fehllose Diktion seiner Sprache kommt aus einer rationalen Leidenschaft. Sie spürt kaum irgendwo den geheimen Bauplan der Welt neu auf, und nur selten kommt sie aus der Mitte eines gesammelten seelischen Zustandes, wie etwa sein Gedicht *Nächtliche Stunde,* in dem er das Faßbare seiner geistigen Existenz rein beschworen hat. In dieser Sphäre versagte er auch oft, wenn er wertete. Seine Unbedingtheit, diese außerordentliche Bereicherung seiner moralischen Kraft, steigerte sich auf diesem Felde gelegentlich bis zum Fanatismus und machte ihn blind für Erscheinungen und Wesen anderer Art. Und er verlangte von seinen Lesern blinde Gefolgschaft. Er begriff niemals, daß es in dieser Sphäre jedermann freisteht, entgegen seinen unwiderleglich scheinenden Plädoyers, die Welt eines Dichters mit der Welt eigenen Wesens abzustimmen; insofern man bestrebt ist, jene nicht zu verletzen und in dieser reinlich zu leben, und sobald er nach der grundsätzlichen Erkenntnis handelt, daß vor persönlichen Vorlieben Fragen der Qualität geklärt sein müssen. Es macht sich hier ein geistiger Terror kund, der zuweilen geradezu abstoßend wirkt. Wie verführerisch ist nicht seine Polemik gegen *Stefan George* und dessen Nachdichtungen der Sonette Shakespeares, aber in dem Augenblick, wo er die eigenen Beispiele setzt, verliert sie jeden Glanz. Die eigenen Worte kehren sich gegen ihn.

Auch sein Mitleid mit der gemarterten Kreatur wird fast niemals als echter Trost empfunden. Es bricht immer wieder aus, in seinem umfänglichen Drama *Die letzten Tage der Menschheit,* dem grausigsten Spiegel, der jemals einer gepeinigten Menschheit vor das entstellte Gesicht gehalten wurde. Aber dieses Mitleid ist niemals in der warmen, blühenden Zone des Herzens angesiedelt, es stammt vielmehr aus der klaren, kalten Region eines unablässig aktiven Geistes. Es findet keinen Halt im Menschen, es zielt über ihn hinaus in eine außermenschliche, irreale Welt. Der Nörgler, der diese Tragödie bis zum bitteren Ende begleitet, als das vergessene Gewissen der Welt auf dem Wege in den Untergang, Schauspieler und Zuhörer in einem; der wie das hellhörige Publikum vor einem Shakespeare-Drama weiß, wie alles kommt und kommen muß, rettet sein von der grauenhaften und blutdurchtränkten Wirrnis zerquältes Gedächtnis nur deshalb, um eine überdimensionierte Schmach der Nachwelt preiszugeben. Die tröstliche Stimme des Menschenbruders, die gleichwohl vom selbst erlittenen Grauen durchzittert sein kann, legt sich nicht über die mißhandelten Mitbrüder wie etwa das wachstumskräftige Gras über die Wunden einer gleichfalls geschändeten Erde.

In dieser Welt der seelisch gebundenen Kräfte soll man die eigenen bewahren und ihre natürliche Freiheit vor den Seinen behaupten. So ist auch die behutsame Anmerkung notwendig, daß Kraus auch manche gekränkt hat, die auf ihre Weise gewillt waren, die letzten Konsequenzen einer Menschheitsaufgabe auf sich zu nehmen. Diese Anmerkung verleugnet nicht den Schmerz darüber, daß sie gesetzt werden muß. Da kam *Hitler,* und nach einer langen Periode des Schweigens ließ Kraus ein neues Heft der Fackel erscheinen mit der kurzen Gedenkrede auf Adolf Loos und dem Gedicht *Man frage nicht, was all die Zeit ich mache* ... Er bekannte darin, sein Wort sei angesichts des unfaßlichen Geschehens entschlafen, und man konnte damals dieses Bekenntnis nur mit Respekt entgegennehmen. Aber weil *Lucien Verneau* im Prager *Aufruf* vom 1. November 1933 dieses Gedicht zitierte und ein achtungsvolles Bedauern darüber sich anmerken ließ, brachte Kraus durch seinen Anwalt das Verlangen ein, ein im zitierten Gedicht falsch gesetztes Komma zu berichtigen. Es ist, als habe sich seine »Sprachlehre« von der sie nährenden und haltenden Substanz frei gemacht und sich zu einer bloßen Konstruktion reduziert. In dieser erwachenden Welt der Barbarei hätte das Wort für den gequälten Menschen nicht einschlafen dürfen — nur der Kampf um ein Komma — und ein um die Erde gehender Aufruf erfolgen müssen, der die mundlosen und leidenden Brüder aufgenommen hätte wie ein altertümlicher Segensspruch.

Aber soll und kann man hier mit ihm rechten? Er hat das Seine getan, mit der Unbedingtheit seines Glaubens. Wo er irrte, hat er als Mensch geirrt, und wo er mit dem Despotismus seines Glaubens weh tat, da hat er auch selber gelitten. Ach, hätte er, nur einmal wenigstens, ausgerufen: Seht her, ich bin ein Mensch.

Karl Kraus wurde am 28. April 1874 in Gitschin (Böhmen) geboren und starb am 12. Juni 1936 in Wien.

Franz Kafka — Robert Musil — Hermann Broch

VON ERNST SCHÖNWIESE

Als die bedeutendsten Dichter unseres Jahrhunderts, die sich im deutschen Sprachraum der Romanform bedient haben, werden ziemlich übereinstimmend Kafka, Musil und Broch bezeichnet. Sie wurden scherzhaft die »Heiligen Drei Könige« genannt, deren Anfangsbuchstaben K + M + B über dem Eingang in die Literatur unseres Jahrhunderts stehen. Was sie verbindet, ist, daß jeder von ihnen bis zur letzten innersten Tiefenschicht, bis zur religiösen Schicht vordringt, wo die Entscheidungen unseres Seins fallen. Ihre dichterischen Werke — und nicht nur diese — sind zugleich Dokumente der Sinnsuche und des Strebens nach Wiedergewinnung der verlorengegangenen Verbundenheit mit dem Absoluten. Immer geht es deshalb um die Darstellung seelischer Urphänomene, gewisser Grundhaltungen des menschlichen Innern, in denen alles Tun und Wirken seine Wurzeln hat und aus denen es sich erst ergibt.

Unter diesen drei großen deutschen Prosa-Epikern der ersten Jahrhunderthälfte ist *Franz Kafka* (geboren am 3. Juli 1883 in Prag, gestorben am 3. Juni 1924 in Kierling bei Wien) derjenige, dem die religiöse Seinsgewißheit noch intakt geblieben war. In traumhafter Sicherheit, wiewohl in der bewußten Reflexion deutlich ein Kind seiner Zeit, schreibt er, richtiger: schreibt das Unzerstörbare in ihm die Gleichnisse und Parabeln, in denen sich die letzte Wirklichkeit spiegelt. Von Kafka sagte Broch, »daß seit den Griechen niemals das Unbewußte so spontan immediat in den dichterischen Ausdruck gehoben wurde wie bei ihm. — Hier ist ein Nur-Dichter am Werk, der genau wußte, daß das unauflöslich Irrationale und nichts anderes die Aufgabe war. — Bei ihm ist das Ur-Erlebnis intakt geblieben«. Um solche »Realitätseinsicht höchsten Grades«, die bei Kafka letztlich noch naiv gegeben war, ringen Musil wie Broch.

Hermann Broch (geboren am 1. November 1886 in Wien, gestorben am 31. Mai 1951 in New Haven, USA) wußte um den »Zerfall der Werte«, um den geistig-seelischen Auflösungsprozeß, der mit Ausgang des Mittelalters eingesetzt hatte, und daß — von jenem einen Kafka abgesehen — kein Autor unseres Jahrhunderts mehr aus den unbewußten Tiefen eines gesicherten Wertbewußtseins schöpfen kann, sondern daß dieses Wertbewußtsein erst von ihm neu geschaffen, im Werk mitentwickelt werden müsse. Wertsuche, Integration, neue Seinssicherung sind Begriffe, die über Brochs Lebenswerk stehen, das daher einen stark philosophischen, gelegentlich theologischen Einschlag aufweist. Broch ersehnt eine neue Religiosität, »das einzige, was den Menschen wahrhaft interessiert«.

Die Position *Robert Musils* (geboren am 6. November 1880 in Klagenfurt, gestorben am 15. April 1942 in Genf) liegt zwischen diesen beiden Haltungen, strebt nach deren Synthese: ein im Ursprung zunächst durchaus »naiver« Impuls drängt alle seine denkerischen und dichterischen Bemühungen immer wieder in Richtung auf das, was er den »anderen Zustand« genannt hat, die Keimzelle aller menschlichen Wirkungsmöglichkeiten, einen Seelenzustand, wie er dem Menschen zur Zeit eines gesicherten religiösen Wertgefühls gegeben war. —

Bei *Kafka* wird alles, indem er es mit seinen Augen anschaut, zum Gleichnis der seelischen Situation des Menschen überhaupt — des Menschen, der sich den letzten Sinnfragen des Lebens gegenübersieht. Dazu ein Aphorismus:

»Er hat Durst und ist von der Quelle nur durch ein Gebüsch getrennt. Er ist aber zweigeteilt: ein Teil übersieht das Ganze, sieht, daß er hier steht und die Quelle daneben ist; ein zweiter Teil aber merkt nichts, hat höchstens eine Ahnung dessen, daß der erste Teil alles sieht. Da er aber nichts merkt, kann er nicht trinken.«

Der »Er«, von dem da erzählt wird, ist der Mensch, der im Grunde immer weiß, wo die Quelle allen Glückes, aller inneren Harmonie und Seligkeit fließt. Aber ein zweiter Teil seiner Seele ist blind, ahnt höchstens etwas von der Möglichkeit des anderen Teiles, das Ganze zu sehen, zweifelt aber selbst an diesem Ahnen, zerstört es durch seinen Zweifel und kommt so nie zum Trinken und verdurstet neben der Quelle.

Kafkas Kunst beginnt beim aphoristischen Bildgedanken, der sich zur Parabel erweitert, zur gleichnishaften Erzählung und schließlich zum Roman, der selbst nichts anderes ist als ein breit ausgesponnenes Gleichnis unseres existentiellen Seins. »Schreiben« ist für Kafka eine »Form des Gebetes«, Mittel zur Begegnung mit dem Unendlichen, und Dichtung wird ihm zu einem höchst verantwortungsvollen Durchdenken und Neuerleben des Sinnes unseres Daseins. Immer kreisen diese Gedankendichtungen um die scheinbar unterbrochene Verbindung des Menschen mit dem Absoluten, gestalten sie den einen geheimen Sinn hinter der Flucht der Erscheinungen.

So, als Gleichnisse, deren Sinn sich nur dem erschließt, der hinter die erzählten Geschehnisse zu schauen vermag, der sie als Sinnbilder aufzulösen versteht, gehören diese Dichtungen zum Tiefsten und Weisesten, was unser Jahrhundert hervorgebracht hat. In der kleinen Parabel *Der Aufbruch* etwa geht es um den Menschen im ursprünglichen Sinn, der noch seinem, nur von ihm vernommenen, inneren Ruf folgt, der daher nirgends verweilen will, sondern den es vorwärtstreibt und der in diesem Vorwärts sein Ziel erkennt — wie Faust, dessen Lebensproblem hier seine knappste Gestaltung gefunden hat.

Eine andere Parabel, *Die Auskunft*, wird zum Gleichnis des Menschen entgegengesetzter Art, der nicht mehr der inneren Stimme gehorcht, sondern andere um Rat frägt und vergessen hat, daß jeder nur in sich selbst das Wissen um den Sinn seines Lebens finden kann.

Eine von Kafkas bekanntesten Parabeln trägt den Titel *Vor dem Gesetz*. Sie zeigt den Hamlet-Menschen, der vor dem Eingang zum Gesetz, zum eigentlichen, wahren Dasein, untätig wartet, bis ihm aufgetan wird, und so sein ganzes Leben verwartet, anstatt seinem Urimpuls zu folgen und einfach einzutreten und damit im Gesetz zu sein und sein Leben zu erfüllen.

Wer einmal den Schlüssel zum Verständnis dieser Dichtungen gefunden hat, dem erschließen sie sich, wie die Wahrheit selber, in unendlicher Vielschichtigkeit und in immer neuen Tiefen und Aspekten. Dies gilt besonders auch für die drei großen Romane: *Amerika, Der Prozeß* (in dem ein sich träge treibenlassender Mensch vor den höchsten und unausweichlichsten Gerichtshof, den des eigenen, immer furchtbarer mahnenden Gewissens, gestellt ist) und *Das*

Schloß (der Gestaltung des faustischen Ringens um die Begegnung mit dem Absoluten und um das Entfachen des göttlichen Funkens in der eigenen Seele).

Einen modernen Mystiker könnte man Kafka nennen, ihn, der unseren größten mittelalterlichen Mystiker, *Meister Ekkehart,* als »Schlüssel zu fremden Sälen des eigenen Schlosses« empfunden hat. Oder einen westlichen Zen-Meister, denn seine Parabeln sind nichts anderes als jene rätselhaften, zuerst sinnlos erscheinenden Geschichten und Kurzdialoge, die Koans und Mondos der chinesischen und japanischen Zen-Buddhisten, die sich in ihrem Sinn nur bei entsprechend fortgeschrittener eigener innerer Selbsterhellung erschließen und erst dann gelöst werden können. Man kann sich gut die Überraschung und das Erstaunen, aber auch die Freude und das Entzücken Kafkas vorstellen, wenn er solchen Zen-Koans und Zen-Mondos zu Lebzeiten begegnet wäre. Auch viele seiner Aphorismen klingen wie Zen-Aussprüche und sind von japanischen Zen-Meistern dafür gehalten worden. Etwa der zu Beginn zitierte vom Menschen, der neben der Quelle verdurstet, ein Bild, das auch in der Zen-Literatur vorkommt. Oder der folgende Aphorismus, der Kafkas Forderung an sich und den Menschen am besten umschreibt: »Das Unzerstörbare in sich befreien, oder richtiger: sich befreien, oder richtiger: unzerstörbar sein, oder richtiger: sein.«

Was Franz Kafka vielleicht als letzter noch mit »naiver« Sicherheit besaß, war dieses Unzerstörbare, diese Freiheit, dieses Sein, das ganzheitliche, nicht rationale, sondern erlebnis- und erfahrungshafte Wissen um das, was man die Uroffenbarung nennen könnte, wie sie — jenseits der im Grunde belanglosen konfessionellen Unterschiede — von allen religiösen Überlieferungen als gemeinsame Grund- und Urwahrheit tradiert wird. Für den, der etwas von dieser Urwahrheit in seinem eigenen Innern unverschüttet bewahrt hat und dem diese Urerfahrung bei der Lektüre dieser Dichtungen wieder lebendig wird, für den sind Kafkas Berichte keineswegs etwa niederdrückend oder quälend, wie man oft sagen hört; das können sie nur für diejenigen sein, denen im eigenen Innern einzig das Gefühl eines unerklärlichen Verlustes oder das Erlebnis einer unbegreiflichen Leere antwortet. Vor dem unzerstörbaren Urwissen Kafkas waren diese Arbeiten humoristische Erzählungen. Seine Freunde, denen er noch selbst vorgelesen hatte, berichten, daß er oft von Lachen so überwältigt wurde, daß er nicht weiterlesen konnte.

So gehört Kafka mehr noch als in die Geschichte der Literatur in die der großen religiösen Genies unserer Epoche. Sein Werk spiegelt die geistige Krise seiner Zeit am unmittelbarsten wider. Die tiefe Sehnsucht nach innerer Wiedergeburt durch neue Bindung an absolute Werte, die bei der Lektüre dieser Schriften im Leser erwacht, stellt sie neben die ergreifendsten Dokumente religiösen Aufbruchs und macht Kafkas Werk zu einer der bedeutendsten Stationen auf dem langen und wechselvollen Weg zur Selbstbesinnung und Befreiung der abendländischen Seele. —

Der »andere Zustand« *Musils* ist im Grunde der auf neuer Ebene zurückgewonnene ursprüngliche, natürliche, »naive« Zustand des wieder ganzgewordenen Menschen. Diesem Hauptimpuls steht ein rationaler oder, wie Musil gerne sagte, ratioider, wissenschaftlicher Antrieb gegenüber, ein Verlangen nach denkerischer Genauigkeit, gepaart mit einem tiefen Mißtrauen gegenüber allem, was nicht exakt nachgeprüft wurde und auch schärfsten denkerischen Kontrollen standgehalten hat. Dieser zweite Wesenszug Musils läßt sein Werk gerade für unsere Zeit so kennzeichnend erscheinen und begegnet auch dem stärksten Echo bei seiner Leserschaft. An seiner Entfaltung haben ererbte Begabung wie äußerer Bildungsweg gleichermaßen Anteil.

Musils Vater war Ordinarius an der Technischen Hochschule in Brünn. Er selbst war zuerst zum Offizier bestimmt. Bald aber entdeckte man seine technische Begabung. Er verließ die Militärschule und studierte Maschinenbau. Nach der Ingenieur-Staatsprüfung an der Technischen Hochschule in Brünn wurde er 1902 Assistent an der Technischen Hochschule in Stuttgart. — Ein sehr ungewöhnlicher Entwicklungsgang für einen Romanschriftsteller, aber höchst kennzeichnend für die Geisteshaltung, die später auch seine schriftstellerischen Arbeiten prägt. In diesen Zusammenhang gehört es schon, daß Musil später einmal von seinem Hauptwerk sagen konnte: »Dieses Buch hat eine Leidenschaft, die im Gebiet der schönen Literatur heute einigermaßen deplaciert ist, die nach Richtigkeit, Genauigkeit.« Immer geht es ihm dabei um die Vereinigung der beiden Haupttendenzen seines Innern, um einen harmonischen Ausgleich zwischen dem ratioiden, wissenschaftlichen und dem nichtratioiden Denken in jenem ganzheitlichen Erlebnis, das er als den »anderen Zustand« bezeichnet hat. In solchem Sinn liegt Musils Bedeutung nicht bloß in den rein dichterischen Qualitäten seines Werks, so hoch diese auch zu veranschlagen sind, sondern ebensosehr auch darin, daß das Ringen der Menschheitsseele um die Befreiung sowohl von gewissen einseitig rationalistischen Irrtümern wie auch allen einseitig emotional-ekstatischen Verwirrungen und die Möglichkeit eines neuen ganzheitlichen Seins in allen seinen Arbeiten einen ebenso überzeugenden wie umfassenden Ausdruck gefunden haben.

Daß ein von so hohem, von so letztem Ernst getragenes Werk in seiner Wirkung von vornherein weniger in die Breite als in die Tiefe gehen konnte, durfte erwartet werden. Wenn später sein Haupt- und Lebenswerk, *Der Mann ohne Eigenschaften*, ein philosophischer Roman, der höchste Ansprüche an Geist und Geduld des Lesers stellt, dennoch fast zum Bestseller wurde und jetzt, in erstaunlich hoher Auflage verbreitet, von Jahr zu Jahr neu aufgelegt werden muß, so beweist dies, wie sehr sich gerade die intellektuellen, die geistigen Schichten der Leser angesprochen fühlen und wie sehr sie in dem Problem Musils ihr eignes Problem und ihre eigne Lebensfrage wiedererkennen.

Musils Werk umfaßt zwei Romane: außer dem schon erwähnten (unvollendet gebliebenen) *Mann ohne Eigenschaften* (1931, 1933, 1943) noch den Jugendroman *Die Verwirrungen des Zöglings Törless* (1906). Diese Entwicklungsgeschichte eines Knaben, der in einem adeligen Konvikt erzogen wird, gestaltet die Wirrnisse seelischer, geistiger und sexueller Art, die in der Zeit der Pubertätskrise einen jungen Mann heimsuchen können. Musil nahm darin gewisse, später von *Freuds* Psychoanalyse entdeckte Zusammenhänge vorweg. Die Kühnheit und der Tiefgang der psychologischen Darstellung erregten sofort beim ersten Erscheinen des Buches berechtigtes Aufsehen. — Zwei Bände mit Erzählungen sind zu nennen: *Vereinigungen* (1911) und *Drei Frauen* (1924). Es sind Arbeiten, die über die bestenfalls psychoanalytische Naturalistik der Zeit ihres Entstehens weit ins Surreale und Symbolische vorstoßen. Vor allem *Die Portugiesin* ist ein Meisterwerk, das dem Bleibenden deutscher Novellenkunst zugezählt werden muß.

Auch zwei Dramen erschienen noch zu Musils Lebzeiten: das Schauspiel *Die Schwärmer* (1921), das nicht zuletzt deshalb interessant ist, weil seine Figuren deutlich Vorläufer und Varianten zu den Gestalten im späteren *Mann ohne Eigenschaften* sind. Das Drama, das für einen Bühnenabend zu lang ist, müßte dennoch in einer entsprechenden dramaturgischen Bearbeitung starke Wirkung üben. — Leichter wiegt die Posse *Vinzenz und die Freundin bedeutender Männer* (1924), deren Figuren — wie übrigens fast alle Gestalten seiner Dichtungen — nach bestimmten Modellen im wirklichen Leben gezeichnet sind, sodaß es seinerzeit bei der Wiener Erstaufführung beinahe zu einem Skandal kam, weil viele Besucher die im Parkett sitzenden Modelle erkannten.

Von dem eigentlichen Hauptwerk seines Lebens, dem Roman *Der Mann ohne Eigenschaften* aus gesehen, erscheinen jedoch alle diese Arbeiten — trotz ihres oft sehr beträchtlichen Eigengewichtes — von untergeordneter Bedeutung, so sehr werden sie von jenem »Hauptgeschäft« überragt. Im Blick auf dieses sind sie Vor- und Nebenarbeiten, die das Hauptwerk variierend begleiten, so wie die aus dem Nachlaß erschienenen Tagebücher und die Essays mit ihm kommentierend parallel gehen.

Der *Mann ohne Eigenschaften* ist ein Zeitroman von überzeitlicher Bedeutung, das heißt, er gibt einen Querschnitt durch die seelische und geistige Daseinshaltung einer Epoche, jedoch so, daß die dargestellte Weltsekunde als eine zwar zeitlich bestimmte, aber trotzdem in ihrer Typik als allgemein gültige Durchgangs- und Entwicklungsstufe der Menschheitsseele erkennbar wird. In der Umwelt dieses »Kakanien« — wie Musil das alte k. k. Österreich nennt — vollzieht sich nur auf besonders deutliche Weise ein geistiger und seelischer Prozeß, der von europäischer, ja menschheitsgeschichtlicher Sinnbildlichkeit ist.

Die bei aller Ironie doch liebevolle Schilderung dieses alten Österreich gehört übrigens zu den schönsten Stellen des Buches: »In Kakanien, diesem seither untergegangenen, unverstandenen Staat, der in so vielem ohne Anerkennung vorbildlich gewesen ist, gab es auch Tempo, aber nicht zuviel Tempo. Man handelte in diesem Land immer anders, als man dachte, oder dachte anders, als man handelte. ›Es ist passiert‹, sagte man dort, wenn andre Leute anderswo glaubten, es sei wunder was geschehen. Ja, es war Kakanien vielleicht doch ein Land für Genies; und wahrscheinlich ist es daran auch zugrunde gegangen.«

Dort also lebt Ulrich, die Hauptperson des Romans, dessen Titel *Der Mann ohne Eigenschaften* ihn schon aus dem Individuellen in ein Allgemeines, Umfassendes hebt, zu einem Typus macht, den die Gegenwart hervorgebracht hat: »Nichts ist für ihn fest. Alles ist verwandlungsfähig. Er drückt das aufgelöste Wesen aus, das alle Erscheinungen heute haben.« Noch deutlicher an anderer Stelle: »Ein Mann ohne Eigenschaften besteht aus Eigenschaften ohne Mann.« Er ist ein Mensch, der zwar die Möglichkeit zu sehr vielem in sich trägt, dem aber jener übervernünftige Impuls verkümmert zu sein scheint, der diese Möglichkeit schöpferisch werden ließe. Es sind sehr begabte und sehr gescheite Menschen, aber irgend etwas Entscheidendes fehlt ihnen, das sie erst zusammenfassen, ganzmachen würde: ein in den unbewußten, irrationalen Tiefen der Seele wurzelndes, unzerstörtes Wertgefühl, das zugleich die Verbundenheit mit dem Absoluten garantierte. Es handelt sich also um eine die ganze Menschheit angehende und von ihr zu bewältigende Erscheinung. Ulrichs »Eigenschaftslosigkeit« macht ihn zum Repräsentanten der Zeit.

Es ist verständlich, welcher gedanklichen Zusammenschau und welcher philosophischen Intensität es zur literarischen Bewältigung eines solchen Problems bedarf. Musil konzentriert sich dabei in seiner Darstellung auf den »anderen Zustand«, in dem die religiös-mystischen Kräfte (und damit auch deren schöpferisches Wirken) ihren Ursprung haben. In den Gesprächen zwischen Ulrich und seiner Schwester Agathe werden diese Probleme Sprache. Es sind vor allem die Kapitel *Beginn einer Reihe wundersamer Erlebnisse*, *Mondstrahlen bei Tage* und *Atemzüge eines Sommertags*, denen in dieser Hinsicht nichts in der zeitgenössischen Romanliteratur an die Seite gestellt werden kann. Ulrich und Agathe entdecken darin das kontemplative Leben, sie begegnen der Erfahrung der Mystiker. Aber Musil, der zur einen Hälfte immer exakter Wissenschafter und ein Fanatiker denkerischer Genauigkeit bleibt, versteht auch hier genau zu unterscheiden zwischen einer »Schleudermystik zu billigstem Preis, die im Grund über die Maßen liederlich ist«, und jenem Grund- und Urerlebnis des »anderen Zustands«, das den Tag nicht zu scheuen braucht und das er darum auch als »taghelle Mystik« bezeichnet. Aber selbst diese Mystik wird noch mit allen Waffen des geschulten Verstandes geprüft. »Und allmählich begann Ulrich sich mit der Frage zu beschäftigen, ob sich nicht doch mehr glauben ließe, als er sich zugestanden habe. Es war ihm gegeben, in der ›Ahnung‹ nach ›bestem Wissen‹ einen besonderen Zustand und ein Fahrtengebiet für unternehmende Geister zu erkennen. — Vielleicht enthält jede große Liebe etwas Mystisches, vielleicht ist sogar in allen uns tief öffnenden Augenblicken die Anteilnahme an Menschen und Dingen eine mystische, und etwas anderes als eine wirkliche. Es bleibt nur die Annahme übrig, daß es zwei Arten, die Wirklichkeit zu erleben, gibt.«

So läßt Musil in einem in dichterische (nicht theoretische) Zusammenhänge eingebauten Gespräch die Erkenntnis vom Urgegensatz zwischen der egozentrisch-dualen und der ichlos-unitiven Seelenhaltung langsam entstehen und sich entwickeln. Auf solche Weise reifen die beiden Hauptpersonen dieses großartigen Erziehungs- und Entwicklungsromans dem »anderen Zustand«, dem mystischen Erfahren der ganzen Wirklichkeit entgegen.

Musils Roman ist also ein tief religiöses Buch, freilich in keinerlei konfessionellem Sinn. »Das Religiöse ist heute ›verdrängt‹«, schreibt er einmal und fügt hinzu: »Dieses Buch ist religiös unter den Voraussetzungen der Ungläubigen.«

Man weiß heute, daß Musil *Martin Bubers* Sammlung von Mystiker-Aussprüchen *Ekstatische Konfessionen* studiert, exzerpiert und manche Formulierungen benutzt hat. Sätze aus dem Hohen Lied, aus Meister Ekkehart und Laotse, den mohammedanischen Sufis und den christlichen Mystikern sind nachweisbar.

Eine zur Ulrich-Agathe-Handlung parallel laufende Geschehensschicht konzentriert sich um Clarisse und Walter, zwei Figuren, die im Gegensatz zur heilig-nüchternen Welt der beiden Geschwister immer mehr einer gewollten Selbstberauschung verfallen, wobei ihnen die denkerischen Ekstasen *Nietzsches* ebenso willkommen sind wie die Gefühlstrunkenheit Wagnerscher Musik. Clarisse widerfährt schließlich sogar das gleiche Geschick wie Nietzsche, sie endet in geistiger Zerrüttung. Auch diese beiden sind, wie übrigens alle Figuren des Romans — Diotima und Arnheim, General Stumm von Bordwehr und der Lustmörder Moosbrugger —, nur Variationen, verschiedengeartete Abwandlungen des disharmonischen Verhältnisses zwischen Ratio und Gefühl, von dem die Menschheitsseele befallen erscheint.

Schon in einem Aufsatz des Jahres 1922 sprach Musil vom »Aneinandervorbeileben von Verstand und Seele. Wir haben nicht zuviel Verstand und zuwenig Seele, sondern wir haben zuwenig Verstand in den Fragen der Seele«. Es geht ihm — nach demselben Essay — um »eine tiefere Einbettung des Denkens in die Gefühlssphäre, eine persönlichere Beziehung zum Erlebenden«. Und wenig später — 1923 — taucht in einem Aufsatz schon der Begriff des »anderen Zustands« auf, von dem es heißt: »Während sich sonst das Ich der Welt bemächtigt, strömt diese in dem andren Zustand in das Ich ein oder vermengt sich mit ihm oder trägt es.«

Musils Roman ist Fragment geblieben. Die Kapitel, die in der Ausgabe *Adolf Frisés* (1952) dem von Musils Witwe zusammengestellten dritten Band (1943) noch hinzugefügt werden, so interessant sie im einzelnen sein mögen, sind selber nur Fragmente, Notizen, Entwürfe, oft aus sehr früher, weit zurückliegender Zeit, sodaß niemand zu sagen vermag, wieweit ihnen Musil selbst noch Gültigkeit zugesprochen hätte. Ob die nicht mehr ausgeführte, nur gedanklich notierte Wendung Ulrichs vom »anderen Zustand« zu einer »Utopie der induktiven Gesinnung« Musil auf die Dauer wirklich befriedigt und ihm als abschließende Lösung seines Lebensproblems erschienen wäre oder ob er schließlich doch zu einer Lösung — ohne Scheitern des »anderen Zustands« und bei einer noch gründlicheren Erhellung seiner tiefsten Aspekte und schöpferischen Möglichkeiten — gelangt wäre, muß, so wie das Werk vorliegt, offenbleiben. Sein fragmentarischer Charakter scheint übrigens auf geheimnisvoll-offenbare Weise mit diesem auch für Musil selbst noch nicht endgültig gelösten Problem zusammenzuhängen. — Aber auch ohne Beantwortung dieser letzten Frage bleibt *Der Mann ohne Eigenschaften* eine Dichtung von höchstem Rang und eines der tiefsten philosophischen Bücher in dichterischer Form, die die Weltliteratur kennt. —

Hermann Brochs Lebenswerk liegt in zehn Bänden gesammelt vor: ein Band Lyrik, fünf Romane, eine Reihe von Erzählungen, drei Bände mit Essays literarischer, philosophischer und massenpsychologischer Thematik und ein Band Briefe. Außerhalb der Werkausgabe erschien das Drama *Die Entsühnung*.

Brochs literarische und zeitgeschichtliche Bedeutung beruht in erster Linie auf seinen Romanen. Der früheste, *Die Schlafwandler* (1931/32), eine Trilogie, umfaßt selber wieder drei Romane, die aber nicht in der bis dahin etwa beim Familienroman üblichen Weise der Generationsfolge miteinander zusammenhängen, sondern Broch unternimmt etwas Neues. Er will Menschen — ohne solche familiäre oder verwandtschaftliche Verbundenheit — darstellen, die für einen gewissen geschichtlichen Zeitpunkt typisch sind und damit eine bestimmte Wandlung und Entwicklung der Menschheitsseele widerspiegeln. Broch wählte die Jahre 1888, 1903, 1918 und stellt, in Etappen von fünfzehn Jahren, den Auflösungsprozeß einer Epoche dar, der auch noch in den zugeordneten Begriffen »Romantik«, »Anarchie« und »Sachlichkeit« schon im Titel weiter gekennzeichnet erscheint. Broch stützt sich dabei auf eigene geschichtsphilosophische Erkenntnisse, die, unter dem Titel *Der Zerfall der Werte* zwischen die erzählenden Partien des dritten Bandes gestellt, die berichteten Geschehnisse als ein philosophischer Kommentar begleiten. Darin geht Broch vom Idealbild eines geschlossenen Welt- und Wertbildes, dem Mittelalter, aus:

»Das Mittelalter besaß das ideale Wertzentrum, auf das es ankommt, besaß einen obersten Wert, dem alle anderen Werte untertan waren: den Glauben an den christlichen Gott. Der Mensch mitsamt seinem ganzen Tun bildete einen Teil jener Weltordnung, die bloß Spiegelbild war, in sich geschlossenes und endliches Abbild einer ewigen und unendlichen Harmonie. Es war ein im Glauben ruhendes Weltganzes, eine Welt, deren ganzes Wertgefüge dem umfassenden Lebenswert des Glaubens unterworfen war.«

Dieses geschlossene Weltbild sieht Broch seit Ende des Mittelalters in einem Auflösungsprozeß begriffen, der immer weiter fortschreitet und einer Art Nullpunkt entgegenstrebt. Drei seiner Etappen sowie die Entsprechungen zwischen dem Grad des Wertzerfalls und dem jeweiligen Zustand der Menschheitsseele werden dargestellt. Auf der ersten dieser drei Stufen, *Pasenow oder die Romantik, 1888*, sind an Stelle des echten Wertgefühls die romantische Konvention und ein verlogener Ehrbegriff getreten. Im zweiten Teil, *Esch oder die Anarchie, 1903*, sind selbst Scheinidee und Wertersatz geschwunden, und nur noch das Band sexueller Triebbezogenheit ist noch intakt. Im dritten Roman, *Hugenau oder die Sachlichkeit, 1918*, scheint der Verlust jeder die Menschen verbindenden, sie einenden Idee und damit die Auflösung endgültig vollzogen.

Das andere Hauptwerk Brochs ist das Prosa-Epos *Der Tod des Vergil* (1945). Broch hatte erkannt, daß die Zeit, zu der Vergil lebte und seine *Äneis* schrieb, viele Züge trug, die sie der Gegenwart verwandt erscheinen lassen. Diese geschichtlichen Parallelen boten Broch die Gelegenheit, sich in überzeitlicher, also in zeitloser Sicht mit der unmittelbaren Gegenwart auseinanderzusetzen. Es ging ihm dabei um sein eigenstes Lebensproblem, um die Frage nach der Verantwortung des Dichters. Wieweit hat Dichtung in solcher Zeit noch Berechtigung, wieweit vermag sie den Menschen dieser Zeit noch eine Hilfe zu sein. Sein Vergil erkennt, daß höher als alle Dichtung die dienende Tat zu stellen ist, der auch der Dichter nicht zu entraten vermag. Die große Auseinandersetzung des Sterbenden mit dem Cäsar Augustus wird zur Begegnung zwischen der geistigen Autorität, die ihre Wurzeln im Zeitlosen und Metaphysischen hat, in Vergil — und der zeitgebundenen, diesseitig-weltlichen Macht, im Cäsar; und sie weitet sich zur Frage nach der Hierarchie, der Unterordnung.

Es kann hier nicht auf die Fülle der formalen Ausdrucksmittel eingegangen werden, die in diesem Prosa-Epos — wie schon im dritten Band der *Schlafwandler* — genützt werden, um das Entscheidende Gestalt werden zu lassen. Vor allem das Monologische weiß Broch sich in einmaliger und bisher nirgends noch in ähnlicher Intensität gebrauchter Weise dienstbar zu machen, um die Vielschichtigkeit der menschlichen Seele mit all ihren Erinnerungen, Träumen, Phantasien und Visionen nacherleben zu lassen.

Erst aus dem Nachlaß des Dichters erschien als drittes Hauptwerk unter seinen Romanen *Der Versucher*, dessen erste Fassung schon vor dem *Vergil* Mitte der dreißiger Jahre niedergeschrieben worden war. Ein alter Landarzt erzählt vom Auftauchen einer Art von Massenwahn in einem Dorf und wie die Menschen nach und nach in den Bann dieses Wahns gezogen werden. Broch wollte »das deutsche Geschehen mit all seinen magischen und mystischen Hintergründen, mit seinen massenwahnartigen Trieben, mit seiner ›nüchternen Blindheit und nüchternen Berauschtheit‹ in seinen Wurzeln aufdecken, nicht abkonterfeien, sondern es auf eine dichterisch einfachste Formel bringen, um solcherart das eigentlich Menschliche, wie es aus den Tiefen der

Seele aufsteigt, zum Ausdruck zu bringen«. — Die wichtigste Figur des Romans ist Mutter Gisson, in der das urtümliche Wissen des Menschen, der gleichermaßen in der Natur wie der Übernatur wurzelt, noch voll lebendig ist. In ihr und durch sie wirkt jene Kraft, die als einzige dem Wertzerfall entgegenzuwirken und dem Sinnlosen wieder Sinn zu geben vermag. Mutter Gisson — ihr Name ist ein Anagramm des Wortes »Gnosis« — besitzt noch jenes »Herzwissen, das größer und älter ist als das Körper-Wissen« und für das es »keine gewöhnliche Sprache, meistens überhaupt keine« gibt. Diesen sprachelosen Zustand (Musil nennt ihn den »anderen Zustand«) dennoch Sprache werden zu lassen ist der eigentliche Auftrag des Dichters.

Als viertes Buch muß der Roman in elf Erzählungen *Die Schuldlosen* (1949) genannt werden. Die Geschehnisse sind wieder drei zeitlichen Etappen zugeordnet, wie in den *Schlafwandlern*, diesmal den Jahren 1913 (dem letzten Friedensjahr vor dem Ersten Weltkrieg), 1923 (dem Jahr der Inflation und damit des wirtschaftlich tiefsten Punktes der Nachkriegszeit) und 1933 (dem Jahr der Wende zu jenen Entwicklungen, die den Zweiten Weltkrieg heraufführten). Ob man das Buch nun mehr als Roman-Ganzes oder eher als Sammlung der Novellen betrachtet, es enthält eine Reihe von neuen Ausprägungen der Hauptidee Brochs: des Gegensatzes von Liebe und Lieblosigkeit sowie des Schuld- und Opferproblems. Den Vorzug verdient wohl die *Ballade vom Imker*, schon wegen der Figur des Bienengroßvaters, einer männlichen Parallelgestalt zur Mutter Gisson im *Versucher*. Das Hauptthema des Romans erreicht seinen Höhepunkt in der Erzählung *Steinerner Gast*. Andreas, die Hauptgestalt des Buches, hat mancherlei Schuld auf sich geladen, wenn auch mehr auf passive als aktive Weise, und wird nun vor seinem Tode — ähnlich wie Vergil — in einer seltsam mystischen Szene vor das Gericht seines eigenen Gewissens gestellt. Der Steinerne Gast, geheimnisvoll verwoben mit jenem Bienengroßvater aus der Imker-Erzählung, zwingt ihn, den Urfehler seines Lebens zu erkennen: Lieblosigkeit in Gestalt einer durchgängigen Gleichgültigkeit, einer Gleichgültigkeit auch gegenüber dem eigenen Menschentum. Das Buch schließt mit einem persönlichen Bekenntnis des Dichters:

»Unverbrüchlich ist das Absolute dem Ich eingesenkt, und mag der Mensch noch so sehr in Unsicherheit und Haltlosigkeit, in Vereinsamung und Verlassenheit geworfen sein, mag er noch so tief in Gleichgültigkeit versinken, gleichgültig gegen sich wie gegen den Nebenmenschen und infolgedessen schuldig, es bleibt das in ihm wesende Absolutheitsfünklein flammbereit und wiederentfachbar ... Und das Kunstwerk besitzt diese Anfachungskraft, manchmal nur mit der ganzen Fülle seines Atems, manchmal aber auch schon mit einem einzigen Hauch, mit einem sanftesten Hauch ...«

Dieses Wissen Brochs um die zutiefst religiöse Aufgabe der Dichtung, hier dichterisch-mittelbar ausgedrückt, findet ihren unmittelbaren Ausdruck immer wieder in den Briefen des Dichters. »Was ich anstrebe und was in den ›Schlafwandlern‹ erst angedeutet ist«, schreibt er einmal, »ist der ›erkenntnistheore-

Herbert Boeckl, Dominikaner

tische Roman‹ statt des psychologischen, das heißt der Roman, in dem hinter die psychologische Motivation auf erkenntnistheoretische Grundhaltungen zurückgegangen wird ...« Und in einem andern Brief heißt es: »Ich wollte die sozusagen erkenntnistheoretischen Gründe aufzeigen, die, aus dem Boden des Irrationalen herauswachsend zu den Ur-Ideen alles Religiösen ... führen, — diese religionsphilosophische Grundtendenz ist eigentlich das Philosophische an sich.« Und noch deutlicher an dritter Stelle: »Sie kennen meine Theorie, daß der Roman und die neue Romanform die Aufgabe übernommen haben, jene Teile der Philosophie zu schlucken, die zwar metaphysischen Bedürfnissen entsprechen, gemäß dem derzeitigen Stande der Forschung aber heute als ›unwissenschaftlich‹ oder, wie Wittgenstein sagt, als ›mystisch‹ zu gelten haben. Die Zeit des polyhistorischen Romans ist angebrochen.« — Immer wieder spricht Broch davon, daß die entscheidende Wirkung des Wortes ins Überwissenschaftliche greift, das vielleicht das Dichterische sei: »Diese Erkenntnis war es, die mich zur außerphilosophischen, also rein literarischen Arbeit gedrängt hat, das heißt, ein Ausdrucksmittel zu finden, das dem außer-wissenschaftlichen Weltwissen, das jedem von uns innewohnt und ans Tageslicht drängt, genügen könnte.« Denn: »Wir leben in einer Zeit des Glaubensumbruchs, die überkommenen Kategorien sind verschlossen, richtiger, sie sind kaum mehr vorhanden, und es ist eine ungeheure Aufgabe, das trotzdem niemals verlorengegangene, niemals verlierbare Grundmaterial neu zu erschließen.«

Damit ist zugleich der Weg Hermann Brochs zu sich selbst beschrieben.

Einer der wichtigsten und schönsten Aufsätze Brochs hat den Titel *Geist und Zeitgeist* (1934). Darin stehen die Sätze, die als das künstlerische Credo des Dichters angesehen werden dürfen. Broch, der der denkerischen Erkenntnis gerne das gegenüberstellte, was er die dichterische Erkenntnis nannte, spricht in dem Essay von der Hoffnung, die immer aufblüht, wenn die rationale Erkenntnis an ihre Grenze gelangt, der Hoffnung, im Mythos die verlorengegangene Sprache wiederzufinden. Er sieht dem Geist, der die philosophische Ausdrucksmöglichkeit bereits verloren zu haben scheint, dennoch die Hoffnung auf dichterischen Ausdruck nicht entzogen. Im Gegenteil: »Es ist nicht nur möglich, daß ein Dichter erstünde, dem es vergönnt sein wird, den neuen Mythos zu formen, sondern noch viel mehr, sogar der neue Philosoph könnte geboren werden, der die Philosophie wieder zur theologischen Weltkosmogonie machen könnte, der — freilich schon ein Religionsstifter — kraft solch neuer allgemeinverbindlicher Philosophie den Wertzerfall der Welt aufhalten und die Werte wieder um ihr Glaubenszentrum scharen könnte. Dies alles wäre möglich.«

Diese Sätze lassen vielleicht am deutlichsten erkennen, wie sehr dieser Dichter und Künstler primär ein Homo religiosus war. Daß er — gerade als solcher — seine Aufgabe als Künstler in letzter Klarheit erkannt hatte, ist allen seinen Essays, vielen seiner Briefe, die reich an theoretischen Äußerungen sind, zu entnehmen. In diesem Zusammenhang noch ein letztes Zitat aus einem seiner Briefe:

»In einer Zeit, die nicht und schon längst nicht mehr zu ›glauben‹ und zu philosophieren, das heißt religiös zu denken, vermag, deren tiefstes Bedürfnis jedoch nach Glaubenkönnen geht und die jedes Surrogat dafür nimmt, ist es in und für eine solche Zeit von äußerster Notwendigkeit, daß man ihr die Möglichkeit des Glaubensaktes, die Entwicklung des Supranaturalen aus dem irrationalen Seelengrund beispielhaft an wirklichen Menschen vor Augen führt.«

Als Dichter wie als Denker sah Broch den Menschen und seine Welt unter solchen höchsten Aspekten. Sein Werk, das mit der Darstellung des »Zerfalls der Werte« begann, ist einer der wichtigsten und wesentlichsten Beiträge zu seiner Überwindung, zur Wieder-Erinnerung und Sicherung des zu neuem Erlebnis gewordenen Wertmittelpunktes, ein Werk, das sich aller dichterischen Möglichkeiten bedient, um mitzuhelfen, die religiösen Kräfte des Menschen für die eigentlichen schöpferischen Aufgaben zu befreien. Jedenfalls ist er einer der beiden Romanciers unseres Jahrhunderts — mit aller Deutlichkeit sei das gesagt —, an die der große Roman der Zukunft anknüpfen kann und auch einmal anknüpfen wird müssen.

Josef Weinheber

VON KURT ADEL

Das Gedichtbuch *Adel und Untergang* (1934) machte *Josef Weinheber* zum berühmtesten lebenden Lyriker des deutschen Sprachraumes. Rund zwanzig Jahre nachdem er sein erstes Gedicht geschrieben hatte, bezeugte er mit diesem Band eine staunenswerte Meisterschaft im Gesamtbereich seiner Kunst. Jahr um Jahr folgte nun ein Lyrikbuch, jedes gleich überzeugend in der Verbindung von höchst bewußter Sprachkunst mit Kraft und Tiefe der Aussage, jedes in seiner Weise neu und anders. Mit *Kammermusik* brach im Jahre 1939 die Reihe ab. Es begann das Ringen um das erst nach dem Ende des Krieges, nach dem Tode des Dichters bekannt gewordene Werk *Hier ist das Wort*.

Das Bekenntnis zur strengsten dichterischen Form in verwilderter Zeit, das Bekenntnis zu heldischer Lebensform, während der Nationalsozialismus eine Jugend heranbildete, die Europa nach seinem Willen umgestalten sollte, lenkte die Blicke auf Weinheber und ließ in ihm eine Stimme vermuten, die *Stefan Georges* Erbe antreten könnte: das umso mehr, als auch er sich zu *Hölderlin* bekannte, dessen Werk aus dem George-Kreis durch *Hellingrath* in der Zeit des Ersten Weltkrieges neu und entscheidend zu wirken begonnen hatte. Daß Weinheber, dessen Hymnen: *Den Jünglingen* und *Dem kommenden Menschen* keine Uniform gemeint hatten, dieser Mißdeutung nicht entgegentrat, war Schuld. Aber falsch wäre es zu behaupten, daß er in Reden, im täglichen Umgang, in Briefen nicht Kritik und Abstand bekundet habe, und wahr ist es, daß die stets erschütternden Klagen seiner Selbstbekenntnisse in diesen letzten Jahren wesentlich diesen Einbruch der Welt in seine Kunst meinen.

Im Abstand der Zeit bleibt immer klarer das Werk. Es rechtfertigt nicht den Anspruch auf dauernden Bestand, wenn nur die Beherrschung des Handwerks und die Gestaltung der Blumen und der Dinge des Jahrlaufs und des Menschen anerkannt wird. Entscheidend ist die Frage, ob die Oden und Hymnen von echtem Pathos erfüllt sind, ob das Ineinander von Verwaltung des Erbes und Gestaltung des Eigenen ein Ganzes geworden ist.

Unabhängig davon besteht die Tatsache, daß österreichische Dichter einer ganzen Generation, am zahlreichsten die im ersten Jahrzehnt unseres Jahrhunderts geborenen, durch dieses Werk hindurchgegangen sind, daß der Spruchton sowie die schwellenden, festgefügten Rhythmen Weinhebers immer wieder hörbar werden, daß er mit seinen Sonettenkränzen diese anspruchsvollste lyrische Großform neu in das Bewußtsein seiner Zeit eingeführt hat, daß er hier und im Bereich des Sonetts überhaupt zu Nachfolge und Auseinandersetzung mit den Möglichkeiten dieser Form angeregt hat; daß durch ihn das Blumengedicht zu einem Lieblingsthema unserer Dichtung geworden ist. Wie weit in der deutschen Dichtung im allgemeinen der Einfluß Weinhebers reicht, ist deshalb schwierig zu bestimmen, weil die Hölderlin-Renaissance, die Nachwirkung *Rilkes und Trakls* nicht stets genau gegen ihn abzugrenzen sind und weil einzelne erscheinende Anklänge in den oben genannten Bereichen keine Sicherheit bieten.

Josef Weinheber wurde am 9. März 1892 in Wien geboren. Die Jahre der frühen Kindheit in Purkersdorf bei Wien sind die einzige eigentlich helle Zeit in den Erinnerungen des Mannes. Es folgt das Jahr in der Korrektionsanstalt zu Beginn der Volksschulzeit, wenig später das Waisenhaus; die Ehe der Eltern war nicht glücklich, die Mutter folgte dem Vater bald in den Tod nach, alle Geschwister Weinhebers starben früh. Die Vorfahren waren kleine Leute, den Verwandten war seine Neigung zu *Nietzsche* und *Schopenhauer* unverständlich. Er war und blieb einsam, auch als er 1911 in den Postdienst eintrat. Ein starker Leib, eine wilde Sinnlichkeit und eine mystische, grüblerische Religiosität, der die Kirche nicht Heimat wurde, gaben dem Erlebnis des Weibes eine seltene Gewalt.

Von der Bibel ausgehend, sieht er 1919 Eva als Gefährtin Gottes, Adam als ihren Sohn. Seine Dichtung gestaltet das Hohe Lied neu, er nennt das Weib Maria und Dirne, sieht sich als den Feind Gottes, den er erschlagen möchte, und als den Sehnsüchtigen nach Gott, dem Bruder. Eine kurz dauernde Ehe mit einer erotisch wie geistig starken Frau und das Studium von *Weiningers Geschlecht und Charakter* lösen nicht, sondern führen ihn noch tiefer in die

Fragwürdigkeit. Die immer neuen Wellen von Enttäuschung, Selbstanklage und Hohn erreichen 1919 einen besonderen Höhepunkt. Seine Beiträge für die Zeitschrift *Die Muskete* sind etwa drei Jahre lang der Ausdruck seines Ekels vor dem Tier Mensch. Aber während er hier und in Prosaerzählungen alles Dunkle und Entwürdigende unerbittlich aussagt und nicht ohne bohrende Lust auch sich selbst zum Vorwurf macht, verwandelt sich seine Dichtung. Der 1920 gedruckte erste Gedichtband *Der einsame Mensch* ist noch ein Aufschrei des Anklagenden, der »nur im Brausen des Blutes«, in Liebe zu Weib und Natur die kurze oder wahre Befreiung erlangt. Schon nennt er sich »Herr seiner Welt«. Der Weg von *Wildgans* zu Rilke ließ die Bedeutung *Dehmels* und seiner Aussagen über Mann und Weib nun zurücktreten, die Sehnsucht begann zu singen. Aber an *Karl Kraus,* dessen Einfluß auf sein Denken schon ein Brief aus dem März 1917 erweist, gestaltet Weinheber sein Sprachgewissen und gewinnt in zweierlei Art die Freiheit seiner Kunst vom äußeren Leben: Die Sprache wird zur Welt, in der eine ebenbürtige Wirklichkeit gestaltet werden kann, und die Sprache wird zur wahren Geliebten, zur reinen Eva, Weib und Göttin. Dieser Weg führt zum letzten Gedichtband. Mit Trakl löst er sich von Rilkes strömenden Versen und erkennt die Möglichkeit, das Gedicht in mehreren Ebenen zu gestalten, etwa das Lied der Flöte, die sich verwandelnde Stimmung des Menschen, die nächtliche Landschaft mit der Helligkeit des Mondes, die Ahnung eines Jenseitigen: und das getragen von der bewußt gesteuerten Lautfolge, die sich als Klang-Körper mit dem begrifflichen Inhalt der Wörter verbindet.

Eine Italienreise verstärkt dieses Streben vor dem überwältigenden Erlebnis *Michelangelo.* Zugleich wird ihm hier der leidende, ringende Künstler neu zum Erlebnis. Und mit einer Inbrunst, die ihn in dem *Brief* des Auswahlbandes *Selbstbildnis* sagen läßt: »Über alle Maße aber liebte ich die Kunst ... Einem einzigen Vers zuliebe hätt ich Aug und Hand gegeben«, gestaltet er nun neben seinen beachtlichen malerischen Versuchen Landschaftsbilder in Worten, ahnt und verwirklicht allmählich die Möglichkeiten, auch architektonische wie musikalische Struktur in das Wort zu binden, Statuen und Gemälde nachzuformen. Die steigende Sprachgewalt läßt ihn nach immer neuen Schwierigkeiten Ausschau halten, während eine neue Umdüsterung wegen des Ausbleibens öffentlicher Anerkennung nochmals — neben der Darstellung und Beurteilung von Ich und Zeit in Romanform — zu Hohn und härtester Kritik führt in ungedruckt gebliebenen Gedichten. Hier, fast vierzigjährig, ist Weinheber zu seiner Begegnung mit Hölderlin bereit.

Längst ein Bewunderer der antiken Dichtung und Philosophie, gestaltet er nun seine Umdüsterung und Trauer in antiken Maßen, ohne die im Reim sich bezeugende Neigung des deutschen Verses zum betonten Ende preiszugeben. Ungleich stärker noch als in der Form des Sonetts und der Terzine, die in der *Heroischen Trilogie* um eben diese Zeit verbunden sind, ist Weinheber hier der Antike als einem Maß gegenübergestellt. Die *Trilogie* darf vom Dank an die

Gattin *Hedwig,* von der Kindheit in Ottakring, von Einsamkeit und Leid sprechen. Die Oden stehen ganz unter dem strengen Vorzeichen, das der Band des Jahres 1934 mit seinem Titel setzt. Hier muß das persönlich Menschliche in eine allgemeinmenschliche Höhe erhoben sein. Das ist in den Themen wie in der Gestaltung gelungen, und es zeigt sich hier die weitgehend aus Gnaden der Form und des Ringens um sie erworbene Reife im Abstand zwischen Gedichten gleichen Vorwurfes um 1918 bis 1920. Aus Anklage wird Klage, aus Hohn Trauer und Rüge, aus Rausch Freude. Und die zweite Ode des einleitenden *Gesanges vom Manne* bekennt sich ergriffen zu den fernen Gefährten, die Weinheber um sich gesammelt hat: *Droste-Hülshoff, Mörike,* Hölderlin, *Sappho.* Es ist gefährlich, wenn man, etwa um die Gemäßheit dieser Sprache zu beglaubigen, auf die Prosanähe hinweist, die sich bei bloß sinngemäßem Lesen ergäbe. Wenn das wahr ist, dann ist das Gedicht vertan. Weiten Atem, feierlichen Schwung, das Gedicht als großen Satz: das erstrebte Weinheber hier, und der Wortlaut muß bei verstehendem Lesen diese Höhe erzwingen. In dem 1937 veröffentlichten Aufsatz *Meine geistige Heimat* erweitert er das Bekenntnis zur Ahnenschaft, indem er weiters *Alkaios, Marc Aurel,* Schopenhauer, *Dante,* Michelangelo nennt, und betont die tragisch heroische Gesinnung seiner Lyrik. Diese Aussage bezieht auch den Bereich des »reinen Gedichts«, der in *Adel und Untergang* gegeben ist, mit Landschaft, Stimmung, Beginn der geistigen Porträts wie *Michelagniolo* ein, umso mehr die Gruppe *Blick auf sich zurück,* der in vielfacher Verflechtung ein bedeutender Teil von Weinhebers Gesamtwerk beigezählt werden könnte.

Wie der Gegensatz von Jungfrau und Dirne, Stolz und Selbstgericht, starrster Form und strömendem Rhythmus, so ist, im Blick auf Gott, ein anderer Zwiespalt nie aufgehoben: Das *Leitwort* des Buches sagt stolz: »Ich selbst berief mich zu dem strengen Werke ... Nie gab ich mich dem Gott der Zeit zu eigen.« Das letzte Gedicht endet mit den Versen: »und wenn der Gott ruft, ja, aufzustehn, / wider ein ganzes Geschlecht!« Aber das ist noch nicht die letzte Tiefe. Ganz rein singt schon 1921 *Das reine Gedicht:* »Du gabst im Schlafe, Gott, mir das Gedicht. / Ich werde es im Wachen nie begreifen.« Und ein Brief vom 14. Juni 1941 bestätigt fast wortgetreu diese Aussage. Das ist Demut, Geborgenheit, Wirken Gottes, die Konzeption Hölderlins. Aber am 23. März 1938 schreibt Weinheber, vor nachgelassenen Gedichten Rilkes sei ihm ganz klar geworden, »daß ich wohl ein genialischer Sprachkünstler, aber kein Dichter von bleibendem Rang bin. Wahrscheinlich wird die Zukunft keine Dichter mehr vertragen. Darum gebiert die Gegenwart keinen mehr«. Dieses Leid ist unstillbar, es ist die Quelle aller Bemühungen, aller Bekenntnisse und jedes Schuldgefühls.

Das übereinstimmende Dunkel seiner Zeit und seines Lebens hatte ihn zur Stoa und zum Pessimismus geführt, und sie bestärkten ihn wieder in seiner Welt- und Zeitanschauung. Er betrachtete sich als den Wahrer und Verwalter der abendländischen Formenwelt und ihres Geistes. Darin lag sein Pathos, hier die Mitte seiner Thematik. Aus dem Herzstück von *Adel und Untergang,* aus der *Heroischen Trilogie,* entwickelte er den am meisten ausgewogenen, vielförmig einheitlichen seiner Gedichtbände, die *Späte Krone.* Zwei Sonettenkränze, deren Meistersonette, als fünfzehnte an den Schluß gestellt, nach Michelangelo übersetzt sind, bestimmen das Thema: das Überdauern des Werkes und die kommende Nacht. Fünfzehn Oden und Lieder führen wie Tempelhöfe von beiden Seiten her zum Mittelteil, den drei Elegien und drei Hymnen, gewidmet dem Dunkel von Tat, Schuld, Schicksal, dem Aufblick zu dem kommenden Menschen der Mitte, den er ersehnt aus der Nacht seiner Qual. Hier hat Weinheber in der Nachfolge seines *Hymnus auf die deutsche Sprache* sich der Form der Litanei bedient, und er bezeugt diesen Hintergrund mit dem Worte »Amen«. Es beginnt jene Entwicklung sichtbar zu werden, die seinem letzten Band den Sinn gibt.

Die Ode *An die Göttin des Wortes* kehrt zu der Spekulation von Gefährtin Gottes und Dirne zurück und erhebt das Schaffen im Wort in religiöse Höhen; in neuer Auseinandersetzung mit Rilke wird der Stil der *Duineser Elegien,* die Gestalt des Engels übernommen. Dieser Bezug steigert sich — Weinheber hat selbst darauf hingewiesen — in den vierzig Oden *Zwischen Göttern und Dämonen,* die den Gedanken vom Menschen der Mitte aufnehmen und ihn streng unter dem Vorzeichen eines Tempels von vierzig Säulen in je vier mal vier Versen antiker Maße verkünden. Traum und Gier werden aus der Macht der Sprache zu zwei Welten, die aus der Spannung des Menschen leben, ihn leiten und bedrohen; aber wenn er die Wahlfreiheit übt, die Dinge seiner Welt in ihre Ordnung fügt, werden die Götter ihn ehren, die Dämonen ihn nicht gefährden.

Weinheber übertreibt nicht, wenn er *Wien wörtlich,* sein beliebtestes Buch, als ein Nebenwerk bezeichnet. So kostbar es in manchen seiner Gedichte ist, überzeugend in der kaum merklichen Formung, die nicht Wirklichkeit in Gedicht umschafft, sondern die Poesie des Gegebenen nur in die andere Wirklichkeit der Sprache hinübernimmt, es ist Ausschwingen, Erholung, Auskomponieren einer Möglichkeit, die in den Büchern *O Mensch, gib acht* und *Kammermusik* schon stärker in den religiösen Raum und in den Bereich des Bekenntnisses tritt. Ein anderer Rhythmus ist es hier, ein spruch- und liedhafter Ton, in dem Kalendergedichte die göttliche und menschliche Ordnung nennen — oder der von inneren Erschütterungen nachbebende Gesang der Instrumente, das Nachschaffen musikalischer Formen über die Gestaltgedichte von einst hinaus bis zum symphonisch angelegten Gedicht *Orgel — Den Manen Anton Bruckners.* Die beiden auch zeitlich miteinander im Wechsel stehenden Reihen stärker antik oder stärker liedhaft und christlich ausgerichteter Bände führen in steter Steigerung auf den Abschluß des Werkes hin, auf das Buch *Hier ist das Wort.*

Nochmals erscheinen alle Künste, alle Formen, die Welt dieses Buches ist die Wirklichkeit der Sprache, jenseits von Tod und Verderbnis. An einem untergeordneten Motiv läßt sich das überzeugend erleben: »Kleid« ist ein Lieblingswort schon des frühen Weinheber, es hat seine klare Stellung im erotischen Bereich, steht in Bezug zum Nackten, zur Enthüllung; es kann schon 1923 von dieser Bedeutung gelöst werden und im *Frühlingstag in der Wachau* den Glanz als Kleid Gottes meinen, es erscheint aber noch in der *Kammermusik,* als *Coda* zum *Scherzo,* aus dem Jahre 1921 übernommen, in alter Bedeutung. *Hier ist das Wort* bietet scheinbar eine Poetik in Gedichten; die Abschnitte II, III, IV, V, VII, VIII, IX tragen die Überschriften *Form und Gestalt, Das Melos, Der Reim, Vom Rhythmus, Von den Formen, Übersetzungen, Das angewandte Gedicht.* Die *Anrufung* mit dem Untertitel *Dactylus (lyrice pretiosus)* enthält nun die wunderbaren Verse:

Schön bist du, schön. Deine heilige Blöße zu decken,
werf ich den Mantel um dich, und er heißt Melodie.
Goldblau umgleißt er, mich ganz in den Geist zu erwecken,
Schoß dir und Schultern — Und du gehörtest mir nie.

Das ist der heilige Bereich der Sprache; was sie nennt, ist rein. Darum stehen hier die düsteren Selbstbekenntnisse Weinhebers, bis in die Vernichtung des Ich in dem Doppelgedicht *Janus,* darum aber auch hier der den Prolog und den Schluß des zweiten Teiles von *Goethes Faust* aufnehmende Zyklus *Symphonische Beichte;* darum in der geheimen, nur durch genaue Zählung, nicht aus dem Inhaltsverzeichnis aufzufindenden Mitte des Bandes das Gedicht *Ich, Humanist,* dessen Sinn ein Brief vom 23. März 1938 öffnet: der Humanist in ihm, »der den kommenden Menschen der Mitte ersehnt«, ängstige sich vor der Zukunft, und diese Angst sei allerdings »die letzte Stärke des Dichters«. Hier darf er Dichter sagen, nicht Sprachkünstler, hier schließt sich der schmerzliche Riß, denn die Sprache ist nicht nur Bewahrung abendländischen Geistes, sie ist mehr noch als göttliches Weib, sie ist — und nur darum entsühnt die *Symphonische Beichte* — der dreieinige Gott: Der Ort der Sprache wird hier der »brennende Dornbusch« genannt, als »Retter« erscheint sie und als »Treuer Geist«.

Aufschrei, Gesang, Anbetung sind die Stufen dieses Werkes. Als Weinheber die Welt, der er Gewalt über sich gegeben hatte, zerbrechen sah, vertraute er sein Werk der Sprache und erhoffte nichts für sein Leben, das er am 8. April 1945 in Kirchstetten beendete. Diese Überhöhung bezeugt die Reinheit seines Willens, und sie erklärt die Tiefe und Breite seiner Wirkung.

Max Reinhardt

VON EDDA LEISLER

Mit dem Namen *Max Reinhardts* verbindet sich ein neuer Entwicklungsabschnitt im Bereich des europäischen Theaters. Diese Zäsur wird charakterisiert durch den Einsatz des Berufsregisseurs, dem nun die führende Position auf der Bühne übertragen wird, durch die künstlerische Auswertung neuer technischer Bühnenmittel und durch eine gezielte schulische Ausbildung der Schauspieler.

Der am 9. September 1873 in Baden bei Wien geborene Kaufmannssohn begann seine künstlerische Laufbahn als Schauspieler, den sein Weg über das Volkstheater in Wien-Rudolfsheim, die Sommerarena in Preßburg und das Salzburger Landestheater 1895 nach Berlin an das Deutsche Theater führte. Hier wurde Reinhardt sehr bald zum Begründer eines Theaterimperiums, das manchmal neun Theater zugleich umfaßte und das ohne staatliche oder städtische Subventionen durch eigene Leistungen bestehen konnte. Seine erste Bühnengründung, das 1901 aus einem etwa vierhundert Personen fassenden Hotelsaal hervorgegangene Kabarett »Schall und Rauch«, markierte zugleich seine Abkehr vom puritanisch naturalistischen Stil, wie ihn *Otto Brahm* am Deutschen Theater vertrat. Reinhardt wählte vorerst sehr bewußt die improvisierende Form des Kabaretts, um sie in Kontrast zu dem literarischen Theater der damaligen Zeit zu setzen. Mit dieser Wahl zeichnete sich bereits ein Schwerpunkt seines künstlerischen Programmes ab: Der Schauspieler sollte Mittelpunkt der theatralischen Ereignisse werden.

Zu »Schall und Rauch«, dem nachmaligen Kleinen Theater, erwarb Reinhard 1903 das Neue Theater. Beide entwickelten sich sehr rasch zu ausgesprochenen Experimentierbühnen, die fast ausschließlich jener neuen Dramatik der Jahrhundertwende vorbehalten blieben, die renommierte Theater noch kaum zu spielen wagten. Als Reinhardt 1905 das Deutsche Theater von Otto Brahm übernahm, verfügte er über eine Bühne mittlerer Größe, die es ihm erlaubte, alle theatralischen Gattungen zu pflegen und dementsprechend alle Möglichkeiten seines Ensembles voll auszuschöpfen. In enger Verbindung zum Deutschen Theater standen die 1906 von Reinhardt eröffneten Kammerspiele, die ausschließlich Aufführungen von kleinen intimen Stücken dienten, deren Wirkung sich auf einer größeren Bühne zwangsläufig verloren hätte.

Während des Ersten Weltkrieges leitete Reinhardt kurze Zeit hindurch auch die »Volksbühne«, die er einerseits der neuen expressionistischen Dramatik öffnete, anderseits aber auch für Klassikerinszenierungen heranzog, die sich in ihrer szenischen Verwirklichung erheblich vom Inszenierungsstil des Deutschen Theaters unterschieden und dementsprechend für ein völlig anders strukturiertes Publikum bestimmt waren.

Durch den Umbau des Berliner Zirkus Schumann zum Großen Schauspielhaus nach modernen Plänen von *Hans Poelzig* schuf Reinhardt sich nach Kriegsende den Großraum für Hunderte von Mitwirkenden und Tausende von Zuschauern: Die herkömmliche Guckkastenbühne wurde aufgehoben, eine Vorderbühne in den Zuschauerraum hinein errichtet, alles mit dem Ziel, das Publikum stärker als bisher in den Spielablauf miteinbeziehen zu können. Reinhardt inszenierte hier nach der Eröffnung mit der *Orestie* (1919) unter anderem *Lysistrata, Danton, Jedermann,* aber auch *Hamlet* und *Ein Sommernachtstraum.* Auf die Dauer jedoch erwies sich das Große Schauspielhaus mit seinem enormen bühnentechnischen Aufwand als schwer bespielbar.

Ab 1922 begann Reinhardt seine Tätigkeit in Berlin immer mehr einzuschränken und zog sich fast ganz nach seiner österreichischen Heimat zurück. Zunächst übernahm er den Redoutensaal der Wiener Hofburg und kurz darauf das Theater in der Josefstadt, das von *Carl Witzmann* für ihn umgebaut wurde und an dem er von 1924 an mit einem ausgewählten Ensemble vor allem Werke der Gegenwartsdramatik und die gehobene Boulevard-Komödie pflegte. Eine ganz ähnliche Aufgabe erfüllte die ebenfalls 1924 von *Oskar Kaufmann* in der Art eines alten Logentheaters eingerichtete Berliner »Komödie«.

Einen Höhepunkt in Reinhardts Laufbahn als erfolgreicher Theaterleiter bedeutete die Begründung der Salzburger Festspiele. Hier konnte er seine Idee — das Theater als festliches, über den Alltag gehobenes Ereignis — in einem außergewöhnlichen Rahmen verwirklichen. Die bedeutendsten Inszenierungen, die weit über die lokalen Grenzen hinaus bekannt wurden und die den Festspielen schon damals das Interesse der ganzen Welt sicherten, waren seit 1920 der *Jedermann* auf dem Domplatz und der *Faust* von 1933 bis 1937 in der Felsenreitschule. Auf Reinhardts Anregung hin begann *Clemens Holzmeister* mit dem Bau des Salzburger Festspielhauses, das zur Pflegestätte des anspruchsvollen Sprech- und Musiktheaters werden sollte.

Dieses Nebeneinander vieler Theater unter einer Leitung, es kann hier bereits von einem Theaterkonzern die Rede sein, wirkte sich insofern positiv auf die Repertoiregestaltung aus, als die sorgfältig aufeinander abgestimmten Spielpläne der einzelnen Bühnen sehr abwechslungsreich gehalten werden konnten und insgesamt ein Angebot aller nur denkbaren Stückgattungen und Inszenierungsformen vom Kammerspiel bis zum Großraum der Zirkusarena zuließ. Da während einer Saison jedes Theater eine bestimmte Anzahl von Neuinszenierungen herausbrachte, war eine fast völlige Auslastung jedes einzelnen Ensemblemitgliedes gewährleistet.

Bei aller künstlerischer Dominanz war es keineswegs so, daß Reinhardt alle Inszenierungen selbst übernahm. Neben ihm wirkte vielmehr eine Reihe von namhaften Regisseuren, wie *Oberländer, Hock, Hollaender,* die das Profil seiner Bühnen entscheidend mitbestimmten. Zu ihrem Aufgabenkreis gehörte auch, daß sie Reinhardt bei seiner Probenarbeit entlasteten und während seiner Gastspielreisen den künstlerischen Betrieb aufrechterhielten.

Reinhardts Regiebegabung machte sich sehr früh bemerkbar. Schon als Schauspieler unter Brahm bewies er bei Gelegenheit von Gastspielen des Deutschen Theaters in Prag, Budapest und Wien die Fähigkeit, andere Schauspieler zu führen und anzuleiten. Das Schöpferische der Reinhardtschen Regiekunst bestand in der Vorbereitung eines Stückes für die Bühne — das heißt der Umsetzung von Text in Handlung — und in seiner Arbeit mit den Schauspielern auf der Probe. Seine Regiebücher waren minuziös ausgearbeitete Konzepte, die seinen geistigen Vorstellungen vom Ablauf des jeweiligen Theaterabends entsprachen. Sie dienten zwar als Vorlage, änderten sich aber während der Proben durch die verschiedensten Anregungen, die ihm von seiten der Schauspieler, durch den Bühnenbildner und durch die Raumgegebenheiten entgegengebracht wurden und die er sofort aufnahm und entsprechend umformte. So blieb das Regiebuch immer nur Partitur, nie aber stellte es das Endresultat dar.

Reinhardt war ein ausgesprochener Schauspieler-Regisseur, der in seinen Inszenierungen primär vom Schauspieler ausging, dessen Individualität er nachspürte und voll Rechnung trug. Er besaß die seltene Fähigkeit, die dem Schauspieler oft selbst noch unbekannten Talente zu erkennen, diese zum Tragen zu bringen und voll auszuschöpfen. Er tat dies sehr behutsam und vorsichtig, weil er auf Grund eigener Erfahrungen um die Empfindlichkeiten und Hemmungen eines Künstlers wußte. Sein großer Vorteil war, die Umrisse einer Rolle sehr anschaulich demonstrieren zu können. Für Reinhardt gab es keine Trennung in verschiedene Rollenfächer. Er versuchte erfolgreich, einen Schauspieler in völlig unterschiedlichen, ja geradezu divergierenden Rollen einzusetzen. Dies konnte mitunter auch gegen den Willen des betreffenden Darstellers geschehen, wie im Falle des Komikers *Max Pallenberg*, dem Reinhardt die Rolle des Mephisto anvertraute, die zu einem großen Erfolg wurde und damit für den Schauspieler neue, bisher ungeahnte Rollenmöglichkeiten eröffnete. Oder Reinhardt wagte es, eine Rolle zwei dem äußeren Typ, den Anlagen und Ausdrucksmitteln nach völlig verschiedenen Schauspielern zu übertragen, wobei sich die beiden andersartigen Interpretationen überzeugend und nahtlos in dasselbe Regiekonzept einfügten. Nicht nur einmal gelang es Reinhardt, einen Schauspieler, von dessen Eigenart er überzeugt war, gegen die Meinung des Publikums und der Kritik durchzusetzen. Sein Ensemble hatte Weltruf. Alles drängte danach, unter seiner Regie spielen zu dürfen. Er übernahm die bedeutendsten Schauspieler aus dem ehemaligen Brahm-Ensemble: *Höflich, Eysoldt, Kayssler* u. a., von denen manche als Sozietäre die Verantwortung bei seinen ersten Theatergründungen mittrugen, und er holte sich junge, hochbegabte Kräfte von den Provinztheatern und baute sie systematisch auf. Viele von ihnen machten später Karriere und wurden von anderen bedeutenden deutschsprachigen Bühnen übernommen *(Deutsch, Kortner, Gründgens).*

Reinhardt erkannte die Notwendigkeit von Schauspielschulen. Er befürwortete eine gezielte Erziehung und Vorbereitung junger Kräfte für ihren künftigen Beruf durch einen ausgewählten Stab von Lehrern für die verschiedensten Disziplinen. Die menschliche Persönlichkeit vorausgesetzt, verlangte Reinhardt die vollkommene Meisterung des Schauspielerhandwerkes, die souveräne Beherrschung des Wortes und der Stimme, die gründliche musikalische, rhythmische, tänzerische, sportliche, ja sogar akrobatische und auch die gesangliche Ausbildung. Reinhardt besaß drei Schauspielschulen: Dem Deutschen Theater gliederte er die Reinhardt-Schule an, in Wien gründete er das Reinhardt-Seminar, und in der Zeit seiner Emigration versuchte er jungen amerikanischen Schauspielern die Grundzüge europäischer Schauspielkunst in dem von ihm ins Leben gerufenen Workshop zu vermitteln.

Kennzeichnend für Reinhardts Regieführung war seine ständige Auseinandersetzung mit dem Raum, seine Suche nach immer neuen Schauplätzen, die eine optimale Lösung für die verschiedensten dramatischen Gattungen boten. Seine Forderung beispielsweise nach einer Kammerspielbühne ging von der Erfahrung aus, daß die subtile, psychologische Spannung gewisser Stücke nur dann auf das Publikum übergreifen kann, wenn das Geschehen auf engstem Raum konzentriert wird. Man nannte Reinhardt den Meister des Kammerspieltones, weil er sich für Inszenierungen wie *Gespenster, Clavigo, Stella* usw. diesen intimen Rahmen schaffen konnte. Ganz anderer Dimensionen bedurfte er für die szenische Verwirklichung des großen Schauspiels. Er fand sie in der Zirkusarena, in Festhallen, auf Plätzen, in Gärten, in Kirchen und nicht zuletzt in der Felsenreitschule von Salzburg. Hier konnte er unter Einsatz einer ungeheuren Zahl von Mitwirkenden seine vielbewunderten Großrauminszenierungen verwirklichen, die eine Faszination ausstrahlten.

Bei manchen dieser Raumlösungen konnte nur unter Zuhilfenahme eines aufwendigen technischen Apparates der angestrebte Effekt erzielt werden. Reinhardts Wunsch nach illusionistischen, möglichst wirklichkeitsgetreuen Dekorationen — etwa des Waldes im *Sommernachtstraum* — führte zum Einbau der damals eben erst erfundenen elektrischen Drehbühne im Deutschen Theater. Sie wurde in vielen der nun folgenden Inszenierungen ein mitbestimmender Teil der Konzeption. Derart anspruchsvolle Raumvorstellungen, wie sie Reinhardt vorschwebten, waren nur mit Hilfe von erstrangigen Bühnenbildnern zu realisieren. Bei seinem ausgeprägten Sinn für Farben und Formen boten sich Reinhardt sowohl Maler als auch Architekten als Bühnenausstatter und Kostümbildner an. Keine Geringeren als *Lovis Corinth, Adolf Menzel, Edvard Munch, Max Slevogt, Alfred Roller, Ernst Stern* und *Oskar Strnad* haben für ihn gearbeitet.

Gleichgültig welcher Raumdimension Reinhardt sich bediente, immer ging es ihm um die Verschmelzung von Schauspieler und Raum zu einer organischen Einheit. Diese Verschmelzung gelang durch den Einsatz von musikalischen, choreographischen und pantomimischen Elementen, die bei keiner seiner Inszenierungen fehlten. Die Musikalität, die sich bereits im Duktus der Schauspielregie bemerkbar machte, führte Reinhardt sehr bald einen Schritt weiter zum Musiktheater. Er war es, der auf ausdrücklichen Wunsch von *Hofmannsthal* und *Strauss* die Dresdener Uraufführung des *Rosenkavaliers* (1911) und der *Ariadne auf Naxos* (1912) in Stuttgart leitete, und seine Inszenierungen der *Offenbach*-Operetten *Die schöne Helena* und *Orpheus in der Unterwelt* sowie der *Straußschen* *Fledermaus* waren beispielhaft für die theatralischen Möglichkeiten innerhalb dieses Genres schlechthin.

Grundlegend für Reinhardts so überaus erfolgreiche Laufbahn als Theaterleiter und Regisseur war sein konsequenter Aufbau eines möglichst weitgefaßten Spielplanes. Reinhardt bewies schon frühzeitig einen sicheren Instinkt für das theatralisch Wirksame einer dramatischen Vorlage und war durchaus bereit, die Werke junger, oft mißverstandener Autoren der Jahrhundertwende auf die Bühne zu bringen, auch wenn damit ein künstlerisches oder finanzielles Risiko für ihn verbunden war. Das galt für die deutschsprachige wie auch für die ausländische Dramatik des Impressionismus und Symbolismus. Er spielte *Hofmannsthal, Beer-Hofmann* und *Schnitzler* ebenso wie *Wilde, Gorki, Gogol, Tolstoi, Maeterlinck,* und er entdeckte die Werke der Skandinavier *Ibsen, Strindberg* und *Hamsun* für die deutsche Bühne.

Eine besondere Aufgabe sah Reinhardt in einer zeitgemäßen Adaptierung der Klassiker — nicht im Sinne einer polemisch-politischen Aktualisierung, wie sie damals von manchen Theaterleitern angestrebt wurde, sondern als Verlebendigung auf Grund zeitloser Theatralik. Reinhardt sah in den Werken *Shakespeares, Molières, Goldonis, Goethes, Schillers, Kleists, Lessings* usw. nicht eine literarische Vorlage für seine Inszenierungen, sondern eine dichterische Partitur, die danach verlangte, in Spiel umgesetzt zu werden. Reinhardt verschloß sich aber auch keineswegs jenen dichterischen Strömungen, die seinen Regie-Intentionen fernstanden. Er legte vielmehr größten Wert darauf, daß die Stücke beispielsweise der Expressionisten in seinen Theatern gespielt wurden, und versuchte manchmal selbst, das eine oder andere davon zu inszenieren. Während des Ersten Weltkrieges und in der Zeit unmittelbar danach setzte Reinhardt eigens dafür den Berliner Aufführungszyklus »Junges Deutschland« an, und die Aufführungen von Hasenclevers *Sohn,* Sorges *Bettler,* Goerings *Seeschlacht,* Unruhs *Phea,* Stramms *Kräfte* u. a. halfen der neuen Dichtergeneration, bekannt zu werden.

In der Zeit zwischen 1920 und 1930 standen auch Werke von *Kaiser, Bruckner, Werfel, Pirandello* und *Langer* auf seinem Spielplan. Neben all diesen literarisch doch sehr anspruchsvollen Dramen, deren Aufführungsziffern sich eher in engen Grenzen hielten, konnte Reinhardt auf breiter Basis auch das gehobene Boulevard-Stück pflegen, weil er in der dafür vorgesehenen Berliner »Komödie« ebenso wie im Wiener Theater in der Josefstadt über Schauspieler verfügte, die alle für dieses Genre notwendigen Voraussetzungen mitbrachten, sodaß die meisten dieser Inszenierungen zu regelrechten Serienerfolgen mit hundert und mehr Wiederholungen wurden. Es gehörte zu Reinhardts Eigenart, daß er Stücke, für die er eine besondere Vorliebe hatte, immer wieder inszenierte. Dabei strebte er nicht nur nach andersartigen räumlichen Voraussetzungen, sondern legte dem veränderten Regiekonzept neue Ideen zugrunde und nahm auch einschneidende Umbesetzungen vor. Diese Wandlungsfähigkeit in der Regieführung, die aus der Suche nach immer neuen Ausdrucksformen resultierte, wurde Reinhardt von seinen Gegnern oft als Stillosigkeit ausgelegt. Zu Unrecht, denn nach seiner Auffassung mußte das Theater »dehnbar sein, um alle seine Möglichkeiten ausschöpfen zu können«. 1933 legte Reinhardt die Direktion seiner Berliner Theater zurück, sein Theaterimperium zerbrach, und 1937 mußte er auch Österreich verlassen. In seinem amerikanischen Exil versuchte er eine zweite Karriere aufzubauen. Trotz vieler Schwierigkeiten gelang ihm die Verwirklichung einiger Pläne, darunter die Verfilmung des *Sommernachtstraumes,* die Inszenierung einiger Stücke, an denen ihm besonders lag (Goethes *Faust* und Werfels *The Eternal Road*) und vor allem die Errichtung der bereits erwähnten amerikanischen Theaterschule.

Reinhardt starb am 30. Oktober 1943 in New York.

Arnold Schönberg und seine Meisterschüler Anton Webern und Alban Berg

VON WILLI REICH

In dem Wort »Meisterschüler« liegt der Akzent auf dem ersten Begriff. *Anton Webern* und *Alban Berg* waren als schöpferische und lehrende Musiker in jedem Sinne eigenständige Meister; da es aber *Arnold Schönberg* war, der ihre Genialität entdeckte und in seinem Unterricht zur höchsten Reife brachte, erscheint es angemessen, auch ihres Schülertums zu gedenken, zumal sie sich selbst stets mit Stolz und Dankbarkeit als Schüler Schönbergs bekannten.

Arnold Schönberg wurde am 13. September 1874 in Wien geboren. Sein Vater, *Samuel Schönberg* (1838—1890), war als Vierzehnjähriger aus Preßburg nach Wien gekommen und hatte sich allmählich vom Lehrling zum Besitzer eines kleinen Schuhgeschäftes emporgearbeitet. 1870 heiratete er die aus Prag stammende *Pauline Nachod* (1848—1921).

Mit Ausnahme des Violinspiels, in dem er als Achtjähriger einige Monate Unterricht empfing, hat Schönberg sein gewaltiges musikalisches Wissen und Können fast ausschließlich als Autodidakt erworben. In der Kompositionslehre erhielt er von *Oskar Adler* und *Alexander von Zemlinsky* bis 1900 gelegentliche freundschaftliche Unterweisung. Die ersten von ihm selbst als gültig anerkannten Kompositionen stammen aus dem Jahre 1893. Es waren Lieder und Kammermusikwerke, deren klangliche Erscheinung im Bereich der Spätromantik lag. 1900 begann er mit der Komposition der *Gurrelieder* (nach einem Gedichtzyklus von *Jens Peter Jacobsen*), für einen gewaltigen Klangapparat (fünf Gesangssolisten, einen Sprecher, drei vierstimmige Männerchöre, einen achtstimmigen gemischten Chor und ein etwa 140 Spieler umfassendes Orchester), die er aber erst 1911 vollendete. 1898 wurde zum erstenmal ein Werk Schönbergs — das erst 1966 publizierte *Streichquartett in D-Dur* (entstanden 1897) — in Wien öffentlich aufgeführt. Es erzielte einen bedeutenden Publikumserfolg.

In den Werken dieser ersten Schaffensepoche war die Kunst Schönbergs stark von den Kompositionen von *Wagner* und *Brahms* beeinflußt.

In der Hoffnung, seine materielle Lage zu verbessern, übersiedelte Schönberg im Dezember 1901 nach Berlin. Dort wirkte er zunächst als Kapellmeister im Kabarett »Überbrettl«; später wurde er, auf Empfehlung von *Richard Strauss*, Lehrer für Komposition am Sternschen Konservatorium, einer hochangesehenen Lehranstalt. Die dort erfolgende erste Erprobung seiner wahrhaft genialen Lehrbegabung war für ihn von besonderer Bedeutung. Im Sommer 1903 kehrte er wieder nach Wien zurück. Dort hielt er Kurse in Harmonielehre und Kontrapunkt ab und gewann auch bald eine Reihe hochbegabter Privatschüler; unter diesen waren seit 1904 Anton Webern und Alban Berg.

Schönbergs Kompositionen in der damals einsetzenden und etwa bis 1908 währenden zweiten Schaffensperiode können ganz allgemein dadurch charakterisiert werden, daß in ihnen wieder einfachere Klangmittel verwendet wurden und daß die in ihnen sich vollziehende Abkehr von den traditionellen Tonalitätsbeziehungen immer deutlicher hervortrat. Im letzten der 1908/09 geschaffenen *Drei Klavierstücke* (op. 11) ist eine Beziehung zu einem bestimmten Grundton überhaupt nicht mehr nachweisbar. Von 1907 an ist bei Schönberg neben seinem musikalischen Schaffen intensive Betätigung als Maler festzustellen. Sein Nachlaß enthält viele Gemälde und Zeichnungen, die zwischen 1910 und 1940 entstanden sind. Von seinem Malen sagte er einmal: »Es geschieht etwas mit mir. Meine Hand wird geführt.« Alle künstlerischen Kundgebungen der zweiten und dritten Schaffensperiode Schönbergs (diese reicht etwa von 1909 bis 1915) berechtigen dazu, seine Arbeiten dem in dieser Epoche in allen Kunstbereichen machtvoll hervortretenden Expressionismus zuzurechnen. Für die Zugehörigkeit ist persönlich auch seine 1911 beginnende enge Verbindung mit der im gleichen Jahr von *Wassily Kandinsky* und *Franz Marc* in München gegründeten Künstlervereinigung »Der Blaue Reiter« kennzeichnend. Analoge Tendenzen sind auch in seinen 1919 einsetzenden literarischen Arbeiten wahrnehmbar, unter denen als Hauptwerk die 1911 in Wien erschienene, dem Andenken *Gustav Mahlers* gewidmete *Harmonielehre* zu bezeichnen ist.

In der *Harmonielehre* wurde von ihm der Begriff der »Klangfarbenmelodie« geprägt, dessen Anwendung für einige der bedeutendsten Werke der dritten Periode seines Schaffens grundlegend wurde. Es sind dies Nr. 3 der *Fünf Orchesterstücke*, op. 16 (1909), das Monodram *Erwartung*, op. 17 (1909), und das Drama mit Musik *Die glückliche Hand*, op. 18 (1908—1913). Der Verzicht auf die traditionellen Tonalitätsbeziehungen stellte Schönberg und seine Schüler vor sehr schwierige formale Probleme, da durch jenen Verzicht die Bildung größerer Instrumentalformen unmöglich wurde; aber auch in den Vokalwerken, in denen die Form ja im wesentlichen durch den Text bestimmt wird, ergaben sich ähnliche Schwierigkeiten. Wegen der Knappheit, die Schönbergs Kompositionen damals aufwiesen, konnte man mit Recht von einem »aphoristischen« Stil sprechen. Dieser war nicht nur in den *Sechs Klavierstücken*, op. 19 (1911), wahrnehmbar, sondern auch in den in jener Zeit entstandenen Vokalwerken, in den zwischen 1909 und 1916 entstandenen Klavier- und Orchesterliedern (op. 15, op. 20 und op. 22) und in den 21 Melodramen *Pierrot Lunaire*, op. 21 (nach Gedichten von *Albert Giraud* in der deutschen Fassung von *Otto Erich Hartleben*), in denen eine neue, zwischen Gesangs- und Sprechton liegende musikalische Deklamationsweise eingeführt wurde.

Nach 1916 trat Schönberg eine Zeitlang nicht mit neuen Kompositionen hervor. Seine äußere Arbeit galt dem Unterricht und der Leitung des von ihm Ende 1918 in Wien gegründeten »Vereins für musikalische Privataufführungen«. Für sich war er aber unablässig mit Versuchen zur Überwindung der Krise beschäftigt, die durch Aufgabe der traditionellen Bezugssysteme in seinem Schaffen und in dem seiner Schüler entstanden war. Die Lösung fand er schließlich in der »Methode der Komposition mit zwölf nur aufeinander bezogenen Tönen«, mit deren Hilfe er das gesamte musikalische Geschehen eines größeren Werkes, ja sogar einer ganzen Oper, aus einer einzigen, sämtliche zwölf Töne der chromatischen Skala in einer bestimmten Ordnung enthaltenden Reihe ableiten konnte. Man pflegt die Ergebnisse dieses Verfahrens, das Schönberg und seine Meisterschüler unablässig verfeinerten, kurz als »Zwölftonmusik« (»Dodekaphonie«) zu bezeichnen. Die ersten Stücke, die Schönberg nach der neuen Methode vollendete, finden sich in der *Suite für Klavier*, op. 25, die im Herbst 1921 entstand. Von ihnen sagte der Komponist: »Hier wurde mir plötzlich die wahre Bedeutung meines Zieles bewußt, dem zuliebe ich unbewußt diesen Weg eingeschlagen hatte: Ordnung und Gesetzmäßigkeit.«

Nachdem Schönberg mit der Schöpfung der neuen Methode seinen künstlerischen Weg im Sinne seiner großen Ziele gesichert hatte, erfuhren auch das Tempo, die Dimensionen und die Mannigfaltigkeit seines Schaffens einen raschen Aufschwung. An größeren Werken, die zwischen 1923 und 1932 nach der Zwölftonmethode entstanden, sind zu nennen: das *Bläserquintett*, op. 26, das *Dritte Streichquartett*, op. 30, die *Variationen für Orchester*, op. 31, die Oper *Von heute auf morgen*, op. 32, und die ersten beiden Akte der Oper *Moses und Aron*. Für die Anerkennung, die sein künstlerisches und pädagogisches Wirken in weiten Kreisen fand, zeugte seine Berufung zur Leitung einer Meisterklasse für Komposition an der Preußischen Akademie der Künste in Berlin. Als Nachfolger von *Ferruccio Busoni* trat er dieses Amt 1926 an und verwaltete es sehr erfolgreich bis zum Anbruch des Dritten Reiches im Jahre 1933.

Infolge seiner jüdischen Abstammung mußte er Deutschland im Mai 1933 verlassen. Nach einem kurzen Aufenthalt in Frankreich kam er im Oktober 1933 nach den USA und erhielt zunächst Lehrstellen in New York und Boston. Da er aber das Klima an der Ostküste nicht vertrug, übersiedelte er im Herbst 1934 nach Los Angeles und wirkte dort bis 1943 sukzessive an beiden kalifornischen Universitäten als Professor. Nach seiner Pensionierung gab er in seinem Hause noch zahlreichen Schülern Privatunterricht. Etwa zwanzig größere Werke schuf Schönberg in Amerika. Sein letztes Werk, an dem er fast bis zu seinem Tode — 13. Juli 1951 — arbeitete, waren fünfzehn *Moderne Psalmen,* deren Texte er selbst gedichtet hatte, von denen er aber nur die Komposition des ersten Stückes beginnen konnte. Er wollte mit diesem Werk die Reihe der 150 biblischen Psalmen im modernen Bereich fortsetzen.

Bei dieser knappen Kennzeichnung der wichtigsten Epochen von Schönbergs Leben und Schaffen konnte kaum etwas über seine universale geistige Erscheinung ausgesagt werden, über sein faszinierendes persönliches Wesen, das seine Schüler und Freunde immer wieder begeisterte, und über die unendliche Gelassenheit, mit der er die wütenden Angriffe seiner Gegner ertrug. Diese Eigenschaften und seine innige Verbundenheit mit allem Großen, das in der Musik jemals aufleuchtete, bestimmten seine menschliche und künstlerische Größe und lassen ihn in seinen gewaltigen, eigenen Kunstschöpfungen und als Begründer der »Wiener Schule« fortleben.

Anton Webern wurde am 3. Dezember 1883 in Wien geboren. Seine Familie (Weber von Webern) gehörte dem altösterreichischen Adel an, ihre ursprüngliche Heimat war Südtirol (Schloß Salurn). Sein Vater, *Karl von Webern,* war Bergbau-Ingenieur. Die Schulzeit verlebte Webern in den Dienstorten seines Vaters, Graz und Klagenfurt. Seinen ersten Musikunterricht empfing er in Klagenfurt (Klavier- und Violoncellospiel, Anfangsgründe der Musiktheorie). Seine ersten Kompositionsversuche (Lieder) stammen aus dem Jahre 1900. Von 1902 bis 1906 studierte Webern an der Wiener Universität unter Leitung von *Guido Adler* Musikwissenschaft. Mit einer Dissertation über ein Werk des Komponisten *Heinrich Isaac* (um 1450—1517) erwarb er 1906 den Grad eines Doktors der Philosophie. Noch während seines Universitätsstudiums, im Frühjahr 1904, wurde er Schüler Schönbergs.

Die entscheidende künstlerische und menschliche Bedeutung, die die Begegnung mit Schönberg für Webern hatte, geht aus den folgenden Sätzen eines Aufsatzes hervor, den er 1911 seinem Lehrer widmete: »Schönberg lehrt überhaupt keinen Stil; er predigt weder die Verwendung alter noch die neuer Kunstmittel. Er sagt: ›Was hat es also für einen Sinn, die Bewältigung alltäglicher Fälle zu lehren? Der Schüler lernt etwas anwenden, was er nicht anwenden dürfte, wenn er Künstler sein will. Aber das Wichtigste kann man ihm nicht geben: den Mut und die Kraft, sich so zu den Dingen zu stellen, daß alles, was er ansieht, durch die Art, *wie* er es ansieht, zum außergewöhnlichen Fall wird.‹

Hermann Broch

Franz Kafka

Folgende Seite: Arnold Schönberg, Aquarell von Egon Schiele. Darunter Notenbeispiel aus Gurre-Lieder; S. 37 der Partitur

31
Waldemar
Erstes Zeitmaß
I. Geige
II. Geige
Bratsche

Robert Musil

Heimito von Doderer

Vorhergehende Seite: Alban Berg. Darunter Notenbeispiel aus dem 1. Akt der Oper »Wozzek«, Verwandlung von der 1. zur 2. Szene

Dieses ›Wichtigste‹ aber ist es, das der Schüler Schönbergs erhält. Schönberg verlangt vor allem, daß dieser in den Arbeiten für die Stunden nicht beliebige Noten zur Ausfüllung einer Schulform schreibe, sondern daß er diese Arbeiten aus einem Ausdrucksbedürfnis heraus leiste. Also, daß er tatsächlich schaffe; gleich in den primitivsten Anfängen musikalischer Satzbildung. Was dann Schönberg dem Schüler an der Hand von dessen Arbeit erklärt, ergibt sich alles organisch aus dieser; von außen trägt er keinen Lehrsatz hinzu. So erzieht Schönberg tatsächlich im Schaffen. Er folgt mit höchster Energie den Spuren der Persönlichkeit des Schülers, sucht sie zu vertiefen, ihr zum Durchbruch zu verhelfen ... Dies ist eine Erziehung zur äußersten Wahrhaftigkeit gegen sich selbst. Sie ergreift neben dem rein musikalischen auch alle anderen Gebiete des menschlichen Lebens. — Ja, wahrlich, man erfährt bei Schönberg mehr als Kunstregeln. Wessen Herz offen steht, dem wird hier der Weg des Guten gewiesen.« Diese Sätze sind nicht nur sehr aufschlußreich für die Denkart Weberns, sie kennzeichnen auch das geistige Fundament, auf dem sich die »Wiener Schule« aufbaute.

Am Ende der Lehrzeit bei Schönberg schuf Webern die *Passacaglia*, op. 1, für großes Orchester, ein noch an den Spätstil von *Brahms* gemahnendes Werk, das aber schon in vielen Zügen die sich in der Folgezeit immer deutlicher ausprägende Eigenart Weberns aufweist, auch die kühnsten musikalischen Gestaltungen immer auch noch auf Grund strenger formaler und kontrapunktischer Gesetzmäßigkeiten zu unterbauen und zu gliedern.

Um den Lebensunterhalt zu verdienen, arbeitete Webern von 1908 an zeitweise als Theaterkapellmeister an verschiedenen Bühnen Österreichs, Deutschlands und der Tschechoslowakei. Diese Tätigkeit ließ ihn aber gänzlich unbefriedigt. Bald zog er es vor, seine bescheidene äußere Existenz durch Privatunterricht und Arbeiten für einen Musikverlag zu sichern, den Hauptteil seiner Zeit widmete er seinem musikalischen Schaffen und der Vorbereitung für die von ihm 1922 bis 1934 geleiteten Arbeiter-Symphoniekonzerte und des Singvereins der Wiener Kunststelle. Erst bei diesen Konzerten konnte er seine außerordentliche Dirigierbegabung voll zur Geltung bringen.

Die Werke, die er vor seiner Niederlassung (1920) in Mödling bei Wien und im benachbarten Maria-Enzersdorf schuf, sind alle sehr knapp geformt und weisen das gleiche Bemühen um die endgültige Loslösung von der Bindung an tonale Klangzentren auf wie die in jener Zeit entstandenen Werke Schönbergs und Bergs. Neben einer Reihe von Vokalwerken, mit Begleitung von Klavier oder einigen Instrumenten, sind von Werken Weberns aus dieser Epoche zu nennen: *Fünf Sätze für Streichquartett*, op. 5, *Sechs Stücke für großes Orchester*, op. 6 (»Arnold Schönberg, meinem Lehrer und Freunde, in höchster Liebe gewidmet«, 1910), *Vier Stücke für Geige und Klavier*, op. 7, *Sechs Bagatellen für Streichquartett*, op. 9, *Fünf Stücke für Orchester*, op. 10, *Drei kleine Stücke für Violoncello und Klavier*, op. 11. Mit diesen Werken »aphoristischen« Stils war Webern bis zu einer Grenze vorgedrungen, deren Überschreiten eine Auflösung des Zusammenhanges — den Webern unter allen Umständen wahren wollte — nach sich gezogen hätte. Durch Beschränkung auf Vokalwerke, bei denen jener Zusammenhang bereits durch den Text gegeben war, überwand der Künstler in den nächsten Jahren diese kritische Situation.

Aber erst die Übernahme von Schönbergs »Zwölftontechnik«, die er 1923 kennenlernte, gab Weberns Schaffen wieder die volle Freiheit. Für ihn war die Bestimmung der Struktur eines Musikwerks durch eine Zwölftonreihe nur eine Komponente seiner Arbeitsweise. Jedes seiner späteren Werke mußte außerdem auch strengen kontrapunktischen Gesetzen gehorchen und überdies zumeist auch noch gewissen klassischen Formen (Sonate, Rondo usw.) entsprechen. Webern handhabte diese besonderen Verfahren mit solcher Virtuosität, daß er trotz der genauen Befolgung aller sich selbst auferlegten Bindungen seinem persönlichen Ausdrucksbedürfnis in vollster Freiheit nachleben konnte. Diese wunderbare Vereinigung von Freiheit und Gesetz ist das Kennzeichen der höchsten Meisterschaft, die Webern in seinem Spätschaffen erreichte.

Im »Dritten Reich« galt Weberns Musik als »entartet« und durfte nicht öffentlich gespielt werden. Von 1935 an lebte er in fast völliger Zurückgezogenheit und verkehrte nur mit einigen wenigen vertrauten Freunden. Kurz vorher, in den Jahren 1932 und 1933, hatte er in einem Wiener Privathaus sechzehn Vorträge gehalten, die erst 1960 unter dem Titel *Der Weg zur Neuen Musik* veröffentlicht wurden. In diesen Vorträgen, die sich an einen kleinen Kreis, der vorwiegend aus musikalischen Laien bestand, wandte, hat Webern seine ganze Kunstauffassung in leidenschaftlicher, bekenntnishafter Art dargelegt. Er schloß mit einer gründlichen Betrachtung der Zwölftontechnik, als deren Hauptzweck er die Schaffung möglichst vieler Zusammenhänge innerhalb eines Musikwerkes bezeichnete, wodurch dessen Faßlichkeit erhöht werde. Der Herbeiführung solcher Faßlichkeit galt sein innigstes künstlerisches Streben.

Weberns Ende war von tiefer Tragik umschattet. Ostern 1945 suchte er mit seiner Familie in Mittersill (Salzburg) Schutz vor den Bombenangriffen, von denen Wien und dessen Umgebung damals so oft heimgesucht wurde. Durch Schüsse eines Soldaten der amerikanischen Besatzungsarmee, die infolge eines Mißverständnisses auf ihn abgegeben wurden, fand er am 15. September 1945 in Mittersill den Tod.

Weberns Schaffen, das bis dahin nur wenigen bekannt gewesen war, gewann in der Nachkriegszeit auf alle um die Weiterentwicklung der Musik Bemühten gewaltigen Einfluß, und zwar nicht nur auf die Angehörigen der jungen Generation, sondern auch auf schon längst »arrivierte« Künstler. Für diese mögen einige von *Igor Strawinsky* 1955 niedergeschriebene Sätze zeugen: »Wir müssen in Webern nicht nur den großen Komponisten verehren, sondern auch einen wirklichen Helden. Zum völligen Mißerfolg in einer tauben Welt der Unwissenheit und Gleichgültigkeit verurteilt, blieb er unerschütterlich dabei, seine Diamanten zu schleifen, seine blitzenden Diamanten, von deren Fundstellen er eine so vollkommene Kenntnis hatte.«

Alban Berg wurde am 9. Februar 1885 in Wien geboren. Sein Vater, *Konrad Berg*, ein wohlhabender Exportkaufmann, war 1867 aus Nürnberg nach Wien gekommen. Albans Neigung zur Musik wurde durch das Musizieren seiner Geschwister angeregt. Im Jahre 1899 beginnt er, als Autodidakt, mit Kompositionsversuchen. Das Wiener Musikleben, in dem der von ihm glühend verehrte *Gustav Mahler* dominiert, wirkt stark auf ihn ein. Im Amt der Niederösterreichischen Statthalterei, in das er im Oktober 1904 als unbesoldeter Rechnungspraktikant eingetreten ist, arbeitet er pflichtgetreu, aber ohne besondere Anteilnahme. Im Spätherbst 1904 tritt das Ereignis ein, das seinem ganzen weiteren Leben die endgültige Richtung gibt: durch seinen älteren Bruder wird er zu Schönberg geführt, der ihn nach Durchsicht einiger Kompositionen als Schüler annimmt. In ihm fand Berg seinen ersten und einzigen Lehrer und späteren freundschaftlichen Berater, dessen Lehre und Vorbild seine künstlerische Persönlichkeit formten. Schönbergs berühmter Satz: »Kunst kommt nicht von Können, sondern von Müssen!« wurde auch für ihn das oberste Schaffensgesetz.

Durch die unmittelbare Unterweisung durch Schönberg, die bis 1910 währte, machte Berg rasche Fortschritte — nicht nur im Musikalischen, auch in seiner ganzen geistigen Entwicklung. Im Sommer 1905 entsteht das erste Lied, das er auch noch später voll gelten ließ *(Im Zimmer,* Text von *Johannes Schlaf,* enthalten als Nr. 5 in den 1928 veröffentlichten *Sieben Frühen Liedern).* Während der Lehrzeit veröffentlichte Berg auf eigene Kosten drei Werke: die *Klaviersonate* (1907), vier *Lieder nach Texten von Hebbel und Mombert* (1909) und das *Erste Streichquartett* (1910). Von dem sagte Schönberg viele Jahre später: »Es überraschte mich in unglaublichster Weise durch die Fülle und Ungezwungenheit seiner Tonsprache, die Kraft und Sicherheit der Darstellung, die sorgfältige Durcharbeitung und die bedeutende Originalität.«

Die ersten Werke, die Berg nach Beendigung seiner Lehrzeit komponierte, *Fünf Orchesterlieder nach Ansichtskartentexten von Peter Altenberg* (1912) und *Vier Stücke für Klarinette und Klavier* (1913), zeigen alle Merkmale des »aphoristischen« Stils, der aber bei Berg früher durch größer dimensionierte Gestaltungen abgelöst wurde als bei Webern. Das hatte seinen Grund wohl darin, daß Berg bei allen seinen Bemühungen, sich von den Bindungen an die Tonalität zu befreien, in seiner Formgebung fast immer bestrebt war, den Zusammenhang mit der Tradition — im höchsten Sinne — zu wahren. Für dieses Bestreben zeugte sein nächstes Werk, die 1914 konzipierten *Drei Orchesterstücke* (Präludium, Reigen und Marsch), die aber, zufolge Bergs Militärdienst im Ersten Weltkrieg, erst 1916 vollendet wurden. Während der Komposition befaßte Berg sich schon mit seiner Oper *Wozzeck*, zu der er durch eine Aufführung von *Georg Büchners* gleichnamigem Schauspiel, der er im Mai 1914 in Wien beigewohnt hatte, angeregt worden war.

Im April 1921 war die Oper vollendet. Es war Berg gelungen, die aus 26 Szenen bestehende fragmentarische Handlung Büchners auf 15 Szenen zu reduzieren, deren Abfolge, auf drei Akte verteilt, an das klassische Dramenschema Exposition, Peripetie und Katastrophe gemahnt. Dadurch hatte er zunächst dramatische Einheit und Geschlossenheit erreicht; nun arbeitete er mit höchster Energie und genialer Erfindungskraft daran, auch musikalische Einheit und Geschlossenheit zu erzielen. Dies gelang ihm zunächst im großen, indem er den Mittelakt als fünfgliedrige Symphonie und die ihn umrahmenden Akte als Folgen von »Charakterstücken« beziehungsweise »Inventionen« gestaltete. Daß diese Art der Gestaltung je nach den szenischen Vorgängen nicht nur traditionelle, sondern vielfach auch neuerfundene musikalische Formen erforderte, war selbstverständlich. Aber für den Musikdramatiker, der Berg im höchsten Sinne war, gab es etwas viel Wichtigeres als alle jene Formkünste. Dazu schrieb er im Jahre 1928: »Mag einem noch so viel davon bekannt sein, was sich im Rahmen dieser Oper an musikalischen Formen findet, wie das alles streng und logisch ›gearbeitet‹ ist, welche Kunstfertigkeit selbst in allen Einzelheiten steckt . . ., von dem Augenblick an, wo sich der Vorhang öffnet, bis zu dem, wo er sich zum letzten Male schließt, darf es im Publikum keinen geben, der etwas von diesen diversen Fugen und Inventionen, Suiten- und Sonatensätzen, Variationen und Passacaglien merkt — keinen, der von etwas anderem erfüllt ist als von der weit über das Einzelschicksal Wozzecks hinausgehenden Idee dieser Oper. Und das — glaube ich — ist mir gelungen!«

Nach der Vollendung von *Wozzeck* wandte sich Berg in seinem Schaffen zunächst wieder intimeren kammermusikalischen Bereichen zu. Es entstanden 1923 bis 1925 das *Kammerkonzert für Klavier und Geige mit dreizehn Bläsern* und 1925/26 die *Lyrische Suite für Streichquartett.* In beiden Werken wird gelegentlich Schönbergs Zwölftonmethode, mit der Berg sich inzwischen genau vertraut gemacht hatte, verwendet: im *Kammerkonzert* mit einigen Ansätzen, in der *Lyrischen Suite* in der Gestaltung ganzer Sätze.

Neben der Kompositionsarbeit ging damals bei Berg unablässig die Suche nach einem neuen Operntext. Nach Prüfung einer großen Anzahl von Sujets und Texten entschied er sich im Frühjahr 1928 endgültig für das Doppeldrama *Lulu (Erdgeist* und *Die Büchse der Pandora)* von *Frank Wedekind.* Bis zum Frühjahr 1929 war er mit der Einrichtung des Textes beschäftigt; von da an arbeitete er fast ständig an der Oper *Lulu,* die er, mit Ausnahme einiger kleinerer Lücken im 3. Akt, im April 1934 in der Partiturskizze vollendete; die Instrumentation blieb unvollendet. Größere Unterbrechungen der Arbeit an der Oper wurden 1929 durch die Komposition der Konzertarie *Der Wein* (Text von *Baudelaire,* übersetzt von *Stefan George)* und 1935 durch die Komposition des *Violinkonzerts* verursacht.

Seit Beendigung seiner Lehrzeit bei Schönberg im Jahre 1912 hatte Berg seinen Lebensunterhalt zunächst durch Privatunterricht erworben, später traten die Einnahmen aus den Aufführungen seiner Werke hinzu. Diese Einnahmen erfuhren eine so erhebliche Steigerung, daß Berg im Herbst 1932 am Südufer des Wörther Sees in Kärnten ein Landhaus erwerben konnte, das zu seiner

Lieblingsarbeitsstätte wurde. Mit dem Heraufkommen des »Dritten Reiches« verschlechterte sich aber seine materielle Lage katastrophal. Er war — wie Webern — zwar nicht jüdischer Abstammung, aber auch seine Musik wurde für »entartet« erklärt und durfte in Deutschland nicht mehr aufgeführt werden. Die dadurch bewirkte gewaltige Verringerung seiner Einnahmen machte ihm bis an sein Lebensende die größten Sorgen und veranlaßte ihn, mit rastloser Anspannung an seiner Oper *Lulu* zu arbeiten, von deren Vollendung er sich eine entscheidende Verbesserung seiner Lage versprach.

Aus dem gleichen Grunde nahm er Anfang 1935 auch einen Auftrag des amerikanischen Geigers *Louis Krasner* an, für diesen ein Violinkonzert zu komponieren. Er war lange Zeit über die Form des Werkes unschlüssig; erst der Tod eines von ihm und seiner Gattin innigst geliebten jungen Mädchens löste in ihm im April 1935 den entscheidenden Schaffensimpuls aus. In einem vorher nie gekannten fieberhaften Tempo entwarf er in wenigen Wochen in seinem Landhaus das ganze »Dem Andenken eines Engels« gewidmete *Violinkonzert;* in dessen erstem Teil er, wie er sagte, Wesenszüge des jungen Mädchens in musikalische Charaktere zu übersetzen suchte, während der zweite Teil sich deutlich in Katastrophe und Lösung gliedert, wobei die Lösung durch Zitierung und Verarbeitung eines Chorals von *J. S. Bach* herbeigeführt wird.

Nachdem er das Violinkonzert im August 1935 vollendet hatte, nahm Berg sogleich wieder die Arbeit an *Lulu* auf, bei der er nach ganz anderen Formprinzipien vorging als bei *Wozzeck*. Die ganze Musik ist aus einer einzigen, der Gestalt der Titelheldin zugeordneten Zwölftonreihe abgeleitet. Hatten im *Wozzeck* die in Inhalt und Charakter abgeschlossenen Gestalten der vielen kurzen Szenen eine musikalische Formung nahegelegt, die die Sondergestalt jeder einzelnen Szene wahrte, so galt es in *Lulu* weitgespannte Entwicklungen der wichtigsten Gestalten des Dramas zum Ausdruck zu bringen; und dies erreichte Berg dadurch, daß er jeder Gestalt eine eigene Form (Sonate, Rondo usw.) oder ein bestimmtes Kolorit (vokal oder instrumental) zuordnete.

Als Berg die Arbeit an *Lulu* im August 1935 wiederaufnahm, trug er bereits die Todeskrankheit, verursacht durch eine von einem Insektenstich bewirkte Blutvergiftung, in sich. Im November verschlechterte sich sein Zustand erheblich. Mitte Dezember mußte er das Wiener Rudolfsspital aufsuchen, wo er mehrmals erfolglos operiert wurde. Am 24. Dezember, fünfzehn Minuten nach ein Uhr früh, wurde er von seinem schweren Leiden durch den Tod erlöst.

Sein ungemein liebenswürdiges menschliches Wesen und seine hohe Geistigkeit werden überstrahlt von seinem künstlerischen Wirken, das ihm schon zwanzig Jahre nach seinem Tode allgemein die Bezeichnung »Klassiker der modernen Musik« zubrachte. Gemeinsam mit Arnold Schönberg und Anton Webern repräsentiert er mit vollster Berechtigung die »Wiener Schule der Musik«, deren gewaltiger Einfluß auf das gesamte musikalische Schaffen und Denken unserer Zeit wohl erst von späteren Generationen entsprechend gewürdigt werden kann.

Guido Adler

VON RUDOLF KLEIN

Guido Adler, Gründer des Musikhistorischen Instituts an der Wiener Universität und dessen Ordinarius bis zur Emeritierung im Jahre 1927, ist, auch international gesehen, die überragende Erscheinung der Musikwissenschaft im ersten Viertel des 20. Jahrhunderts gewesen. Um seine Bedeutung voll ermessen zu können, wird ein Überblick über die Entwicklung jenes Zweiges der Wissenschaft notwendig sein, dessen Früchte der Gelehrte bereits bis zu einem gewissen Grade ernten durfte und dem wir das Auslegen weiterer Saaten zu danken haben.

Die Tradition der Musiktheorie in Österreich geht — wenn man die Tonkunst des Barocks als Grundlage nimmt — bis auf *Johann Joseph Fux* (1660 bis 1741) zurück, dessen 1725 erschienener *Gradus ad Parnassum* als Lehrbuch des Kontrapunktes bis in die Gegenwart benützt wird. Die Schriften von *Georg Albrechtsberger* (1736—1809), der bekanntlich auch der Lehrer *Beethovens* war, haben dann die Grundsätze der Vokalpolyphonie mit denen der instrumentalen Mehrstimmigkeit verschmolzen. Von *Rameau* ausgehend, hat *Simon Sechter* (1788—1867), der Lehrer *Bruckners*, die Grundlage des Harmonielehre-Unterrichts in der zweiten Hälfte des 19. Jahrhunderts geschaffen. Andrerseits wurden auch die Fundamente der musikgeschichtlichen Forschung früh gelegt. *Josef von Sonnleithner* (1766—1835) und dessen Neffe *Leopold* (1797—1873) waren die ersten, die handschriftliche Materialien zur Musikgeschichte ihrer Zeit hinterließen, *Ignaz von Mosel* (1772—1844), der Kustos der k. k. Hofbibliothek, hat Monographien und Schriften zur Ästhetik der Tonkunst veröffentlicht, *Raphael Georg Kiesewetter* (1773—1850) ist vor allem unter den Pionieren der Vergleichenden Musikwissenschaft aufzuzählen. Kiesewetters Schrift *Die Verdienste der Niederländer um die Tonkunst* wurde 1826 von der Niederländischen Akademie der Wissenschaften ausgezeichnet. Im selben Jahr wurde aus dem Hofmusikarchiv der Grundstock für die Musikabteilung der Nationalbibliothek geschaffen, als deren Bibliothekar *Anton Schmid* (1787 bis 1857) ebenfalls Beträchtliches im Rahmen der frühromantischen Musikforschung leistete. Um die italienische Musikhistorik hat sich zu jener Zeit *Franz Sales Kandler* (1792—1832) verdient gemacht. Als einer der ersten beschäftigte sich der in Schlesien geborene Autographensammler *Alois Fuchs* (1799—1853) mit der Wiener Klassik. Seine Privatbibliothek wurde von zahlreichen Forschern der nachfolgenden Generation benutzt, u. a. von *Otto Jahn* und *Otto Ambros* (1816—1876), einem Neffen Kiesewetters, der aber erst in seinen letzten Lebensjahren an Wien gebunden werden konnte. Auf Fuchs und Leopold von Sonnleithner aufbauend, konnte dann *Ludwig von Köchel* (1800—1877) 1862 seinen Katalog der Werke *Mozarts*, jenes »Köchel-Verzeichnis«, erscheinen lassen, das noch heute — nach mehreren Neuauflagen — das Standardwerk der Mozartforschung ist. Außerdem hat er wichtige Arbeiten zur Geschichte der Wiener

Hofmusikkapelle und über Johann Joseph Fux verfaßt. Der in Westfalen geborene Musikforscher *Gustav Nottebohm*, der aus Darmstadt stammende *Carl Ferdinand Pohl* und der aus Rumänien nach Wien gekommene *Eusebius Mandyczewski* (1857—1929) waren nacheinander als Bibliothekare und Archivare der Gesellschaft der Musikfreunde tätig und haben in dieser Funktion mit Standardwerken über Beethoven und Haydn bzw. mit wichtigen Beiträgen zu Gesamtausgaben *(Beethoven, Schubert, Haydn, Brahms)* im außeruniversitären Raum wichtige Grundlagen gelegt. Die Tradition der in Österreich vollbrachten musikwissenschaftlichen Leistungen, deren Träger außerhalb des akademischen Rahmens wirkten, hat sich von ihrer Zeit über den Beethoven-Forscher *Theodor von Frimmel* (1853—1928) bis in die Gegenwart fortgesetzt. Als letzter großer Repräsentant dieser Linie ist der Schubert- und Mozart-Forscher *Otto Erich Deutsch* (1883—1967) anzuführen.

Neben diesen Leistungen der jungen Disziplin, die zum größten Teil von Privatgelehrten, finanziell unabhängigen Dilettanten und Persönlichkeiten vollbracht wurden, welche der praktischen Musikpflege und vor allem dem Musikunterricht nahestanden, bildete die wachsende Bedeutung der musikalischen Journalistik eine Komponente in dem Kräfteparallelogramm, das dann zur Resultierenden einer Universitätskanzel konvergierte. Im Vormärz bestanden an eigentlichen musikalischen Blättern die *Linzer Musikalische Zeitung für die österreichischen Staaten* (1812/13), die *Wiener Allgemeine Musikalische Zeitung* (1813), die *Allgemeine Musikalische Zeitung mit besonderer Rücksicht auf den österreichischen Kaiserstaat* (1817—1824), Castellis *Allgemeiner Musikalischer Anzeiger* (1829—1840) und die *Allgemeine Wiener Musikzeitung* (1841—1848).

Aus der Verbindung von Wissenschaft und Journalistik erwuchs schließlich die Persönlichkeit *Eduard Hanslicks* (1825—1904), der als unmittelbarer Vorgänger *Guido Adlers* zur zentralen Gestalt der romantischen Musikforschung in Wien und zu einer Schlüsselfigur in der nationalen wie internationalen Entwicklung des Denkens über Musik wurde. Die von *Wagner* beeinflußte streitbare Musikgeschichtsschreibung hat ihn lange nur als großen kritischen Antagonisten des Meisters sowie als Gegner von *Bruckner* und *Wolf* abgestempelt bzw. aus dem Geist der Ablehnung heraus auch auf seine fundamentale Schrift zur Musikästhetik *Vom Musikalisch-Schönen* (1854) reagiert. Die Gegenwart, die Hanslick auch wichtige historische Forschungsergebnisse und Nachrichten über das Musikleben des 19. Jahrhunderts verdankt, hat diesen Irrtum zum Teil bereits korrigiert und erkannt, daß etliche Wurzeln der heutigen Musikphilosophie im tiefen Gehalt seiner ästhetischen Anschauungen ihren Ursprung haben. Das Mißverständnis um den von Hanslick geprägten Ausdruck, daß der Begriff Musik als »tönend-bewegte Formen« zu definieren sei, beruht dabei auf dem Übersehen der Antagonie-Position, die jene Definition aus ihrer Zeit heraus einzunehmen hatte: die Antagonie gegenüber literarisch orientiertem »Ausdruck«. Die Abstraktion aller musikfremden Elemente hat von Hanslick aus das

Denken einer ganzen »Schule« beeinflußt, deren philosophische Grundlagen sich durchaus als hieb- und stichfest erwiesen haben. Die Schrift *Vom Musikalisch-Schönen* wurde 1856 als Habilitationsschrift von der Wiener Universität anerkannt und Hanslick als »Privatdozent für Geschichte und Ästhetik der Musik« berufen. Es war dies der erste Lehrauftrag für Musik an der Wiener Universität. Im Jahre 1861 wurde dann Hanslick außerordentlicher, 1870 ordentlicher Hochschulprofessor. Den Doktor der Philosophie erhielt er honoris causa. 37 Jahre lang hat Hanslick an der Universität Vorlesungen gehalten und so seinem Denken und Forschen zusätzlich zu seiner schriftstellerischen und kritischen Tätigkeit Resonanz verschafft.

Guido Adler, obwohl zum Wagner-Kreis gehörend und einer der Protagonisten des Akademischen Richard Wagner-Vereins, wurde von Hanslick als Dozent und Nachfolger auf seiner Lehrkanzel empfohlen. Auch dieser Umstand belegt Hanslicks integre Haltung, andrerseits weist er bereits auf die Bedeutung Adlers hin, der von einer Persönlichkeit vom Range des Wiener »Musikpapstes« der Nachfolge würdig erachtet wurde.

Guido Adler, als Sohn eines praktischen Arztes am 1. November 1855 im mährischen Eibenschitz geboren, wuchs nach dem frühen Tod seines Vaters mit fünf Geschwistern in Iglau heran. Der Besuch des Akademischen Gymnasiums in Wien wurde anschließend durch den des Konservatoriums ergänzt, wo Adler u. a. bei *Anton Bruckner* und *Otto Dessoff* inskribierte. Bald war Adler, obwohl Musiker von Rang wie *Artur Nikisch* und *Felix Mottl* seine Mitschüler waren, der Wortführer der Konservatoristen. Eine Begegnung mit Richard Wagner hinterließ nachhaltige Eindrücke. Sie bewog den jungen Juristen, noch bevor er 1878 das Doktorat erwarb, zu einer Reihe von Vorträgen über den *Ring des Nibelungen.* Weitere Studien, die durch Arbeiten von *Ambros, Chrysander, Jahn* und *Spitta* angeregt wurden, bestimmten ihn schließlich zur Aufgabe einer Stelle am Wiener Handelsgericht. Ermuntert durch Eduard Hanslick, wandte er sich ganz der Musikwissenschaft zu. Seine Promotion als Doktor der Philosophie erfolgte 1880 auf Grund der Dissertation *Die historischen Grundklassen der christlich-abendländischen Musik bis 1600,* seine Habilitation an der Wiener Universität zwei Jahre später mit der *Studie zur Geschichte der Harmonie.* Im ersten Jahr seiner Berufung als Extraordinarius an die Deutsche Universität in Prag (1885) veröffentlichte er eine Schrift, die heute als das grundlegende Arbeitsprogramm moderner Musikwissenschaft angesehen wird: *Umfang, Methode und Ziel der Musikwissenschaft.* Darin wird die Erkenntnis von der Notwendigkeit einer allgemeinen Musikwissenschaft, welche die bis dahin allein unterrichtete Disziplin »Musikgeschichte« in die Richtung der systematischen Fächer auszuweiten hatte, programmatisch entwickelt. Seine auf diese Weise dargelegten Grundsätze hat Adler später mit größter Konsequenz verwirklicht.

Die Erschließung der Musikquellen war die erste große Tat Guido Adlers. Im Jahre 1888 verfaßte er zunächst eine Denkschrift an das k. k. Ministerium für Kultur und Unterricht, die von Hanslick mit unterzeichnet wurde und in welcher er den Plan von *Monumenta historiae musices* entwickelte. Von Prag aus setzte er alle Hebel in Bewegung, um diesen Plan zu realisieren. Zwei Umstände halfen ihm dabei in besonderem Maße: seine Leistung bei der Wiener »Internationalen Ausstellung für Musik und Theater« von 1892, deren musikhistorischen Teil er zu betreuen hatte, und die Vorlage von zwei ersten »Denkmäler«-Bänden mit Werken der komponierenden *Kaiser Ferdinand III., Leopold I.* und *Joseph I.* Der umfassende Plan wurde zwar auf die *Denkmäler der Tonkunst in Österreich* eingeschränkt, dieses Unternehmen konnte aber 1893 durch die Konstituierung einer Gesellschaft tatkräftig in Angriff genommen werden. Bereits im nächsten Jahr erschien der erste Band der Publikationsreihe mit Messen von *Johann Joseph Fux.* Unter Adlers persönlicher Leitung sind bis zum Jahre 1938 nicht weniger als 83 Bände erschienen, die — wie es sein späterer Amtsnachfolger *Erich Schenk* formulierte — die »wohl universellste Verwirklichung des ›Monumenta‹-Gedankens, mit Musik aus sieben Jahrhunderten, vom Minnesang Neidharts von Reuenthal bis zum Strauß'schen Kaiserwalzer« sind.

Im Jahre 1898 wurde Guido Adler als Nachfolger Hanslicks an die Wiener Universität berufen. Bei dieser Gelegenheit wurde der quasi einspurige Kurs Hanslicks — der allerdings von 1875 bis 1894 durch das Lektorat Anton Bruckners für Harmonielehre und Kontrapunkt erweitert worden war — auf breitere Basis gestellt: aus der »Musikhistorischen Lehrmittelsammlung« entwickelte sich das Musikhistorische Institut der Universität. Bis 1927, als Adler in den Ruhestand trat, wurden hier 135 Doktoren der Musikwissenschaft ausgebildet, von denen viele wiederum akademische Lehrämter innehatten.

In der Denkmäler-Reihe bearbeitete Adler selbst Bände mit Musik von *Gottlieb Muffat, Marcantonio Cesti, Johann Jakob Froberger, Heinrich Franz Biber, Johann Joseph Fux, Orazio Benevoli, Antonio Draghi, Heinrich Schmeltzer, Johann Caspar Kerll* sowie die *Trienter Codices,* zu deren Ankauf er die österreichische Regierung bestimmen konnte.

Das frühe Wagner-Buch Adlers ist als der erste Versuch einer historischen Einordnung des Musikdramas von Bedeutung. Als leider unvollendet gebliebener Versuch einer systematischen Stilkunde ist das 1911 erschienene Buch *Der Stil in der Musik* zu betrachten. Eine gewisse Fortsetzung davon ist in dem 1924 editierten, 1930 erweiterten *Handbuch der Musikgeschichte* zu sehen, das erstmals die verschiedenen Epochen den dafür prädestinierten Spezialforschern zur Behandlung zuwies. Adler selbst hat darin die Kapitel über die Periodisierung der Musikgeschichte, über die Wiener Klassische Schule und die Moderne (Allgemeines) verfaßt. Eine Zusammenfassung von Adlers Lehr- und Forschungsgrundsätzen stellt die 1919 erschienene *Methode der Musikgeschichte* dar, einen Rechenschaftsbericht über sein Leben das letzte Buch *Wollen und Wirken, aus dem Leben eines Musikhistorikers,* das 1935 publiziert wurde. Daneben entstanden zahlreiche Artikel für Fachzeitschriften. Die *Vierteljahrsschrift für Musikwissenschaft* hatte er 1884 — zusammen mit *Philipp Spitta* und *Friedrich Chrysander* — selbst gegründet, seiner Initiative ist auch die Herausgabe der von 1913 an als Beihefte zu den *Denkmälern der Tonkunst in Österreich* erschienenen *Studien zur Musikwissenschaft* zu danken.

Adlers Organisationstalent sorgte auch für die klaglose Abwicklung zweier bedeutender musikwissenschaftlicher Kongresse: 1909 war es die Haydn-Zentenarfeier und 1927 das Beethoven-Jubiläum, die die bedeutendsten Musikforscher der Welt in Wien versammelten. Die 1927 erfolgte Gründung der Internationalen Gesellschaft für Musikwissenschaft geht auf seine Anregung zurück. Er blieb ihr Ehrenpräsident bis zu seinem Tode im Jahre 1941. Die letzte Lebenszeit verbrachte Adler in seinem Wiener Heim. Die Deportation blieb dem großen Geisteswissenschaftler, dem 1938 die weitere publizistische Tätigkeit untersagt worden war, glücklicherweise erspart.

Sein Werk hatte Bestand, es wurde zu einer der Säulen des künftigen Gebäudes österreichischer Musikwissenschaft. Trotz späterer Modifikationen besitzt seine Systematik der musikwissenschaftlichen Sachgebiete noch heute Gültigkeit. Von vorbildhafter Bedeutung war der enge Kontakt, den er mit dem öffentlichen Musikleben und mit der lebendigen Musikwiedergabe hielt und der ihn freundschaftliche Verbindungen mit den größten Komponisten und Interpreten seiner Zeit pflegen ließ.

Die Entwicklung musikwissenschaftlicher Institute in Wien, Innsbruck, Graz und Salzburg bis zur Gegenwart hat recht eigentlich von Guido Adler ihren Ausgang genommen. Aber auch die außeruniversitäre Musikforschung verdankt seinem Wirken, seiner Initiative und seiner Ermunterung entscheidende Impulse. Wie so vielen großen Österreichern ist ihm in seinen letzten Jahren der Dank des Vaterlandes vorenthalten worden. Die Nachwelt hat ihn durch Anerkennung seiner Leistungen abzustatten.

Anton Hanak

VON KRISTIAN SOTRIFFER

Hanak ist der einzige Bildhauer Österreichs von Bedeutung in seiner Zeit; die Wirkkraft dieser Persönlichkeit übersteigt ihren Tod beträchtlich. Der nach 1945 so bestimmend an den Tag tretenden und ein weites internationales Echo erfahrenden österreichischen Bildhauerkunst stellte er über seinen zeitweiligen Schüler *Fritz Wotruba* die Geleise. Er war der erste »modern« zu nennende Plastiker Österreichs, mit den Wurzeln seines ganzen Seins jedoch gleichzeitig tief der Tradition verbunden. Seine Vorstellungen, der Bildhauerei als der »mystischsten aller Künste« neue Grundlagen und eine neue Ausgangsposition geben zu können, waren zu umfassend, um von ihm allein bewältigt zu werden. In vielem stand er sich als ein vor allem von starken Empfindungen motivierter Mensch selbst im Weg. Er litt unter seinen Aufgaben, die er sich selbst stellte, und die Realisation seiner Werke, sosehr ihn die Arbeit in ihren Bann zog, litt mitunter an ihm. Seiner Sehnsucht nach Schönheit, Ursprünglichkeit und Natürlichkeit stand eine stets von Zweifeln, Widerständen und Depressionen erfüllte Haltung gegenüber: »In Qualen entstehen die Figuren, in Qualen sollen sie vollendet werden.«

Die Zeit eines historischen Umbruchs, in die Hanak hineingestoßen worden war, prägte sein Verhalten als Mensch wie als Künstler. Im Zwiespalt mit seiner Zeit schuf er doch ein ihr angemessenes Werk. Wenn er 1922 bekannte: »Ich kann nichts dafür, daß ich an die sogenannte neue Zeit weniger glaube als an die alte«, so fühlte er sich doch ununterbrochen dazu aufgerufen, ihr gerecht zu werden: als ein an ihr leidender, aber an schöpferischen Ideen auch gewinnender Mensch.

In seinem Fühlen und Handeln war Hanak stark dem 19. Jahrhundert und seinem von symbolistisch-idealistischen Formvorstellungen erfüllten Denkbereich verhaftet. Die meisten seiner Werke erscheinen von ihm mitgeprägt. Es war weniger das Beziehen einer neuen Position im Geistigen, die Hanak auszeichnete, als eine neue Problemstellung, die er dem Menschen gegenüber bezog, den er in seinem geist-seelischen Zusammenhang zu erfassen versuchte. Parallel dazu verläuft ein neues Verhältnis zum Material, aus dem heraus der Künstler sein Werk entwickelte und zu dem er früh ein engeres Verhältnis fand, als es zuvor existierte. Aber auch dieses Verhältnis ist nicht frei von Widersprüchen. Am 20. Feber 1903 notierte er in seinem Tagebuch: »Am liebsten möchte ich gar nicht mehr modellieren. Es ist mir ein Rätsel, daß einen das Material so ganz beherrschen kann. Man wird förmlich neu geboren und erzogen ... Ein Marmorblock ist mir wie ein Heiligtum ...« Hanak hat trotzdem mehr modelliert, als direkt aus dem Stein herausgearbeitet (der ihm freilich aus materiellen Gründen nicht immer zugänglich war); die sensibel geformten Bronzen zählen zweifellos zu seinen Hauptwerken.

Anton Hanak wird am 22. März 1875 in Brünn geboren. Von 1889 bis 1893 durchläuft er eine Holzbildhauerlehre in Wien, fünf Jahre später frequentiert er die Klasse *Edmund Hellmers* an der Akademie der bildenden Künste (bis 1904; die oben zitierte Bemerkung, das Material betreffend, stammt also aus jener Zeit). Von ihm lernt er: »Das plastische Empfinden wurzelt im ›Material‹, aus dem Material heraus muß der Bildhauer componieren« (Hellmer in *Lehrjahre der Plastik*, Wien 1900).

Hellmer argumentiert (ohne sich in der Praxis daran zu halten) außerordentlich fortschrittlich: »Die Bildhauerschule muß vor allem in eine ›Werkstatt‹ umgewandelt werden. Der eintretende Schüler muß in erster Linie das Handwerk erlernen, denn Kunst und Handwerk haben einen gemeinsamen Nährboden: die Technik.«

Aus einem Tagebuchfragment Hanaks geht hervor, wie er diese Lehre der »Materialheiligkeit« für sich selbst versteht: »Die unbegrenzten Gefühle eines nach Schönheit strebenden Menschen haben im Material das erste und letzte Bindeglied zwischen Leib und Seele gefunden. Was die Seele an ursprünglicher Form des Materials in Besitz nahm, hüteten die leiblichen Kräfte . . .« (aus: *Die Bildenden Künste,* Wien 1919).

1906 wird Hanak Mitglied der Wiener Secession, er kommt in Kontakt mit *Gustav Klimt* und dem Architekten *Josef Hoffmann,* der Hanak 1913 eine Professur an der Wiener Kunstgewerbeschule ermöglicht. 1928 beklagt sich Hanak rückblickend jedoch über seine ihn wenig befriedigende Lehrtätigkeit: »Zehn Jahre sind verloren, und um sie bin ich betrogen.«

Die ersten wichtigen Arbeiten entstehen zwischen 1914 und 1918: so *Der letzte Mensch* in seiner einsam aufragenden, mit seitwärts gestreckten Armen nach einem Halt suchenden, fragilen Gestalt, die an Figuren der Zeitgenossen *George Minne* und *Wilhelm Lehmbruck* denken läßt, aber auch an *Rodin.*

Hinweise dieser Art lassen sich fortführen, um Hanaks Stellung innerhalb des Kunstgeschehens seiner Zeit besser zu umreißen: Er arbeitete aus einer Gestimmtheit heraus, die durch eine nervös gestaltete, reich modellierte, als Ausdrucksträger verstandene und somit auch expressive Tendenzen einbeziehende Oberfläche bestimmt war. Zugleich strebte er aber auch die reine, den Widerstand des Materials respektierende und sich den Händen des Modelleurs wenig fügende Gestalt in einer Geschlossenheit an, wie sie das Werk *Maillols* charakterisiert. Aber erst in späteren Arbeiten aus harten Materialien gelangt Hanak seinem von vornherein verfolgten Ziel näher: in Gips zu formen, war ihm zunächst aus ökonomischen Gründen auferlegt. Trotzdem wird die latente Spannung zwischen Absicht und Gelingen, zwischen Anspruch und Realität in seinem widersprüchlichen Werk immer spürbar sein. Sosehr es Zukunft in sich trägt und herausbildet, so sehr muß man es auch als in nicht zuletzt noch vom Jugendstil mitbestimmten Gefühlsaufwallungen verstrickt sehen, die nicht immer kontrolliert erscheinen. Eine gründliche, noch ausstehende Formanalyse seines Werks erst wird die Koordinaten aufzeigen können, in die es eingespannt erscheint.

1917 entsteht *Das große Leid* (Gips für Marmor), eine für Hanaks Absichten bezeichnende Arbeit (auch unter dem Titel *Die Schwebende* bekannt). Diese wie schwerelos auf einem Sockel liegende Figur war als Musikdenkmal konzipiert; sie läßt Hanaks Streben nach einer Verwandlung des Materials erleben und bezeugt sein inniges Verhältnis zur Musik, dieser »Vermittlerin meiner Stärke und Schwäche«.

Wie sehr Hanak den Menschen als Träger seelischen Ausdrucks sieht, geht aus seinen zahlreichen Studien zu Händen hervor, die er auch, vom menschlichen Körper isoliert, plastisch zur Darstellung bringen möchte (das Denkmal der Republik in Wien war von ihm ursprünglich so konzipiert). In der Bronze, die 1920 zu Ehren des Anatomen *E. Zuckerkandl* entstanden und im Arkadenhof der Wiener Universität aufgestellt ist, treten die Hände als beredte Zeugnisse des Wirkens dieses Menschen in den Vordergrund.

Eine Gestalt, die Hanaks Schaffen seit 1916 wie ein Leitmotiv begleitet, ist die des »Fanatikers«, verwandt mit dem *Brennenden Menschen,* einer flammenden, lodernden, sich verzehrenden Erscheinung (1922; 1951 in Linz in Bronze gegossen und dort 1960 in der Neuen Galerie aufgestellt), die als eine Art Selbstdarstellung zu werten ist. »Vor mir liegt alles im Werden, eine verwüstete Welt«, schreibt Hanak 1923 an *Hedwig Steiner;* »hinter mir ist alles zugrunde gegangen. Ich selbst bin verkohlt und gleiche dem Baum, in den der Blitz geschlagen und der verkohlt wohl noch zum Himmel ragt. In dieser furchtbaren Stimmung habe ich meine letzte Arbeit aufgerichtet und will sie bald abschließen, den brennenden Menschen.«

Zahlreiche Vorwürfe nimmt Hanak immer wieder auf, in stets erneuten Versuchen, seine inneren Vorstellungen zu verwirklichen. Neufassungen und Wiederaufnahmen eines Themas charakterisieren sein Werk in besonderem Maß. Zwischen 1925 und 1930 entstehen zwei weitere wesentliche Arbeiten, die *Pietà* in Bronze und die Porträtfigur *Stonborough-Wittgenstein* in Gips, die »mit der Hoheit einer antiken Kore aufragt« *(Bruno Grimschitz).* In dieselbe Zeit fallen aber auch zahlreiche, ganz andersartige, noch nie publizierte abstrakte Studien und Entwürfe, vor allem für Denkmäler. Überhaupt ist Hanaks zeichnerisches Werk — die vielen sperrigen Federzeichnungen, die verschwimmenden, weichen Skizzen mit dem Tintenbleistift neben den Bleistiftstudien — von seiner Bildhauerei nicht zu trennen; was er im harten oder geschmeidigen Material anstrebt, aber nicht immer realisiert, findet sich in diesen Hunderten von Blättern angelegt.

Für ein monumentales *Klimt-Grabmal* aus Granit existieren mehrere Skizzen in einer kubistisch-kristallinen, konstruktiven Flächenbehandlung, andere Entwürfe versuchen prismatische Formen in Bewegung zu versetzen. Auch für *Richard Wagner* und *Rainer M. Rilke* existieren derartige hochragende, stelenartige Projekte, die Hanak von einer völlig anderen, bisher unbekannten Seite zeigen. Sie verdeutlichen wiederum, daß er die in ihm liegenden Möglichkeiten nicht voll zur Entfaltung bringen konnte — zumindest, was das vollendete Werk betrifft. In Rumänien steht ein (in seinem Erhaltungszustand zu überprüfendes) ausgeführtes abstraktes Grabmal (für *Emma Grünbaum* in Lugoj). Die kantigen Formen, die Wotruba nach 1945 entwickelt, finden sich in diesen Entwürfen bereits angelegt (Materialien hiezu im Besitz des von *Erich Gusel* geleiteten Hanak-Archivs in Lang-Enzersdorf bei Wien).

Ab 1928 beginnt Hanaks körperlicher Verfall. Seine Schwermut, sein Leiden an sich selbst und an der Umwelt steigern sich. 1932 wird er an die Akademie der bildenden Künste berufen. Die sich anbahnende Anerkennung seiner Leistung erfolgt für ihn zu spät. Der ihm von *Clemens Holzmeister* vermittelte Auftrag der türkischen Regierung, ein Nationaldenkmal für Ankara zu schaffen, stärkt seine Schaffensfreude noch einmal. Aber er hinterläßt ein unvollendetes Werk. Hanak stirbt am 7. Januar 1934.

Alfred Kubin

VON HERBERT LANGE †

Obwohl *Alfred Kubin* auf dem letzten Krankenlager bereits Anfang 1959 vertrauten Freunden gestanden hatte: »So leicht, wie man meint, ist es nicht!«, entzog ihm die Natur die Lebenskräfte verhältnismäßig sanft. Am 20. August 1959 gegen 15 Uhr erlosch sein Dasein in einer winzigen Kammer seines Wohnsitzes Zwickledt: still und vereinsamt. — Doch nun zeigte der Tod in einer makabren Apotheose noch einmal, was der Künstler, den er im 83. Lebensjahr zu sich genommen hatte, nah und fern galt.

Noch einmal war dieses bescheidene Schlößlein Zwickledt zum internationalen kulturellen Anziehungspunkt geworden, als sich am Montag, dem 24. August, eine unübersehbare Trauergemeinde versammelte, um Alfred Kubin hinunter ins Inntal zum Friedhof der Pfarrgemeinde Wernstein zu geleiten. Unter allem, was hernach im Namen in- und ausländischer Institutionen am Grabe gesprochen worden ist, ragte ein Wort des damaligen Landeshauptmannes von Oberösterreich, *Heinrich Gleißner*, hervor, der feststellte, daß dieses Bundesland nach *Anton Bruckner, Adalbert Stifter* und *Franz Stelzhamer* im verewigten Alfred Kubin einen vierten unvergänglichen Genius aufgenommen habe. Damit war dem Künstler, der zu Lebzeiten eine Anzahl von Ehrenbürgerschaften oberösterreichischer Gemeinden erhalten hatte, die heimatliche Zugehörigkeit in einem der Vergänglichkeit entrückten Range bestätigt worden. Der Tod, der Kubin von Jugend an fasziniert und zugleich mit Sterbensängsten gepeinigt, aber auch schöpferisch aufgeladen hatte, bot sich zum Schluß einer kleinen dörflichen Welt als großes Schaugepränge dar.

Alfred Leopold Isidor Kubin war am 10. April 1877 in der nordböhmischen Stadt Leitmeritz geboren worden. Sein Vater, *Friedrich Franz Kubin,* diente dem Staat als Obergeometer; seine Mutter, *Johanna Jenny Kletzl,* eine Pianistin und kunstsinnige Frau, starb schon 1887 an Tuberkulose. Nach dem Tod der geliebten Mutter waren Alfreds Kinder- und Jugendjahre unruhig und von mißratenen Schul- und Ausbildungsversuchen erfüllt. In einer Pubertätskrise versuchte er 1896 sich eines Nachts am Grabe der Mutter zu erschießen. Der alte Revolver versagte; doch beendete der Vorfall Kubins Tätigkeit in Klagenfurt, wo er von 1892 bis 1896 das Photographenhandwerk erlernt hatte. Ein vom Januar bis zum April 1897 folgendes Zwischenspiel beim Militär endete nicht minder kläglich mit einer schweren Nervenkrankheit.

Nachdem alle Bemühungen des Vaters, den Sohn für eine bürgerliche Existenz vorbereiten zu lassen, gescheitert waren, öffnete sich nach der Rekonvaleszenz für Alfred Kubin der Weg zur Kunst: vom Frühjahr 1898 an durfte er in München studieren. Zwei Jahre lang besuchte er die private Kunstschule des Malers *Schmidt-Reutte,* den Kubin als seinen eigentlichen

Lehrer geschätzt hat. Lediglich auf Wunsch des Vaters ließ er sich später noch an der Kunstakademie einschreiben, ohne am Betrieb in der Zeichenklasse Professor *Gysis'* sonderlich teilzunehmen. Zum regulären Abschluß der Studien gelangte er nicht, weil ihn — hingerissen von *Schopenhauers* philosophischen Schriften — etwa von 1901 an eigener Schaffensrausch überfiel. Schon damals offenbarte sich Kubins Liebe zur Graphik, die sich an Radierungen *Max Klingers* vollends entzündet hatte. Rückerinnernd berichtete der Künstler, daß er sich bemühte, das gesamte graphische Werk von Meistern wie *Goya, de Groux, Rops, Klinger, Ensor, Redon* und *Munch* kennenzulernen, und die Freundschaft mit *Paul Klee* pflegte, »dessen Können mir damals schon große Achtung abnötigte«. Diese künstlerischen Vorfahren und Leitbilder, denen Kubin mehr oder weniger bewußt Einfluß auf das eigene Schaffen einräumte, werden späterhin thematisch gewiß noch von *Hieronymus Bosch* und *Pieter Bruegel* sowie für den sich linear befreienden, dynamischer werdenden graphischen Duktus von den Meistern der Donauschule ergänzt.

Etwa von 1901 an hatte Kubin mit akademischer Behutsamkeit völlig unkonventionelle Motive gezeichnet. Der warme schwarzbraune Tuschton dieser Blätter und feine gespritzte Flächen erweisen des Künstlers Absicht, die Effekte von Ätz- und Aquatintaradierungen nachzuahmen, ohne die zur Herstellung radierter Platten notwendige, zeitraubende Mühe aufwenden zu müssen. Drängender Einfallsreichtum und innere Ungeduld bestimmten diese Technik. Seine Motive — Monstren und Lemuren, quallige, mißgebildete Geschöpfe, extreme Szenen voll schauerlicher und grotesker Phantastik — könnten als Symptome sexueller Bedrängnis psychopathologisch gedeutet werden, doch vom gesicherten Standpunkt des Alters aus — also nach dem Zweiten Weltkrieg — hat Kubin selbst die fragwürdige »Dämonie« seines abstrusen Anfangs als »Scheinmetaphysik« ihrer Hintergründigkeit weitgehend entkleidet.

Immerhin vermochte der Künstler mit diesen ersten selbständigen Werken, die uns heute formal allerdings eine gewisse Verwandtschaft zum Jugendstil verraten, im Januar 1902 bei *Cassirer* in Berlin zu debütieren und den Beifall etlicher Kenner zu ernten. Es bewährte sich die Zuneigung des Dichters *Max Dauthendey* und des Kunstfreundes *Hans von Weber*, der als Mäzen und erster Verleger Kubins 1903 eine Mappe mit fünfzehn Reproduktionen herausbrachte, die gut rezensiert wurde und den Künstler »in weiteren Kreisen bekannt« machte. Kubin hatte sich mit *Emmy Bayer*, einer Österreicherin, verlobt, »und nun hatte mein irdisches Glück seinen Höhepunkt erreicht«. Abermals griff der Tod ein. Die Braut erkrankte und starb. Verzweifelt begann Kubin, sich gesundheitlich und finanziell zugrunde zu richten. Doch vier Monate danach lernte er die Schwester des Schriftstellers *Oscar A. H. Schmitz* kennen: die junge Witwe *Hedwig Gründler* aus Frankfurt am Main, die Ende März 1904 Kubins Frau wurde, seinem Leben eine gesicherte Basis und seinem Schaffen den Segen einer geordneten Atmosphäre samt wertvoller organisatorischer Hilfe bieten konnte.

Die Periode der Zeichnungen voll mit Abnormitäten und Ausgeburten einer zügellosen Phantasie klang aus; die schwarzbraunen, graugrünen, lehmgelben gespritzten Flächen, von denen die Blätter wie mit dünnen Moder- und Staubschichten überzogen waren, lösten sich in kräftigere Strichlagen auf, sofern Kubin überhaupt noch zeichnete und sich nicht ausschließlich der Farbe widmete. An Bruegel, dessen Gemälden er 1905 in Wien begegnet war, fesselte ihn, der in seinen Anfängen mit leidlichem Recht als undogmatischer Vorläufer des Surrealismus gilt, das »Elementar-Visionäre«, »das aus dem Unbewußten auftaucht«.

Malereien mit Kleisterfarben sowie reiner Tempera, die mit pathetischen Licht- und Farbstimmungen überladen, ja dramatisiert worden waren, vermochten Kubin auf die Dauer nicht zu befriedigen. Er bevorzugte Traumlandschaften, submarine Szenerien nach Anregungen aus Aquarien und schließlich mikrokosmische Formen: »feenhafte Gebilde von feinsten tierischen und pflanzlichen Stoffen«. Sie führten thematisch von der »Erinnerung an die gegebene organisierte Natur« fast zu einer Art pseudo-abstrakter Kunst, mit der er zwar einige Zeit vor *Kandinsky* aufwartete, aber deren Wesen und Möglichkeiten er keinesfalls mit vergleichbarer Konsequenz erfaßte und verfolgte. Zum Erlebnis wurde 1906 vielmehr eine Reise nach Paris mit einem Besuch bei *Odilon Redon,* in dessen Kunst Kubin von jeher wesensverwandte Züge zu erkennen vermeint hatte.

Von großer Tragweite war Hedwig und Alfred Kubins Entschluß, das Schlößlein Zwickledt zu erwerben und im Sommer 1906 als ständigen Wohnsitz zu beziehen. Dieses etwa vierhundert Jahre alte ehemalige Freihaus der *Ritter von Schmelzing und Wernstein* liegt hoch über dem Inntal halbwegs zwischen Schärding und Passau und gehört zur Gemeinde Wernstein. Damit war das Refugium für ein langes Künstlerleben gewählt worden, das persönliche Zurückgezogenheit mit internationaler Anerkennung verband.

Der Tod des Vaters im November 1907 in Schärding belastete Kubin schwer, und seine bildnerische Produktion stockte. Um inneren Druck abzureagieren, begann Kubin eine ziemlich merkwürdige Geschichte zu schreiben. Nach zwölf Wochen, gegen Ende des Jahres 1908, hatte er den phantastischen Roman *Die andere Seite* vollendet und den Untergang der Traumstadt Perle im Inneren Asiens geschildert. Für Kubins künstlerische Selbsterkenntnis sowie als visionäre Prognose der historischen Situation Europas und des sich auflösenden konservativen Obrigkeitsstaates Österreich war es ein aufschlußreiches Buch. Rund sechsunddreißig Jahre später teilte mir Kubin über dieses gewichtige Werk in einem Briefe vom 30. Januar 1944 mit: »Ich selber beurteile den Band als ein Außenseiterwerk — ich schrieb das wie getrieben, oft auch nachts aufstehend vom Lager, es ist eine *echte* dämonisierte Schrift — und *nichts* von Literatur — und mehr auch wieder —

Provisorische Regierung Renner im Jahre 1945

Theodor Körner, Bundespräsident von 1951 bis 1957

Oskar Helmer

Leopold Figl

Julius Raab

Adolf Schärf, Bundespräsident von 1957 bis 1965

Franz Jonas, Bundespräsident von 1965 bis 1974

›Die andere Seite‹ ist eine Erlebnisreihe und eine *Weltanschauung!* — Alles das brauche ich Ihnen zwar nicht zu sagen, das haben Sie gewiß erkannt — In gewissem Sinn bin ich — *anschaulich* auch *niemals* darüber hinausgekommen — es ist eben Schicksal, und die 35 Jahre, welche nach Abschluß des Bandes für mich noch kamen, brachten in einigen Beziehungen Klärung, in *keiner* eine Totalberichtigung — deshalb deckt sich meine eigentliche *bildkünstlerische* Arbeit — geistig aufgefaßt — mit den Visionen dieses sonderbaren Buches.«

Kubin hatte also bereits mit dem 31. Lebensjahr gewissermaßen sich selbst erfüllt. Was er nun noch leistete, hat aber unbedingt zu geistiger Variation, Erfahrung, wachsender Sicherheit geführt und schloß weitere »bildkünstlerische« Entfaltung bis zu einer sehr selbständigen Reife nicht aus, deren Wesenszüge von außen schon unangreifbar waren, als er 1909 in die von Wassily Kandinsky gegründete »Neue Künstlervereinigung« in München eintrat und 1911 mit Kandinsky, *Franz Marc* und *Gabriele Münter* die Gemeinschaft »Der blaue Reiter« bildete, die zum bedeutendsten internationalen Sammelpunkt zeitgenössischen künstlerischen Strebens in Süddeutschland werden sollte, bis sie am Ausbruch des Ersten Weltkriegs scheitern mußte.

Seit dem Verzicht auf getönte Farben und Flächen beschränkte sich Kubin fast ausschließlich auf Federzeichnungen, wobei die einfachsten Mittel »Striche, Flecken und Punkte« den »ganzen imaginären Bau der Zeichnung tragen« sollten. Der Künstler war also zur leicht und gut reproduzierbaren Druckvorlage gelangt und hatte damit die technische Voraussetzung zu seinem zweiten großen Arbeitsgebiet geschaffen, das ebenbürtig neben die freie Graphik treten sollte: die Illustration. Es kam ihm der Umstand zugute, daß verständnisvolle Verleger ihm Aufgaben anboten, die seinem Hang zur Dämonie, zu grauenerregender Spannung, zu den Nachtseiten des Lebens, zu grotesker Phantastik entgegenkamen. Die Fülle der Buchgraphik Alfred Kubins wurde mit einer sechsbändigen Ausgabe der Werke *Edgar Allan Poes* 1908 bis 1911 eingeleitet; es folgten Illustrationen für Autoren wie *Gerard de Nerval, Hauff, Dostojewski, E. T. A. Hoffmann, Jean Paul, Scherbart, Barbey d'Aurevilly, Voltaire, Gerhart Hauptmann, Hermann Hesse, Thomas Mann, Gogol, Turgenjew* und viele andere sowie Bilder zur Bibel und zu Kubins eigenen Erzählungen und feuilletonistischen Skizzen. Die außerordentliche Gesamtleistung wurde 1955 — abermals mit Zeichnungen zu phantastischen Erzählungen Poes — abgeschlossen.

Daneben schuf der Künstler Mappenwerke, Zyklen, Lithographien und einzelne Originalgraphiken in unübersehbarer Zahl. Auch qualitativ führte die Zwischenkriegszeit zum Höhepunkt seines Schaffens. Der Strich gewann an Breite, Kraft und elastischer Präzision; die Farbe wurde dem Aquarell gemäß transparent und bei dezenter Koloristik in souveräner Pinselschrift und malerischem Vortrag angewendet. Das Düstere der bisherigen Thematik begann mehr und mehr zu schwinden und mit zunehmendem Alter des

Künstlers märchenhaften, volkstümlichen, landschaftlichen, humorigen und sich gelegentlich andeutenden sozialkritischen Zügen zu weichen. Seine bei aller Eigenwilligkeit kubinscher Thematik in der lokalen Tradition wurzelnde Kunst wurde in einzelnen Fällen vorübergehend zwar oberflächlich nachgeahmt, aber Schule bildend wirkte sie nicht. Alfred Kubin war ein Einzelgänger, der die Kunstentwicklung seiner Zeit nicht beeinflußte. Sein Lebenswerk bleibt im wesentlichen eine singuläre Erscheinung.

Um eine Gesamtaufgabe solchen Umfanges zu bewältigen, waren ein streng geregeltes Leben und ein menzelscher Fleiß notwendig: Kubin hatte sich dazu erzogen; er zeichnete jeden Vormittag! — Seine ausgeprägte Anteilnahme am Gang der Welt, an den Triebkräften und Hintergründen dazu, verhinderte jedoch, daß die abgeschirmte Existenz in Zwickledt, die für sein Schaffen zur Voraussetzung geworden war, nicht zu kargem, in sich befangenem Eremitentum geführt hat. Alfred Kubin war ein sprühender Geist. Außerdem erfreute er sich von seinen frühesten Münchener Jahren an vieler Beziehungen zu Berufskollegen und Schriftstellern. Zu diesem Kreis, der sich zunehmend um ihn schloß, gehörte die schöpferische Elite der ersten Hälfte des zwanzigsten Jahrhunderts. Doch bereits vom Weltkrieg an wurde die Lebensrose, in deren Mitte sich Kubin fühlen durfte, grausam wieder entblättert. Nicht von ungefähr entstand in den Jahren 1915 und 1916 Kubins umfangreicher *Totentanz,* von dem 24 Blätter bei Cassirer in Berlin erschienen sind. Kubins Freund, der Maler Franz Marc, war am 4. März 1916 vor Verdun gefallen. Er führte die lange Reihe derer an, die vor Kubin scheiden mußten und ihn mehr und mehr sich selbst überließen. Die nie zu verschmerzende, schicksalhafte Lücke hinterließ aber Hedwig Kubin, seine kluge, mütterlich sorgende Frau, die am 15. August 1948 sterben mußte. In der letzten Vereinsamung, die Alfred Kubin nun überwältigte, standen ihm *Alois Samhaber,* der Pfarrer von Wernstein, und *Cilli,* die getreue Haushälterin auf Zwickledt, bei, bis die Szene, die der Künstler bereits 1947 erschütternd eindringlich gezeichnet hatte, mit ihm vollzogen wurde: *Der Tod holt den Zeichner.* Auf diesem Blatt fliegen die Zeichnungen zum offenen Fenster hinaus . . .

Herbert Boeckl

VON LEE SPRINGSCHITZ

Schon zu Lebzeiten des Malers *Herbert Boeckl* erfaßte das kunstinteressierte Österreich seine Bedeutung in vielerlei Hinsicht: als Initiator einer sakralen Kunst nach modernen formalen wie ikonographischen Gesichtspunkten; als einen der letzten, der die Farbe zu manipulieren verstand, sodaß sie eine selten in gleicher Virtuosität erreichte Dominante in der Bildwelt errang; als akademischen Lehrer ohne Akademismus, von außerordentlicher Strahlkraft auf die jüngere Generation; als Individualisten dynamischer Prägung, der in seinem künstlerischen Werk stufenweise, bis ins Tiefenpsychologische vordrängende Selbstverwirklichung betrieb.

Das kunstinteressierte Ausland beginnt diesen Erkenntnissen auch nach seinem Tod (20. Jänner 1966) erst zögernd zu folgen. Boeckl teilt darin das österreichische Schicksal eines *Klimt* und *Schiele.* Will man jedoch die Frage, ob Österreich überhaupt ein »Malerland« von europäischem Range sei, mit ja beantworten, wird man nach 1918 vor allem an *Kokoschka* und *Boeckl* denken müssen.

Boeckl wurde am 3. Juni 1894 als Sohn eines Ingenieurs und Professors an der damaligen Staatsgewerbeschule in Klagenfurt geboren. Nach der in Klagenfurt absolvierten Realschule (1912) wollte Herbert Boeckl an der Wiener Technik Architektur studieren; diese frühe Neigung findet ihren Niederschlag in der Handschrift seiner gezeichneten Stadtansichten. Daneben auch mit medizinischen und tierärztlichen Studien beschäftigt, manifestiert sich alsbald der Hang, dem Kreatürlichen an der Grenze zwischen Dasein und Tod nachzuspüren. Von 1914 bis 1918 war Boeckl Offizier.

Gemalt hat Boeckl schon als Knabe; nicht anders als andere. Vom Sechzehnjährigen bewahrt die Familie die Nachempfindung einer Wörther-See-Landschaft von *Markus Pernhart* auf. In Wien war Boeckl später einige Zeit Privatschüler bei *Adolf Loos,* doch blieb es ja nicht die Architektur, zu der er sich berufen fühlte. Die autodidaktisch betriebene Malerei rückte ins Zentrum. Eine Ungarnreise zeitigte (1918?) ein neoimpressionistischer Malweise nacheiferndes Ölbild *Gang zur Arbeit:* eine Brücke über die Raab durchschneidet das vibrierende Lichtfeld eines Sonnenaufgangs. Bemerkenswerter als dieses ist aber für Boeckls Anfänge als Maler ein Aquarell von 1918 mit der Heiligenreliquie des Märtyrers *St. Vinzent* in der Kirche von St. Gotthart in Ungarn. Leises Anklingen an Klimtschen Dekorismus, seltsam welke Mystik, die Zukünftiges vorzuintonieren scheint. Ein Pastell von 1919 mit einem Blick über Dächer läßt an Schiele denken. Schieles Akten wird aber auch Boeckl manche Anregung verdanken. Doch parallel damit dokumentieren uns Versuche eine erstaunliche Unabhängigkeit von den großen Wiener Meistern, die 1918 die Augen für immer schlossen, nachdem sie einer Epoche österreichischer Kunst den Stempel aufgeprägt hatten. Überliefert wird übrigens, daß Schiele es war, der die Beziehung Boeckls zum Kunsthändler *Nebehay* herstellte. Durch diesen wurde zunächst die materielle Existenz des Künstlers unterbaut, denn Nebehay schloß 1920 einen Vertrag mit dem jungen Autodidakten ab, der ihn unabhängig vom Broterwerb machen sollte. Boeckl reist. Er lernt die Kunstzentren kennen, ist 1921/22 in Berlin, 1923 in Paris, 1924 in Palermo, 1925 wieder in Wien, und zwischen 1926 und 1928 lebt und malt er in Kärnten.

Aus wesentlich anderen Urbereichen schöpfend wie etwa ein Schiele oder gar Klimt, hat Boeckl vom Anfang an eine besondere Facette innerhalb der österreichischen Malerei repräsentiert. Bewußt sucht er die Auseinandersetzung mit dem Werk großer europäischer Meister, mit *Cézanne, Chaim Soutine, Jacques Villon* und *Picasso.* Würde man daraus Abhängigkeiten konstruieren, man verfehlte den Kern Boecklscher Kunst. Entgegen der normenbildenden Kraft dieser Formfinder ist für Boeckl immer die inhaltliche Aussage von mindestens gleicher, wenn nicht überragender Wichtigkeit. Er weicht nicht vom Gegenstand, wird niemals völlig abstrakt.

Im Stilleben werden — ähnlich wie bei *James Ensor* und *Kokoschka* — nekromane Anwandlungen abreagiert, doch die gewaltige Realität des Todes springt uns aus seinen *Studien zur Anatomie* an, aus dem Predella-Bild des *Toten Jünglings mit aufgebrochenem Thorax,* jenes schönen Selbstmörders, der sich vom Dach des Wiener Anatomischen Institutes gestürzt hatte und unzerstört, äußerlich unverletzt — wie der Künstler selbst der Verfasserin berichtete — zur Obduktion kam. Boeckl studierte das Phänomen des Todes ohne Sentimentalität und ohne Grauen, in einer stolzen, erhabenen Schwermut: Die Blicke des Toten künden kein Verlöschen, sondern ein neues, großes Schauen; nicht »des Redlichen Schlaf« eines *Kalimachos* und nicht »der ewigen Liebe Meisterstück« eines *Gerhart Hauptmann.* Boeckls Todesschau ist neoexistentiell, ist aufrüttelnde Erkenntnis, verabsolutiertes Jenseitswissen.

Diesen malerischen und seherischen Höhepunkten der zwanziger Jahre schließen sich Vorstudien eines ersten bedeutenden Altarwerkes an, beginnend mit dem Karton und seinen Details zum Imago eines österreichischen Nationalheiligen, des Erzmärtyrers *Stephanus.* Gotische und barocke Elemente vereinigen sich in diesem zweieinhalb Meter hohen Entwurf zum Seitenflügel des dreigliedrigen Marienaltars. Dieser Stephanus trägt die Gesichtszüge des Künstlers. Sie verklären sich, umflutet von den rauschenden Farben des Gewandes und dem roten Himmelsbaldachin, zum Triumph über das Diesseits. Die Szene wird in die noch unvollendete Architektur des gotischen Bauwerks gestellt, umrahmt von einer Balustrade und den Werkstücken noch unbehauener Fialen. Im Hintergrund der Stephansturm. In jäher Verkürzung scheint sein schwebendes Spitzenwerk ins Unendliche aufzuragen; die Turmspitze wird unseren Blicken entzogen. Es gibt in der modernen Malerei wenige Kunstwerke, die man als »patriotisch« bezeichnen dürfte. Dieser Stephanus ist es. Motivische Besonderheit: wie aus verwittertem Stein eine Moses-Maske zu Füßen des Heiligen, Anspielung auf die die Steinigung auslösende Moses-Predigt (s. Apostelgeschichte). Die Fülle beziehungsreicher Aussagen, lokaler und persönlicher Art, die Ergriffenheit des Künstlers vor Geschichte und Bibeltext sei damit beispielhaft umrissen.

Der Altar wurde in den Kriegsjahren, bis 1945, in Ölmalerei ausgeführt und 1965 in *Mogersdorf* im Burgenland aufgestellt (1973 zur Restauration entfernt). Das Mittelstück des Triptychons zeigt die barock gekrönte Madonna vor einem Wolkenhimmel, den, fast verschwindend klein, der beringte Planet siegelt: Saturn, einer Mythe nach der Gott, der seine Kinder verschlingt. Boeckl will, daß das Kunstwerk »verschlüsselt« sei. Nur zögernd wagen sich die Interpreten an seine Verschlüsselung heran, doch mit formal-ästhetischen Analysen allein wird man einem Boeckl nicht gerecht.

Schon in diesen Jahren vollzieht sich ein langsamer Formwandel zu einer flächigeren Malweise. Der fast plastische Auftrag der Farbe, wie er für die zwanziger Jahre typisch war, verdünnt sich und wird nach 1945 aufgegeben. Daß damit auch die Plastik der Gegenstände im Sinne einer dreidimensionalen Illusion einer flächigen Bewältigung des Bildgedankens weicht, mag gleichem Bedürfnis entspringen. Man hat vielfach in Boeckls Stilwandel nach dem Krieg einen Bruch sehen wollen, eine Rezeption der Moderne nach den Jahren der Absperrung, die das, was Boeckls Eigenart bisher ausgemacht hatte, zum Verwischen brachte. Das graphische Werk des Künstlers weist jedoch vom Anfang an nicht nur abstrakte Tendenzen, sondern ein oft frappantes Vorprellen in avantgardistische Bereiche nach und erbringt den schlagenden Beweis einer nur schwer auszulotenden Vielschichtigkeit dieser Künstlerpersönlichkeit. Das Neben- und Ineinanderfließen flächiger und plastischer »Leibhaftigkeiten« — um einen Grundbegriff zu variieren, den *Werner Hofmann* für die Boecklsche Malerei prägte — wird bewußt in die Komposition hineingetragen. Die Apotheose des Weibes in der Schlußfigur des großen Gobelins für die Wiener Stadthalle *Die Welt und der Mensch* (1957), jener Pantomime, die einer schonungslos preisgegebenen Weltanschauung gleichkommt, ist absichtlich dreidimensional komponiert; dies im Gegensatz zur flächigen Konstruktion der vorhergegangenen Figuren. Sie erforderte höchste Steigerung, die identisch ist mit höchster formaler Realisierung.

Was dem Künstler der *Freskenzyklus in der Engelskapelle von Seckau* (1952—1960) für sein religiöses Bekenntnis bedeutete, das war ihm der Gobelin für sein Weltbild, sein individuelles Schicksalsgefüge. Bei aller Chaotik, die seinem Denken, besser dessen Ausdrückbarkeit in Worten und Sätzen anhaftete, seine Bildsprache gibt in allen Stationen klare Auskunft. »Wir stehen der eigentlich experimentierenden Kunst gegenüber, und zwar innerhalb einer naiven Natur« — so *Michael Guttenbrunner,* der Dichter-Freund. Weib und Mann bilden in diesem Denken die stimulierende Polarität; sie ist aufgeladen mit Gefährdungen, die zur Schuld führen. Metaphysisch steht über dem Geschlecht der Frau das Kreuz; herzförmig, »naiv« umrahmt vom Rosenkranz, kennzeichnet es die Leibesmitte seiner ergreifend schönen Madonna in Seckau, der »Mutter des Engpasses«, der Behüterin des Eintritts in das Leben und des Austritts aus dem Leben. »Naiv« vielleicht auch die Intarsie des Sünders auf der Seckauer Hauptwand: das Porträt König Heinrichs VIII., des Frauenverächters und — Mörders inmitten der apokalyptischen Botschaft. Was Boeckl hier an ikonographischer Pointierung und Aktualisierung nur irgend bewegte, er wagte es, wagte es Jahre vor dem Vatikanischen Konzil, beraten, doch nicht gehemmt von einem großherzigen Auftraggeber. Hier verschmilzt intimste Sphäre des Empfindens mit einer großen, stolzen Gedankenfreiheit des tief Gläubigen.

Boeckl begann als Verfechter der reinen Farbe, einer »peinture«, die kaum Parallelen innerhalb seiner österreichischen Zeitgenossen aufweist. Ein *Stillleben mit dem Ofenrohr* (1925), Motiv asketischer Vereinsamung vor dem Objekt und reine Hingabe an die »Malerei«, mag typisch für diesen Beginn stehen. Nicht minder die Porträts zwischen 1921 bis zum Selbstbildnis 1927. Menschliche Gemeinschaft in ihrer Urform, die Familie, entlockte seinem Pinsel mit die schönsten Werke. Festgefügt im Pyramidensymbol, verewigt er seine um die Mutter gruppierten Kinder im großen Familienbild (1940—1942), dessen saftiges, sattes Blau, Lila und Rot als eine Symphonia domestica der Farbe den Raum ausleuchten. Seine Geliebten und Heiligen, die blühende *Spanierin* (1952) und die *Theresa von Lisieux* (1952), die *Mutter des hl. Copertinus* im Triptychon: sie alle tragen die gleichen Züge der idealen Frau, der Gattin im Geiste. Alle weiblichen Wesen seines Lebens erhöht er zu einem Urbild hin, das er aus den Realitäten seines Daseins in ein schmerzlich ersehntes Übersein emportrug. Von allen seinen Reisen, die ihm besonders nach dem Zweiten Weltkrieg neue Kunstlandschaften erschlossen — katalonische, mykenische, ägyptische Archetypen wirkten nachhaltig —, kehrte er als Boeckl zurück und wußte das Erschaute in die bei aller Dynamik statisch schwere, emotionell stigmatisierte und eruptive Persönlichkeit Boeckl einzuschmelzen.

Gekrönt wird sein malerisches Œuvre in den Freskenwänden von Seckau und die in ihnen bis an die Grenzen seiner Möglichkeiten ausgeschöpfte philosophisch-religiöse Auseinandersetzung. Da diese hohe Reife in einen Zeitraum fiel, in welchem sich die europäische Malerei durch die Eroberung einer nie vorher erreichten Fülle und Breite des abstrakten Bildes am Ziele, ja Endpunkt der Malerei schlechthin wissen wollte, mußte ein Werk wie das Boeckls zunächst unverstanden, weil retrospektive, beurteilt werden. Mit der Überwindung dieses Vorurteils setzte jedoch schon knapp nach seinem Tod die Neubewertung ein. Sie erlaubt die Feststellung, daß Österreich in der nachexpressionistischen Periode keinen universal denkenden und impulsiv fühlenden Maler hervorgebracht hat, der an Herbert Boeckls menschliche und künstlerische Kapazität heranreicht.

Die Röntgenpioniere Österreichs

VON BRUNO THURNHER

Gustav Kaiser war der erste Arzt nicht nur in Österreich, sondern in der Welt, der Röntgenstrahlen zu diagnostischen Zwecken angewendet hat, der erste auch, der sich entschloß, sein Arbeitsleben dem Ausbau der medizinischen Radiologie zu weihen, und der dann, nach wenigen Jahren intensiver Röntgenarbeit, durch mehr als ein halbes Jahrhundert in stillem Martyrium die schweren Schäden getragen hat, die sein Pionierwerk für die Röntgenologie ihm geschlagen hat. Er selbst schreibt in einem autobiographischen Brief: »Es war reiner Zufall und vielleicht nicht der glücklichste in meinem Leben, der mich dazu brachte, der erste Arzt zu sein, der Röntgenaufnahmen an Patienten vornahm.«

Am 8. November 1895 hatte *Röntgen* im Physikalischen Institut der Universität Würzburg das neue Phänomen entdeckt. Wie Kaiser mit den X-Strahlen, wie Röntgen sie nannte, in Berührung kam, schildert er selbst in einem autobiographischen Brief. Darin schreibt er u. a.: »Eines Tages kam mein Freund *Eduard Haschek,* der damals noch als Student Assistent am 2. Physikalischen Universitätsinstitut der Wiener Universität bei Hofrat Prof. *Franz Exner* tätig war, zu mir auf die 2. Medizinische Universitätsklinik — ich war damals bei Hofrat Prof. *Edmund Neusser* als Hospitant beschäftigt — und erzählte mir, daß sein Chef aus Würzburg von seinem alten Studienkollegen Prof. Röntgen Photographien und einen erklärenden Brief erhalten habe, in dem derselbe ihm Mitteilung machte, daß es ihm gelungen sei, eine neue Strahlenart zu entdecken, die Holz, schwarzes Papier, ja sogar den menschlichen Körper durchdringe. Diese von ihm entdeckten unsichtbaren Strahlen, die er X-Strahlen nannte, brachten viele Stoffe zum Leuchten. Es war ihm gelungen, nicht nur das Unsichtbare dadurch sichtbar zu machen, sondern auch auf einer photographischen Platte sichtbar festzuhalten. Prof. Exner erkannte die epochale Bedeutung dieser Entdeckung und gab sofort seinen Assistenten den Auftrag, Röntgens Experiment mit den X-Strahlen genau zu wiederholen und zu überprüfen. Haschek, der wußte, daß ich mich auf der Klinik elektro-therapeutisch beschäftigte und mich für alles, was mit Elektrizität zusammenhängt, interessierte, lud mich zu diesem Versuch ein. Die ersten Versuche mißlangen wegen der Unkenntnis der Expositionszeit; endlich war es dem Assistenten Haschek gelungen, nach einstündiger Bestrahlung eine gut durchgearbeitete Aufnahme eines Gewichtsatzes in einer Holzkassette zu machen. Prof. Exner demonstrierte diese Aufnahmen in der Chemisch-Physikalischen Gesellschaft in Wien, wo die Entdeckung unter den Physikern als physikalische Großtat Röntgens besonders gewürdigt wurde. Der Bruder des Physikers Exner aber, der Physiologe *Sigmund Exner,* der damals der physiologischen Lehrkanzel vorstand und der diese Aufnahmen einige Tage später sah, erkannte als erster die Tragweite dieser Entdeckung hinsichtlich der eventuellen praktischen Verwendbarkeit dieser Strahlen in der medizinischen Diagnostik. Er setzte sich mit Hofrat Neusser, meinem damaligen Chef, in Verbindung und bat ihn, mit einigen Patienten im Physikalischen Institut seines Bruders zu erscheinen, damit Versuche am lebenden Menschen gemacht werden könnten. Prof. Neusser, der stets für alle Neuheiten, die Erfolg versprachen, begeistert war, fragte mich um die näheren Details, da er wußte, daß ich bei den ersten Versuchen anwesend gewesen war, und kam am nächsten Tag mit Prof. Exner und anderen Herren sowie entsprechenden drei Patienten in das Physikalische Institut. Nachdem ich vorher schon den Arbeitsgang einer Aufnahme mit X-Strahlen gesehen hatte, durfte ich nun die Aufnahmen machen, die nach einer enorm langen Expositionszeit von zwei Stunden diagnostisch verwertbar gelangen, sodaß erfolgreich operiert werden konnte. Der eine Patient hatte einen Schrotschuß in der Hand, der zweite eine Doppelzehe, der dritte eine nicht heilende Fraktur des Unterarmes. Es ist notwendig, festzuhalten, daß diese am alten physikalischen Universitätsinstitut in der Türkenstraße in Wien gemachten drei Röntgenaufnahmen überhaupt die ersten aus medizinischen Indikationen angefertigten Röntgenaufnahmen in der Welt gewesen sind.«

Prof. Neusser bestellte unmittelbar nach den ersten erfolgreich durchgeführten medizinischen Röntgenaufnahmen ein geeignetes Instrumentarium, und Gustav Kaiser wurde mit der Durchführung der Untersuchungen betraut. Die Patientenzahl der Klinik, aber auch anderer Kliniken und Abteilungen des Allgemeinen Krankenhauses stieg von Monat zu Monat; eine Zentralisierung erwies sich als notwendig. So war es Gustav Kaiser, der die erste Röntgenzentrale im Allgemeinen Krankenhaus gründete. Kaiser hat zahlreiche technische Verbesserungen und diagnostische Fortschritte erarbeitet; leider war er in seiner übergroßen Bescheidenheit kein Mann der Feder, sonst wäre sein Name heute nicht weniger bekannt als der mancher großer Pioniere auf dem Gebiet der neuen Wissenschaft. Kaiser hat bald gutbesuchte Kurse an der Klinik Neusser gehalten, und einer seiner eifrigsten Schüler war der junge *Holzknecht*.

Aber schon 1899 — man kannte in den ersten Jahren nach der Entdeckung der Röntgenstrahlen ja keinen Strahlenschutz — zwangen ihn die ersten Zeichen von Schädigungen an den Händen, seine Tätigkeit im Krankenhaus aufzugeben und sich nur mehr in seinem Privatinstitut zu beschäftigen. 1924 mußte Kaiser die Röntgenarbeit ganz aufgeben. Nach zahlreichen Operationen waren ihm nur mehr Stummel der Hände geblieben, und 56 oft rasend schmerzende Wunden bedeckten seinen Körper. Mit ungebrochener Energie aber schuf er sich einen neuen Wirkungskreis in der pharmazeutischen Industrie, um dann 1930 die Kureinrichtungen des Solbades Hall in Tirol zu übernehmen, die er bis zum Jahre 1949 leitete. Dann kam wohl der traurigste Abschnitt seines Lebens. Die Pension reichte kaum für das Notwendigste.

Dabei hatte ihm der Thronfolger *Franz Ferdinand Este* eine Staatspension zugesichert, aber in den Kriegs- und Nachkriegswirren gingen die Akte verloren. Erst zu seinem 80. Geburtstag wurde ihm der Titel eines Medizinalrates verliehen.

Gustav Kaiser hat Schweres für die Röntgenologie gelitten. Körperliches Leid und bittere Kränkung darüber, daß sein Name fast in Vergessenheit geraten war. In voller Rüstigkeit und geistiger Frische hat ein Sekundenherztod am 5. Oktober 1954 den 83jährigen von jedem Erdenleid befreit. Es ist die Aufgabe der Nachwelt, den Namen Gustav Kaisers, der so untrennbar mit der medizinischen Radiologie verbunden ist, aus der Vergessenheit herauszuführen und ihm jenen Platz einzuräumen, der ihm wahrlich zusteht.

Völlig anders gestaltete sich der Arbeitsweg *Guido Holzknechts*, der sich schon in relativ jungen Jahren einen Namen in der neuen Wissenschaft zu machen wußte und sich einen entsprechenden Wirkungskreis errichten konnte. Schon als Student und Hospitant auf der I. Medizinischen Klinik Prof. *Nothnagel* erlebte Holzknecht bewußt die Entdeckung der Röntgenstrahlen und war, wie Kaiser selbst schreibt, ein eifriger Besucher seiner Vorlesungen und Demonstrationen. Schon bald nach seiner Promotion wurde ihm 1899 von Prof. Nothnagel die Gelegenheit geboten, auf diesem neuen Wissensgebiet zu arbeiten und zu forschen; ein kleiner Raum zwischen zwei Krankensälen wird ihm zur Verfügung gestellt, ein Raum von historischer Bedeutung, denn hier waren ein Jahr zuvor die letzten Opfer der Pest gestorben. In kürzester Zeit entstand hier eine Anzahl grundlegender Arbeiten, die bereits damals die wissenschaftliche Welt aufhorchen ließen. 1901 finden wir Holzknecht schon in der von Kaiser gegründeten Röntgenzentrale des Allgemeinen Krankenhauses, deren Führung er 1905 übernehmen sollte. Nach langen Kämpfen und Überwindung vieler Hindernisse war es Holzknecht zusammen mit seinem Freund *Kienböck* und mit *Leopold Freund* im Jahre 1904 gelungen, die Dozentur für medizinische Radiologie zu erlangen. Mit 33 Jahren bereits hatte Guido Holzknecht sein erstes großes Ziel erreicht; er war Leiter eines Institutes, er hatte die Möglichkeit, selbständig und unabhängig zu arbeiten und zu forschen. Trotz in aller Welt anerkannter Leistungen Holzknechts und seiner Mitarbeiter sind die nächsten Jahre überschattet von einem endlosen und zermürbenden Kampf um die Umwandlung seines Institutes in ein wirkliches Universitätsinstitut und den Einbau des Radiologieunterrichtes in den medizinischen Studienplan. Offenkundige Mißgunst auf der einen Seite, aber auch die Impulsivität, ja die geradezu beleidigende Heftigkeit, mit der Holzknecht manchmal seine Überzeugung und seine Meinung vertrat, hatten so manche Gegner geschaffen; Umstände, die ihn sein angestrebtes Ziel, was den Unterricht der Radiologie betrifft, nicht erreichen ließen.

Holzknecht steht zweifellos in vorderster Linie der Pioniere der Röntgenologie. Was Holzknecht an neuen Erkenntnissen erarbeitet hat, ist bewunderungswürdig. Die Ernennung zum außerordentlichen Universitätsprofessor, die Verleihung des Hofratstitels, ein paar Orden sind nur magere Anerkennungen von seiten der Öffentlichkeit, die dem ungeheuren Lebenswerk Holzknechts in keiner Weise entsprechen. Holzknecht legte von allem Anfang an Wert darauf, seine erarbeiteten Kenntnisse nicht für sich zu behalten, sondern sie weiterzugeben; er sah im Lehren eine hohe Verpflichtung. Holzknecht hat Schule im besten Sinne der Bedeutung wie kein anderer in seinem Fach gemacht. Er verstand es, einen Stab von Schülern und Mitarbeitern um sich zu vereinen, die mit ihm den unvergleichlichen Ruhm der Medizinisch-Radiologischen Schule Wiens begründeten, deren Höhepunkt in der Zeit zwischen den beiden Weltkriegen liegt. Auf allen Gebieten der Röntgenologie hat Holzknecht Meisterhaftes geleistet. Der Ausbau einer minuziösen Durchleuchtungstechnik ist sein Verdienst, einer Technik, die heute noch uneingeschränkt Anwendung findet.

Frühzeitig stellten sich Strahlenschäden ein, an denen Holzknecht in den letzten Jahren seines Lebens schwer trug: er hatte Strahlenschäden am ganzen Körper, und dazu hatte auch wohl seine Einstellung zum Patienten geführt. Er wollte Arzt sein und auch Arzt bleiben und hat nicht darauf verzichtet, seine Patienten auch im Strahlenkegel mit den Händen zu untersuchen. In den ersten Jahrzehnten der Röntgenologie, da es noch keinen Vollschutzapparat gab, hätte ein ausreichender Schutz entweder den Arzt zu einem gepanzerten Ritter gemacht oder ihn gezwungen, sich möglichst weit vom Patienten zurückzuziehen. Gerade das wollte Holzknecht nicht. Er hat alles darangesetzt, daß die anerkannte Gefährlichkeit der Röntgenstrahlen und die Angst davor sich nicht als trennender Faktor zwischen Arzt und Patienten, zwischen Röntgenologie und Klinik schiebe und so seine Vorstellung von der lebenden Röntgenologie zunichte machen könnte.

Viele Jahre hindurch, sicher mehr als ein Jahrzehnt, war sich Holzknecht völlig im klaren, daß er dem Röntgenkrebs nicht entgehen könne; durch zahllose verstümmelnde Operationen konnte das Ende lange Zeit hinausgeschoben werden, und unermüdlich setzte er seine Forschungsarbeit fort. Erschütternd sind die manschettenartigen, eine Feder tragenden Instrumente, die er anfertigen ließ, um sie dem verbliebenen Stummel seiner Hand aufzusetzen; so schrieb er die Arbeiten seiner letzten Jahre. Trotz des Wissens um seinen qualvollen Tod hat ihn nie jemand verzagen gesehen. Am 30. Oktober 1931 erlöste ihn der Tod von seinem Martyrium. *Julius Schröder, Alois Czepa, Dautwitz, Dohan, Hochstetter, Pordes, Wieser, Maier-Smereker* sind in Österreich den gleichen opfervollen Weg gegangen. Sie litten und starben. damit eine Nachwelt besser und länger lebe.

Zeitgenosse, Freund und vielfach Mitarbeiter Holzknechts sowie Mitstreiter für das neue Fach war *Robert Kienböck*. Nach dem Medizinstudium in Heidelberg und Wien war es Kienböck 1895 vergönnt, einige Zeit im Ausland zu verbringen. Es war in England, wo Kienböck anläßlich einer Demonstration von den neuen geheimnisvollen Strahlen hörte. Nach Wien zurückgekehrt, trat er an der Medizinischen Universitätsklinik von *Schrötter* ein, zunächst mit der Absicht, sich der internen Medizin zu widmen. Aber bereits 1897 beginnt Kienböck seine ersten Schritte in dem jungen Arbeitsgebiet der Röntgenologie; der Erfolg ist eindeutig, und bald wird ihm die Durchführung der röntgenologischen Untersuchungen seiner Klinik anvertraut; in Kürze sollten auch Fälle anderer Kliniken und Abteilungen folgen. Mit Feuereifer arbeitete Kienböck zunächst an diagnostischen Problemen, die ihm seine eigene Klinik stellte, aber bald sollte er bahnbrechend in die Problematik der Röntgentherapie eingreifen, ja die damals noch schwebende Frage, ob Röntgenstrahlen einen biologischen Effekt auslösen, konnte er eindeutig klären. Selbst Leopold Freund hatte, unter dem Druck namhafter Gelehrter, seine ursprüngliche Meinung revoziert. Aber die zwingenden Experimente Robert Kienböcks ließen an der biologischen Wirksamkeit der Röntgenstrahlen keine Zweifel mehr und setzten damit diesem Streit ein Ende. Kienböck beschäftigt sich nun intensiv mit therapeutischen Problemen, läßt aber die sich ihm aufdrängenden diagnostischen Fragen nicht außer acht. Die Fülle der Arbeiten und neuen Erkenntnisse ist gewaltig; immer mehr und mehr kommt Kienböck zu der Überzeugung, daß die medizinische Radiologie sich zu einem selbständigen Fach entwickeln und von berufenen Lehrern gelehrt werden müsse. Bestand schon aufgrund mehrerer gemeinsamer Arbeiten ein intensiver Kontakt zu Holzknecht, so war dieses für die damaligen Begriffe fast unerreichbare Ziel eine Herzensangelegenheit der beiden befreundeten Forscher. 1903 richten Kienböck und Holzknecht eine gemeinsame Denkschrift unter dem Titel *Die Radiologie als selbständiger Zweig der medizinischen Wissenschaft* an die medizinische Fakultät der Universität Wien, in der das Ansuchen um Zulassung zur Privatdozentur eingehend und unwiderlegbar begründet wird. Es ist das Verdienst des großen *Wagner-Jauregg*, sich für die Bestrebungen der beiden Strahlenforscher gegen viele Widerstände mit Nachdruck eingesetzt und so ihren Wünschen zum Durchbruch verholfen zu haben. 1904 werden Kienböck, Holzknecht und Freund, wie bereits erwähnt, zu Dozenten für Medizinische Radiologie ernannt.

Nun war der Weg frei, einen weiteren Plan zu realisieren. Schon einige Zeit vorher hatten Verhandlungen zwischen der Direktion der Poliklinik, die damals eine private Institution war, und Kienböck stattgefunden; nach den Statuten der Poliklinik konnten aber nur Habilitierte zu Abteilungs- bzw. Institutsvorständen gewählt werden. Nach erfolgter Habilitation übernahm nun Kienböck die Leitung dieses Röntgeninstitutes und gründete somit im Jahre 1904 das erste selbständige, den übrigen Abteilungen gleichgestellte Röntgeninstitut Österreichs. Sehr bald wurde Kienböcks Abteilung, gleich Holzknechts Institut, Anziehungspunkt für Ärzte aus allen Teilen der Welt, die hier bei den jungen Dozenten des neuen Faches lernen wollten; und unter den Besuchern hat mancher später Weltgeltung erreicht.

Eine tiefe Zäsur im Leben Kienböcks bringt das Jahr 1910. Ein Sturz vom Pferd und ein Hufschlag führen zu einer schweren Schädelverletzung. Die Folge ist trotz klinischer Heilung eine tiefgreifende Persönlichkeitsänderung Kienböcks. Er ändert völlig seine Lebens- und Arbeitsweise, meidet den früher gesuchten Kontakt mit Ärzten und Patienten und widmet sich nun ausschließlich der Diagnostik, vor allem der Knochen- und Gelenkserkrankungen. Eine erstaunliche Fülle von Erkenntnissen und Erfahrungen ist das Resultat seiner Knochenarbeiten, er ist der unbestrittene Meister seiner Zeit auf diesem Gebiet. Ein großangelegtes, vielbändiges, leider unvollendetes Werk gibt Zeugnis seiner ungebrochenen Schaffenskraft. Im siebenten Lebensjahrzehnt zwingt ihn ein Schlaganfall, die Feder für immer aus der Hand zu legen. Psychische Depressionen überschatten die letzten Jahre dieses großen Mannes, bis ein gnädiger Tod diesem Forscherleben ein Ende setzt.

Die Nachprüfung der Röntgenschen Entdeckung in aller Welt ließ von Anfang an der Richtigkeit der von Röntgen festgelegten physikalischen Eigenschaften der neuen Strahlen keine Zweifel. Die Frage aber, ob diese neuen Strahlen irgendwelche biologischen Effekte hätten, das heißt, sich auf den Lebensprozeß der Zelle auswirken könnten, wurde zunächst überhaupt nicht diskutiert, später zum Großteil abgelehnt. Es ist wieder ein Österreicher, *Leopold Freund*, ein Hautarzt, der die biologische Wirksamkeit der Röntgenstrahlen und ihre therapeutische Anwendbarkeit beweisen sollte. Leopold Freund hatte im Juni 1896 in einer Wiener Tageszeitung die scherzhaft gefaßte Bemerkung gelesen, daß einem amerikanischen Ingenieur, der sich sehr eingehend mit Röntgenstrahlen befaßt hatte, vor lauter Eifer die Haare ausgefallen seien. Diese Notiz hat Leopold Freunds Interesse geweckt. Er befaßte sich mit dem Gedanken, diese Wirkung nachzuprüfen. Aber alle Kliniker und Institutsvorstände, die Röntgenapparate besaßen, zeigten dafür keinerlei Interesse, sie waren der Meinung, daß die Röntgenstrahlen keinerlei biologische Wirkung hätten, und rieten herablassend, Zeit und Apparaturen für etwas Besseres zu verwenden. Die Wiege der Röntgentherapie sollte daher auf nichtmedizinischem Boden stehen.

Ein Entgegenkommen Hofrat Exners, des Vorstandes der k. k. Lehr- und Versuchsanstalt für Photographie und Reproduktionsverfahren, hat die Begründung der Röntgenbiologie und -therapie ermöglicht. Er schreibt später über die damaligen Ereignisse: »Eines Tages im November 1896 erschien in der Direktionskanzlei der von mir geleiteten staatlichen Versuchsanstalt ein junger Mann, der sich als Leopold Freund vorstellte. Er hatte ein sonderbares Anliegen. Einer Zeitungsnotiz hatte er entnommen, daß einem amerikanischen Ingenieur, der sich viel mit Röntgenphotographie beschäftigt hatte, dabei die Haare ausgefallen sein sollten. Nun wollte Freund diese Mitteilung experimentell auf ihre Wahrheit prüfen und, im Falle seine Versuche eine biologische Wirksamkeit der Röntgenstrahlen ergeben sollten, letztere zur Behandlung von Krankheiten verwenden. Ich überließ ihm den Funkeninduktor der Anstalt und eine von mir selbst mit der Quecksilberluftpumpe hergestellte Röntgenröhre, führte ihn in die Physiko-Technik der Röntgenstrahlen ein und wies ihm einen Arbeitsraum zu, in welchem Freund alsbald seine Bestrahlungen mit Eifer begann. Als Objekt diente ihm ein kleines Mädchen, welches durch ein ungeheures tierfellähnliches behaartes Muttermal am Hals und am Rücken so entstellt war, daß die Eltern die Entfernung der Haare dringend erbaten. Durch zehn Tage lang bestrahlte Freund seine kleine Freundin täglich zwei Stunden lang. Eines Tages, als ich gerade in meinem Laboratorium arbeitete, wurde die Tür desselben aufgerissen, unangemeldet, mit dem Zeichen höchster Erregung, stürmte Freund, das kleine Mädchen an der Hand hinter sich her ziehend, herein und schrie schon draußen: ›Herr Direktor, sie fallen aus!‹« Es war richtig, am Hals, den Freund bestrahlt hatte, war an diesem Tag ein kreisrunder kahler Fleck entstanden, und Exner fügte hinzu: »Das war der erste gelungene experimentelle Nachweis einer biologischen Wirksamkeit dieser Strahlung und dabei auch die erste erfolgreiche Anwendung der Röntgenstrahlen zu Heilzwecken.«

Wenn auch diese letzte Behauptung Exners nicht ganz zutrifft, denn bereits einige andere Autoren hatten mit Röntgenstrahlen in dieser Hinsicht experimentiert, so war es doch Leopold Freund, der als erster die exakten Konsequenzen aus seiner Beobachtung ziehen sollte. Am 15. Jänner 1897 hat Freund diesen Bestrahlungsfall in der Gesellschaft der Ärzte vorgestellt. Seine Demonstration hat großes Interesse, aber auch größte Skepsis hervorgerufen. Er hat sich später bitter darüber beklagt, daß sich die Gegner seiner Ansichten oft als persönliche Gegner gebärdet haben. War er doch immer bereit, sachliche Einwände zu respektieren und von ihnen zu lernen. Man setzte ihm hart zu. »Ausgeschlossen«, ruft der damals in Wien führende Physiker *Boltzmann* nach einem weiteren Vortrag Freunds in die Versammlung, »solche Effekte können nur von elektrischen Ladungen und Schwingungen hervorgerufen werden.« Freund läßt sich überreden und widerruft, bis von Robert Kienböck die Richtigkeit seiner ursprünglichen Annahme der biologischen Wirksamkeit der Röntgenstrahlen eindeutig bewiesen wird. Freund geht das Dosierungsproblem an und wird von namhaften Wissenschaftlern, darunter auch Holzknecht, in oft unsachlicher und verletzender Weise bekämpft. Freund hat immer seine noble, nie verletzende Art beibehalten. Er gibt die Schwachbestrahlung, die Entzündungsbestrahlung an und beschäftigt sich mit der Therapie bösartiger Geschwülste. Die umwälzenden Folgerungen, die sich aus der Anwendung der Röntgenstrahlen in der Behandlung der Hauterkrankungen ergeben, lassen sich an dem Beispiel des Favus, einer Pilzerkrankung der behaarten Haut, vergegenwärtigen. Diese Erkrankung war in Wien sehr häufig, da Kranke aus den östlichen und den Balkanländern ungehindert zuziehen konnten. Ständig gab es Favuspatienten an den Hautkliniken und Abteilungen, die monatelang, ja jahrelang verblieben, da man sie mit den üblichen Verfahren nicht zu heilen vermochte. Die Kranken wurden vielfach wie Aussätzige gemieden und waren genötigt, in abgeschlossenen Räumen ihr Dasein zu fristen. In manchen Gegenden Italiens war der Favus seit Jahrhunderten endemisch und hatte die Bevölkerung in größte soziale Notlage gebracht. Freund hat in einem Vortrag aus amtlichen Quellen aufzeigen können, welch ungemein segensreiche Folgen die von ihm empfohlenen Röntgenstrahlen gebracht haben. Die Spitäler leerten sich schlagartig, und viele Landstriche konnten einer Entwicklung ihrer Kultur und angemessenem Wohlstand zugeführt werden. Es gibt in der Geschichte der Medizin nur wenige Beispiele einer ähnlich grundlegenden Änderung eines Krankheitsbildes durch eine neue Therapie. (Aus der Freundbiographie nach *E. Ruckensteiner.*)

Ein riesiges Pensum emsiger ärztlicher Forschungstätigkeit hat Freund aufzuweisen, und doch stand über diesem so reichhaltigen Arbeitsleben kein gütiger Stern. Wohl wurde Freund gemeinsam mit Holzknecht und Kienböck im Jahre 1904 die Dozentur für Medizinische Radiologie verliehen, aber an einer eigenen, selbständigen Arbeitsstätte forschen und arbeiten zu können mußte ein unerfüllter Wunsch bleiben. Erst spät kam die äußere Anerkennung seiner unvergänglichen Leistungen. Aus seiner letzten gereiften Schaffensperiode wurde Freund 1938 durch die Nötigung, Österreich zu verlassen, jäh herausgerissen. Der Siebzigjährige fand in Belgien ein Asyl, nicht aber die Möglichkeit, sich schaffend zu betätigen. Im Jänner des Jahres 1943, inmitten des Kriegslärmes, ist Freund in erschütternder Einsamkeit einem Krebsleiden, vielleicht nicht unabhängig von seiner radiologischen Tätigkeit, erlegen. Seine eigenen Worte aber, entnommen einem seiner letzten Vorträge, charakterisieren diesen wahrlich großen Menschen: »Ein gütiges Schicksal hat mir vergönnt, zu erleben und zu sehen, was alles aus kleinen Anfängen aus meiner schlichten Demonstration vor 40 Jahren erblühte und herausgereift ist, wie vielen Menschen dieses Verfahren zum Segen wurde. Wenn ich das bedenke, vergesse ich gerne das Herbe, das mir auf meinem Weg beschieden war. Ich freue mich und danke Gott dafür.«

Die Medizinische Radiologie basiert mehr als andere Disziplinen der Medizin auf den Ergebnissen und Erkenntnissen der Grundlagenforschung, besonders der Physik und der Physiopathologie. Die Pioniere des neuen Faches waren es, die in hohem Maße dazu beigetragen haben, das exakte Denken und Forschen in der Heilkunde zum obersten Gesetz zu erheben.

Karl Landsteiner

Nobelpreis für Physiologie und Medizin 1930

VON JÖRN OREMUS

Karl Landsteiner wurde am 14. Juni 1868 als Sohn des Juristen *Dr. Landsteiner* geboren, der zusammen mit seiner Frau erst 1857 endgültig nach Wien gezogen war. Er war ein weitgereister Mann, der sich vornehmlich mit öffentlichen Fragen und Politik beschäftigte und 1849 über Auftrag des *Fürsten Schwarzenberg* die *Österreichische Reichszeitung* herausgab. Dr. Landsteiner starb 1875, als sein Sohn noch die Volksschule besuchte. Als Schüler war der junge Karl nicht hervorragend, doch weisen seine besten Noten, die er im Gymnasium in den naturwissenschaftlichen Fächern errang, bereits auf seine Begabungs- und Interessengebiete hin. Warum er sich dann für das Medizinstudium entschied, kann nicht genau gesagt werden, interessierte er sich doch auch hier sofort für die Chemie. Er experimentierte schon als Student in den Laboratorien seines Lehrers *Ernst Fuchs*, unter dessen Anleitung er auch Arbeiten über chemische Fragen veröffentlichte. Unter den eigentlichen medizinischen Fächern interessierte ihn noch am ehesten die Pathologie, die Grundlage der Medizin überhaupt. 1891 promovierte er in Wien zum Doktor der Medizin. Zunächst hospitierte er an der II. Medizinischen Klinik bei Professor *Kahler*, doch schon im selben Jahr zog es ihn wieder zu chemischen Studien, die er in Zürich, Würzburg und München bei bedeutenden Lehrern trieb. Als Operationszögling an der I. Chirurgischen Klinik in Wien unter Professor *Albert* lernte er die unmittelbare Arbeit am Patienten kennen, die ihn in seiner Auffassung bestätigte, daß die theoretische und experimentelle Medizin für ihn die einzig richtige Art wäre. Er lernte die Problematik des starken Blutverlustes kennen und die Hilflosigkeit der Ärzte vor diesem Problem und stieß damit auf ein zentrales medizinisches Anliegen nicht nur dieser Zeit. Albert und auch *Billroth* an der II. Chirurgie lehnten die Bluttransfusion an und für sich ab; die Erfahrungen waren zu schlecht gewesen, obwohl sie sich rein theoretisch völlig klar darüber waren, daß Blutverlust den Tod eines Menschen zur Folge hat und daß Ersatz durch Blut dieses Schicksal verhindern würde.

Dieser Gedanke war wohl gerade wegen seiner zwingenden Logik den Ärzten schon durch Jahrhunderte bekannt gewesen, die praktische Durchführung scheiterte aber immer wieder. Die ersten Berichte von Bluttransfusionen gehen auf das Jahr 1667 aus Paris zurück *(Jean Devis)*, die alle nicht nur keine Hilfe, sondern den Tod herbeiführten, worauf sich die Pariser Medizinische Fakultät energisch gegen die Methode aussprach und den »Unsinn« strengstens verbot. Es war tatsächlich Unsinn, denn Devis verwendete Tierblut, eine höchst interessante Erscheinung, niemand dachte zunächst und auch Jahrhunderte später noch daran, Menschenblut zu verwenden. Erst allmählich kam man davon ab, Tierblut zu verwenden, und transfundierte von

Mensch zu Mensch. Die Erfolge aber blieben aus. Die Ursache dafür glaubte man darin gefunden zu haben, daß Blutgerinnsel bei der Transfusion entstünden, die man in den Leichen nach Transfusionen Verstorbener fand. Da man dem wahren Charakter der Unverträglichkeitserscheinungen nicht auf die Spur zu kommen imstande war, kam es zu Auswüchsen: *Golgi* wollte das Blut nur in die Bauchhöhle transfundieren, andere empfahlen die Rückkehr zum Tierblut, so riet *Traub* zum Hammelblut.

Die letzte Weiterentwicklung brachte *Landois*, der als erster experimentell Blut verschiedener Menschen vermischte und der auch die Blutkörperchen vom Serum abtrennte und dann erst zur Mischung brachte, wobei er neben verträglichen Mischungen auch die Zusammenballung (Agglutination) der Blutkörperchen und deren Auflösung (Haemolyse) in unverträglichen Proben beobachten konnte. Er war der Lösung unmittelbar nahe, vermochte jedoch nicht die richtigen Schlüsse aus diesen Beobachtungen zu ziehen. Als mit der Entdeckung der Zuckerlösung und der Kochsalzlösung ein erster Blutersatz gefunden worden war, verzichtete man nahe am Ziel auf die gefahrvolle Transfusion.

Das war die Situation zur Zeit, als Landsteiner mit seiner eigentlichen wissenschaftlichen Arbeit begann. Auf Ansuchen *Max von Grubers*, der als erster Professor für Hygiene in Wien tätig war, erhielt Landsteiner die 2. Assistentenstelle am Hygieneinstitut für zwei Jahre (1896/97) und wurde von Gruber mit der Erforschung serologischer Fragen beauftragt, dem Spezialgebiet Grubers, der sich mit spezifischen Agglutinationserscheinungen bei bakteriellen Erkrankungen beschäftigte. 1897 trat Landsteiner ins pathologische Institut über, wo er ab 1898 auch das erstemal eine Bezahlung für seine Arbeit erhielt! Zehn Jahre blieb er hier an der Pathologie unter Professor *Weichselbaum*, wo er sich nach seiner Arbeit als Prosektor weiter mit serologischen Experimenten beschäftigte. Insgesamt verfaßte er rund 75 Arbeiten in dieser Zeit. 1900 veröffentlichte er *Zur Kenntnis der antifermentativen, lytischen und agglutinierenden Eigenschaften des Blutserums und der Lymphe* und äußerte bereits die Vermutung, daß die Unverträglichkeit von Blut verschiedener Menschen eine natürliche Eigenschaft darstellen könnte.

Dann experimentierte er entsprechend dieser Idee weiter. Ähnlich wie Landois vermischte er Blutkörperchen des einen Blutes mit dem Serum des anderen (er verwendete Blut seiner Kollegen und des Laboranten) und beobachtete so Verträglichkeit und Unverträglichkeit der einzelnen Proben untereinander. Das Ergebnis gab er 1901 heraus: *Über Agglutinationserscheinungen normalen menschlichen Blutes.* Darin zieht er nach einem jahrhundertelangen vergeblichen Suchen die richtigen Schlußfolgerungen, daß nämlich naturgegebene Unterschiede im Blutserum vorhanden sind, welche dann zum Tragen kommen, wenn Blutserum der einen mit Blutkörperchen der anderen Type zusammenkommt. Und als wichtigsten Schluß (Landsteinersche Regel) zog er, daß sich Blutserum der einen Type mit Blutkörperchen derselben Type gut, mit anderen jedoch nicht verträgt und es so zur Agglutination bringt. Er entdeckte dabei zunächst drei solche verschiedenen Typen und bezeichnete sie mit A—B—C. Die Vorführung dieser fundamentalen Erkenntnis brachte ihm zunächst nur mitleidiges Lächeln ein, niemand erkannte den ungeheuren Wert dieser Entdeckung. Ein Jahr später entdeckten seine Schüler *Decostello* und *Sturli*, daß es noch eine vierte Art von Blut gibt, dessen Serum keine Blutkörperchen zur Agglutination bringt, und bezeichneten es als »ohne Typus«. Damit waren alle Blutgruppen entdeckt. Die heute gebräuchlichen Bezeichnungen wurden acht Jahre später von seinen Schülern *Dungern* und *Hirszfeld* eingesetzt, als man sich über den eigentlichen Charakter klargeworden war, nämlich A—B—O (ehemals C) und AB (= ohne Typus). Somit war nach Jahrhunderten vergeblichen Bemühens die Transfusion für den Menschen gefahrlos geworden. Sie ist aus der Therapie nicht mehr wegzudenken, und viele andere Errungenschaften sind durch sie erst möglich geworden.

Wie bei seinen anderen Entdeckungen wies Landsteiner lediglich den richtigen Weg, die Auswertung und praktische Anwendung überließ er stets seinen Kollegen, die Idee einer kommerziellen Verwendung kam ihm überhaupt nicht. Ein Jahr später wies er auf die Möglichkeit hin, Blutspuren mit Hilfe der Blutgruppen gerichtsmedizinisch auszuwerten. Interessanterweise kam er selbst nicht auf den Gedanken, die Vererbung zu erforschen, er setzte jedoch seine Schüler darauf an, welche zehn Jahre später die Vererbungstheorie fertigstellten, sodaß die Blutgruppen nun auch in Fragen der Vaterschaftsbestimmung herangezogen werden konnten. Um 1902 hatte man dann doch allgemein begriffen, welche Entdeckung von Landsteiner gemacht worden war, und nahm ihn als Mitglied in die Gesellschaft der Ärzte auf, und ein wenig selbstsicherer geworden, ersuchte er um Zulassung zur Habilitation, ein Ersuchen, welches von seinem Chef, Professor Weichselbaum, sofort referiert wurde. 1903, nachdem seine schriftliche Arbeit angenommen worden war, wurde er zur Probevorlesung zugelassen, in der er über »fettige Degeneration« sprach. Er äußerte dabei die Vermutung, daß die bei Neugeborenen vorkommenden Darmverschlüsse durch feste Kotmassen (Mekoniumileus) durch eine Erkrankung der Bauchspeicheldrüse hervorgerufen würden, was erst viel später bestätigt werden konnte. Man hat versucht, dieser Erkrankung (Mukoviscidose) 1946 den Namen Landsteiner-Fanconi-Anderson-Syndrom zu geben, was sich aber nicht durchgesetzt hat, sodaß sein Name in der medizinischen Nomenklatur nicht zu finden ist. Mit dem Vortrag jedoch bestand er und erhielt den Titel eines Privatdozenten für Pathologie und das Recht, Vorlesungen zu halten.

Ohne Pause folgten weitere bedeutende Entdeckungen: er setzte eine Pioniertat mit der Isolierung von Antikörpern aus Antigen-Antikörperverbindungen, nachdem er schon vorher das Wesen dieser Reaktion geklärt hatte; er klärte die Hintergründe der paroxismalen Haemoglobinurie zusammen mit *Julius Donath*, einer Erkrankung, bei der es plötzlich zur Ausscheidung von Blutfarbstoff im Urin kommt; er fand eine neue und heute noch verwendete Möglichkeit, den Erreger der Syphilis im Mikroskop sichtbar zu machen (im Dunkelfeld), und er war nahe daran, theoretisch war der Weg bereits geklärt, die Infektion mit Syphilis streng spezifisch nachzuweisen, er konnte jedoch die Erreger außerhalb des menschlichen Organismus nicht züchten. Heute kann man das, und die von ihm durchdachte Nachweismethode (heute TPI-Test) ist zur Routine geworden. Weiters zeigte er, daß die damals schon bekannte Reaktion von Wassermann zum Nachweis der Syphilis keineswegs nur bei dieser Erkrankung ein positives Ergebnis brachte, und er klärte auf, daß auch das letzte Stadium dieser Erkrankung noch infektiös sei, Jahre und Jahrzehnte nach ihrem Beginn.

1908 bewarb sich Landsteiner als Prosektor am Wilhelminenspital und erhielt diese Stelle auch. Im selben Jahr kam es zu einer schweren Epidemie von Kinderlähmung in Wien. Landsteiner, der die Infektiosität nachweisen wollte, führte Versuche an Affen durch und konnte zudem beweisen, daß als Erreger nur ein ganz spezifisches Virus in Frage kommt. Er fand zusammen mit *Levatidi* eine Serumreaktion zum Nachweis dieser Erkrankung. Damit schuf er die Voraussetzung zur Erforschung des Erregers, welche schließlich mit der Findung des Impfstoffes durch *Salk* glücklich abgeschlossen wurde.

Auf dem Serologenkongreß 1909 in Budapest fiel er dadurch auf, daß er dem weltbekannten deutschen Serologen *Paul Ehrlich* in Fragen der Produktion der Antikörper heftig widersprach, was ihm allgemein übelgenommen wurde, ohne daß sich jemand die Mühe machte, seine Angaben zu überprüfen, man glaubte einfach dem Bekannteren. Im selben Jahr schlug man Landsteiner zur Ernennung zum Professor vor. 1911 erhielt Landsteiner tatsächlich den Titel eines außerordentlichen Professors.

Im Ersten Weltkrieg war er als Prosektor des Kriegsspitals Nr. 1 tätig. Nach dem Krieg wurde er ohne Angabe von Gründen zwangspensioniert und stand vor allem wegen der Inflation vor dem Ruin, ohne Möglichkeit einer weiteren Arbeit zum Erwerb des dringend Notwendigen. Ohne lange zu zögern, verließ er Österreich und wurde in Holland mit offenen Armen empfangen. Bis 1921 war er Prosektor in Den Haag, daneben arbeitete er in einer pharmazeutischen Firma. Da ihn die geringe Möglichkeit zu weiterer Forschung bedrückte, folgte er 1922 der Einladung nach New York an das Rockefeller Institut for Medical Research durch seinen Kollegen *Flexner.* Zum erstenmal konnte er sich ausschließlich der Arbeit im Labor widmen. Das Ergebnis waren über 100 wissenschaftliche Arbeiten und das Buch *Die Spezifität serologischer Reaktionen.* 1929 wurde er amerikanischer Staatsbürger und Präsident der amerikanischen Gesellschaft der Immunologen. Bei der Ernennung zum Ehrendoktor der Universität Chikago bezeichnete man ihn als der Welt größte Autorität auf dem Gebiet des Mechanismus der Immunität. Seinen Widersacher Paul Ehrlich hatte er längst überflügelt.

1927 entdeckte er die Blutfaktoren m-n-p, welche heute eine wichtige Rolle bei der Vaterschaftsbestimmung spielen, und er widerlegte die Theorie, daß Antigene unbedingt Eiweißkörper sein müßten; er führte den Haptenbegriff ein und forschte über die Natur des Blutfarbstoffes. *Wagner-Jauregg*, der 1927 den Nobelpreis für Medizin bekam, schlug Landsteiner für die Verleihung vor, und schließlich wurde ihm 1930 diese größte wissenschaftliche Ehrung für die Entdeckung der Blutgruppen zuteil. Viele Universitäten der westlichen Welt ernannten ihn zum Ehrendoktor und überhäuften ihn mit Auszeichnungen, nur Österreich hielt sich fern. 1939, als er 70 Jahre alt war, trat er aus dem Rockefeller Institut aus, kam aber immer wieder zurück ins Labor, wo er 1940 mit *Alexander Wiener* den Rhesusfaktor im menschlichen Blut auf Grund zufälliger Beobachtungen bei Experimenten zum M-Faktor mit Rhesusäffchenblut entdeckte. 1941 erkannte *Levine* den Zusammenhang des Rhesusfaktors mit der fetalen Erythroblastose, einer der schwersten Erkrankungen des Neugeborenen, die heute vermeidbar und überwindbar geworden ist. Insgesamt verfaßte Landsteiner noch weitere 28 Arbeiten, zuletzt noch über ein völlig neues Gebiet: bösartige Tumore der Schilddrüse. Anlaß dafür war die Erkrankung seiner Gattin an Schilddrüsenkrebs, dem er in verzweifelter Suche noch auf die Spur zu kommen hoffte. Mit 75 Jahren ereilte ihn im Labor eine Herzattacke, der er am 26. Juni 1943 erlag. Die ganze Welt hatte ihn mehr beachtet als sein Vaterland. Erst ein halbes Jahrhundert nach der Entdeckung der Blutgruppen wurde sein Bildrelief in den Arkaden der Wiener Universität enthüllt.

Julius Wagner-Jauregg

Nobelpreis für Physiologie und Medizin 1927

VON HELMUT WYKLICKY

Als *Julius Wagner-Jauregg* im Jahre 1927 der Nobelpreis für Physiologie und Medizin verliehen wurde, fiel ein strahlendes Licht auch auf die Vertreter seiner Disziplin, die seit der Mitte des vorigen Jahrhunderts in Wien gearbeitet hatten, um die Funktion und die Erkrankung des Gehirns zu erforschen.

Verwirrte, Irrsinnige und Tobende in die gleichen Denkkategorien einzuordnen wie Leber-, Lungen- oder Herzleidende ist den Menschen nicht immer leichtgefallen. Zwar ist das Gehirn als das erkrankte Organ bei einer Psychose seit mehr als hundert Jahren *(Wilhelm Griesinger*, 1817—1868) anerkannt, aber über dessen Veränderungen, die Ursache für so verheerende Folgen sein müßten, war damit noch lange nichts ausgesagt. Die italienische, die französische und auch die Wiener Medizinische Schule unter der Führung *Rokitanskys* (1804—1878) hatten gelehrt, daß jeweils einem bestimmten Krankheitsbild eine bestimmte Organveränderung zuzuordnen sei.

Der 1833 in Dresden als Sohn eines Historikers und einer Hofopernsängerin geborene *Theodor Meynert* übersiedelte bereits in früher Kindheit (1841) nach Wien. Hier zeichnete sich zwar der Gymnasiast am Wiener Piaristengymnasium durch musische Veranlagung aus, u. a. war *Johann Gabriel Seidl* sein Lehrer, aber aus dem verbummelten Studenten wäre kaum ein ernster Arbeiter geworden, hätten sich nicht *Johanna Fleicher*, seine spätere Ehefrau, und *Carl von Rokitansky* mit Energie und Zähigkeit um ihn bemüht.

Meynerts Schwager, der spätere Budapester Pathologe *Gustav Scheuthauer* (1832—1894), der damals Assistent von Rokitansky war, weckte sein Interesse am Bau des damals noch völlig in Dunkel gehüllten Gehirns. Rokitansky lenkte später Meynerts Denken und Arbeiten und konnte ihn als Privatdozenten für Bau und Leistung des Gehirnes und Rückenmarkes habilitieren. Der junge Dozent setzte sich zum Ziel, »der Psychiatrie durch anatomischen Grundbau den Charakter einer wissenschaftlichen Disziplin aufzuprägen«. Das heißt, Rokitanskys Postulat sollte nun auch im Bereiche der psychischen Erkrankungen erfüllt werden.

Durch vergleichende Befunde mit der Anatomie der Tiere und entwicklungsgeschichtliche Untersuchungen am Menschen leuchtete er in das scheinbar unentwirrbare Geflecht der Gehirnbahnen hinein. Zum Beispiel verglich er die Gehirne von Känguruhs mit denen von Fledermäusen und Maulwürfen, weil er deutliche Gegensätze in der Masse der Bahnen von oberer und unterer Extremität vermutete. Er fand dies auch bestätigt. Durch Mikromessungen konnte er nachweisen, daß im Bereiche der motorischen Felder die Arme außen und die Beine innen vertreten sind. Ferner stellte er fest, daß beim Neugeborenen nur eine bestimmte Gruppe von Fasern markhaltig ist, eine andere erst später Markscheiden erhält. Dies führte zu seiner Anschauung, daß die unwillkürlichen Bewegungen von der Hirnrinde gebremst oder gehemmt werden könnten. Gerade darin erblickte er einen Schlüssel zum abnormen Spiel des Hirnmechanismus bei Geisteskrankheiten. Er vermochte Bahnen, die vor ihm anderen Forschern unentwirrbar erschienen, zu ordnen, ja er gab, wenn freilich auch nur hypothetisch, große gegensätzliche oder einander ergänzende Bahnengruppen an. So unterschied er die zwei großen Gruppen, die der Assoziations- und die der Projektionsfasern, je nachdem, ob sie die Verbindung der einzelnen Hirnabschnitte zu besorgen oder aber den Verkehr des Großhirns mit der Außenwelt zu vermitteln hätten.

In dem seiner Habilitation folgenden Jahr wurde Meynert Prosektor der Irrenanstalt, wieder zwei Jahre später erweiterte er seine Dozentur auch auf die Psychiatrie, und 1870 wurde er zum Professor und Vorstand der in der Irrenanstalt errichteten Fachklinik bestellt. Meynert schenkte der Psychiatrie neben gesicherten Kenntnissen auch Hypothesen. Am bestechendsten war die, das Auftreten von manischen bzw. von depressiven Zuständen aus der Blutversorgung bestimmter Hirnteile abzuleiten. Zu den gesicherten

Kenntnissen, die er zu übermitteln verstand, zählt die Beschreibung der gestaltlichen Elemente der Großhirnrinde, der verschiedenartigen Pyramidenzellen, der Körnerzellen und der Spindelzellen. Ihre Erstbeschreibung begeisterte *Constantin von Economo* so sehr, daß er eines seiner Hauptwerke, die *Cytoarchitektonik der Großhirnrinde des Menschen,* noch dreißig Jahre nach dem Tode Meynerts seinem Andenken gewidmet hat. Meynert starb am 31. Mai 1892.

Innig mit Billroth verbunden war *Jaromir Freiherr von Mundy.* Kein Geringerer als *Julius Wagner-Jauregg* zählt Mundy, obwohl dieser niemals wissenschaftlich, ja kaum je praktisch als Neurologe oder Psychiater tätig war, doch zu den Irrenärzten.

Mundys Mutter *(Isabelle Gräfin Kalnoky-Köröspatak)* war geisteskrank. Ihr widerfuhr die damals übliche Behandlung der Irrsinnigen. Dies blieb dem von seinem Vater zum Offiziersberuf gezwungenen Jaromir Mundy in so brennender Erinnerung, daß er eines Tages — er war bereits Hauptmann und 33 Jahre alt — seinen Dienst quittierte und sich wieder auf die Schulbank setzte, um Medizin zu studieren. Ihm schwebte jene Form der Irrenpflege vor, die damals, nach dem Beispiel von Gheel in Belgien, die familiale Behandlung der Irren in Irrenkolonien genannt wurde. Mundy studierte in Würzburg, wohin ihn wahrscheinlich auch der Ruf von *Rudolf Virchow* geführt hat. Seine Dissertation über *Die familiale Behandlung der Irren in Irrenkolonien* brachte dem damals 37jährigen den Doktorgrad. In Gheel ließ man die Geisteskranken in eigenen Häusern ihren früheren Beschäftigungen nachgehen, nur unauffällig waren die Hausmeister zur Stelle, die allerdings bewährte Irrenpfleger sein mußten. Diese Methode, die in anderen Ländern auch Anhänger fand, propagierte Mundy in seiner Heimat und in der ihm eigenen Weise. Man kann seine Tätigkeit ruhig einen Kampf nennen. Er verfolgte gewissermaßen jede einzelne Zwangsjacke. Diese seine Agitation für die Ärmsten der Armen und die Intensität, mit der er sie betrieb, ließ Wagner-Jauregg Mundy zu den Irrenärzten zählen.

Die Niederösterreichische Landesirrenanstalt, der *Ludwig Schlager* als Direktor vorstand, beherbergte Meynerts Klinik. Schlager war einer der beredtesten Mitkämpfer für Mundys Ziele. Diese Gruppe nannte man schließlich die Anhänger der »Anstaltspsychiatrie«, wohingegen Meynert als Vertreter der »Universitätspsychiatrie« schlechthin angesehen werden kann. Das Hauptanliegen der »Universitätspsychiatrie« war, die Klärung der Ursache der Geistesstörung durch die Erforschung der Hirnanatomie zu erreichen, das Anliegen der »Anstaltspsychiatrie« aber war, hier und jetzt dem Kranken beste Pflege und Betreuung zu bieten. Daß eine augenblickliche Verbindung beider nicht gelang, liegt auf der Hand. So sagte denn Ludwig Schlager folgendes: »Es wäre aber wahrlich um das Wohl der Geistesgestörten traurig bestellt, wenn man die Reform bezüglich der Pflege und Sicherstellung des Rechtsschutzes der Geistesgestörten davon abhängig machen möchte, bis daß die mühsamen Forschungen im Gebiet der Gehirnanatomie, Forschungen über den Bau und die Leistungen des Gehirns, die der Natur der Sache nach noch vielfach ins Gebiet der subjektiven Deutung fallen, durch eine allseitig bestätigende Kritik als positive Forschungsresultate festgestellt sind.«

Selbst nicht frei von Wahnideen, war Mundy der fanatischeste Vorkämpfer des »No restraint«-Systems. In die Geschichte der Medizin ist er eingegangen wegen der Organisation des Verwundetentransportes in Krieg und Frieden, wegen seiner Gründung der Wiener Freiwilligen Rettungsgesellschaft, die zum Vorbild aller Einrichtungen in der ganzen damaligen Monarchie geworden ist. Er vermochte seinen geradezu eruptiven Akten der Nächstenliebe nicht Einhalt zu gebieten. Hätte er sein Konzept in eine geordnete Form zu bringen vermocht, die Geschichte müßte ihn wohl neben *Johann Peter Frank* (1745—1821), ja neben *Gerard van Swieten* (1700 bis 1772) stellen. Billroth nannte ihn einen »der größten praktischen Humanisten unseres Jahrhunderts«, *Henri Dunant*, der Gründer der Genfer Konvention des Roten Kreuzes, »einen Mann von ausgezeichnetem Herzen«.

Durch entfernte Familienbande, aber mehr noch durch geistige Nähe ist Baron Mundy mit *Constantin Freiherrn von Economo* verwandt. Auch Economo hätte sich dem geruhsamen Leben eines Grandseigneurs zuwenden können. Er stammte aus einer begüterten griechischen Familie und wurde am 21. August 1876 in Braila geboren. Aber er entschloß sich auf einem kleinen Umweg über die Technik zur Medizin. Von *Cesare Lombrosos* Werk über Genie und Irrsinn wurde er zum Studium der Psychiatrie angeregt. Nachdem er bereits in Wien neurologische Fragestellungen experimentell erfolgreich beantworten konnte, ging er ins Ausland, u. a. auch zu *Emil Kraepelin* nach München. Den Wunsch seines dortigen Chefs, für immer in München zu bleiben, schlug er aus und kam nach Wien zurück, ging hier zu Julius Wagner-Jauregg, mit dem ihn bis zu seinem Lebensende eine treue Freundschaft verband.

Während des Ersten Weltkrieges erkannte Economo die Einheit eines Krankheitsbildes, das fortan seinen Namen trägt: Encephalitis Epidemica lethargica Economo. Es handelt sich um einen Virusinfekt, der mit Schlafsucht und einer Schüttellähmung einherging.

Dann nahm er sich vor, das Werk Meynerts mit den Mitteln seines Jahrhunderts fortzusetzen. So schuf er mit einer geradezu unvorstellbaren Mühe eine mikroskopische Landkarte der menschlichen Großhirnrinde. Er, der die Planung und Übersicht über sein Werk und eine immense, Zeit und Welt umspannende Literaturkenntnis zu seinem Thema besaß, mühte sich selbst mit der Herstellung jedes Mikrophotogrammes und wählte die besten Bilder zur Veröffentlichung aus.

Nach Emeritierung Wagner-Jaureggs schlug Economo die Nachfolge als Klinikchef aus, um allein der Forschung leben zu können. Auch Berufungen ins Ausland lehnte er ab. Andererseits ging es Economo keineswegs nur um die Vermehrung des Wissens an sich, sondern er wollte dadurch eine rationelle Basis für das Helfen schaffen. So hat er sich auch auf das intensivste mit den Möglichkeiten der Therapie der epidemischen Gehirnentzündung beschäftigt. Mitten in höchster Arbeitsanspannung erkrankte er an anginösen Beschwerden und erlag — erst 55 Jahre alt — am 21. Oktober 1931 seinem Herzleiden.

Julius Wagner-Jauregg hatte seinen größten Schüler verloren. Neben vielen anderen Gemeinsamkeiten verband ihn mit Economo auch die Eigenschaft, daß er bis in seine letzten Lebenstage beständig arbeitete. Auch der Dreiundachtzigjährige war seiner Klinik noch immer verbunden.

Geboren wurde *Wagner-Jauregg* am 7. März 1857 in Wels, Oberösterreich, studiert hat er in Wien, wo er auch 1880 promoviert worden ist. Zunächst arbeitete er experimentell bei *Salomon Stricker.* Gerne wäre er Internist geworden, aber die Möglichkeit einer Anstellung — also ein Zufall — brachte ihn zur Neurologie und Psychiatrie. Als Assistent *Maximilian Leidesdorfs* hat er bereits über beide Gebiete, in denen es ihm später gelang, Großes zu leisten, gearbeitet. *Über Einwirkung fieberhafter Erkrankungen auf Psychosen* hieß eine Publikation aus dem Jahre 1887, und zur gleichen Zeit untersuchte er die Folgeerscheinungen, die nach Exstirpation der Schilddrüse auftraten. Eine weitere Veröffentlichung über *Gehirnerscheinungen nach Wiederbelebung Erhängter* läßt bereits im Keim die Wirkung der später zur Routine gewordenen Schockbehandlung erkennen.

1887 bis 1889 supplierte Wagner-Jauregg die Klinik des erkrankten Chefs, dann folgte er einem Ruf nach Graz. Dort blieb er bis 1893. In diese Grazer Zeit fällt seine Untersuchung der Kretins und deren Behandlung mit Schilddrüsentabletten. Bereits im Jahre 1898 machte er den Vorschlag, in Kropfgegenden prophylaktisch jodiertes Salz anzubieten, freilich wurde dieser Vorschlag erst 24 Jahre später in die Tat umgesetzt.

1893 kehrte Wagner-Jauregg zurück nach Wien, diesmal als Vorstand an die damalige I. Psychiatrische Klinik berufen. Dreißig Jahre nachdem er erstmalig über die Heilwirkung von Fieber auf Psychosen berichtet hatte, hat er selbst sein Thema wiederaufgenommen. Er hatte es ja einst »auf die Straße gelegt«, aber niemand hatte es aufgehoben. Nun begann er beherzt, die progressive Paralyse mit Malariafieber zu behandeln, und diese Methode erwies sich, so wie er es erwartet hatte, als voller Erfolg. Wieder zehn Jahre später krönte der Nobelpreis seine Arbeit.

Wagner-Jauregg schätzte Meynert ebenso wie Mundy, Gegensätze konnte er ausgleichen, denn ihm war alles recht, was nur dazu beitrug, Kranken zu helfen, war doch sein Losungswort: »Medizin ist Heilkunde!«

Otto Loewi

Nobelpreis für Physiologie und Medizin 1936

VON FRANZ BRÜCKE

Unter den Theoretikern der medizinischen Wissenschaften, die im zwanzigsten Jahrhundert in Österreich tätig waren, ist unzweifelhaft *Otto Loewi*, der von 1911 bis 1938 als Ordinarius für Pharmakologie in Graz wirkte, der erfolgreichste.

Seine wissenschaftliche Großtat bestand darin, daß er 1921 in einer Arbeit, die nur drei Seiten umfaßte, mit einer genial einfachen Methode nachwies, daß bei Reizung des hemmenden Nervs am Froschherz (des nervus vagus) ein Stoff an die Füllflüssigkeit abgegeben wird, der an einem normalen Froschherz (wenn auch abgeschwächt) alle Wirkungen der Vagusreizung auslöst. Zu diesem Zweck wurde der Inhalt eines isolierten Froschherzens (Ringersche Lösung) auf ein Testherz übertragen: Geschah dies in einer Periode ohne Vagusreizung, dann trat keinerlei Wirkung auf, dagegen war mit der Flüssigkeit aus einer Reizperiode die vollständige Vaguswirkung »humoral« übertragbar. Obwohl die entstehende Menge des »Vagusstoffes« so gering ist, daß man ein Gramm des Stoffes mit etwa 40 Tankwagen Wasser verdünnen müßte, um die gleiche Konzentration zu erhalten, gelang es Loewi in kurzer Zeit, seinen Vagusstoff mit Azetylcholin zu identifizieren.

Dies gelang einerseits deshalb, weil eine entsprechend verdünnte Lösung von Azetylcholin sich an allen belebten Testobjekten völlig identisch auswirkte wie der »Vagusstoff«, andererseits aber auch deshalb, weil Loewi in der Herzmuskulatur ein spezifisches Ferment nachweisen konnte (die Azetylcholinesterase), welches in kürzester Zeit den Erregungsstoff und in genau gleicher Weise auch Azetylcholin zerstört. Loewi fand weiter, daß dieses Ferment spezifisch durch den Inhaltstoff einer afrikanischen Giftpflanze, das Alkaloid Physostigmin, gehemmt werden kann, wodurch die Wirkung des Vagusstoffes stark verlängert wird. Dies war nebenbei die erste biochemische Aufklärung über die Wirkung eines derartigen Wirkstoffes.

Zum Teil mit seinen Mitarbeitern veröffentlichte Loewi über seine fundamentale Entdeckung 11 Mitteilungen, in denen er feststellte, daß nicht nur die Wirkung des hemmenden Vagusnervs, sondern die Wirkungen aller nicht der Willkür unterworfenen Nerven durch chemische Substanzen übertragen werden. Dabei wurde auch für das Froschherz Adrenalin als Überträgerstoff der herzfördernden Wirkung des Sympathikus festgestellt.

Es hat viele Jahre gedauert, bis die Entdeckung Loewis, die ja nicht eigentlich eine pharmakologische, sondern eine physiologische Tatsache festgestellt hatte, allgemein anerkannt und in ihrer Bedeutung gewürdigt wurde. Dies liegt zum Teil daran, daß man damals überzeugt war, die Erregung eines Nervs, die nach den klassischen Entdeckungen von *Emil Du Bois-Reymond* immer von elektrischen Phänomenen begleitet ist und auch durch elektrischen

Strom ausgelöst werden kann, werde auch auf die Erfolgsorgane (also auf Muskel- oder Drüsenzellen) durch elektrische Phänomene übertragen. Allerdings hatte schon im vorigen Jahrhundert der bedeutende Physiologe *Weber* sich darüber gewundert, wie es im Falle des herzhemmenden Vagusnervs möglich sei, daß ein Mehr an Erregung ein Weniger an Leistung im Herzmuskel erzeugen könne. Loewis Entdeckung hatte auch diese Frage geklärt: Durch die Erregung des Nervs entsteht tatsächlich mehr Azetylcholin, das dann sekundär hemmend auf die Herzmuskelfasern wirkt.

Als die fundamentale Bedeutung dieser Befunde nicht mehr zu übersehen war, suchte man begreiflicherweise nach Vorläufern, die ähnliche Ideen schon früher geäußert hatten.

Die Ähnlichkeit in der Wirkung gewisser pflanzlicher Wirkstoffe, wie Pilokarpin und besonders Muskarin, mit den Wirkungen der Vaguserregung war ja schon lange bekannt. Aber es war gerade Loewi, der in grundlegenden früheren Arbeiten nachgewiesen hatte, daß diese Substanzen zwar ganz ähnlich wirken wie eine elektrische Erregung des Vagus, daß sie jedoch die Wirkung des Nervs nicht verstärken, sondern sogar abschwächen. Wir wissen heute, daß dies deshalb so ist, weil sie an den Angriffspunkten des echten »Vagusstoffes« (Azetylcholin) mit diesem in Konkurrenz treten. Auch daß anorganische Stoffe, wie z. B. Kaliumionen, die Wirkung erklären könnten, wie dies *Howell* bewiesen zu haben glaubte, konnte Loewi widerlegen.

Im Beginn der dreißiger Jahre konnte nun *Sir Henry Dale*, der seit 1913 mit Loewi befreundet war, die chemische Nervenübertragung auch auf die Skelettmuskulatur und auf Ganglienzellen ausdehnen, sodaß sie heute als grundlegende und umfassende Tatsache der Erregungsübertragung gilt. Mit Recht haben daher beide Forscher gemeinsam 1936 für ihre Entdeckungen den Nobelpreis erhalten. Loewi erinnerte sich jedoch daran, daß er 1913 bei seinem Aufenthalt in England besonders mit jungen Physiologen den Gedanken seiner späteren großen Entdeckung besprochen habe, und es ist unbezweifelbar so, daß damals, also kurz nach der Reindarstellung des Adrenalins, auch *Elliot* in London diese Substanz als Überträgerstoff für das sympathische Nervensystem ins Auge gefaßt hatte. Aber Loewi selbst hat betont, daß er durch viele Jahre diese Gedanken wieder aufgegeben habe, weil in den Naturwissenschaften eine noch so plausible Erklärung nicht viel wert ist, solange nicht ein genialer methodischer Einfall es ermöglicht, sie zu beweisen. Eben diesen Einfall hat nun eben Loewi, der sich offenbar unbewußt immer mit dem Gedanken beschäftigt hatte, 1920, wie er selbst berichtet, in zwei aufeinanderfolgenden Nächten im Traum gehabt. Es ist dies nichts ganz Ungewöhnliches, denn wir wissen z. B., daß auch der geniale Einfall, wie die Kohlenstoffatome in aromatischen Verbindungen in einem Ringsystem angeordnet sind, dem Chemiker *Kekulé* in einem anschaulichen Traum gekommen ist.

Es wäre jedoch ganz falsch, anzunehmen, daß sich das Lebenswerk Otto

Loewis auf seine weltbekannte Entdeckung beschränkt: Solche Leistungen entstehen nicht von ungefähr, und gerade Loewi hat schon in jungen Jahren in zahlreichen Arbeiten sein überragendes Talent bewiesen. Es sei nur hervorgehoben, daß er der erste gewesen ist, der die heute so intensiv behandelten Zusammenhänge der Digitaliswirkung mit der Wirkung von Calciumionen auf den Herzmuskel beschrieben hat.

Auch als Persönlichkeit war Loewi, der am 3. Juni 1873 in Frankfurt am Main geboren worden war, höchst eindrucksvoll. Er selbst war hochgebildet und sowohl für bildende Kunst als auch besonders für Musik begeistert, und es war seine Überzeugung, daß nur der ein guter Naturwissenschafter sein könne, der dauernd an seiner allgemeinen Bildung arbeite. Loewi war ein humorvoller, höchst kontaktfreudiger Lehrer von natürlicher Autorität. Es war ihm eine Freude und ein Bedürfnis, junge Anfänger auf dem Gebiet der physiologischen Wissenschaften zu ermutigen und zu beraten, doch war er gegenüber hohlen Projektemachern sehr kritisch. Bis an das Ende seines langen Lebens besaß er ein höchst zuverlässiges Gedächtnis und eine sehr große Kenntnis der wissenschaftlichen Literatur. Auch hatte er die Fähigkeit, sehr rasch den entscheidenden Punkt einer wissenschaftlichen Diskussion zu erfassen. Auch als Redner und Lehrer war er faszinierend und nahm jede Vorlesung und jeden Vortrag sehr ernst, sodaß er stets glänzend vorbereitet war und unvergeßliche Formulierungen fand.

Loewi liebte seine zweite Heimat Österreich und besonders Graz sehr und fand immer Verkehr mit bedeutenden und anregenden Menschen, die er in seinem Haus bewirtete, wobei ihm seine liebenswürdige Frau beistand.

Aber auch das bittere Unrecht der Verbannung, der Verlust seines Besitzes (er mußte sogar auf den Nobelpreis verzichten) konnten 1938 seine Lebenskraft nicht brechen. Da er in der ganzen Welt echte Freunde hatte, wurde er zuerst in Belgien, dann in England und zum Schluß in den USA mit Freude begrüßt und bekam in Amerika trotz seines fortgeschrittenen Alters eine Universitätsstellung, die er bis zu seinem Tode am 25. Dezember 1961 in New York beibehalten konnte. Bis ins höchste Alter war er auch nicht nur als Vortragender, sondern als aktiver Berater bei experimentellen Arbeiten sehr geschätzt. »Uncle Otto«, wie er sich gern von jungen Freunden nennen ließ, war eben eine große und geliebte Persönlichkeit. So blieb ihm das traurige Schicksal so vieler Emigranten erspart, ständig in Erinnerung an alte Zeiten nur im Kreis allmählich alternder europäischer Freunde zu verkehren. Seine Heimat war vielmehr die ganze Welt.

Nach dem Zweiten Weltkrieg kehrte Prof. Otto Loewi noch einmal als Ehrenpräsident des IV. Internationalen Kongresses für Biochemie in seine ehemalige Heimat zurück: Er war dieselbe liebenswürdige Persönlichkeit geblieben wie einst, und es war erfreulich zu sehen, wie er ohne jede persönliche Verbitterung die Verbindung mit allen früheren Bekannten und Freunden wieder aufnahm.

Richard Zsigmondy

Nobelpreis für Chemie 1926

VON HANS WALENDA

Jeder der vier Söhne des Wiener Primararztes und Dozenten für Zahnheilkunde *Adolf Zsigmondy* hat es zu erheblichem Ansehen gebracht — die beiden Ältesten, von Beruf Arzt und Zahnarzt, als Bergsteiger und Pioniere der Hochalpinistik und der Jüngste als Professor der Mathematik an der Technischen Hochschule in Karlsruhe. Den meisten Ruhm hat jedoch der Zweitjüngste, der am 1. April 1865 in Wien geborene *Richard,* der spätere Begründer der Kolloid-Chemie und Erfinder des Ultramikroskops, dem Namen Zsigmondy gebracht.

Noch während seiner Schulzeit an der Oberrealschule in Wien-Josefstadt führte der früh vaterlos gewordene Richard viele chemische und physikalische Experimente in einem eigenen kleinen Laboratorium durch, dessen Einrichtung und Betrieb ihm seine hochgebildete Mutter, eine geborene *Szakmary,* ermöglichte.

Seine erste Hochschulausbildung erhielt er bei dem Bunsen-Schüler *Ludwig* an der Wiener Universität in quantitativer Analyse, studierte dann von 1883 bis 1887 technische Chemie an der Technischen Hochschule Wien und hörte anschließend organische Chemie an der Technischen Hochschule München bei *Miller,* dem berühmten Gründer des Deutschen Museums. Nach der Promotion an der Universität Erlangen 1889 wurde er Privatassistent bei Miller und anschließend Privatassistent des Physikers *Kundt* in Berlin. Er ging 1893 als Unterrichtsassistent an die Technische Hochschule Graz und wurde auf Grund seiner dortigen erfolgreichen Arbeiten über Glas- und Porzellanfarben 1897 in das Labor der Firma Schott & Genossen nach Jena berufen, wo er bis 1900 große technische Erfolge errang; unter anderem entwickelte er das berühmte Jenaer Milchglas und schuf erstmals dauerhafte, geeichte farbige Glasfilter.

Schon während der Grazer Zeit war ihm bei seiner Beschäftigung mit Keramikfarben, vor allem dem Goldrubinglas, aufgefallen, daß der Zusatz chemisch sehr ähnlicher Stoffe oft fundamental verschiedene Wirkungen auf das Aussehen der Farben hatte. Als er dann fand, daß sogar Pigmente von chemisch völlig identischer Zusammensetzung, z. B. Gold mit Wismutoxid in bestimmtem Mischungsverhältnis, je nach der Brenntemperatur blaue oder rote Farben ergaben, während umgekehrt durch Zusatz von Stoffen mit chemisch geradezu entgegengesetzten Eigenschaften oft die gleiche Wirkung auf die Farbe erzielt wurde, stand es für ihn fest, daß die Wirkung dieser Zusätze wenigstens vorwiegend physikalischer Natur sein mußte.

Seine Vermutung, daß die Farbe solcher Pigmente sowie der später von ihm durch Reduktion einer Goldchloridlösung mit Formaldehyd hergestellten hochroten (»wie purer Rotwein«) kolloidalen Goldlösung, »denen im Prinzip feinste Goldzerteilungen zugrunde liegen«, ausschließlich vom Verteilungsgrad abhängt, hat sich später glänzend bestätigt, wodurch gleichzeitig das Wesen der Kolloide als besonderer Verteilungszustand erkannt wurde. Hatte man bis dahin noch mit *Graham* geglaubt, daß es zwei »von Natur aus« verschiedene Klassen von Stoffen gebe, nämlich die »Kolloide«, wie Leim, nach dem die ganze Klasse benannt ist — Kolla (griech.) = Leim —, Eiweiß- oder Stärkekleister einerseits, die von semipermeablen Membranen, wie Pergament oder einer Schweinsblase, zurückgehalten werden, und »Kristalloide«, wie Zucker, Salze und Metalle, andererseits, die leicht durch solche Membranen passieren, wußte man jetzt, daß es einen solchen grundsätzlichen Unterschied zwischen Kolloiden und Kristalloiden nicht gibt: Der gleiche Stoff Gold kann sowohl kristalloide (bei atomarer Verteilung) wie auch kolloidale Lösungen (in denen die Goldteilchen aus einigen Tausend bis Hunderten von Millionen Atomen bestehen) bilden. Manche Stoffe, wie z. B. Eiweiß, sind nur in kolloidaler Lösung bekannt, weil ihre Moleküle schon so groß sind, daß sie selbst aus vielen tausend Atomen bestehen und damit die für kolloidale Lösungen charakteristische Größe aufweisen.

Das Mittel zum Nachweis für die Richtigkeit seiner erstmals 1898 ausgesprochenen und anfangs heftig bekämpften Vermutung schuf er sich zusammen mit dem Physiker *Siedentopf* von den Zeisswerken Jena mit dem Ultramikroskop. Man hatte sich damals damit abgefunden, daß die Grenze der Auflösungsfähigkeit des Mikroskops durch die Wellennatur des Lichts für immer vorgegeben, eine Steigerung über das bereits Erreichte also nicht mehr möglich wäre. Denn es leuchtet ein, daß ein Teilchen, das kleiner ist als eine Lichtwellenlänge, immer unsichtbar bleiben mußte, weil ja das Licht sich gewissermaßen »um es herum« bewegt, daher von ihm nicht beeinflußt wird und deshalb kein Bild von ihm geben kann. Äußerstenfalls konnte man bei Beobachtung mit dem kurzwelligsten eben noch sichtbaren violetten Licht Partikel von etwa 4000 A beobachten (1 A = $^1/_{100,000.000}$ cm und entspricht größenordnungsmäßig einem Atomdurchmesser). Lösungen, in denen feste oder flüssige Partikel schweben, die kleiner als eine Lichtwellenlänge sind, sind daher im normalen Mikroskop auch bei Verwendung noch so starker Vergrößerung nicht vom reinen Lösungsmittel unterscheidbar. Betrachtet man aber im Ultramikroskop nach Zsigmondy das Präparat nicht wie üblich im durchfallenden Licht, sondern quer zur Beleuchtungsrichtung, dann bildet sich durch den Tyndalleffekt rund um jedes Teilchen ein Lichthof mit wesentlich größerem Durchmesser als das Teilchen selbst, ähnlich wie sich auf der Oberfläche einer bewegten See rund um einen feststehenden Pfahl ein Brandungsring mit größerem Durchmesser als dem des Pfahles bildet; eine Erscheinung, auf der auch bei Beobachtung eines Lichtbündels quer zu seiner Einfallsrichtung das Aufleuchten von Staubteilchen beruht, die bei normaler Beleuchtung mit freiem Auge unsichtbar bleiben. Genaugenommen sieht man also im Ultramikroskop nicht die kolloidalen Teilchen selbst, sondern nur die sie umgebenden Lichthöfe. Das genügt aber, um sie zählen zu können. Aus der Zahl der Teilchen in einem abgegrenzten Volumenteil der Lösung und ihrem durch Einwaage oder Analyse bekannten Goldgehalt kann man das durchschnittliche Gewicht eines einzelnen Teilchens und aus seinem ebenfalls bekannten spezifischen Gewicht sein Volumen und daraus seinen Durchmesser berechnen. Sogar noch kleinere Partikel, deren kolloidale Lösungen auch im Ultramikroskop leer erscheinen, können durch die »Keimmethode« sicht- und zählbar gemacht, und dadurch kann ihr Durchmesser bestimmt werden, indem auf ihnen, z. B. durch kontrollierten Zusatz von Goldchloridlösung und einem Reduktionsmittel, so lange weiteres Gold abgeschieden wird, bis sie die für die Beobachtung im Ultramikroskop ausreichende Größe erreicht haben. Es zeigte sich, daß Partikel von 100 A Durchmesser noch gut beobachtet werden können. Diese Leistungssteigerung um das Mehrhundertfache gegenüber 4000 A führt schon in die Größenordnung vieler Moleküle.

Diese grundlegenden theoretischen Arbeiten hat Zsigmondy in der Zeit von 1900 bis 1907 als Privatgelehrter in Jena durchgeführt, nachdem er, um ausreichend Zeit dafür zu gewinnen, die Firma Schott verlassen hatte. In diese Zeit fiel die erste ausführliche Publikation (1905) über das Ultramikroskop, nachdem er schon 1902 in einem Vortrag in Würzburg vor der Versammlung der Deutschen Elektrochemischen Gesellschaft die ersten Ergebnisse der Beobachtung mit Schrägbeleuchtung bekanntgegeben hatte, und das Erscheinen seiner ersten zusammenfassenden Bücher über Kolloide.

1908 folgte er einem Ruf der Universität Göttingen, wo er zunächst als Extraordinarius und ab 1919 als Ordinarius und Direktor des Instituts für Anorganische Chemie bis zu seinem Tod am 24. September 1929 wirkte. Dort hat er zusammen mit seinen Schülern, unter denen sich so berühmte Namen finden wie *Svedberg*, *Scherrer* und *Wolfgang Ostwald*, Sohn des letzten Universalchemikers *Wilhelm Ostwald*, u. a. das Phänomen der Koagulation oder Gerinnung aufgeklärt und gezeigt, daß auch dieses in erster Linie auf physikalischen Prozessen beruht.

Auch die Entwicklung der kinetischen Gastheorie und Thermodynamik wurde maßgeblich durch eine Entdeckung Zsigmondys gefördert: Nicht nur mikroskopisch kleine, in einer Flüssigkeit schwebende Teilchen, wie z. B. Pollenkörner in Wasser, führen die unter dem Namen »Brownsche Bewegung« bekannten zitterigen unregelmäßigen Bewegungen aus, sondern auch die viel kleineren ultramikroskopischen Partikel, und zwar umso intensiver, je kleiner sie sind. Da sich diese Beobachtung zwanglos durch die bis dahin unbewiesene Vermutung O. *Wieners* erklären läßt, daß die ungeordneten und zufälligen Stöße, die die Wassermoleküle bei ihrer Wärmebewegung auf die suspendierten Partikel ausüben, ebenso zufällig verteilte resultierende Kräfte ergeben, welche die Partikel in Bewegung halten, wurden sie mit Recht als experimenteller Beweis für deren Richtigkeit, ja geradezu als Sichtbarmachung der Molekularbewegung angesehen.

Zu den zahlreichen ihm verliehenen Ehrungen und Auszeichnungen, von denen der 1926 für das Jahr 1925 verliehene Nobelpreis für Chemie die hervorragendste ist, gehört auch das für einen Physikochemiker wenigstens damals nicht gerade übliche Ehrendoktorat einer medizinischen Fakultät. Diese Ehrung der Universität Königsberg wurde ihm zuteil, weil die von ihm erkannten quantitativen Zusammenhänge über den Einfluß von Schutzkolloiden sowie seine Anregung, diese Erkenntnisse für medizinische Zwecke anzuwenden, zur Goldsolreaktion der Rückenmarksflüssigkeit geführt hatten.

Wegweisend für unsere heutigen Kenntnisse über den Feinaufbau der Materie waren auch seine gemeinsam mit Scherrer durchgeführten Untersuchungen an kolloidal verteiltem und metallischem Gold mittels Röntgenspektroskopie. Sie ermöglichte praktisch erst die Entwicklung der modernen Röntgenkristallographie, die u. a. von seinem mittlerweile ebenfalls weltbekannt gewordenen Schwiegersohn *Erich Hückel* weitergeführt wurde.

Richard Kuhn

Nobelpreis für Chemie 1938

VON HANS WALENDA

Der Chef des hydrotechnischen Instituts im k. u. k. Handelsministerium, der nachmalige Hofrat *Kuhn*, der vor allem durch das Projekt des Oder-Donau-Kanals bekannt wurde, hat an seinem am 3. Dezember 1900 geborenen Sohn Richard viel Freude erlebt. Trotz vielseitiger anderer Interessen, die vom Billard- und Schachspiel, in denen er es später zu geradezu meisterlichen Leistungen brachte, über Tennis und Schlittschuhlauf bis zur Archäologie reichten, beendete *Richard Kuhn* sein Studium der Chemie, noch nicht einmal 22 Jahre alt, mit dem höchsten Prädikat »summa cum laude«. Er hatte es an der Universität Wien begonnen und an der berühmten, traditionsreichen Lehrkanzel für Chemie der Universität München abgeschlossen. Seine »chemische Ahnenreihe« geht somit direkt auf *Justus von Liebig* zurück, dessen Schüler und Nachfolger der ebenfalls weltberühmte *Adolf von Baeyer*, Lehrer des nachmaligen Nobelpreisträgers *Willstätter*, wurde. Willstätter bildete den jungen Kuhn zum Forscher und Lehrer aus und führte ihn mit seinem Dissertationsthema *Über die Wirkungsweise von Fermenten* gleich in eines seiner Lieblingsforschungsgebiete, das der Enzymchemie, ein, dem Kuhn zeitlebens besonderes Interesse widmete. Nach dreijähriger Assistentenzeit am Institut Willstätters konnte sich Kuhn, knapp 24jährig, als Privatdozent habilitieren.

Schon ein Jahr später erhielt Richard Kuhn einen Ruf als Ordinarius an die Lehrkanzel für allgemeine und analytische Chemie an der Technischen

Hochschule Zürich. In Zürich begann er eine großangelegte Untersuchung über Polyene, die er nach seiner 1929 erfolgten Berufung an das neugegründete Kaiser Wilhelm-Institut (heute Max-Planck-Institut) für medizinische Forschung in Heidelberg als Leiter der chemischen Abteilung dort weiterführte.

Polyene sind farbige, ungesättigte Kohlenwasserstoffe mit mehrfachen konjugierten Doppelbindungen, zu denen die wichtigen Stoffgruppen der Carotine und Carotinoide gehören, im Pflanzen- und Tierreich weitverbreitete gelbe und rote bis violette Naturfarbstoffe. Ihnen verdanken u. a. die Karotten, aber auch Tomaten, Safran, Butter, viele Blüten, Krebsschalen, Kanarienvögel ihre Färbung. Kuhn fand, daß das Carotin in verschiedenen Isomeren in der Natur vorkommt. Zwei dieser Isomeren, das rechtsdrehende α- und das optisch inaktive β-Carotin, isolierte er gleichzeitig mit und, unabhängig von *Karrer* in Zürich und *Rosenheim* in London, darüber hinaus ein drittes Isomer, das γ-Carotin. Die biologische Bedeutung der Carotine liegt u. a. darin, daß sie leicht in der Leber zu Vitamin A hydrolysiert werden, also Provitamin A darstellen.

Im Laufe der systematischen Untersuchung der Polyene isolierte Kuhn zahlreiche bisher unbekannte Carotine aus Naturstoffen und klärte deren Konstitution auf. Außerdem synthetisierte er rund 300 weitere zu dieser Stoffgruppe gehörende Substanzen. Diese Arbeiten führten zur Aufdeckung gesetzmäßiger Beziehungen zwischen chemischer Konstitution einerseits und Farbe, dielektrischem und magnetischem Verhalten andererseits, deren Kenntnis nicht nur von großer theoretischer Bedeutung ist, sondern auch in der Folgezeit die planmäßige Herstellung pharmazeutischer Präparate dieser Stoffgruppe ermöglichte.

Ein anderes von ihm aus dem Crocus isoliertes Polyenderivat, das Glucosid Crocin, erwies sich als ein Sexualstoff, der für die Geißelbewegungen der Spermatozoen unentbehrlich ist.

Auch mit anderen Vitaminen, vor allem denen des B-Komplexes, beschäftigte sich Kuhn. Er entdeckte das antidermatitische Vitamin B_6 und isolierte das zur Vitamin-B_2-Gruppe gehörende Riboflavin (damals Lactoflavin genannt) aus über 5000 Liter Magermilch in einer Menge von ca. 1 g, was ihm seine Konstitutionsbestimmung ermöglichte. Seine weitere Entdeckung, daß dieses Vitamin die wirksame Gruppe des gelben Atmungsfermentes ist, ergab erstmalig einen Einblick in die Wirkungsweise von Vitaminen.

Daß bei der Vitaminforschung die Isolierung und Rein-Darstellung eines Wirkstoffes mehr Mühe und Scharfsinn erfordern kann als seine nachfolgende Konstitutionsaufklärung, zeigte sich bei der Isolierung des Vitamins H aus Hefe, in der es in winzigen Mengen enthalten ist. Es stellte sich heraus, daß dieser Stoff chemisch sehr einfach gebaut und chemisch identisch mit der schon lange bekannt gewesenen p-Aminobenzoesäure ist.

Dieses Vitamin stellt einen interessanten, damals noch nicht bekannten sachlichen Zusammenhang mit den Arbeiten eines anderen Nobelpreisträgers des gleichen Jahres dar. Der Zufall wollte es, daß im Jahre 1939 der Nobelpreis des Jahres 1938 für Chemie an R. Kuhn »für seine Arbeiten über Carotinoide und Vitamine« und der Nobelpreis des Jahres 1939 für Medizin dem Pathologen *Domagk* für dessen Entdeckung der therapeutischen Wirkung von Prontosil bei verschiedenen Infektionskrankheiten verliehen wurde.

Kuhn konnte später (1945) zeigen, daß die Wirkung des Prontosils und aller weiteren Sulfonamide darauf beruht, daß durch sie die Bakterien gewissermaßen »beschwindelt« werden, indem diese statt des für ihr Wachstum unentbehrlichen Vitamins H das chemisch ähnliche, aber wirkungslose Sulfonamid bzw. die aus ihm abgespaltene Sulfanilsäure »fressen« und dadurch infolge Vitaminmangels in ihrem Wachstum gehemmt werden. Darum wird die bakteriostatische Wirkung steigender Sulfonamidgaben durch gleichzeitig verabreichte, entsprechend gesteigerte Dosen von Vitamin H aufgehoben.

Es ist allgemein bekannt, daß Kuhn — so wie die beiden anderen deutschen Nobel-Laureaten des Jahres 1939, Domagk und *Butenandt* — die Auszeichnung ablehnen mußte und erst drei Jahre nach Kriegsende wenigstens die Verleihungsurkunde und die Medaille nachträglich erhalten konnte, während der mit dem Preis verbundene Geldbetrag nach den Statuten der Nobelstiftung verfallen war.

Da es unmöglich ist, im Rahmen dieses Aufsatzes einen auch nur einigermaßen vollständigen Überblick über die Gesamtheit seiner wissenschaftlichen Leistungen zu geben, die ihren Niederschlag in mehr als 660 wissenschaftlichen Artikeln gefunden haben, sei nur noch kurz und beispielsweise seine elegante Methode erwähnt, der wir die ersten grundlegenden Einblicke in die chemischen Mechanismen verdanken, die das Gen mit dem erbgebundenen Merkmal verknüpfen.

Man kann durch Strahlenschädigung (UV, Röntgen) eines Mikroorganismus (Neurospora) Mutanten erzeugen, die die eine oder andere Aminosäure nicht synthetisieren können und deshalb im Gegensatz zur ungeschädigten Stammform auf die Zufuhr dieser Aminosäure oder einer Vorstufe derselben mit der Nahrung angewiesen sind. Die Synthese ist bei verschiedenen Mutanten an verschiedenen Stellen unterbrochen. Sowohl durch Bestimmung der dabei auftretenden verschiedenen Endprodukte — die im ungeschädigten Reaktionsablauf nur Zwischenprodukte wären — wie auch durch Prüfung, welche Vorstufe der fertigen Aminosäure diese als Wuchsstoff ersetzen kann, läßt sich der biochemische Syntheseweg rekonstruieren und feststellen, wie viele verschiedene Gene an der Gesamtsynthese beteiligt sind.

Von den zahlreichen Ehrungen, die Kuhn zuteil wurden, ist menschlich am eindrucksvollsten die erste und bisher einmalige Verleihung des eigentlich nur für Künstler und Philosophen bestimmten Goethe-Preises der Stadt Frankfurt 1942 an einen Chemiker bzw. an einen Naturwissenschafter überhaupt. Dieser Preis ist die Anerkennung dafür, daß Kuhn weit über die reinen Fachleistungen hinaus unser allgemeines Weltbild durch Vereinigung von Wissensgebieten, die bisher keine Berührungspunkte miteinander hatten, bereichert hat. In der Festrede zu seinem 65. Geburtstag wurde darüber gesagt: »... Dankbarkeit gegenüber dem Biochemiker, der die Sehnsucht des wissenschaftlich aufgeschlossenen Arztes nach Belehrung durch den exakten Naturforscher ...« und »... den Traum von einem goldenen medizinischen Zeitalter der Erfüllung näher gebracht hat.«

Kuhn ist bis an sein Lebensende am 31. Juli 1967 in Heidelberg geblieben und hat alle Angebote und Berufungen ausgeschlagen, sogar eine für ihn sicherlich besonders verlockende Berufung an das berühmte chemische Institut der Universität München, an dem er seine wissenschaftliche Laufbahn begonnen hatte und an dem er nun Nachfolger seines verehrten Lehrers Willstätter hätte werden können.

Max Perutz

Nobelpreis für Chemie 1962

VON HANS WALENDA

Der Lebensweg des am 19. Mai 1914 geborenen Sohnes des Wiener Textilfabrikanten Perutz und seiner ebenfalls aus einer Textilfabrikantenfamilie stammenden Gattin schien klar vorgezeichnet: Eintritt in die väterliche Firma nach entsprechender Ausbildung.

Daß es nicht dazu gekommen ist, ist nicht zuletzt Verdienst des Theresianums, das der junge *Max Ferdinand Perutz* besuchte. Diese Eliteschule hatte, was für humanistische Gymnasien und Realgymnasien damals alles andere als selbstverständlich war, nicht nur gute Lehrer toter Sprachen, sondern auch ausgezeichnete Lehrer der naturwissenschaftlichen Fächer, die es verstanden, in vielen Schülern eine leidenschaftliche Liebe zu Chemie und Physik zu entfachen.

Durch die Vorlesungen von Professor *F. v. Wessely* an der Wiener Universität wurde Perutz auf die bedeutsamen biochemischen Arbeiten des Nobelpreisträgers (Medizin 1929) *G. F. Hopkins* (u. a. Entdecker der Vitamine A und B) in Cambridge aufmerksam gemacht. Er beschloß, an dieser berühmten Universität sein Doktorat zu machen, und trat 1936 als Research Student unter *J. D. Bernal* in das Cavendish Laboratorium ein, was ihm sein damals noch vermögender Vater finanziell ermöglichte.

Als Perutz bald darauf infolge Enteignung des Familienbesitzes durch den nationalsozialistischen Staat über Nacht mittellos wurde, wurde er in bester Cambridge-Tradition am 1. Januar 1939 trotz seiner Ausländereigenschaft als Forschungsassistent beim Institutsdirektor *Sir Lawrence Bragg* angestellt, mit dem er eng zusammenarbeitete. Er wurde 1947 Leiter einer Forschungsgruppe für Molekularbiologie und 1962 Leiter des neugeschaffenen Sektors für Molekularbiologie. Sein Stab bestand anfänglich nur aus *John Kendrew*, mit dem er später den Nobelpreis für Chemie 1962 teilen sollte.

Schon ein Jahr nach seiner Ankunft in Cambridge wandte Perutz, durch ein Gespräch mit Professor *Haurowitz* in Prag angeregt, sein Interesse der Struktur der Eiweißstoffe, vor allem der Globulärproteine Hämoglobin und Myoglobin, zu, das seither nie erlahmt ist.

Von diesen allen Lebensvorgängen zugrunde liegenden Stubstanzen wußte man bereits durch einen der ersten Nobelpreisträger (Chemie 1902), *Emil Fischer*, daß ihre Primärstruktur fadenförmig ist und daß die verschiedene Gestalt ihrer Moleküle, z. B. die Kugelgestalt, nach der die Globulärproteine ihren Namen haben, auf verschiedenen Arten der Faltung bzw. Knäuelung dieses Fadens beruht; daß der Faden selbst aus 20 verschiedenen Aminosäuren gebildet wird, von denen 100 bis 1000 Moleküle die Glieder einer Kette bilden, die über Peptid-Bindungen miteinander verbunden sind; daß die die Kettenglieder bildenden Aminosäuren sich untereinander nur dadurch unterscheiden, daß sie verschiedene »Kettenanhänger« mit verschiedenen chemischen Eigenschaften (hydrophob, hydrophil, sauer, basisch, neutral, aromatisch, heterozyklisch, schwefelhaltig) tragen und schließlich daß die Proteine untereinander sich in ihrer Primärstruktur nur durch die verschiedene Reihenfolge unterscheiden, in der diese Kettenglieder wie die Buchstaben eines 20buchstabigen Alphabetes aneinandergereiht sind.

Diese Primärstruktur ist, wie man durch *Linus Pauling* (Chemie-Nobelpreis 1953) weiß, zur Sekundärstruktur der sogenannten α-Helix verzwirnt, eine Schraubenlinie, die in sich dadurch stabilisiert ist, daß jede Peptidbindung sowohl mit der drittnächsten wie auch mit der drittvorigen durch Wasserstoffbrücken verbunden ist. Damit konnte man zwar die unvorstellbare Vielfalt der verschiedenen Eiweißstoffe erklären, aber weder die große chemische Aktivität, die viele von ihnen, vor allem die Enzyme und Fermente und die ihnen nahestehenden Globulärproteine, Hämoglobin und Myoglobin, aufweisen noch die dabei meist zutage tretende außerordentlich scharfe Spezifität einem bestimmten Substrat gegenüber.

Ebenso war zwar bekannt, daß Proteinmoleküle in der Natur nur selten als langgestreckte Fäden vorliegen, sondern daß dieser Faden meist zu einer Tertiärstruktur gefaltet ist. Was man nicht wußte, war: welche Gestalt diese Tertiärstruktur hat, ob sie überhaupt durch die Primärstruktur bereits eindeutig festgelegt ist, geschweige denn, in welcher Weise diese Festlegung erfolgt, wenn sie überhaupt gegeben sein sollte; sowie ob und in welchem Ausmaß die Tertiärstruktur für die chemischen Eigenschaften des Moleküls verantwortlich ist.

Das weitreichendste Ergebnis der Arbeiten von Perutz und Kendrew ist die Erkenntnis, daß die besonderen chemischen Eigenschaften eines jeden Proteinmoleküls eine direkte Folge seines räumlichen Aufbaus sind.

In jedem Proteinmolekül ist die Primär- bzw. Sekundärkette so gefaltet, daß an ganz bestimmten Stellen bestimmte, meist chemisch wirksame Gruppen, die unter Umständen an weit voneinander entfernten Stellen der Kette sitzen, räumlich so angeordnet sind, daß sie geradezu Werkzeugfunktion auf molekularer Ebene vollbringen. Daß diese bestimmte Faltung des Molekülfadens schon von der Primärstruktur der Aminosäurekette zwangsläufig festgelegt wird, beruht auf der 1946 von Perutz gefundenen Tatsache, daß der Raum eines jeden Proteinmoleküls rund zur Hälfte von Wasser bzw. einer wäßrigen Salzlösung erfüllt ist. Das Wasser bzw. die wäßrige Lösung nimmt die Zwischenräume zwischen den Faltungen der Kette ein, zieht die hydrophilen Seitenketten der diese tragenden Aminosäurereste an und dreht sie dadurch nach außen, stößt die hydrophoben Seitenketten ab und dreht sie nach innen, wodurch die kompliziertesten Faltungen und Knäuelungen der Plypeptidkette in ganz bestimmter geometrischer Form erzwungen werden.

So trägt z. B. das zur Sauerstoffspeicherung im Muskel dienende Myoglobin Molekularoberflächenbezirke, an welche das scheibenförmige Eisenprorphyrin-(Haem-)Molekül wie angegossen paßt und dabei eine Seite in genau passender Form und Größe für die Aufnahme des Sauerstoffmoleküls offenhält. Das den Sauerstofftransport im Blut bewirkende Hämoglobinmolekül ist aus vier identischen Untereinheiten zusammengesetzt, die jede einem Myoglobinmolekül äußerst ähnlich sind, und kann dementsprechend vier Sauerstoffatome aufnehmen. Entsprechende Zusammenhänge zwischen chemischer Funktion und räumlichem Aufbau des Moleküls haben sich in der Folgezeit an allen weiteren seither untersuchten Proteinen gezeigt.

Nicht ganz so einfach wie die Erkenntnisse selbst sind die Methoden, vor allem die Weiterentwicklung der Röntgenstrukturanalyse von Laue und Bragg durch Perutz zu erklären, mit der diese Erkenntnisse gewonnen wurden.

Wenn ein Röntgenstrahlenbündel einen Kristall durchdringt, dann werden seine Strahlen an den einzelnen Atomen des Kristallgitters gestreut und erzeugen auf einem geeignet angeordneten fotografischen Film ein Reflexmuster. Aus der geometrischen Verteilung und den Intensitätsverteilungen dieser Reflexpunkte können gewisse Rückschlüsse auf den Aufbau des Gitters gezogen werden. Leider war und ist es nur möglich, eindeutig zu berechnen, welches zweidimensionale Reflexmuster von einem gegebenen dreidimensionalen Kristallgitteraufbau erzeugt wird, nicht aber umgekehrt. Für die Aufklärung der Struktur der verhältnismäßig einfachen anorganischen und mancher einfachen organischen Kristalle mit nur wenigen Atomen im Molekül kann man sich mit einer Versuchs- und Irrtumsmethode behelfen. Man trifft eine — hoffentlich wahrscheinliche — Annahme, wie das Kristallgitter gebaut sein könnte, berechnet daraus das zu erwartende Reflexmuster und prüft empirisch, ob das gemessene Muster mit dem berechneten übereinstimmt. Notfalls wird dieses Verfahren so lange wiederholt, bis Übereinstimmung erzielt ist. Diese Methode wird aber bereits bei Stoffen mit etwa 100 Atomen im Molekül hoffnungslos, ganz zu schweigen von z. B. Myoglobin mit dem Molekulargewicht 17 000 und etwa 1200 Atomen, die Röntgenstrahlen zerstreuen (die Wasserstoffatome streuen so wenig, daß sie vernachlässigt werden können) oder gar dem Riesenmolekül Hämoglobin mit dem Molekulargewicht 64 700 und etwa 6000 röntgenwirksamen Atomen.

Perutz fand nun, daß Schweratome in Proteinkristalle eingebaut werden können, ohne deren Atomanordnung zu ändern (isomorphous replacement = isomorpher Austausch) und daß bereits der Ersatz eines einzigen H-Atoms durch ein Hg-Atom in einem Proteinmolekül vom Molekulargewicht 100 000 noch einen meßbaren Einfluß auf das Röntgenbild hat.

Die dreidimensionale Strukturaufklärung mußte dann durch Vergleich der Röntgenaufnahmen von mindestens zwei, in der Praxis allerdings weit mehr verschiedenen, durch die Methode des isomorphen Austauschs hergestellten Schweratomverbindungen des gleichen Proteins gelingen, in denen sich die Schweratome an verschiedenen Positionen befinden.

Die Anwendung dieser Methode auf »sein« Hämoglobin wurde zunächst durch eine schwere Erkrankung von Perutz verhindert. Währenddessen wandte Kendrew sie auf »dessen« Myoglobin mit dem Erfolg an, daß dessen Tertiärstruktur bis zum Sommer 1957 vollständig aufgeklärt war. Es bedurfte noch weiterer intensiver Arbeit von Perutz mit Aufnahmen von vielen Kristallen, jeder mit einem anderen Arrangement von Schweratomen, bis er im September 1959 das vollständige dreidimensionale Modell des Riesenmoleküls Hämoglobin fertigstellen und im Jahre 1960 eine Karte der dreidimensionalen Elektronendichtenverteilung dieses Moleküls veröffentlichen konnte. Die Auswirkung dieses Durchbruchs auf die gesamte Eiweißchemie und damit auf unsere Kenntnis von den Lebensvorgängen schlechthin, einschließlich des Stammbaumes der Lebewesen, kann kaum überschätzt werden.

Der gebürtige Wiener Perutz ist schon lange britischer Staatsangehöriger, und der ihm verliehene Nobelpreis wird mit Recht den an britische Gelehrte verliehenen Preisen zugerechnet. Österreich hat Perutz durch Verleihung des Ehrendoktorats der Universität Wien und des Österreichischen Ehrenzeichens für Kunst und Wissenschaft geehrt.

Erwin Schrödinger

Nobelpreis für Physik 1933

VON JOSEPH BRAUNBECK

Das einfache Gedankenbild kugelförmiger Elektronen, mit dem die klassische Physik alle elektrischen Erscheinungen zu erklären vermochte, wurde in den ersten Jahren unseres Jahrhunderts von der sich gerade entwickelnden Atomphysik übernommen. Die Vorstellung eines an ein winziges Planetensystem gemahnenden Atoms, in dem Elektronen auf vorgeschriebenen Bahnen einen sonnenähnlichen Atomkern umkreisen, erwies sich zunächst als äußerst brauchbar. Allerdings war es hierbei notwendig, die durch die Gesetze der Elektrizitätslehre nicht erklärbaren Elektronenbahnen mittels zunächst unbewiesener Zusatzregeln zu begründen.

Dem solcherart bereits vielfach bewährten Bild des kugelförmigen Elektrons stellte der französische Physiker *Louis de Broglie* 1923 vorerst rein spekulativ eine neue Vorstellung entgegen. Er schlug vor, das Elektron rechnerisch als Wellenbewegung zu betrachten. Tatsächlich hatte dieses neue Gedankenbild Vorteile bei der Deutung atomarer Erscheinungen. Die Glaubwürdigkeit eines physikalischen Weltbildes, welches zur Interpretation verschiedener Phänomene dasselbe Gebilde einmal als Teilchen und dann wieder als Wellenbewegung betrachtete, war jedoch erschüttert, zumal man schon vorher auch dem Licht dieselbe Doppelnatur zubilligen mußte.

Im Wintersemester 1925/26 beendete ein achtunddreißigjähriger Professor an der Universität Zürich diese Erkenntniskrise durch die mathematische Verallgemeinerung des scheinbaren Widerspruches.

Erwin Schrödinger ging von der scheinbar zufälligen Ähnlichkeit jener mathematischen Formeln aus, welche die Bewegung eines Körpers im Schwerefeld und die Ausbreitung elektromagnetischer Wellen in verschieden dichten Medien beschreiben. Am Ende einer an diese Ähnlichkeit geknüpften Kette mathematischer Überlegungen stand die Erkenntnis, daß jedes bewegte materielle Objekt zugleich eine Wellenbewegung darstellt. Dies gilt ebenso für ein einzelnes Elektron wie beispielsweise für ein Kraftfahrzeug. Daß wir diese Erscheinung im Alltagsleben nicht bemerken, rührt daher, daß sich die den relativ großen Objekten unserer Umgebung zugeordnete Wellenbewegung infolge ihrer sehr geringen Wellenlänge der Beobachtung entzieht. Immerhin gelang es bereits 1927 den amerikanischen Physikern *C. L. Davisson* und *L. H. Germer*, die Existenz von Elektronenwellen experimentell zu beweisen. Später konnte man auch die Wellennatur einzelner Atomkerne und ganzer Atome sichtbar machen.

Schrödinger ging in seinen Überlegungen aber noch einen Schritt weiter. Er leitete eine später nach ihm benannte Gleichung ab, welche die Elektronenkonfiguration eines Atoms ohne die beim Planetenmodell benötigten willkürlichen Zusatzregeln beschreibt. Schrödingers Ergebnisse, welche man unter dem Namen Wellenmechanik zusammenfaßt, haben die weitere Entwicklung der Physik nachhaltig beeinflußt. Seit 1926 sind auf der ganzen Welt über 100 000 wissenschaftliche Arbeiten erschienen, welche auf wellenmechanischen Überlegungen beruhen.

Erwin Schrödinger wurde am 12. August 1887 in Wien geboren. Sein Vater war ein wohlhabender Wiener Bürger, der seine Ehefrau aus England heimgeholt hatte. Der zarten Konstitution wegen wurde das einzige Kind bis zum zehnten Lebensjahr zu Hause unterrichtet. Die weitere Ausbildung genoß der junge Schrödinger am Akademischen Gymnasium, wo er bald wegen seiner vielseitigen Interessen und Begabungen aufzufallen begann. Im Jahre 1906 legte er die Reifeprüfung ab und begann mit dem Physikstudium an der Universität Wien. Als glücklicher Umstand ist zu betrachten, daß gerade in jenen Jahren die physikalischen Lehrstühle mit dem Experimentator *Exner* und dem Theoretiker *Hasenöhrl* besetzt waren. Nach seiner im Jahre 1910 erfolgten Promotion wurde Schrödinger Assistent am II. Physikalischen Universitätsinstitut. Bald folgte die Habilitation. Dann unterbrach der Erste Weltkrieg die akademische Laufbahn. Schrödinger verbrachte den größten Teil des Krieges als Artilleriesoldat an der Front. Auch in dieser Situation verließen ihn seine vielseitigen Interessen nicht. 1918 wurde ihm ein Ruf als theoretischem Physiker nach Czernowitz in Aussicht gestellt. In der Vorfreude auf den neuen Wirkungskreis entwarf der angehende akademische Lehrer einen Arbeitsplan, der eine Verbindung von theoretischer Physik und Philosophie vorsah. Der Zusammenbruch der Donaumonarchie verhinderte diese Berufung. Ab 1920 lehrte er kurzfristig in Jena, in Stuttgart und in Breslau, bis 1921 der Ruf nach Zürich den Wanderjahren ein Ende setzte.

In Zürich entstand im November 1925 die Wellenmechanik, die er 1926 in seiner Veröffentlichung *Quantisierung als Eigenwertproblem* darlegte. In Anerkennung dieser Leistung wurde Schrödinger 1927 als Nachfolger von *Max Planck* nach Berlin gerufen. Dort entstanden die berühmten *Vier Vorlesungen über Wellenmechanik* und das Werk *Spezielle Relativitätstheorie.* In Berlin wirkte damals eine Auslese der besten Köpfe auf dem Gebiet der Physik und Chemie. Ohne Anspruch auf Vollständigkeit seien nur Namen wie *Einstein, Laue, Hertz, Nernst, Haber, Hahn* und *Meitner* genannt. Als 1933 die Nationalsozialisten die Macht ergriffen, schloß sich Schrödinger, der selbst nicht Jude war, dem Exodus der jüdischen Fachkollegen an. Ein Bleiben hätte Kompromisse erfordert, zu denen er nicht bereit war. Im selben Jahr erhielt Schrödinger zusammen mit dem Engländer *Paul Dirac* den Nobelpreis für Physik mit der Begründung »für die Entdeckung fruchtbarer Prinzipien zur Entwicklung der Atomtheorie«. Im Jahre 1934 wurde der Nobelpreisträger Fellow of the Magdalen College in Oxford. Als ihn 1936 die Universität Graz rief, nahm Schrödinger an. Leider war es ihm jedoch nur knapp zwei Jahre lang vergönnt, in der Heimat zu wirken. Nach der Besetzung Österreichs zeigte sich, daß die Nationalsozialisten Schrödingers freiwilligen Abgang anläßlich ihrer Machtergreifung weder vergessen noch verziehen hatten. Um der Verhaftung zu entgehen, mußte Schrödinger mit seiner Frau *Anny* im September 1938 nach Rom fliehen. Dort war *Enrico Fermi* sein Gastgeber — derselbe Enrico Fermi, welcher drei Jahre später in Chicago den ersten Kernreaktor der Welt in Betrieb setzte.

Die nächste Station war Gent. Dort erreichte Schrödinger die Einladung des irischen Ministerpräsidenten *de Valera,* in Dublin an einem eigens für ihn errichteten Institut zu wirken. De Valera, der vor seinem Eintritt in das politische Leben als Mathematiker gewirkt hatte, pflegte Schrödingers Vorlesungen zu besuchen, sooft ihm die Regierungsgeschäfte Zeit dazu ließen.

In Dublin verwirklichte Schrödinger jene Verbindung von Physik und Philosophie, die er seinerzeit für Czernowitz geplant hatte. Im irischen Exil entstand eine Reihe von Büchern philosophischen Inhalts, wie *What is Life, Science and Humanism, Space-Time Structure, Nature and the Greeks* und *Expanding Universes.* Schrödinger hielt nichts von der Trennung zwischen Natur- und Geisteswissenschaft. Seine Sprachkenntnisse erlaubten es ihm nicht nur, Vorlesungen nach Belieben in deutscher, englischer, französischer oder spanischer Sprache zu halten, sondern auch beispielsweise Homer aus dem Original ins Englische oder altprovençalische Gedichte ins Deutsche zu übersetzen.

1955 kehrte der Gelehrte wieder in die Heimat zurück. An der Wiener Universität wurde für ihn persönlich eine zweite Lehrkanzel für theoretische Physik errichtet. Auch hier beschränkte sich Schrödinger nicht auf die Physik im engeren Sinn. Im Jahre 1960 erschien das Buch *Meine Weltansicht,* dessen erster Teil bereits 1925 als Manuskript vorgelegen war. Schrödinger setzte sich in dieser Schrift mit den Werken und Lehren von *Demokrit, Epikur, Spinoza, Schopenhauer, Haeckel* und *Bertrand Russell* auseinander. Leider sollte es das letzte Werk bleiben. Am 4. Jänner 1961 erlag Erwin Schrödinger in Wien einem schweren Leiden, das ihm bereits bald nach der Rückkehr in die Heimat viel Geduld abgefordert hatte. Seinem letzten Willen entsprechend, wurde er auf dem kleinen Dorffriedhof in Alpbach beigesetzt.

Victor Franz Hess

Nobelpreis für Physik 1936

VON JOSEPH BRAUNBECK

Der am 3. November 1957 gestartete Erdsatellit Sputnik II trug außer einer lebenden Hündin vor allem Instrumente zur Messung der Höhenstrahlung an Bord. Wenige Wochen später, am 31. Jänner 1958, schossen die USA den Satelliten Explorer I in eine Erdumlaufbahn. Auch bei diesem Flugkörper war ein beträchtlicher Anteil seiner Nutzlast der Erforschung der Höhenstrahlung gewidmet. Vom Standpunkt des Politikers gesehen, stellten diese Ereignisse den Beginn eines neuen Kräftemessens der Großmächte dar. In wissenschaftlicher Hinsicht handelte es sich jedoch um die Fortsetzung eines Unternehmens, welches im August 1911 mit einer vom Österreichischen Aeroklub veranstalteten Ballonfahrt begonnen hatte. Das Korbgeflecht der Gondel trug damals einen Passagier, der mit dieser Ballonfahrt in zweifacher Hinsicht seinen Mut bewies. *Victor Franz Hess,* 28 Jahre alt, Assistent am neugegründeten Institut für Radiumforschung der Kaiserlichen Akademie der Wissenschaften in Wien, nahm mit dem Aufstieg nicht nur die jedem Ballonfahrer drohenden physischen Gefahren auf sich. Der junge Forscher riskierte darüber hinaus die Ächtung durch die etablierten wissenschaftlichen Autoritäten. Wagte er doch den Versuch, die allgemein als unseriös abgetane Hypothese einer aus dem Weltraum kommenden Strahlung experimentell zu beweisen.

Bereits gegen Ende des 19. Jahrhunderts hatten die Physiker Schwierigkeiten, die elektrische Leitfähigkeit der Luft zu erklären. Obwohl längst bekannt war, daß bei genügend hoher Spannung ein Funke die Luft gewaltsam zu durchbrechen vermag, war man zunächst der Meinung, daß Luft und andere Gase kein dem Kupferdraht entsprechendes Leitungsvermögen besäßen. Die Weiterentwicklung der Meßtechnik zeigte jedoch, daß über eine Luftstrecke zwischen zwei anscheinend völlig getrennten Metallelektroden auch bei kleinen Spannungen deutlich nachweisbare Ströme zu fließen vermögen. Als im Jahre 1896 der französische Physiker *Henri Becquerel* die radioaktive Strahlung entdeckte, stellte es sich heraus, daß diese die Leitfähigkeit der Luft beträchtlich zu erhöhen vermag. Daraufhin lag es nahe, zu erklären, daß die stets vorhandene schwache Leitfähigkeit der Luft auf geringste Mengen im Erdreich verteilter radioaktiver Mineralien zurückzuführen sei. Der Engländer *Charles Thomson Rees Wilson* untersuchte im Jahre 1900 die Leitfähigkeit der Luft im Inneren eines dickwandigen Bleibehälters. Wider Erwarten fand Wilson, daß die Leitfähigkeit nur unbeträchtlich kleiner war als jene der Laborluft außerhalb des Behälters. Wilson schloß daraus auf die Existenz einer Strahlung, deren Durchdringungsfähigkeit jene der von Uran und Radium ausgehenden Strahlen übertrifft. Für die Herkunft der durchdringenden Strahlung stellte Wilson die Hypothese auf, daß diese aus dem Weltraum einfalle, gab aber diese Hypothese nach weiteren Untersuchungen auf. Die Wissenschaft war in eine Sackgasse geraten.

In den folgenden Jahren entstanden in den physikalischen Laboratorien aller Länder Meßgeräte für Strahlungen radioaktiver Herkunft, welche auf der Leitfähigkeitsmessung in einem definierten Luftvolumen beruhten. Daß diese Meßgeräte auch bei sorgfältiger Abschirmung noch eine gewisse Strahlungsintensität anzeigten, wurde als gegeben hingenommen. Die offiziell verkündete Lehrmeinung lautete dahingehend, daß die »durchdringende Strahlung« aus dem Erdinneren komme. Die Annahme einer durchdringenden Strahlung kosmischen Ursprungs galt als unwissenschaftliche Phantasterei.

Im Oktober 1910 zog Victor Franz Hess als Erster Assistent in das neuerbaute Wiener Institut für Radiumforschung ein. Wenige Monate später begann er zu untersuchen, ob Luft die Gammastrahlen des Radiums zu absorbieren vermag. Da es bei diesen Versuchen notwendig war, Radiumpräparat und Meßgerät bis zu hundert Meter weit voneinander zu entfernen, wurde im Freien experimentiert. Beim Messen der in einer Entfernung von hundert Metern bereits äußerst schwachen Strahlung des Radiumpräparats wurde Hess mit der ihn dabei störenden »Erdstrahlung« konfrontiert. Anstatt diese Strahlung als lästigen Nebeneffekt abzutun, begann Hess, sich Gedanken über deren Ursprung zu machen. Dabei kam ihm die Idee, ein Strahlungsmeßgerät mit einem Ballon vom Erdboden zu entfernen. Von einer eventuellen Zu- oder Abnahme der Strahlungsintensität erwartete er sich eine Klärung der Frage, ob die durchdringende Strahlung von oben oder von unten komme.

Beim eben erst gegründeten Österreichischen Aeroklub fand Hess Entgegenkommen für sein wissenschaftliches Anliegen. Bereits im August 1911 fand der eingangs erwähnte Ballonaufstieg statt, bei dem sich mit zunehmender Höhe eine deutliche Zunahme der Strahlungsintensität ergab. Ein weiterer Ballonaufstieg im Oktober 1911 bewies, daß es sich um kein Zufallsergebnis handelte. Hess veröffentlichte seine Beobachtungen in den Mitteilungen des Instituts für Radiumforschung. In Anbetracht dieser Ergebnisse ermöglichte die Kaiserliche Akademie der Wissenschaften in Wien mit einer Subvention sieben weitere Ballonfahrten im Jahre 1912, die sich bis zu einer Höhe von 5400 Metern erstreckten. Im selben Jahre erschien, abermals in den Mitteilungen des Instituts für Radiumforschung, die Veröffentlichung über *Beobachtungen der durchdringenden Strahlung bei sieben Freiballonfahrten.* In dieser Arbeit stellte Hess als Zusammenfassung seiner Beobachtungen fest, daß damit die Existenz »einer von oben kommenden Strahlung von außerordentlicher Durchdringungskraft, wahrscheinlich außerterrestrischen Ursprungs«, bewiesen sei.

Ein Jahr später unternahm es der deutsche Physiker *Kohlhörster,* die von Hess gefundene Zunahme der Strahlungsintensität mit der Höhe nachzuprüfen. Kohlhörster stieg bis in eine Höhe von 9000 Metern auf und fand, daß die Leitfähigkeit der Luft in dieser Höhe mehr als das Zehnfache der Leitfähigkeit am Erdboden beträgt. Obwohl die Wiener Akademie der Wissenschaften Hess bereits im Jahre 1919 für seine Entdeckung den Lieben-Preis verlieh, ließ die internationale Anerkennung auf sich warten. Noch im Jahre 1923 unternahm der damals gerade mit dem Nobelpreis für Physik ausgezeichnete Amerikaner *Millikan* Ballonaufstiege, mit deren Ergebnis er Hess zu widerlegen glaubte. Bei neuerlichen Ballonaufstiegen im Jahre 1925 kam Millikan jedoch zu der Einsicht, daß seine ersten, Hess scheinbar widerlegenden Messungen fehlerhaft gewesen waren. Dieser späte Nachvollzug der Ballonexperimente von Hess führte in den USA dazu, daß noch lange nachher die kosmische Strahlung als »Millikansche Strahlung« bezeichnet wurde. Erst im Jahre 1926 erhärtete sich die allgemeine Ansicht, daß die Messungen von Hess verläßlich seien und die Erde tatsächlich von einer aus dem Weltraum kommenden Strahlung getroffen werde.

Im Laufe der Jahre stellte sich heraus, daß die eigentlich aus dem Weltraum stammende »Primärstrahlung« aus Atomkernen besteht, welche sich nahezu mit Lichtgeschwindigkeit bewegen. Da Wasserstoff bei weitem das häufigste Element im Universum darstellt, setzt sich die Primärstrahlung vor allem aus Wasserstoffkernen, sogenannten Protonen, zusammen. Daneben aber kommen, ihrer relativen Seltenheit entsprechend in weit geringerer Zahl, auch die Atomkerne aller anderen Elemente vor. Beim Eintritt in die Erdatmosphäre erzeugen diese schnellen Teilchen förmliche Schauer verschiedener Bruchstücke, welche als »Sekundärstrahlung« den Erdboden erreichen. Die Untersuchung dieser Bruchstücke hat wesentlich zur Kenntnis der Elementarteilchen und damit zur Begründung der modernen Kernphysik beigetragen. So entdeckte der amerikanische Physiker *Carl David Anderson* in der kosmischen Sekundärstrahlung das Positron und das Meson. Im Jahre 1936 wurde Hess »für die Entdeckung der kosmischen Strahlung« der Nobelpreis für Physik zuerkannt. Gleichzeitig mit Hess wurde Anderson ausgezeichnet. Heute ist die Erforschung der kosmischen Strahlung ein ausgedehntes Wissensgebiet, welches besonders durch die Entwicklung der Raumfahrt neue Bedeutung erlangt hat.

Victor Franz Hess wurde am 24. Juni 1883 auf Schloß Waldstein bei Peggau in der Steiermark geboren. Seine Eltern waren der Forstrat *Vinzenz* Hess und dessen Ehefrau *Serafine*, geborene *Grossbauer, Edle von Waldstätt.* Nach Absolvierung des Gymnasiums in Graz begann Hess, an der Grazer Universität Physik zu studieren. Einem Studienaufenthalt an der Universität Wien folgte die Rückkehr nach Graz, wo er 1906 zum Dr. phil. promoviert wurde. Bereits ein Jahr später veröffentlichte Hess seine Arbeit *Analyse der Strahlung des Radiobleies.* Im Jahre 1908 wurde der junge Physiker Privatdozent für medizinische Physik an der Tierärztlichen Hochschule Wien. Diesem Wirkungskreis blieb er bis zum Jahre 1920 verbunden. Daneben wirkte Hess ab dem Jahre 1910 auch als Assistent am Institut für Radiumforschung. Dort gelang ihm die bereits eingehend beschriebene Entdeckung der kosmischen Strahlung. Hess ruhte aber nicht auf den Lorbeeren aus. Wenige Monate nach dem letzten der insgesamt neun Ballonaufstiege war eine Untersuchung über *Die Wärmeproduktion des von seinen Zerfallsprodukten gereinigten Radiums* abgeschlossen. Auf dieser Wärmeproduktion radioaktiver Substanzen beruhen die im Rahmen des Apollo-Programms auf dem Mond aufgestellten Generatoren elektrischer Energie.

Bei Ausbruch des Ersten Weltkrieges stellte Hess sein Spezialkönnen auf dem Gebiet der Strahlenphysik freiwillig in den Dienst der Medizin. Als Röntgenologe am Reservespital Nr. 15 in Wien begann er alsbald mit der Verbesserung der bis dahin bekannten Diagnosemethoden. Schon 1915 konnte Hess der Akademie der Wissenschaften einen Bericht *Über eine einfache Methode zur Bestimmung der Tiefenlage des Projektils im Körper bei Steckschüssen* vorlegen.

1918 gelang Hess die Bestimmung der Zahl der von einem Gramm Radium in der Sekunde ausgesandten Alphateilchen. Diese von Hess mit $3{,}7 \cdot 10^{10}$ Teilchen pro Sekunde ermittelte Zahl bildete später als Maßeinheit »1 Curie« die Grundlage aller Radioaktivitätsmessungen. Die Anerkennung solch überdurchschnittlicher Produktivität blieb nicht aus. Die Universität Wien bestellte Hess 1919 zum außerordentlichen Professor für Physik. 1920 ergingen gleichzeitig Rufe nach den USA und nach Graz. Hess entschied sich für Graz, wo er in den Jahren 1920 und 1921 als außerordentlicher Professor wirkte. Im Jahre 1921 erging an Hess die Einladung, als Direktor des Forschungsinstituts der US Radium Corporation zu wirken. Hess nahm diese Einladung an und wirkte gleichzeitig als beratender Physiker bei dem dem US-Innenministerium zugeordneten Bureau of Mines in Washington. Ende 1923 kehrte Hess nach Graz zurück, wo er 1925 als ordentlicher Professor der Experimentalphysik an die Universität berufen wurde. In Graz entstanden nun das grundlegende Werk *Die elektrische Leitfähigkeit der Atmosphäre und ihre Ursachen* sowie eine Reihe von Arbeiten über das Thema der atmosphärischen Elektrizität. Im Jahre 1931 kam es wieder zu einem Abschied von Graz, der diesmal ein endgültiger sein sollte. An die Universität Innsbruck gerufen, richtete Hess die Forschungsstation auf dem Hafelekar ein, die für einige Jahre zum Mekka der Strahlenphysiker wurde. In die Innsbrucker Zeit fällt auch die Verleihung des Nobelpreises an Hess.

Nach der Besetzung Österreichs im Jahre 1938 wurde Hess seines Amtes enthoben. Der seiner Arbeitsmöglichkeiten beraubte Forscher verwendete den Nobelpreis zur Bezahlung der »Reichsfluchtsteuer« und emigrierte nach den USA. Dort nahm man den Nobelpreisträger mit offenen Armen auf.

Wenig später sollte es sich zeigen, wie vorteilhaft es für die Vereinigten Staaten war, den Mitbegründer der experimentellen Strahlenphysik als Professor an die Fordham University berufen zu haben. Die österreichische Physikerin *Lise Meitner,* Leiterin der physikalisch-radioaktiven Abteilung am Kaiser Wilhelm-Institut für Chemie in Berlin-Dahlem, hatte sich etwa zur gleichen Zeit wie Hess zur Emigration entschlossen. 1878 in Wien geboren, war Lise Meitner bereits 1907 nach Berlin gegangen, wo sie gemeinsam mit *Otto Hahn* Untersuchungen über radioaktive Substanzen durchführte. Diese fast drei Jahrzehnte andauernde Gemeinschaftsarbeit brachte eine Reihe von Ergebnissen, ohne die unsere moderne Kernphysik schwer denkbar wäre. 1918 entdeckten Meitner und Hahn das Protaktinium. Den Nachweis, daß die Gammastrahlen erst nach einer Umwandlung des Atomkernes auftreten, erbrachten die beiden Forscher 1925. Ein Jahr später entdeckten sie die Existenz transuranischer Elemente. Als diese ideale Arbeitsgemeinschaft, durch den Lauf der politischen Ereignisse bedingt, aufgelöst werden mußte, waren Meitner und Hahn gerade mit den Vorarbeiten zu einem Experiment beschäftigt, welches die Bestrahlung von Uran mit langsamen Neutronen zum Gegenstand hatte.

Diese enge Vertrautheit mit dem Experiment und seiner Vorgeschichte führte dazu, daß Lise Meitner 1939 die von Hahn erzielten Resultate in Kopenhagen zusammen mit *O. R. Frisch* nachprüfen und als Spaltung des Uranatoms deuten konnte. Der Begriff »Kernspaltung« wurde übrigens von Lise Meitner geprägt.

Der neue Professor an der Fordham University kannte die Gefahren der sich entwickelnden Atomtechnik aus eigener Anschauung. In den Anfangsjahren der Radiumforschung hatte Hess an einer Hand Radiumverbrennungen erlitten. Nicht zuletzt deshalb widmete er nunmehr seine Arbeitskraft den Problemen der biologischen Strahlenwirkung. Sein Werk *Die Weltraumstrahlung und ihre biologischen Wirkungen* erschien 1940. Arbeiten auf dem Gebiet des Strahlenschutzes schufen Grundlagen für den Umgang mit künstlichen Radioisotopen und ebneten so den Weg für die friedliche Nutzung der Atomenergie. Hess konnte sowohl die Entwicklung der Kerntechnik als auch die Anfänge der Höhenstrahlenforschung im Dienste der Weltraumfahrt miterleben. Am 17. Dezember 1964 ging in Mount Vernon bei New York sein arbeitsreiches Leben zu Ende.

Fritz Pregl

Nobelpreis für Chemie 1923

VON RUDOLF NIEDERHUEMER

Der österreichische Chemiker *Fritz Pregl* erhielt im Jahre 1923 den Nobelpreis »für die von ihm erfundene Mikroanalyse organischer Stoffe«.

Der am 3. September 1869 in Laibach als Sohn einer österreichischen Beamtenfamilie geborene Fritz Pregl besuchte in Laibach das deutsche Gymnasium und studierte dann in Graz Medizin. Noch während seines Studiums wurde er von Professor *Rollett,* dem Vorstand des physiologischen Instituts, als Hilfsassistent angestellt und verblieb auch noch nach Abschluß seines Studiums an diesem Institut. Von Anfang an hatte sich der junge Mediziner sehr für die Chemie interessiert und begann nun auch mit dem Studium dieser Disziplin. In Zusammenarbeit mit Professor *Skraup,* dem Vorstand des chemischen Institutes in Graz, veröffentlichte er sogar bald eine Arbeit auf dem Gebiete der organischen Chemie.

Während einer Studienreise in Deutschland arbeitete er bei *Gustav Hüfner* in Tübingen, bei *Wilhelm Ostwald* in Leipzig und bei *Emil Fischer* in Berlin. In dieser Zeit lernte er auch den Physiologen *Abderhalden* kennen, mit dem er lange Zeit in Verbindung stand.

1905 kam er dann wieder zurück nach Graz und wurde Assistent am medizinisch-chemischen Institut bei *K. B. Hofmann.* Hier arbeitete Pregl an der Isolierung und Analyse der Gallensäuren und versuchte erstmals mit geeigneten Methoden die Probenmenge dabei weitgehend zu verringern. Er hätte mit den üblichen Analysenmethoden tausende Kilo an Rindergalle benötigt.

Die grundlegende Entwicklung der quantitativen organischen Mikroanalyse, die dann sein Lebenswerk wurde, begann erst 1910 in Innsbruck, als er das Institut für medizinische Chemie als Ordinarius übernahm und nun über ein eigenes Laboratorium verfügte. Es erwies sich zunächst einmal als unmöglich, die Methoden und Apparate der Makroanalyse ganz einfach um eine Zehnerpotenz zu verkleinern. Es mußten vielmehr neue Methoden und Apparate geschaffen werden, da zum Beispiel beim Arbeiten mit kleinsten Substanzmengen die Luftfeuchtigkeit einen viel höheren Einfluß ausübt als bei der Analyse im großen Maßstab. 1911 hatte er im wesentlichen sein Ziel, die Elementaranalyse mit kleinsten Mengen, erreicht. Die Elementaranalyse, die sich auf die Bestimmung von Kohlenstoff, Wasserstoff, Stickstoff, Schwefel, Phosphor und Halogene (Chlor, Brom, Jod) in organischen Substanzen erstreckt, war von *Justus von Liebig* entwickelt und eingeführt worden. Pregl gelang es, die Ausgangsprobenmenge auf fast den hundertsten Teil zu verkleinern. War bei Liebig mindestens 100 bis 200 Milligramm Substanz erforderlich, kam Pregl nun mit 3 bis 5 Milligramm aus.

Natürlich konnte für diese geringen Mengen auch keine normale Analysenwaage verwendet werden. Deshalb setzte sich Pregl mit dem Hamburger Waagenmechaniker *Kuhlmann* in Verbindung, und dieser baute nach seinen Angaben eine Edelsteinwaage auf eine Mikrowaage um, die bei einer Maximalbelastung von 20 Gramm noch mit einer Genauigkeit von 0,001 Milligramm, das ist ein Millionstel Gramm, wog. Eine derart genaue Waage war die Voraussetzung für die Erfolge der Mikroanalyse. Die besonders große Geschicklichkeit Pregls beim Experimentieren und Herstellen von Geräten — er war ein ausgezeichneter Glasbläser — waren ein weiterer glücklicher Umstand, der für seine Arbeit und die Entwicklung seiner neuen Analysenmethode besonders vorteilhaft war.

Im Jahre 1913 kehrte Pregl wieder nach Graz zurück. Nach dem Tode von Hofmann war ihm die Leitung des medizinisch-chemischen Instituts in Graz angeboten worden, und Pregl nahm gerne an. In Graz wurden nun die mikroanalytischen Arbeiten fortgesetzt und weiter ausgebaut. In einem großen Experimentalvortrag auf der Tagung der Naturforscher im Jahre 1913 in Wien demonstrierte er seine neue Methode. Damit wurden die Mikroanalyse und ihre Vorteile einem großen Kreis von Chemikern bekannt, und Pregl führte in seinem Institut in Graz schließlich regelrechte Kurse für Chemiker durch, die sich mit dieser neuen Methode vertraut machen wollten.

1917 veröffentlichte Pregl dann in einer Monographie mit dem Titel *Die quantitative organische Mikroanalyse* die Resultate seiner Arbeiten und die Methoden dieser neuen Analyse kleinster Substanzmengen. Die große Bedeutung der Erfindung Pregls wurde nun erst deutlich, als sich immer mehr Chemiker der neuen Mikroanalyse bedienten und dabei immer mehr Möglichkeiten, Erweiterungen und neue Anwendungsbereiche fanden.

Pregl hatte schon 1914 als Anerkennung seiner Leistung auf dem Gebiet der Chemie den Lieben-Preis der Österreichischen Akademie der Wissenschaften erhalten und wurde nun auch zu ihrem korrespondierenden Mitglied gewählt. Im Jahr 1920 war ihm von der Universität Göttingen das Ehrendoktorat verliehen worden. Den Höhepunkt der Ehrungen aber stellte die Verleihung des Nobelpreises für Chemie im Jahre 1923 dar. In der Laudatio wurde die große Bedeutung der Mikroanalyse hervorgehoben. Ohne Mikroanalyse wäre die Forschungsarbeit auf dem Gebiet der Ferment-, Vitamin- und Hormonchemie undenkbar. Viele medizinisch-chemische Untersuchungsmethoden wurden von Pregl entwickelt und sind zum selbstverständlichen Bestandteil der klinischen Untersuchung geworden, wie zum Beispiel die Blut- und Harnuntersuchungen und Nierenfunktionsprüfungen. Besonders in der Gerichtschemie, wo oft nur kleinste Substanzmengen zur Verfügung stehen, sind die mikroanalytischen Methoden nicht mehr wegzudenken. Ebenso in der Nahrungsmittelchemie beim Nachweis von Verfälschungen, aber auch in der Mikroanalyse von Medikamenten und Drogen bewies die neue Methode ihre Überlegenheit.

Österreich schien ein guter Nährboden für dieses neue Gebiet der analytischen Chemie zu sein. Fast zu gleicher Zeit wie Pregl arbeitete *Friedrich Emich* an der Technischen Hochschule in Graz auf dem Gebiet der anorganischen Mikroanalyse. Eines seiner Hauptarbeitsgebiete war der Nachweis der sogenannten Spurenelemente, wobei er mit dem Botaniker *Hans Molisch* zusammenarbeitete, der selbst erstmals mikroskopische Methoden bei der Pflanzenuntersuchung einführte. In Wien arbeiteten *Robert Strebinger* und *Fritz Feigl* maßgebend auf dem Gebiet der Mikroanalyse, und hier erschien auch 1923 die Zeitschrift *Mikrochemie* unter der Schriftleitung von Fritz Feigl, der später durch seine Tüpfelanalyse, ein Spezialgebiet der Mikroanalyse, das auf der Farbreaktion spezifischer Reagenzien beruht, berühmt wurde.

Pregl, der nicht nur ein ausgezeichneter akademischer Lehrer und bei den Studenten wegen seines humorvollen Vortrages und seiner ausgezeichneten Experimente sehr beliebt war, strebte danach, die Mikroanalyse besonders zu fördern und bekannt zu machen. Deshalb stiftete er der Österreichischen Akademie der Wissenschaften einen ansehnlichen Betrag, der diese instand setzte, jährlich für die beste mikrochemische Arbeit den »Pregl-Preis« zu verleihen.

Pregl, der verschiedenen Sportarten, wie Bergsteigen, Radfahren und Schwimmen, sehr zugetan war und sie mit großer Begeisterung ausübte, hatte sich schließlich auch ein Auto zugelegt, mit dem er gerne Ausfahrten unternahm. Ein harmlos scheinender Autounfall war es aber dann, der durch Schock eine Kreislaufstörung auslöste, an der Fritz Pregl am 13. Dezember 1930 im 61. Lebensjahr starb.

Wolfgang Pauli

Nobelpreis für Physik 1945

VON JOSEPH BRAUNBECK

Bereits vor rund zweieinhalb Jahrtausenden beschäftigten sich griechische Philosophen mit der Struktur jener Bausteine unserer Welt, die sie als atomos, unteilbar, bezeichneten. Die antiken Denker neigten zu der Annahme, daß sich die verschiedenen Atomarten durch ihre geometrische Form unterscheiden. Die Eigenschaften eines Stoffes wären danach auf die kugelige, würfelförmige, zylindrische, pyramidenförmige oder andersartige Gestalt seiner Atome zurückzuführen. Dieses erste Aufdämmern einer Erkenntnis fand jedoch nicht viel Beachtung.

Erst die Chemiker des neunzehnten Jahrhunderts griffen wieder auf die antike Atomtheorie zurück, welche sich als brauchbare Arbeitshilfe erwies. Mit Spekulationen über die Atomstruktur kaum über das antike Gedankengut hinausgekommen, lernte man, das Gewicht der Atome zu bestimmen. Die Ordnung der Substanzen nach ihrem Atomgewicht ergab das periodische System der Elemente. Die so erhaltene Tabelle ließ geheimnisvolle Beziehungen zwischen ähnlichen Elementen erkennen und ermöglichte die Vorhersage noch zu entdeckender Stoffe. Schließlich gab die Entdeckung der Radioaktivität den Anstoß und das experimentelle Rohmaterial zur Entwicklung einer Atomtheorie, mit der sich die neuen Phänomene erklären ließen. In den ersten Jahren unseres Jahrhunderts schuf der Neuseeländer *E. Rutherford* ein Atommodell, welches vom Dänen *Niels Bohr* ergänzt wurde: das Bild eines von planetenähnlichen Elektronen umkreisten sonnenartigen Atomkernes. So nützlich diese Betrachtungsweise auch war, reichte sie jedoch nicht aus, den Mechanismus der Lichtentstehung vollständig zu erklären. Auch das periodische System der Elemente blieb weiterhin rätselhaft.

Das Rutherford-Bohrsche Atommodell bedurfte noch einer Ergänzung, die 1925 ein junger Privatdozent an der Universität Hamburg veröffentlichte: Jede der möglichen Elektronenbahnen um den Atomkern dürfe höchstens mit zwei Elektronen besetzt sein, welche sich überdies durch eine neue, bisher unbekannte Eigenschaft unterscheiden müssen. *Wolfgang Pauli* hatte damit das später nach ihm benannte Ausschließungsprinzip formuliert. Auf Grund dieses Prinzips konnte man nicht nur die Lichtaussendung durch Atome, sondern endlich auch das periodische System der Elemente verstehen. Mit der Vollendung des Atommodells war auch die Grundlage fertiggestellt, auf der *Schrödinger* Monate später seine abstrakte mathematische Atombeschreibung aufbaute.

Wolfgang Pauli kam am 25. April 1900 in Wien als Sohn des Mediziners *Wolfgang Pauli sen.* zur Welt. Sein aus einer alten Prager Familie stammender Vater hatte 1913 die erste Lehrkanzel für physiologisch-chemische Biologie an der Wiener Universität inne und übernahm 1922 die Leitung des Instituts für medizinische Kolloidchemie. Nach der Reifeprüfung blieb der junge Pauli von den Qualen der Berufswahl verschont. Er zog nach München, um bei *A. Sommerfeld* theoretische Physik zu studieren. Sommerfeld stellte dem Zwanzigjährigen die Aufgabe, den Artikel über das Thema Relativitätstheorie für die *Enzyklopädie der mathematischen Wissenschaften* zu schreiben. Dieser Artikel des Studenten Pauli gilt heute als klassisches Werk der theoretischen Physik. Angesichts dieser überdurchschnittlichen Leistungen wurde Pauli bereits im Alter von einundzwanzig Jahren zum Doktor der Philosophie promoviert.

Nach dem glanzvollen Abschluß seiner Münchner Studien wurde der junge Doktor zunächst Assistent bei *Max Born* in Göttingen. Ein Jahr später ging er dann nach Kopenhagen zu Niels Bohr, dem Mitschöpfer des Atommodells. Dort beschäftigte sich Pauli vor allem mit der Theorie der Lichtaussendung von Atomen, die einem Magnetfeld ausgesetzt sind. Im Jahre 1923 ging der junge Physiker als Privatdozent nach Hamburg, wo er zunächst seine in Kopenhagen begonnenen Arbeiten fortsetzte. Dieses Thema führte schließlich in den Jahren 1924/25 zur Entdeckung des Ausschließungsprinzips. In Hamburg erreichte Pauli ein Ruf an die Universität Leipzig. Pauli lehnte jedoch seinen ersten Ruf ab, weil zu jenem Zeitpunkt eine Veränderung des Wirkungsbereiches die Kontinuität seiner Arbeit gestört hätte.

Erst als 1928 ein Ruf an die Eidgenössische Technische Hochschule erging, war Pauli zu einer Übersiedlung bereit. Er blieb dieser schweizerischen Institution bis zu seinem Lebensende verbunden. So eng war die Verbindung zwischen Pauli und Zürich, daß man den Österreicher hie und da in der Literatur als »Schweizer Physiker« bezeichnet findet. In Zürich entstand 1929 die gemeinsam mit *W. Heisenberg* entwickelte Quanten-Feldtheorie.

Wie bereits kurz erwähnt wurde, hat die theoretische Physik kurz nach Paulis Entdeckung des Ausschließungsprinzips durch Schrödingers Wellenmechanik eine neue Wendung genommen. Um diese Ergebnisse in das Lehrgebäude der Physik einzubauen, stellte Pauli seinen kritischen und ordnenden Geist zur Verfügung. Unter dem Titel *Die allgemeinen Prinzipien der Wellenmechanik* erschien 1933 im *Handbuch der Physik* eine meisterhafte Darstellung, welche im Jahre 1958 bei der Neuauflage des Handbuches unverändert übernommen werden konnte.

Der zweite große Beitrag zur Atomphysik glückte Pauli 1933. Mit dem radioaktiven Zerfall der Atomkerne beschäftigt, schlossen Wolfgang Pauli und *Enrico Fermi* auf die Existenz eines neuen Elementarteilchens, dem sie den Namen »Neutrino« gaben. Dieses Teilchen, welches erst das volle Verständnis der Radioaktivität ermöglichte, wurde 1956 experimentell nachgewiesen.

Die internationale Anerkennung konnte nicht ausbleiben. Schon im Sommer 1931 war Pauli zu Sommervorlesungen an die University of Michigan gerufen worden. Auch die Jahre 1935/36 und die Zeit von 1940 bis 1946 verbrachte

Pauli als Gastprofessor in den Vereinigten Staaten, wo er unter anderem an der Purdue University und am Institute for Advanced Studies wirkte. In jenen Jahren, da Österreich als Staat nicht bestand, nahm Pauli die Staatsbürgerschaft der USA an.

Im Jahre 1945 wurde Pauli für die Entdeckung des Ausschließungsprinzips der Nobelpreis verliehen. Für Pauli stellte der Nobelpreis jedoch keinen zum Ausruhen einladenden Lorbeer dar. Angeregt durch die fortlaufende Entdekkung neuer Elementarteilchen, bemühte sich Pauli, die experimentellen Ergebnisse im Rahmen einer einheitlichen Theorie zusammenzufassen. Zum Bedauern der wissenschaftlichen Welt wurde diese Arbeit nicht mehr vollendet. Am 15. Dezember 1958 fiel Pauli in Zürich einer kurzen, heftigen Erkrankung zum Opfer.

Die Zweite Republik

VON WALTER POLLAK

Wenn auch die wirtschaftlichen Verhältnisse und die Notlage der Bevölkerung noch schlimmer waren als nach dem Ersten Weltkrieg, so ist die zweite österreichische Republik doch mit wesentlich besseren Voraussetzungen ins Leben getreten als die erste.

Die außenpolitische Situation war für Österreich durch die Moskauer Deklaration der drei Großmächte Großbritannien, USA und UdSSR vom Oktober 1943 für die Zeit nach Beendigung des Krieges klargestellt. Es hieß darin, daß »Österreich, das erste freie Land, das der typischen Angriffspolitik Hitlers zum Opfer fallen sollte, von deutscher Herrschaft befreit werden soll«. Alle Veränderungen, die durch die Besetzung vom 13. März 1938 herbeigeführt wurden, erklärten die Alliierten als »null und nichtig«, sie würden sich nicht daran gebunden fühlen. Es wurde allerdings auch Österreich »daran erinnert, daß es für die Teilnahme am Kriege an der Seite Hitler-Deutschlands eine Verantwortung trägt, der es nicht entrinnen kann, und daß, anläßlich der endgültigen Abrechnung, Bedachtnahme darauf, wieviel es selbst zu seiner Befreiung beigetragen haben wird, unvermeidlich sein wird«.

Das Einerseits-Andererseits der Moskauer Deklaration hat einem zutiefst psychologischen Erlebnisproblem der österreichischen Bevölkerung eine politisch-opportunistische Schlagseite gegeben. Einerseits wurde Österreichs »Verantwortung ... der es nicht entrinnen kann« festgestellt, andererseits wird für »die endgültige Abrechnung« sein eigener Beitrag für seine Befreiung auf die Waagschale gelegt. Damit wurde jeder Interpretation weitester Spielraum gegeben. Es handelt sich hier aber um ein kompliziertes Problem, das nur aus der geschichtlichen Entwicklung Österreichs zu verstehen ist und aus der Tatsache, daß das fraglose staatliche Selbstverständnis der österreichischen Bevölkerung das Ergebnis des tragischen Kriegserlebens gewesen ist.

Jenseits der Frage, ob der einzelne »begeistert« oder »gezwungen« eingerückt ist, war das Massenerlebnis auch in Österreich der Krieg an den Fronten. Nach Berechnungen des Heeresgeschichtlichen Museums in Wien sind 247 000 Österreicher in diesem Krieg gefallen oder dauernd vermißt. Noch am 1. Juni 1969 hatten die Invalidenämter in Österreich 131 177 Kriegsbeschädigte und 150 529 Hinterbliebene zu betreuen. Tausende Menschen starben bei Luftangriffen. Trotz der Opfer, die unzähligen Familien abverlangt wurden, blieben die Kriegserfolge, etwa bis Stalingrad, nicht ohne massenpsychologische Wirkung.

Demgegenüber steht die Frage des Widerstandes in Österreich. Zunächst: Aktivitäten gegen ein System, das von einem nahtlos funktionierenden Polizeiapparat abgeschirmt war, noch dazu in Kriegszeiten, die auch hier viele Menschen vor die Gewissensfrage stellten, ob Widerstand im Kriege vertretbar sei, waren natürlich Hemmnisse für die Entwicklung einer breiten Widerstandsbewegung; darauf hat Außenminister Dr. Gruber in einem Memorandum hingewiesen, das am 8. Februar 1947 der Konferenz der Stellvertretenden Außenminister in London überreicht wurde. Andererseits wird man bedenken müssen, daß schon in den dreißiger Jahren politische Schriftsteller feststellten, ein kommender Krieg würde ein Bürgerkrieg sein. Wenn das der Zweite Weltkrieg auch nicht im vollen Wortsinn gewesen ist, so hat er doch starke Züge davon an sich gehabt. Ein autoritäres System, das die freie politische Meinungsäußerung verbietet, treibt einen Teil seiner Bevölkerung zum Widerspruch und endlich in den Widerstand. Die Frage des Widerstandes ist kein quantitatives Problem, sondern vielmehr ein solches menschlicher Qualität.

Die ersten organisatorischen Gruppen traten schon im Jahre 1938 auf. Es waren die des Klosterneuburger Augustiner Chorherrn *Roman Karl Scholz*, des *Dr. Jakob Kastelic* und des *Dr. Karl Lederer*. Vom Juli 1940 an erfolgten mehr als 200 Verhaftungen. Für den individuellen Widerstand, der sich in der Verweigerung des Wehrdienstes dokumentierte, ist als Beispiel der Fall *Franz Jägerstätter* bekannt. Organisierter bewaffneter Widerstand wurde erst in der allerletzten Kriegsphase versucht, vor allem in Südkärnten und in der Steiermark.

Unter diesen Gesichtspunkten muß der österreichische Widerstand gesehen werden. Nach den Angaben des »Dokumentationsarchivs des österreichischen Widerstandes« wurden 2770 Österreicher als aktive Widerstandskämpfer von den Volksgerichten zum Tode verurteilt und justifiziert; 32 600 kamen in Konzentrationslagern und Gefängnissen um. Nicht im eigentlichen Sinne als Teil des Widerstandes sind die 65 459 österreichischen Juden zu betrachten, die in Konzentrationslagern getötet wurden.

Wie vielschichtig das Problem des Widerstandes gewesen ist, geht — ein Beispiel unter vielen — daraus hervor, daß von den drei Offizieren *Major Biedermann, Hauptmann Huth* und *Oberleutnant Raschke*, die in den letzten Kriegstagen in Floridsdorf am Spitz gehängt wurden, der eine, Oberleutnant Raschke, Träger des goldenen Ehrenzeichens der Hitler-Jugend war. Widerstand wurde zur Auflehnung gegen einen sinnlosen Krieg.

Als die Rote Armee am 28. März bei Güns die österreichische Grenze überschritt, berief sie sich in einem Aufruf an die österreichische Bevölkerung ausdrücklich auf die Moskauer Deklaration.

Am 27. April 1945 wurde von *Karl Renner* eine provisorische österreichische Staatsregierung gebildet und die Wiederherstellung der österreichischen Republik verkündet. Diese provisorische Regierung wurde von den Westalliierten zunächst nicht anerkannt, weil sie als sowjetophil betrachtet wurde. Hier hat sich zum erstenmal die politische Weitsicht und Reife der österreichischen Politiker bewiesen. Anders als etwa im Deutschen Reich, haben sie den Besatzungsmächten keine Handhaben geboten, die Ausgangspunkt für Teilungstendenzen hätten sein können. In den beiden Länderkonferenzen vom

September und Oktober 1945 haben sich die Politiker von Ost- und West-Österreich auf einer Linie geeinigt; die beiden ÖVP-Politiker *Gruber* aus Tirol und *Schumy* aus Kärnten wurden als Unterstaatssekretäre in die Regierung berufen, und die Regierung Renner wurde auch von den westlichen Bundesländern anerkannt. Die Zerreißung Österreichs in einen westlichen und einen östlichen Teil war damit gebannt.

Die an sich schon trostlose wirtschaftliche Situation wurde durch den Flüchtlingsstrom der Volksdeutschen aus der Tschechoslowakei, aus Jugoslawien und Ungarn verschärft. Die Überschwemmung Österreichs mit Besatzungsgeld untergrub von vornherein jeden Versuch, eine wirtschaftliche Konsolidierung in die Wege zu leiten; bis Ende 1945 zirkulierten eine Milliarde Militärschillinge im Lande. Während im Jahre 1945 51 500 Menschen der Not und buchstäblich dem Hunger zum Opfer fielen, betrugen die Opfer durch Bomben und Kampfhandlungen »nur« 12 622 Menschen.

Die Konferenz von Potsdam übertrug den Sowjets das Recht, deutsche Guthaben in der Sowjetzone Österreichs zur Wiedergutmachung heranzuziehen, was die Grundlage für die langwierige und schwierige Auseinandersetzung um das sogenannte Deutsche Eigentum heraufbeschwor. Auf Grund des Potsdamer Übereinkommens zog sich die Sowjetbesatzungsmacht aus der Steiermark zurück und wurde von den Engländern ersetzt, in Oberösterreich nördlich der Donau (Mühlviertel) wurden die amerikanischen von den sowjetischen Besatzern abgelöst. Am 9. August 1945 wurde in der Deklaration der Großmächte über Österreich die alliierte Kommission eingerichtet und der Alliierte Rat mit der höchsten Entscheidungsbefugnis ausgestattet. Nachdem am 1. September die amerikanischen, britischen und französischen Truppen in Wien ihre Besatzungszonen übernommen hatten, wurde am 20. Oktober die Regierung Renner auch von den Westalliierten anerkannt.

Es war ohne Zweifel bis zu einem hohen Grade dem geschickten Taktieren der österreichischen Politiker zu danken, daß die Republik als Einheit bestehen blieb und am 25. November 1945 die Bevölkerung zum erstenmal zu freien Nationalratswahlen aufgerufen werden konnte. Die Österreichische Volkspartei als Nachfolgerin der Christlichsozialen erhielt mit 49,8 Prozent der Stimmen 85 Mandate, die Sozialistische Partei als Nachfolgerin der Sozialdemokratischen Partei 44,1 Prozent der Stimmen und 76 Mandate und die Kommunistische Partei 5,4 Prozent der Stimmen und 4 Mandate. Das schlechte Abschneiden der KPÖ war für diese und für die sowjetische Besatzungsmacht eine schwere Enttäuschung. Die Bedeutungslosigkeit der KP ist nicht nur der politischen Tradition seit 1918 zuzuschreiben, sondern vor allem dem Umstand, daß sich die sowjetische Besatzungsmacht entgegen allen Beteuerungen der Bevölkerung als ein harter und rücksichtsloser Sieger dargestellt hatte. Und das nicht nur in der unmittelbaren Konfrontation mit der Bevölkerung in den ersten Tagen der Besetzung, sondern vor allem jahrelang durch die Haltung des sowjetischen Elements im Alliierten Kontrollrat. Die

Haltung der Sowjets als intransigente Sieger wurde vor aller Welt deutlich, als unzweifelhaft österreichisches Eigentum als deutsches Eigentum von den Sowjets in Anspruch genommen wurde, darunter als eklatante Beispiele die österreichische Erdölproduktion und die Donau-Dampfschiffahrtsgesellschaft. Die Sowjets faßten die Betriebe, die sie als sogenanntes »Deutsches Eigentum« an sich gebracht hatten, zu einem kompakten Wirtschaftskörper, der USIA, zusammen.

Um österreichisches Wirtschaftsgut dem Zugriff der Alliierten, insbesondere der Sowjets (unter dem Titel »Deutsches Eigentum«), zu entziehen, beschloß das österreichische Parlament am 26. Juli 1946 das Verstaatlichungsgesetz. Dadurch wurden die drei größten Banken, der Kohlenbergbau, der Eisen-, Blei-, Kupfer- und Antimonbergbau, die Erdölindustrie, wichtige Maschinen- und Metallindustrien, die Hüttenindustrie, die Donau-Dampfschiffahrtsgesellschaft und wichtige Unternehmen der Fahrzeug- und Elektroindustrie verstaatlicht. Bei der Beschlußfassung dieses Gesetzes stimmten die kommunistischen Abgeordneten dagegen.

Die Frage einer endgültigen Friedensregelung mit Österreich stieß deshalb auf jahrelang andauernde Schwierigkeiten, weil das österreichische Problem von den befaßten alliierten Konferenzen immer in engem Zusammenhang mit dem deutschen gesehen wurde. Auf sowjetischer Seite war der Widerstand nicht nur durch die Frage des Deutschen Eigentums in Österreich gegeben, sondern vor allem auch aus strategischen Überlegungen. Die Konturen eines westlichen und eines östlichen Machtblocks zeichneten sich immer stärker ab, und der »Kalte Krieg« zwischen Ost und West nahm immer heftigere Formen an.

Der Wunsch Österreichs nach der Rückgliederung Südtirols, den Außenminister Gruber schon im Herbst 1945 der Außenministerkonferenz vorgetragen hatte, blieb unerfüllt, weshalb es im September 1946 zu dem Gruber-de Gasperi-Abkommen über Südtirol kam, das der Südtiroler Volksgruppe in vagen Formulierungen eine autonome Stellung zuerkannte. In dieser Frage haben sich auch die Westalliierten, die ansonsten, vor allem in wirtschaftlicher Beziehung, Großzügigkeit gegenüber Österreich gezeigt hatten, den österreichischen Argumenten verschlossen. Wie schwierig darüber hinaus die Lage Österreichs war, offenbarte sich bei der Konferenz der Stellvertretenden Außenminister in London vom 16. Jänner bis 25. Februar 1947, bei der der österreichische Staatsvertrag beraten wurde. Jugoslawien verlangte Teile von Kärnten und der Südsteiermark und Reparationen; Polen wünschte die Feststellung der Kriegsschuld Österreichs, die Aufrechterhaltung der Kontrolle über Österreich und eine Entschädigung für polnische Zivilarbeiter, die in Österreich während des Krieges eingesetzt waren; Australien vertrat die Auffassung, Österreich sei am deutschen Krieg mitschuldig, billigte ihm aber zu, »unter Berücksichtigung historischer Tatsachen verdiene es das Zugeständnis mildernder Umstände«; Griechenland verlangte Reparationen; die ČSR begnügte sich mit dem Verlangen nach Schutz und Garantie der Unabhängigkeit Österreichs. Interessanterweise unterstützte die ČSR, die damals noch nicht kommunistisch war, die jugoslawischen Gebietsansprüche nicht, die aber von den Sowjets unterstützt wurden. Großbritannien und die USA lehnten es von vornherein ab, Österreich mit Reparationen zu belasten. Es war von Anfang an klar, daß Österreichs Staatsvertrag weniger von seinem eigenen Beitrag zu seiner Befreiung abhing als von den Mächtekonstellationen, wie sie sich wechselvoll ergaben. Es bedurfte mehr als 300 Sitzungen der Stellvertretenden Außenminister, bis der Staatsvertrag endlich im Jahre 1955 abgeschlossen werden konnte.

Schon am 2. Mai 1946 hatte der Generaldirektor der UNRRA, *Fiorello La Guardia*, gesagt, das österreichische Volk zähle zu jenen Völkern der Welt, die dem Niveau des Hungertodes am nächsten seien. Die Lebensmittelzuteilung, die für Normalverbraucher mit 1500 Kalorien festgelegt waren, sanken zeitweilig auf 800 Kalorien pro Tag ab. Trotz dieser Schwierigkeiten konnte Österreich die Lage allmählich verbessern, zunächst durch die UNRRA-Hilfe und dann durch ein Hilfsabkommen vom Juni 1947 mit den USA für die Zeit nach Beendigung der UNRRA-Hilfe. Mit dem Währungsschutzgesetz vom 18. November 1947 wurde die Grundlage für die allmähliche wirtschaftliche Gesundung gelegt, die aber ohne die allen westlichen europäischen Staaten zukommende Marshallplan-Hilfe nicht hätte so rasch bewerkstelligt werden können, wie es tatsächlich im Laufe der kommenden Jahre geschehen ist. Wegen der kommunistischen Gegnerschaft gegen das Währungsschutzgesetz trat der letzte kommunistische Minister, *Altmann*, aus der Regierung aus. Bis zum Jahre 1966 bildete nun die ÖVP mit der SPÖ die Koalitionsregierung.

Mit Rückendeckung durch die sowjetische Besatzungsmacht und gestützt auf die Belegschaften der USIA-Betriebe, versuchten die Kommunisten im Oktober 1950 unter Ausnützung der Notlage der Bevölkerung einen Generalstreik anzuzetteln. Unter rigorosem Einsatz der Gewerkschaft und der Polizei wurde der Versuch im Keime erstickt.

Nach dem Tode *Stalins* machte sich auf sowjetischer Seite eine gewisse Neigung zur Nachgiebigkeit bemerkbar. Man durfte vermuten, daß sich die Sowjets zum Abschluß des österreichischen Staatsvertrages bereit finden würden, wenn das Land seine Neutralität zwischen Ost und West aussprechen würde. Unabhängig davon war dieser Gedanke von österreichischen Politikern sowohl der SPÖ wie auch der ÖVP schon geraume Zeit diskutiert worden. 1954 erklärte *Figl* in Berlin die Bereitschaft zur Neutralisierung Österreichs. Die Anregung fiel auf fruchtbaren Boden. Am 15. Mai 1955 wurde der österreichische Staatsvertrag unterzeichnet, am 27. Juli trat er in Kraft. Am 26. Oktober 1955 verließ der letzte alliierte Soldat Österreich. Am gleichen Tage beschloß der österreichische Nationalrat die immerwährende Neutralität. Diese ist also eine von Österreich aus freien Stücken auf sich genommene Verpflichtung und nicht Bestandteil des Staatsvertrages. Dieser verpflichtet Österreich zur Wahrung seiner Unabhängigkeit, verbietet eine wirtschaftliche oder politische Vereinigung mit Deutschland und verpflichtet zur Anerkennung der Rechte der slowenischen und kroatischen Minderheit. Als Ablöse für das Deutsche Eigentum in Österreich, soweit es sich in sowjetischer Hand befunden hat, vereinbarte Österreich mit der UdSSR eine Ablösesumme von 150 Millionen Dollar, die es in einer zehnjährigen Laufzeit in Form von Warenlieferungen abstatten konnte.

Daß die österreichische Neutralität sehr wohl mit dem geistigen und praktisch betätigten Bekenntnis zu den Prinzipien der freien Welt vereinbar ist, bewies Österreich im Oktober 1956 während des ungarischen Aufstandes durch seine humanitäre Hilfeleistung und die Aufnahme zahlreicher Flüchtlinge. Am 15. Dezember 1955 bereits war Österreich in die UNO aufgenommen worden.

Die Überwindung der wirtschaftlichen Krise nach Beendigung des Zweiten Weltkrieges und die erste Phase des erfolgreichen wirtschaftlichen Aufbaues ebenso wie die Befreiung vom Besatzungsregime durch den Staatsvertrag bis zur Aufnahme als gleichberechtigtes Mitglied in die Vereinten Nationen ist weitgehend der Zusammenarbeit der beiden großen österreichischen Parteien zu verdanken. Eine nicht geringe Rolle dabei hat das Einvernehmen der Sozialpartner gespielt. Gewerkschaftsbund, Industriellenvereinigung, Arbeiter-, Handels- und Landwirtschaftskammer sind in der Zweiten Republik zu wesentlichen Faktoren für die Erhaltung wirtschaftlicher Stabilität und des sozialen Friedens geworden. Ihre Rolle hat sich vor allem auch dann bewährt, wenn es innerhalb der Koalition zu Spannungen kam oder aber zu Alleinregierungen wie ab 1966 durch die ÖVP und seit 1970 durch die SPÖ.

Ganz selbstverständlich war die Zusammenarbeit von ÖVP und SPÖ in der Koalition auch Belastungsproben ausgesetzt. Wenn auch unter ganz anderen Voraussetzungen, so hat doch die Sozialdemokratie, ähnlich wie in der Ersten Republik durch Sozialgesetzgebung und Betriebsrätegesetz, nun durch das Verstaatlichungsgesetz einen Vorteil errungen, der ihrer Programmatik entsprach und ihrer Begründung von Macht und Einfluß ein weites Tor öffnete. Macht- und Einflußpositionen wurden nach einem ausgeklügelten Proporz auf die beiden Parteien verteilt. Das reichte meist bis in die untersten Ränge der Arbeitnehmerschaft und bis in die Gemeindestuben.

Es konnte nun nicht mehr, so wie in der Ersten Republik, davon die Rede sein, daß die Sozialdemokratie von Macht und Einfluß ausgeschlossen wäre. Trotzdem machte sich in den Reihen ihrer Führung Unbehagen darüber bemerkbar, daß es ihr nicht gelang, als stärkste Partei die Priorität zu erreichen und daß sie das zweimal trotz höherer Stimmenzahl mandatsmäßig verfehlte. Auf der Seite der politischen Rechten wurde der Wunsch nach einer zweiten bürgerlichen Partei deutlich. Mit Billigung und wohlwollender Unterstützung durch Innenminister Helmer war die Wahlpartei der Unabhängigen gegen den Willen des Alliierten Rates zugelassen worden. Mittlerweile war rund eine halbe Million minderbelasteter Nationalsozialisten wieder wahlberechtigt geworden. Die Partei erreichte mit mehr als 489 000 Stimmen 16 Mandate. Das Auftreten der neuen Partei hatte sowohl die Position der ÖVP wie auch die der SPÖ beeinträchtigt. Bei der Wahl vom Jahre 1953 und vom Jahre 1959 hatte die SPÖ die ÖVP stimmenmäßig überrundet, war aber durch die Wahlarithmetik jeweils um ein Mandat hinter der ÖVP zurückgeblieben. 1958 hatte sich die SPÖ ein neues Programm gegeben, das ihr den Charakter einer reinen Arbeiterpartei nehmen und sie als Partei aller arbeitenden Menschen attraktiv machen sollte. Gleichzeitig wurde demonstrativ der Friede zwischen Sozialismus und Kirche verkündet und die Staatswirtschaft ausdrücklich nur als ein Teil der Gesamtwirtschaft bezeichnet. Mit der Affäre um den ehemaligen Gewerkschaftsbundpräsidenten und Innenminister *Franz Olah* geriet die Sozialistische Partei in eine Krise. Nachdem Olah aus der Partei ausgeschlossen worden war, gründete er die Demokratische Fortschrittliche Partei, mit der er bei den Nationalratswahlen vom März 1966 148 000 Stimmen errang, ohne allerdings ein Mandat zu erreichen. Der Rückschlag der SPÖ bei dieser Wahl, der ausschließlich auf das Auftreten Olahs zurückzuführen war, wurde von der ÖVP als echter Sieg mißverstanden. Dieser Umstand war gewissermaßen das auslösende Moment der Errichtung einer ÖVP-Alleinregierung unter Bundeskanzler *Josef Klaus*. Allerdings entsprach dies auch der seit Jahren latent vorhandenen Koalitionsmüdigkeit bei den beiden Großparteien.

Die durch die Affäre Olah ausgelöste innerparteiliche Krise der SPÖ wurde durch einen Wechsel in der Parteispitze behoben. Auf *Bruno Pittermann* folgte als Bundesparteiobmann *Bruno Kreisky*. Mit ihm trat ein Mann ins Rampenlicht der Öffentlichkeit, der in sich nicht nur alte sozialdemokratische Tradition, sondern auch jenes geistig-liberale Erbe verkörpert, das in der Sozialdemokratie schon immer Heimstatt gehabt hat. Seine Ausstrahlung vor allem auf intellektuelle Randschichten, die der Politik erst gewonnen werden müssen, steht außer Frage, ebenso sein ungewöhnliches politisches Geschick. Ihm gelang es, die Partei aus dem Tief herauszuführen und sie 1970 nicht nur zur stimmen-, sondern auch zur mandatsstärksten Partei zu machen. Nachdem kurzfristige Verhandlungen mit der ÖVP wegen einer neuen Koalition ergebnislos verlaufen waren, Ex-Bundeskanzler Klaus aber noch in der Wahlnacht eine Koalition mit der Freiheitlichen Partei als unmöglich bezeichnet hatte, bildete Kreisky sein Minderheitskabinett. Er versuchte durch kleine Schritte, insbesondere durch die kleine Wahlrechtsreform, die nur 6 Mann starke Fraktion der FPÖ für alle Fälle an sich zu binden. Durch die Wahlrechtsreform wurde die Chance kleiner Parteien verbessert und die Zahl der Parlamentsmitglieder von 165 auf 183 erhöht. Bei den Wahlen, die 1971 stattfanden, erreichte die FPÖ 10 Mandate statt bisher 6, obwohl sie stimmenmäßig etwas zurückgefallen war. Die SPÖ dominierte mit 2 280 000 Stimmen eindeutig über die ÖVP mit 1 964 000 Stimmen und zog mit der absoluten Mehrheit von 93 Mandaten ins Parlament ein. Seither regiert Kreisky mit einer sozialistischen Alleinregierung. Kennzeichnend für die Situation in der Sozialistischen Partei ist die Diskussion über die Frage, inwieweit die Partei durch ihre Regierungstätigkeit gesellschaftsverändernde Maßnahmen setzt. Die radikalen Sprecher der Partei, insbesondere aus der jüngeren Generationen, finden, daß auf diesem Gebiet zuwenig geschieht. Der Beobachter wird feststellen müssen, daß diese Regierung ohne großes politisches Spektakel sehr wohl bemüht ist, Maßnahmen zu setzen, die in ihrer Fernwirkung zu tiefgehenden gesellschaftlichen Veränderungen führen müssen. Hier ist vor allem die Aktivität des Justizministers *Broda* zu erwähnen, der seit Jahren um eine einhellige Auffassung im Parlament für die von ihm initiierte Strafrechtsreform bemüht ist. Zu erwähnen ist in diesem Zusammenhang auch der Entwurf eines neuen Arbeitsverfassungsgesetzes von Sozialminister *Häuser*, der weitgehend der gewerkschaftlichen Forderung nach innerbetrieblicher Mitbestimmung Rechnung trägt.

Ehe noch die Marshallplan-Hilfe der österreichischen Wirtschaft den notwendigen Impuls für ihre Gesundung und ihr Wiedererstarken gegeben hatte, hat die österreichische Bevölkerung unmittelbar nach Kriegsende in den ersten schweren Notjahren mutig zur Selbsthilfe gegriffen. Im buchstäblichen Sinne »mit Krampen und Schaufel« wurden Maschinen aus dem Schutt ausgegraben, aus Teilen wurden in den Betriebsstätten neue Maschinen zusammengesetzt, und die Produktion wurde behelfsmäßig wieder in Gang gebracht. Was damals geleistet wurde, war bravouröse Improvisation.

Bewährte sich solcherart auf breiter Basis das technische Talent dieses Menschenschlages, so fehlte es auch nicht an Leistungen, die in den folgenden Jahren den Ruf Österreichs in der Welt wiederherstellten. Das LD-Sauerstoff-Blasstahlverfahren, das in der Alpine und in den Vereinigten Österreichischen Eisen- und Stahlwerken entwickelt worden war, trat seinen Siegeszug um die ganze Welt an. Verzichtete Österreich nun auch auf die Gründung einer eigenen Fahrzeugindustrie im eigentlichen Sinne, so wirkten doch die Erfahrung und die Tradition des österreichischen Automobilbaues in neuentwickelten Nutzfahrzeugen weiter, die sich auch den Weltmarkt erobern konnten.

Als Beispiel einer bedeutenden Forscherleistung ist der österreichische Physiker *Hans Thirring* zu erwähnen. Er hat auf theoretischem Wege, unabhängig von der praktischen Entwicklung in den USA, das Prinzip der Wasserstoffbombe entdeckt, was von deren Erfinder *Alfred Teller* selbst hervorgehoben wird. 29 Jahre nach seinem staatlichen Wiedererstehen erlebte dieses Österreich abermals Nobelpreisehren: die beiden österreichischen Verhaltensforscher *Konrad Lorenz* und *Karl von Frisch* erhielten im Sommer 1973 den Nobelpreis für Medizin und Physiologie.

Wenn die Wiener Stadtverwaltung naturnotwendig nach 1945 nicht mehr die glanzvolle Leistung der Wiener Stadtverwaltung der Zwischenkriegszeit erreichen konnte, so wurde deren Tradition auf dem Gebiet des Schulwesens doch ganz bewußt weitergeführt. *Leopold Zechner*, der unter dem unmittelbaren Einfluß von *Otto Glöckel* seine Erfahrungen sammeln konnte, wurde Anfang 1946 mit der Leitung des Wiener Stadtschulrates betraut und pflegte jene schulreformerische Tradition, auf der heute weitergebaut wird.

Die Zweite Republik ist weitgehend frei von Belastungen der Vergangenheit. Selbst der in den fünfziger Jahren einmal hochgehende politische Streit um die Habsburgerfrage war mehr ein Sturm im Wasserglas denn eine ernsthafte Auseinandersetzung um ein Problem, das in Wahrheit keines mehr ist. Die Generationen, die die Monarchie noch erlebt haben und von diesem geistig-politischen Erlebnis geprägt wurden, sind im Aussterben. Sie hatten in der Ersten Republik in allen politischen Lagern noch eine große Rolle gespielt und das kulturelle Leben stark beeinflußt.

Einzelnen Persönlichkeiten von ihnen begegnen wir heute noch respektvoll als den Zeugen einer großen, aber unwiederbringlichen Vergangenheit. Alljährlich im Sommer kehrt der große alte Mann der österreichischen Malerei, *Oskar Kokoschka,* in seiner Heimat bei der Salzburger Sommerakademie ein. *Franz Theodor Csokor* wirkte nach der Heimkehr aus der Emigration bis zu seinem Tode in Wien. Mit seinem Drama *3. November 1918* hat er einen tragischen Abschiedsgesang auf die Monarchie verfaßt, er war aber auch einer der wenigen, die das Partisanen- und Widerstandserlebnis glaubhaft gestalten konnten. *Albert Paris Gütersloh,* der die Wiener Maler-Schule des phantastischen Realismus angeregt hat und einigen ihrer besten Vertreter ein guter Lehrer war, war auch als Dichter ein Meister. *Fritz Herzmanovsky-Orlando,* dieser phantastische Erzähler und humorvolle Meister der Parodie, wurde erst in unseren Tagen so richtig entdeckt. In seinen humorvollen Absurditäten wird vieles lebendig und anschaulich gemacht, was für das Völkergemisch und die kulturelle Vielfalt des habsburgischen Staates typisch gewesen ist. Schließlich hat *Ödön von Horvath* erst nach dem Zweiten Weltkrieg seine Renaissance erlebt, obwohl er schon Ende der zwanziger Jahre mit dem Kleist-Preis ausgezeichnet worden war. Dieser Sohn eines österreichisch-ungarischen Diplomaten, der in Fiume geboren wurde und in Bayern seine Jugend verbrachte, ist doch geistig mit Wien verbunden. Er hat nicht nur das Kleinbürgertum seiner Zeit mit seinen gefährlich gewalttätigen Anlagen durchschaut und erbarmungslos geschildert, sondern auch das Sentiment eines Klischee-Wienertums entlarvt, wie es vor ihm vielleicht nur Nestroy gelungen ist.

Paula von Preradović verfaßte den Text der neuen österreichischen Bundeshymne. Ihr Werk, vor allem *Dalmatinische Sonette* und der Roman *Pavel und Pero,* legt noch einmal Zeugnis ab für die gegenseitige Befruchtung der Völker, die jahrhundertelang gemeinsam im großen Österreich gelebt haben. Auch *Guido Zernatto,* der zwei Jahre vor Kriegsende in der Emigration starb, ist Beispiel der geistigen und volkstumsmäßigen Durchdringung und Wechselwirkung. In ihm, dessen Familie aus Friaul stammte, vereinigte sich deutsches, italienisches und slowenisches Erbe; seine Mutter war eine Kärntner Slowenin. Dieser feinsinnige Lyriker und Essayist war um die Synthese von Volkskunst und Hochkunst bemüht. *Felix Braun* war nicht nur als Dichter, sondern vielmehr auch als Sammler und Herausgeber bis in sein hohes Alter um die Erhaltung schöpferischen Erbes bemüht. *Franz Nabl* war ein Meister des realistischen Romans. Seiner subtilen Menschengestaltung adäquat ist die Einbeziehung eines gemüthaften, aber unromantischen Landschaftserlebnisses in seine Dichtung.

So sind es letzte Nachklänge österreichischer Vergangenheit, die noch bis in unsere Tage hinein reichen. Diese Generationen haben vorgelebt, daß das große geistige Erbe für alle Zukunft, auch für den kleinen Staat, ein unverlierbarer Besitz bleibt. Wie der Mensch nicht existieren kann, ohne der Zukunft zugewandt zu sein, so kann er es auch nicht ohne das Wissen um seine Vergangenheit. Diese Erkenntnis haben jene mit vertieft in unserem Bewußtsein, deren Leben und Werk die Zeiten wie eine Klammer verbunden haben. Einer von ihnen, *Max Mell,* der Erneuerer des volkstümlich-religiösen Spieles, hat in schönen Versen uns alle angerufen: Die Heimat lädt dich ein. Eine Formel, die, richtig verstanden, helfen kann, Irrungen und Wirrungen der letzten Jahrzehnte zu überbrücken.

Theodor Körner

VON ERIC C. KOLLMAN

Von *Karl Renner* abgesehen, ist *Theodor Körner* wohl die einzige Persönlichkeit im öffentlichen Leben Österreichs, der es vergönnt war, sowohl in der Monarchie wie in den beiden Republiken eine bedeutende Rolle zu spielen: als ein hervorragender Offizier der österreichisch-ungarischen Armee im Frieden und im Kriege, als einer der Schöpfer des republikanischen Heeres nach dem Zusammenbruch von 1918, als Bürgermeister von Wien und schließlich als Bundespräsident in der Zweiten Republik.

Geboren in einem kleinen Vorort der Festung Komorn in Ungarn am 24. April 1873 als Sohn eines Offiziers, folgte er dem väterlichen Beruf. Er wurde nach Dienstleistung bei den Pionieren in den Generalstab aufgenommen, wo er sich durch die Einführung und Organisation des Feldtelegrafen und Feldtelefons bald einen Namen machte. In den letzten Jahren vor Ausbruch des Ersten Weltkrieges war Körner auch als Lehrer an der Kriegsschule tätig. Im Krieg diente er zuerst auf dem Balkan, wurde aber 1915 auf den italienischen Kriegsschauplatz beordert, wo er sich als Korpsgeneralstabschef so hervortat, daß er im Lauf des Krieges zum Generalstabschef der gesamten Isonzoarmee aufstieg.

Das Kriegserlebnis, besonders das Leiden des einfachen Soldaten, erschütterte Körner so sehr, daß manche seiner früheren weltanschaulichen Überzeugungen ins Wanken gerieten und er für pazifistisches Gedankengut aufgeschlossen wurde. Dazu trugen wohl auch Kontakte mit *Julius Tandler* bei, dem bekannten Wiener Anatomen und späteren Stadtrat für das Gesundheitswesen, mit dem Körner bald eine lebenslange Freundschaft verband, und mit *Hugo Schulz,* dem sozialdemokratischen Militärschriftsteller, der Körner auf die militärtheoretischen Ausführungen von *Engels* hinwies.

Nach dem Zusammenbruch stellte Körner, auf Aufforderung des neuen Unterstaatssekretärs für Heerwesen, *Dr. Julius Deutsch,* seine Dienste der jungen Republik zur Verfügung und wurde bald der Amtsleiter im Staatsamt, d. h. der höchste militärfachliche Beamte im Heerwesen. Als solcher hat er sowohl bei der Liquidierung der k. u. k. Armee wie auch bei der Aufstellung des neuen Bundesheeres entscheidend mitgewirkt. Auch an den Militärvorschlägen bei den Friedensverhandlungen und an der Ausarbeitung des neuen Wehrgesetzes (1920) hatte der Oberst Körner wesentlichen Anteil. Sein Hauptbestreben ging dahin, das neue Heer mit republikanischem Geist zu erfüllen. Hier geriet er aber sowohl mit der Mehrzahl der Offiziere, die noch stark traditionsgebunden waren, wie auch mit seinem vorgesetzten Minister *Carl Vaugoin,* der im Gegensatz zu Körner die altösterreichische Tradition betont wissen wollte und auch — erfolgreich — danach strebte, das Heer zu einem verläßlichen Instrument der konservativen Kräfte in Österreich zu machen, in schärfsten Widerspruch. Nach einer kurzen Dienstzeit als Heeresinspektor wurde der inzwischen zum Generalmajor beförderte Körner zu Beginn des Jahres 1924 in den Ruhestand versetzt.

Der Streit Traditionspflege — republikanische Armee, in den persönliche, militärische und politische Elemente hineinspielten, schlug hohe Wellen, als eine von Körner verfaßte Denkschrift über das Heer, die scharfe Kritik an den Zuständen und dem dafür verantwortlichen Minister übte, veröffentlicht und Gegenstand ausführlicher Debatten im Parlament und in den Zeitungen wurde. Körners Eintritt in die Sozialdemokratische Partei — ein sensationeller, wenn auch nicht unerwarteter Schritt — und seine bald darauf erfolgte Delegierung in den Bundesrat und Bestellung zum Mitglied der Parlamentskommission für das Heerwesen sorgten dafür, daß Körner allgemeiner bekannt wurde. Er wurde auch der Leitung des 1923 gegründeten Republikanischen Schutzbundes als militärischer Berater zugezogen.

Nach der Tragödie des 15. Juli 1927, in der ja bekanntlich die arbeitenden Massen der Kontrolle der sozialdemokratischen Führung entglitten und der Schutzbund in seiner Ordnerfunktion größtenteils versagte, wurde eine gründliche Umordnung und Straffung dieser Organisation vorgenommen. Da sich die innenpolitische Situation durch den Anstieg der Heimwehrbewegung verschärfte und die Gefahr eines möglichen Bürgerkrieges näher rückte, wurden die Fragen nach der künftigen Stellung des Schutzbundes innerhalb der Sozialdemokratischen Partei, seine Funktion, seine Strategie und seine Taktik, besonders aktuell. In den diesbezüglichen Auseinandersetzungen im Leitungsgremium des Schutzbundes geriet Körner in steigenden Gegensatz zu andern

Mitgliedern des Technischen Ausschusses, besonders zum späteren Stabschef des Schutzbundes, dem Major a. D. *Alexander Eifler,* und dessen Förderer, *Julius Deutsch,* der neben *Otto Bauer* der wichtigste und einflußreichste Mann der Partei auf militärpolitischem Gebiet war.

Auf Julius Deutsch, der neben anderen sozialökonomischen Schriften eine Geschichte der österreichischen Gewerkschaften verfaßte, zu der *Victor Adler* das Vorwort schrieb, war Adler schon seit längerem aufmerksam geworden. Im Krieg als Artillerieoffizier auf verschiedenen Kriegsschauplätzen tätig, wurde Deutsch im Spätherbst 1917 in die Kriegswirtschaftliche Abteilung des Kriegsministeriums in Wien als eine Art Arbeitnehmer-Vertreter kommandiert. Dort gelang es ihm, nach dem Abbruch des Januarstreiks (1918) in den Wiener Garnisonen eine, selbstverständlich geheime, Vertrauensmänner-Organisation aufzubauen, die ursprünglich nur als ein Instrument der Abwehr gegen militärische Exzesse im Falle neuer Streiks gedacht war. Eine Art Embryo für die Soldatenräte, half diese Organisation beim Zusammenbruch mit, den Kontakt zwischen Arbeitern und Soldaten herzustellen, die Soldaten unter sozialdemokratischen Einfluß zu bringen und den kommunistischen Einfluß auf ein Minimum zu beschränken.

Deutsch war einer der wenigen führenden Sozialdemokraten, die sich schon frühzeitig über militärische Probleme Gedanken gemacht hatten und auch in der Sturzwelle des Pazifismus und der Kriegsmüdigkeit, die 1918 einsetzte, einen klaren Blick dafür bewahrten, was in militärischer Hinsicht nötig sei, um die revolutionären Errungenschaften der Arbeiterschaft zu schützen, ohne einen Bürgerkrieg heraufzubeschwören. In einigen kritischen Augenblicken des Jahres 1919 half er zu vermeiden, daß die junge österreichische Republik, eingeklemmt zwischen Räte-Ungarn und Räte-Bayern, dem für manche lockenden, aber lebensgefährlichen Beispiel der beiden Nachbarn folgte.

Beim Umsturz zum Unterstaatssekretär für Heerwesen ernannt und bald darauf Staatssekretär, sah er seine Aufgabe darin, die alte Armee so rasch wie möglich zu liquidieren, um sie nicht zur Keimzelle der Konterrevolution werden zu lassen, und eine neue bewaffnete Macht aufzubauen, die das Vertrauen der Arbeiterschaft besaß, den Aufstieg von Soldaten zu Offizieren ermöglichte, die kommunistischen Strömungen zu isolieren vermochte und zum Schutz der Grenzen verwendbar war. Diese neue Truppe, Volkswehr genannt, wurde ausdrücklich nicht auf dem Kadersystem der alten Armee aufgebaut, sondern neu geworben, um einen völligen Bruch mit der Vergangenheit zu vollziehen. Viel kritisiert, besonders von rechts, hat die Volkswehr ihre Aufgaben doch im wesentlichen zufriedenstellend erfüllt. Deutsch ging von der richtigen, damals aber keineswegs selbstverständlichen Einschätzung der politischen Lage aus: daß die kommunistische Gefahr für Österreich gering, die Gefahr einer konservativen Reaktion wesentlich größer sei.

Nach der Entscheidung des Friedensvertrages, der Österreich die von Deutsch (und auch von Körner) gewünschte Miliz verbot und statt dessen nur ein

Söldnerheer mit langer Dienstzeit und einer Maximalstärke von 30.000 Mann gestattete, wurde unter Deutschs Leitung ein Wehrgesetz ausgearbeitet, das wegen der Beibehaltung der bürgerlichen Rechte für die Soldaten, des Vertrauensmännersystems sowie der Vorsorge für Bildung der Soldaten großen Widerstand erregte und nur unter dem Druck des *Kapp*-Putsches im benachbarten Deutschland von der sozialdemokratisch-christlichsozialen Koalition angenommen wurde.

Im Jahre 1923 wurde, zum großen Teil auf Initiative Deutschs, der Republikanische Schutzbund gegründet, dessen Obmann er war und für dessen Erfolge und Versagen er wohl die Hauptverantwortung trägt. Deutsch war in Österreich und in der internationalen sozialistischen Bewegung einer der Hauptverfechter der »proletarischen Wehrhaftigkeit« und des Abwehrkampfes gegen den überall aufkeimenden Faschismus, auf dessen Gefahr er u. a. in seiner einflußreichen Broschüre *Antifaschismus* (1926) hinwies.

Nach der Tragödie des 12. Februar 1934 floh Deutsch in die Tschechoslowakei, war dann als General im spanischen Bürgerkrieg tätig und verbrachte den Zweiten Weltkrieg größtenteils in den Vereinigten Staaten. Am wichtigsten aus der Zeit nach dem Ersten Weltkrieg sind seine militärisch-politischen Erinnerungen *Aus Österreichs Revolution*, Wien 1921, die schon erwähnte Broschüre *Antifaschismus* und *Wehrmacht und Sozialdemokratie*, Berlin 1929.

In der Auseinandersetzung zwischen Deutsch und Körner über die Zukunft des Schutzbundes ging es keineswegs bloß um taktische Fragen oder persönliche Konflikte, obwohl beide ihre Rolle spielten, sondern um Wesensfragen der politischen und militärischen Strategie der sozialistischen Bewegung.

Körner hatte schon Bedenken dagegen, daß in die demokratische Gesamtstruktur der Partei eine Organisation eingebaut war, in der notwendigerweise die Autorität von oben nach unten, die Verantwortung von unten nach oben fließen mußte. Gefährlich war es auch, den Schutzbund in seiner Ausbildung so zu spezialisieren, daß die Massen sich die Einstellung zu eigen machten, der Schutzbund würde an ihrer Stelle den Barrikadenkampf führen. Körner war gegen alle »militärische Spielerei«, wie er es nannte, die vielen Paraden, die dauernden Aufmärsche, das geschlossene Exerzieren usw. Solcherart ließ man sich auch vom Gegner die Formen und Methoden des Kampfes aufzwingen. Den Schutzbund zu regulärem Kampf ausbilden zu wollen sei undurchführbar. Auch müßte die — unvermeidbar — inferiore Bewaffnung Kleinmut erzeugen.

Die Funktion des Schutzbundes sollte, nach Körner, vielmehr die einer freigewerkschaftlichen Ordnungstruppe, einer Hilfspolizei, einer Art Gemeindewache sein. Darüber hinaus sollten die Mitglieder jedoch nicht nur durch besseres körperliches Training, bessere Disziplin und erhöhtes Verantwortungsbewußtsein aus der Masse hervorragen, sondern auch geistig geschulter und politisch reifer sein, das eiserne Rückgrat der Arbeiterbewegung, nicht aber, wie Eifler und Deutsch es wollten, ihr bewaffneter Arm. Eine der dringendsten Aufgaben sah Körner, besonders nach dem 15. Juli 1927, darin, Heer und Polizei zu infiltrieren, zu neutralisieren und die Kluft zwischen Arbeiterschaft und bewaffneter Exekutive zu verringern. Dergleichen ließ sich nicht durch Vorbereitung geschlossener militärischer Abwehr- oder Angriffsformationen erreichen; eher schon durch eine Art Guerilla-Taktik, bei der die Arbeitermasse selbst die entscheidende Rolle spielte. Hier, in der Auffassung von der Rolle der Massen, lag der wesentlichste Gegensatz zwischen Körner und Deutsch. Nach dessen Vorstellung sollten die geschlossenen Schutzbundformationen die Bewegung der Massen auslösen. Körner war überzeugt, daß man die Masse selbst revolutionieren müsse: durch Aufklärung und Propaganda, durch kleinere und größere Aktionen, und daß nur so eine erfolgreiche Abwehr der Gegenrevolution und ein Sieg der Demokratie über den Faschismus möglich sei.

Da Körner sich mit seinen Auffassungen nicht durchsetzen konnte, zog er sich schon im Herbst 1929 aus der Schutzbundleitung zurück und trat einige Monate später aus dem Schutzbund selbst aus. Nichtsdestoweniger wurde er am 12. Februar 1934 verhaftet, zuerst sogar des Hochverrats angeklagt und erst zu Weihnachten als einer der letzten der hohen Parteifunktionäre amnestiert. Während der nächsten Jahre lebte er in völliger Zurückgezogenheit und widmete sich hauptsächlich dem Studium der russischen Sprache. Daneben schrieb er auch eine Reihe von interessanten militärtheoretischen Studien (alle unveröffentlicht), die den geglückten Versuch unternehmen, die Lehren von Clausewitz auf Gegenwart und Zukunft anzuwenden. Schon seit 1936 überzeugt, daß der nächste Weltkrieg noch länger dauern würde als der erste, sah er spätestens im November 1941 den Sieg der Sowjetunion über das Dritte Reich voraus. Nach der mißglückten Verschwörung gegen *Hitler* am 20. Juli 1944 wurde Körner abermals auf einige Zeit eingesperrt; diesmal teilte er die Gefängniszelle mit *Oskar Helmer,* dem späteren Innenminister der Zweiten Republik.

Nach der Besetzung Wiens durch die Rote Armee wurde Körner von seinen Parteifreunden zum Bürgermeister von Wien nominiert. Für seine neuen Aufgaben brachte er eine Reihe von Qualifikationen mit, die von größtem Wert waren. Seine Sprachkenntnisse, besonders des Russischen, erleichterten den Verkehr mit den Besatzungsmächten. Seine Vergangenheit als Offizier verschaffte ihm bei den fremden Militärs erhöhtes Ansehen und Gehör. Seine Ausbildung als Pionier und seine Kenntnis technischer Probleme kamen ihm bei der damaligen Lage Wiens ganz besonders zustatten, und es war nur folgerichtig, daß ihm die Technische Hochschule Wiens schon im Herbst 1945 den Ehrendoktor verlieh. Daß Körner keine Kenntnis der Gemeindeverwaltung hatte, war im Anfang eher ein Vorteil, da so viel auf geschicktes Improvisieren ankam, wobei der neue Bürgermeister sich als besonders begabt und einfallsreich erwies. Zu diesen praktischen Vorzügen kamen menschliche: Mut und Verantwortungsfreudigkeit, Schlichtheit der Lebensweise, echtes Mitgefühl gegenüber leidenden Mitmenschen. Sehr bald stellte sich heraus, wie volkstümlich dieser Mann war, der selbst überall zugriff, überall dort auftauchte, wo die Dinge nicht recht vorwärtsgehen wollten, bei jedem Wetter auf dem Bahnhof erschien, wenn es galt, einen Kriegsgefangenentransport willkommen zu heißen, und der mit den Ärmsten seiner Stadt so leicht Kontakt fand wie mit den fremden Würdenträgern, die es zu überreden galt, Wien in seiner Bedrängnis zu helfen.

Körner schien durch die Herausforderung der schier unüberwindlichen Schwierigkeiten aufzuleben. Langsam, ihm viel zu langsam, ging es aufwärts, doch am Ende seiner ersten Amtsperiode (1949) waren die gröbsten Hindernisse beseitigt. Es ist bezeichnend für Körner, daß er jetzt, da die Stadtverwaltung wieder »normal« lief, seinen »Stil« änderte und seine Funktion etwas anders sah. Er wurde nun gegenüber seinen Amtskollegen der unermüdliche Mahner, doch nicht im bürokratischen Trott steckenzubleiben, sondern auf lange Sicht zu planen: vom sozialen Wohnbau zum sozialen Städtebau, mit Berücksichtigung der künftigen Verkehrsbedürfnisse Wiens, die er deutlicher voraussah als mancher routinierte Stadtverwalter. Der Bürgermeister bemühte sich, nicht immer erfolgreich, um eine kühnere, vorwärtsblickende Bodenpolitik, um eine weniger konservative Finanzpolitik, darum, daß mehr Gewicht auf den Bau von Spitälern, Schulen und Grünanlagen gelegt werde und daß die ausgefahrenen Wege des sozialen Wohnbaus verbessert würden. Obwohl damals (1949—1951) sein Einfluß auf die Parteigenossen im Stadtsenat begrenzt war, von denen einige ihn nicht ungern scheiden sahen, hat Körner mit seinen Vorschlägen und Plänen fast überall recht behalten, und die meisten sind später auch verwirklicht worden.

Die Wiener, so ist einmal gesagt worden, wollen ihren Bürgermeister entweder als Grandseigneur, oder sie wollen einen Mann an der Spitze ihrer Stadt, mit dem sie sich identifizieren können. In Körner hatten sie beides. Er konnte als der »einfache Mann« angesehen werden. Aber seine Bescheidenheit wäre weniger hervorgehoben worden, hätte die Bevölkerung nicht gleichzeitig gespürt, daß sie es in Körner mit jemandem zu tun hatte, den man gern »Herr nennen möchte«. Beide Eigenschaften sollten auch dem Bundespräsidenten Körner sehr zugute kommen.

Körner war der erste vom Volk direkt gewählte Bundespräsident. Die Ziele, die er sich als Präsident gesteckt und schon am Tage seiner Vereidigung formuliert hatte, hat er auch erreicht: erstens, obwohl ein Sozialist und von einer der beiden großen Parteien nominiert, ein Präsident für *alle* Österreicher zu sein; zweitens, zur Wahrung des inneren Friedens einen wesentlichen Beitrag zu leisten, und, schließlich, die Unabhängigkeit für Österreich auf der Basis striktester Neutralität und friedlichen Zusammenlebens mit allen Nachbarn zu verwirklichen.

In der Art seiner Amtsführung unterschied er sich sowohl von seinem Vorgänger wie von seinen Nachfolgern darin, daß er, der jedes Zeremoniell haßte (was zu manchen kleinen und größeren »Fehlleistungen« führte), leichter zugänglich war. Als »Bürgermeister von Österreich« sah er seine besondere Aufgabe darin, oft in die Länder zu reisen, um die Bande zwischen Bund und Ländern zu kräftigen und das Zusammengehörigkeitsgefühl der Provinzen mit der

Hauptstadt und der Bundesregierung zu stärken. Am wichtigsten war ihm jedoch, »auch als Bundespräsident den unmittelbaren Kontakt mit dem Volke nicht zu verlieren, der mir als Bürgermeister von Wien so viele glückliche Stunden bereitet hat. Wer immer nur im Büro sitzt oder im schnellen Auto durch die Straßen fährt, kann nicht erfahren, wo die Leute der Schuh drückt, und auch das gehört nach meiner Auffassung zu den Aufgaben des Bundespräsidenten«.

Schon temperamentmäßig konnte sich Körner nicht damit begnügen, sich bloß auf Repräsentationspflichten zu beschränken. Er machte vielmehr, trotz seines hohen Alters, von den freilich bescheidenen Machtbefugnissen seines Amtes vollen Gebrauch. In der Außenpolitik hat er durch seine dauernde Betonung der Neutralität als Grundsatz eines unabhängigen Österreich nicht unwesentlich zum Abschluß des Staatsvertrages beigetragen. Einmal hat er sogar die Politik des Außenministers, die ihm zu »westlich« erschien, durch besonderen Nachdruck auf die Neutralität zu korrigieren getrachtet (Burgenlandrede, 11. November 1951). Er wünschte auch über alle geplanten wichtigen Schritte der Außenpolitik persönlich informiert zu werden.

Auf dem Gebiet der Innenpolitik sah Körner seine Aufgabe hauptsächlich darin, schiedsrichterlich und vermittelnd einzugreifen, wenn die Reibungen zwischen den Koalitionspartnern zu stark wurden. Am bekanntesten ist hier die sogenannte Kapuzinerpredigt anläßlich eines Staatsbanketts. Von seinem verfassungsmäßigen Recht der Regierungsernennung Gebrauch machend, war er im Herbst 1952 nicht bereit, die Demission der Regierung anzunehmen, und weigerte sich nach den Februarwahlen von 1953, eine Regierung zu ernennen, die nicht nur aus einer Koalition der beiden großen Parteien bestand, sondern auch den Verband der Unabhängigen einschließen sollte.

Natürlich hat sich der Bundespräsident Körner auch lebhaft für die Art, den Charakter und die Aufstellung des neuen Heeres interessiert. Zur Errichtung einer Militärkanzlei beim Bundespräsidenten konnte er sich jedoch merkwürdigerweise nicht entschließen.

Körners Begräbnis im Jahre 1957 brachte mehr Menschen auf die Beine als je eines seit 1916, als *Kaiser Franz Joseph I.* starb. Körners Persönlichkeit und seine Laufbahn haben ihre Bedeutung (im doppelten Sinn des Wortes) darin, daß sie in sichtbarster Weise eine Brücke zwischen dem alten und dem neuen Österreich darstellen. Ein Brückenbauer zu sein hatte sich Körner schon immer gewünscht.

Adolf Schärf — Oskar Helmer

VON JACQUES HANNAK †

Ungefähr zwei Drittel ihres Erdendaseins waren bereits vollendet, ehe Adolf Schärf und Oskar Helmer zu Aufgaben berufen wurden, die für das Schicksal und die Formung unseres Gemeinwesens mitbestimmend waren. Helmer, geboren am 15. November 1887 in Ober-Waltersdorf (Niederösterreich), war im Jahre 1945 bereits mehr als 57 Jahre alt und Schärf, geboren am 20. April 1890 in Nikolsburg (Mähren), nur um drei Jahre jünger. Natürlich waren beide auch schon in den vorangegangenen Jahrzehnten politisch sehr rege gewesen und hatten verantwortungsvolle Funktionen ausgeübt. Aber die eigentliche Berufung trat erst mit der Wiedergeburt Österreichs, mit der Wiederherstellung der Republik an sie heran.

Um den ideologischen Unterschied zwischen dem, was hinter ihnen lag, und dem, was ihnen nun für die Zukunft aufgegeben war, zu kennzeichnen, genügt der Hinweis auf die Verschiebung des Ranges, den das Zentralgestirn der alten Sozialdemokratie besessen hatte: der Hinweis auf *Karl Marx.*

Wir wollen versuchen, ganz kurz die Epoche zu charakterisieren, in der Marxens Lehre in ihrer Totalität und durch ihre Totalität gewirkt hat, die Epoche, in der Karl Marx das Weltbild der Massen war. Es bleibt nur möglich, am Beispiel von Menschen, die noch durch die Schule Marx' gegangen sind, zu zeigen, in welche Tiefen sein Einfluß gedrungen ist. Es trifft sich gut, an den verschiedenen Bildungswegen Schärfs und Helmers verdeutlichen zu können, daß Marxismus nicht Gleichschaltung bedeutet hat, sondern individuelle Eigenentfaltung der Persönlichkeit.

Oskar Helmer war kein großer Theoretiker, der Satz für Satz die marxistischen Werke studiert, kein gewaltiger Denker, der in Disputationen und Seminarübungen Für und Wider umstritten hat. Er war kein Schreibtischgelehrter, der mit scholastischen Methoden die Mehrwerttheorie, die Durchschnittsprofitrate, die Lehre von der ursprünglichen Akkumulation, die Verelendungstheorie verteidigte oder angriff. Oskar Helmer war einfach einer unter den Millionen, die darüber nicht viel theoretisiert, sondern die es am eigenen Leib erlebt haben. Wissenschaft hin, Wissenschaft her — für die Generation der Helmer und Genossen hat es gestimmt, und mit blutigen Striemen ist ihnen eingezeichnet worden, was Karl Marx geschrieben hat.

Oskar Helmer hat in seinen Schriften und Reden selten Marx-Zitate gebraucht, hat sich auch selten darum bemüht, aus der Praxis des Alltags in abstrakte Regionen zu steigen. Doch in allen seinen Handlungen und Unternehmungen, sie mögen richtig oder falsch gewesen sein, war der proletarische Instinkt lebendig; unbewußt schwebte darüber jene Vision, die das Leben eines Sozialisten von echtem Schrot und Korn auch dort nicht verließ, wo er in Irrtum geriet und Enttäuschungen erlebte. So war es bis 1945, und nun hieß es für Helmer, in höchst verantwortlicher Stellung eine Gratwanderung zu beginnen, ohne den Kompaß, der seinen Jugendjahren Richtung und Ziel gegeben hatte, ohne das Leitbild des Marxismus.

Adolf Schärf kam von einer anders gelagerten Schicht der sozialdemokratischen Bewegung. Er durfte studieren, allerdings nur, indem er sich mit Nachhilfestunden bei besser situierten Mitschülern sein Brot verdiente; er promovierte in Wien zum Doktor juris und zog bald die Aufmerksamkeit *Karl Renners* auf sich. Schon als siebzehnjähriger Gymnasiast hatte er eine Mittelschülerorganisation gegründet, zu deren Belehrung er führende Köpfe der Sozialdemokratischen Partei als Vortragende zu gewinnen vermochte. Hier erfolgte also eine Indoktrination marxistischen Glaubens nicht wie bei Helmer durch das Gefühl, sondern durch das Gehirn. Ein Menschenalter in solcher Atmosphäre, solchem Milieu, solchen Denk- und Gefühlskategorien leben, das erfüllte und formte den ganzen Menschen; auch Adolf Schärf und Oskar Helmer.

Gar erst, als die beiden nicht bloß durch Parteimitgliedschaft, sondern durch die berufliche Funktion mit Parteiapparat und wichtigen politischen Aufgaben unmittelbar verbunden waren. Schärf wurde 1918 Sekretär des Präsidenten der Nationalversammlung *Karl Seitz* und später Sekretär der sozialdemokratischen Parlamentsfraktion. 1933 entsandte ihn seine Partei in den Bundesrat, der zu diesem Zeitpunkt — nach dem Staatsstreich, der den Nationalrat ausgeschaltet hatte — die letzte Bastion der österreichischen Demokratie geworden war. Schärf trat im Bundesrat mit Reden gegen das drohende autoritäre Regime hervor, die gewissermaßen die letzten Atemzüge der sterbenden parlamentarischen Körperschaften waren. In diesem Jahr der Bitternis und des nahenden Untergangs legte er, ohne es schon zu wissen, den Grundstein zu seinem zwölf Jahre später beginnenden großen Aufstieg.

Bevor es soweit war, mußte Schärf ein paarmal Bekanntschaft mit dem Gefängnis machen, am 12. Februar 1934, am 13. März 1938 und am 20. Juli 1944, also an drei furchtbaren Schicksalstagen der österreichischen Geschichte. Während all dieser Jahre ging sein Weg im buchstäblichen Sinn durchs Dunkle, durch die Katakomben des illegalen Untergrundes. Nur Eingeweihte wußten von ihm und seiner stillen Arbeit »hinter den Kulissen«. Wie »unbekannt« er bis zum Ende des Zweiten Weltkrieges war, kann an einem nicht uninteressanten Exempel erhärtet werden. Als der Schreiber dieser Zeilen gegen Ende des Jahres 1944 in Washington von einem amerikanischen Regierungsbeamten befragt wurde, welche Sozialisten in der nun in naher Aussicht stehenden Nachkriegszeit für leitende Aufgaben in Frage kämen, wurden natürlich Namen wie Renner, Seitz und Körner genannt. Das waren Namen, die dem Amerikaner wohlbekannt waren. Als aber der Name Adolf Schärf fiel, machte der Frager erstaunte Augen: »Never heard of him« (Ich habe diesen Namen noch nie gehört). Ein Jahr danach war Adolf Schärf schon sehr »gehört«.

Da wurde auch schon bekannt, daß er im Jahre 1943 in Wien mit *Wilhelm Leuschner* zusammengekommen war, einem der führenden Männer des deutschen Widerstandes, der Schärf über die Pläne zur Beseitigung Hitlers informierte, jene Pläne, die zum 20. Juli 1944 führten und von den Nationalsozialisten noch einmal mit einem Blutbad, dem auch Leuschner zum Opfer fiel, vereitelt wurden. Dies sind Hinweise, daß für Schärf noch die altbewährten sozialdemokratischen Gedanken und Methoden Maßstäbe seines Handelns waren. Er trat in die neue Zeit mit unveränderter Grundmotivation.

Auch mit Oskar Helmer hatte Schärf dieses lange Jahrzehnt stille Verbindung gehalten. Helmers Aktivität war dem Sinn nach die gleiche gewesen, erfolgte aber mit anderen Mitteln und in anderen Schichten. Der ehemalige Druckerlehrling war in der Ersten Republik deutlicher im Blicklicht der Öffentlichkeit gestanden als Schärf. Er wurde in Niederösterreich Landtagsabgeordneter, Landesrat und schließlich Landeshauptmann-Stellvertreter. Und hier lernte er in der Praxis nicht nur das Verwalten, sondern auch den Kampf um das richtige Verwalten. Und aus dem Kampf lernte er den Kompromiß. Niederösterreich war in der Ersten Republik ein relativ geeigneter Boden für solche Aufgaben. Es war das Land, das neben Oberösterreich am ehesten zur Zusammenarbeit der zwei großen Parteien bereit war. Helmer versuchte eine Zeitlang mit dem christlichsozialen Landeshauptmann von Niederösterreich und Bauern *Reither* der durch *Dollfuß* heraufbeschworenen Entwicklung zu begegnen. Die Bedingungen waren ungünstig, und der Versuch mußte an den unüberwindlich gewordenen Gegensätzen scheitern. Es war aber aller Ehren wert, mit einer solchen friedlichen Möglichkeit zu experimentieren.

So wie Schärf trat im Jahre 1933 auch Helmer nuancierter in den Vordergrund. Beiden oblag die gleiche Aufgabe, aber eine verschiedene Funktion. Schärf führte mit den bescheidenen Waffen, die der Demokratie noch geblieben waren, im Bundesrat eine Art offensiven Kampf gegen das sich immer deutlicher ausprägende autoritäre System. Helmer hinwiederum benützte seine Verbundenheit mit Niederösterreich und seine in einer früheren Zeit entstandenen Beziehungen zu Dollfuß zu immer wieder erneuten Versuchen, Österreich doch noch vor dem Ärgsten zu bewahren und zu irgendeinem annehmbaren Ausgleich zu gelangen. Wir wissen, daß alle diese Bemühungen zu nichts geführt und das Land vor der Katastrophe nicht gerettet haben. Helmer wurde trotz des persönlich guten Verhältnisses, das er zu Dollfuß gehabt hatte, genauso wie alle anderen sozialistischen Mandatare am 12. Februar 1934 verhaftet und eingekerkert. Das alles entsprach noch genau seinen Jugenderlebnissen und den Studien seiner Jugend: so sah eben Klassenkampf und Proletarierbedrückung aus.

Wie Schärf suchte auch Helmer in den austrofaschistischen Jahren seine spezielle Art von »illegaler« Aktivität. Er schloß sich nicht der R. S.-Bewegung an, sondern machte »Illegalität« auf eigene Faust. Als Werbemann einer Versicherungsfirma fuhr er in allen Gegenden Österreichs herum und hatte damit Gelegenheit, »mit den Leuten zu reden«. Er wird bestimmt nicht nur von Feuer- und Diebstahlsversicherungen geredet haben. Schärf seinerseits konnte ein ähnliches Verfahren bei den Besuchern seiner Rechtsanwaltskanzlei erproben. Solcherart entwickelte sich ein Nachrichtendienst, von dem die Polizeigewaltigen wohl gewußt haben mögen, gegen den sie aber nur wenig zu unternehmen in der Lage waren. Für den Lauf der Welt mag es wenig bedeutet haben, jedenfalls war es orthodoxe Widerstandstechnik alten Stils, wie sie in den Zeiten des Ausnahmezustandes der achtziger Jahre gehandhabt worden war.

Mehr als elf Jahre des Grauens, der täglichen Unsicherheit, der bangen Zweifel, des Wechsels zwischen Hoffen und Verzagen vergingen, bis endlich das Jahr 1945 gekommen war, das Dritte Reich in einer Wüste von Elend und Ruinen verendete und Österreich plötzlich wieder ins Leben zurückgerufen wurde. Die Republik und die Selbständigkeit wurden sozusagen von außen her verfügt, von den vier Besatzungsmächten, unter deren Kontrolle der neue Aufbau erfolgen sollte. Der aus dem Grabe auferstandene Staat konnte aber nicht davon leben, daß er als solcher wieder anerkannt wurde, er brauchte auch die Männer und Frauen, die ihn verwalteten und am Leben erhielten. Die Jugend des Landes, soweit sie überlebt hatte, war ohne jede politische Erfahrung, ohne wirkliche Kenntnis dessen, was in allen diesen Jahren in der weiten Welt vorgegangen war. Nur die alten Männer und Frauen stellten die Verbindung zum Gewesenen her.

Zu Karl Renner gesellten sich Gesinnungsgenossen, die bisher zwar auch schon in den vorderen Linien der politischen Arena gestanden waren, aber erst jetzt, dank der gegebenen Konstellation, nämlich wegen des Mangels an schon geschultem und erfahrenem Nachwuchs, in die allervorderste Linie gerufen wurden und glücklicherweise dazu auch berufen waren. Zu ihnen gehörten vor allem Adolf Schärf, *Johann Böhm* und Oskar Helmer.

Zwanzig Jahre Koalitionsregierung war das langfristige Ergebnis der Anstrengung dieser Männer zusammen mit ihren Partnern von der ÖVP.

Es ist das Verdienst dieser Männer, daß, begünstigt auch von anderen glücklichen Umständen, aus dem Elendsland Österreich ein wirtschaftlich in guten Umständen lebendes Gemeinwesen, ein Mitglied der europäischen Wohlstandsgesellschaft geworden ist. Um das zu erreichen, mußte ein Preis entrichtet werden, der wahrlich nicht gering war: die weitgehende Entideologisierung des Gedankengutes der beiden Großparteien. Das Beiseiteschieben der Ideologien ergab gerade für die ihrem Wesen nach noch der früheren Generation verbundenen Sozialisten besondere Schwierigkeiten.

Man nennt heute die Überdeckung geistiger und weltanschaulicher Gegensätze »Pluralismus« und will mit den ideellen Gegensätzen fertig werden, indem man sie zum unverbindlichen »Dialog« und reinen Verbalismus hinlenkt. Die Konflikte verschwinden damit nicht aus der Welt, sie werden nur in Schlaf versetzt.

»Alte Haudegen« wie Adolf Schärf und Oskar Helmer wurden mit dieser geistigen Krise in der Form fertig, daß sie sich dem pluralistischen Stil zwar nicht zu entziehen vermochten, aber ihm dennoch Dynamik und kämpferische Elemente einflößten. Adolf Schärf hat das in seinem Buch *Österreichs Erneuerung 1945—1955* folgendermaßen ausgedrückt:

»Im Gegensatz zu anderen Ländern, in denen gemeinsames Regieren auch einverständliches Verschweigen und Vertuschen gemachter Fehler und Verfehlungen bedeutet, hat die österreichische Form der Koalition ... beide Regierungsparteien scheinbar auch mit den Annehmlichkeiten einer Oppositionspartei ausgestattet, da sich grundsätzlich jede Partei die freie Kritik am Tun und Unterlassen der anderen vorbehält. Das römische System der zwei Konsuln scheint sich tatsächlich auf einer höheren Ebene der gesellschaftlichen Entwicklung zu wiederholen.«

An dieser Auffassung hat Adolf Schärf während seiner gesamten Vizekanzlerschaft, von 1945 bis 1957, also zwölf Jahre, zähe festgehalten und der anderen Koalitionspartei das Leben nicht leichtgemacht. Just so war er für *Raab* und Raab für ihn der richtige Partner, nur so, in der Dynamik des Kräftemessens, hat die Koalition floriert und Erfolg gebracht.

In dem gegenseitigen Abschätzen der Kräfte, in dem Erkennen und Erspüren dessen, was man der anderen Seite zumuten kann und wie weit man mit den Forderungen gehen darf, die der andere noch zu schlucken vermag, ohne »an seiner Seele Schaden zu nehmen«, erwies sich die Meisterschaft der Handhabung des neuen Stils, dem sich Schärf und Raab — vielleicht sogar gegen ihren eigenen Geschmack — anzupassen hatten. Es lag nach außen hin nichts Schwungvolles darin, sondern nüchterne Sachlichkeit, »Packeln«, wie es die Unzufriedenen nannten. Doch in Wahrheit konnte der Praktizismus nur wirklich starken Persönlichkeiten gelingen. Wie richtig das ist, erwies sich sehr bald nach dem Ausscheiden Schärfs und Raabs aus den Kampfbereichen der Politik. Schärf wurde 1957 zum Bundespräsidenten gewählt und 1963 wiedergewählt. Er blieb es bis zu seinem Tode am 28. Februar 1965, von Freund und Gegner in seinen alten Tagen mehr geachtet denn je, wie auch Raab sich die Wertschätzung seiner vormaligen politischen Widersacher in den letzten Jahren seines Lebens verdientermaßen erwarb. Kaum waren die beiden dahin, machten sich immer krasser die Nachteile des praktizistischen Systems bemerkbar. Der trockene Realist Raab, dem an Kunst und Literatur wenig gelegen war, und der Intellektuelle Schärf, der nicht nur politische Literatur in rauhen Mengen las, sondern sie auch schrieb und mit seinen zeitgeschichtlichen Werken (*April 1945 in Wien, Zwischen Demokratie und Volksdemokratie, Österreichs Erneuerung 1945—1955*) Historikern eine Schatzkammer für spätere Forschungen erschlossen hat, haben, obwohl sie gar nicht zueinander paßten, dennoch sehr gut zueinander gepaßt ...

Und was gar Oskar Helmer betrifft, so mag auch er seinem niederösterreichischen Kollegen Raab mißfallen haben, weil der Helmer auch »so a Büachel-Schreiber« war, aber temperaments- und gemütsmäßig, folklorehaft oder erdhaft standen sie einander sehr nahe. Oskar Helmers »hobby«, das Bücherproduzieren, hat übrigens ebenfalls die zeitgeschichtliche Literatur in wertvoller Weise bereichert. Vor allem seine Selbstbiographie *50 Jahre erlebte Geschichte* ist ein Standardwerk der österreichischen Geschichtsliteratur geworden.

Was aber Oskar Helmer zu einer der populärsten Figuren der Nachkriegszeit erhoben hat und ihn in historische Größe hineinwachsen ließ, war sein unglaublich unerschrockenes Auftreten in Niederösterreich während der Jahre der russischen Besatzung. Das übertraf fast noch *Oscar Pollaks* Kampf gegen die russische Macht, der am Schreibtisch geführt wurde. Helmer stapfte Wochenende für Wochenende in die gefährdetsten Gegenden Niederösterreichs hinaus und klagte unter den Augen der kommunistischen Spitzel die Gewaltherrschaft an. Nicht weniger furchtlos benahm er sich, wenn er in seiner Eigenschaft als Innenminister in die Wiener Kommandantur gerufen und dort von wildgestikulierenden, Verhaftung und Erschießen androhenden russischen Offizieren mit Vorwürfen überschüttet wurde. Sein Instinkt sagte ihm, daß nur Haltung und Entschlossenheit den Leuten imponiere. So schlug er als Antwort oft selber mit der Faust auf den Tisch — und hatte gut gerechnet: sogar die Apparatschiki erlebten an ihm ein leises Erinnern an den eigenen Proletentrotz, den sie einst in jungen Tagen noch besessen und geäußert hatten . . .

So hat sich Idee und Ideologie auch noch beim alten Helmer in Bekennermut und Wehrhaftigkeit des Geistes kundgetan. Er schied ganz plötzlich aus dem Leben, intensiv beschäftigt mit einer neuen literarischen Arbeit, der Geschichte der Wiener Neustädter Sozialdemokratie, am 13. Februar 1963, zwei Jahre, bevor auch Adolf Schärf seine Augen für immer schloß. Für beide Männer gilt, was ein politischer Gegner, *Alfred Maleta,* in einer parlamentarischen Trauerfeier am 5. März 1965 über Adolf Schärf gesagt hat:

»Fast alle großen Alten sind heute nicht mehr unter uns . . . Das Leben aller dieser Männer der großen alten Garde ist gewissermaßen ein Symbol der innenpolitischen Entwicklung der Zweiten Republik. Sie waren gleichzeitig Gegenspieler *und* Partner *und* einander respektierende Kameraden, ja oftmals Freunde; Männer aus zwei politischen Welten, aber einig in ihrem Österreich-Bekenntnis und in dem Wissen, daß zwar nicht die Form der Zusammenarbeit für alle Zeiten gültig sein muß und kann, daß aber der Geist der Zusammenarbeit ein unabdingbares Fundament der Sicherheit und Existenz unseres Staates in den Gewitterzonen der Weltpolitik ist.«

Leopold Figl

VON LUDWIG REICHHOLD

Der Name *Leopold Figl* ist mit dem Wiederaufbau Österreichs nach dem Ende des Zweiten Weltkrieges aufs engste verbunden. Will man das Werk Leopold Figls richtig beurteilen, dann muß man zu einer tieferen Schicht vorstoßen, nämlich in jenen seelischen Bereich, in dem sich der geistige und politische Wiederaufbau Österreichs nach 1945 vollzogen hatte. Figl gehörte mit *Adolf Schärf* zu den Baumeistern der Koalition: sein eigentliches Werk war die Heilung der Schäden, die der unglückliche Verlauf der Geschichte der Ersten Republik in Österreich angerichtet hatte.

Als Leopold Figl am Nachmittag des 6. April 1945 das »Graue Haus« verlassen und zum zweitenmal den Weg in die Freiheit antreten konnte, war dies der Schritt in die wirkliche Freiheit, denn nach seiner Entlassung aus dem KZ Dachau im Mai 1943 war er zwar dem Stacheldraht entronnen, nicht aber dem geistigen Gefängnis, welches das Dritte Reich für alle Antinationalsozialisten darstellte. Er war bereits am 12. März 1938 verhaftet und wenige Tage danach mit einer Reihe anderer prominenter politischer Häftlinge nach Dachau gebracht worden. Damals war er genau 36 Jahre alt, ein Mann in den besten Jahren seines Lebens, dem im KZ Dachau nichts geschenkt wurde. Nach vielen Quälereien und während einer Typhuserkrankung stand er hier einmal Aug in Aug dem Tode gegenüber, vor dem ihn nur seine robuste bäuerliche Natur bewahrte. Fünf Jahre später provisorisch auf freien Fuß gesetzt, wurde Leopold Figl im November 1944 in Verbindung mit dem Attentat auf *Adolf Hitler* am 20. Juli 1944 neuerlich festgenommen und zunächst nach Mauthausen, Ende Jänner 1945 aber in das Straflandesgericht Wien überführt, wo ihm eine Todeszelle angewiesen wurde. Hier hatte er ein Verfahren wegen Hochverrats abzuwarten, zu dem es aber nicht mehr kam. Nach der Einschließung Wiens durch die sowjetischen Armeen mußte er jedoch damit rechnen, kurzerhand beiseite geschafft zu werden. Er hat also das typische Schicksal Tausender bewußter österreichischer Patrioten erlitten, die auf den Tag der Wiedererstehung Österreichs warteten und für diesen Tag arbeiteten. Das waren die seelischen Voraussetzungen für seine spätere politische Laufbahn.

Leopold Figl hat nach dem Studium der Agrarwissenschaft im Niederösterreichischen Bauernbund zunächst Sekretärsdienste verrichtet. Schon vorher hatte er sich in Studentenvereinigungen politisch betätigt. Damals standen die Gegensätze zwischen dem bürgerlichen und dem sozialistischen Lager schon knapp vor ihrer äußersten Zuspitzung. Figl verdankte dieser politischen Situation seine Vorrückung zum Direktor des Niederösterreichischen Bauernbundes, da sein Vorgänger geistlichen Standes war und im Vollzug eines Beschlusses der österreichischen Bischofskonferenz vom Dezember 1933 seinen Posten räumen mußte. Außerdem stand Figl an der Spitze der niederösterreichischen

Landesorganisation der Ostmärkischen Sturmscharen, die 1934 an der Seite der Regierung in die Februarkämpfe eingegriffen hatten. Mit seiner Wahl zum Reichsbauernbunddirektor nach den Februarkämpfen hatte er mit 32 Jahren die höchste Sprosse seiner bisherigen politischen Laufbahn erklommen, ehe ihn der Sturz in die Tiefe der KZ des Dritten Reiches erfaßte.

Er war am 2. Oktober 1902 im niederösterreichischen Rust geboren worden. Es gibt ein Wort, wonach im Tullnerfeld, wo seine Wiege stand, die bäuerlichen Politiker wie die Rüben heranwachsen. *Reither* und *Dollfuß* sind Beispiele dafür. Aber für Leopold Figl war der Weg in die Stadt nicht ohne weiteres geebnet. Nachdem der Vater gestorben war, oblag der Mutter die Führung des mittelgroßen Betriebes und die Erziehung der Kinder, die in einem solchen Betrieb vor allem wertvolle Arbeitskräfte darstellen. Nur seiner Begabung verdankte er es, daß er mit 13 Jahren das St. Pöltner Gymnasium besuchen durfte. Nach Abschluß des Mittelschulstudiums wählte er das Fach des Agraringenieurs, womit der Umzug nach Wien verbunden war. Zu seinem Charakterbild paßt auch die Wahl seiner Frau, Hilde, einer Tochter *Franz Hemalas.* Diese enge Bindung an einen Weggefährten *Leopold Kunschaks* ergänzte die soziale Note in seinem Leben, die schon auf Grund seines beruflichen Fortkommens gegeben war.

Das also sind die wesentlichen Elemente, die sich zu Figls Gesamtpersönlichkeit verbinden, als er vor die größte Aufgabe seines Lebens gestellt wurde: die Verbundenheit mit der Scholle, die er von seinen Vätern ererbt hatte; das Wissen um die Bedingungen, unter denen sich der Bauernstand in einer neuen Welt behaupten muß; die Einsicht in soziale Zusammenhänge, die zwischen Stadt und Land bestehen; die Erfahrung politischer Gewalt, die er während seiner KZ-Zeit erfährt; der demokratische Wille zur Mitbestimmung, der den bäuerlichen Standesorganisationen schon immer zu eigen war; die Kenntnis einer politischen Gegenwelt, zu der er während des engen Zusammenlebens mit politisch Andersdenkenden während seiner Haft gelangt war; der patriotische Sinn, der ihm als Niederösterreicher angeboren war; der Kontakt mit der christlichen Soziallehre, den er durch seine Bekanntschaft mit führenden Persönlichkeiten der christlichen Arbeiterbewegung gewonnen hatte.

Auf die Aufgabe, die Leopold Figl im April 1945 übernehmen sollte, hatte er sich bereits im KZ Dachau vorbereitet, wenn er die seltenen Gelegenheiten zu einem politischen Gespräch dazu benützte, sich über die Zukunft Österreichs, an dessen Wiedererstehen er niemals zweifelte, schlüssig zu werden. Dazu kam, daß er auch zwischen seiner ersten und zweiten Haft nicht müßig gewesen war. Er hatte während seiner Tätigkeit als Bauingenieur, zu der ihm *Julius Raab* verholfen hatte, alte Fäden zu Funktionären des Bauernbundes neu geknüpft, und es war zu konkreten Absprachen mit Funktionären der ehemaligen christlichen Arbeiterbewegung über den Aufbau einer neuen politischen Organisation auf christlicher Grundlage gekommen. Zu seinen letzten Mitgefangenen in Wien zählten unter anderen *Louis Weinberger* und *Felix*

Hurdes, die im neuen Österreich gleichfalls eine führende Rolle spielen sollten. Sogar der Name der künftigen Partei stand schon seit 1944 fest. Felix Hurdes hatte es schon vor den Apriltagen des Jahres 1945 übernommen, mit den Sozialisten Kontakte herzustellen. Er war dabei auf *Adolf Schärf* gestoßen, bei dem die Fäden der illegalen Bestrebungen der demokratischen Linken zusammenliefen. So war alles für den Tag X vorbereitet.

Dieser Tag X kam für Leopold Figl, als Kunschak die Obmannstelle der am 17. April 1945 offiziell gegründeten Österreichischen Volkspartei zurücklegte und Figl als seinen Nachfolger empfahl. Gleichzeitig wurde er als Staatssekretär in das Kabinett entsandt, das *Karl Renner* gebildet hatte, weil Kunschak, der hier zunächst wirkte, die Position eines Vizebürgermeisters von Wien vorzog. So stand er, kaum der Haft entronnen, nicht nur an der vordersten Front der Parteipolitik, sondern auch an der vordersten Front der Staatspolitik, die zwischen den im Kabinett vereinigten drei Parteien — ÖVP, SPÖ und KPÖ — verlief. Dazu hatte er noch den Sonderauftrag zu erfüllen, Lebensmittel für das hungernde Wien zu besorgen und die niederösterreichische Landesverwaltung neu einzurichten, da *Josef Reither,* der wieder als Landeshauptmann vorgesehen war, noch in Berlin weilte. Es ist kaum glaublich, daß Figl mit allen diesen Aufgaben nach einer monatelangen Haft, die seinen Körper ungeheuer geschwächt hatte, fertig wurde.

Als in den Nachtstunden des 25. November 1945 feststand, daß die ÖVP aus den ersten Wahlen der Zweiten Republik mit der absoluten Mehrheit hervorgegangen war, wußte man auch schon, daß der erste Bundeskanzler der Zweiten Republik Leopold Figl heißen werde.

Jetzt ging es um eine grundlegende und grundsätzliche Entscheidung: Sollte die ÖVP allein regieren, wozu sie im Hinblick auf ihre absolute Mehrheit in der Lage gewesen wäre, oder sollte eine Koalitionsregierung gebildet werden? In der Provisorischen Staatsregierung waren auf Geheiß der sowjetischen Besatzungsmacht die drei zugelassenen Parteien in fast gleichem Stärkeverhältnis vertreten. Am 25. November aber hatte sich gezeigt, daß die KPÖ in der Bevölkerung nur einen verschwindenden Anhang besaß, daß also über alle Ereignisse der letzten zehn Jahre hinweg die politische Grundstruktur Österreichs erhalten geblieben war. Wieder standen das christliche und das sozialistische Lager als die festen Bastionen der österreichischen Innenpolitik einander gegenüber. Die notwendige Entscheidung war durch die Absprachen im KZ Dachau, durch die Zusammenarbeit in der Provisorischen Staatsregierung, durch die Macht der wirtschaftlichen Tatsachen und durch die Anwesenheit der Besatzungsmächte längst präjudiziert. Sie war aber vor allem präjudiziert durch das blutige Erbe der Ersten Republik. Dieses Erbe war für Leopold Figl ausschlaggebend, wenn er an der Spitze einer Koalitionsregierung stehen wollte. Er sah in diesem Augenblick in völliger Klarheit die eigentliche Aufgabe seines Lebens: jetzt die Wendung von der Ideologiebesessenheit der Parteien in der Ersten Republik zur Orientierung der Parteien am Staat in der

Zweiten Republik herbeizuführen. Sie war nur möglich, wenn der Wiederaufbau Österreichs zur gemeinsamen Angelegenheit der beiden großen Parteien gemacht wurde. Die Grundlage ergab sich, weil ÖVP und SPÖ jetzt im Bekenntnis zu Österreich einen gemeinsamen politischen Bezugspunkt hatten, den man über ihre sonstigen Differenzen stellen konnte.

Damit hatte die Regierung Figl eine staatspolitische Wende eingeleitet. Als Leopold Figl acht Jahre später im April 1953 an neuen Regierungsverhandlungen scheiterte, war die Ära der Nachkriegspolitik im Grunde beendet. Er konnte seinen Auftrag in die Hände des Bundespräsidenten in dem Bewußtsein zurücklegen, daß er seine wesentliche Aufgabe erfüllt hatte. Nur eine einzige Aufgabe, die auf das Jahr 1945 zurückging, war ungelöst geblieben: Österreich war noch immer ein besetztes Land, obwohl es nicht an Bemühungen fehlte, ihm auch die Freiheit nach außen zu erringen. Aber hier scheiterten alle Aktionen am Widerstand außerösterreichischer Kräfte.

Leopold Figl ging wieder in den Bauernbund zurück, wo er seinen politischen Weg begonnen hatte. Aber schon nach sieben Monaten wurde er als Außenminister neuerlich in die Regierung berufen. Sein Name stellte für Österreich ein politisches Kapital dar, auf das niemand leichtfertig verzichten konnte. Figl hatte es als Bundeskanzler bei aller Härte der Auseinandersetzungen mit den Besatzungsmächten vor allem verstanden, mit der sowjetischen Besatzungsmacht auf gutem Fuß zu bleiben, während der neue Bundeskanzler, *Julius Raab*, noch einige Ressentiments beiseite räumen mußte, ehe er das volle Vertrauen Moskaus erringen konnte. Der Schlüssel zum Abschluß des Staatsvertrages aber lag nach wie vor im Kreml. Einen ersten Höhepunkt seiner Laufbahn als Außenminister erlebte Leopold Figl bei der Berliner Außenministerkonferenz im Februar 1954. Wieder einmal stand auch der Staatsvertrag zur Debatte. Am Tisch der Großen Vier saß noch immer *Wjatscheslaw Molotow*, Vertreter der Stalinschen Linie bei den Staatsvertragsverhandlungen, die nicht gerade auf eine Räumung Österreichs hinauslief. Aber es war das erste Mal, daß Österreich als gleichberechtigter Partner behandelt wurde, wogegen man es bei früheren Verhandlungen bloß angehört hatte. Figl führte in seinem Gepäck eine politische Bombe mit sich: die Erklärung der Bereitschaft Österreichs, sich aus allen militärischen Auseinandersetzungen heraushalten zu wollen. Es war die Andeutung seiner militärischen Neutralität, die gerade Moskau aufhorchen ließ. Kehrte Figl aus Berlin auch ohne den Staatsvertrag heim, so waren hier doch die entscheidenden Weichen für die künftigen Verhandlungen gestellt worden. Zu Ostern 1955, bei den Verhandlungen in Moskau, klappte es dann. War zwar der Bundeskanzler federführend, so war doch auch Leopold Figl in die Verhandlungen eingeschaltet. Er trug in den folgenden Wochen vor allem die Last der pausenlosen Verhandlungen mit den Westmächten, die für das Abkommen mit Moskau erst gewonnen werden mußten. Nicht zuletzt war er dabei, als in Wien bei einer Botschafterkonferenz an den Staatsvertrag letzte Hand angelegt wurde. Hier erlebte Leopold

Figl dann den zweiten Höhepunkt seiner Laufbahn als Außenminister: ihm ist es noch im letzten Augenblick gelungen, die »Mitschuld« Österreichs an der Beteiligung am Zweiten Weltkrieg aus dem Vertrag zu eliminieren. Die Unterzeichnung des Staatsvertrages durch Figl im Schloß Belvedere stellte den absoluten Höhepunkt seines politischen Wirkens dar.

Am 19. Juni 1959 löste Leopold Figl Felix Hurdes in dessen Funktion als Präsident des Nationalrates ab. Nach der Rangordnung der Bundesverfassung war er damit zum Zweiten Mann des Staates avanciert. Seine Wahl zum Präsidenten des Nationalrates war eine Ehre, aber sie deckte sich mit keiner politischen Aufgabe. Eine solche trat an ihn nochmals heran, als er am 31. Jänner 1962 zum Landeshauptmann von Niederösterreich gewählt wurde. In dieser Funktion hatte er sogar noch einen Wahlkampf zu schlagen, aus dem er siegreich hervorging. Er war jedoch schon von schwerer Krankheit gezeichnet, von der ihn der Tod erst am 9. Mai 1965, wenige Tage vor der Zehnjahresfeier des Staatsvertrages, erlöste.

Der Anruf des Schicksals hatte Figl an dem Punkt der neueren österreichischen Geschichte erreicht, an dem das Fiasko der Ersten Republik offenbar geworden war; sein politisches Wirken begann, als die Gegensätze zwischen den tragenden Parteien gerade ihre äußerste Schärfe erreicht hatten und in die Katastrophe des 12. Februar 1934 umschlugen, die sich letztlich an jenem Manko an staatspolitischem Bewußtsein entzündet hatte, das für die Erste Republik kennzeichnend war. Die beiden großen Parteien hatten Jahre hindurch den Staat ihren ideologischen Differenzen untergeordnet. Dieses Erlebnis mußte in Leopold Figl einen antiideologischen Affekt auslösen, eine innere Abneigung gegen alle Überspitzungen rein ideologischer Positionen. So dachte er fürs erste von einer patriotischen Position aus, fürs zweite aber wurde durch seine Erfahrungen ein Wille zur Gemeinschaft aktiviert, den er als sittliche Verpflichtung erlebte. Er folgte daher in der Hauptsache einem sittlichen Imperativ, mit dem auch sein persönliches Leben vollkommen harmonierte.

Julius Raab

VON LUDWIG REICHHOLD

Julius Raab hat die Verantwortung für zwei Entscheidungen übernommen, die Österreichs Position in der zweiten Jahrhunderthälfte unwiderruflich prägten — die Verantwortung für den Abschluß des Staatsvertrages und für die Erklärung der militärischen Neutralität Österreichs. Auf diesen beiden Dokumenten beruht die politische Lebensform des heutigen Österreich.

Raab stand im dreißigsten Lebensjahr, als er in die politische Arena eintrat. *Ignaz Seipel* näherte sich zu diesem Zeitpunkt immerhin schon dem Fünfziger, während *Karl Renner,* der zweite bedeutende Staatsmann der Ersten Republik, den Fünfziger schon überschritten hatte. Beide haben mehr als vier Lebensjahrzehnte in der Monarchie erlebt, davon zwei Jahrzehnte, in denen sie ihre politische Umwelt entweder bewußt reflektierten oder bereits versuchten, auf sie Einfluß zu nehmen. Obwohl Julius Raab während des Ersten Weltkrieges gedient hat, formt sich sein politisches Bewußtsein ausschließlich im republikanischen Österreich. Er erlebt in wacher Aufmerksamkeit die Geburtswehen der Ersten Republik, wird dann mit ihren politischen Fronten konfrontiert, erleidet die Misere der ersten österreichischen Demokratie, wird Minister im letzten Kabinett des »Christlichen Ständestaates«, ist dann im Bundeskanzleramt Zeuge des Unterganges Österreichs, sieht die Überfremdung des österreichischen Wesens durch die aus dem Dritten Reich kommenden Machthaber, hilft nach dem Ende des Zweiten Weltkrieges von der ersten Stunde an mit beim wirtschaftlichen Wiederaufbau des neu erstandenen österreichischen Staates, spielt sodann im Parlament der Zweiten Republik Jahre hindurch eine maßgebende Rolle, wird in der Folge an die Spitze der ersten Regierungspartei dieses Staates berufen und steigt schließlich zum Bundeskanzler dieses Staates auf, als der er dann federführend bei der Befreiung von den Besatzungsmächten ist: an allen diesen Stationen erlebt er das republikanische Österreich als eine politische Realität. So ist Österreich für ihn nicht mehr mit der wirtschaftlichen und politischen Problematik belastet, mit der die Gründer der Ersten Republik zu ringen hatten, als sie im Jahre 1918 Österreich von den Siegermächten als »Überrest« des einstigen Vielvölkerstaates, einer früheren europäischen Großmacht, übernahmen. Julius Raab hatte als Staatsmann bereits jene Sicherheit gewonnen, die mit einer nicht mehr in Frage gestellten Realität verbunden ist.

In ihm tritt uns zugleich der Typus des bürgerlichen Politikers gegenüber. Am 29. November 1891 in St. Pölten geboren, wächst er in einer alteingesessenen St. Pöltner Baumeisterfamilie auf, in der auch die Politik eine Rolle spielte; der Lebensweg war ihm also vorgezeichnet und geebnet. Gymnasium in St. Pölten mit dem Maturajahr im Benediktinerstift Seitenstetten, Besuch der Technischen Hochschule in Wien, vor Abschluß des Studiums vier Jahre Krieg, zumeist an der Isonzofront, wobei er es bis zum Oberleutnant bringt, danach Vollendung des Studiums, einige Jahre beruflicher Tätigkeit als Baumeister, dann erste Bemühungen um eine straffere Organisierung des gewerblichen Mittelstandes — das sind die einzelnen Etappen seines Lebensweges, bevor er sich als Professional in die politische Arena begibt. An dieser Linie ändert sich auch später nichts mehr. Raab setzt seine Bemühungen um die Zusammenfassung der Gewerbetreibenden fort, erreicht dieses Ziel zum erstenmal mit der Einheitsorganisation des Gewerbes 1934 im Ständestaat, wird im letzten Kabinett *Schuschnigg* vom Februar bis März 1938 Handelsminister, gründet nach dem Ende des Zweiten Weltkrieges im Jahre 1945 den Österreichischen Wirtschaftsbund als politische Organisation der Selbständigen innerhalb der ÖVP, wird bald darauf zum Schöpfer der Bundeskammer der gewerblichen Wirtschaft, nachdem er vorher schon als Staatssekretär in der Provisorischen Staatsregierung den wirtschaftlichen Wiederaufbau Österreichs in die Wege geleitet hatte. Von der sicheren Basis seines Berufes aus und gestärkt durch die Organisierung seiner Standesgenossen, baut Raab unablässig an einer politischen Machtposition, durch die er schließlich zum »starken Mann« der Österreichischen Volkspartei wird.

Raab war freilich schon in der Ersten Republik kein unbeschriebenes Blatt mehr. Als christlichsozialer Parteisekretär in St. Pölten, als Organisator des Gewerbebundes, der seinen sichersten Rückhalt bildete, als Führer der niederösterreichischen Organisation des Heimatschutzes, als Vorstandsmitglied des christlichsozialen Volksverbandes für Niederösterreich, seit 1927 als Abgeordneter des Nationalrates und nicht zuletzt als »junger Mann« Ignaz Seipels hatte er schon bis zu seinem vierzigsten Lebensjahr eine beachtenswerte politische Laufbahn hinter sich gebracht. Sosehr er seinen eigentlichen Rückhalt auch in bürgerlichen Standesorganisationen hatte, sowenig erschöpfte sich mit ihnen sein politischer Horizont. Julius Raab wurde in seiner Jugendzeit noch von der ursprünglichen christlichsozialen Idee mitgerissen, von der Idee einer für alle wohnlichen politischen Gemeinschaft, zu der er über den Kolpingverein, über studentische Verbindungen und persönliche Beziehungen zu bekannten Führern der christlichen Arbeiterbewegung, wie *Kunschak* und *Hemala,* Zugang gefunden hatte. Es war daher kein Zufall, daß er in der Ersten Republik zu den gemäßigten Führern des Heimatschutzes gehörte, die Verbindung mit der Christlichsozialen Partei niemals abreißen ließ und gegenüber den faschistischen Allüren der Heimwehrbewegung eine gesunde Skepsis bewahrte. Sein politischer Menschenverstand hat ihn stets davor geschützt, sich in Extremen zu ergehen. Was er repräsentierte, war die bürgerliche Note der christlichsozialen Idee.

Diese Note trug er 1945 auch in die Österreichische Volkspartei hinein. Er gehörte damals zu den treibenden Kräften eines bündischen Aufbaues dieser Partei, deren Länderorganisationen jenseits der Enns zunächst andere Wege eingeschlagen hatten, wie auch die christlich-demokratischen Parteien der anderen westeuropäischen Staaten nicht auf dem bündischen Organisationsprinzip der ÖVP beruhen. Als im Spätsommer des Jahres 1945 der organisatorische Aufbau der ÖVP abgeschlossen war, hatte sich indes in allen Bundesländern das bündische Prinzip durchgesetzt, zu dessen Grundpfeilern nicht zuletzt der von Raab gegründete Österreichische Wirtschaftsbund gehörte. War die ÖVP am 17. April 1945 gegründet worden, so folgte schon am 8. Mai 1945 die Gründung des Österreichischen Wirtschaftsbundes. Zu diesem Zeitpunkt übte Julius Raab bereits das Amt eines Staatssekretärs für den wirtschaftlichen Wiederaufbau aus. Es ist dem Gedächtnis der Nachwelt vielfach entschwunden, daß Raab schon inmitten des Trümmerfeldes, das der Krieg in Österreich zurückgelassen hatte, an die wirtschaftliche Sanierung des Landes ging. Vor allem deswegen, weil seine Tätigkeit als Staatssekretär in der Zweiten Republik nur wenige Monate währte, denn merkwürdigerweise hat die sowjetische Besatzungsmacht, die Raab in der Provisorischen Staatsregierung als Staatssekretär geduldet hatte, bei der Bildung der Regierung *Figl* im Dezember 1945 gegen die Nominierung Raabs zum Handelsminister ihr Veto eingelegt. Sie erinnerte sich nun plötzlich daran, daß Raab dem letzten Schuschnigg-Kabinett angehört hatte, und grub auf einmal auch seine Vergangenheit als Mann des Heimatschutzes aus.

Raab übernahm nach dem Debakel mit den Sowjets den politisch viel bedeutsameren Posten des Klubobmannes der ÖVP-Abgeordneten. Fürs erste hatte es freilich nicht den Anschein, als ob er damit viel Staat machen könne. Welche Gesetze in Österreich in Kraft treten konnten, bestimmte damals nicht das Parlament, sondern der Alliierte Rat. Erst mit dem Kontrollabkommen vom Jahre 1946 gewann das Parlament wenigstens faktisch seine Gesetzgebungshoheit wieder zurück, womit auch Raabs Position erheblich aufgewertet wurde. Auf den Klubobmännern des Parlaments lastete mühevolle Arbeit und große Verantwortung, sollte die Zweite Republik nicht nur zu einer Restauration der Ersten Republik werden. Da war vor allem die Sanierung der Währung zu bewerkstelligen. Nicht zuletzt unter dem Einfluß Raabs, der die Zerstörung des Mittelstandes nach 1920 als warnendes Beispiel vor Augen hatte, ging die Zweite Republik wesentlich behutsamer vor, indem sie dem eigentlichen Sanierungsgesetz noch fünf Lohn-Preis-Abkommen folgen ließ, die zu einer allmählichen Annäherung von Preisen und Löhnen führten. Raab war an dieser Regelung nicht nur als ÖVP-Klubobmann, sondern auch als Präsident der Bundeskammer der gewerblichen Wirtschaft beteiligt, weil die Lohn-Preis-Abkommen von den Interessenvertretungen abgeschlossen wurden. Ein zweites großes Vorhaben war die Verstaatlichung der Grundstoffindustrie. Wenn die ÖVP darin einwilligte, obwohl ihre Vorgängerin, die Christlichsoziale Partei, das Prinzip der Verstaatlichung in allen Nuancen abgelehnt hatte, dann hatte daran Raabs Sinn für wirtschaftliche Realitäten einen erheblichen Anteil. Das dritte bedeutende Vorhaben war der Ausbau der sozialen Gesetzgebung. Nachdem die Erste Republik nicht zuletzt an ihren sozialen Spannungen zugrunde gegangen war, mußte es klar sein, daß ihre soziale Gesetzgebung trotz der Errungenschaften der Jahre 1918 und 1919 bei weitem nicht hinreichte, neue soziale Gegensätze zu verhindern. Vor allem auf dem Gebiet der Sozialversicherung war noch ein weites Feld zu bestellen, nicht nur zugunsten der Arbeitnehmer, sondern auch der Selbständigen, deren Alter meist ungesichert war. Raabs gutes Verhältnis zum damaligen Präsidenten des Österreichischen Gewerkschaftsbundes, *Johann Böhm*, mit dem er — ein seltenes Phänomen bei sozialen Auseinandersetzungen — auf dem Du-Fuß stand, hat da manche Brücke gebaut, die der Erhaltung des sozialen Friedens zugute kam.

In der Zweiten Republik hat Raab mit der 1945 erfolgten Gründung der

Bundeskammer der gewerblichen Wirtschaft seinen Lebenstraum verwirklichen können: eine geschlossene Organisation der wirtschaftlich Selbständigen ins Leben zu rufen und damit die frühere heillose Zersplitterung dieser Gruppe in Vereine, Innungen, Winkelorganisationen zu überwinden. Nur so konnte die Bundeskammer ein Gegenstück und Gegengewicht zum Österreichischen Gewerkschaftsbund sein. Raab ging es dabei nicht allein um ein klassenpolitisches Kalkül, er sah auch, wie seine spätere Mitarbeit an der Schaffung paritätischer Ausschüsse zeigte, daß die sozialen Auseinandersetzungen nur dann größeren wirtschaftspolitischen Überlegungen untergeordnet werden konnten, wenn sie auf einer höheren Ebene geführt wurden. Die allmähliche Wandlung der Bundeswirtschaftskammer und des ÖGB in Organe der Volkswirtschaft, womit die Wirtschaftsordnung in Österreich auf eine neue Grundlage gestellt wurde, war das eigentliche Werk, dem Julius Raab mit der Schöpfung der Bundeskammer den Weg geebnet hatte.

Nach den Wahlen im Februar 1953, bei denen die ÖVP durch die SPÖ erstmalig stimmenmäßig überrundet wurde, konnte die ÖVP nicht mehr an der Notwendigkeit vorbeigehen, ihren »starken Mann«, als der Julius Raab schon lange fungiert hatte — er war seit 1952 bereits Bundesparteiobmann der ÖVP —, auch formell mit der obersten Verantwortung zu betrauen, nachdem Figls Bemühungen um eine neue Regierung gescheitert waren. Sie präsentierte Raab als Bundeskanzler. Zunächst aus innenpolitischen Gründen, um ihren marktwirtschaftlichen Kurs endgültig zu etablieren. Noch hatte man wenig Hoffnung, daß das Wunschbild des Staatsvertrages in absehbarer Zeit realisiert werden könnte. Aber einen Monat vor Raabs Bestellung zum Bundeskanzler war in Moskau *Josef Stalin* gestorben. Sein Tod löste eine Kettenreaktion aus, die allmählich auch die bisherigen außenpolitischen Positionen der Sowjetunion ergriff. Tatsächlich war es nur ein kleiner Zeitraum, in dem Österreich die Chance hatte, den Staatsvertrag zu bekommen: er lag zwischen den Jahren 1954 und 1956, denn mit der ungarischen Oktoberrevolution von 1956 hatte sich das sowjetische Tauwetter, in dem der Staatsvertrag reifen konnte, bereits wieder verzogen. Der politische Instinkt Julius Raabs hat sowohl die psychologischen wie auch die politischen Zeichen begriffen, unter denen Österreich diesen Zeitraum nützen konnte. Als die österreichische Delegation zu Ostern 1955 aus Moskau mit ihren Abmachungen über den Abschluß des Staatsvertrages zurückkehrte, hatte sie eine Sternstunde genützt, die wenig später nicht mehr wiedergekehrt wäre.

Julius Raab hat diese Stunde nur als ein österreichischer Staatsmann nützen können, der sich vorbehaltlos auf den Boden der gegebenen Realitäten stellte. Für ihn war Österreich ein Staat, dessen Freiheit in Ansehung der seit dem Jahre 1945 bestehenden Umstände gesichert werden mußte. Darin fand nicht allein der pragmatische Grundzug seines Wesens einen Niederschlag, viel schwerer wog seine innere Versöhnung mit dem Staat, für den er als Bundeskanzler Verantwortung trug. Nur aus dieser Versöhnung heraus, die ein Produkt seiner politischen Laufbahn in der Ersten und Zweiten Republik war, konnte er den Gedanken der Neutralität Österreichs aktivieren, einer Neutralität, die zwar schon zwischen 1918 und 1934 in der Luft gelegen hatte und die auch in der Zweiten Republik da und dort — so im Aktionsprogramm der SPÖ vom Jahre 1947 — formuliert worden war, mit der jedoch noch niemand ernst gemacht hatte. Mit dieser politischen Lebensform Österreichs im richtigen Augenblick ernst gemacht zu haben war der eigentliche Beitrag Julius Raabs zum Abschluß des Staatsvertrages. Die Neutralität Österreichs hatte für ihn den Sinn einer endgültigen Sicherung des Bestandes des österreichischen Staates. Was von anderen als der Preis verstanden wurde, den Österreich für seine Freiheit zu zahlen hatte, setzte sich im Denken Julius Raabs in eine Beurkundung der österreichischen Eigenstaatlichkeit um, die mit ihrem neutralen Status eine völkerrechtliche Verankerung erhalten hatte, über die sich auch künftige Generationen nicht mehr hinwegsetzen können.

Der innenpolitische Aspekt von Raabs Staatsauffassung ist die pluralistische Gesellschaft, dem er dadurch Raum geschaffen hat, daß er die österreichische Gesellschaft in ihrer Doppelpoligkeit sehen lernte, deren eine organisatorische Stütze für ihn die Bundeskammer der gewerblichen Wirtschaft als Sammelbecken der Selbständigen und deren andere organisatorische Stütze der Gewerkschaftsbund als Sammelbecken der Arbeitnehmer war. Ihre gegenseitige Respektierung soll Österreich den inneren Frieden sichern. Den äußeren Frieden erwartete sich Julius Raab von seiner Neutralitätspolitik, in der er einen Ausdruck der endgültigen Versöhnung Österreichs mit jener staatlichen Umwelt erblickte, die im Gefolge zweier Weltkriege entstanden war. Der bürgerliche Politiker Julius Raab, der jedem Höhenflug feind war, hat nach Seipel und Renner dem heutigen Österreich wieder einen politischen Eigenwert gewonnen. Ohne die Nabelschnur, durch die es mit seiner Vergangenheit verbunden ist, zu zerreißen, hat er aus der Überzeugung gelebt, daß Österreich in Europa auch heute noch eine unersetzliche Aufgabe zu erfüllen hat.

Im Jahre 1961 hatte er als Bundeskanzler und als Obmann seiner Partei resigniert. Noch im Jahre 1963, schon schwer krank, stellte er sich seiner Partei als Kandidat für die Bundespräsidentenschaft zur Verfügung. Der Erfolg blieb ihm und seiner Partei versagt. Im Jahr darauf, am 8. Jänner 1964, starb er in Wien.

Heimito von Doderer

VON ADOLF HASLINGER

Eine Zeit, die sich literarisch dem Experiment und der erzählenden Kurzform verschreibt, mag das »realistische« Riesenwerk Heimito von Doderers wie ein erratischer Block aus tiefer Vergangenheit anmuten. Trotzdem gehört der scheinbar unzeitgemäße Doderer zu den bekanntesten, seiner künstlerischen Qualität nach zu den bemerkenswertesten Schriftstellern nach 1945.

Literaturkritik und -wissenschaft werten ihn als Traditionalisten und Retrospektiven, seine Werke als künstlerisch beachtliche Ausläufer des realistischen bürgerlichen Romans. Man sieht in ihm den »Chronisten der Wiener Gesellschaft« *(Dietrich Weber)*, einen »Fanatiker der Wirklichkeit« *(Hans Weigel)* und den typischen Vertreter des »habsburgischen Mythos« in postkakanischen Zeiten *(Claudio Magris)*. Ausländern dünkt sein Werk ein typisches Phänomen des Österreichischen, denn Konservativismus, Psychologismus, spielerisches Formempfinden und schrulliger Humor prägen es vordringlich. Und doch hat Doderer in seiner Art des Erzählens die unverwechselbare dichterische Form gefunden, indem er die realistische Tradition individuell problematisiert hat.

Diese dichterische Eigenform basiert auf einem polaren Grundprinzip, auf der Wechselwirkung zwischen Theorie und Praxis des Erzählens. Bei Doderer eröffnen die Reflexionen aus der Werkstatt wirklich einen Zugang zum Werk. Die Verflochtenheit von Theorie und Praxis und damit von Leben und Schreiben ist relevant für sein Selbstverständnis als Dichter.

Daß der Österreicher Doderer relativ spät literarischen Erfolg errang, hat verständliche Gründe, und zwar biographische ebenso wie künstlerische.

Doderers Biographie ist ebenso wie sein künstlerischer Werdegang durch das Phänomen des »Umwegs« bestimmt, das er als positiv und österreichisch gesehen hat. Er wurde am 5. September 1896 in Weidlingau bei Wien geboren. Nach kurzem Jurastudium kam er zum Militär und geriet 1916 in russische Kriegsgefangenschaft. 1920 durchwanderte er zu Fuß die Kirgisensteppe. Das Geschichts- und Philosophiestudium an der Wiener Universität absolvierte er 1925 mit dem Dr. phil. (Dissertation: *Zur bürgerlichen Geschichtsschreibung in Wien während des 15. Jahrhunderts.)* Er gehörte in den dreißiger Jahren der illegalen NS-Partei an und konvertierte 1940 zum Katholizismus. Am Zweiten Weltkrieg nahm er als Luftwaffenoffizier in Rußland, Frankreich und Norwegen teil. In Fortsetzung seiner historischen Studien absolvierte er seit 1947 das »Institut für österreichische Geschichtsforschung« und schrieb 1950 die Abhandlung *Die Abtwahlformel in den Herrscherurkunden bis zum 10. Jahrhundert.* Nach ausgefüllten Jahren dichterischen Schaffens starb er am 23. Dezember 1966 in Wien.

Auch der künstlerische Werdegang zeigt »Umwege«, ohne dadurch tieferer Konsequenz zu entbehren.

Doderer neigt zum polygraphischen Monumentalroman, obwohl er mit monographischen Erzählwerken begann. Schon 1924 erschien sein Erstling *Die Bresche*, ins Bewußtsein der literarischen Öffentlichkeit trat er aber erst 1951 mit der *Strudlhofstiege*. Seit etwa 1930 hatte Doderer an dem Riesenwerk *Die Dämonen* (1956) gearbeitet, aus dem sich die *Strudlhofstiege* als gerundeter Romankomplex und die *Erleuchteten Fenster* (1951) als Novellen-Arabeske loslösten.

Doderers Schreiben orientierte sich ständig an seinem Leben, deshalb ist die Keimform aller seiner Werke das Tagebuch (z. B. *Tangenten. Tagebuch eines Schriftstellers 1940—1950* [1964]). Ihm entstammen gleichermaßen die theoretischen wie die erzählerischen Publikationen.

Die theoretischen Schriften Doderers sind vielfältig, sie reichen von der aphoristischen Notiz über Traktate, Essays und Feuilletons zur Theorie in Buchform (*Grundlagen und Funktion des Romans*, 1958). Die neueste Ausgabe *Die Wiederkehr der Drachen* (hrsg. v. *Wendelin Schmidt-Dengler, 1970*) erfaßt in der Bibliographie der theoretischen Werke Doderers 207 Titel, im Textteil eine repräsentative Auswahl aus ihnen. Trotz der Verschiedenartigkeit der Themen ist Doderers Theorie kein verästelter Wirrwarr, sondern ein konsequent geschlossenes Gefüge. Selbst die Aphorismen (Doderer vermied die herkömmlichen traditionellen Gattungsnamen) ordnen sich bei ihm zum Weltbild, wie sein *Repertorium* als *Begreifbuch von höheren und niederen Lebenssachen* (1969) bestätigt. Seine Theorie ist jedoch kein philosophisches System, sondern eher ein psychologisches Modell. Mehrere Grundbegriffe stützen es bedeutsam, sie entstammen vorwiegend der polaren Spannung zwischen Leben und Kunst, zwischen begreifend Erlebtem und schreibend Gestaltetem. Als Begriffe sind sie zudem nicht starr, sondern der schöpferischen Entwicklung des Dichters wandlungsfähig eingepaßt. Sie bestimmen Doderers künstlerischen Werdegang und werden rückwirkend von ihm moduliert. Doderers Theorie kristallisiert sich am reinsten in seiner Romankonzeption heraus. Ihre Genese ist identisch mit Doderers Individualisierung der Tradition, hier des überkommenen realistischen Romans. Von den ersten Anfängen bis zur leider nicht mehr voll verwirklichten Zielvorstellung des »roman muet« geht Doderer in der Realisierung des »totalen Romans« konsequent seinen Weg. Man kann bei seiner Romankonzeption einen psychologischen, einen erzähltechnischen und einen historischen Aspekt unterscheiden. Jeden formen Grundbegriffe aus, die in der Interpretation seiner Romantheorie seine Lebensanschauung und Weltsicht enthüllen.

Neben dem Studium der Geschichte (1920—1924) wandte sich Doderer an der Universität Wien der Psychologie zu. Er hörte Vorlesungen bei *Hermann Swoboda* und wurde von *Otto Weiningers* Buch *Geschlecht und Charakter* beeinflußt.

Den psychologischen Aspekt seiner Theorie betonen vor allem die Begriffe der »Apperzeption« und der »zweiten Wirklichkeit«. Sie charakterisieren die richtige Einstellung zur Wirklichkeit als notwendige Befindlichkeit des Schriftstellers.

Die »Apperzeption« ist der Wirklichkeitsblick; Doderer umschreibt diese Haltung als »Zugänglichkeit«, »Zuflüssigkeit«, »Unbefangenheit« und meint damit eine Offenheit gegenüber der Wirklichkeit unter Ausschluß aller subjektiven Vorlieben. Kein Vorurteil verstellt den Blick in die Wirklichkeit, keine These, keine Ideologie.

Die Negation dieser Haltung, die »Apperzeptionsverweigerung«, ist dagegen die Verabsolutierung der eigenen Befangenheit. In seinem Traktat *Sexualität und totaler Staat* charakterisiert Doderer die speziellste Form der »Apperzeptionsverweigerung« im erotischen Bereich und die generellste im politischen. Wer seinen Typ sucht, verzerrt bereits die Wirklichkeit als »Apperzeptionsverweigerer«, indem er aus Befangenheit (Fixierung auf den Typ) die Totalität des Wirklichen verkennt. Schlaggenbergs Dicke-Damen-Theorie in den *Dämonen* ist ein gestaltetes Beispiel dafür. Der gleichen Fehlhaltung verfällt der politische Revolutionär, der seine Idealvorstellungen einer Staatsform unmittelbar in Wirklichkeit umzusetzen trachtet. Beide sind »Apperzeptionsverweigerer«, die Haltung ist für Doderer die moderne Form der Dummheit.

Amtsrat Zihal in den *Erleuchteten Fenstern* lebt wie die genannten Typen nicht in der Wirklichkeit, sondern in der »zweiten Wirklichkeit«. Die erste beruht auf der Totalität des komplexen Lebens, die zweite auf vom Menschen gesetzten Prinzipien. Demnach ist Zihal kein simpler Voyeur, sondern, besessen vom Streben nach Objektstotalität, systematisiert und perfektioniert er seine Mittel, um Wirklichkeit zu rubrizieren. Dadurch kommt er an die erste Wirklichkeit nicht heran, er bleibt befangen in seinem System. Die »zweite Wirklichkeit« ist für Doderer in den meisten Fällen nur Durchgangsphase eines psychologischen Prozesses, den er »Menschwerdung« nennt. In der »Menschwerdung« läßt die Liebe als Haltung häufig den Zustand der »zweiten Wirklichkeit« überwinden. Eine Fülle von wiederkehrenden Motiven, Metaphern und sprachlichen Hinweisen signalisiert dem Leser die Phasen dieses Prozesses. So entwickelt der Major Melzer *(Strudlhofstiege)* auf vielen Umwegen seinen »Zivilverstand« durch seine Liebe zu Thea Rokitzer. Donald Clayton *(Die Wasserfälle von Slunj)* allerdings bleibt als typischem »Apperzeptionsverweigerer« Liebeserfüllung und Menschwerdung versagt.

Die »Apperzeption« ist also die Grundvoraussetzung für den Schriftsteller, die Arbeit des Schriftstellers demnach »apperzeptive Praxis«. Gleichermaßen ist sie jedoch auch »Praxis des Alltags«, deshalb wachsen die Werke des Schriftstellers Doderer aus den Keimzellen der Tagebuchnotizen.

Erzähltechnisch ist dieser Weg eine erregende Auseinandersetzung mit der künstlerischen Form. In Doderers Frühwerk dominiert die monographische Struktur. Der ihm eigentümliche Erzähltypus der Episode reiht sich am

»Faden« des biographischen Werdegangs der Hauptfigur auf. Aber schon hier verweisen spezifische Abweichungen auf Trends des späteren Schaffens. In der *Bresche* erscheint das Thema noch als Lebensfrage des Autors, die Probleme seiner eigenen Biographie sind fast unverhüllt vorhanden. In *Ein Mord, den jeder begeht* (1938) erreicht die Darstellung des rein Inhaltlichen bereits jene »Gleichgültigkeit«, die das reife Werk charakterisiert. Der humoristische »Zihal« führt einen Schritt weiter: die unhistorische Basis der zwei frühen Romane wird von einer exakten raum-zeitlichen Fixierung abgelöst.

Die Reifephase von Doderers Romanentwicklung bilden die beiden großen Wiener Romane *Die Dämonen* (1956) und *Die Strudlhofstiege oder Melzer und die Tiefe der Jahre* (1951). Beide verwirklichen Doderers Streben nach dem »totalen Roman«. Diesen Weg ging Doderer ursprünglich unter starkem Einfluß von *Albert Paris Gütersloh,* den er oft als seinen »Lehrer« bezeichnete. Doderer setzte sich allerdings zunehmend von Güterslohs andersgeartetem Versuch des »totalen Romans« ab. Die langen Entstehungsphasen der Werke *Sonne und Mond* (1962) und *Die Dämonen* bescherten den beiden Romanciers wechselseitig einen engagierten Gesprächspartner, ein Modell, das sich selten so ideal in der Literaturgeschichte findet. Doderer sah den »totalen Roman« zuerst im »universalen Journal des Autors«, das ohne Komposition und ohne stilistische Einheitlichkeit versucht, die Totalität der Wirklichkeit zu erfassen. Dann erkannte er aber, daß er kompositionelle Fixierungen brauchte. Er entwarf architektonische Aufbauskizzen auf Reißbrettern und gewann so ein Formskelett mit Anfang und Ende (Finalpunkte). Das eigentliche Erzählen bestand für ihn in der improvisatorischen Umlagerung dieses Formskeletts, dies barg für ihn das tägliche Abenteuer des Schreibens; das Verfahren nannte er »komponierte Kompositionslosigkeit«. Hinter der Wirklichkeitsfülle des Gestalteten verschleierte der Autor die architektonische Form. Diesem Roman eignete kein Thema mehr, sondern eine Fülle von Handlung, Personen, Motiven. »Doderer ist unter den heute lebenden Schriftstellern, soviel ich sehe, der einzige, der sich noch auf die kompositorische Einrichtung, die ökonomische Verteilung und parallele Durchführung einer Fabel versteht« *(Karl August Horst).* Die Mehrsträngigkeit dieser Werke hat in der Literatur tatsächlich wenige ihresgleichen: man denkt nur an die barocken Romankompositionen *Anton Ulrichs* und an *Gutzkows* »Romane des Nebeneinander«.

Die Komposition wird bei Doderer zunehmend thematisiert, die Spannung beruht auf der Polarität von zentralem Ereignis und fatologischem Gewebe. Das zentrale Ereignis findet sich meist gegen Ende des Romans, es ist ein Charakteristikum der Finalität. Daß die Spannung keine vordergründige Handlungsspannung ist, bestätigt der Hinweis auf dieses Ereignis schon im ersten Satz des Romans (z. B. »Strudlhofstiege«). Das zentrale Ereignis ist jener Kompositionspunkt, in dem sich die markanten Fäden des fatologischen Gewebes schneiden: *Strudlhofstiege* (Mary Ks. Unfall), *Dämonen* (Justizpalastbrand), *Wasserfälle* (Donalds Unfalltod), *Grenzwald* (Mord), *Merowinger* (Entmannung Childerichs) usw. Alle diese Ereignisse ähneln einander: sie bedrohen das Leben des Menschen (Tod, Amputation, Brandwunden usw.).

Unter fatologischem Gewebe versteht Doderer das Ausbreiten, Auseinanderziehen, Überkreuzen und Überschneiden der Lebens- und Schicksalsfäden aller betroffenen Personen. Der auktoriale Erzähler hält dieses Gewebe in der Hand, die einzelne Romanperson kennt eigentlich nur einen »Ausschnitt« der gesamten Romanfiktion, der Leser aber weiß um das totale geheime Beziehungsgeflecht einer solchen Welt. In diesen Kontrasten liegt ein erheblicher künstlerischer Reiz für Autor und Leser. Doderers Romanentwicklung geht in seinem letzten Werk *Roman No. 7*, das er nach *Beethovens* Symphonie benannte, über die Phase der Wiener Romane hinaus. Er versuchte, im *Roman No. 7* den »roman muet«, den schweigenden Roman, zu verwirklichen. Der erste Teil, *Die Wasserfälle von Slunj* (1963), dieser geplanten Tetralogie liegt abgeschlossen vor, leider starb der Autor bei der Arbeit am zweiten Teil, *Der Grenzwald*, den 1967 Dietrich Weber mit Notizen und Entwürfen herausgab.

Die Dialektik zwischen »Darstellung« und »Reflexion« hat Doderer schon früh beschäftigt, in seiner Terminologie heißt dieser Gegensatz »darstellungsweises« und »zerlegungsweises« Sprechen. Was er im *Roman No. 7* erreichen wollte, skizzieren zwei Arbeitsnotizen: »Der ›roman muet‹, die schweigend gestaltweise Erzählung, stellt den äußersten Gegensatz dar zum Schreiben über etwas ...« 27. Juni 1965 — und am 15. Oktober 1966 (zwei Monate vor seinem Tod): »Der ›roman muet‹ gibt nur höchst Subjektives. Das Fatologische wird nirgends ausgesagt. Es resultiert aus den Faktizitäten der Komposition.« Der Erzähler gibt keine Kommentare, er reflektiert nirgends über seine Personen, er beschreibt, möglichst nahe an der Wirklichkeit. Die Komposition allerdings arrangiert die Begegnungen und Vorfälle, die keinerlei Deutung erfahren. Realistische Details aus der Umwelt der Personen werden durch Wiederholung und Variation zu Signalen, sie transportieren für den aufmerksamen Leser die Meinungen und Beziehungen, die der Erzähler verschweigt. Diese »wiedereroberte Außenwelt« *(Lutz-Werner Wolff)* erinnert an *Stifters* Altersstil und dessen objektivierende »Darstellung von außen«.

Zu Anfang der *Wasserfälle* erlebt (der Apperzeptierer) Robert Clayton in der ersten Semmeringfahrt einen der tiefsten Eindrücke seines Lebens. Seine Frau Harriet sitzt unberührt davon im Zugsabteil und liest (Apperzeptionsverweigerung). Ein Lebensalter später erzählt Robert einer jungen Dame (Monica Bachler), die soeben von seinem Sohn Donald (Apperzeptionsverweigerer) enttäuscht worden war, von dieser Fahrt. Monica (Apperzeptiererin) lauscht gespannt. Robert verwendet in der Schilderung die gleichen Worte, die ursprünglich der Erzähler verwendete. Monica neigt sich interessiert vor und steigt in das Gespräch ein, indem sie in freudigem Erkennen seiner Beschreibung jeweils den Namen des Berges oder Ortes zufügt. Plötzlich spricht sie, angeregt von ihm, selbst weiter. Das Entscheidende dabei ist, daß sie ebenfalls die Worte gebraucht, die ursprünglich der Erzähler für Roberts Erlebnis verwendete. Ihr Nacherleben dieser Fahrt ist demnach identisch mit dem Erleben Roberts, die Sprache der beiden Apperzeptierer zeigt die innere Übereinstimmung ihrer Erlebnisweisen. Das manchmal gerügte Selbstzitat Doderers erhält eine bedeutsame Funktion: hier liegen die Ansätze zum »roman muet«, den Doderer in der Tetralogie verwirklichen wollte.

Der historische Aspekt kennzeichnet bei Doderer Theorie und Praxis; das Studium der Geschichtswissenschaft, seine historische Dissertation und die Arbeit am Geschichtswissenschaftlichen Institut der Universität Wien sind äußere Kennzeichen dafür. Persönlich-psychologisch ist er ebenfalls dem Historischen verhaftet, er schreibt nämlich prinzipiell aus der Erinnerung. Erzählen ist für ihn das Aufsteigenlassen von Fakten aus der eigenen Vergangenheit. Primär heißt das aber nicht Interesse an der eigenen Innenwelt, sondern an der vergangenen Außenwelt. »Die Filtrierung des Wirklichkeitsmaterials durch die Erinnerung ist für alle Werke Doderers charakteristisch.« (D. Weber)

Die Höhepunkte seines Schaffens sind Romane, die in einer genau fixierten historischen Zeit spielen *(Strudlhofstiege, Dämonen, Roman No. 7).* Das hat Doderer den Vorwurf der Retrospektivität und des Mangels an Aktualität eingetragen. Er verteidigte sich für die *Strudlhofstiege* mit dem Argument, die darin gestalteten Szenen vor und nach dem Ersten Weltkrieg spiegelten den Weg Österreichs vor und nach dem Zweiten Weltkrieg. Die persönliche Vergangenheit einer Person wird zudem in Melzer thematisiert. Das Verstehen des eigenen Lebens, der persönlichen »Geschichte« wird zum Angelpunkt der Menschwerdung. Die thematische Konzentration verbindet sich mit einer lokalen: die Strudlhofstiege wird als Ort der wichtigen Begegnungen zugleich zum Symbol des Lebens.

Die Konzentration der *Dämonen* bildet das historische Ereignis des Justizpalastbrandes 1927. Das verästelte Gefüge von Lebensläufen (fatologisches Gewebe) wird in diesem Knotenpunkt entscheidend zusammengeführt. Quer durch die sozialen Schichten der Wiener Gesellschaft ziehen sich Erlebnisse, Begegnungen und Ereignisse. Den Kontrapunkt dieses Romans stellt das Motiv des Dämonischen, das auf Doderers Roman- und Lebenskonzeption basiert. Die »zweite Wirklichkeit« ist als Diskrepanz die pseudologische Deckung zwischen Innen und Außen. Ihre Erscheinungsformen sind »die Dämonen oder mindestens Personen oder Umstände mit dämonischem Akzent« (*Tangenten,* 17. August 1949).

Im *Roman No.* 7 gestaltet Doderer den geographischen Bereich der k. u. k. Monarchie und Rußlands, den historischen um die Jahrhundertwende. Zunehmend gibt er dabei thematische Fixierungen auf, er wendet sich verstärkt den äußeren Gegebenheiten des Lebens und den Dingen der Umwelt zu.

»Die Darstellung konzentriert sich auf ›sinnliche Data ohne Kommentar‹, auf genau datierte und lokalisierte augenblickliche Zustände: auf die ›Anatomie des Augenblicks‹, wie Doderer es nennt« (Dietrich Weber). Doderer treibt genaue Studien der Schauplätze, er begeht sie bei verschiedenen Jahres- und Tageszeiten, läßt Photos machen, studiert Entfernungen usw. Die »Technik des sprechenden Verschweigens« löst den Kommentar ab, die Komposition wird zur Aussage. Darin gipfelt der »roman muet«.

Doderer ist Realist, aber nicht primär dem Inhaltlichen verhaftet, die »Priorität der Form« ist einer seiner bindenden Leitsätze, der ihn unverändert durch sein Leben begleitete. Psychologisch erlebt der Autor dies als Spannung zwischen Objektivem als Ziel und Subjektivem als Behinderung. Doderers Wesen neigte von Natur aus zu einem schrankenlosen Subjektivismus. Dieser bricht als schrulliger und grotesker Humor in seiner Kurzprosa mehrfach durch, im Roman vor allem in den *Merowingern oder Die totale Familie* (1962). Die groteske Problematisierung des Familienroman-Schemas und eine schrankenlose Fabulierlust verbinden sich darin zu einem seltsamen Werk, dem mehr Ablehnung als Lob von seiten der Kritik gezollt wurde.

Die Kurzprosa vereint der Band *Erzählungen* (hrsg. von Wendelin Schmidt-Dengler, 1972). Doderer vermeidet bewußt die traditionellen Gattungsbezeichnungen und ersetzt sie hier durch eigene wie *Divertimento, Kürzestgeschichte, Repertorium,* im Bereich der theoretischen Schriften durch *Comentarii, Traktat* usw. Ähnlich wie in der Romantheorie sucht er in der Kurzprosa neue Möglichkeiten, indem er sich von den Gattungen der normativen Poetik frei macht.

Doderers Erzählschaffen kam entwicklungsgeschichtlich in den konservativen fünfziger Jahren zur Hochblüte. Doderer ist jedoch kein Epigone der realistischen Tradition des 19. Jahrhunderts. Er problematisiert die überkommenen literarischen Form- und Stilmöglichkeiten und führt sie im »roman muet« zur neuen und persönlichen Ausdrucksform. »Obwohl Doderer Gebrauch von der realistischen Konvention macht«, meint *Michael Hamburger,* »sind seine Romane experimentell in einer Art, die sie in Beziehung zu den Werken Prousts oder Musils setzt.«

Lorenz Böhler

VON FRITZ WECHSELBERGER

Lorenz Böhler, der »Vater der Unfallchirurgie«, wie er in vielen Ländern genannt wird, wurde am 15. Jänner 1885 als Sohn eines Tischlers in dem Ort Wolfurt in Vorarlberg geboren.

In der Werkstatt seines Vaters, aber auch in der Schmiede seines Onkels erhielt dieser Mann, der Wegweiser und Gestalter einer der wichtigsten Disziplinen der modernen Medizin geworden ist, seinen ersten praktischen Anschauungsunterricht. Das dürfte auch dazu geführt haben, daß Professor Böhler von allen seinen Schülern neben der geistigen Tätigkeit auch ein gutes handwerkliches Können verlangte, wenn sie »Meister« des Unfallfaches werden wollten.

Böhler promovierte 1911 in Wien, habilitierte sich 1930 zum Dozenten für Unfallchirurgie, wurde 1936 außerordentlicher Professor und 1954 ordentlicher Professor. Seine Ausbildung erhielt er in Wien bei Professor *Hochenegg*. 1911 bis 1912 war er als Schiffsarzt auf der Linie Triest—Buenos Aires tätig, 1912 arbeitete er im Krankenhaus Bozen bei Professor *Hepperger*, 1913 in Tetschen unter Professor *Genßing* und 1914 an der Mayo-Klinik in den USA. Dann stand er von 1914 bis 1919 im Kriegsdienst, geriet in Gefangenschaft und kehrte 1919 nach Wien an die Orthopädische Klinik von Professor *Lorenz* zurück. Mit dem um 30 Jahre älteren Adolf Lorenz pflegte Böhler fruchtbaren Kontakt. Lorenz war der Begründer der modernen Orthopädie und wurde 1924 Direktor der Orthopädischen Universitätsklinik in Wien. Lorenz ging auf seinem Gebiet, wie Böhler in der Unfallchirurgie, neue Wege und hat zahlreiche bahnbrechende Behandlungsmethoden entwickelt.

Es ist schwierig, Böhlers Lebenswerk in extenso zu schildern und die unglaubliche Fülle seiner medizinischen Arbeiten aufzuzeigen, die allein im Chirurgenverzeichnis der Deutschen Gesellschaft für Chirurgie sechs Seiten füllen. Es handelt sich dabei nur um Titel- und Jahrgangsangaben seiner Schriften. Sein wissenschaftliches Werk umfaßt 430 Arbeiten.

Vom Arbeitsunfall-Krankenhaus in Wien in der Webergasse, das er ab 1925 leitete, wo er in Jahrzehnten über eine Million Unfallverletzter ärztlich betreute, ging sein Werk über die Grenzen Österreichs hinaus in die ganze Welt. Sein Einfluß auf die Unfallchirurgie spiegelt sich in den spezifischen Einrichtungen der Krankenhäuser aller Kontinente wider, und die Bedeutung seines Lebenswerkes mag man vielleicht daran erkennen, daß im letzten Weltkrieg die ärztliche Versorgung der Verwundeten in verschiedenen Armeen, z. B. im englischen Sanitätsdienst, weitgehend auf seinen Erkenntnissen aufgebaut war.

Die Grundlagen seiner wissenschaftlichen Lehre enthält das bekannte Buch über *Die Technik der Knochenbruchbehandlung*, erschienen in 13 Auflagen; darüber hinaus in mehreren Auflagen in englischer, spanischer, französischer, italienischer, russischer, polnischer, ungarischer und chinesischer Sprache.

In allen Teilen der Welt trifft man auf Böhlers Spuren und sei es nur in einem Gymnastikraum, wo die These »Keine Übung darf Schmerzen verursachen« dem Eingeweihten den Einfluß Böhlers deutlich macht.

Die Wurzeln seiner geistigen und praktischen Fähigkeiten lassen sich in seinem Lebensbild verfolgen: seine ärztlichen Studien in Nord- und Südamerika und besonders der Aufenthalt in der Mayo-Klinik in Rochester blieben nicht ohne Auswirkungen auf sein Lebenswerk. Dieses erhielt auch wichtige Impulse durch seine truppenärztliche Tätigkeit im Ersten Weltkrieg. In Galizien und später an der Front in Italien erkannte er schon früh die Notwendigkeit einer spezialisierten Verwundetenfürsorge, und 1916 errichtete er in Bozen aus einem Spital für Leichtverletzte sein erstes Krankenhaus für die Behandlung von Kriegsverletzungen, wobei er sich speziell der frühen Versorgung von Knochen- und Gelenksverletzungen zuwandte.

Aus seinen Erfahrungen in der Versorgung von über 30 000 Verwundeten entstand sein chirurgisches Lehrbuch.

Seine klassische Arbeit *Wie schützen wir den Verwundeten vor Amputation und Krüppeltum* fand den notwendigen Widerhall in der Unfallversicherung, und 1924 konnte er im 20. Gemeindebezirk in Wien das erste Unfallkrankenhaus errichten. Seine Forderung, die Unfallchirurgie in Forschung, Lehre und Fortbildung zu intensivieren, ist wegweisend gewesen für unsere Zeit, in der Unfallverletzung und Unfalltod in vielen Lebensaltern an der Spitze der Todesursachenstatistik stehen.

In seinem 1957 herausgegebenen Buch *Unterricht und Organisation der Unfallchirurgie und ihre volkswirtschaftliche Bedeutung* hat Böhler versucht, Vorschläge zu einer Änderung des Unterrichtes und der Organisation für Unfallchirurgie zu machen; er schreibt: »Sobald an jeder Universität der ganzen Welt eine selbständige Lehrkanzel für Unfallchirurgie und Begutachtung, in jedem Krankenhaus eine selbständige Unfallstation eingerichtet sein wird, können erst immer noch auftretende Mängel verschwinden. Trotz der Fortschritte finden sich nach Unfällen noch immer ungünstige Behandlungsergebnisse, und dies liegt daran, daß dem systematischen Unterricht auf diesem Gebiet noch zu wenig Aufmerksamkeit geschenkt wird und die Organisation an manchen Stellen nicht gut genug ist und daß wegen der mangelhaften Ausbildung noch viele unzweckmäßige Behandlungsmethoden verwendet werden.«

An Ehren und Auszeichnungen hat es nicht gefehlt. Böhler wurde Ehrenmitglied zahlreicher medizinischer Gesellschaften: der Deutschen Gesellschaft für Chirurgie, der Deutschen Gesellschaft für Unfallheilkunde, des International College of Surgeons, der Schweizer Gesellschaft für Chirurgie, der Südafrikanischen Gesellschaft der Orthopädie, und seit September 1965 war er Ehrenmitglied des American College of Surgeons.

Auf seinem Weg wurde Lorenz Böhler von seiner Frau, einer geborenen Südtirolerin, begleitet. Auch sie stellte ihr Leben in den Dienst der Unfallchirurgie und hatte als nimmermüde Mitarbeiterin und Mitkämpferin ihres Mannes wesentlichen Anteil an der Erfüllung seiner großen Idee.

Der Dekan der medizinischen Fakultät an der Wiener Universität, *Hugo Husslein,* hat in seinem Nachruf die Leistung Böhlers lapidar zusammengefaßt, als er sagte:

»Drei Eigenschaften sind wesentlich, die Böhler zum Vorbild für jeden Forscher und damit auch zum Vorbild für unsere akademische Jugend machen, die dereinst die Forschung weiterbetreiben muß:

Böhler hatte den Blick für das Wesentliche. Das scheint mir das Geheimnis aller großen Forscher zu sein. Wo alle anderen alles übersehen, erkennen sie am scheinbar Unscheinbaren das Wesentliche.

Die zweite Eigenschaft ist die richtige Interpretation des Erkannten. Mit kritischer Schärfe und logischer Konsequenz müssen die Einzeldaten aneinandergefügt werden.

Und Böhler hatte die leidenschaftliche Hingabe an sein Werk und den bedingungslosen Einsatz, seiner Methode zum Durchbruch zu verhelfen. Böhler ist nie müde geworden, das Falsche in der Unfallchirurgie zu verdammen und sich für das Richtige einzusetzen. Er hat es noch erlebt, daß heute überall auf der Welt Unfallchirurgie nach seiner Lehre betrieben wird.«

Franz Jonas

VON BRUNO KREISKY

Nach einer Amtszeit von neun Jahren ist Bundespräsident Franz Jonas am 24. April 1974 gestorben. Am 23. Mai 1965 war er zum ersten Male gewählt worden und Adolf Schärf im Amte nachgefolgt. Am 25. April 1971 wurde er für eine zweite Amtsperiode wiedergewählt. Es war ihm nicht vergönnt, diese zweite Amtsperiode zu Ende zu führen.

Das Staatsbegräbnis am 29. April 1974 begann mit einer Trauerfeier in der Säulenhalle des Parlaments. Nachdem die »Maurerische Trauermusik« von Wolfgang Amadeus Mozart verklungen war, hielt Bundeskanzler Bruno Kreisky die Trauerrede, deren Text wir mit seiner Erlaubnis hier abdrucken.

Kein anderes Stück Musik ist so von trauriger Wehmut erfüllt und klingt so tröstlich aus wie dieses, das soeben verklungen ist und das Mozart »als Bruder für den Bruder« komponierte. Und wahrlich, wir brauchen in diesem Augenblick des Abschiednehmens von unserem Bundespräsidenten Trost: nicht nur die, die ihm nahegestanden und fast ein halbes Jahrhundert durch die gemeinsame Sache, der sie dienen wollten, mit ihm verbunden waren. Nach dem, was in diesen Tagen überall gesagt und geschrieben wurde, haben wir wahrlich das Recht, diesen Abschied im Namen des ganzen österreichischen Volkes zu nehmen — auch im Namen aller derer, die aus Europa und der ganzen Welt hierhergekommen sind, um unserem toten Staatsoberhaupt die letzte Ehre zu erweisen.

Es ist soviel Richtiges, Gutes und Großartiges über ihn gesagt worden, daß uns Leid erfüllt darüber, daß es ihn nicht zu Lebzeiten oder während der Stunden seines langen Sterbens erreicht hat. Wir wollen nun, weil es anders gar nicht ginge, Abschied nehmen von ihm, indem wir uns noch einmal der ganzen Bedeutung seiner Persönlichkeit bewußt werden. Denn es ist etwas Besonderes um alle, denen die Voraussetzungen des geistigen Wachsens und des gesellschaftlichen Werdens nicht in die Wiege gelegt wurden. Wir wissen nicht einmal, ob die Eltern von Franz Jonas damals, als er in einer winzigen Wohnung in den Urbanhäusern in Floridsdorf am 4. Oktober 1899 zur Welt kam, eine Wiege für ihn besaßen.

Franz Jonas, unser Staatsoberhaupt, kam in einer Arbeiterfamilie der Jahrhundertwende zur Welt, deren unentrinnbares Schicksal es damals zu sein schien, in Not zu leben und in Elend zu sterben. Aber es war auch die Zeit, in der die politische und gewerkschaftliche Arbeiterbewegung in Entstehung begriffen war. Es war die Zeit, in der der junge Doktor Victor Adler erkannte, daß er den Menschen als Arzt nicht helfen konnte, sondern nur dadurch, daß er sie aufrief, in dieses Haus ihre gewählten Vertreter zu entsenden. Wir haben die Geschichte seines Lebens gehört und wie die Eltern haben wollten, daß er etwas »Besseres« werden sollte, nämlich ein gelernter Arbeiter, ein Schriftsetzer. Und wie das letzte bißchen Geld, das die Mutter ersparen konnte, dafür verwendet wurde. Wer die Geschichte der Familie Jonas kennt, der weiß auch, wie Franz Jonas und seine Brüder, als sie schon verdienten, zusammenhalfen, damit der jüngere Bruder, der ihm im Tode voranging, ein Arzt werden könne. So erkennen wir, indem wir die Geschichte seines Lebens noch einmal uns vergegenwärtigen, wie allmählich aus dem Zusammenhalt in der Familie Solidarität für die Standesgenossen entsteht. Wie der Vater, ein Hilfsarbeiter in einer Gesenkschmiede, ihm den Respekt vor dem gedruckten Wort, vor der Zeitung vermittelt und wie er, vom Vater beeinflußt und beeindruckt, den sozialdemokratischen »Volksboten« austragen geht.

Alles andere ergibt sich dann mit jener Logik, wie sie sich einem immer im nachhinein mit großer Selbstverständlichkeit darbietet. Als Franz Jonas sich der Arbeiterbewegung anschloß, haben ihn mehr als der Ruf, auf die Barrikaden zu steigen, zwei Parolen fasziniert und bis zum Ende seines Lebens nicht mehr losgelassen: »Bildung macht frei« hieß die eine und »Wissen ist Macht« die andere, und beide umschlossen die große friedlich-kämpferische Herausforderung dieser Zeit an die Angehörigen der Arbeiterklasse. Franz Jonas war der erste Bundespräsident Österreichs, der ein Arbeiter von Beruf war. Seine Lebensgeschichte spiegelt das letzte Dreivierteljahrhundert unseres Staates wider. Er hat vier Reiche erlebt; die alte Monarchie, für die er als kaum Siebzehnjähriger ins Feld ziehen mußte, die Erste Republik, an deren Ende er für seine sozialdemokratische Gesinnung in den Kerker ging, das nazistische Großdeutschland, in dem er ein aufrechter Österreicher geblieben war, und die Zweite Republik, in der er zum höchsten Amte unseres Staates berufen wurde.

Daß Franz Jonas ein ideenreicher und gewissenhafter Bürgermeister zugleich war, daß er in diesem Hause der Gesetzgebung zwölf Jahre lang mutig und mit Hingabe gewirkt hat, wissen wir. Und als Franz Jonas Bundespräsident wurde, war seine Tätigkeit von der gleichen Redlichkeit und Gewissenhaftigkeit und von dem gleichen großen Ernst geprägt, mit dem er seine früheren Aufgaben erfüllt hat. Kam ein ausländischer Diplomat, um ihm sein Beglaubigungsschreiben zu überreichen — ich hatte häufig Gelegenheit dabei zu sein —, wußte der Bundespräsident zur Überraschung seiner Besucher viel von den Ländern, aus denen sie kamen, von ihrer Geschichte und ihrer Gegenwart. Und er wußte das alles, weil er immer ein Lernender geblieben war. Seine Reden waren erfüllt von Sachkenntnis, und er hielt sie auf eine schöne und kultivierte Weise. Sie zeichneten sich aus durch den feinen Sinn für den Wert des Wortes und den Gehalt der Sprache. Er hat mit ihr auf gutem Fuß gelebt und hat es sichtlich genossen.

In den neun Jahren, in denen Franz Jonas Österreichs Staatsoberhaupt war, hat er in seiner stillen und unaufdringlichen Art seine Funktionen erfüllt, aber wenn ihn eine Frage beschäftigte, wußte er sie mit großer Eindringlichkeit seinen Zuhörern näherzubringen. Wenn er über die Wirtschaft sprach, so spürte man, wie sehr ihn aus seinem persönlichen Erleben heraus gerade die Fragen der Vollbeschäftigung interessierten. Die Zeit der großen Krise in Österreich war für ihn keine weit zurückliegende, immer mehr verblassende Erinnerung. Die politischen Spannungen der Ersten Republik waren in seinem Bewußtsein als eine immer wieder mahnende Erinnerung wirksam, und deshalb begrüßte er alle Bestrebungen, die auf Ausgleich und Zusammenarbeit gerichtet waren.

Im kulturellen Bereich vertrat er unermüdlich den Standpunkt, daß die Zeit eines neuen Mäzenatentums der Wissenschaft und Kunst gekommen wäre und daß die öffentliche Hand diese Aufgabe als eine ihrer wichtigsten erkennen müsse. Die Verfassung unserer Republik überträgt dem Bundespräsidenten die höchste Befehlsgewalt über das Bundesheer, und in der Tat galt sein Interesse in hohem Maße der Landesverteidigung. Als Soldat an zwei Fronten des Ersten Weltkrieges kannte er den Krieg, aber als einer, der auch nach dem Zusammenbruch der Monarchie der jungen Republik als Soldat weiterdiente, wußte er um den Sinn einer republikanischen Verteidigungsbereitschaft. Und niemand konnte seine Mahnung überhören, daß wir die uns gestellten Aufgaben zum Schutze unserer Republik unserer Freiheit wegen und zur Gewährleistung unserer Neutralität zu erfüllen haben. Der österreichische Bundespräsident vertritt die Republik nach außen, und auch hier hat Franz Jonas durch seine natürliche Würde für unser Land große Sympathien gewonnen.

Es scheint uns das Tröstliche an seinem leidvollen Sterben zu sein, daß es am Ende eines bis zuletzt erfüllten Lebens stand. Sein Leben, wir sagten es schon, war ein Stück der Geschichte. Sein Glaube umfing die großen Ideale der Humanität, und seine Liebe galt Österreich und seinen Menschen. Er trug — um es mit einem römischen Wort zu sagen — seine Grundsätze in beiden Händen. Nie hat er über die Bürde seines Amtes geklagt, auch dann nicht, als er um die Schwere seiner Krankheit und das frühe Ende seines Lebens wußte. Er war von zwei Gedanken vor allem beseelt: so lange als möglich seine Pflicht zu erfüllen, die anderen es nicht merken zu lassen, wie schwer ihm manchmal ums Herz war. Alle Zuneigung, die wir ihm entgegengebracht haben, gilt nun seiner mutigen Frau, die lange und schwere Stunden an seinem Krankenbett verbracht hat. Sie soll wissen, daß wir die Erinnerung an ihn wie einen kostbaren Schatz bewahren werden und, das Wort seiner politischen Lehrmeister abwandelnd, wird sie eingeschreint sein in den Herzen der Menschen Österreichs.

Seinen politischen Weg begann Franz Jonas als Sekretär der Sozialdemokratischen Partei des Bezirkes Floridsdorf. Seine Vorgänger im Amt des Bundespräsidenten, Dr. Karl Renner, General Theodor Körner und Dr. Adolf Schärf, waren neben anderen auch seine Lehrer an der Arbeiterhochschule. Nach 1945 war Franz Jonas nacheinander Mitglied der Provisorischen Ge-

meindeverwaltung des Bezirkes Floridsdorf, dann dessen Bezirksvorsteher; schließlich wurde er Amtsführender Stadtrat für Ernährungs- und Bauangelegenheiten in der Wiener Gemeindeverwaltung. In diesen Stellungen erwarb er sich große Verdienste um den Wiederaufbau der Bundeshauptstadt. Als Nachfolger Theodor Körners wurde er am 22. Juni 1951 Bürgermeister und Landeshauptmann von Wien. Durch die Begründung der »Europagespräche« in Wien und durch seine führende Tätigkeit in internationalen Gremien des Städtewesens trug er wesentlich dazu bei, Wien wieder einen internationalen Rang zu sichern. Von 1951 bis März 1953 gehörte er dem Bundesrat und dann, bis zu seiner Wahl zum Bundespräsidenten am 23. Mai 1965, dem Nationalrat an.

Die Zweite Republik 1975-1995

Vorbemerkung

So kurz und unbedeutend die zwei letzten Dekaden der österreichischen Geschichte auch erscheinen mögen, so brachten sie im Gefolge dramatischer weltpolitischer Ereignisse doch auch für unser Land entscheidende Veränderungen mit sich. Die politischen Konstellationen von 1975 – auch wenn sie uns noch sehr nahe sind – gehören längst der Vergangenheit an, was damals festgefügt und unabänderlich dünkte, ist heute Gegenstand der Historiographie. Mit dem Auseinanderbrechen des Sowjetimperiums, des jugoslawischen Vielvölkerstaates und der Tschechoslowakei, mit dem Fall des „Eisernen Vorhanges“ und nicht zuletzt durch den Beitritt Österreichs zur Europäischen Union haben sich neue Optionen für die österreichische Politik in den Vordergrund geschoben; zu den zentralen Punkten, die nun neu zu überdenken sind, gehört etwa die Frage nach der Neutralität Österreichs. Die Partizipation am europäischen Einigungsprozeß machte eine Reihe von legislativen Änderungen und politischen Grundsatzentscheidungen notwendig; die österreichische Innen- und Außenpolitik präsentiert sich fortan im größeren Kleid gesamteuropäischer Dispositionen – eine Entwicklung, an deren Beginn wir heute, an der Schwelle zum dritten Jahrtausend, stehen und deren Konsequenzen noch keinesfalls abzusehen sind. All diese so weitreichenden Umwälzungen seien jedoch von einem besonderen Wunsch begleitet: Möge Österreich, das tausendjährige Staatsgebilde im Herzen Mitteleuropas, tatsächlich jene Eigenschaften, für die es die Dichter rühmen, auch in Zukunft würdig vertreten: Toleranz, Weltoffenheit, Engagement für den Schwachen, Verachteten, kurz: Humanität.

Die Ausgangssituation 1975

Drehen wir das Rad der Zeit um zwanzig Jahre zurück, in die Mitte der siebziger Jahre: Am 4. Oktober 1975 errang die SPÖ unter Führung Bruno Kreiskys bei den Nationalratswahlen wiederum die absolute Stimmen- und Mandatsherrschaft; ein Jahr zuvor, im Juni 1974, hatte Rudolf Kirchschläger, parteiloser Außenminister und Kandidat der SPÖ, die Bundespräsidentenwahl knapp für sich entschieden. Es ist die große Zeit der sozialdemokratischen Reformpolitik, vieles, was heute, gegen Ende des 20. Jahrhunderts, eine Selbstverständlichkeit ist, fand damals seine Grundlegung, man denke etwa an das Gesetz über die sogenannte „Fristenlösung“ (1975 in Kraft getreten), an die Reform des Straf- und Familienrechts, initiiert von Justizminister Christian Broda, an das Universitäts-

(Votavafoto Wien)

no Kreisky
deskanzler von 1970 bis 1983

(Votavafoto Wien)

dolf Kirchschläger
desprásident von 1974 bis 1986

(Foto: Votavafoto Wien)

Kurt Waldheim
Bundespräsident von 1986 bis 1992

(Votavafoto Wien)

Herbert von Karajan, weltberühmter Dirigent und von 1956 bis 1964 Leiter der Wiener. Staatsoper

(Votavafoto W

Thomas Bernhard

(Votavafoto Wien)

Peter Handke

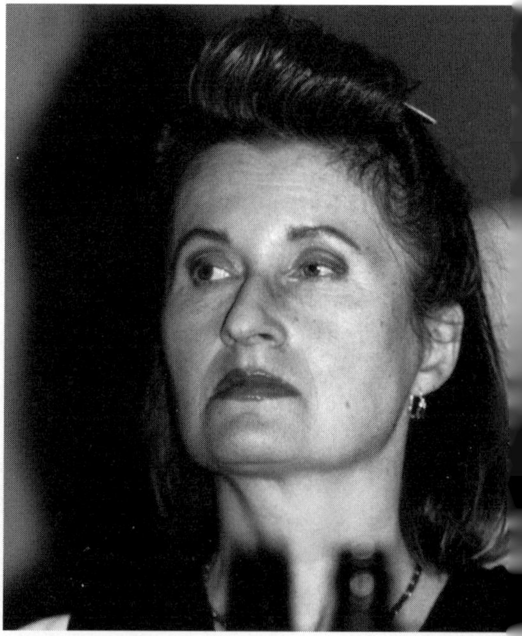

(Votavafoto

Elfriede Jelinek

(Joram Harel Management)

riedensreich Hundertwasser

(ORF/Pichlkostner)

Kardinal Franz König
Erzbischof von Wien von 1956 bis 1986

(Votavafoto Wien)

iki Lauda
ormel-1-Weltmeister und Fluglinienbesitzer

(Votavafoto Wien)

Annemarie Moser-Pröll
Schilegende aus Salzburg

(Franziska/KURIER

Alois Mock, Außenminister von 1987 bis 1995,
mit Ungarns Außenminister Gyula Horn beim symbolischen Zerschneiden des Eisernen Vorhangs im Juni 1989

(Votavafoto Wien

Franz Vranitzky,
Bundeskanzler seit 1986, am Abend der Volksabstimmung über Österreichs EU-Beitritt, 12. Juni 1994

organisationsgesetz (1975) oder die Einführung des 4-Wochen-Mindesturlaubs (ab 1977). Auf internationaler Ebene stand ein Österreicher in besonderem Rampenlicht: Kurt Waldheim, seit 1971 Generalsekretär der UNO, wurde im Dezember 1976 neuerlich in dieses Amt gewählt.

Mitte der siebziger Jahre scheinen die Karten in der Weltpolitik klar verteilt, noch gelten die Spielregeln des Kalten Krieges, unverändert mißtrauisch stehen sich die beiden Supermächte USA und Sowjetunion gegenüber; in zahlreichen Stellvertreterkonflikten versuchen sie ihre Macht- und Einflußzonen zu erweitern. Krisengebiet Nummer eins ist weiterhin der Nahe Osten, ein Konflikt, der schließlich auch Österreich als Schauplatz kürt: Im Dezember 1975 überfallen 5 palästinensische Terroristen das OPEC-Hauptquartier auf der Wiener Ringstraße und töten 3 Personen.

Noch tobt im Äther über Mitteleuropa der Propagandakrieg zwischen westlichen und östlichen Rundfunkstationen, und unablässig belauern einander Spione und Geheimdienste. Noch zerteilt der „Eiserne Vorhang" Europa, stehen sowjetische Truppen in ihren von Stalin in Jalta und Potsdam ausgehandelten Positionen und noch gilt das Experiment der Errichtung einer kommunistischen Gesellschaft nicht endgültig als gescheitert, ja, der Marxismus als Herausforderung an das bürgerliche Establishment erlebt eine letzte Blütezeit.

In dieser Welt – seit dem Staatsvertrag sind 20 Jahre vergangen – ist Österreichs Neutralität nach wie vor sein Schutz und Schild. Durch sie gestärkt und legitimiert, kann sich Bruno Kreisky auch außenpolitisch als Vermittler in Szene setzen, so etwa im Nahost-Konflikt durch seine guten Kontakte zum Palästinenserführer Jassir Arafat. Als unumstrittene Integrationsfigur von großem Charisma ist er der überragende österreichische Politiker dieser Ära; wie kein anderer prägt er die gesellschaftliche und wirtschaftliche Entwicklung der Republik. Unbestrittenes Herzstück seiner Außenpolitik ist die Wahrung der österreichischen Neutralität, die er mit großem Geschick sowohl dem Westen als auch dem Osten gegenüber einsetzt. 1979 gelingt es ihm nach 1961 zum zweiten Male, in Wien ein amerikanisch-sowjetisches Gipfeltreffen zu arrangieren. Sozialpolitisch ist das Erhalten der Vollbeschäftigung primäres Ziel, dem budgetäre Probleme durchwegs nachgereiht werden. Sein Spruch, daß „mir ein paar Milliarden Schulden lieber sind als Arbeitslose", wird zur Legende. In dieser konsequenten Haltung ist

Bruno Kreisky

zutiefst seiner Biographie verpflichtet: Am 22. Jänner 1911 in Wien geboren, ist er ab 1927 Mitglied der Sozialistischen Arbeiterjugend (SAJ), in deren Reihen er die furchtbare Wirtschaftskrise zu Beginn der dreißiger Jahre und den Aufstieg faschistischer Ideologie, deren zunehmende Akzeptanz in weiten Kreisen der Gesellschaft erlebt. Aus einer gutsituierten bürgerlichen Familie jüdischer Herkunft stammend- sein Vater Max Kreisky ist Generaldirektor der Österreichischen Wollindustrie A.G. und Zensor der Österreichischen Nationalbank –, wird für ihn die erschreckende Kluft zwischen familiärer Abgesichertheit und dem Elend der Arbeitslosen zur treibenden Kraft seines politischen Engagements: 1933 zum Vorsitzenden des Reichsbildungsausschusses der SAJ gewählt, bleibt er auch nach dem Verbot der Sozialdemokratischen Partei und ihrer Organisationen im Februar 1934 aktiv. Gemeinsam mit Roman Felleis leitet er die illegale Jugendorganisation „Revolutionäre Sozialistische Jugend", die für die Verbreitung der verbotenen, in Brünn gedruckten „Arbeiter-Zeitung" sorgt und sich durch „Schmieraktionen" sowie durch das Verteilen von Flugblättern und Streuzetteln hervortut. Für das reaktionäre und repressive Ständestaat-Regime ist der junge, äußerst begabte sozialdemokratische Funktionär bereits eine Gefahr: Am 30. Jänner 1935 wird er festgenommen; am 24. März 1936 verurteilt man ihn wegen Hochverrats zu einem Jahr schweren Kerkers, nach Anrechnung der Untersuchungshaft geht er jedoch schon im Juni 1936 frei. Aufgrund seiner politischen Tätigkeit wird Kreisky auch in seinem Jusstudium – seit dem Wintersemester 1929 ist er an der Universität Wien inskribiert – behindert und von 1935 bis Sommer 1937 von allen Prüfungen ausgeschlossen; erst im letzten Moment, am 14. März 1938, besteht er das Romanum und erbringt damit die Voraussetzungen für die Promotion zum Dr. jur.

Bereits einen Tag später nimmt ihn die Gestapo in „Schutzhaft", im August 1938 bekommt er schließlich die begehrte Ausreiseerlaubnis und geht ins Exil nach Schweden, wo er bald vielseitig tätig wird. Als Journalist schreibt er für schwedische Zeitungen, daneben setzt er aber auch seine politische Arbeit fort, so daß ihn die schwedischen Behörden bald als verläßlichen Gewährsmann für alle österreichischen Angelegenheiten schätzen. Er wird Vorsitzender des Klubs der österreichischen Sozialisten, und als Obmann der im Februar 1944 gegründeten „Österreichischen Vereinigung in Schweden" gelingt es ihm, zahlreiche Hilfsmaßnahmen für Flüchtlinge bzw. Hilfslieferungen nach Österreich durchzusetzen. Im Mittelpunkt seiner rastlosen Arbeit steht jedoch ein Gedanke: die Wiederherstellung der österreichischen Unabhängigkeit. öberzeugt davon, daß es diesem neuen Österreich möglich sein werde, in der Welt des Nachkriegs zu überleben und sich die notwendigen Grundlagen dafür zu schaffen, tritt er im Juli 1946 als Attaché de Legation an der österreichischen Gesandtschaft in Stockholm in den diplomatischen Dienst – der Beginn einer Karriere, die ihn im Frühjahr 1970 als Bundeskanzler an der Spitze eines Staates sieht, dessen Geschicke er bereits bis dahin entscheidend mitbestimmt hat: 1951 wird er Berater von Bundespräsident Theodor Körner, 1953 ernennt ihn Bundeskanzler Julius Raab zum Staatssekretär im Außenministerium Leopold Figls, als solcher wirkt er bei den Verhandlungen über den Staatsvertrag mit und ist Mitglied jener legendären Regierungsdelegation, die am 15. April 1955 in Moskau den Durchbruch für die Unterzeichnung des Staatsvertrags schafft. 1959 wird Kreisky Außenminister, im gleichen Jahr übernimmt er das Amt eines stellvertretenden Obmanns der SPÖ, die zu diesem Zeitpunkt noch von Bruno Pittermann geführt wird. Die Wahlniederlage der SPÖ vom März 1966 bringt schließlich die Wende: Kreisky wird zwar als Außenminister abgelöst, übernimmt jedoch 1967 den Parteivorsitz in der SPÖ, die unter seiner geradlinigen, entschlossenen Führung rasch Boden bei den Wählern gutmachen kann und bei der Nationalratswahl 1970 die relative Mehrheit erringt; eine SPÖ-Minderheitsregierung unter Bundeskanzler Kreisky tritt ihr Amt an.

Im Oktober 1971 ist der Triumph dann ein endgültiger: Mit 50,04 Prozent der Stimmen und 93 Mandaten erobert Kreisky erstmals die absolute Mehrheit für die SPÖ; für die nächsten 15 Jahre ist die ÖVP in die Rolle einer Oppositionspartei gedrängt, die große Zeit des österreichischen „Sonnenkönigs" hat begonnen. In einer Würdigung Kreiskys schrieb Willy Brandt, mit dem er während des Exils in Schweden in der „Internationalen Gruppe demokratischer Sozialisten" zusammenarbeitete, im Jahre 1985: „Kreiskys Interesse und Einfluß reichten über Europa weit hinaus. Was er zu sagen hat, wird vielerorts in der Welt beachtet. Provinzialismus ist ihm immer ferngeblieben, sein kulturelles Erbe hat umfassenden Charakter (..) Sozialismus ist für ihn zu Ende gedachte, konsequent verwirklichte Demokratie – nicht nur in der politischen Ordnung, sondern auch in den relevanten gesellschaftlichen Bereichen ..."

Kehren wir zurück zum politischen Geschehen in der zweiten Hälfte der siebziger Jahre: Am 1. Oktober 1976 nahm Kreisky eine Regierungsumbildung vor, die Finanzminister Hannes Androsch nunmehr auch zum Vizekanzler machte, eine Entscheidung, die die Position dieses jungen, nicht unumstrittenen Politikers nachdrücklich stärkte. Zur Verbesserung der Budget- und Zahlungsbilanz konnte Androsch so 1978 ein „Maßnahmenpaket" durchsetzen, das unter anderem die Einführung einer „Luxussteuer" (eines Mehrwertsteuersatzes von 30 Prozent) mit sich brachte. Und gegen den Widerstand Kreiskys fiel im selben Jahr auf Betreiben Androschs eine zukunftsweisende währungspolitische Entscheidung: Österreich beschloß den Schilling fix an die D-Mark zu binden, was den Ruf des Schillings als „harte Währung" begründete, zugleich aber auch zu einem tiefgreifenden Strukturwandel in der österreichischen Industrie in den nächsten Jahren führte. 1977 hatte man einen neuen Beschäftigungsrekord verzeichnet (2, 742.038); die Arbeitslosenrate von ein bis zwei Prozent kam praktisch einer Vollbeschäftigung gleich – allerdings stiegen im Ausgleich dazu auch die Staatsschulden rapide an, erreichten doch die Investitionen des Bundes in die heimische Infrastruktur neue Rekordwerte.

Im Zusammenhang mit der Auseinandersetzung um die Inbetriebnahme des Kernkraftwerkes Zwentendorf rückte nun auch das Thema „Umwelt" erstmals massiv ins Zentrum einer heftigen politischen Diskussion. Bürgerinitiativen bildeten sich, die „Grünen" rekrutierten aus den Reihen entschlossener Atomgegner zahlreiche neue Mitglieder. In dieser Situation wollte die Bundesregierung ihre Entscheidung für eine Inbetriebnahme Zwentendorfs durch den Nationalrat bestätigen lassen, dieser verzichtete jedoch auf diese Möglichkeit und setzte statt dessen eine Volksabstimmung an – erstmals in der Geschichte der Zweiten Republik ersetzte ein Plebiszit, also ein Instrument der direkten Demokratie, die Entscheidung des Parlaments. Brisanz gewann die Volksabstimmung nicht zuletzt dadurch, daß Bundeskanzler Kreisky ihren Ausgang dezidiert als eine Entscheidung über seine Person sehen wollte. Bei einer Stimmenthaltung von fast 40 Prozent der Wähler siegten schließlich am 5. November 1978 die Atomgegner knapp mit 50,47 Prozent der abgegebenen Stimmen. Kreisky blieb jedoch im Amt, und im Dezember 1978 beschloß der Nationalrat ein „Atomsperrgesetz", das den Rang eines Verfassungsgesetzes zugesprochen bekam. Damit war endgültig die Entscheidung gegen die Nutzung der Kernkraft in Österreich gefallen; spätere Versuche, dies zu revidieren, scheiterten kläglich.

In der Gunst der österreichischen Wähler hatte die Politik Kreiskys auch 1979 noch nicht an Terrain verloren, und so eroberte er am 6. Mai 1979 zum dritten Male die absolute Mehrheit für die SPÖ (95 Mandate, ÖVP 77, FPÖ 11). Die Regierung blieb zunächst personell unverändert, doch im Herbst kam es zur Umbildung: Indem Kreisky – gegen den Widerstand diverser Parteigremien – gleich sechs Frauen in sein neues Kabinett beruft, darunter Johanna Dohnal als Staatssekretärin für Frauenfragen, setzt er wieder ein deutliches Zeichen – Frauenpolitik bzw. Politik für Frauen sollte nun tatsächlich auch verwirklicht werden.

1979 war auch für die internationale Reputation Österreichs ein wichtiges Jahr: Bundeskanzler Kreisky übergibt die fertiggestellte UNO-City den Vereinten Nationen; Wien ist damit nach New York und Genf die dritte UNO-Stadt; eine der Organisationen, die pikanterweise ihren Sitz nach Wien verlegt, ist die Internationale Atombehörde.

Die Entwicklung in den achtziger Jahren

1980 ist ein Jubiläumsjahr, man feiert 25 Jahre Staatsvertrag und immerwährende Neutralität, die Zweite Republik begeht ihren 35. Geburtstag. Erstmals seit dem Zweiten Weltkrieg gibt es wieder die Sommerzeit, die nun zur festen Institution wird, das Argument dafür lautet Energiesparen.

Im Mai 1980 wurde Bundespräsident Kirchschläger mit überwältigender Mehrheit in seinem Amt bestätigt und erhielt über 80 Prozent der abgegebenen Stimmen. Ins Zwielicht geriet dagegegen Vizekanzler und Finanzminister Hannes Androsch durch die Ermittlungen rund um den sogenannten AKH-Skandal, die sogar zur Einsetzung eines parlamentarischen Untersuchungsausschusses unter Leitung des damaligen FPÖ-Parteiobmannes Norbert Steger führten. Androsch, der lange Zeit als möglicher Nachfolger Kreiskys gegolten hatte, mußte im Dezember 1980 auf Drängen des Bundeskanzlers zurücktreten, sein Nachfolger wurde Herbert Salcher. Inzwischen hatte sich auch bei der Volkspartei eine folgenschwere personelle Änderung ergeben: Seit Sommer 1979 stand nun Alois Mock als Bundesparteiobmann an der Spitze der ÖVP, und mit ihm als Spitzenkandidat hoffte man endlich die Mehrheit der SPÖ brechen zu können. Bruno Kreisky kündigte bereits im Vorfeld der Nationalratswahlen von 1983 an, daß für ihn eine große Koalition nicht in Frage käme, eher schon eine kleine SPÖ-FPÖ-Koalition, er selbst würde jedoch nur für eine weitere Alleinregierung zur Verfügung stehen. Tatsächlich brachte die Wahl vom 24. April 1983 eine Wende: Die SPÖ (90 Mandate) verlor die absolute Mehrheit, ÖVP (81 Mandate) und FPÖ (12 Mandate) konnten sich über deutliche Zugewinne freuen. Kreisky hielt sein Wort: Noch am Abend der Wahl erklärte er seinen Rücktritt. Damit ging die Ära jenes Mannes zu Ende, der die Zweite Republik zu einem ersten Höhepunkt in ihrer Entwicklung geführt hatte, unter dessen Ägide Liberalisierung und Modernisierung in vielen Bereichen des politischen und kulturellen Lebens Platz greifen konnten. Zum Zeitpunkt seines Rücktritts war Bruno Kreisky bereits krank; er starb am 29. Juli 1990.

Sein Erbe als Bundeskanzler trat der bisherige Unterrichtsminister und Vizekanzler Fred Sinowatz an. Geboren 1929 im burgenländischen Neufeld, hatte sich dieser in den Parteigremien der burgenländischen SPÖ hochgedient und war 1964 zum Landtagspräsidenten in diesem Bundesland geworden, 1971 hatte ihn Kreisky als Unterrichtsminister in seine Regierungsmannschaft berufen, 1981 zum Vizekanzler ernannt. Da sich Gespräche mit der ÖVP bald zerschlugen, kam es zur Koalitionsregierung mit der FPÖ, deren Obmann Norbert Steger Vizekanzler wurde und die damit erstmals in ihrer Geschichte Regierungsverantwortung zugesprochen bekam. Die Probleme sollten für die Regierung Sinowatz –Steger nicht ausbleiben: Das Wirtschaftswachstum hatte sich seit 1981 deutlich verlangsamt, die Arbeitslosenzahlen stiegen wieder (1982: 3,7 Prozent; 1983: 4,6 Prozent), das Budgetdefizit drohte neue Rekordwerte zu erreichen. Mit einem umfangreichen neuen „Maßnahmenpaket“, das im September 1983 vom Parlament verabschiedet wurde, versuchte man diesen Problemen entgegenzusteuern. All dies schien darauf hinzudeuten, daß es der ÖVP nun gelingen könnte, deutlich weiter Boden gutzumachen, und die Ergebnisse der folgenden Landtagswahlen in Niederösterreich (Oktober 1983), Salzburg (März 1984) und Tirol (Juni 1984), bei denen die Volkspartei deutlich gewann, gaben diesen Vermutungen recht. Doch bereits im Herbst 1984 kam es bei den Landtagswahlen in Vorarlberg und Kärnten wieder zu Stimmverlusten. Es zeigte sich ein neues Phänomen, das die Wahlen des nächsten Jahrzehnts bestimmen sollte: die beiden Großparteien verloren zugunsten der Grünen bzw. der FPÖ. Großer Gewinner in Kärnten war Jörg Haider, der junge Landesparteiobmann der FPÖ, der im Wahlkampf durch seine nationalen Töne aufgefallen war und der nun seinen ersten Wahlsieg mit dem Einzug von 5 Mandaten in den Landtag feiern konnte. Noch ahnte niemand, welch steilen Aufstieg dieser demagogisch geschickte Politiker aus Kärnten noch nehmen sollte ...

Sechs Jahre nach den Diskussionen um Zwentendorf kam es im Spätherbst 1984 zu einer neuerlichen heftigen Auseinandersetzung um ein Umwelt-Thema: Am 11. Dezember 1984 besetzten etwa 3000 Menschen die Stopfenreuther Au bei Hainburg, um so das Schlägern von Bäumen für die Errichtung eines Wasserkraftwerkes an der Donau zu verhindern. Es kam zu Zusammenstößen mit der Polizei, zu Verletzungen und Verhaftungen. Schließlich siegte die Vernunft über umweltpolitische Skrupellosigkeit: Auf Anordnung von Bundeskanzler Sinowatz wurden die Schlägerungen eingestellt, der Plan eines Kraftwerkes in dieser einzigartigen Naturlandschaft aufgegeben. Die Regierung mußte zu Kenntnis nehmen, daß eine breite Öffentlichkeit mit den Aubesetzern sympathisierte; zudem stand die Berichterstattung in den Medien überwiegend im Lager der „grünen" Aktivisten.

Schon im September 1984 war wieder eine Regierungsumbildung notwendig geworden: Finanzminister Herbert Salcher wurde von Franz Vranitzky abgelöst, der sich bisher in Wirtschafts- und Finanzkreisen als Sanierer der krisengeschüttelten Länderbank einen Namen gemacht hatte. Unterrichtsminister Helmut Zilk, der am 4. September 1984 zum Bürgermeister von Wien gewählt worden war, wurde durch den Salzburger Landespolitiker Herbert Moritz ersetzt, und der bisherige Wiener Bürgermeister Leopold Gratz löste Außenminister Erwin Lanc in seinem Amt ab. Diese Personalrochaden schlossen eine Ära der Neuorientierung der SPÖ nach Kreisky ab und markierten zugleich den zukünftigen Weg: Mit Franz Vranitzky,geboren 1937 in Wien, Absolvent der Wirtschaftswissenschaften mit langjähriger Erfahrung in Wirtschafts- und Finanzfragen, tritt ein pragmatisch agierender Politiker in die Regierung ein, der sich zwar durchaus in der Tradition klassischen sozialdemokratischen Denkens sieht, dieses jedoch längst den Erfordernissen einer modernen Leistungsgesellschaft angepaßt hat. Die Antagonismen von einst – hie Arbeiterklasse, hie kapitalistische Ausbeuter – fallen nun endgültig in sich zusammen; die neue Devise lautet „soziale Verantwortung" für alle, sozialdemokratische Politik ist nicht mehr auf eine imaginäre „Arbeiterklasse" zugeschnitten, sondern wird von Vranitzky als Instrument zur Erreichung eines gesamtgesellschaftlichen maximalen Wohlstands und sozialen Friedens verstanden. Und diese neue Qualität sozialdemokratischer Politik sollte vorerst beim Wähler auch recht erfolgreich sein ...

Inzwischen hatte sich gezeigt, daß rechtsextremistische Gruppierungen, die man schon als bedeutungslose Juxvereine unter den Tisch zu kehren geneigt war, einen gewissen Aufschwung nahmen; ja, im Sommer 1982 war es in Wien und Salzburg sogar zu Bombenanschlägen von Neonazis gekommen; neun Angeklagte waren im April 1984 zu Haftstrafen verurteilt worden. Erstmals mußte man zur Kenntnis nehmen, daß Gewalt von rechts auch in der Zweiten Republik zur Gefahr werden könnte. Dazu kamen nun Ereignisse, die das bisher schlummernde Potential der Rechten in ungeahntem Ausmaße mobilisieren sollten: die Bundes-präsidentenwahl von 1986 und der Machtwechsel in der FPÖ im Herbst 1986.

Kandidaten für die Bundespräsidentenwahl waren der bisherige Gesundheitsminister Dr. Kurt Steyrer für die SPÖ, der ehemalige UNO-Generalsekretär Dr. Kurt Waldheim für die ÖVP, die Umweltaktivistin Freda Meissner-Blau für die Grünen und FPÖ-Mann Otto Scrinzi als „unabhängiger Kandidat der rechten Mitte". Der anfangs ruhig verlaufende Wahlkampf geriet durch die Veröffentlichung der sogenannten „Wehrstammkarte" Kurt Waldheims sowie weiterer Dokumente über dessen Karriere in der Deutschen Wehrmacht unvermutet zur brisanten Diskussion um die Grundlagen der Republik, war doch die Frage nach der Mitschuld von Österreichern an den Verbrechen des NS-Regimes bis jetzt nie in angemessener Breite und in aller Öffentlichkeit zur Sprache gekommen. Bequem hatte man sich der schon beinahe zum Dogma gewordenen Formel von Österreich als dem „ersten Opfer" des Dritten Reiches bedient und mit dieser Geschichtsverfälschung jede tiefschürfende Auseinandersetzung mit dem Thema abgewehrt.

In den publizierten Materialien wurde nicht nur Waldheims Mitgliedschaft bei der Reiter-SA und dem „Nationalsozialistischen Deutschen Studentenbund" nachgewiesen, sondern ihm auch vorgeworfen, als Mitglied des Stabes der Heeresgruppe Löhr an der Deportation griechischer Juden beteiligt gewesen zu sein sowie an grausamen Aktionen gegen jugoslawische Partisanen. Waldheim, der in offiziellen Darstellungen seines Lebenslaufes, seinen Dienst in der Wehrmacht bisher nur kursorisch erwähnt oder überhaupt übergangen hatte, verteidigte sich denkbar unglücklich, indem er zunächst alle Vorwürfe *en bloc* zurückwies, dann jedoch angesichts des massiven Dokumentationsmaterials Schritt für Schritt Eingeständnisse machen mußte. Generell verantwortete er sich damit, daß er „nur seine Pflicht" getan habe wie so viele andere Österreicher auch. Da die Angriffe gegen ihn, vor allen von Seiten des Jüdischen Weltkongresses, immer heftiger wurden und die Beziehungen zur USA und Israel dadurch schwer belastet wurden, griff schließlich Bundespräsident Kirchschläger in die Diskussion ein und gab am 22. April 1986 eine „Erklärung an die österreichische Nation" ab, in der er meinte, daß die vorgelegten Dokumente nicht zu einer Anklageerhebung gegen Waldheim reichen würden.

„Jetzt erst recht!" – die trotzige Devise Waldheims – fand auch am Wahltag bei der Mehrzahl der Österreicher Zustimmung: Am 4. Mai 1986 erhielt er 49,64 Prozent der abgegebenen Stimmen, Kurt Steyrer, sein schärfster Konkurrent 43,66. Die notwendige Stichwahl vom 8. Juni 1986 konnte Waldheim schließlich mit 53,89 Prozent der gültigen Stimmen für sich entscheiden – ein Erfolg, der sich bald als wahrer Pyrrhussieg erweisen sollte: Österreich hatte nun zwar einen Bundespräsidenten, dessen internationale Reputation war jedoch katastrophal. So verwunderte es auch nicht, daß kein Land ihn zu sich einladen wollte. Die USA verhängte sogar ein Einreiseverbot gegen ihn, andere Staaten überlegten Maßnahmen; zumindest verzichtete man auf Einladungen. Die erste Auslandsreise führte Waldheim daher im Juli 1986 bezeichnenderweise in den Vatikan; bis Ende 1987 folgten zwei weitere Staaten mit einer Einladung: Jordanien und Pakistan, die Feinde Israels.

Die hitzige Debatte über Waldheims NS-Vergangenheit und die Art seines Umgangs mit dieser persönlichen Hypothek forderte zahlreiche Kommentare und Analysen heraus. So schrieb der junge Schriftsteller Josef Haslinger (Jahrgang 1955) einen literarisch-politischen Essay über die „Politik der Gefühle" (erschienen 1987), in dem er die österreichische Variante von „Vergangenheitsbewältigung", wie sie vor allem auch die von Vranitzky neu ausgerichtete Sozialdemokratie mittrage, einer vernichtenden Kritik unterzog: „Die Politik der Gefühle ist wie ein Feuerwerk: entzündete Gegenwart, die keine Vergangenheit kennt. Sie ist die Meisterschaft des erinnerungslosen Hier und Jetzt. Sie pendelt zwischen einem Unterhaltungsgewerbe und einem Verschönerungsverein, der seinen Erlös in die Verwüstung reinvestiert." Treffend sprach Haslinger von einer „Inszenierung des Erinnerns" und einer „Inszenierung des Vergessens" in den Selbstdarstellungen der Zweiten Republik und rüttelte damit im Vorfeld des großen Jubiläumsjahres von 1988 an den Grundpfeilern austriakischer Selbstzufriedenheit.

Die Wahl Waldheims zum Bundespräsidenten, ein Akt, der im Ausland mit Erstaunen und Kopfschütteln zur Kenntnis genommen wurde und Österreichs Ansehen empfindlichen Schaden zufügte, hatte auch eine schwerwiegende innenpolitische Konsequenz: Fred Sinowatz, der selbst in die Affäre Waldheim verstrickt war, verkündete am Tag nach der Wahl seinen Rücktritt; als neuer Bundeskanzler wurde auf seinen Vorschlag hin Franz Vranitzky nominiert. Finanzminister der Regierung Vranitzky I wurde Ferdinand Lacina, Außenminister Peter Jankowitsch, der internationale Sekretär der SPÖ. Vizekanzler blieb Norbert Steger, der jedoch in seiner eigenen Partei zunehmend auf Ablehnung und Kritik stieß. An der Spitze der Kritiker stand Jörg Haider, Rechtsaußen der Partei und Sieger der Kärntner Landtagswahlen von 1984, der fest entschlossen war, selbst die „Macht" in der FPÖ zu übernehmen. Dies gelang ihm durch einen geschickt inszenierten „Putsch" gegen Steger am 18. Parteitag der FPÖ in Innsbruck am 14. September 1986. Mit 57,7 Prozent der Delegiertenstimmen wurde Haider schließlich zum neuen Bundesparteiobmann der FPÖ gewählt; im Augenblick des Triumphs verkündete er zugleich seine „Kampfansage" an die beiden Großparteien – eine Drohung, die damals von SPÖ und ÖVP noch eher als rhetorische behandelt wurde, die jedoch schon wenige Monate später schmerzhafte Resultate zeitigen sollte.

Da Vizekanzler und Handelsminister Norbert Steger bereits am nächsten Tag seinen Rücktritt einreichte und Bundeskanzler Vranitzky sich dezidiert gegen eine Weiterführung der kleinen Koalition mit Jörg Haider als Partner aussprach, beschloß der Nationalrat seine Auflösung; gleichzeitig wurden Neuwahlen ausgeschrieben. Als Spitzenkandidaten der beiden Großparteien waren Vranitzky und Mock unbestritten, beide hatten sich schon während des Wahlkampfs für die Bildung einer großen Koalition eingesetzt. Man fühlte sich noch siegessicher, doch die Wahlen am 23. November 1986 gestalteten sich zur ersten gemeinsamen Niederlage der Großparteien gegen Jörg Haider: Die SPÖ verlor 10 Mandate (nunmehr 80), die ÖVP 4 (nun 77), während die FPÖ 6 Mandate dazugewinnen konnte (nun 18); die Grünen unter Freda Meissner-Blau errangen 8 Mandate. Der in diesem Ausmaß nicht erwartete Wahlsieg Haiders bedeutete einen Schock, schien doch damit bestätigt, was man bisher nur instinktiv gefühlt hatte, aber nicht wahrnehmen wollte: daß längst überholt geglaubtes rechtes Gedankengut wieder eine zunehmende Anhängerschaft fand. Diese

Renaissance des Rechtspopulismus

in Österreich ist untrennbar mit der Person Jörg Haiders verbunden. 1958 als Sohn eines ehemaligen Nationalsozialisten geboren, macht er sich von Jugend auf mit traditionellem deutschnationalen und „völkischen“ Gedankengut vertraut; stolz bekennt sich der Burschenschafter und Student der Jurisprudenz zur Ideologie der Väter. Nach der Promotion und einem universitären Zwischenspiel als Assistent widmet sich Jörg Haider „seiner“ Partei, der FPÖ, die er in seinem Sinne umzuformen beginnt. Nach dem Sturz Stegers wird sie zusehends auf den „Führer“ zugeschnitten; kritische Positionen werden nicht mehr zugelassen; wer nicht mitzieht, muß die Partei verlassen. Mit einer geschickten Mischung aus populären, demagogisch ungemein wirksamen Forderungen (Privilegienabbau, Beenden der Parteibuchwirtschaft, „Recht auf Heimat“, Eindämmen der „Ausländerflut“) und ideologisch motivierten Angriffen auf die „Linke“ und deren kulturelle Vorherrschaft (“Verhetzung der Jugend“ und „Geschichtsfälschung“) gelingt es ihm in erstaunlich kurzer Zeit, das Wählerpotential der Freiheitlichen rasant auszuweiten. Sein Ziel: die „Altparteien“ ÖVP und SPÖ nochmals zu schwächen, verbunden mit einer Änderung des demokratischen Systems in Richtung „Dritte Republik“ – mit ihm als „starken Mann“ an der Spitze einer autoritären Präsidialegierung – übt auf sein Wählerpotential eine starke Faszination aus.

Die Große Koalition

Am 21. Jänner 1987 vereidigte Bundespräsident Kurt Waldheim die neue SPÖ-ÖVP-Regierung unter Bundeskanzler Vranitzky, Vizekanzler und Außenminister wurde Alois Mock. Außenpolitisch litt Österreich zu diesem Zeitpunkt noch immer an den Folgen der Bundespräsidentenwahl; so waren Staatsbesuche Waldheims in den meisten Staaten unerwünscht; in den USA wurde er sogar auf die sogenannte „Watch List“ (Überprüfungsliste) gesetzt, was auch Proteste der Bundesregierung nicht verhindern bzw. ändern konnten. Alois Mock, geboren 1934 im niederösterreichischen Euratsfeld bei Amstetten, in der Regierung Klaus

1969/70 bereits als Unterrichtsminister tätig, setzte in seiner Außenpolitik zunächst auf eine betont sorgfältige Einhaltung der Neutralität, auch die Beziehung zu Israel, die durch die Waldheim-Affäre und nunmehr immer häufigere antisemitische Ausschreitungen (Anpöbelung von jüdischen Mitbürgern, antisemitische Schmieraktionen) stark unter Druck geraten war, wurde besonders gepflegt. Angesichts der kritischen Wirtschaftslage – die Staatsverschuldung war inzwischen weiter dramatisch angewachsen -, gewann das Verhältnis zur Europäischen Gemeinschaft nun rasch Priorität; der Beitritt zur Gemeinschaft wurde erklärtes politisches Ziel Mocks. In seiner Tragweite noch kaum absehbar, hatte inzwischen in Osteuropa ein Reformprozeß begonnen, der innerhalb weniger Jahre das Ende des Sowjetimperiums und der Herrschaft der kommunistischen Parteien bringen sollte. Verursacht wurde er von Michail Gorbatschow, der 1985 das Amt eines Generalsekretärs der KPdSU übernommen hatte und mit *glasnost* (Transparenz) und *perestrojka* (Umgestaltung) die Schlagwörter dieser neuen Zeit prägte.

Zur Entlastung des Budgets entschied sich die Regierung 1987 grundsätzlich für eine Teilprivatisierung öffentlicher Betriebe, so der staatlichen Stahlkonzerne VOEST und VEW, des Mineralölkonzerns ÖMV, der Luftfahrtgesellschaft Austrian Airlines (AUA), der staatlichen Großbanken und der Elektrizitätswirtschaft; als flankierende Maßnahmen beschloß man unter anderem einen Abbau von Subventionen und einen Besetzungsstopp im öffentlichen Dienst. Zudem plante man eine Vereinfachung des Steuerstufensystems, eine Verringerung der Abschreibungsmöglichkeiten und eine Senkung des Spitzensteuersatzes von 62 auf 50 Prozent – Regelungen, die erst Anfang 1989 in Kraft treten sollten.

Und noch immer schwelte das Problem Waldheim. Schließlich bat der Bundespräsident angesichts der unvermindert andauernden Vorwürfe die Bundesregierung um die Einsetzung einer Historikerkommission, die die vorliegenden Dokumente und die auf deren Grundlage konstruierten Vorwürfe prüfen sollte. Unter Leitung des Schweizer Militärhistorikers Hans-Rudolf Kurz nahm diese Expertenkommission im September 1987 ihre Arbeit auf und kam im Frühjahr 1988 zu dem Resultat, daß Waldheim im juristischen Sinne an keinerlei Kriegsverbrechen teilgenommen hätte, sehr wohl aber sprach man ihm eine gewisse moralische Mitschuld zu und betonte, daß Waldheim im Laufe der letzten zwei Jahre mehrfach die Unwahrheit gesprochen hätte. Dieses Ergebnis half nun Waldheim kaum; vielmehr verstärkte sich die Kritik an ihm neuerlich, engagierte Bürgerinitiativen demonstrierten erfolglos für seinen Rücktritt. Zur Zerreißprobe wurde die Waldheimkrise nicht zuletzt deshalb, weil 1988 das erste wirklich große Gedenkjahr der Zweiten Republik war: Man gedachte des 50. Jahrestags der Okkupation Österreichs durch Hitlerdeutschland und des Verlusts seiner Eigenstaatlichkeit. Die „Gedenktage" im März 1988 wurden zum Anlaß für eine umfassende Informationskampagne öffentlicher Stellen, war doch der „Nachholbedarf" der meisten Österreicher an diesbezüglichem Wissen immens; Bundeskanzler Vranitzky sprach erstmals öffentlich aus, was für österreichische Regierungen bisher praktisch als Tabu gegolten hatte: Österreich wäre „Täter und Opfer" gewesen. Und erstmals begann eine breite Würdigung des österreichischen Widerstands während des Zweiten Weltkriegs einzusetzen ...

Im Mai 1988 wurde Franz Vranitzky zum Parteivorsitzenden der SPÖ gewählt; längst sahen die Parteifreunde in seiner Berufskarriere als Manager kein Hindernis mehr; sein Vorgänger Fred Sinowatz verließ endgültig die politische Bühne. Angesichts eines mysteriösen Waffenexportskandals, in den sogar einige Minister der Sinowatz-Regierung verwickelt gewesen sein sollen, und eines gigantischen Versicherungsbetrugs, den der Lebenskünstler Udo Proksch inszenierte (die legendäre „Affäre Lucona"), war gute pragmatische Politik gefragter denn je. Dennoch konnte Jörg Haider seinen Siegeszug bei den Landtagswahlen in Tirol, Kärnten und Salzburg am 13. März 1989 fortsetzen; in Kärnten wurde die FPÖ sogar zur nunmehr zweitstärksten Partei, Jörg Haider mit den Stimmen der ÖVP zum Landeshauptmann gewählt – eine Funktion, die er geschickt zum Ausbau seiner Kärntner Hausmacht nützte. Aber auch bundesweit konnte Haider weiter gewinnen: Die Nationalratswahlen von 1990 sehen ihn als großen Sieger; mit 33 Mandaten und 16,7 Prozent der Stimmen schaffte er den erträumten Sprung von einer Kleinpartei zur Mittelpartei. Während die SPÖ ihren Mandatsstand halten konnte (80), verlor die ÖVP (60); die Grünen (10 Mandate) konnten ihre Position im Parlament behaupten. Die schwer geschlagene Volkspartei, deren Führung 1991 Wissenschaftsminister Erhard Busek übernahm, einigte sich mit der SPÖ auf eine Fortführung der großen Koalition; allerdings war kaum zu übersehen, daß beide Großparteien zusehends in die Defensive gerieten und verzweifelt nach Rezepten suchten, um den Erfolgsrun Haiders zu stoppen. Ein Hoffnungsschimmer zeigte sich im Mai 1991, als er in seiner Funktion als Kärntner Landeshauptmann im Kärntner Landtag die „ordentliche Beschäftigungspolitik im Dritten Reich" als Vorbild hinstellte. Zwar mußte Haider vom Amt des Landeshauptmanns zurücktreten, sein Ehrgeiz und seine populistische Umtriebigkeit wurden dadurch nur zusätzlich angestachelt. Neue Zielscheibe wurden inbesondere die „Ausländer" in Österreich, die angeblich die nationale Identität des Staates bedrohen würden. Das faschistoide Schlagwort von der „Umvolkung", das von einem der Mitarbeiter Haiders in den Diskurs eingebracht wurde, zeigte, wie wenig man sich innerlich tatsächlich vom Wortschatz der NS-Zeit entfernt hatte.

Zu Beginn des Jahres 1993 inszenierte die FPÖ unter dem Titel „Österreich zuerst!" ein Volksbegehren, das die diskriminierende Behandlung von „Ausländern" gesetzlich verankert sehen wollte; die angepeilte Zahl von einer halben Million Unterschriften konnte jedoch nicht erreicht werden. Haiders Glück war in dieser Situation das mangelnde Fingerspitzengefühl der Koalition: Um seine Argumentationslinie zu schwächen, beschloß man mit Wirksamkeit vom 1. Juli 1993 das sogenannte Aufenthaltsgesetz, das zwar durch zahlreiche verschärfende Bestimmungen die Situation der „Ausländer" in Österreich verschlimmerte, im Kampf gegen Haider jedoch kontraproduktiv wurde, indem dieser es als zu lax hinstellte. Nicht wirklich schaden konnte Haider auch der Absprung seiner Mitarbeiterin Heide Schmidt, die sich mit ihrer Partei des „Liberalen Forums" auf Anhieb erfolgreich etablieren konnte. Dazu kam die Wirtschaftskrise des Jahres 1993; zahlreiche Firmenpleiten und eine Rekordzahl von Arbeitslosen ließen das Vertrauen der Wähler in die Arbeit der Regierung weiter sinken. Bei den Nationalratswahlen am 9. Oktober 1994 erlitt die große Koalition eine empfindliche Niederlage. Die SPÖ verlor 15 Mandate (nunmehr 65), die ÖVP 8 (nunmehr 52), die FPÖ gewann 9 Mandate dazu (42), die Grünen eroberten 13, das Liberale Forum 11 Mandate. Trotzdem gelang es Bundeskanzler Franz Vranitzky in mühsamen und zähen Verhandlungen noch einmal, eine Regierung mit der ÖVP zu bilden und das Schreckgespenst von vorgezogenen Neuwahlen mit einem neuerlichen Sieg Haiders zu bannen. Am 29. November 1994 konnte Bundespräsident Thomas Klestil die Regierung Vranitzky IV angeloben, eine Regierung, der die Opposition kein langes „Leben" voraussagte, die die ersten Hürden dennoch – wenn auch unter Qualen – meisterte.

Der Weg nach Europa

Im Jänner 1989 stimmte der Nationalrat für die Überreichung des österreichischen Beitrittsantrags an die EG (so die alte Bezeichnung der Europäischen Union), nachdem sich die Sozialpartner und schließlich auch die SPÖ für eine EG-Mitgliedschaft entschieden hatten. Die Diskussion hatte sich inbesondere um die Frage der österreichischen Neutralität gedreht, die man nach wie vor für unverzichtbar hielt und deshalb auch entsprechend im Beitrittantrag formulierte: „Österreich geht bei der Stellung dieses Antrages von der Wahrung seines international anerkannten Status der immerwährenden Neutralität, die auf dem Bundes-Verfassungsgesetz vom 26. 10. 1955 beruht, sowie davon aus, daß es auch als Mitglied der Europäischen Gemeinschaften aufgrund des Beitrittvertrages in der Lage sein wird, die ihm aus seinem Status als immerwährend neutraler Staat erfließenden rechtlichen Verpflichtungen zu erfüllen und seine Neutralitätspolitik als spezifischen Beitrag zur Aufrechterhaltung von Frieden und Sicherheit in Europa fortzusetzen."

Außenminister Alois Mock überreichte diesen Beitrittsantrag in Brüssel am 17. Juli 1989, zu einem Zeitpunkt also, an dem die politischen Konstellationen in Mitteleuropa noch keinerlei Zweifel an der Sinnhaftigkeit dieser Neutralität aufkommen ließen – ein halbes Jahr später befanden sich die Nachbarländer im Umbruch; was niemand zu hoffen gewagt hatte, wurde Realität: Der Eiserne Vorhang verschwand, auch in unseren östlichen Nachbarländern konnten sich demokratische Regierungen etablieren. Eine Entwicklung, die den Beitrittsantrag Österreichs in neuem Licht erscheinen ließ, war es nun doch denkbar, daß auch die sogenannten „Reformstaaten" einmal in der EG Fuß fassen würden.

Zwei Jahre später, im Juli 1991 gab die EG-Kommission eine positive Stellungnahme zum österreichischen Beitrittsantrag ab, erwähnte aber neben der Agrarpolitik die Frage der Neutralität als voraussichtliche Schwierigkeit bei den Beitrittsverhandlungen. Die letzte Phase dieser Verhandlungen im April 1994 gestaltete sich denn auch zu einer wahren Nervenschlacht, wobei es den österreichischen Unterhändlern gelang, in wichtigen Punkten Zugeständnisse der Europäischen Union zu erreichen; der erfolgreiche Abschluß wurde als wahrer Triumph gefeiert, doch noch galt es die Zustimmung der österreichischen Bevölkerung für diesen folgenschwersten Schritt der Zweiten Republik seit dem Staatsvertrag zu gewinnen. Nicht für alle konnte er Vorteile bringen, Befürworter und Gegner arbeiteten lange Listen von Pro- und Contra-Argumenten aus. Streitpunkte waren vor allem die drohenden Einkommensverluste der Bauern, der Transitverkehr und neue ökologische Normen. Die Volksabstimmung über den Beitritt zur EU wurde für 12. Juni 1994 angesetzt; die Entscheidung fiel mit 66,58 Prozent Ja-Stimmen klar zugunsten eines Beitritts aus; das Sicherheitsdenken der Österreicher sprach sich eindeutig für die Einbindung in einen wirtschafts- und machtpolitischen Block aus. Mit „hoch erhobenem Haupt“ nahm Alois Mock die Nachricht von dieser Entscheidung entgegen; stolz sah er sein Lebenswerk Wirklichkeit werden – die Österreicher waren zu EU-Europäern geworden.

Noch im Juni 1994 wurde – nach einigen Streitereien um die würdigsten Vertreter für diese Auszeichnung – auf Korfu bei einem Treffen der Staats- und Regierungsmitglieder der EU der Beitrittsvertrag Österreichs mit Wirksamkeit vom 1. Jänner 1995 unterzeichnet; symbolträchtig wählte die Bundesregierung für dessen Verabschiedung den Nationalfeiertag 1994; die Ratifikation durch Nationalrat erfolgte schließlich am 11. November 1994. Im Februar 1995 unterzeichnete Außenminister Mock den Vertrag über die Einbindung Österreichs in die NATO. Am Vorabend des dritten Jahrtausends und nach rund einem Jahrtausend staatlicher Souveränität wählte Österreich eine sichere Option: den Weg in eine Gemeinschaft wirtschaftlicher Wohlhabenheit und politischer Stabilität.

Namenregister

Abkürzungen: Ö = Österreich; Bgd = Burgenland; K = Kärnten; NÖ = Niederösterreich; OÖ = Oberösterreich; Sbg = Salzburg; St = Steiermark; T = Tirol; Vbg = Vorarlberg; W = Wien; S-T = Südtirol; christl.soz. = christlichsozial; dt.nat. = deutschnational; nat.soz. = nationalsozialistisch; ÖVP = Österreichische Volkspartei; soz.dem. = sozialdemokratisch; SPÖ = Sozialistische Partei Österreichs; VF = Vaterländische Front; SVD = Missionsgesellschaft vom göttlichen Wort.
Bei den Literaturangaben sind die Namen der Persönlichkeiten nur mit den Anfangsbuchstaben angeführt.

Abel, Othenio, 20. 6. 1875 Wien — 4. 7. 1946 Mondsee, Begr. d. Paläobiologie; 206

Adametz, Leopold, 11. 11. 1861 Feldsberg/NÖ — 27. 1. 1941 Wien, Tierzuchtforscher; 21

Adler, Alfred, 7. 2. 1870 Wien — 28. 5. 1937 Aberdeen (Schottland), Psychologe; 183

Adler, Friedrich, 9. 7. 1879 Wien — 2. 1. 1960 Zürich, soz.dem. Politiker; 59 f, 199, 222, 254, 263 ff, 281

Adler, Guido, 1. 11. 1855 Eibenschitz (Mähr.) — 15. 2. 1941 Wien, Musikwissenschaftler; 360, 370 ff

Adler, Max, 5. 1. 1873 Wien — 28. 6. 1937 ebd., Soziologe; 219, 254, 263, 271 f

Adler, Victor, 24. 6. 1852 Prag — 11. 11. 1918 Wien, soz.dem. Politiker; 12, 50 ff, 62, 197, 218, 222, 226, 240, 257 ff, 261 f, 270, 275 ff, 310, 330, 445, 476
Lit: Julius Braunthal: V. u. F. A., 1965

Aehrenthal, Aloys Lexa Graf, 27. 9. 1854 Groß-Skal (Böhm.) — 17. 2. 1912 Wien, Staatsmann; 31, 33 ff, 41
Lit: Hugo Hantsch: Außenmin. A. L. G. A. in: Gestalter d. Geschicke Ö., 1962

Afritsch, Anton, 8. 12. 1873 Klagenfurt — 7. 7. 1924 Graz, Gründer d. »Kinderfreunde«; 291 ff

Aicher, Anton, 16. 8. 1859 Oedt/St — 5. 2. 1930 Salzburg, Marionettenspieler; 24

Albert, Eduard, 20. 1. 1841 Senftenberg (Böhm.) — 25. 9. 1900 ebd., Chirurg; 399

Albrechtsberger, Johann Georg, 3. 2. 1736 Klosterneuburg — 7. 3. 1809 Wien, Musiktheoretiker u. Komponist; 370

Altenberg, Peter, 9. 3. 1859 Wien — 8. 1. 1919 ebd., Dichter; 24, 90, 104, 367

Andrian-Werburg, Leopold von, 9. 5. 1875 Wien — 19. 11. 1951 Fribourg (Schweiz), Diplomat u. Literat; 98 f

Anzengruber, Ludwig, 29. 11. 1839 Wien — 10. 12. 1889 ebd., Schriftsteller; 120

Arneth, Alfred von, 10. 7. 1819 Wien — 30. 7. 1897 ebd., Historiker; 91, 97

Auer von Welsbach, Carl, 1. 9. 1858 Wien — 4. 8. 1929 Schloß Welsbach/K, Chemiker; 184 ff

Austerlitz, Friedrich, 26. 4. 1862 Hochlieben — 5. 7. 1931 Wien, soz.dem. Journalist u. Politiker; 262, 271, 330

Bachmann, Ingeborg, 25. 6. 1926 Klagenfurt — 17. 10. 1973 Rom, Lyrikerin; 319
Badeni, Kasimir Graf, 14. 10. 1846 Surochów (Galiz.) — 9. 7. 1909 Krasne (Galiz.), Staatsmann; 11, 14, 28
Bahr, Hermann, 19. 7. 1863 Linz — 15. 1. 1934 München, Dichter; 22 f, 98 f, 104, 117
Bárány, Robert, 22. 4. 1876 Wien — 8. 4. 1936 Uppsala, Physiologe u. Ohrenarzt; 174 ff
Bauer, Otto, 5. 9. 1881 Wien — 4. 7. 1938 Paris, soz.dem. Politiker; 14, 197 ff, 202, 204 f, 212 f, 218, 221 f, 224 f, 249 f, 254, 258 ff, 275, 302, 445
Beck, Max Vladimir Frh. v., 6. 9. 1854 Wien — 20. 1. 1943 ebd., Staatsmann; 28 ff, 277
Lit: Joh. Christoph Allmayer-Beck: Baron B. — Ein Staatsmann d. alten Ö., 1956
Becke, Friedrich, 31. 12. 1855 Prag — 18. 6. 1931 Wien, Mineraloge; 21
Beer-Hofmann, Richard, 11. 7. 1866 Wien — 26. 9. 1945 New York, Dichter; 98, 104, 356
Beethoven, Ludwig van, getauft 17. 12. 1770 Bonn — 26. 3. 1827 Wien, Komponist; 128 f, 160, 370
Belcredi, Ekbert Graf, 2. 9. 1816 Schloß Lösch — 11. 10. 1894, kath. Sozialpolitiker; 13
Berchtold, Leopold Graf, 18. 4. 1863 Wien — 21. 11. 1942 Peresznye b. Ödenburg, Staatsmann; 37 f
Lit: Hugo Hantsch: G. L. B. — Grandseigneur u. Staatsmann, 1963
Berg, Alban, 9. 2. 1885 Wien — 24. 12. 1935 ebd., Komponist; 357, 367 ff
Lit: Th. W. Adorno: A. B., 1968
Bernaschek, Richard, 12. 6. 1888 Budapest — 18. 4. 1945 (ermordet) KZ Mauthausen, OÖ; 212
Biedermann, Karl, 1890 Miskolc (Ung.) — 8. 4. 1945 Wien (hingerichtet), Widerstandskämpfer; 435
Billroth, Theodor, 26. 4. 1829 Bergen (Rügen) — 6. 2. 1894 Abbazia (Istrien), Chirurg; 399, 405
Blaschke, Wilhelm, 30. 9. 1885 Graz — 17. 3. 1962 Hamburg, Mathematiker; 20
Boeckl, Herbert, 3. 6. 1894 Klagenfurt — 20. 1. 1966 Wien, Maler; 163, 386 ff
Lit: C. Pack: Der Maler H. B., 1964
Böhler, Lorenz, 15. 1. 1885 Wolfurt/Vbg — 20. 1. 1973 Wien, Chirurg; 472 ff
Böhm-Bawerk, Eugen von, 12. 2. 1851 Brünn — 27. 8. 1914 Kramsach/T, Nationalökonom; 71 ff, 86, 206
Böhm, Johann, 26. 1. 1886 Stögersbach/NÖ — 13. 5. 1959 Wien, SPÖ-Politiker; 453, 463
Boltzmann, Ludwig, 20. 2. 1844 Wien — 5. 9. 1906 Duino b. Triest, Physiker; 193, 319, 397
Boroëvić von *Bojna*, Svetozar, 13. 12. 1856 Umetić (Kroat.) — 23. 5. 1920 Klagenfurt, Feldmarschall; 44
Brahms, Johannes, 7. 5. 1853 Hamburg — 3. 4. 1897 Wien, Komponist; 128, 134, 211, 317, 358, 365
Braun, Felix, 4. 11. 1885 Wien — 29. 11. 1973 Klosterneuburg, Dichter; 99, 443

Breitner, Hugo, 9. 11. 1873 Wien — 5. 3. 1946 Clairemont (Kaliforn.), soz.dem. Politiker; 279 ff

Brentano, Franz, 16. 1. 1838 Marienberg am Rhein — 17. 3. 1917 Zürich, Philosoph; 79 ff, 87 f, 312

Breuer, Josef, 15. 1. 1842 Wien — 20. 6. 1925 ebd., Internist; 175, 180 f

Broch, Hermann, 1. 11. 1886 Wien — 31. 5. 1951 New Haven (USA), Dichter; 332 ff
Lit: Manfred Durzak: H. B. — Der Dichter u. seine Zeit, 1968

Brod, Max, 27. 5. 1884 Prag — 20. 12. 1968 Tel Aviv, Schriftsteller; 207

Broda, Christian, 12. 3. 1916 Wien, SPÖ-Politiker; 441

Brücke, Ernst Wilhelm, 6. 6. 1819 Berlin — 7. 1. 1892 Wien, Physiologe; 178 f

Bruckner, Anton, 4. 9. 1824 Ansfelden/OÖ — 11. 10. 1896 Wien, Komponist; 127, 211, 371 ff, 378

Burckhard, Max, 14. 7. 1854 Korneuburg — 16. 3. 1912 Wien, Schriftsteller; 98

Buresch, Karl, 12. 10. 1878 Groß-Enzersdorf/NÖ — 16. 9. 1936 Wien, christl.soz. Politiker; 212

Buttinger, Joseph (Gustav Richter), 30. 4. 1906, Reichers (Bayern); 213

Carnap, Rudolf, 18. 5. 1891 Wuppertal — 14. 9. 1970 Santa Monica (USA), Philosoph; 320 f

Collmann, Alfred, 17. 4. 1851 Wien — 7. 4. 1937 ebd., Maschinenbauer; 19

Conrad von *Hötzendorf,* Franz Graf, 11. 11. 1852 Wien — 25. 8. 1925 Bad Mergentheim (Wttbg), österr.-ung. Feldherr; 34 f, 39 ff
Lit: O. Regele: Feldm. C., 1955

Csokor, Franz Theodor, 6. 9. 1885 Wien — 5. 1. 1969 Wien, Schriftsteller; 442

Czernin, Ottokar Graf, 26. 9. 1872 Dimokur (Böhm.) — 4. 4. 1932 Wien, Staatsmann; 26, 32 f, 38 f
Lit: Hans Friedl: O. G. C., in: Neue Ö-Biographie, Bd. 17, 1968

Danneberg, Robert, 23. 7. 1885 Wien — Dez. 1942 KZ Auschwitz, soz.dem. Politiker; 212, 280 ff

Defregger, Franz von, 30. 4. 1835 Stronach/T — 2. 1. 1921 München, Maler; 167 f

Deutsch, Julius, 2. 2. 1884 Lackenbach/Bgd — 17. 1. 1968 Wien, soz.dem. Politiker; 199, 444 ff

Deutsch, Otto Erich, 5. 9. 1883 Wien — 23. 11. 1967 ebd., Musikschriftsteller; 371

Dinghofer, Franz, 6. 4. 1873 Ottensheim — 12. 1. 1956 Wien, dt.nat. Politiker; 229, 242, 250

Doderer, Heimito von, 5. 9. 1896 Weidlingau b. W. — 23. 12. 1966 Wien, Schriftsteller; 466 ff
Lit: Dietrich Weber: H. v. D. — Studien zu seinem Romanwerk mit Biographie, 1963

Dollfuß, Engelbert, 4. 10. 1892 Texing/NÖ — 25. 7. 1934 Wien (ermordet), christl.soz. Politiker; 205, 211, 213 ff, 234 f, 278, 282, 302, 311, 452

Domanig, Karl, 3. 4. 1851 Sterzing/S-T — 9. 12. 1913 St. Michael bei Bozen, Dichter; 118
Domes, Franz 25. 6. 1863 Wien — 11. 7. 1930 ebd., soz.dem. Gewerkschaftsführer; 237
Dopsch, Alphons, 14. 6. 1868 Lobositz (Böhm.) — 1. 9. 1953 Wien, Wirtsch.- und Kulturhistoriker; 22
Dvorak, Max, 24. 6. 1874 Raudnitz (Böhm.) — 8. 2. 1921 Grusbach b. Znaim, Kunsthistoriker; 22

Economo, Constantin von, 21. 8. 1876 Braila (Rumänien) — 21. 10. 1931 Wien, Neurologe; 405 f
Egger-Lienz, Albin, 29. 1. 1868 Stribach bei Liezen — 4. 11. 1926 Zwölfmalgreien bei Bozen, Maler; 167 ff
Lit: J. Soyka: A. E-L., 1925
Ehrenfels, Christian von, 20. 6. 1859 Rodaun b. W — 8. 9. 1932 Lichtenau/NÖ, Philosoph; 83, 85, 87 ff
Ehrenstein, Albert, 22. 12. 1886 Wien — 7. 4. 1950 New York, Dichter; 24
Eifler, Alexander, (Edler v. Lobenstedt), 30. 5. 1890 Wien — 2. 1. 1945 im KZ, Stabschef des republikanischen Schutzbundes; 445
Eiselsberg, Anton, 31. 7. 1860 Schloß Steinhaus bei Wels — 25. 10. 1939 bei St. Valentin, Chirurg; 20
Eldersch, Matthias, 24. 2. 1869 Brünn (Mähr.) — 20. 4. 1931 Wien, soz.dem. Politiker; 225
Elisabeth, Kaiserin v. Ö. und Königin v. Ungarn, 24. 12. 1837 München — 10. 9. 1898 Genf (ermordet); 9 f
Ellenbogen, Wilhelm, 19. 7. 1863 Lundenburg — 24. 2. 1951 New York, soz.dem. Politiker; 58, 63 f
Emich, Friedrich, 5. 9. 1860 Graz — 22. 1. 1940 ebd., Chemiker; 430
Ender, Otto, 24. 12. 1875 Altach/Vbg — 25. 6. 1960 Bregenz, christl.soz. Politiker; 251
Eppinger, Hans, 5. 1. 1879 Prag — 26. 9. 1946 Wien, Internist; 206
Etrich, Igo, 25. 12. 1879 Oberaltstadt (Böhm.) — 4. 2. 1967 Salzburg, Pionier des Flugzeugbaues; 19
Exl, Ferdinand, 30. 5. 1875 Innsbruck — 28. 10. 1942 ebd., Schauspieler und Theaterleiter; 208
Exner, Franz, 24. 3. 1849 Wien — 15. 11. 1926 ebd., Physiker; 193, 391, 422
Exner, Wilhelm, 9. 4. 1840 Gänserndorf/NÖ — 25. 5. 1931 Wien, Technologe; 20, 396

Faistauer, Anton, 14. 2. 1887 St. Martin b. Lofer — 13. 2. 1930 Wien, Maler; 156, 164
Felder, Cajetan Frh. v., 19. 9. 1814 Wien — 30. 11. 1894 ebd., Bürgermeister v. W; 46
Ferstel, Heinrich Frh. v., 7. 7. 1828 Wien — 14. 7. 1883 ebd., Architekt; 145
Ficker, Julius von, 30. 4. 1826 Paderborn — 10. 7. 1902 Innsbruck, Historiker; 92

Ficker, Ludwig von, 13. 4. 1880 München — 20. 3. 1967 Mühlau b. Innsbruck, Schriftsteller; 115, 318
Figl, Leopold, 2. 10. 1902 Rust/NÖ — 9. 5. 1965 Wien, ÖVP-Politiker; 438, 456 ff, 463
Fink, Jodok, 19. 2. 1853 Andelsbuch/Vbg — 1. 7. 1929 ebd., christl.soz. Politiker; 198, 242 ff, 311
Fischer von Erlach, Johann Bernhard, 20. 7. 1656 St. Martin b. Graz — 5. 4. 1723 Wien, Baumeister; 137
Franz II. (I.), 12. 2. 1768 Florenz — 2. 3. 1835 Wien (als F. II. v. 1792—1806 röm.-dt. Kaiser, als F. I. seit 1804 österr. Kaiser); 91
Franz Ferdinand, Erzherzog von Ö., 18. 12. 1863 Graz — 28. 6. 1914 Sarajevo (ermordet), Thronfolger; 10, 14 f, 25, 31 f, 38, 41, 283, 393
Franz Joseph I., Kaiser von Ö. 18. 8. 1830 Wien-Schönbrunn — 21. 11. 1916 ebd.; 9 f, 29, 31, 37 f, 48, 140, 148, 449
Freud, Sigmund, 6. 5. 1856 Freiberg (Mähr.) — 23. 9. 1939 London, Begründ. d. Psychoanalyse; 24, 51, 102, 139 f, 141, 177 ff, 208, 295 ff, 337
Lit: Ernest Jones: Das Leben und Werk S. Fs., 3 Bde., 1960
Freund, Leopold, 4. 4. 1868 Miskovice (Böhm.) — 7. 1. 1943 Brüssel, Röntgenologe; 393, 395 ff
Lit: Ernst Ruckensteiner: In memoriam L. F. in: Radiologia austriaca, Bd. 12, 1961
Fried, Alfred Hermann, 11. 11. 1864 Wien — 21. 5. 1921 ebd., Publizist; 64, 66 ff
Friedell, Egon, 21. 1. 1878 Wien — 16. 3. 1938 ebd. (Selbstmord), Kulturhistoriker; 208
Frisch, Karl von, 20. 11. 1886 Wien, Tierpsychologe; 441
Fuchs, Ernst, 14. 6. 1851 Kritzendorf b. W — 21. 11. 1930 Wien, Augenarzt; 399
Funder, Friedrich, 1. 11. 1872 Graz — 19. 5. 1959 Wien, Journalist; 303
Fux, Johann Joseph, 1660 Hirtenfeld/St — 14. 2. 1741 Wien, Komponist; 370 f, 373

Gautsch, Paul Frh. v. Frankenthurn, 26. 2. 1851 Wien — 20. 4. 1918 ebd., Staatsmann; 29
Gegenbauer, Leopold, 2. 2. 1849 Asperhofen/NÖ — 3. 6. 1903 Gießhübl, Mathematiker; 20
Geramb, Viktor von, 24. 3. 1884 Deutschlandsberg/St — 8. 1. 1958 Graz, Volkskundler; 323 ff
Geßmann, Albert, 18. 1. 1852 Wien — 7. 7. 1920 Prein/NÖ, christl.soz. Politiker; 48, 304
Glaise-Horstenau, Edmund von, 27. 2. 1882 Braunau/OÖ — 12. 7. 1946 Lager Langwasser b. Nürnberg (Selbstmord), Generalarchivar u. nat.soz. Politiker; 216
Glöckel, Otto, 8. 2. 1874 Pottendorf/NÖ — 23. 7. 1935 Wien, soz.dem. Politiker; 282 f, 291, 319, 442
Goluchowski, Agenor d. J. Graf, 25. 3. 1849 Lemberg — 28. 3. 1921 ebd., Staatsmann; 33

Gruber, Karl, 3. 5. 1909 Innsbruck, ÖVP-Politiker; 436 f
Gruber, Max von, 6. 7. 1853 Wien — 16. 9. 1927 Berchtesgaden, Hygieniker; 400
Gusinde, Martin, 29. 10. 1886 Breslau — 18. 10. 1969 St. Gabriel/Mödling, Ethnologe; 21
Gussenbauer, Karl, 30. 10. 1842 Obervellach/K — 18. 6. 1903 Wien, Chirurg; 176
Gütersloh, Albert Paris, 5. 2. 1887 Wien — 16. 5. 1973 Baden b. W, Schriftsteller, Maler; 156, 164 f, 442, 469

Haberda, Albin, 29. 1. 1868 Bochnia (Galiz.) — 6. 12. 1933 Wien, Gerichtsmediziner; 206
Hainisch, Marianne, 25. 3. 1839 Baden b. W — 5. 5. 1936 Wien, Begründerin d. ö. Frauenbewegung; 229
Hainisch, Michael, 15. 8. 1858 Aue b. Schottwien — 26. 2. 1940 Wien, Bundespräsident, Sozial- und Wirtschaftspolitiker; 203, 226 ff, 277
Hanak, Anton, 22. 3. 1875 Brünn (Mähr.) — 7. 1. 1934 Wien, Bildhauer; 374 ff
Handel-Mazzetti, Enrica von, 10. 1. 1871 Wien — 8. 4. 1955 Linz, Schriftstellerin; 24
Handke, Peter, 6. 12. 1942 Griffen/K, Schriftsteller; 319
Hann, Julius, 23. 3. 1839 Schloß Haus/OÖ — 1. 10. 1921 Wien, Meteorologe; 21
Hansen, Theophil Frh. v., 13. 7. 1813 Kopenhagen — 17. 2. 1891 Wien, Architekt; 137, 153
Hanslick, Eduard, 11. 9. 1825 Prag — 6. 8. 1904 Baden b. W, Musikkritiker; 127, 134, 317, 371 ff
Hanusch, Ferdinand, 9. 11. 1866 Oberdorf (Schles.) — 28. 9. 1923 Wien, soz.dem. Politiker; 236 ff
Hartmann, Ludo (Ludwig) Moritz, 2. 3. 1865 Stuttgart — 14. 11. 1924 Wien, soz.dem. Politiker; 198, 283
Hasenauer, Karl Frh. v., 20. 7. 1833 Wien — 4. 1. 1894 ebd., Architekt; 154
Hasenöhrl, Friedrich, 30. 11. 1874 Wien — 7. 10. 1915 Vielgereuth/S-T, Physiker; 188 ff, 422
Hatschek, Ludwig, 9. 10. 1865 Olmütz (Mähr.) — 15. 7. 1914 Linz, Erfinder d. Asbestzement »Eternit«; 16
Hauser, Johann Nepomuk, 24. 3. 1866 Kopfing/OÖ — 8. 2. 1927 Linz, Prälat, christl.soz. Politiker; 198, 250
Häuser, Rudolf, 19. 3. 1909 Wien, SPÖ-Politiker; 441
Haydn, Joseph, 31. 3. 1732 Rohrau/NÖ — 31. 5. 1809 Wien, Komponist; 128
Heinl, Eduard, 9. 4. 1880 Wien — 10. 4. 1957 ebd., christl.soz. Politiker; 303
Hellmesberger, Josef jun., 9. 4. 1855 Wien — 26. 4. 1907 ebd., Komponist; 133
Helmer, Oskar, 16. 11. 1887 Tattendorf/NÖ — 13. 2. 1963 Wien, soz.dem. Politiker; 439, 447, 450 ff
Hemala, Franz, 17. 11. 1877 Brünn — 17. 10. 1943 Wien, christl.soz. Politiker; 309, 457, 462
Herzl, Theodor, 2. 5. 1860 Budapest — 3. 7. 1904 Edlach/NÖ, Begründer d. Zionismus; 15

Herzmanovsky-Orlando, Fritz, 30. 4. 1877 Wien — 27. 5. 1954 Schloß Rametz/S-T, Dichter; 442
Hess, Victor Franz, 24. 6. 1883 Schloß Waldstein/St — 17. 12. 1964 Mount Vernon b. New York, Physiker; 423 ff
Hevesi, Ludwig, 20. 12. 1842 Heves (Ung.) — 27. 2. 1910 Wien (Selbstmord), Kunstkritiker; 126, 144, 160
Hilferding, Rudolf, 10. 8. 1877 Wien — 11. 2. 1941 Paris, soz.dem. Politiker; 219
Hitler, Adolf, 20. 4. 1889 Braunau/OÖ — 30. 4. 1945 Berlin (Selbstmord), nat.soz. Politiker; 141, 211, 213, 215, 235, 279 f, 282, 332, 434, 447, 456
Hochenegg, Julius, 2. 8. 1859 Wien — 11. 5. 1940 ebd., Chirurg; 20, 473
Hoffmann, Josef, 15. 12. 1870 Pirnitz (Mähr.) — 7. 5. 1956 Wien, Architekt; 137, 143, 153 ff, 164, 376
Lit: L. Rochowanski: J. H., 1950
Hofmann, Eduard von, 27. 1. 1837 Prag — 27. 8. 1897 Abbazia, Gerichtsmediziner; 20, 206
Hofmannsthal, Hugo von, 1. 2. 1874 Wien — 15. 7. 1929 Rodaun b. W, Dichter; 98 ff, 208, 356
Lit: R. Alewyn: Über H. v. H., 1958
Hohenlohe-Schillingfürst, Konrad Prinz, 16. 12. 1863 Wien — 21. 12. 1918 Leoben, Staatsmann; 29
Hohlbaum, Robert, 28. 8. 1886 Jägerndorf (Ö-Schles.) — 4. 2. 1955 Graz, Schriftsteller; 207
Holzknecht, Guido, 3. 12. 1872 Wien — 30. 10. 1931 ebd., Röntgenologe; 392 ff
Lit: Ernst Georg Mayer: G. H. in: Große Österreicher, Bd. 12
Holzmeister, Clemens, 27. 3. 1886 Fulpmes/T, Architekt; 353
Hörbiger, Hanns, 29. 11. 1860 Wien — 11. 10. 1931 ebd., Techniker; 19
Horvath, Ödön von, 9. 12. 1901 Fiume — 1. 6. 1938 Paris, Dramatiker; 442
Huber, Alphons, 14. 10. 1834 Fügen/T — 23. 11. 1898 Wien, Historiker; 92 f
Hueber, Anton, 28. 9. 1861 Taus (Böhm.) — 9. 7. 1935 Wien, soz.dem. Politiker; 58
Hülgerth, Ludwig, 26. 1. 1875 — 13. 8. 1939 Rottenstein/K, Feldmarschallleutnant; 200
Hurdes, Felix, 9. 8. 1901 Bruneck/S-T, ÖVP-Politiker; 458, 460
Huth, Alfred, 30. 8. 1918 — 8. 4. 1945 Wien (hingerichtet), Widerstandskämpfer; 435
Hyrtl, Joseph, 7. 12. 1810 Eisenstadt — 17. 7. 1894 Perchtoldsdorf, Anatom; 289

Ilg, Albert, 11. 10. 1847 Wien — 28. 11. 1896 ebd., Kunsthistoriker; 22
Illner, Karl, 14. 7. 1877 Schatzlar (Böhm.) — 6. 8. 1935 Wien, Pilot u. Mechaniker; 19
Inama-Sternegg, Karl Theodor von, 20. 1. 1843 Augsburg — 28. 11. 1908 Innsbruck, Wirtsch.-Historiker u. Statistiker; 22
Innitzer, Theodor, 25. 12. 1875 Weipert (Böhm.) — 9. 10. 1955 Wien, Kardinal-Erzbischof; 232
Isaac, Heinrich, um 1450 Flandern — 1517 Florenz, Komponist; 360

Jägerstetter, Franz, 20. 5. 1907 St. Radegund/OÖ — 9. 8. 1943 Stadelheim b. München (hingerichtet); 435
Jonas, Franz, 4. 10. 1899 Wien — 24. 4. 1974 ebd., SPÖ-Politiker, Bundespräsident; 476 ff

Kafka, Franz, 3. 7. 1883 Prag — 3. 6. 1924 Kierling b. W, Dichter; 207, 332 ff
Lit: Max Brod: F. K. — Eine Biographie, 1954
Kaiser, Gustav, 28. 12. 1871 Theresienstadt — 5. 10. 1954 Hall/T, Röntgenologe; 391 ff
Lit: Konrad Weiss: In memoriam G. K. in: Radiologia austriaca, Bd. 8, 1955
Kaplan, Viktor, 27. 11. 1876 Mürzzuschlag — 23. 8. 1934 Unterach a. Attersee, Techniker; 19
Karl I., Kaiser von Ö, 17. 8. 1887 Persenbeug/NÖ — 1. 4. 1922 Funchal (Madeira); 23, 26 f, 38, 44, 200
Kastelic, Jakob, 4. 1. 1897 Wien — 2. 8. 1944 ebd. (hingerichtet); 435
Kautsky, Karl, 16. 10. 1854 Prag — 17. 10. 1938 Amsterdam, sozialist. Theoretiker; 256 ff
Kelsen, Hans, 11. 10. 1881 Prag — 19. 4. 1973 Kalifornien, Völkerrechtler; 199
Kienböck, Robert, 11. 1. 1871 Wien — 8. 9. 1953 ebd., Radiologe; 393 ff
Lit: Konrad Weiss: In memoriam R. K. in: Radiologia austriaca, Bd. 8, 1955
Kienböck, Viktor, 18. 1. 1873 Wien — 23. 11. 1956 ebd., christl.soz. Politiker; 229, 303
Klaus, Josef, 15. 8. 1910 Mauthen/K, ÖVP-Politiker; 440
Klimt, Gustav, 14. 7. 1862 Wien — 6. 2. 1918 ebd., Maler; 154, 156, 158 ff, 317, 376 f, 387 f
Lit: E. Pirchan: G. K., 1956
Knoller, Richard, 25. 4. 1869 Wien — 4. 3. 1926 ebd., Begründer d. Flugwissenschaft; 19
Koechel, Ludwig Ritter v., 14. 1. 1800 Stein/D. — 3. 6. 1877 Wien, Jurist, Natur- u. Musikwissenschafter; das Koechel-Verzeichnis d. Mozart-Werke; 370
Koerber, Ernest von, 6. 11. 1850 Trient — 5. 3. 1919 Baden b. W, Staatsmann; 28 ff
Kokoschka, Oskar, 1. 3. 1886 Pöchlarn/NÖ, Maler; 117, 139, 156, 163, 318, 387 f, 442
Kolbenheyer, Erwin Guido, 30. 12. 1878 Budapest — 12. 4. 1962 München, Philosoph u. Dichter; 207
Kolig, Anton, 1. 7. 1886 Neutitschein (Mähr.) — 17. 5. 1950 Nötsch/K, Maler; 163
Kolowrat, Alexander (Sascha) Graf K.-Krakowsky, 29. 1. 1896 New York — 4. 12. 1927 Wien, Filmpionier; 208
Koppers, Wilhelm SVD, 8. 2. 1886 Menzelen b. Xanten (Rhld.) — 23. 1. 1961 Wien, Völkerkundler; 21
Körner, Theodor, 24. 4. 1873 Komorn (Ung.) — 4. 1. 1957 Wien, Bundespräsident; 280, 443 ff, 451, 478 f

Kralik, Richard, 1. 10. 1852 Eleonorenhain (Böhm.) — 5. 2. 1934 Wien, Kulturphilosoph u. Literaturhistoriker; 24
Kranewitter, Franz, 18. 12. 1860 Nassereith/T — 4. 1. 1938 Innsbruck, Dramatiker; 118 ff
Kraus, Karl, 28. 4. 1874 Gitschin (Böhm.) — 12. 6. 1936 Wien, Sprach- u. Kulturkritiker; 104, 117, 139, 328 ff, 348
Lit: L. Liegler: K. K. u. sein Werk, 1920
Kreisky, Bruno, 22. 1. 1911 Wien, SPÖ-Politiker; 440
Kress, Wilhelm, 29. 7. 1836 St. Petersburg — 24. 2. 1913 Wien, Flugpionier; 19
Kubin, Alfred, 10. 4. 1877 Leitmeritz (Böhm.) — 20. 8. 1959 Schloß Zwickledt b. Schärding, Maler; 378 ff
Lit: Paul Raabe: A. K. — Leben, Werk, Wirkung, 1957
Kuhn, Richard, 3. 12. 1900 Wien — 31. 7. 1967 Heidelberg, Chemiker; 414 ff
Kunschak, Leopold, 11. 11. 1871 Wien — 13. 3. 1953 ebd., christl.soz. Politiker; 251, 303 ff, 457 f, 462

Landsteiner, Karl, 14. 6. 1868 Wien — 26. 6. 1943 New York, Mediziner; 399 ff
Lasker-Schüler, Else, 11. 2. 1869 Elberfeld (Wuppert.) — 22. 1. 1945 Jerusalem, Dichterin; 318
Lecher, Ernst, 1. 6. 1856 Wien — 19. 7. 1926 ebd., Physiker; 188, 194 f
Lederer, Karl, 22. 9. 1909 Wien — 10. 5. 1945 ebd. (hingerichtet); 435
Lehár, Franz, 30. 4. 1870 Komorn (Ung.) — 24. 10. 1948 Bad Ischl, Operettenkomponist; 211
Lieben, Robert von, 5. 9. 1878 Wien — 20. 2. 1913 ebd., Physiker; 188, 195 f
Liechtenstein, Alois Prinz, 18. 11. 1846 Prag — 25. 3. 1920 Wien, christl.soz. Politiker; 13, 48, 303
Loewi, Otto, 3. 6. 1873 Frankfurt/Main — 25. 12. 1961 New York, Physiologe; 408 ff
Loos, Adolf, 10. 12. 1870 Brünn — 23. 8. 1933 Kalksburg b. W, Architekt; 117, 143 ff, 155 ff, 318, 328, 332, 387
Lit: L. Münz u. G. Künstler: Der Architekt A. L., 1964
Lorenz, Adolf, 21. 4. 1854 Weidenau (Schles.) — 12. 2. 1946 Altenberg/NÖ, Orthopäde; 473
Lorenz Konrad, 7. 11. 1903 Altenberg a. d. Donau, Verhaltensforscher; 441
Lorenz, Ottokar, 17. 9. 1832 Iglau — 13. 5. 1904 Jena, Historiker; 92
Lueger, Karl, 24. 10. 1844 Wien — 10. 3. 1910 ebd., christl.soz. Politiker; 13, 46 ff, 61, 140, 275, 300, 303 f, 310 f

Mach, Ernst, 18. 2. 1838 Turas (Mähr.) — 19. 2. 1916 Haar b. München, Physiker, Philosoph; 175, 319
Mahler, Gustav, 7. 7. 1860 Kalischt (Böhm.) — 18. 5. 1911 Wien, Komponist; 125 ff, 317, 358, 367
Lit: Kurt Blaukopf: G. M., 1969
Maisel, Karl, 3. 11. 1890 Wien, SPÖ-Politiker; 241
Makart, Hans, 25. 9. 1840 Salzburg — 3. 10. 1884 Wien, Maler; 158
Maleta, Alfred, 15. 1. 1906 Mödling, ÖVP-Politiker; 455

Marcus, Siegfried, 18. 9. 1831 Malchin (Mecklenbg.) — 30. 6. 1898 Wien, Erfind. d. Automobils; 16
Margules, Max, 23. 4. 1856 Brody — 4. 10. 1920 Perchtoldsdorf, Meteorologe; 21
Marischka, Hubert, 27. 8. 1882 Wien — 4. 12. 1959 ebd., Schauspieler und Regisseur; 211
Meinong, Alexius Ritter v. Handschuchsheim, 17. 7. 1853 Lemberg (Galiz.) — 27. 11. 1920 Graz, Philosoph; 83 ff, 88
Lit: A. M. Selbstbiographie in: Philosophie d. Gegenwart in Selbstdarstellungen, 1. Bd., 1923
Meitner, Lise, 7. 11. 1878 Wien — 27. 10. 1968 Cambridge (Engld.), Physikerin; 427
Mell, Max, 10. 11. 1882 Marburg — 12. 12. 1971 Wien, Dichter; 99, 443
Menger, Carl, 23. 2. 1840 Neu-Sandez (Galiz.) — 26. 2. 1921 Wien, Nationalökonom; 67 ff, 86, 206, 320
Metternich, Klemens Wenzel Lothar Fürst v., 15. 5. 1773 Koblenz — 11. 6. 1859 Wien, Staatsmann; 91
Meynert, Theodor, 1833 Dresden — 31. 5. 1892, Mediziner; 179 f, 404 f
Michel, Robert, 24. 2. 1876 Chaberiče (Böhm.) — 12. 2. 1957 Wien, Schriftsteller; 118
Miklas, Wilhelm, 15. 10. 1872 Krems — 20. 3. 1956 Wien, Bundespräsident; 203, 217, 232 ff
Miloradić, Martin (Pseud. f. Mate Meršić), 19. 9. 1850 Frankenau/Bgd — 15. 2. 1928 Kroat.Kimling (Ung.), Priester, Volksführer d. bgld. Kroaten; 6
Mises, Ludwig, 29. 9. 1881 Lemberg (Galiz.) — 10. 10. 1973 New York, Nationalökonom; 72
Molisch, Hans, 6. 12. 1856 Brünn — 8. 12. 1937 Wien, Botaniker; 6, 430
Moll, Carl, 23. 4. 1861 Wien — 13. 4. 1945 ebd. (Selbstmord), Maler; 154
Moser, Kolo (Koloman), 30. 3. 1868 Wien — 18. 10. 1918 ebd., Maler; 154 f
Mottl, Felix, 24. 8. 1856 Wien — 2. 7. 1911 München, Dirigent u. Komponist; 372
Mozart, Wolfgang Amadeus, 27. 1. 1756 Salzburg — 5. 12. 1791 Wien, Komponist; 128, 476
Mühlbacher, Engelbert, 4. 10. 1843 Gresten — 17. 7. 1903 Wien, Historiker; 95
Müller-Guttenbrunn, Adam, 22. 10. 1852 Guttenbrunn (Banat) — 5. 1. 1923 Wien, Dichter; 22
Mundy, Jaromir Frh. v., 3. 10. 1822 Eichhorn (Mähr.) — 23. 8. 1894 Wien, Arzt; 405 f
Musil, Robert, 6. 11. 1880 Klagenfurt — 15. 4. 1942 Genf, Schriftsteller; 332 ff
Lit: E. Kaiser u. E. Wilkins: R. M., 1962

Nabl, Franz, 16. 7. 1883 Lautschin (Böhm.) — 19. 1. 1974 Graz, Dichter; 443
Nadler, Josef, 23. 5. 1884 Neudörfl (Böhm.) — 14. 1. 1963 Wien, Literaturhistoriker; 207
Nestroy, Johann, 7. 12. 1801 Wien — 25. 5. 1862 Graz, Dichter u. Schauspieler; 442

Nikisch, Artur, 12. 10. 1855 Lébény-Szent-Miklós (Ung.) — 23. 1. 1922 Leipzig, Dirigent; 372
Nothnagel, Hermann, 28. 9. 1841 Alt-Lietzegöricke (Brandenb.) — 7. 7. 1905 Wien, Internist; 179, 393
Nußbaumer, Otto, 31. 3. 1876 Wilten/T. — 5. 1. 1930 Salzburg, Physiker; 195

Oerley, Robert, 24. 8. 1876 Wien — 15. 11. 1945 ebd., Architekt; 156
Olah, Franz, 13. 3. 1910 Wien, Politiker; 440
Olbrich, Josef Maria, 22. 12. 1867 Troppau (Schles.) — 8. 8. 1908 Düsseldorf, Architekt; 137, 154
Orel, Anton, 17. 9. 1881 Wien — 11. 7. 1959 ebd., christl.soz. Politiker; 309

Pacher, Michael, um 1430 in Bruneck — 1498 Sbg, spätgot. Maler u. Bildschnitzer; 167
Pauli, Wolfgang, 25. 4. 1900 Wien — 15. 12. 1958 Zürich, Physiker; 431 ff
Peche, Dagobert, 3. 4. 1887 St. Michael i. Lungau/Sbg — 16. 4. 1923 Mödling, Graphiker; 156 f
Pernerstorfer, Engelbert, 27. 4. 1850 Wien — 6. 1. 1918 Wien, soz.dem. Politiker; 51, 61, 63, 282, 310
Lit: Günther Steinbach: E. P., 1964
Perutz, Max, 19. 5. 1914 Wien, Chemiker; 417 ff
Petzold, Alfons, 24. 9. 1882 Wien — 26. 1. 1923 Kitzbühel, Arbeiterdichter; 208
Pichler, Adolf, 4. 9. 1819 Erl/T — 15. 11. 1900 Innsbruck, Dichter; 119
Pirquet, Clemens, 12. 5. 1874 Hirschstetten/NÖ — 28. 2. 1929 Wien, Kinderarzt; 206
Pirquet, Guido, 30. 3. 1880 Hirschstetten/NÖ — 17. 4. 1966 Wien, Raketenfachmann; 207
Pittermann, Bruno, 3. 9. 1905 Wien, SPÖ-Politiker; 440
Pöch, Rudolf, 17. 4. 1870 Tarnopol (Galiz.) — 4. 3. 1921 Innsbruck, Ethnograph u. Forschungsreisender; 22
Podgorc, Valentin, 14. 2. 1867 St. Agnes/Völkermarkt — 29. 3. 1956 Klagenfurt, 251 ff
Polgar, Alfred, 17. 10. 1875 Wien — 24. 4. 1955 Zürich, Schriftsteller; 208
Politzer, Adam, 1. 10. 1835 Alberti (Ung.) — 10. 9. 1920 Wien, Ohrenarzt; 176
Pollak, Oscar, 7. 10. 1893 Wien — 28. 8. 1963 Hinterstoder/OÖ, soz.dem. Journalist; 213, 455
Porsche, Ferdinand, 3. 9. 1875 Maffersdorf (Böhm.) — 30. 1. 1951 Stuttgart, Auto-Konstrukteur; 16
Potocnik, Hermann (Pseud.: Hermann Noordung), 22. 12. 1892 Pola — 27. 7. 1929 Wien, Raketentechniker; 207
Powolny, Michael, 18. 9. 1871 Judenburg — 4. 1. 1954 Wien, Keramiker; 157
Pregl, Fritz, 3. 9. 1869 Laibach — 13. 12. 1930 Graz, Chemiker; 428 ff
Preradović, Paula, 12. 10. 1887 Wien — 25. 5. 1951 ebd., Dichterin; 442
Psenner, Ludwig, 19. 5. 1834 Bozen — 5. 2. 1917 Wien, christl.soz. Politiker; 48
Puch, Johann, 27. 6. 1862 Sakusak b. Pettau — 19. 7. 1914 Agram, Techniker; 19

Raab, Julius, 29. 11. 1891 St. Pölten/NÖ — 8. 1. 1964 Wien, Staatsmann, ÖVP-Politiker; 454, 457, 459 ff
Radinger, Johann von, 31. 7. 1842 Wien — 20. 11. 1901 ebd., Maschinenbauer; 19
Ramek, Rudolf, 12. 4. 1881 Teschen (Schles.) — 24. 6. 1941 Salzburg, christl.soz. Politiker; 205
Raschke, Rudolf, 21. 6. 1923 Bleiburg — 8. 4. 1945 Wien (hingerichtet), Widerstandskämpfer; 435
Redlich, Joseph, 18. 6. 1869 Göding (Mähr.) — 12. 11. 1936 Wien, Jurist und Politiker; 99
Redlich, Oswald, 17. 9. 1858 Innsbruck — 20. 1. 1944 Wien, Historiker; 91 ff
Lit: Leo Santifaller: O. R., 1948
Reich, Wilhelm, 24. 3. 1897 Dobrzcynica (Galiz.) — 3. 11. 1957 Lewisburg (USA), Psychoanalytiker; 295 ff
Reinhardt, Max, 9. 9. 1873 Baden b. Wien — 30. 10. 1943 New York, Regisseur; 99, 102, 352 ff
Reininger, Robert, 28. 9. 1869 Linz — 17. 6. 1955 Wien, Philosoph; 312 ff
Lit: Nachgel. philosoph. Aphorismen a. d. Jahren 1948—1954 m. vollst. Biographie in: Sitzungsberichte d. ö. Akademie d. Wissensch., philos.-histor. Klasse, 237. Bd., 1961
Reinthaller, Anton, 14. 4. 1895 Mettmach/OÖ — 6. 3. 1958 ebd., nat.soz. Politiker; 215
Reither, Josef, 26. 6. 1880 Langenrohr/NÖ — 30. 4. 1950 Tulln, christl.soz. Politiker; 212, 452, 458
Renner, Karl, 14. 12. 1870 Untertannowitz (Mähr.) — 31. 12. 1950 Wien, SPÖ-Politiker, Bundespräsident; 14, 62, 197, 199, 205, 212, 217 ff, 233, 249 f, 263 f, 270, 275, 302, 311 f, 435 f, 443, 451, 453, 458, 461, 465, 478
Lit: Jacques Hannak: K. R. u. seine Zeit, 1965
Resch, Josef, 28. 9. 1880 Wien — 6. 4. 1939 ebd., christl.soz. Politiker; 303
Reumann, Jakob, 31. 12. 1853 Wien — 29. 7. 1925 Klagenfurt, soz.dem. Politiker; 274 f, 277, 310
Richter, Hans, 4. 4. 1843 Raab (Ung.) — 5. 12. 1916 Bayreuth, Dirigent; 134
Rilke, Rainer Maria, 4. 12. 1875 Prag — 29. 12. 1926 Val Mont b. Montreux (Schweiz), Dichter; 109 ff, 318, 347 f, 350, 377
Lit: E. Mason: R. M. R., 1964
Rintelen, Anton, 15. 11. 1876 Graz — 28. 1. 1946 ebd., christl.soz. Politiker; 215
Rokitansky, Karl. Frh. v., 19. 2. 1804 Königgrätz (Böhm.) — 23. 7. 1878 Wien, Pathologe; 403 f
Roller, Alfred, 2. 10. 1864 Brünn — 21. 6. 1935 Wien, Bühnenbildner; 126, 355
Roth, Joseph, 2. 9. 1894 Schwabendorf b. Brody — 27. 5. 1939 Paris, Schriftsteller; 208
Rudolf, Kronprinz, 21. 8. 1858 Laxenburg — 30. 1. 1889 Mayerling; 10, 70, 275

Sauer, August, 12. 10. 1855 Wr. Neustadt — 17. 9. 1926 Prag, Literaturhistoriker; 207

Schärf, Adolf, 20. 4. 1890 Nikolsburg (Mähr.) — 28. 2. 1965 Wien, Bundespräsident, SPÖ-Politiker; 450 ff, 458, 476, 478
Schaukal, Richard von, 27. 5. 1874 Brünn — 10. 10. 1942 Wien, Dichter; 24
Schebesta, Paul-Joachim, SVD, 20. 3. 1887 Groß-Peterwitz (Schles.) bis 17. 9. 1968 Mödling b. W., Völkerkundler; 21
Scheicher, Josef, 18. 2. 1842 Lichtenhof/St — 28. 3. 1924 Wien, Theologe und christl.soz. Politiker; 48
Schiele, Egon, 12. 6. 1890 Tulln — 31. 10. 1918 Wien, Maler; 156, 162 ff, 387
Lit: E. Mitsch: E. Sch., 1961
Schindler, Franz Martin, 25. 1. 1847 Motzdorf (Böhm.) — 27. 10. 1922 Wien, christl.soz. Politiker; 48, 300, 304
Schlick, Moritz, 14. 4. 1882 Berlin — 22. 6. 1936 Wien (ermordet), Philosoph; 83, 319 ff
Schmidt, Franz, 22. 12. 1874 Preßburg — 11. 2. 1939 Perchtoldsdorf, Komponist; 208
Schmidt, Guido, 15. 1. 1901 Bludenz — 5. 12. 1957 Wien, christl.soz. Politiker; 216
Schmidt, Wilhelm, Pater SVD, 16. 2. 1868 Hörde (Westf.) — 10. 2. 1954 Freiburg (Schweiz), Völkerkundler; 21
Schmitz, Richard, 14. 12. 1885 Müglitz (Mähr.) — 27. 4. 1954 Wien, christl.soz. Politiker; 303
Schnitzler, Arthur, 15. 5. 1862 Wien — 21. 10. 1931 ebd., Dichter; 98, 104 ff, 159, 356
Lit: G. Baumann: A. Sch., 1965
Schober, Johann, 14. 11. 1874 Perg/OÖ — 19. 8. 1932 Baden b. W, Politiker; 200, 203 f, 231 f, 249, 281
Scholz, Roman Karl, 16. 1. 1912 Mähr.-Schönberg — 10. 5. 1944 Wien (hingerichtet), Augustinerchorherr u. Widerstandskämpfer; 435
Schönberg, Arnold, 13. 9. 1874 Wien — 14. 7. 1951 Los Angeles, Komponist; 139, 357 ff
Lit: Willi Reich: A. S. oder Der konservat. Revolutionär, 1968
Schönerer, Georg (Ritter von), 17. 7. 1842 Wien — 14. 8. 1921 Rosenau, dt.nat. Politiker; 13, 51, 233
Schönherr, Karl, 24. 2. 1867 Axams/T — 15. 3. 1943 Wien, Dichter; 118 ff
Schrödinger Erwin, 12. 8. 1887 Wien — 4. 1. 1961 ebd., Physiker; 420 ff, 431
Schubert, Franz, 31. 1. 1797 Wien — 19. 11. 1828 ebd., Komponist; 127, 135
Schuhmeier, Franz, 11. 7. 1864 Wien — 11. 2. 1913 ebd. (ermordet), soz.dem. Politiker; 58, 60 ff, 310
Lit: Helga Schmidt u. Felix Czeike: F. S., 1964
Schumpeter, Josef Alois, 8. 2. 1883 Triesch (Mähr.) — 8. 1. 1950 Taconic (USA), Volkswirtschaftler; 72, 206
Schuschnigg, Kurt, 14. 12. 1897 Riva/S-T, christl.soz. Politiker; 215, 217, 235, 461, 463
Sechter, Simon, 11. 10. 1788 Friedberg (Böhm.) — 10. 9. 1867 Wien, Musiktheoretiker, Komponist; 370

Seipel, Ignaz, 18. 7. 1876 Wien — 2. 8. 1932 Pernitz/NÖ, Priester u. Staatsmann; 201, 203 f, 231, 240, 250, 299 ff, 311, 460, 462, 465
Lit: Aug. Maria Knoll: I. S. in: Neue Ö-Biographie, Bd. 9, 1956
Seitz, Karl, 4. 9. 1869 Wien — 3. 2. 1950 ebd., soz.dem. Politiker; 229, 242, 274 ff, 451
Semper, Gottfried, 29. 11. 1803 Hamburg — 15. 5. 1879 Rom, Architekt; 137, 140 f
Seyß-Inquart, Arthur, 22. 7. 1892 Stannern (Mähr.) — 16. 10. 1946 Nürnberg (hingerichtet), nat.soz. Politiker; 215 ff, 235
Sickel, Theodor von, 8. 12. 1826 Aken (Sachs.) — 21. 4. 1908 Meran, Historiker; 92
Spann, Othmar, 1. 10. 1878 Altmannsdorf b. W — 8. 7. 1950 Neustift/Bgd, Nationalökonom; 207
Spitzer, Daniel, 3. 7. 1835 Wien — 11. 1. 1893 Meran, Schriftsteller; 329
Srbik, Heinrich von, 10. 11. 1878 Wien — 16. 2. 1951 Ehrwald, Historiker; 207
Starhemberg, Ernst Rüdiger Fürst, 10. 5. 1899 Eferding/OÖ — 15. 3. 1956 Schruns/Vbg, Heimwehr-Politiker; 205
Stefan, Josef, 24. 3. 1835 St. Peter b. Klagenfurt — 7. 1. 1893 Wien, Physiker; 193
Steinacher, Hans, 22. 5. 1892 Bleiburg — 10. 1. 1971 Klagenfurt; 200
Stelzhamer, Franz, 29. 11. 1802 Großpiesenham b. Ried/OÖ — 14. 7. 1874 Henndorf/Sbg, Mundartdichter; 378
Stifter, Adalbert, 23. 10. 1805 Oberplan (Böhm.) — 28. 1. 1868 Linz, Dichter; 97, 378
Strauß, Johann (Sohn), 25. 10. 1825 Wien — 3. 6. 1899 ebd., Komponist; 211
Strauss, Richard, 1. 6. 1864 München — 8. 9. 1949 Garmisch, Komponist; 99, 102, 126, 208, 356, 358
Stricker, Salomon, 1. 1. 1834 Waag-Neustadtl (Slowakei) — 2. 4. 1898 Wien, Physiologe; 407
Strnad, Oskar, 26. 10. 1879 Wien — 3. 9. 1935 Bad Aussee, Architekt; 156, 355
Strobl, Karl Hans, 18. 1. 1877 Iglau (Mäh.) — 10. 3. 1946 Perchtoldsdorf, Schriftsteller; 207
Stürgkh, Karl Graf, 30. 10. 1859 Graz — 21. 10. 1916 Wien (ermordet), Staatsmann; 38, 60, 264
Suttner, Arthur Gundaccar Frh. v., 21. 2. 1850 Wien — 10. 12. 1902 Schloß Harmansdorf, Schriftsteller; 65
Suttner, Bertha Freifrau v., 9. 6. 1843 Prag — 21. 6. 1914 Wien, Schriftstellerin, 64 ff, 141
Swieten, Gerard van, 7. 5. 1700 Leiden — 18. 6. 1772 Wien, Reformer d. med. Studiums u. Begründ. d. Erst. Wr. Med. Schule; 406

Taaffe, Eduard Graf, 24. 2. 1833 Wien — 29. 11. 1895 Ellischau (Böhm.), Staatsmann; 11, 13 ff, 28, 52
Tandler, Julius, 16. 2. 1869 Iglau (Mähr.) — 25. 8. 1936 Moskau, Anatom; 284 ff, 444

Teschner, Richard, 22. 3. 1879 Karlsbad (Böhm.) — 4. 7. 1948 Wien, Puppenspieler; 24
Thirring, Hans, 23. 3. 1888 Wien, Physiker; 441
Thun-Hohenstein, Leo Graf, 7. 4. 1811 Tetschen (Böhm.) — 17. 12. 1888 Wien, Staatsmann; 91
Trakl, Georg, 3. 2. 1887 Salzburg — 3./4. 11. 1914 Krakau (Galiz.), Dichter; 115 ff, 318, 347
Lit: E. Buschbeck: G. T., 1917
Tschermak-Seysenegg, Gustav, 19. 4. 1836 Littau (Mähr.) — 4. 5. 1927 Wien, Mineraloge; 21

Vaugoin, Carl, 8. 7. 1873 Wien — 10. 6. 1949 Krems, christl.soz. Politiker; 303, 444
Vogelsang, Carl Frh. v., 3. 9. 1818 Liegnitz (Schles.) — 8. 11. 1890 Wien, kath. Sozialpolitiker; 13, 32, 48, 300, 303 f

Wagner-Jauregg, Julius, 7. 3. 1857 Wels — 27. 9. 1940 Wien, Mediziner; 395, 403 ff
Wagner, Otto, 13. 7. 1841 Wien — 11. 4. 1918 ebd., Architekt; 136 ff, 148, 154 f
Wallack, Franz Friedrich, 24. 8. 1887 Wien — 31. 10. 1966 St. Johann/Pongau, Straßenbauer; 206
Webern, Anton, 3. 12. 1883 Wien — 13. 9. 1945 Mittersill, Komponist; 357, 360 ff
Lit: Walter Kolneder: A. W. Einführung in Werk u. Stil, 1961
Weichselbaum, Anton, 8. 2. 1845 Schiltern/NÖ — 22. 10. 1920 Wien, Anatom; 400
Weinberger, Louis, 22. 6. 1902 Markt Eisenstein (Böhm.) — 17. 3. 1961 Wien, ÖVP-Politiker; 457
Weinheber, Josef, 9. 3. 1892 Wien — 8. 4. 1945 Kirchstetten/NÖ, Lyriker; 346 ff
Weininger, Otto, 3. 4. 1880 Wien — 4. 10. 1903 ebd. (Selbstmord), Philosoph; 467
Weißenbach, Alois, 1. 3. 1766 Telfs/T — 26. 10. 1821 Salzburg, Schriftsteller, Chirurg; 119
Wels, Franz Xaver, 10. 2. 1873 Marburg — 18. 10. 1940 Wien, Pionier des Flugzeugbaues; 19
Wenckebach, Karl Friedrich, 24. 3. 1864 Haag (Holland) — 11. 11. 1940 Wien, Internist; 206
Werfel, Franz, 10. 9. 1890 Prag — 26. 8. 1945 Beverly Hills (Kaliforn.), Dichter; 117, 207
Wickhoff, Franz, 7. 5. 1853 Steyr — 6. 4. 1909 Venedig, Kunsthistoriker; 22
Wiegele, Franz, 23. 2. 1887 Nötsch/K — 17. 12. 1944 ebd., Maler; 164
Wieser, Friedrich Frh. v., 10. 7. 1851 Wien — 22. 7. 1926 St. Gilgen, Nationalökonom; 68, 71 ff, 86, 206
Wildgans, Anton, 17. 4. 1881 Wien — 3. 5. 1932 Mödling, Dichter; 208, 348
Winter, Ernst Karl, 1. 9. 1895 Wien — 4. 2. 1959 ebd., Soziologe; 214

Wittgenstein, Ludwig Joseph Johann, 26. 4. 1889 Wien — 29. 4. 1951 Cambridge, Philosoph; 317 ff
Witzmann, Carl, 26. 9. 1883 Wien — 30. 8. 1952 ebd., Architekt u. Bühnenbildner; 156
Wolf, Hugo, 13. 3. 1860 Windischgrätz — 22. 2. 1903 Wien, Komponist; 128 ff, 371
Lit: F. Walker: H. W., 1953
Wotruba, Fritz, 23. 4. 1907 Wien, Bildhauer; 374

Zdarsky, Matthias, 25. 2. 1856 Trebitsch (Mähr.) — 20. 6. 1940 St. Pölten, Begründer d. alpinen Skilauftechnik; 20
Zechner, Leopold, 26. 6. 1884 Wien — 6. 12. 1968 ebd., Pädagoge; 441
Zernatto, Guido, 21. 7. 1903 Treffen/K — 8. 2. 1943 New York, Lyriker, VF-Politiker; 442
Zsigmondy, Richard, 1. 4. 1865 Wien — 23. 9. 1929 Göttingen, Chemiker; 411 ff
Zuckerkandl, Emil, 1. 9. 1849 Raab (Ung.) — 28. 5. 1910 Wien, Anatom; 289
Zweig, Stefan, 28. 11. 1881 Wien — 22. 2. 1942 Petropolis/Brasilien (Selbstmord), Schriftsteller; 208

Verzeichnis der Abbildungen

17 Gustav Klimt, Oberösterreichisches Bauernhaus *(Österreichische Galerie)*
35 Egon Schiele, Frau mit zwei Kindern *(Österreichische Galerie)*
53 1. Mai 1890. Die Arbeiter marschieren in die Innenstadt *(Zeitungsbild, Archiv der Arbeiter-Zeitung)*
54 Victor Adler *(Bildarchiv d. Öst. Nationalbibliothek)*
Franz Schuhmeier *(Bildarchiv d. Öst. Nationalbibliothek)*
55 Karl Lueger *(Bildarchiv d. Öst. Nationalbibliothek)*
Max Vladimir Freiherr von Beck *(Bildarchiv d. Öst. Nationalbibliothek)*
56 Wahlrechtsdemonstration November 1905 *(Foto Lechner, Wien)*
73 Franz Graf Conrad von Hötzendorf *(Bildarchiv d. Öst. Nationalbibliothek)*
Kaiser Franz Joseph I., Foto um 1910 *(Bildarchiv d. Öst. Nationalbibliothek)*
74 Die Festnahme des Attentäters Gabriel Princip *(Bildarchiv d. Öst. Nationalbibliothek)*
75 Ausmarsch eines Honved-Regiments *(Heeresgeschichtliches Museum)*
76 Untergang des Flaggschiffes »Viribus Unitis« *(Öst. Nationalbibliothek)*
93 Albin Egger-Lienz, Anno 9 (Der Totentanz von 1809) *(Österreichische Galerie)*
111 Anton Faistauer, Ajaccio *(Österreichische Galerie)*
129 Georg Trakl *(Bildarchiv d. Öst. Nationalbibliothek)*
Rainer Maria Rilke *(Bildarchiv d. Öst. Nationalbibliothek)*
130 Hugo Wolf *(Bildarchiv d. Öst. Nationalbibliothek)*
131 Gustav Mahler *(Bildarchiv d. Öst. Nationalbibliothek)*
132 Hugo von Hofmannsthal *(Bildarchiv d. Öst. Nationalbibliothek)*
Arthur Schnitzler *(Bildarchiv d. Öst. Nationalbibliothek)*

149 Otto Wagner, Villa, Wien XIV, Hüttelbergstraße 26 *(Bildarchiv d. Öst. Nationalbibliothek)*
150 Otto Wagner, Postsparkassenamt *(Bildarchiv d. Öst. Nationalbibliothek)*
151 Adolf Loos, Haus am Michaelerplatz *(Bildarchiv d. Öst. Nationalbibliothek)*
152 Josef Hoffmann *(Bildarchiv d. Öst. Nationalbibliothek)*
169 Kaplan-Turbine *(Foto Handsur, Wien)*
170 Eduard von Hofmann (Bildarchiv d. Öst. Nationalbibliothek)
Guido Holzknecht *(Bildarchiv d. Öst. Nationalbibliothek)*
171 Sigmund Freud *(Bildarchiv d. Öst. Nationalbibliothek)*
Lorenz Böhler *(Foto Rubelt, Wien)*
172 Benzinautomobil von Siegfried Marcus *(Bildarchiv d. Öst. Nationalbibliothek)*
Etrichtaube *(Bildarchiv d. Öst. Nationalbibliothek)*
189 Szenenbild aus Franz Lehárs »Wo die Lerche singt« *(Bildarchiv d. Öst. Nationalbibliothek)*
190 Szenenbild aus Karl Schönherrs »Frau Suitner« *(Bildarchiv d. Öst. Nationalbibliothek)*
191 Szenenbild aus Hugo von Hofmannsthals »Jedermann« *(Bildarchiv d. Öst. Nationalbibliothek)*
192 Szenenbild aus Sascha Kolowrats Film »Die Sklavenkönigin« *(Österreichisches Filmarchiv)*
209 Anton Kolig, Familie des Künstlers *(Österreichische Galerie)*
227 Alfred Kubin, Das Schlangenalb *(Nymphenburger Verlagshandlung)*
245 Ausrufung der Republik *(Bildarchiv d. Öst. Nationalbibliothek)*
246 Karl Seitz *(Bildarchiv d. Öst. Nationalbibliothek)*
Karl Renner *(Bildarchiv d. Öst. Nationalbibliothek)*
247 Michael Hainisch *(Bildarchiv d. Öst. Nationalbibliothek)*
Wilhelm Miklas *(Bildarchiv d. Öst. Nationalbibliothek)*
248 Otto Bauer *(Bildarchiv d. Öst. Nationalbibliothek)*
Ignaz Seipel *(Bildarchiv d. Öst. Nationalbibliothek)*
265 Julius Tandler *(Bildarchiv d. Öst. Nationalbibliothek)*
Ferdinand Hanusch *(Bildarchiv d. Öst. Nationalbibliothek)*
Robert Danneberg *(Bildarchiv d. Öst. Nationalbibliothek)*
Otto Glöckel *(Bildarchiv d. Öst. Nationalbibliothek)*
266 Reumannhof *(Foto Mack, Wien)*
267 Anton Hanak, Magna Mater *(Bildarchiv d. Öst. Nationalbibliothek)*
268 Jodok Fink *(Bildarchiv d. Öst. Nationalbibliothek)*
Leopold Kunschak *(Bildarchiv d. Öst. Nationalbibliothek)*
285 Demonstration vor dem Justizpalast *(Bildarchiv d. Öst. Nationalbibliothek)*
286 Besetzung des Wiener Rathauses *(Bildarchiv des Sozialist. Verlages)*
287 Ständehuldigung vor dem Wiener Rathaus *(Bildarchiv d. Öst. Nationalbibliothek)*
288 Hitlers Einmarsch in Wien *(Bildarchiv der Arbeiter-Zeitung)*
305 Bertha von Suttner *(Bildarchiv d. Öst. Nationalbibliothek)*
Alfred H. Fried *(Bildarchiv d. Öst. Nationalbibliothek)*
Robert Bárány *(Bildarchiv d. Öst. Nationalbibliothek)*
Fritz Pregl *(Bildarchiv d. Öst. Nationalbibliothek)*

306 Richard Zsigmondy *(Bildarchiv d. Öst. Nationalbibliothek)*
Julius Wagner-Jauregg *(Bildarchiv d. Öst. Nationalbibliothek)*
Karl Landsteiner *(Bildarchiv d. Öst. Nationalbibliothek)*
Erwin Schrödinger *(Bildarchiv d. Öst. Nationalbibliothek)*
307 Victor Franz Hess *(Bildarchiv d. Öst. Nationalbibliothek)*
Otto Loewi *(Bildarchiv d. Öst. Nationalbibliothek)*
Richard Kuhn *(Bildarchiv d. Öst. Nationalbibliothek)*
Wolfgang Pauli *(Bildarchiv d. Öst. Nationalbibliothek)*
308 Max F. Perutz *(Bildarchiv d. Öst. Nationalbibliothek)*
Karl von Frisch *(Votavafoto, Wien)*
Konrad Lorenz *(Votavafoto, Wien)*
325 Oskar Kokoschka, Linzer Landschaft *(Neue Galerie der Stadt Linz, Wolfgang-Gurlitt-Museum)*
343 Herbert Boeckl, Dominikaner *(Österreichische Galerie)*
361 Hermann Broch *(Bildarchiv d. Öst. Nationalbibliothek)*
Franz Kafka *(aus: Kafka und Prag, Belser Verlag Stuttgart)*
362 Arnold Schönberg *(Bildarchiv d. Öst. Nationalbibliothek)*
Noten: *(Öst. Nationalbibliothek, Musiksammlung)*
363 Alban Berg *(Bildarchiv d. Öst. Nationalbibliothek)*
Noten: *(Öst. Nationalbibliothek, Musiksammlung)*
364 Robert Musil *(Bildarchiv d. Öst. Nationalbibliothek)*
Heimito von Doderer *(Foto Breicha, Wien)*
381 Provisorische Regierung Renner *(Votavafoto, Wien)*
382 Theodor Körner *(Institut für Zeitgeschichte)*
Oskar Helmer *(Archiv der Arbeiter-Zeitung)*
383 Leopold Figl *(Foto Pflaum, Wien)*
Julius Raab *(Foto Pflaum, Wien)*
384 Adolf Schärf *(Bildarchiv d. Öst. Nationalbibliothek)*
Franz Jonas *(Archiv Präsidentschaftskanzlei)*

Gesamtnamenregister

Abel, Othenio, III/206
Abraham a Santa Clara, I/185; II/264
Adalbert der Siegreiche, I/12
Adametz, Leopold, III/21
Adler, Alfred, III/183
Adler, Friedrich, III/59 f, 199, 222, 254, 263 f, 281
Adler, Guido, III/360, 370 ff
Adler, Max, III/219, 254, 263, 271 f
Adler, Victor, II/255; III/12, 50 ff, 62, 197, 218, 222, 226, 240, 257 ff, 261 f, 270, 275 ff, 310, 330, 445, 476
Adolph, Johann Baptist, I/253, 261
Aehrenthal, Aloys Lexa Graf, III/31, 33 ff, 41
Afritsch, Anton, III/291 ff
Aicher, Anton, III/24
Albert III. von Tirol, I/20
Albert, Eduard, II/369, 378; III/399
Albrecht I. von Habsburg, I/47, 48, 57 f, 62, 65 f
Albrecht II., der Weise, von Habsburg, I/48, 50, 63, 68, 70, 81, 86
Albrecht III. von Habsburg, I/48, 51, 66, 69, 81
Albrecht V. von Habsburg, I/49, 71, 78
Albrecht VI. von Habsburg, I/49, 71, 79
Albrecht, Erzherzog, II/162, 181 ff, 203
Albrechtsberger, Johann Georg, I/272; III/370
Alexander I., Zar, I/371 f, 376
Alt, Franz, II/322
Alt, Jakob, II/320
Alt, Rudolf von, II/313, 319 ff
Alt, Salome, I/124
Altenberg, Peter, III/24, 90, 104, 367
Altmütter, Georg, II/143
Altomonte, Bartholomeo, I/336
Amerling, Friedrich von, II/16, 114, 119 f
Andrian-Werburg, Leopold von, III/98 f
Andrian-Werburg, Viktor Frh. von, II/161
Anich, Peter, I/352 ff
Anschütz, Heinrich, II/78
Anzengruber, Ludwig, II/264 ff, 281 f, 289; III/120
Apafy, Michael I., Fürst von Siebenbürgen, I/183
Arneth, Alfred von, II/230; III/91, 97
Arzberger Johann, II/142
Auenbrugger, Leopold von, I/338 ff; II/357 f
Auer von Welsbach, Carl, III/184 ff
Auersperg, Adolf Fürst, II/229
Auersperg, Karl (Carlos) Fürst, II/212, 226
Austerlitz, Friedrich, III/262, 271, 330
Ava, I/13

Bach, Alexander, Frh. von, II/166, 176, 198, 200, 202 f, 237
Bachmann, Ingeborg, III/319
Badeni, Kasimir Graf, III/11, 14, 28
Bahr, Hermann, III/22 f, 98 f, 104, 117
Bárány, Robert, III/174 ff
Bartenstein, Johann Christoph Frh. von, I/280
Bauer, Otto, III/14, 197 ff, 202, 204 f, 212 f, 218, 221 f, 224 f, 249 f, 254, 258 ff, 275, 302, 445
Bäuerle, Adolf, II/16, 40, 78 ff, 81
Bauernfeld, Eduard von, II/16, 21, 215, 262, 283
Baumgartner, Andreas, Frh. von, II/51 f, 145
Baumkircher, Andreas von, I/70
Becher, Alfred, I/168
Becher, Johann Joachim, II/199 ff
Beck, Max Vladimir Frh. von, III/28 ff, 277
Becke, Friedrich, III/21
Beer, Johann, I/238 ff, 244
Beer, Michael, I/223 ff

Beer von Bleichten, Franz, I/224, 225 f, 229
Beer von Bleichten, Johann Michael, I/224, 226
Beer-Hofmann, Richard, III/98, 104, 356
Beethoven, Ludwig van, I/272, 316, 327, 329; II/15, 86 ff, 96, 327 f, 334, 342, 346, 376; III/128 f, 160,370
Beheim, Michael, I/86
Belcredi, Ekbert Graf, II/253 f; III/13
Belcredi, Richard Graf, II/225
Benedek, Ludwig von, II/181 ff, 202 f
Berchtold, Leopold Graf, III/37 f
Berg, Alban, III/357, 367 ff
Berger, Johann Nepomuk, II/241
Bernaschek, Richard, III/212
Bernhard, Graf von Spanheim, I/21
Beust, Ferdinand Graf, II/225, 229, 233
Beuttler, Clemens, I/161 ff
Biedermann, Karl, III/435
Biegeleben, Ludwig Frh. von, II/202 f, 204 f
Biener, Wilhelm, I/182
Billroth, Theodor, II/147, 339, 365, 369, 373 ff; III/399, 405
Birkenstock, Johann Melchior Frh. von, I/372
Blaschke, Wilhelm, III/20
Bleckmann, Johann Heinrich, II/223
Blum, Robert, II/168
Blumenbach-Wabruschek, Wenzel, II/156, 157 ff
Boeckl, Herbert, III/163, 386 ff
Böhler, Albert, II/232
Böhler, Lorenz, III/472 ff
Böhm-Bawerk, Eugen von, III/71 ff, 86, 206
Böhm, Johann, III/453, 463
Boltzmann, Ludwig, II/387 ff; III/193, 319, 397
Bolzano, Bernhard, II/26, 177, 234, 351
Bonitz, Hermann, II/177, 197
Bonno, Giuseppe, I/328
Boroëvić von Bojna, Svetozar, III/44
Brahms, Johannes, II/329, 337, 339 ff, 376; III/128, 134, 211, 317, 358, 365
Braun, Felix, III/99, 443
Breitner, Hugo, III/279 ff
Brenner, Martin, I/161
Brentano, Franz, III/79 ff, 87 f, 312
Breuer, Josef, III/175, 180 f
Broch, Hermann, III/332 ff
Brockmann, Johann Franz Hieronymus, I/330 ff
Brod, Max, III/207
Broda, Christian, III/441
Bruck, Karl Ludwig Frh. von, II/174, 178, 180
Brücke, Ernst Wilhelm, II/368 f; III/178 f
Bruckner, Anton, II/16, 100, 330 ff, 340; III/127, 211, 371 ff, 378
Brunner, Sebastian, II/163 f
Buol-Schauenstein, Karl Graf, II/202
Buquoi, Johann Graf von, I/297
Burckhard, Max, II/274; III/98
Buresch, Karl, III/212
Burnacini, Giovanni, I/255
Burnacini, Ludovico Ottavio, I/255 ff
Buttinger, Joseph (Gustav Richter), III/213

Caldara, Antonio, I/265
Carl, Carl (eigentl. Karl von Bernbrunn), II/47
Carl, Erzherzog, II/11, 123, 184
Carnap, Rudolf, III/320 f
Castelli, Ignaz, II/66
Castle, Eduard, II/59, 63, 274
Celtis, Konrad (eigentl. Pickel), I/142 ff
Chasteler, Johann Gabriel Marquis von, I/404
Chnab, Michael, I/101
Christen, Ada (eigentl. Christiane v. Breden), II/274
Cobenzl, Ludwig Graf, I/370
Cobenzl, Philipp Graf, I/366
Coch, Georg, II/411 ff
Collin, Heinrich von, II/66

Collmann, Alfred, III/19
Colloredo, Franz Graf, I/370, 389
Colloredo, Hieronymus Graf, I/124,284
Conrad von Hötzendorf, Franz Graf, III/34 f, 39 ff
Costenoble, Karl Ludwig, II/48, 80
Csokor, Franz Theodor, III/442
Cuspinianus, Johannes (eigentl. J. Spießhaimer), I/101, 104, 117, 142, 144, 146
Czapka (von Winstetten), Ignaz, II/146
Czermak, Johann Nepomuk, II/367
Czernin, Johann Rudolf Graf, II/71
Czernin, Ottokar Graf, III/26, 32, 33, 38 f
Czerny, Karl, II/327
Czerny, Vincenz, II/377 ff

Daffinger, Moritz Michael, II/16
Danhauser, Joseph, II/16, 109, 114, 120
Danneberg, Robert, III/212, 280 ff
Daun, Leopold Joseph Graf, I/278, 303 ff
Deák, Franz von, II/224 f
Defregger, Franz von, III/167 f
Deinhardstein, Johann Ludwig, II/214
Deubler, Konrad, II/273
Deutsch, Julius, III/199, 444 ff
Deutsch, Otto Erich, III/371
Dietmar von Aist, I/38, 80
Dingelstedt, Franz Frh. von, II/213 ff
Dinghofer, Franz, III/229, 242, 250
Doblhoff, Anton Frh. von, II/161, 166
Doderer, Heimito von, III/466 ff
Dollfuß, Engelbert, III/205, 211, 213 ff, 234 f, 278, 282, 302, 311, 452
Domanig, Karl, III/118
Domes, Franz, III/237
Donner, Georg Raphael, I/229 ff, 234; II/102
Doppler, Christian, II/388
Dopsch, Alphons, III/22
Duile, Josef, II/134
Dumreicher, Johann, II/377 ff
Dvorak, Max, III/22

Ebendorfer, Thomas (Ebendorffer v. Hasselbach), I/48, 80
Eberhard II., Graf v. Waldburg, I/19
Ebner-Eschenbach, Marie Freifrau von, II/264 ff
Economo, Constantin von, III/405 f
Egger-Lienz, Albin, III/167 ff
Ehrenfels, Christian von, III/83, 85, 87 ff
Ehrenstein, Albert, III/24
Eifler, Alexander, Edler von Lobenstedt, III/445
Eiselsberg, Anton, III/20
Eitelberger, Rudolf von, II/298 ff
Eldersch, Matthias, III/225
Elisabeth, Kaiserin von Österreich, III/9 f
Elisabeth I., Zarin von Rußland, I/276
Ellenbogen, Wilhelm, III/58, 63 f
Elßler, Fanny, II/83 ff
Emich, Friedrich, III/430
Ender, Otto, III/251
Enikel, Jans (auch Enenkel, Enichel), I/22, 86
Ennöckl, Katharina, II/78, 80, 82
Eppinger, Hans, III/206
Ernst der Eiserne, I/49, 70
Etrich, Igo, III/19
Ettingshausen, Johannes Frh. von, II/388
Eugen, Prinz von Savoyen, I/103, 187, 193, 195 f, 213 ff, 273, 278, 291 f, 309 f
Exl, Ferdinand, III/208
Exner, Franz, III/193, 391, 422
Exner, Wilhelm, III/20, 396
Eybel, Josef, I/284, 303
Eyczing, Ulrich von, I/71, 77 ff

Fabricius, Paulus, I/102
Fadinger, Stephan, I/108, 137
Faistauer, Anton, III/156, 164
Fallmerayer, Jakob Philipp, II/22 ff
Felbiger, Johann Ignaz von, I/281 f
Felder, Cajetan Frh. von, II/240 ff; III/46

Felder, Franz Michael, II/256 ff
Fellner, Ferdinand, II/310
Fendi, Peter, II/16, 110, 114
Fenzl, Eduard, II/218, 402
Ferdinand I., röm.-dt. Kaiser, I/100, 102, 103 f, 106 ff, 118, 120 ff, 127, 153
Ferdinand I., österr. Kaiser, I/390; II/11, 85, 134, 138 f, 146, 157, 175 f
Ferdinand II., röm.-dt. Kaiser, I/127, 133, 136 f, 157
Ferdinand III., röm.-dt. Kaiser, I/99, 103 f, 108, 110, 182, 198 f, 255
Ferstel, Heinrich Frh. von, II/293, 298 ff, 303; III/145
Ficker, Julius von, III/92
Ficker, Ludwig von, III/115, 318
Figl, Leopold, III/438, 456 ff, 463
Fink, Jodok, III/198, 242 ff, 311
Fischer von *Erlach*, Johann Bernhard, I/206 ff, 211 ff, 213 f, 219, 221 f, 225, 229, 233; II/123, 309; III/137
Fischer von *Erlach*, Joseph Emanuel, I/212
Fischhof, Adolf, II/207
Förster, Ludwig Christian Friedrich, II/294 f
Frank, Johann Peter, I/341, 345
Franz I., röm.-dt. Kaiser, I/274 f, 281, 290 f, 294 ff, 359, 379, 392
Franz II. (I.), röm.-dt. (österr.) Kaiser, I/346, 348, 366, 370, 386 ff, 392 f, 396, 405, 410; II/10, 133, 153, 155; III/91
Franz Ferdinand, Erzherzog von Österreich, II/195; III/10, 14 f, 25, 31 f, 38, 41, 283, 393
Franz Joseph I., Kaiser von Österreich, II/120, 175 ff, 179 f, 183, 188, 200, 203 f, 225, 235, 237, 298, 303, 313; III/9 f, 29, 31, 37 f, 48, 140, 148, 449
Freud, Sigmund, III/24, 51, 102, 139 f, 141, 177 ff, 208, 295 ff, 337
Freund, Leopold, III/393, 395 ff
Fried, Alfred Hermann, III/64, 66 ff
Friedel, Ehrenbert Xaver SJ, I/165
Friedell, Egon, III/208
Friedrich II., stauf. Kaiser, I/15, 19, 27, 39, 41, 45, 52, 57
Friedrich I., Barbarossa, stauf. Kaiser, I/24, 26 f
Friedrich I., Babenberger-Herzog, I/26, 39
Friedrich II., der Streitbare, Babenberger-Herzog, I/14 f, 28, 45, 68
Friedrich IV., Herzog von Tirol, I/70
Friedrich I., der Schöne, deutscher König, I/51
Friedrich III., röm.-dt. Kaiser, I/23, 49 ff, 69 ff, 78 f, 95, 142 f, 175
Friedrich II., König von Preußen, I/273 f, 276, 283, 290 f, 295, 300, 303, 309
Friedrich Wilhelm III., König von Preußen, I/372, 378, 385
Frisch, Karl von, III/441
Frueauf, Rueland, d. Ä., I/167 ff
Frueauf, Rueland, d. J., I/167 ff
Fuchs, Ernst, III/399
Füger, Heinrich Friedrich, II/101 ff
Führich, Josef von, II/116 ff
Funder, Friedrich, III/303
Fux, Johann Joseph, I/264 ff; III/370 f, 373

Gaismair, Michael, I/107
Galli-Bibiena, Antonio, I/255
Galli-Bibiena, Fernando, I/255
Galli-Bibiena, Giuseppe, I/255
Gallmeyer, Josephine, II/297 ff
Gassmann, Florian, I/327
Gauermann, Friedrich, II/108 ff
Gautsch, Paul Frh. von Frankenthurn, III/29
Gegenbauer, Leopold, III/20
Geistinger, Marie, II/279 ff, 349 f
Gentz, Friedrich von, I/372, 390, 402; II/84, 238
Geramb, Viktor von, III/323 ff
Gerhoch von Reichersberg, I/14
Gerstner, Franz Anton von, II/134, 138, 141
Geßmann, Albert, III/48, 304

Ghega, Carl Ritter von, II/135, 137 ff
Giuliani, Giovanni, I/229, 232
Glaise-Horstenau, Edmund von, III/216
Glaser, Julius, II/197, 211
Gleich, Joseph Alois, II/78, 399
Gleich-Raimund, Louise, II/27, 80
Glöckel, Otto, III/282 f, 291, 319, 442
Gluck, Christoph Willibald, I/312 ff, 319, 327 f, 329
Goluchowski, Agenor d. Ä. Graf, II/180 f, 203
Goluchowski, Agenor d. J. Graf, III/33
Gran, Daniel, I/236 f, 333, 336
Greiffenberg, Catharina Regina von, I/244 ff
Grillparzer, Franz, II/13, 16, 21, 31 ff, 39, 43, 63, 67, 71 f, 81, 85, 92, 165, 184, 214, 217, 269, 356
Gruber, Karl, III/436 f
Gruber, Max von, III/400
Grueber, Johann SJ, I/165
Grün, Anastasius (eigentl. Anton Alexander Graf Auersperg), I/113; II/229, 270
Günther, Anton, II/16, 26 ff, 179
Gusinde, Martin, III/21
Gussenbauer, Karl, III/176
Gütersloh, Albert Paris, III/156, 164 f, 442, 469

Haager, Franz Frh. von Alensteig, I/284
Haan, Matthias Wilhelm von, I/410 f
Haberda, Albin, III/206
Haberlandt, Michael, II/231
Haen, Anton de, I/280, 341 f, 346
Haerdtrich, Christian Wolfgang SJ, I/165
Hafner, Philipp, I/262 f
Hainisch, Marianne, III/229
Hainisch, Michael, III/203, 226 ff, 277
Hallerstein, Augustin SJ, I/166
Halm, Friedrich (eigentl. Eligius Frh. v. Münch-Bellinghausen), II/270
Hamerling, Robert, II/264, 276, 282
Hammer-Purgstall, Josef Frh. von, II/19 ff, 26, 67
Hanak, Anton, III/374 ff
Handel-Mazzetti, Enrica von, III/24
Handke, Peter, III/319
Hann, Julius, III/21
Hansen, Theophil Frh. von, II/291, 294 ff, 300, 303; III/137, 153
Hanslick, Eduard, II/283, 337, 376; III/127, 134, 317, 371 ff
Hanusch, Ferdinand, III/236 ff
Harrach, Franz Anton Graf von, I/229
Hartmann, Ludo (Ludwig) Moritz, III/198, 283
Hartung, Hermann, II/235
Hasenauer, Karl Frh. von, II/302 ff; III/154
Hasenhut, Anton, I/330
Hasenöhrl, Friedrich, III/188 ff, 422
Hasner, Leopold von, II/229 f
Haspinger, Joachim, I/404 f
Haswell, John, II/222
Hatschek, Ludwig, III/16
Hatzfeld, Karl F. A. Graf von, I/282
Haugwitz, Friedrich Wilhelm Graf von, I/278, 281, 291 f, 409
Hauser, Johann Nepomuk, III/198, 250
Häuser, Rudolf, III/441
Haydn, Joseph, I/271 f, 316 ff, 323; II/15, 67, 83, 85 ff, 96, 331, 334, 367; III/128
Haydn, Michael, I/254
Hebbel, Friedrich, II/25, 38, 47, 50, 214, 217, 274
Hebra, Ferdinand, Ritter von, II/231, 359, 372
Heinl, Eduard, III/303
Heinrich von Mügeln, I/81
Heinrich der Teichner, I/81, 88
Heinrich III., röm.-dt. Kaiser, I/12
Heinrich IV., röm.-dt. Kaiser, I/14
Heinrich VI., röm.-dt. Kaiser, I/40
Heinrich der Löwe, Herzog v. Bayern u. Sachsen, I/13, 24, 27
Heinrich II., Jasomirgott, Babenberger-Herzog, I/13, 22 ff, 26

Helfert, Josef Alexander Frh. von, II/166, 177
Hell, Maximilian SJ, I/349 ff, 359
Hellmesberger, Josef jun., III/133
Helmer, Hermann, II/310
Helmer, Oskar, III/439, 447, 450 ff
Hemala, Franz, III/309, 457, 462
Hempel, Joseph von, II/119
Herbeck, Johann von, II/334, 337
Herberstein, Johann Graf von, I/284
Herberstein, Siegmund Frh. von, I/102
Herrmann, Emanuel, II/414
Herzl, Theodor, III/15
Herzmanovsky-Orlando, Fritz, III/442
Hess, Victor Franz, III/423 ff
Heuberger, Richard, II/351
Hevesi, Ludwig, III/126, 144, 160
Hildebrandt, Johann Lucas von, I/213 ff, 219, 224, 230, 265; II/309
Hilferding, Rudolf, III/219
Hitler, Adolf, III/141, 211, 213, 215, 235, 279 f, 282, 332, 434, 447, 456
Hochenegg, Julius, III/20, 473
Hochstetter, Ferdinand von, II/147, 178
Hochstetter, Ferdinand, II/366
Hofbauer, Klemens Maria, I/376, 397 ff; II/27, 118
Hofer, Andreas, I/403 ff
Hoffmann, Josef, II/124; III/137, 143, 153 ff, 164, 376
Hofhaimer, Paul, I/175
Hofmann, Eduard von, III/20, 206
Hofmannsthal, Hugo von, II/261; III/98 ff, 208, 356
Hohberg, Wolfgang H. von, I/245
Hohenlohe-Schillingfürst, Konrad Prinz, III/29
Hohenwart, Karl Graf von Gerlachstein, II/229, 235
Hohlbaum, Robert, III/207
Holzknecht, Guido, III/392 ff
Holzmeister, Clemens, III/353
Hörbiger, Hanns, III/19
Hormayr, Josef Frh. von, I/372, 374, 403 ff; II/67
Hörnigk, Philipp Wilhelm von (Horneck), I/197, 199, 201 ff, 204 f
Horvath, Ödön von, III/442
Host, Nikolaus Thomas, I/348
Huber, Alphons, III/92 f
Huber, Johanna, II/78, 80
Huber, Wolf, I/149
Hubmaier, Balthasar, I/105
Hueber, Anton, III/58
Hueber, Blasius, I/355 ff
Hugo von *Montfort,* I/81 ff
Hülgerth, Ludwig, III/200
Hunyadi, Johann, I/49, 79, 87
Hurdes, Felix, III/458, 460
Huth, Alfred, III/435
Hutter, Jakob, I/105
Hyrtl, Joseph, II/366 ff, 402; III/289

Ilg, Albert, III/22
Illner, Karl, III/19
Inama-Sternegg, Karl Theodor von, III/22
Innitzer, Theodor, III/232
Isaac, Heinrich, I/101, 175 f; III/360

Jacquin, Nikolaus Frh. von, I/280, 345 ff
Jäger von *Jaxtthal,* Eduard, II/231
Jäger von *Jaxtthal,* Friedrich, II/231
Jägerstetter, Franz, III/435
Jarcke, Carl Ernst, II/197
Jauner, Franz Ritter von, II/350
Jellačić (auch Jellachich) Josef Frh. von, II/165, 167 f, 182
Jellinek, Hermann, II/168
Johann von *Gmunden,* I/95
Johann III., Sobieski, König von Polen, I/185 f
Johann, Erzherzog von Österreich, I/206, 370, 373 f, 386, 395, 403, 405, 407, 411; II/11, 138, 165 ff, 201, 222, 236, 279
Jonas, Franz, III/476 ff
Joseph I., röm.-dt. Kaiser, I/179, 187, 193 f, 207, 216, 264 f
Joseph II., röm.-dt. Kaiser, I/64, 108, 204, 273, 276 f, 279 f, 283, 289, 292 ff, 294 ff, 302, 323 f, 327 f, 330 ff, 339, 378 ff, 388, 390, 392 f,

395, 397 f, 412; II/13, 68, 87, 101, 357

Kafka, Franz, III/207, 332 ff
Kaiser, Gustav, III/391 ff
Kaiserfeld, Moritz Edler von, II/238
Kaplan, Viktor, III/19
Kara Mustafa, I/185
Karl IV., röm.-dt. Kaiser, I/63, 65, 67
Karl der Kühne von Burgund, I/72, 113
Karl V., röm.-dt. Kaiser, I/99 f, 103, 106, 117 f, 179, 197
Karl VI., röm.-dt. Kaiser, I/179, 193 ff, 208, 211 f, 221, 230, 255, 262, 264, 270, 289 f, 294, 338
Karl V., Herzog von Lothringen, I/186 f
Karl I., Kaiser von Österreich, III/23, 26 f, 38, 44, 200
Karl Albert von Bayern, röm.-dt. Kaiser, I/273 f, 290
Karl, Erzherzog von Österreich, I/368, 370 ff, 386, 389, 392 ff
Kastelic, Jakob, III/435
Katharina II., die Große, Kaiserin von Rußland, I/277, 282, 300, 378
Kaunitz-Rietberg, Wenzel Graf von, I/275, 281, 291, 294 f, 300, 304, 359, 366, 385, 398; II/103
Kautsky, Karl, III/256 ff
Kelsen, Hans, III/199
Kemény, Johann Fürst v. Siebenbürgen, I/183
Kempen, Johann Frh. von, II/203
Kepler, Johannes, I/136, 154 ff, 159; II/390
Kerner, Anton Ritter v. Marilaun, II/402 ff
Khevenhüller, Ludwig Andreas Graf von, I/274
Kienböck, Robert, III/393 ff
Kienböck, Viktor, III/229, 303
Klaus, Josef, III/440
Klesl, Melchior, I/136
Klimt, Gustav, III/154, 156, 158 ff, 317, 376 f, 387 f
Klinkowström, Friedrich August, I/401
Knoller, Richard, III/19
Koch, Joseph Anton, II/106 ff, 116
Koechel, Ludwig Ritter von, I/272; III/370
Koerber, Ernest von, III/28 ff
Koffler, Andreas Wolfgang SJ, I/164 ff
Kokoschka, Oskar, III/117, 139, 156, 163, 318, 387 f, 442
Kolbenheyer, Erwin Guido, III/207
Kolig, Anton, III/163
Kolowrat, Alexander (Sascha) Graf K.-Krakowsky, III/208
Kolowrat, Franz Anton Graf von, I/389; II/10, 204
Koppers, Wilhelm SVD, III/21
Körner, Theodor, III/280, 443 ff, 451, 478 f
Kornhäusel, Joseph, II/121 ff
Korntheuer, Josef Friedrich, II/78, 81 f
Kossuth, Ludwig von, II/162, 167, 174
Kottanerin, Helene, I/85 ff
Krafft, Peter, II/120
Kralik, Richard, III/24
Kranewitter, Franz, III/118 ff
Kraus, Karl, III/104, 117, 139, 328 ff, 348
Kreisky, Bruno, III/440
Kress, Wilhelm, III/19
Kriehuber, Josef, II/16
Krismann (Chrismann, Crismann u. a.), Franz Xaver, II/331 f
Krones, Therese, II/78 ff, 279
Kübeck, Karl Baron von, II/176, 198
Kubin, Alfred, III/378 ff
Kudlich, Hans, II/166, 236
Kuhn, Richard, III/414 ff
Kunschak, Leopold, III/251, 303 ff, 457 f, 462
Kupelwieser, Leopold, II/98, 116 ff
Kürnberger (Minnesänger), I/38, 80
Kürnberger, Ferdinand, II/259 ff
Kurz-Bernadon, Joseph Felix von, I/261 f, 330

Lacy, Franz Moritz Graf von, I/303 ff, 378

Ladislaus Postumus, I/49, 70 f, 78 f, 87, 95, 144, 175
Laib, Konrad, I/167
Lamberg, Franz Philipp Graf von, II/167
Landsteiner, Karl, III/399 ff
Lang, Matthäus, I/103, 107, 175
Lanner, Joseph, II/15, 345 f, 347
Laroche, Johann Josef, II/79
Lasker-Schüler, Else, III/318
Lasser, Joseph Frh. von, II/238
Latour, Theodor Graf, II/167
Laube, Heinrich, II/213 ff, 240, 289
Laudon, Gideon Ernst Frh. von, I/303 ff, 378
Lazius, Wolfgang (eigentl. W. Laz), I/102
Leber, Ferdinand von, I/280
Lecher, Ernst, III/188, 194 f
Lechner, Leonhard, I/177 f
Lederer, Karl, III/435
Lehár, Franz, III/211
Lenau, Nikolaus, II/63 ff
Leopold I., der Erlauchte, Babenberger Markgraf, I/11 f, 22, 173
Leopold II., der Schöne, Babenberger Markgraf, I/13 f, 16
Leopold III., der Heilige, Babenberger Markgraf, I/14, 22 f, 68, 77, 174
Leopold IV., der Freigiebige, Babenberger Markgraf, I/13, 23
Leopold V., der Tugendhafte, Babenberger Herzog, I/19, 26
Leopold VI., der Glorreiche, Babenberger Herzog, I/13, 19, 21, 26 ff, 39, 40, 67
Leopold III., Habsburger Herzog, I/48, 66, 69
Leopold IV., Habsburger Herzog, I/49
Leopold V. von Tirol, I/182
Leopold I., röm.-dt. Kaiser, I/179, 182, 184, 186 f, 193 f, 198 f, 201, 203 f, 207, 211, 253, 255, 264, 271
Leopold II., röm.-dt. Kaiser, I/292 f, 295, 324, 365 f, 378, 388, 392 f
Lewinsky, Josef, II/215
Lieben, Robert von, III/188, 195 f
Liebenberg, Andreas, I/186
Liechtenstein, Alfred Prinz, II/251
Liechtenstein, Alois Prinz, II/251, 253; III/13, 48, 303
Liechtenstern, Marx Frh. von, II/154 ff
Liesganig, Joseph, I/358 ff
Lindemayr, Maurus, I/254
Liszt, Franz von, I/329; II/324 ff, 340
Löbl zu Greinburg, Hans Jakob, I/133
Lodron, Paris Graf, I/123 ff
Loewi, Otto, III/408 ff
Löhner, Ludwig von, II/166
Loos, Adolf, III/117, 143 ff, 155 ff, 318, 328, 332, 387
Lorenz, Adolf, III/473
Lorenz, Konrad, III/441
Lorenz, Ottokar, III/92
Loschmidt, Josef, II/392
Losenstein, Hans Wilhelm, I/138 ff
Ludwig XIV., König von Frankreich, I/184, 187, 193 f, 232, 283
Ludwig Wilhelm I. von Baden, I/187
Lueger, Karl, II/243 f, 255; III/13, 46 ff, 61, 140, 275, 300, 303 f, 310 f

Mach, Ernst, II/380 ff, 389; III/175, 319
Madersperger, Josef, II/14, 148 ff
Mahler, Gustav, III/125 ff, 317, 358, 367
Maier, Franz Fritz, II/127 f
Maisel, Karl, III/241
Makart, Hans, II/216, 310 ff; III/158
Maleta, Alfred, III/455
Mannlicher, Ferdinand von, II/408
Mansfeld, Johann Ernst, I/357
Marco d'Aviano, I/186
Marcus, Siegfried, III/16
Margarete Maultasch, I/64, 66
Margules, Max, III/21
Maria Theresia, I/179, 199, 204 f, 214, 262, 271, 273 f, 284, 289 f, 294 ff, 229 f, 309 f, 336, 339, 348, 354 ff, 359, 390, 392, 398, 408 f; II/68, 101, 357, 375
Marie Antoinette, Königin v. Frankreich, I/254, 293, 365, 367

Marie Luise, Erzherzogin, I/374, 390
Marinoni, Johann Jakob von, I/350
Marischka, Hubert, III/211
Marlborough, John Churchill Herzog von, I/193 f
Martini, Karl Anton Frh. von, I/280, 284, 300, 385, 408 ff
Martini, Martin, SJ, I/164 ff
Matthias, röm.-dt. Kaiser, I/99, 105, 134 ff, 139, 157
Matthias Corvinus, König von Ungarn, I/49, 71 f, 87, 97, 114 f, 195
Mauermann, Max, II/223
Maulbertsch, Franz Anton, I/229, 333 ff
Mautner, Eduard, II/280
Maximilian I., röm. König (Kaiser), I/23, 50 f, 61, 72, 99 f, 101 f, 104, 110, 113 ff, 175 f
Maximilian II., röm.-dt. Kaiser, I/103, 105, 108, 118 ff, 127 f, 136, 143 ff
Maximilian, Erzherzog (Kaiser von Mexiko), III/9
Mayr, Franz Frh. von Melnhof, II/222
Mayr, Peter, I/404
Mayrhofer, Johann, II/98
Meinhard I., Graf von Görz, I/20
Meinhard II. von Tirol, I/20, 52, 57 f, 59 ff
Meinong, Alexius Ritter v. Handschuchsheim, III/83 ff, 88
Meisl, Karl, II/40, 78
Meitner, Lise, III/427
Mell, Max, III/99, 443
Mendel, Gregor, II/145, 231
Menger, Carl, III/67 ff, 86, 206, 320
Mennel, Jakob, I/116
Messenhauser, Cäsar Wenzel, II/168
Metastasio, Pietro, I/313, 316
Metternich, Klemens Wenzel Lothar Fürst, I/374 ff, 389, 394, 401; II/9 ff, 52, 113, 116, 135, 162, 176, 185, 200, 201 f; III/91
Meynert, Theodor, III/179 f, 404 f
Michel, Robert, III/118
Migazzi, Christoph Anton Graf von, I/281, 284
Miklas, Wilhelm, III/203, 217, 232 ff
Millöcker, Karl, II/282, 351
Miloradić, Martin (Pseud. f. Mate Meršić), III/6
Mises, Ludwig, III/72
Mitterhofer, Peter, II/409 ff
Molisch, Hans, III/6, 430
Moll, Anton Cassian, I/232
Moll, Balthasar Ferdinand, I/232
Moll, Carl, III/154
Mönch von Salzburg, I/82 ff
Montecuccoli, Raimund Graf von, I/183, 186, 310
Moosbrugger, Andreas (Kaspar), I/224 f
Moosbrugger, Kaspar, II/256, 258
Möring, Karl, II/161
Moser, Kolo (Koloman), III/154 f
Mottl, Felix, III/372
Mozart, Leopold, I/321, 323
Mozart, Wolfgang Amadeus, I/254, 271 f, 312, 316 f, 319, 321 ff, 327, 346; II/15, 67, 86 f, 96, 331, 346 ff, 368; III/128, 476
Mühlbacher, Engelbert, III/95
Müller, Adam, I/401; II/27
Müller, Wenzel, II/79, 349
Müller-Guttenbrunn, Adam, III/22
Multscher, Hans, I/89
Mundy, Jaromir Frh. von, III/405 f
Munggenast, Franz, I/217
Munggenast, Joseph, I/217, 220 ff, 223, 234
Munggenast, Matthias, I/217
Musil, Robert, III/332 ff

Nabl, Franz, III/443
Nadler, Josef, II/59, 66; III/207
Napoleon I., Bonaparte, I/365, 368 ff, 386 f, 389 f, 394 ff, 403 f, 406
Negrelli, Alois von Moldelbe, II/133 ff, 139
Neidhart von *Reuenthal*, I/43, 84
Nestroy, Johann, II/16, 39, 44 ff, 214, 280; III/442
Neuburger, Max, II/354
Nibelungenlied, sein Dichter, I/27, 28 ff
Nikisch, Artur, III/372

Nobile, Peter von, II/123
Nothnagel, Hermann, II/147, 357 ff; III/179, 393
Nüll, Eduard van der, II/121, 289 ff, 295, 304
Nußbaumer, Otto, III/195

Oberwinder, Heinrich, II/235
Oerley, Robert, III/156
Oeser, Adam Friedrich, II/232
Offenbach, Jacques, II/49, 282 f, 350
Olah, Franz, III/440
Olbrich, Joseph Maria, II/309; III/137, 154
Oppolzer, Johann von, II/359, 394
Oppolzer, Theodor von, II/394 ff, 398 f
Orel, Anton, III/309
Oswald von *Wolkenstein*, I/80 ff
Otto von *Freising*, I/14, 22
Ottokar III., Markgraf d. Steiermark, I/16
Ottokar II., Přemysl, König von Böhmen, I/45 ff, 52, 57 f, 60

Pabst, J. H., II/28
Pacher, Michael, I/88 ff, 167; III/167
Palacky, František, II/5, 14, 160, 165
Palisa, Johann, II/398 ff
Paoli Betty (eigentl. Babette Elisabeth Glück), II/269
Papst Innozenz XI., I/185
Papst Paul IV., I/121
Papst Pius VI., I/196
Paracelsus, Theophrastus Bombastus v. Hohenheim, I/147 ff, 158, 160, 175
Pauli, Wolfgang, III/431 ff
Payer, Julius von, II/231
Peche, Dagobert, III/156 f
Pergen, Johann Anton Graf von, I/282, 284
Permoser, Balthasar, I/232
Pernerstorfer, Engelbert, III/51, 61, 63, 282, 310
Pernkopf, Eduard, II/366
Perthaler, Hans von, II/235 f
Perutz, Max, III/417 ff
Peter III., Zar von Rußland, I/276
Petzold, Alfons, III/208
Petzval, Josef, II/144, 388
Peuerbach, Georg Aunpeck von, I/92 ff, 144, 154
Peutinger, Konrad, I/146
Pez, Bernhard, I/198
Pfeiffer, Ida, II/19
Piccolomini, Enea Silvio (Äneas Sylvius), I/87, 143, 175
Pichler, Adolf, III/119
Pichler, Karoline, II/66 ff
Pilat, Joseph Anton von, I/401
Pilgram, Anton (Baumeister), I/101
Pilgram, Anton (Astronom), I/350
Pilgrim, hl., I/29
Pillersdorf, Franz Frh. von, II/163, 166, 236
Pino von Friedenthal, Felix Frh. von, II/412 f
Pirquet, Clemens, III/206
Pirquet, Guido, III/207
Pitt, William, d. Ä., I/275
Pitt, William d. J., I/275
Pittermann, Bruno, III/440
Plener, Ignaz von, II/238
Plößl, Simon, II/144 ff, 394
Pöch, Rudolf, III/22
Podgorc, Valentin, III/251 ff
Podiebrad, Georg von, I/49, 71 f, 79
Polgar, Alfred, III/208
Politzer, Adam, III/176
Pollak, Oscar, III/213, 455
Ponte, Lorenzo da, I/323 f, 328
Porsche, Ferdinand, III/16
Potocnik, Hermann (Pseud. Hermann Noordung), III/207
Pötzl, Eduard, II/262
Powolny, Michael, III/157
Prandtauer, Jakob, I/217 ff
Pratobevera, Karl Josef von, I/411
Prechtl, Johann Joseph von, II/140 ff
Pregl, Fritz, III/428 ff
Prehauser, Gottfried, I/261, 263 f, 330
Preradović, Paula, III/442
Pritz, Franz Xaver, III/91
Prokesch-Osten, Anton Graf, II/19, 26, 202
Psenner, Ludwig, III/48

Puch, Johann, III/19
Puchsbaum, Hanns, I/101

Raab, Franz Anton von, I/284
Raab, Julius, III/454, 457, 459 ff
Radetzky, Johann Josef Wenzel Graf von, I/375; II/135, 164 f, 173, 182, 184, 187, 202
Radinger, Johann von, III/19
Rahl, Karl, II/296, 315
Raimund, Ferdinand, II/16, 39 ff, 45, 78 ff, 109, 214
Rainer, Erzherzog, II/181, 204, 237 f
Raitenau, Wolf Dietrich von, I/123 ff
Rákóczy, Franz II., I/183, 194
Rákóczy, Georg I., I/104
Rákóczy Georg II., I/183
Ramek, Rudolf, III/205
Ranftl, Johann Matthias, II/109, 114, 117, 120
Raschke, Rudolf, III/435
Rauscher, Othmar von, II/30, 179 f
Rautenstrauch, Franz Stephan von, I/302 f
Rechberg, Johann Bernhard Graf, II/180, 200 ff, 225
Redlich, Joseph, III/99
Redlich, Oswald, III/91 ff
Regiomontanus (eigentl. Johannes Müller), I/95 ff, 154
Reich, Wilhelm, III/295 ff
Reichert, Carl, II/144 ff
Reimar von Hagenau, I/23, 39, 42
Reinhardt, Max, III/99, 101, 352 ff
Reininger, Robert, III/312 ff
Reinmar: siehe Reimar
Reinthaller, Anton, III/215
Reiser, Fridolin, II/222
Reither, Josef, III/212, 452, 458
Reithoffer, Johann Nepomuk, II/15
Renner, Karl, III/14, 62, 197, 199, 205, 212, 217 ff, 233, 249 f, 263 f, 270, 275, 302, 311 ff, 435 f, 443, 451, 453, 458, 461, 465, 478
Resch, Josef, III/303
Ressel, Josef, II/14, 125 ff
Rettenpacher, Simon, I/250 ff
Reumann, Jakob, III/274 f, 277, 310
Rheticus, Georg Joachim, I/158 ff
Richter, Hans, III/134
Riegger, Joseph Anton von, I/300
Riegger, Paul von, I/284, 409
Rilke, Rainer Maria, III/109 ff, 318, 347 f, 350, 377
Rintelen, Anton, III/215
Rittinger, Peter Ritter von, II/221
Rokitansky, Karl Frh. von, II/351 ff, 357 ff; III/403 f
Roller, Alfred, III/126, 355
Romako, Anton, II/315 ff
Rommel, Otto, II/78
Rosegger, Peter, II/256, 274, 275 ff, 281
Roth, Joseph, III/208
Rottenhahn, Heinrich Franz Graf von, I/411
Rottmayr, Johann Michael, I/236
Rudigier, Franz Josef, II/230, 333
Rudolf I., deutscher König, I/46 ff, 52 ff, 58, 60, 62 f, 65
Rudolf II. von Habsburg, I/48
Rudolf IV., der Stifter, I/22, 47 ff, 63 ff, 71, 77, 101
Rudolf II., röm.-dt. Kaiser, I/105, 133 ff, 136, 156
Rudolf, Kronprinz, II/195, 379; III/10, 70, 275
Russ, Karl, II/116, 119

Saar, Ferdinand von, II/254 ff
Salieri, Antonio, I/327 ff; II/87, 96
Salm, Niklas Graf von, I/103
Saphir, Moritz Gottlieb (eigentl. Moses S.), II/81 f
Sartori, Franz II/156, 158
Sauer, August, II/59, 270; III/207
Saurau, Franz Graf von, I/284, 303
Schallenberg, Georg Christoph von, I/244
Schäffle, Albert Eberhard Friedrich, II/229
Schärf, Adolf, III/450 ff, 458, 476, 478
Schaukal, Richard von III/24
Schebesta, Paul-Joachim, III/21

Scheicher, Josef, III/48
Schenk, Johann Baptist, II/87
Scherfler, R. P. Karl SJ, I/359
Schiele, Egon, III/156, 162, 163 ff, 387
Schikaneder, Emanuel, I/327
Schindler, Anton, II/95
Schindler, Carl, II/110
Schindler, Emil Jakob, II/323
Schindler, Franz Martin, II/255; III/48, 300, 304
Schlegel, Friedrich, I/113, 301, 400, 402
Schletterer, Jakob Christoph, I/232
Schlick, Moritz, III/83, 319 ff
Schlögl, Friedrich, II/46, 262
Schmelzl, Wolfgang, I/251 f
Schmerling, Anton von, II/173, 181, 198, 200 f, 204 f, 225, 235 ff, 355
Schmidt, Franz, III/208
Schmidt, Friedrich Frh. von, II/244, 294 ff
Schmidt, Guido, III/216
Schmidt, Martin Johann, I/333, 335 ff
Schmidt, Wilhelm Pater SVD, III/21
Schmitz, Richard, III/303
Schmutzer, Jakob Matthias, I/334
Schneider, Ernst Leo, II/128, 253
Schnitzler, Arthur, III/98, 104 ff, 159, 356
Schnorr von Carolsfeld, Ludwig, II/116, 119
Schober, Franz von, II/97
Schober, Johann, III/200, 203 f, 231 f, 249, 281
Schoeller, Alexander von, II/232
Schöffel, Josef, II/369
Scholz, Roman Karl, III/435
Schönberg, Arnold, III/139, 357 ff
Schönerer, Georg (Ritter von), II/234; III/13, 51, 233
Schönerer, Mathias von, II/138 f
Schönherr, Karl, III/118 ff
Schor, Johann Paul, gen. Giovanni Paolo Tedesco, I/206
Schramb, Anselm, I/198, 219
Schreyvogel, Josef, II/70 ff, 214
Schröder, Friedrich Ludwig, I/330 ff
Schröder, Wilhelm Frh. von, I/199, 203 ff
Schrödinger, Erwin, III/420 ff, 431
Schrötter von Kristelli, Anton, II/177
Schubert, Franz, II/15, 67, 86, 96 ff, 118, 328, 332, 346; III/127, 135
Schuh, Franz, II/376
Schuhmeier, Franz, III/58, 60 ff, 310
Schuler, Johannes, II/16
Schumpeter, Josef Alois, III/72, 206
Schuschnigg, Kurt, III/215, 217, 235, 461, 463
Schuselka, Franz, II/161
Schuster, Ignaz, II/78 f, 81 f
Schwarzenberg, Felix Fürst, II/168 f, 175 f, 198, 201 f, 204, 237
Schwarzenberg, Friedrich Fürst, II/270, 272
Schwarzenberg, Friedrich Fürst, II/27, 30, 179
Schwarzenberg, Karl Philipp Fürst von, I/374 f, 389
Schwarzer, Ernst von, II/166
Schweickhardt, Franz, X. J., II/156, 158
Schwind, Moritz von, II/16, 99, 121, 293
Sealsfield, Charles (eigentl. Karl Anton Postl), II/19, 59 ff
Sechter, Simon, II/16, 333 f; III/370
Sedlnitzky, Josef Graf, I/284; II/10
Seibt, Carl Heinrich Ritter von, I/303
Seipel, Ignaz, III/201, 203 f, 231, 240, 250, 299 ff, 311, 460, 462, 465
Seitz, Karl, III/229, 242, 274 ff, 451
Semmelweis, Ignaz Philipp, II/359, 370 ff, 375
Semper, Gottfried, II/300, 302 ff, 377; III/137, 140 f
Senfl, Ludwig, I/175 f
Senn, Johann, II/16
Severin, hl., I/11
Seyß-Inquart, Arthur, III/215 f, 235
Sicardsburg, August Sicard von, II/289 ff, 295, 304
Sickel, Theodor von, II/177, 197; III/92
Siebenbürger, Martin, I/102

Sigmund der Münzreiche, I/70, 100, 113, 175
Simony, Friedrich, II/158
Sinelli, Emmerich, I/186
Sinzendorf, Philip Ludwig Graf von, I/200, 204
Sitte, Camillo, II/291, 304
Sittikus, Markus, Graf von Hohenems, I/123 ff
Skoda, Josef, II/357 ff, 372
Solari, Santino, I/125
Sonnenfels, Josef Frh. von, I/262, 280, 282, 284, 300 ff, 411; II/67, 70
Sonnenthal, Adolf von, II/215
Sonnleithner, Josef, II/92, 98; III/370
Spann, Othmar, III/207
Speckbacher, Josef, I/404 f
Speidel, Ludwig, II/262
Spitzer, Daniel, II/262; III/329
Sprenger, Paul, II/120, 291
Srbik, Heinrich von, III/207
Stabius, Johannes (eigentl. J. Stöberer), I/102, 143
Stadion, Franz Graf, II/198, 237, 241
Stadion, Johann Philipp Graf von, I/372, 374, 389
Stampfer, Simon, II/146
Starhemberg, Ernst Rüdiger Graf, I/186
Starhemberg, Ernst Rüdiger Fürst, III/205
Stefan, Josef, II/388, 389, 392; III/193
Stein, Lorenz von, II/177, 197
Steinacher, Hans, III/200
Steinl, Matthias, I/219, 222
Steinle, Eduard, Ritter von, II/117, 119 f
Stelzhamer, Franz, II/16, 279; III/378
Stifter, Adalbert, II/50 ff, 63, 70, 110, 121, 262, 273; III/97, 378
Stoll, Maximilian, I/341
Strampfer, Friedrich, II/280, 282 f
Stranitzky, Josef Anton, I/259 ff, 262; II/45, 350
Strauß, Eduard, II/346, 349
Strauß, Johann (Vater), II/15, 345 f, 347 f, 350
Strauß, Johann (Sohn), II/262, 289, 346 f, 349, 350 f; III/211
Strauß, Josef, II/346, 348 f
Strauss, Richard, III/99, 102, 126, 208, 356, 358
Stremayr, Karl Edler von, II/234
Stricker, Salomon, III/407
Strnad, Oskar, III/156, 355
Strobl, Karl Hans, III/207
Strudl, Peter, II/103
Stubenberg, Johann Wilhelm von, I/141, 244
Stürgkh, Karl Graf, III/38, 60, 264
Suchenwirth, Peter, I/81
Suess, Eduard, II/231, 240
Suppé, Franz von, II/351
Suttner, Arthur Gundaccar Frh. von, III/65
Suttner, Bertha Freifrau von, III/64 ff, 141
Sweth, Kajetan Karl, I/407
Swieten, Gerard van, I/279, 320, 341 f, 346 f, 409; II/357, 375; III/406

Taaffe, Eduard Graf, II/234, 239, 253, 412; III/11, 13 ff, 28, 52
Talleyrand, Charles Maurice de, I/376
Tandler, Julius, II/366, 369; III/284 ff, 444
Tegetthoff, Wilhelm von, II/125, 181 ff
Teschner, Richard, III/24
Thirring, Hans, III/441
Thököly, Emmerich, I/184
Thugut, Franz Frh. von, I/367, 370, 394
Thumb, Michael, I/224 ff
Thumb, Peter, I/224, 226
Thun-Hohenstein, Leo Graf, II/117, 177, 195 ff, 208, 211, 230, 234, 251, 254; III/91
Tieffenthaler, Joseph SJ, I/166
Tilgner, Viktor, II/143
Toldt, Carl, II/366
Torresani, Karl Frh. von, II/272
Trakl, Georg, III/115 ff, 318, 347
Trattinick, Leopold, I/348
Treitschke, Georg Friedrich, II/92

Triesnecker, Franz SJ, I/352 f
Troger, Paul, I/233 ff, 333
Trost, Andreas, I/163
Tschermak-Seysenegg, Erich, II/231
Tschermak-Seysenegg, Gustav, III/21
Tschernembl, Georg Erasmus von I/127 ff
Tunner, Joseph, II/119
Tunner, Peter von, II/222

Uchatius, Franz Frh. von, II/404 ff
Uhl, Friedrich, II/262
Ulrich von Liechtenstein, I/26 f, 80
Unger, Franz, II/218 ff
Unger, Josef, II/206 ff

Vaugoin, Carl, III/303, 444
Veith, Johann Emanuel, II/29
Vierthaler, Franz Michael, II/158
Villers, Alexander von, II/270
Vischer, Georg Matthäus, I/161 ff
Vogelsang, Carl Frh. von, II/199, 234, 250 ff; III/13, 32, 48, 300, 303 f
Vogl, Johann Michael, II/97 ff
Voigtländer, Johann Friedrich, II/144 f
Voigtländer, Peter Wilhelm, II/145

Wagenseil, Georg Christoph, I/271, 317
Wagner-Jauregg, Julius, III/395, 403 ff
Wagner, Otto, II/124, 309; III/136 ff, 148, 154 f
Waldmüller, Ferdinand Georg, II/16, 108 ff, 120, 315, 322
Wallack, Franz Friedrich, III/206
Wallenstein, Albrecht von, I/99, 109 f, 158
Walther von der Vogelweide, I/22, 26 f, 29, 37 ff, 80
Webern, Anton, III/357, 360 ff
Weichselbaum, Anton, III/400
Weinberger, Louis, III/457
Weinheber, Josef, III/346 ff
Weininger, Otto, III/467
Weiß, Edmund, II/398 f
Weißenbach, Alois, III/119
Wels, Franz Xaver, III/19
Wenckebach, Karl Friedrich, III/206
Werfel, Franz, III/117, 207
Werndl, Josef, II/406 ff
Werner, Gregorius Joseph, I/318
Werner, Zacharias, I/400
Wettstein, Richard, II/402 f
Weyprecht, Karl, II/231
Wickhoff, Franz, III/22
Wiegele, Franz, III/164
Wieser, Friedrich Frh. von, III/68, 71 ff, 86, 206
Wiesner, Julius Ritter von, II/144
Wilbrandt, Adolf von, II/85
Wildgans, Anton, III/208, 348
Windischgrätz, Alfred Fürst zu, II/165 ff, 175, 182 f
Winter, Ernst Karl, III/214
Wissgrill, Joseph, I/217
Wittgenstein, Ludwig Joseph Johann, III/317 ff
Wittmann, Hugo, II/262, 281
Witzmann, Carl, III/156
Wolf, Hugo, II/337; III/128 ff, 371
Wolter, Charlotte, II/215, 280
Wotruba, Fritz, III/372
Wulfen, Franz Xaver von, I/347

Zang, August, II/164
Zápolya, Johann, I/103 f
Zauner, Franz Anton von, II/118
Zdarsky, Matthias, III/20
Zechner, Leopold, III/441
Zedlitz, Joseph Christian Frh. von, II/270
Zeiler, Martin, I/161 ff
Zeiller, Franz Anton Edler von, I/408 ff; II/236
Zelinka, Andreas, II/242 ff
Zeller, Karl, II/351
Zernatto, Guido, III/442
Ziehrer, Karl Michael, II/351
Zierotin, Karl von, I/134, 136
Zrinyi, Nikolaus Graf von, I/103
Zrinyi, Peter Graf von, I/183
Zsigmondy, Richard, III/411 ff
Zuckerkandl, Emil, II/366; III/289
Zweig, Stefan, III/208

Synoptische Zeittafel

	GESCHICHTE	LITERATUR UND THEATER
900—999	*899—907* Die Magyaren stoßen nach Westen vor. Ende der karolingischen Ostmark *955* Schlacht auf dem Lechfeld. Otto der Große errichtet die Ottonische Mark *960* Die Kärntner Mark *976* Die Babenberger werden mit der Ostmark belehnt *995* Kärnten wird als Herzogtum von Bayern getrennt *996* Der Name »Ostarrichi« wird in einer Schenkungsurkunde an das Bistum Freising erstmals erwähnt	
1000—1099	*1018—1055* Die Ostmark wird im Norden bis zur Thaya, im Osten bis zur March und zur Leitha erweitert *1072* Gründung des Bistums Gurk in Kärnten *1074* Gründung der Stifte Göttweig und Admont *1089* Gründung des Klosters Melk	Kärntner Genesis (um 1078)
1100—1199	*1101* Leopold III., der Heilige, verlegt seine Residenz auf den Leopoldsberg *1114* Stiftung von Klosterneuburg *1135* Gründung von Heiligenkreuz *1138* Gründung des Stiftes Zwettl *1143* Heinrich II., Jasomirgott, wird mit dem Herzogtum Bayern belehnt *1155* Gründung des Schottenklosters in Wien *1156* »privilegium minus« Wien wird Residenz der Babenberger *1180* Steiermark wird selbständiges Herzogtum *1192* Vereinigung der Steiermark mit Österreich	Wiener Genesis (um 1100) Frau Ava (um 1127) Kürnberger (um 1150) Heinrich von Melk (um 1150) Dietmar von Aist (1139—1171) Reimar von Hagenau (1160 bis um 1207) Das Nibelungenlied (Ende des Jh Walther von der Vogelweide (um 1170 bis um 1230)
1200—1299	*1212* Enns erhält das Stadtrecht *1218* Errichtung des Bistums Seckau (Steiermark) *1221* Wien erhält das Stapelrecht für den Handel mit Ungarn *1230/31* Aufstand der österreichischen Landherren, geführt von den Kuenringern, gegen Friedrich II., den Streitbaren *1234* Herzog Friedrich II., erläßt ein Judenschutzgesetz *1239* Innsbruck erhält das Stadtrecht *1246* Friedrich II., der Streitbare, fällt in der Schlacht bei Wiener Neustadt; mit ihm sterben die Babenberger aus *1246—1251* Interregnum in Österreich *1248* Der Besitz Tirols geht auf die Grafen von Görz über *1251* Die österreichischen Stände wählen den böhmischen Thronerben Ottokar zum Herzog. Die steirischen Stände wählen den Sohn Bélas IV., Stephan, zum Herzog Přemysl Ottokar besetzt Wien *1252* Přemysl Ottokar besetzt die Steiermark *1261* Begründung des Landes »Österreich ob der Enns« einschließlich des Traungaues *1269* Kärnten fällt durch Erbvertrag an Přemysl Ottokar II. *1271* Meinhard II. von Görz-Tirol rundet das Landesfürstentum ab zur »Grafschaft Tirol, das Land an der Etsch, im Gebirge und im Inntal«	Neidhart von Reuenthal (um 1180—1237) Ulrich von Liechtenstein (um 1200—1276) Heinrich von dem Turlin (um 121 Wernher der Gartenaer (um 125 Jans Enikel (um 1280)

BILDENDE KUNST UND MUSIK	PHILOSOPHIE UND GEISTESWISSENSCHAFTEN	NATURWISSENSCHAFT, TECHNIK UND MEDIZIN
		Beginn der Silbergewinnung in Kärnten und Salzburg
/erduner Altar (1181) ꞎomanische Architektur u. a.: Göss, Ꞡurk, Heiligenkreuz, Millstatt,)ssiach, Zwettl	*Geschichtsschreiber:* Gerhoch von Reichersberg (um 1093—1169) Otto von Freising (1114—1158)	Beginn der Eisengewinnung in der Steiermark
Romanische Plastik: Riesentor von St. Stephan in Wien Außenapsis der Kirche in Schöngrabern		

	GESCHICHTE	LITERATUR UND THEATER
1200—1299	*1273* Am 1. Oktober wird Rudolf I. von Habsburg zum deutschen König gewählt *1276* Wien leistet unter der Führung Paltrams, ehe es kapituliert, dem Reichsheer Rudolfs I. heftigen Widerstand *1278* Sieg Rudolfs I. in der Schlacht bei Dürnkrut über Ottokar, der in der Schlacht fällt *1282* Auf dem Reichstag zu Augsburg werden die beiden Söhne Rudolfs I. von Habsburg, Albrecht und Rudolf, mit den Herzogtümern Österreich und Steiermark belehnt; Begründung der habsburgischen Hausmacht	
1300—1399	*1310* Friedrich der Schöne schlägt die Aufstände (seit 1291) der österreichischen Adelsherren und der Wiener Erbbürger nieder *1324* Linz erhält das Stadtrecht *1335* Die Habsburger werden mit Kärnten und Südtirol belehnt *1355* Albertinische Hausordnung *1359* Herzog Rudolf IV. läßt falsche österreichische Privilegien in dem Dokument »privilegium maius« herstellen. Seither tragen die habsburgischen Prinzen den Titel »Erzherzog« *1363* Rudolf IV. erwirbt Tirol *1365* Gründung der Universität Wien *1368* Salzburg erhält das Stadtrecht *1375* Herzog Leopold III. erwirbt die Grafschaft Feldkirch und den inneren Bregenzerwald; Grundlage des Landes Vorarlberg *1382* Erwerbung Triests	Mönch von Salzburg (13./14. Jh.) Heinrich von Mügeln (Mitte des 14. Jh.) Heinrich der Teichner (um 1310—1375) Peter Suchenwirth (um 1320 bis nach 1395) Hugo von Montfort (1357—142 Oswald von Wolkenstein (1376/78—1445)
1400—1499	*1408* Herzog Leopold IV. läßt den Wiener Bürgermeister Konrad Vorlauf und die beiden Ratsherren Hans Rock und Konrad Rampersdorffer hinrichten *1409* Erhebung des Tiroler Adels *1437* Herzog Albrecht V. wird König von Böhmen *1438* Herzog Albrecht V. wird König von Ungarn Herzog Albrecht wird zum deutschen König gewählt *1440* Friedrich V. (als deutscher Kaiser Friedrich III!) als Nachfolger Albrechts V. legt die Grundlage für die Großmachtentwicklung Österreichs *1451* Mailberger Bund *1453* Friedrich III. anerkennt das »privilegium maius« *1457* Mit dem Tod Ladislaus Postumus verlieren die Habsburger Böhmen und Ungarn *1458* Aufstand des steirischen Adelsbundes unter Andreas Baumkircher gegen Friedrich III. *1471* Hinrichtung Andreas Baumkirchers *1477* Maximilian I. heiratet Maria von Burgund *1478/80* Bauernaufstände in Kärnten und Steiermark *1485* Der ungarische König Matthias Corvinus besetzt Wien *1490* Maximilian I. verdrängt die Ungarn aus Österreich *1493—1518* Verwaltungsreformen Maximilians I. leiten die Umwandlung des Reiches in einen Beamtenstaat ein *1496* Durch die Heirat des Sohnes Maximilians I., Philipps des Schönen, mit Johanna von Kastilien-Aragon dehnt sich die Herrschaft der Habsburger über Spanien aus	Helene Kottanerin (1400—1470) Michael Beheim (1416—1474) Ambraser Handschrift (1404—1416)

BILDENDE KUNST UND MUSIK	PHILOSOPHIE UND GEISTESWISSENSCHAFTEN	NATURWISSENSCHAFT, TECHNIK UND MEDIZIN
ichael Chnab — Dombaumeister ı St. Stephan	*Geschichtsschreiber:* Ottokar von Steiermark (Horneck) (1265—1320) Johannes von Viktring (1270—1345)	Beginn der Stahlerzeugung in der Steiermark
ildende Kunst: ichael Pacher (1430—1498) ueland Frueauf d. Ä. 440—1507) nton Pilgram (1450/60 bis um 15) efermarkter Altar nde d. 15. Jh.) eister des Schottenstifts nde d. 15. Jh.) *chitektur:* anns Puchsbaum (1390 bis nach 55) *usik:* einrich Isaac (1450—1517) ul Hofhaimer (1459—1537)	*Humanisten:* Enea Silvio Piccolomini (1405—1464) Konrad Celtis (1459—1508) *Geschichtsschreiber:* Thomas Ebendorfer (1388—1464) Jakob Unrest (1430?—um 1500) Jakob Mennel (1460—1552)	*Mathematik und Astronomie:* Johann von Gmunden (1385—1442) Georg Aunpeck von Peuerbach (1423—1461) Regiomontanus (1436—1476) *Geographie:* Johannes Stabius (1450—1522) Goldgewinnung in Kärnten und Salzburg

	GESCHICHTE	LITERATUR UND THEATER
1500—1599	*1515/16* Unterdrückung eines Bauernaufstandes in Untersteiermark, Kärnten und Krain *1519* Maximilian I. stirbt; Karl V. wird sein Nachfolger *1520* Universität und Statthalter in Wien verweigern die Veröffentlichung der päpstlichen Bulle gegen Martin Luther; Luthers Lehre verbreitet sich in Österreich *1522* Teilung des Hauses Habsburg in eine spanische und eine österreichische Linie Martin Siebenbürger, Michael Eitzinger, Hans von Puchaim, der Wiener Bürgermeister Hans Rinner und vier Wiener Bürger werden wegen der Anführung eines ständischen Aufstandes hingerichtet *1525* Der Bauernaufstand breitet sich in den österreichischen Ländern aus Die Tiroler Bauern unter Michael Gaismair fordern eine neue Kirchen- und Landesordnung *1526* König Ludwig II. fällt in der Schlacht bei Mohács gegen die Türken. Infolge der Erbverträge fallen die Kronen von Böhmen und Ungarn an Ferdinand I. *1528* Der »Wiedertäufer« Dr. Balthasar Hubmaier wird in Wien verbrannt *1529* Erste Türkenbelagerung Wiens *1536* Der »Wiedertäufer« Jakob Huter wird in Innsbruck verbrannt *1551* Die Jesuiten werden nach Wien berufen. Die Mehrheit der Bevölkerung der österreichischen Länder war bereits protestantisch geworden *1568* Maximilian II. bewilligt den adeligen Ständen der Länder ob und unter der Enns das freie Bekenntnis zur evangelischen Konfession *1576* Maximilian, der als Freund der Protestanten gegolten hatte, stirbt. Sein Nachfolger Rudolf II. intensiviert die Gegenreformation *1596* Ferdinand III. setzt in Innerösterreich die Reformationskommissionen ein, die mit militärischer Unterstützung Protestanten, die sich nicht bekehren lassen, zur Auswanderung zwingen	Vigil Raber (1475—1552) Wolfgang Schmelzl (1500—1557 Weißkunig (1514) Teuerdank (1517)
1600—1699	*1608* Erasmus von Tschernembl führt ein Bündnis der Protestanten Böhmens und Österreichs mit den ungarischen Ständen herbei *1618* Der Prager Fenstersturz löst den Dreißigjährigen Krieg aus *1624—1627* Bauernaufstand im Land ob der Enns, ausgelöst durch ein scharfes gegenreformatorisches Patent, das den Protestanten die Ausweisung androht *1625* Statthalter Herbersdorf läßt auf dem Haushammerfeld Bauern um ihr Leben würfeln; 17 werden hingerichtet *1626* Das Ereignis auf dem Haushammerfeld löst die Bauernrebellion aus. Stefan Fadinger übernimmt die Führung der Bauern und fällt vor Linz *1648* Der Westfälische Friede beendet den Dreißigjährigen Krieg	*Literatur:* Wolf Helmhard von Hohberg (1612—1688) Johann Wilhelm von Stubenber (1619—1663) Catharina Regina von Greiffenberg (1633—1694) Simon Rettenpacher (1634—170 Abraham a Santa Clara (1644—1709) Johann Beer (1655—1700) Johann Baptist Adolph (1657—1708) Virgilius Gleißenberger (1685—1737)

BILDENDE KUNST UND MUSIK	PHILOSOPHIE UND GEISTESWISSENSCHAFTEN	NATURWISSENSCHAFT, TECHNIK UND MEDIZIN
ldende Kunst: ıeland Frueauf d. J. 470—1545) olf Huber (1484—1553) *usik:* ıdwig Senfl (1486—1542) onhard Lechner (1553—1606)	*Humanisten:* Johannes Cuspinianus (1473—1529) Siegmund Frh. von Herberstein (1486—1566) Paulus Fabricius (1529—1589) *Geschichtsschreiber:* Michael Gotthard Christalnik (1530—1595)	*Mathematik und Astronomie:* Georg Joachim Rheticus (1514—1574) *Kartographie:* Wolfgang Lazius (1514—1565) *Medizin:* Paracelsus, Theophrastus Bombastus von Hohenheim (1493—1551)
dende Kunst: ıann Paul Schor-Tedesco 15—1674) tthias Steinl (1644—1727) lthasar Permoser (1651—1732) ıann Michael Rottmayr 54—1730) *chitektur:* ıtino Solari (1576—1646) chael Beer (1605—1666) chael Thumb (1640—1690) dreas Moosbrugger 56—1723) ıann Bernhard Fischer von ach (1656—1723) ıann Prandtauer (1660—1726)	*Geschichtsschreiber:* Franz Christoph Khevenhüller (1588—1650) Peter Lambeck (1628—1680) Hans Jakob Wagner von Wagenfels (2. Hälfte des 17. Jh.)	*Astronomie:* Johannes Kepler (1571—1630) *Topographie und Kartographie:* Martin Zeiler (1589—1661) Clemens Beuttler (1623—1682) Georg Matthäus Vischer (1628—1696) *China-Mission:* Andreas Wolfgang Kofler SJ (1603—1651) Martin Martini SJ (1614—1661) Johann Grueber SJ (1623—1680) Christian Wolfgang Haerdtrich (1625—1684)

	GESCHICHTE	LITERATUR UND THEATER
	1683 Zweite Türkenbelagerung Wiens. Entsatz durch ein Reichsheer unter dem Oberbefehl des Königs Johann Sobieski von Polen *1697* Prinz Eugen von Savoyen wird Oberbefehlshaber der kaiserlichen Truppen im Krieg gegen die Türken *1699* Friede von Karlowitz. Die besiegten Türken treten Ungarn und Siebenbürgen an Österreich ab	*Theater:* Ludovico Ottavio Burnacini (1638—1707)
1700—1799	*1700* Mit dem Tod Karls I. erlischt die spanische Linie der Habsburger. Der Erbanspruch Erzherzog Karls und Philipps von Anjou führen zum spanischen Erbfolgekrieg (1701—1714) zwischen Österreich und Frankreich *1713* Kaiser Karl VI. erläßt die »Pragmatische Sanktion« *1714* Der Friede von Rastatt. Österreich erhält die spanischen Niederlande, Neapel, Mailand, Mantua und Sardinien *1718* Friede von Passarowitz beendet den seit 1716 andauernden Türkenkrieg *1719* Gründung der Orientalischen Kompanie in Wien Gründung der Ostendischen Handelsgesellschaft in Ostende *1731* Vertrag von Wien; für die Anerkennung der Pragmatischen Sanktion durch England verzichtet Karl VI. auf die Ostendische Handelsgesellschaft und damit auf jegliche Überseepolitik *1740* Nach dem Tod Karls VI. folgt ihm Maria Theresia; mit ihr beginnt die Dynastie Habsburg-Lothringen *1740—1742* Erster Schlesischer Krieg, der von Friedrich von Preußen ohne Kriegserklärung begonnen wird *1741—1748* Österreichischer Erbfolgekrieg *1744—1745* Zweiter Schlesischer Krieg *1745* Franz I. von Lothringen, der Gemahl Maria Theresias, wird zum römisch-deutschen Kaiser gewählt *1748* Friede von Aachen. Österreich verliert endgültig Schlesien *1749* Reorganisation des Justiz- und Verwaltungswesens Errichtung des Haus-, Hof- und Staatsarchivs *1754* Erste Volkszählung in Österreich; 6 134 558 Einwohner in den Sudeten- und Alpenländern *1756—1763* Der Siebenjährige Krieg *1763* Friede von Hubertusburg *1765* Joseph II. wird römisch-deutscher Kaiser und Mitregent in Österreich *1772* Bei der ersten Teilung Polens gewinnt Österreich Galizien und Lodomerien *1774* Allgemeine Schulordnung für die deutschen Normal-, Haupt- und Trivialschulen *1776* Abschaffung der Folter *1778/79* Bayerischer Erbfolgekrieg. Im Frieden von Teschen wird das Innviertel Österreich zugesprochen *1780* Joseph II. tritt das Erbe Maria Theresias an *1781* Toleranzedikt Kaiser Josephs II. Erlassung des »Untertanenpatents« zur Aufhebung der Leibeigenschaft in den böhmischen Ländern *1782—1786* Auflösung aller jener Klöster, deren Orden sich nicht mit Wissenschaft, Unterricht, Seelsorge oder Krankenpflege beschäftigen	*Literatur:* Pietro Metastasio (1698—1782) Maurus Lindemayr (1723—1783 *Theater:* Josef Anton Stranitzky (1676—1726) Gottfried Prehauser (1699—176 Antonio Galli-Bibiena (1700—1744) Joseph Felix Kurz-Bernardon (1717—1784) Philipp Hafner (1735—1764) Johann Franz Hieronymus Broc mann (1745—1812) Emanuel Schikaneder (1751—1812)

BILDENDE KUNST UND MUSIK	PHILOSOPHIE UND GEISTESWISSENSCHAFTEN	NATURWISSENSCHAFT, TECHNIK UND MEDIZIN
Musik: Johann Schmelzer (1623—1680) Johann Joseph Fux (1660—1741)		*Merkantilisten:* Johann Joachim Becher (1635—1682) Philipp Wilhelm Hörnigk (1640—1714) Wilhelm Frh. von Schröder (1640—1688)
Bildende Kunst: Giovanni Giuliani (1663—1744) Georg Raphael Donner (1693—1741) Daniel Gran (1694—1757) Paul Troger (1698—1762) Bartolomeo Altomonte (1702—1783) Martin Johann Schmidt (1718—1801) Franz Anton Maulbertsch (1724—1796) Jakob Matthias Schmutzer (1733—1811) *Architektur:* Johann Lucas von Hildebrandt (1686—1745) Joseph Emanuel Fischer von Erlach (1693—1742) Matthias Munggenast (1729—1798) *Musik:* Christoph Willibald Gluck (1714—1787) Georg Christoph Wagenseil (1715—1777) Florian Gassmann (1729—1784) Joseph Haydn (1732—1809) Johann Georg Albrechtsberger (1736—1809) Antonio Salieri (1750—1825) Wolfgang Amadeus Mozart (1756—1791)	*Aufklärung:* Paul von Riegger (1705—1755) Johann Ignaz von Felbiger (1724—1788) Josef Frh. von Sonnenfels (1732—1817) Franz Stephan von Rautenstrauch (1735—1785) Carl Heinrich von Seibt (1735—1806) Johann Melchior Frh. von Birkenstock (1738—1809) Josef Eybel (1741—1805) Joseph Anton von Riegger (1742—1795) *Geschichtsschreiber:* Anselm Schramb (1676—1720) Bernhard Pez (1683—1735) Franz Kurz (1771—1834)	*Mathematik und Astronomie:* Johann Jakob Marinoni (1676—1755) Augustin Hallerstein (1703—1774) R. P. Karl Scherfler SJ (1716—1738) Maximilian Hell SJ (1720—1792) Anton Pilgram (1730—1793) Franz Triesnecker SJ (1745—1817) *Kartographie:* Xaver Friedl Ehrenbert (1673—1743) Joseph Liesganig (1719—1799) Peter Anich (1723—1766) Blasius Hueber (1735—1814) *Fernost-Mission:* Joseph Tieffenthaler (1710—1785) *Botanik:* Nikolaus Frh. von Jacquin (1727—1817) Franz Xaver von Wulfen (1728—1805) *Medizin:* Gerard van Swieten (1700—1772) Anton de Haen (1704—1776) Leopold Auenbrugger (1722—1809) Ferdinand Leber (1727—1808) Maximilian Stoll (1742—1788) Johann Peter Frank (1745—1821)

	GESCHICHTE	LITERATUR UND THEATER
1700—1799	*1786* Erster Band des »Allgemeinen bürgerlichen Gesetzbuches« *1790* Joseph II. stirbt; Leopold II. folgt ihm auf den Thron *1792* Franz II. folgt Leopold II. Erster Feldzug der verbündeten Österreicher und Preußen gegen das revolutionäre Frankreich *1793—1797* Erster Koalitionskrieg gegen Frankreich *1797* Friede von Campo Formio	
1800—1849	*1799—1801* Zweiter Koalitionskrieg *1804* Franz II. nimmt als Franz I. den Titel Kaiser von Österreich an *1805* Dritter Koalitionskrieg Wien von den Franzosen besetzt *1806* Kaiser Franz II. legt die Krone des römisch-deutschen Reiches nieder; unmittelbarer Anlaß war die Gründung des Rheinbundes, dessen 16 Fürsten sich vom Deutschen Reiche lossagten *1809* Österreichs Kriegsmanifest an die deutschen Staaten zum Befreiungskampf gegen Napoleon bleibt ohne Echo Österreich erklärt Frankreich den Krieg Erhebung Tirols Napoleon zieht in Wien ein In der Schlacht bei Aspern erringt Erzherzog Karl den ersten Sieg über Napoleon; vierzehn Tage später unterliegt Erzherzog Karl bei Wagram Friede von Schönbrunn Clemens Lothar Metternich übernimmt die Leitung der österreichischen Außenpolitik *1811* Abwertung des Papiergeldes auf ein Fünftel seines Nennwertes *1812* Kundmachung des »Allgemeinen bürgerlichen Gesetzbuches« *1813/14* Befreiungskriege gegen Napoleon Österreich übernimmt die »bewaffnete Vermittlung« (14. IV.) Zusammenkunft Metternichs mit Napoleon (26. VI.) Kriegserklärung Österreichs an Frankreich (12. VIII.) Vernichtende Niederlage Napoleons in der Völkerschlacht bei Leipzig; Oberbefehlshaber der verbündeten Heere Fürst Schwarzenberg mit seinem Generalstabschef Radetzky *1814/15* Wiener Kongreß *1815* Gründung des Deutschen Bundes Österreich, Preußen und Rußland schließen sich zur »Heiligen Allianz« zusammen *1816* Gründung der Österreichischen Nationalbank *1819* Karlsbader Beschlüsse zur Befestigung des Metternichschen Systems; Einführung einer strengen Zensur *1829* Gründung der Donaudampfschiffahrtsgesellschaft *1832* Eröffnung der Pferdeeisenbahn Linz—Budweis *1836* Gründung des österreichischen Lloyd in Triest *1837* Eröffnung der »Kaiser-Ferdinand-Nordbahn« *1846* Der Freistaat Krakau wird Österreich angegliedert	*Literatur:* Josef Schreyvogel (1768—1832) Adolf Bäuerle (1768—1859) Karoline Pichler (1769—1843) Ferdinand Raimund (1790—183 Franz Grillparzer (1791—1872) Charles Sealsfield (1793—1864) Johann Nestroy (1801—1862) Nikolaus Lenau (1802—1850) Eduard von Bauernfeld (1802—1890) Franz Stelzhamer (1802—1874) Adalbert Stifter (1805—1868) Anastasius Grün (1806—1876) Friedrich Hebbel (1813—1863) *Theater:* Carl Carl (1787—1854) Therese Krones (1801—1830) Fanny Elßler (1810—1884)

BILDENDE KUNST UND MUSIK	PHILOSOPHIE UND GEISTESWISSENSCHAFTEN	NATURWISSENSCHAFT, TECHNIK UND MEDIZIN
	Rechtsreform: Karl von Martini (1726—1800) Heinrich Franz von Rottenhahn (1737—1809) Matthias Wilhelm Haan (1737—1816)	
Bildende Kunst: Friedrich Heinrich Füger (1751—1818) Joseph Anton Koch (1768—1839) Peter Krafft (1780—1856) Moritz Michael Daffinger (1790—1849) Ferdinand Georg Waldmüller (1793—1865) Leopold Kupelwieser (1796—1862) Peter Fendi (1796—1842) Josef von Führich (1800—1876) Josef Kriehuber (1800—1839) Friedrich von Amerling (1803—1887) Joseph Danhauser (1805—1845) Friedrich Gauermann (1807—1862) *Architektur:* Joseph Kornhäusel (1782—1860) *Musik:* Ludwig van Beethoven (1770—1827) Franz Schubert (1797—1828) Simon Sechter (1788—1867) Karl Czerny (1791—1857) Joseph Lanner (1801—1843) Johann Strauß, Vater (1804—1849)	*Romantik* (Hofbauerkreis): Clemens Maria Hofbauer (1751—1820) Zacharias Werner (1768—1823) Friedrich Schlegel (1772—1829) Friedrich August Klinkowström (1778—1835) Adam Müller (1779—1829) Anton Günther (1783—1863) *Geschichtsschreiber:* Josef Frh. von Hormayr (1782—1848) *Orientalistik:* Josef Frh. von Hammer-Purgstall (1774—1856) Jakob Philipp Fallmerayer (1790—1861) *Rechtsreform:* Franz Anton von Zeiller (1751—1828) Karl Josef von Pratobevera (1769—1853)	*Physik:* Christian Doppler (1803—1853) *Technik:* Josef Madersperger (1768—1850) Johann Josef Prechtl (1778—1854) Johann F. Voigtländer (1779—1859) Johann Nepomuk Reithoffer (1781—1872) Franz Anton Gerstner (1793—1840) Josef Ressel (1793—1857) Simon Plößl (1794—1868) Alois Negrelli (1799—1858) Carl Ritter von Ghega (1802—1860) *Geographie und Kartographie:* Max Frh. von Liechtenstern (1765—1828) Wenzel Blumenbach-Wabruschek (1791—1847) *Botanik:* Leopold Trattinick (1764—1849)

	GESCHICHTE	LITERATUR UND THEATER
1800—1849	*1848/49* Revolution in Österreich 31. Oktober 1848: Windischgrätz und Jellačić schlagen die Revolution in Wien nieder 21. November: Fürst Felix Schwarzenberg wird Ministerpräsident und Außenminister 22. November: Reichstag in Kremsier eröffnet 2. Dezember: Franz Joseph I. wird Kaiser 16. Dezember: Ungarn verweigert Franz Joseph die Anerkennung — Ausbruch der ungarischen Revolution *1849* Regiment des Neoabsolutismus Auflösung des Reichstages von Kremsier (7. III.) Ausrufung einer Magyarischen Republik in Debrecen unter Kossuth (14. IV.). Russische Hilfe für Habsburg in Ungarn (21. V.). Kapitulation der Ungarn bei Világos (13. VIII.). Ende des Aufstandes in Oberitalien (30. VIII.)	
1850—1899	*1851* Einführung der absoluten Monarchie durch das Sylvesterpatent *1852* Die »Oberste Polizeibehörde« wird in Wien geschaffen. Erlassung des österreichischen Strafgesetzbuches *1853—1856* Krimkrieg *1855* Konkordat mit dem Heiligen Stuhl *1858* Einführung der Silberwährung (1 Gulden = 60 Kreuzer) *1859* Neue Gewerbeordnung *1860* Anton von Schmerling wird Ministerpräsident. Die liberale Ära beginnt *1861* Die Februarverfassung *1865* Aufhebung der Februarverfassung *1866* Der preußisch-österreichische Krieg Friede von Prag mit Preußen; Friede von Wien mit Italien *1867* Österreichisch-ungarischer Ausgleich Die Februarverfassung wird wieder in Kraft gesetzt *1868* Gründung des ersten Wiener Arbeiterbildungsvereines *1870* Hochverratsprozeß gegen Sozialdemokraten *1873* Der große Börsenkrach *1878* Okkupation Bosniens und der Herzegowina *1882* Dreibundvertrag Österreich—Deutschland—Italien Georg von Schönerer gründet den »Deutschnationalen Verein« *1887* Gründung des Christlichsozialen Vereins *1888* Sozialdemokratischer Einigungsparteitag in Hainfeld *1892* Einführung der Goldwährung (1 Krone = 100 Heller) *1895* Die Christlichsoziale Partei unter Dr. Karl Lueger erringt im Wiener Rathaus die Zweidrittelmehrheit *1897* Sprachenverordnung des Ministeriums Badeni	*Literatur:* Ferdinand Kürnberger (1821—1879) Friedrich Schlegel (1821—1892) Marie von Ebner-Eschenbach (1830—1916) Robert Hamerling (1830—1889) Ferdinand von Saar (1833—1906 Ludwig Anzengruber (1839—1889) Franz Michael Felder (1839—1869 Peter Rosegger (1843—1918) *Theater:* Heinrich Laube (1806—1884) Franz von Dingelstedt (1814—1881) Marie Geistinger (1833—1903) Josephine Gallmeyer (1838—1884)

BILDENDE KUNST UND MUSIK	PHILOSOPHIE UND GEISTESWISSENSCHAFTEN	NATURWISSENSCHAFT, TECHNIK UND MEDIZIN
ildende Kunst: udolf von Alt (1812—1905) nton Romako (1832—1889) ranz von Defregger 1835—1921) Hans Makart (1840—1884) *rchitektur:* ottfried Semper (1803—1879) duard van der Nüll 1812—1868) ugust Sicard von Sicardsburg 1813—1868) heophil Hansen (1813—1891) riedrich Frh. von Schmidt 1825—1891) Heinrich von Ferstel 1828—1883) arl Frh. von Hasenauer 1833—1894) tto Wagner (1841—1918) amillo Sitte (1843—1903) oseph Maria Olbrich 1867—1908)	*Philosophie:* Franz Brentano (1838—1917) *Historie:* Alfred von Arneth (1819—1897) Theodor von Sickel (1826—1908) Ottokar Lorenz (1832—1904) Alphons Huber (1834—1898) Engelbert Mühlbacher (1843—1903) *Rechtsreform:* Josef Unger (1828—1913) *Kunstgeschichte:* Franz Wickhoff (1853—1909) *Literaturgeschichte:* August Sauer (1855—1926)	*Mathematik:* Leopold Gegenbauer (1849—1903) *Physik:* Josef Stefan (1835—1893) Ernst Mach (1838—1916) Ludwig Boltzmann (1844—1906) *Astronomie:* Edmund Weiß (1837—1917) Theodor von Oppolzer (1841—1886) Johann Palisa (1848—1925) *Botanik:* Franz Unger (1800—1870) Eduard Fenzl (1808—1879) Anton Kerner von Marilaun (1831—1898) Julius von Wiesner (1838—1916) *Technik:* Josef Petzval (1807—1891) Franz von Uchatius (1811—1881) Peter Mitterhofer (1822—1881) Josef Werndl (1831—1889) Siegfried Marcus (1831—1898) Wilhelm Kress (1836—1913) Franz Exner (1840—1931) G. A. Waiß (TOR-Stahl) (1851—1917) Carl Reichert (1851—1922) Carl Auer von Welsbach (1858—1929) Johann Puch (1862—1914) Ludwig Hatschek (1865—1914)

	GESCHICHTE	LITERATUR UND THEATER
1850—1899		
1900—heute	*1907* Gesetz über die Einführung des allgemeinen, gleichen, geheimen und direkten Wahlrechtes *1908* Annexion Bosniens und der Herzegowina *1914* Ermordung des Thronfolgers Franz Ferdinand in Sarajevo *1914—1918* Erster Weltkrieg Der Reichsrat wird auf unbestimmte Zeit vertagt *1915* Kriegserklärung Italiens an Österreich *1916* Friedrich Adler erschießt den Ministerpräsidenten Graf Stürgkh Karl I. wird nach dem Tod Franz Josephs I. Kaiser *1918* USA-Präsident Wilson verkündet seine 14 Punkte als Friedensgrundlage Friedensvertrag mit den UdSSR in Brest-Litowsk Friedensvertrag mit Rumänien in Bukarest Provisorische Nationalversammlung für Deutsch-Österreich (21. Oktober) Erste deutsch-österreichische Regierung unter Dr. Karl Renner (31. Oktober) Verzicht »auf jeden Anteil an der Regierung« durch Kaiser Karl (11. November) Ausrufung der Republik Deutschösterreich (12. November) *1919* Karl Seitz wird Erster Präsident der Nationalversammlung Friedensvertrag von St-Germain; von nun an heißt der Staat »Republik Österreich«	*Literatur:* Peter Altenberg (1859—1919) Arthur Schnitzler (1862—1931) Hermann Bahr (1863—1934) Richard Beer-Hofmann (1866—1945) Karl Schönherr (1867—1943) Hugo von Hofmannsthal (1874—1929) Rainer Maria Rilke (1875—192 Ludwig von Ficker (Der Brenne (1880—1967) Alfons Petzold (1882—1923) Georg Trakl (1887—1914) Karl Kraus (1874—1936) Robert Musil (1880—1942) Anton Wildgans (1881—1932) Stefan Zweig (1881—1942) Franz Kafka (1883—1924) Hermann Broch (1886—1951) Franz Werfel (1890—1945) Josef Weinheber (1892—1945)

BILDENDE KUNST UND MUSIK	PHILOSOPHIE UND GEISTESWISSENSCHAFTEN	NATURWISSENSCHAFT, TECHNIK UND MEDIZIN
usik: ranz von Liszt (1811—1886) ranz von Suppé (1819—1895) nton Bruckner (1824—1896) ohann Strauß, Sohn (1825—1899) ohannes Brahms (1833—1897) ichard Heuberger (1850—1914) ugo Wolf (1860—1903)		*Nationalökonomie:* Carl Menger (1840—1921) Georg Coch (1842—1890) Friedrich Wieser (1851—1926) Eugen von Böhm-Bawerk (1851—1914) *Geographie und Kartographie:* Friedrich Simony (1813—1896) Julius von Payer (1842—1915) *Medizin:* Karl Frh. von Rokitansky (1804—1878) Josef Skoda (1805—1881) Joseph Hyrtl (1810—1894) Ferdinand Hebra (1816—1880) Ignaz Philipp Semmelweis (1818—1865) Eduard Jäger von Jaxtthal (1818—1884) Ernst Wilhelm Brücke (1819—1892) Theodor Billroth (1829—1894) Eduard von Hofmann (1837—1897) Hermann Nothnagel (1841—1905)
ildende Kunst: ustav Klimt (1862—1918) lbin Egger-Lienz (1868—1926) olo Moser (1868—1918) gon Schiele (1890—1918) *rchitektur:* dolf Loos (1870—1933) osef Hoffmann (1870—1956) *usik:* ustav Mahler (1860—1911)	*Philosophie:* Alexius Meinong (1853—1920) Christian von Ehrenfels (1859—1932) *Kunstgeschichte:* Max Dvorak (1874—1921)	*Physik:* Franz Exner (1849—1926) Ernst Lecher (1856—1926) Friedrich Hasenöhrl (1874—1915) Robert von Lieben (1878—1913) *Mineralogie:* Friedrich Becke (1855—1931) *Technik:* Viktor Kaplan (1876—1934) Igo Etrich (1879—1967) *Medizin:* Sigmund Freud (1856—1939) Anton Eiselsberg (1860—1939) Leopold Freund (1868—1943) Guido Kaiser (1871—1954) Robert Kienböck (1871—1953) Guido Holzknecht (1872—1931) Robert Bárány (1876—1936)

1900—1974

GESCHICHTE

1920 Sieg Österreichs bei der Volksabstimmung in Kärnten
Die Sozialdemokraten scheiden aus der Koalition aus
Michael Hainisch wird Bundespräsident (bis 1928)
1924 Stabilisierung durch Einführung der Schilling-Währung
1927 Brand des Justizpalastes
1928 Wilhelm Miklas wird Bundespräsident (bis 1938)
1931 Österreichisch-deutscher Zollunionsvertrag scheitert am Einspruch Frankreichs, Italiens und der CSR
Zusammenbruch der Creditanstalt
Verhandlungen zur Bildung einer Konzentrationsregierung mit den Sozialdemokraten scheitern
303.000 unterstützte Arbeitslose in Österreich
1932 Engelbert Dollfuß wird Bundeskanzler
1933 Rücktritt der drei Präsidenten des Nationalrates; Beginn des »autoritären Regimes«
1934 Erhebung des Republikanischen Schutzbundes (12./15. Feber). Verbot der Sozialdemokratischen Partei
»Verfassung 1934« (1. Mai)
Putsch der Nationalsozialisten; Dollfuß wird erschossen (25. Juli)
Kurt von Schuschnigg wird Bundeskanzler
1936 Österreichisch-deutsches Verständigungsabkommen (11. Juli)
1938 Begegnung Schuschnigg—Hitler (12. Februar)
Der Nationalsozialist Seyss-Inquart wird Innenminister
Schuschnigg tritt zurück
Einmarsch deutscher Truppen und Verlautbarung des Gesetzes über die »Wiedervereinigung Österreichs mit dem Deutschen Reich«
1939—1945 Zweiter Weltkrieg
1943 Moskauer Deklaration der Alliierten über die Wiederherstellung eines freien und unabhängigen Österreich
1945 Bildung der »Provisorischen österreichischen Staatsregierung« unter Dr. Karl Renner (27. April)
Erste Nationalratswahlen in der Zweiten Republik (25. November). Leopold Figl bildet die Bundesregierung; Dr. Karl Renner wird zum Bundespräsidenten gewählt (bis 1950)
1946 Die Bundesregierung lehnt den sowjetischen Anspruch auf das sogenannte »Deutsche Eigentum« ab
Der Nationalrat beschließt ein Verstaatlichungsgesetz
Abkommen über Südtirol
1951 Dr. Theodor Körner Bundespräsident (bis 1957)
1955 Nach neun Jahren Verhandlungen Unterzeichnung des Staatsvertrages (15. Mai)
Erklärung der immerwährenden Neutralität (26. Oktober)
Österreich wird Mitglied der UNO
1957 Dr. Adolf Schärf Bundespräsident (bis 1965)
1965 Franz Jonas Bundespräsident (bis 1974)
1966 Alleinregierung der ÖVP
1970 Minderheitsregierung der SPÖ
1971 Alleinregierung der SPÖ
1974 Dr. Rudolf Kirchschläger Bundespräsident

LITERATUR UND THEATER

Theater:
Max Reinhardt (1873—1943)

Literatur:
Max Mell (1882—1971)
Franz Nabl (1883—1974)
Franz Theodor Csokor (1885—1969)
Felix Braun (1885—1973)
Albert Paris Gütersloh (1887—1973)
Heimito von Doderer (1896—1966)

BILDENDE KUNST UND MUSIK

ildende Kunst:
nton Hanak (1875—1934)
lfred Kubin (1877—1959)
nton Kolig (1886—1950)
nton Faistauer (1887—1930)
ranz Wiegele (1887—1944)

lusik:
ranz Lehár (1870—1968)
rnold Schönberg (1874—1951)
nton von Webern (1883—1945)
lban Berg (1885—1935)

ildende Kunst:
skar Kokoschka (geb. 1886)
Ierbert Boeckl (1894—1966)

PHILOSOPHIE UND GEISTESWISSENSCHAFTEN

Philosophie:
Robert Reininger (1869—1955)
Moritz Schlick (1882—1936)
Ludwig J. Wittgenstein (1889—1951)

Geschichtsschreiber:
Oswald Redlich (1858—1944)
Alphons Dopsch (1868—1953)
Heinrich von Srbik (1878—1950)

Literaturgeschichte:
Eduard Castle (1875—1959)
Otto Rommel (1880—1965)
Josef Nadler (1884—1963)

Musikgeschichte:
Guido Adler (1855—1941)

NATURWISSENSCHAFT, TECHNIK UND MEDIZIN

Physik:
Lise Meitner (1878—1968)
Erwin Schrödinger (1887—1961)
Wolfgang Pauli (1900—1955)

Chemie:
Richard Zsigmondy (1865—1929)
Fritz Pregl (1869—1930)
Richard Kuhn (1900—1967)

Biologie:
Othenio Abel (1875—1946)

Botanik:
Richard Wettstein (1863—1931)

Mathematik:
Wilhelm Blaschke (1885—1962)

Völkerkunde:
Michael Haberlandt (1860—1940)
Wilhelm Schmidt (1868—1954)
Wilhelm Koppers (1886—1961)
Martin Gusinde (1886—1969)
Paul Schebesta (1887—1973)

Nationalökonomie:
Josef Alois Schumperter (1883—1950)

Technik:
Alfred Collmann (1851—1937)
Ferdinand Porsche (1875—1951)

Medizin:
Julius Wagner-Jauregg (1857—1940)
Julius Hochengg (1859—1940)
Karl Friedrich Wenckebach (1864—1940)
Albin Haberda (1868—1933)
Karl Landsteiner (1868—1943)
Otto Löwy (1873—1961)
Hans Eppinger (1879—1946)

Medizin:
Lorenz Böhler (1885—1973)
Karl von Frisch (geb. 1886)
Konrad Lorenz (geb. 1903)

Technik:
Erfindung des LD-Stahlverfahrens (1949)

GESCHICHTE

1975 Einführung der 40-Stunden-Woche
Alleinregierung der SPÖ unter Bundeskanzler Dr. Bruno Kreisky wird bestätigt
1976 Olympische Winterspiele in Innsbruck
Dr. Kurt Waldheim wieder UNO-Generalsekretär
1978 Volksentscheid gegen die Inbetriebnahme des Atomkraftwerks Zwentendorf
1979 Alleinregierung der SPÖ wird neuerlich bestätigt
1980 Dr. Rudolf Kirchschläger wird wiederum zum Bundespräsidenten gewählt
Einführung der Sommerzeit
1983–1986 Kleine Koalition SPÖ-FPÖ; Fred Sinowatz löst Bruno Kreisky als Bundeskanzler ab
1984 Besetzung der Au bei Hainburg zur Verhinderung eines Donaukraftwerks
1985 Krise der verstaatlichten Industrie wird sichtbar
1986 Große Koalition SPÖ-ÖVP; Einzug der Grünen ins Parlament
Rücktritt von Fred Sinowatz, Dr. Franz Vranitzky wird Bundeskanzler
Der Benediktinerpater Hermann Groer wird Erzbischof von Wien
Dr. Jörg Haider wird Parteivorsitzender der FPÖ
1986 Kurt Waldheim wird zum Bundespräsidenten gewählt (bis 1992); die Diskussion um seinen Dienst in der Deutschen Wehrmacht führt zu einer Auseinandersetzung der österreichischen Gesellschaft mit der NS-Vergangenheit
1989 Der „Eiserne Vorhang" zwischen Österreich und Ungarn fällt
1990 Große Koalition SPÖ-ÖVP
1992 Thomas Klestil wird zum Bundespräsidenten gewählt
1993 Ablehnung des von der FPÖ initiierten Volksbegehrens „Österreich zuerst" im Nationalrat
1994 Volksabstimmung endet mit einem deutlichen Ja der Bevölkerung für einen Beitritt Österreichs zur EU
1994 neuerlich Große Koalition SPÖ-ÖVP
1. 1. 1995 Österreich Mitglied der EU

1995 Gedenkfeiern zum Jubiläum „50 Jahre Zweite Republik"

LITERATUR UND THEATER

Theater:

1976 200 Jahre Burgtheater
1976–1986 Achim Benning Direktor des Burgtheaters
1986 Claus Peymann wird neuer Direktor des Burgtheaters
1987 George Tabori wird Leiter des Wiener Schauspielhauses
1988 „Kulturkampf" um die Aufführung von Thomas Bernhards Stück „Heldenplatz" am Burgtheater
1993 Wiedereröffnung des Ronachers

Literatur:

H. C. Artmann (geb. 1921)
Ernst Jandl (geb. 1925)
Ingeborg Bachmann (1926–1973)
Gerhard Rühm (geb. 1930)
Thomas Bernhard (1931–1989)
Peter Handke (geb. 1942)
Gerhard Roth (geb. 1942)
Peter Turrini (geb. 1944)
Elfriede Jelinek (geb. 1946)
Felix Mitterer (geb. 1948)
Christoph Ransmayr (geb. 1954)
Erich Hackl (geb. 1954)

BILDENDE KUNST UND MUSIK

ildende Kunst:

ritz Wotruba (1907–1975)
ax Weiler (geb. 1910)
rnst Hausner (1914–1995)
urt Moldovan (1918–1977)
aria Lassnig (geb. 1919)
lfred Hrdlicka (geb. 1928)
riedensreich Hundertwasser
eb. 1928)
olfgang Hollegha (geb. 1929)
sef Mikl (geb. 1929)
rik Brauer (geb. 1929)
rnulf Rainer (geb. 1929)
rnst Fuchs (geb. 1930)
swald Oberhuber (geb. 1931)
arkus Prachensky (geb. 1932)
dolf Frohner (geb. 1934)
ermann Nitsch (geb. 1938)
hristian Ludwig Attersee
eb. 1940)
anfred Deix (geb. 1949)

rchitektur:

rnst Anton Plischke (1903–1992)
ustav Peichl (geb. 1928)
ans Hollein (geb. 1934)

usik:

rnst Křenek (1900–1991)
ottfried von Einem (geb. 1918)
oman Haubenstock-Ramati
919–1994)
riedrich Cerha (geb. 1926)
urt Schwertsik (geb. 1935)
tto M. Zykan (geb. 1935)

PHILOSOPHIE UND GEISTESWISSENSCHAFTEN

Philosophie:

Karl Popper (1902–1994)
Paul Watzlawick (geb. 1921)

Psychologie:

Viktor E. Frankl (geb. 1905)
Ernest W. Dichter (1907–1991)

NATURWISSENSCHAFT, TECHNIK UND MEDIZIN

Biochemie:

Hans Tuppy (geb. 1924)

Biologie:

Hans Hass (geb. 1919)
Rupert Riedl (geb. 1925)

Mathematik:

Kurt Gödel (1906–1978)

Technik:

Hans List (geb. 1896)
Heinz Zemanek (geb. 1920)

Medizin:

Karl Fellinger (geb. 1904)
Walter Birkmayer (geb. 1910)
Bruno Haid (geb. 1915)
Raimund Margreiter (geb. 1941)